U0631733

中国历代通俗演义

# 民国演义

上

蔡东藩 许廑父／著

中国大百科全书出版社　知识出版社

图书在版编目（CIP）数据

民国演义.上/蔡东藩，许廑父著. -- 北京:知识出版社，2013.3
（中国历代通俗演义）
ISBN 978-7-5015-7099-7

I.①民…II.①蔡…②许…III.①章回小说 - 中国 - 现代IV.①I246.4

中国版本图书馆CIP数据核字(2012)第274751号

MINGUO YANYI SHANG

# 民国演义 . 上

蔡东藩 许廑父 著

出 版 人　姜钦云
出版统筹　张京涛
责任编辑　李　珊
责任校对　易晓燕
责任印制　吴永星
出版发行　中国大百科全书出版社　知识出版社
地　　址　北京市西城区阜成门北大街 17 号
邮　　编　100037
网　　址　http://www.ecph.com.cn
电　　话　010-88390725
印　　刷　三河市双升印务有限公司
开　　本　787 毫米 ×1000 毫米　1/16
字　　数　380 千字
印　　张　17
版　　次　2013 年 3 月第 1 版
印　　次　2024 年 10 月第 10 次印刷
书　　号　ISBN 978-7-5015-7099-7
定　　价　68.00 元

版权所有　翻印必究

如发现本书装订质量有问题，读者可与出版社联系调换。
联系电话：010-88390640

　　蔡东藩（1877—1945），名郕，字椿寿，号东藩，浙江萧山人，卓越的历史学家和演义作家。他自幼聪颖好学，儿时即读《资治通鉴》等史书，时人称为"神童"。蔡东藩14岁中秀才。1910年进京朝考以优入选，第二年春赴福建以知县候补。因不满官场恶习，数月后即托病回乡，其后长期以写作和在小学教书为生。抗日战争爆发后，他辗转避难，长期流离在外，于1945年3月5日（日本投降前夕）逝世。

　　自1916年起，蔡东藩用10年的心血和惊人的毅力，写就了《中国历代通俗演义》，又名《历朝通俗演义》，包括《前汉演义》《后汉演义》《两晋演义》《南北史演义》《唐史演义》《五代史演义》《宋史演义》《元史演义》《明史演义》《清史演义》和《民国演义》，共11部，21册，1040回，约600万字。这套书时间跨度自秦朝到民国九年，涵盖2000多年的中国历史。全套书主本信史，旁征野史，观点平实，内容丰富，是通俗史的经典之作。其内容跨越时间之长、出现人物之众、篇制之巨，堪称历史演义之最。蔡东藩也因此被人誉为"一代史家，千秋神笔"。

　　蔡东藩主张遵循正史，在这套书中，他严格地做到了"无一事无来历""以不使观者往往为所惑乱"。该套书在史料的选择和运用上，遵循"以正史为经，务求确凿；以逸闻为纬，不尚虚诬"的原则，取材谨慎，严格追求历史的真实性。蔡东藩对中国历史作过深入的研究，他熟悉典籍，为人又十分谨慎，甚至养成了"考据癖"。有这样良好的基础，他写历史演义，才能"语皆有本"，力求其主要情节均有历史记载作为根据。这套作品还大量穿插了琐录，以作者自己的话来说就是"几经搜讨，几经考证，巨政固期核实，琐录亦必求真"。更加难能可贵的是，蔡东藩不屈于强权，在编撰《民国演义》期间，曾收到恐吓信及子弹，书局也因此要他"隐恶扬善"，但蔡东藩仍不改其初衷。而在写到一些秘史逸闻时，蔡东藩则以正史为经，以逸闻为纬，并对逸闻多加考证，以传神之笔，描述了既不失真又栩栩如生的人物形象。同时，本书的语言浅显易懂。蔡东藩在讲述历史的同时，用自己的生花妙笔，演绎了一段段有声有色的白话故事。此外，作者对于历史事件和历史人物的评价和点评也随文附出，自写自批自评，使该书具有"义以载事，即以道情"的特点。所以这套演义既具有"史"的真实性，又具有"文"的生动性；既具有较高的史学价值，又可以当作入门民族历史的读物来品读。

跟其他的史书相比，蔡著有着不可替代性，它不仅准确地挑出了历史的大线索，寻求历代兴亡的"关键"，劝善惩恶，褒是斥非，还关注了历史深处的人的命运。从蔡著中，我们可以感受到活的历史，体验到个人命运与国家、文化之间密不可分的联系。这套书以王朝的兴替为主线，侧重于改朝换代的前因后果，因此，从了解历史沿革的角度上来看，这套书相当不错。但如果想了解其他方面，比如经济、文化等方面的细节，它就不能满足了。另外，由于时代的局限性，作者有一些观念过于陈腐，这也是在所难免的。

1916年，蔡东藩的《清史演义》出版后，便立刻风靡海内外，并多次再版，累计销量超过千万册。据说毛泽东很爱读蔡东藩的历史演义，顾颉刚、二月河等历史学家和作家也非常推崇这套历史读物。

此次出版，编者结合了市面上的各种版本，并根据正史进行考证，务求延续蔡东藩严谨的作风，将繁体改为简体，并消灭其中的字词及标点的错误。而对原书中蔡东藩自批自评的特色，则毫无遗漏地保存下来了。

希望读者朋友能够喜欢。

编者

治世有是非，浊世无是非。夫浊世亦曷尝无是非哉？弊在以非为是，以是为非，群言庞杂，无所适从，而是非遂颠倒而不复明。昔孔子作《春秋》，孟子距杨墨，笔削谨严，辩论详核，其足以维持世道者，良非浅鲜，故后世以圣贤称之。至秦汉以降，专制日甚，文网繁密，下有清议，偶触忌讳，即罹刑辟。世有明哲，亦何苦自拼生命，与浊世争论是非乎？故非经一代易姓，从未有董狐直笔，得是是非非之真相。即愤时者忍无可忍，或托诸歌咏，或演成稗乘，美人香草，聊写忧思，《水浒》《红楼》，无非假托，明眼人取而阅之，钩深索隐，煞费苦心，尚未能洞烛靡遗，而一孔之士，固无论已。今日之中华民国，一新旧交替之时代也，旧者未必尽非，而新者亦未必尽是。自纪元以迄于兹，朝三暮四，变幻靡常，忽焉以为是，忽焉以为非，又忽焉而非者又是，是者又非，胶胶扰扰，莫可究诘，绳以是非之正轨，恐南其辕而北其辙，始终未能达到也。回忆辛亥革命，全国人心，方以为推翻清室，永除专制，此后得享共和之幸福，而不意狐埋狐搰，迄未有成。袁氏以牢笼全国之材智，而德不足以济之，醉心帝制，终归失败，且反酿成军阀干政之渐，贻祸国是。黎、冯相继，迭被是祸，以次下野。

东海承之，处积重难返之秋，当南北分争之际，各是其是，各非其非，豆萁相煎，迄无宁岁，是岂不可以已乎？所幸《临时约法》，绝而复苏，人民之言论自由，著作自由，尚得蒙约法上之保障。草茅下士，就见闻之所及，援笔直陈，言者无罪，闻者足戒，此则犹受共和之赐，而我民国之不绝如缕，未始非赖是保存也。窃不自揣，谨据民国纪元以来之事实，依次演述，分回编纂，借说部之体裁，写当代之状况，语皆有本，不敢虚诬，笔愧如刀，但凭公理。我以为是者，人以为非，听之可也；我以为非者，人以为是，听之亦可也。危言乎？厄言乎？敢以质诸海内大雅。

中华民国十年一月古越东藩自识于临江书舍

《民国通俗演义》，一至三集，吾友蔡子东藩所著。蔡子嗜报纸有恒性，蒐集既富，编著乃详，益以文笔之整饬，结构之精密，故成一完善之史学演义，出版后不胫而走遍天下。会文堂主人以蔡作断自民九，去今十稔，不可以无续，乃商之于余，属继撰四五两集，自民九李纯自杀案始，迄民十七国民政府统一全国为止，凡四十回为一集，每集都三十万言。余无似，年来奔走军政界，谋升斗之食，笔政久荒，俗尘满腹，而资料之采集，又极烦苦，率尔操觚，勉以报命，宁贻笑于大方，恐取诮于狗尾，蔡子闻之，得毋哂其谫陋？

民国十八年五月东越许廑父

# 上

# 第一回

## 揭大纲全书开始　乘巨变故老重来

鄂军起义，各省响应，号召无数兵民，造成一个中华民国。什么叫作民国呢？民国二字，与帝国二字相对待。从前的中国，是皇帝主政，所有神州大陆，但教属诸一皇以下，简直与自己的家私一般，好一代两代承袭下去。自从夏禹以降，传到满清，中间虽几经革命，几经易姓，究不脱一个皇帝范围。小子生长清朝，犹记得十年以前，无论中外，统称我国为大清帝国。到了革命以后，变更国体，于是将帝字废去，换了一个民字。帝字是一人的尊号，民字是百姓的统称。一人当国，人莫敢违，如或贤明公允，所行政令，都惬人心，那时国泰民安，自然至治。怎奈创业的皇帝，或有几个贤明，几个公允，传到了子子孙孙，多半昏愦糊涂，暴虐百姓，百姓受苦不堪，遂铤而走险，相聚为乱，所以历代相传，总有兴亡。天下无不散的筵席，从古无不灭的帝家。近百年来，中外人士，究心政治，统说皇帝制度，实是不良，欲要一劳永逸，除非推翻帝制，改为民主不可。依理而论，原说得不错。皇帝专制，流弊甚多，若改为民主，虽未尝无总统，无政府，但总统由民选出，政府由民组成，当然不把那昏愦糊涂的人物，公举起来。况且民选的总统，民组的政府，统归人民监督；一国中的立法权，又属诸人民，总统与政府，只有一部分的行政权，不能违法自行，倘或违法，便是叛民，民得弹劾质问，并可将他摔去。这种新制度，既叫作民主国体，又叫作共和国体，真所谓大道为公，最好没有的了。原是无上的政策，可惜是纸上空谈，不见实行。

小子每忆起辛亥年间，一声霹雳，发响武昌，全国人士，奔走呼应，仿佛是痴狂的样儿。此时小子正寓居沪上，日夕与社会相接，无论绅界学界，商界工界，没一个不喜形于色，听得民军大胜，人人拍手，个个腾欢，偶然民军小挫，便都疾首蹙额，无限忧愁。因此绅界筹饷，学界募捐，商界工界，情愿歇去本业，投身军伍，誓志灭清，甚至娇娇滴滴的女佳人，也居然想做花木兰、梁红玉，组织什么练习团、竞进社、后援会、北伐队，口口女同胞，声声女英雄，闹得一塌糊涂。还有一班超等名伶、时髦歌妓，统乘此大出风头，借着色艺，酿赏助饷，看他宣言书，听他演说谈，似乎这爱国心，已达沸点，若从此坚持到底，不但衰微的满清，容易扫荡，就是东西两洋的强国，也要惊心动魄，让我一筹呢。中国人热度只有五分钟，外人怕我什么，况当时募捐助饷的人物，或且藉名中饱，看似可喜，实是可恨。老天总算作人美，偏早生了一个孙中山，又生了一个黎黄陂，并且生了一个袁项城，趁这清祚将绝的时候，要他三人出来作主，干了一番掀天动地的事业，把二百六七十年的清室江山，一古脑儿夺还，四千六百多年的皇帝制度，一古脑儿扫清。我国四万万同胞，总道是民国肇兴，震铄今古，从此光天化日，函夏无尘，大家好安享太平了。当时我也有此妄想。

谁知民国元二年，你也集会，我也结社，各自命为政党，分门别户，互相诋诽，已把共和二字，撇在脑后，当时小子还原谅一层，以为破坏容易，建设较难，各人有各人的意见，表面上或是分党，实际上总是为公，倘大众竞争，辩出了一种妥当的政策，实心做去，岂非是愈竞愈进么？故让一步。无如聚讼哓哓，总归是没有辩清，议院中的议员，徒学了刘四骂人的手段，今日吵，明日闹，把笔墨墨砚瓦，做了兵械，此抛彼掷，飞来飞去，简直似孩儿打架，并不是政客议事，中外报纸，传为笑谈。那足智多能的袁项城，看议会这般胡闹，料他是没有学识，没有能耐，索性我行我政，管什么代议不代议，约法不约法，党争越闹得厉害，项城越笑他庸骏，后来竟仗着兵力，逐去议员，取消国会。东南民党，与他反对，稍稍下手，已被他四面困住，无可动弹，只好抱头鼠窜，不顾而逃。袁项城志满心骄，遂以为人莫余毒，竟欲将辛苦经营的中华民国，据为袁氏一人的私产。可笑那热中人士，接踵到来，不是劝进，就是称臣，向时倡言共和，至此反盛称帝制。不如是，安得封侯拜爵？斗大的洪宪年号，抬出朝堂，几乎中华民国，又变作袁氏帝国。偏偏人心未死，西南作怪，酝酿久之，大江南北，统飘扬这五色旗，要与袁氏对仗。甚至袁氏左右，无不反戈，新华宫里，单剩了几个娇妾，几个爱子，算是奉迎袁皇帝。看官！你想这袁皇帝尚能成事么？皇帝做不成，总统都没人承认，把袁氏气得两眼翻白，一命呜呼。祸由自取。

　　副总统黎黄陂，援法继任，仍然依着共和政体，敷衍度日。黄陂本是个才不胜德的人物，仁柔有余，英武不足；那班开国元勋，及各省丘八老爷，又不服他命令，闹出了一场复辟的事情。冷灰里爆出热栗子，不消数日，又被段合肥兴兵致讨，将共和两字，掩住了复辟两字。宣统帝仍然逊位，黎黄陂也情愿辞职，冯河间由南而北，代任总统，段居首揆。西南各督军，又与段交恶，双方决裂，段主战，冯主和，府院又激成意气，弄到和不得和，战无可战，徒落得三湘七泽，做了南北战争的磨中心，忽而归北，忽而归南，扰扰年余，冯、段同时下野。徐氏继起，因资望素崇，特地当选，任为总统。他是个文士出身，不比那袁、黎、冯三家，或出将门，或据军阀，虽然在前清时代，也曾做过东三省制军，复入任内阁协理，很是有点阅历，有些胆识；究竟他惯用毛锥，没有什么长枪大戟，又没有什么虎爪狼牙，只把那老成历练四字，取了总统的印信，论起势力，且不及段合肥、冯河间。河间病殁，北洋派的武夫系，自然推合肥为领袖，看似未握重权，他的一举一动，实有足踏神京、手掌中原的气焰。隆隆者灭，炎炎者绝，段氏何未闻此言？麾下一班党羽，组成一部安福系，横行北方，偌大一个徐总统，哪里敌得过段党。段党要什么，徐总统只好依他什么，勉勉强强的过了年余，南北的恶感，始终未除，议和两代表，在沪上驻足一两年，并没有一条议就，但听得北方武夫系，及辽东胡帅，又联结八省同盟，与安福系反对起来，京畿又做了战场，安福部失败，倒脸下台，南方也党派纷争，什么滇系，什么桂系，什么粤系，口舌不足，继以武力。蜂采百花成蜜后，为谁辛苦为谁甜，咳！好好一座中国江山，被这班强有力的大人先生，闹到四分五裂，不可究诘，共和在哪里？民主在哪里？转令无知无识的百姓，反说是前清制度，没有这般瞎闹，暗地里怨悔得很。小子虽未敢作这般想，但自民国纪元，到了今日，模模糊糊的将及十年，这十年内，苍狗白云，几已演出许多怪状，自愧没有生花笔，粲莲舌，写述历年状况，唤醒世人痴梦。篝灯夜坐，愁极无聊，眼睁睁的瞧着砚池，尚积有几许剩墨，砚池旁的秃笔，也跃跃欲动，令小子手中生痒，不知不觉的检出残纸，取了笔，醮了墨，淋淋漓漓，潦潦草草的写了若干言，方才倦卧。明早夜间，又因余怀未尽，续写下去，一夕复一夕，一帙复一帙，居然积少成多，把一肚皮的陈油败酱，尽行发出。哈哈！这也是穷措大的牢骚，书呆子的伎俩，看官不要先笑，且看小子笔下的谰言！这二千余言，已把民国十年的大纲，笔罩无遗，直是一段好楔子。

话说清宣统三年八月十九日，湖北省会的武昌城，所有军士，竟揭竿起事，倡言革命。清总督瑞澂，及第八镇统制张彪，都行了三十六着的上着，溜了出去，逃脱性命。从革命开始，是直溯本源。革命军公推统领，请出一位黎协统来，做了都督，黎协统名元洪，字宋卿；湖北黄陂县人，曾任二十一混成协统领。既受任为革命军都督，免不得抵拒清廷，张起独立旗，打起自由鼓，堂堂整整，与清对垒。第一次出兵，便把汉阳占住，武汉联络，遂移檄各省，提出"民主"两字，大声呼号。清廷的王公官吏，吓得魂飞天外，急忙派陆军大臣荫昌，督率陆军两镇，自京出发，一面命海军部加派兵轮，饬海军提督萨镇冰，督赴战地，并令水师提督程允和，带领长江水师，即日赴援。不到三五日，又起用故宫保袁世凯为湖广总督，所有该省军队，及各路援军，统归该督节制，就如荫昌、萨镇冰所带水陆各军，亦得由袁世凯会同调遣。看官！你想袁宫保世凯，是清朝摄政王载沣的对头，宣统嗣位，载沣摄政，别事都未曾办理，先把那慈禧太后宠任的袁宫保，黜逐回籍，虽乃兄光绪帝，一生世不能出头，多半为老袁所害，此时大权在手，应该为乃兄雪恨，事俱详见《清史演义》。本书为《清史演义》之续，故不加详述，只含浑说过。但也未免躁急一点。袁宫保的性情，差不多是魏武帝，宁肯自己认错，闭门思过？只因载沣得势，巨卵不能敌石，没奈何退居项城，托词养疴，日与娇妻美妾，诗酒调情，钓游乐性，大有理乱不知、黜涉不闻的情状。若非革命军起，倒也优游卒岁，不致播恶。及武昌起义，又欲起用这位老先生，这叫作退即坠渊，进即加膝，无论如何长厚，也未免愤愤不平，何况这机变绝伦的袁世凯呢？单就袁世凯提论。因此书章法，要请此公作主，所以特别评叙。且荫昌是陆军大臣，既已派他督师，不应就三日内，复起用这位袁宫保，来与荫昌争权，眼见得清廷无人，命令颠倒，不待各省响应，已可知清祚不腊了。这数语是言清廷必亡，袁项城只贪天之功，以为己力耳。清廷起用袁公的诏旨，传到项城，袁公果不奉诏，复称足疾未愈，不能督师。载沣却也没法，只促荫昌南下，规复武汉。荫昌到了信阳州，竟自驻扎，但饬统带马继增等，进至汉口。黎都督也发兵抵御，双方逼紧，你枪我弹，对轰了好几次，互有击伤。萨军门带着海军，鸣炮助威，民军踞住山上，亦开炮还击，萨舰从下击上，非常困难，民军从上击下，却很容易。突然间一声炮响，烟迷汉水，把萨氏所领的江元轮船，打成了好几个窟窿，各舰队相率惊骇，纷纷逃散，江元舰也狼狈遁去，北军顿时失助，被民军掩击一阵，杀得七零八落，慌忙逃还。两下里胜负已分，民军声威大震。黄州府、沔阳州、宣阳府等处，乘机响应，遍竖白旗。到了八月三十日，湖南也独立了，清巡抚余诚格遁去。九月三日，陕西又独立了，清巡抚钱能训，自刎不死，由民军送他出境。越五日，山西又独立了，清巡抚陆钟琦，阖家殉难。嗣是江西独立、云南独立、贵州独立、民军万岁、民国万岁的声音，到处传响，警报飞达清廷，与雪片相似，可怜这位摄政王载沣，急得没法，只哭得似泪人儿一般。

内阁总理庆亲王奕劻，内阁协理大臣徐世昌，本是要请老袁出山，至此越加决意，同在摄政王载沣前，力保老袁，乃再命袁世凯为钦差大臣，所有赴援的海陆各军，并长江水师，统归节制。又命冯国璋总统第一军，段祺瑞总统第二军，也归袁世凯节制调遣。老袁接着诏命，仍电复："足疾难痊，兼且咳嗽，请别简贤能，当此重任"等语。将军欲以巧胜人，盘马弯弓故不发。那时清廷上下，越加惶急，亟由老庆同徐世昌，写了诚诚恳恳的专函，命专员阮忠枢，赍至信阳，交与荫昌，令他亲至袁第，当面敦促。荫昌自然照办，即日驰往项城，与老袁晤谈，缴出京信，由老袁展阅。老袁瞧毕，微微一笑道："急时抱佛脚，恐也来不及了。"荫昌又提出公谊私情，劝勉一番，于是老袁才慨然应允，指日起程。荫昌欣然告别，返到信阳州，即电达清廷。略曰："袁世凯已允督师，乱不足平，惟京师兵备空虚，自愿回京调度，藉备非常"等语。清廷即日颁旨，令俟袁世凯至军，即回京供职。这道命令下来，荫昌快活非常，乐得卸去重担，观望数日，便好脱罪。偏是前敌的清军，闻袁公已经奉命，亲来督师，没一个不踊跃起来，大家磨拳擦掌道："袁宫保来了，我辈须先战一场，占些威风，休使袁公笑骂呢。"先声夺人。原来光绪季年，袁世凯曾任直隶总督，练兵六镇，布满京畿，如段祺瑞、冯国璋等，统是袁公麾下的将弁，素蒙知遇，感切肌肤，将弁如此，兵士可知。后来冯、段之推奉袁氏即寓于此。冯、段两人，当下商议，决定冯为前茅，段为后劲，与民军决一胜负。冯国璋即率第一军南下，横厉无前，突入滠口，民军连忙拦截，彼此接仗，各拼个你死我活，两不相下。嗣经萨镇冰复率兵舰，驶近战线，架起巨炮，迭击民军，民军伤毙无数，不得已倒退下来。冯军遂乘胜追杀，得步进步，直入汉口华界，大肆焚掠，好几十里的市场，都变作瓦砾灰尘。这时候的冯军，非常高兴，抢的抢，掳的掳，见有姿色的妇女，便搂抱而去，任情淫乐。咎归于主，冯河间不得辞过。正在横行无忌，忽接到袁钦差的军令，禁止他非法胡行，冯军方才收队，静待袁公到来。不到一日，袁钦差的行牌已到，当由冯国璋带着军队，齐到车站恭迎。不一时，专车已到，放汽停轮，国璋抢先趋谒，但见翎顶辉煌的袁大臣，刚立起身来，准备下车，翎顶辉煌四字，寓有微意。见了国璋，笑容可掬，国璋行过军礼，即引他步下车台，两旁军队，已排列得非常整肃，统用军礼表敬。袁钦差徐步出站，即有绿呢大轿备着，俟他坐入，由军士簇拥而去。小子有诗咏袁钦差道：

奉命南来抵汉津，丰姿犹是宰官身。
试看翎顶遵清制，阃外争称袁大臣。

欲知袁钦差入营后事，且看下回说明。

前半回为全书楔子，已是借他人酒杯，浇自己块垒，满腹牢骚，都从笔底写出，令人开卷一读，无限唏嘘。入后叙述细事，便请出袁项城来作为主脑，盖创始革命者为孙、黎，而助成革命者为袁项城，项城之与民国，实具有绝大关系，自民国纪元，以迄五年，无在非袁项城一人作用，即无非袁项城一人历史，故著书人于革命情事，已详见《清史演义》者，多半从略，独于袁氏不肯放过。无袁氏，则民国或未必成立，无袁氏，则民国成立后，或不致扰攘至今，成也萧何，败也萧何，吾当以此言转赠袁公。书中述及袁氏，称号不一，若抑若扬，若嘲若讽，盖已情见乎词，非杂出不伦，茫无定据也。

# 第二回

## 黎都督复函拒使　吴军统被刺丧元

却说袁钦差世凯，既到汉口，当然有行辕设着，暂可安驻；入行辕后，不暇休息，即命冯国璋引导，周视各营，偶见受伤兵士，统用好语抚慰，兵士感激得很，甚至泣下。及袁钦差返寓行辕，各国驻汉领事，陆续拜会，谈及汉口焚掠情形，语多讥刺。袁钦差点首会意，待送客出营，便召国璋入辕，与他密语道："此次武汉举事，并不是寻常土匪，又不是什么造反，我闻他军律严明，名目正大，端的是不可小觑。眼光颇大。前日荫大臣受命南下，路过彰德，曾到我家探问，我已料此番风潮，愈闹愈大，不出一月，即当影响全国，所以与荫谈及，临敌须要仔细，千万勿可浪战。今果不出所料，那省独立，这省也独立，警报到耳，已有数起。似你带兵到此，夺还汉口，想必杀掠过甚，以致各国领事，也有不平的议论，可见今日行军，是要格外谨慎哩。"国璋闻言，不由的脸色一红，半晌才答道："革命风潮，闹得甚紧，汉口的百姓，也欢迎革命，不服我军，若非大加惩创，显见我军没用，恐越发闹得高兴了。"袁钦差拈须微笑道："杀死几个小百姓，似乎是没甚要紧，不过现在时势，非洪、杨时可比，满人糊涂得很，危亡在即，可不必替他出力，结怨人民，且恐贻累外交，变生意外。据我的意见，不如暂行停战，与他议和，若他肯就我范围，何妨得休便休，过了一年是一年，且到将来，再作计较。"前数语是项城本心，后数语乃暂时敷衍。国璋道："宫保所嘱，很是佩服，但我军未经大捷，他亦未必许和呢。"冯妇尚思搏虎。袁钦差叹道："我本回籍养疴，无心再出，偏老庆老徐等，硬来迫我，没奈何应命出山。荫午楼脱卸肩仔，好翩然回京了。午楼即荫昌别字，卸事回京，由此带过。我却来当此重任，看来此事颇大费周折哩。"正说着，外面又递入廷寄，内称："庆亲王奕劻等，请准辞职，着照所请。庆亲王奕劻，开去内阁总理大臣，大学士那桐、徐世昌开去协理大臣。袁世凯着授为内阁总理大臣。该大臣现已前赴湖北督师，着将应办各事，略为布置，即行来京组织内阁"等语。袁钦差瞧毕，递示国璋道："没事的时候，亲贵擅权，把别人不放在眼里，目下时势日迫，却把千斤万两的担子，一层一层的，压到我们身上，难道他们应该安乐，我等应该吃苦么？"怨形于辞。言毕，咨嗟不已。国璋也长叹了好几声，心也动了。嗣见老袁无言，方才别去。

袁钦差踌躇一会，方命随员具折，奏辞内阁总理；并请开国会，改宪法，下诏罪己，开放党禁等情。拜疏后，复闻上海独立，江苏独立，浙江独立，又是三省独立。不禁眉头一皱，计上心来，当下令随员刘承恩，致书鄂军都督黎元洪，筹商和议。承恩与元洪同乡，当即缮写书信，着人送去。待了两日，并无复音；又续寄一函，仍不见答。清廷已下罪己诏，命实行立宪，宽赦党人，并拟定宪法信条十九则，宣誓太庙，颁告天下；且促袁世凯入京组阁，毋再固辞，所有湖广总督一缺，另任魏光焘。魏未到任以前，着王士珍署理。袁钦差得旨，拟即北上，启行至信阳州，再命刘承恩寄书黎督，缮稿已竣，又由自己特别裁酌，删改数行。其书云：

　　叠寄两函，未邀示复，不识可达典签否？顷奉项城官保谕开：刻下朝廷有旨，一下罪己之诏，二实行立宪，三赦开党禁，四皇族不闻国政等因，似此则国政尚有可挽回振兴之期也。遵即转达台端，务宜设法和平了结，早息一日兵争，地方百姓，早安静一日。否则势必兵连祸结，不但荼毒生灵，糜费巨款，迨至日久息事，则我国已成不可收拾之国矣。况兴兵者汉人，受蹂躏者亦汉人，反正均我汉人吃苦也。弟早见政治日非，遂有终老林下之想，今因项城出山，以劝抚为然，政府亦有悔心之意，即此情理，亦未尝非阁下暨诸英雄，能出此种善导之功也。依弟愚见，不如趁此机会，暂且和平了结，且看政府行为如何？可则竭力整顿，否则再行设策以谋之，未为不可。果以弟见为是，或另有要求之处，弟即行转达项城官保，再上达办理。至诸公皆大才楩楠，不独不咎既往，尚可定必重用，相助办理朝政也。且项城之为人诚信，阁下亦必素所深知，此次更不致失信于诸公也。此三语想由项城自己添入。并闻朝廷有旨，谅日内即行送到麾下，弟有关桑梓，又素承不弃，用敢不揣冒昧，进言请教，务乞示复，诸希爱照！

　　此书去后，仍然不得复音，接连是广西独立，安徽独立，广东独立，福建独立，风声鹤唳，草木皆兵，自武昌革命以来，先后不过三十日，中国版图二十二省，已被民军占去大半。当时为清尽命的大员，除山西巡抚陆钟琦外，见前回。只有江西巡抚冯汝骙，闽浙总督松寿，余外封疆大吏，不是预先逃匿，就是被民军拘住，不忍加戮，纵他出走。还有江苏巡抚程德全，广西巡抚沈秉堃，安徽巡抚朱家宝等，居然附和民军，抛去巡抚印信，竟做民军都督；甚至庆亲王的亲家孙宝琦，本任山东巡抚，也为军民所迫，悬起独立旗来，东三省总督赵尔巽，籍隶汉军，竟为国民保安会长，成了独立的变相；直隶滦州军统张绍曾，又荷戈西向，威逼清廷速改政体；新授山西巡抚吴禄贞，且拥兵石家庄，隐隐有攫取北京的异图。真是四面楚歌。那时身入漩涡的袁钦差，恰也着急起来，再令刘承恩为代表委员，副以蔡廷干，同往武昌，与黎都督面议和约，自己决拟入都，整装以待。过了两日，方见刘、蔡二人，狼狈回来；急忙问及和议，二人相继摇首，并呈上复函，由袁披阅。其词云：

　　慰帅执事：袁字慰庭，故称慰帅。迩者蔡、刘两君来，备述德意，具见执事俯念汉族同胞，不忍自相残害，令我钦佩。荷开示四条，果能如约照办，则是满清幸福。特汉族之受专制，已二百六十余年，自戊戌政变以还，曰改革专制，曰预备立宪，曰缩短国会期限，何一非国民之铁血威逼出来？徐锡麟也，安庆兵变也，孚琦炸弹也，广州督署被轰也，满清之胆，早经破裂。以上所叙各事，俱见《清史演义》。然逐次之伪谕，纯系牢笼汉人之诈术，并无改革政体之决心。故内而各部长官，外而各省督抚，满汉比较，满人之掌握政权者几何人？兵权财权，为立国之命脉，非毫无智识之奴才，即乳臭未干之亲贵；四万万汉人之财产生命，皆将断送于少数满贼之手，是而可忍，孰不可忍？即如执事，岂非我汉族中之最有声望、最有能力之人乎？一削兵权于北洋，再夺政柄于枢府，若非稍有忌惮汉族之心，己酉革职之后，险有性命之虑。他人或有不知，执事岂竟忘之？何曾忘记。自鄂军倡义，四方响应，举朝震恐，无法支持，始出其咸同故技，以汉人杀汉人之政策，执事果为此而出，可谓忍矣。嗣又奉读条件，谆谆以立宪为言，时至二十世纪，无论君主国、民主国、君民共主国，莫不有宪法，特其性质稍有差异，然均谓之立宪。将来各省派员会议，视其程度如何，当采何种政体，其结果自不外立宪二字。特揆诸舆论，满清恐难参与其间耳。即论清政府叠次上谕所云，试问鄂军起义之力，为彰德高卧之力乎？鄂军倘允休兵，满廷反汗，执事究有何力以为后盾？今鄂军起义只匝月，而响应宣告独立者，已十余省，沪上归并之兵轮及鱼雷艇，共有八艘，其所以光复之速而广者，实非人力之所能为也。我军进攻，窃料满清实无抵抗之能力，其稍能抵拒者，惟有执事，然则执事一身，系汉族及中国之存亡，不綦重哉！设执事真能知有汉族，真能系念汉人，则何不趁此机会，揽握兵权，反手王齐，匪异人任。即不然，亦当起中州健儿，直捣幽燕。渠何尝不作此想，特不欲显行耳。苟执事真热心满清功名也，亦当日夜祷祝我军速指黄河以北，则我军声势日大一日，执事爵位日高一日，倘鄂军屈服于满清，恐不数日间，飞鸟尽，良弓藏，狡兔死，走狗烹矣。早已见到，不烦指教。执事犯功高震主之嫌，虽再伏隐彰德而不可得也。隆裕有生一日，戊戌之事，一日不能忘也，执事之于满清，其感情之为如何？执事当自知之，不必局外人为之代谋。同志人等，皆能自树汉族勋业，不愿再受满族羁绊，亦勿劳锦注。顷由某处得无线电，知北京正危，有爱新氏去国逃走之说，果如是，则法人资格丧失，虽欲赠友邦而无其权矣，执事又何疑焉？窃为执事计，闻清廷有召还之说，分二策以研究之：一清廷之召执事回京也，恐系疑执事心怀不臣，藉此以释兵权，则宜援"将在外，君命有所不受"之例以拒之；二清廷果危急而召执事也，庚子之役，各国联军入京，召合肥入定大局，合肥留沪不前，趁机观变，前事可师。所惜者，合肥奴性太深，仅得以文忠结局，了此一生历史，李氏子岂能终无余憾乎？元洪一介武夫，罔识大义，惟此心除保民外，无第二思想，况执事历世太深，观望过甚，不能自决，须知当仁不让，见义勇为，无待游移。《孟子》云："虽有智慧，不如乘势，虽有镃基，不如待时。"全国同胞，仰望执事者久矣，请勿再以假面具示人，有失本来面目，则元洪等所忠告于执事者也。余详蔡、刘二君口述，书不尽言，惟希垂鉴！

袁钦差阅毕，毫不动色，惟点了好几回头，知己相逢，应该心照。嗣见刘、蔡二人尚站立在侧，便与语道："他不肯讲和，也就罢了，我便要启程赴京，你两人收拾行李，一同北上，可好么？"二人正在听命，忽由随役递呈名刺，报称第一军统领段祺瑞求见，袁钦差即命传入。彼此相见，行过了礼，祺瑞先开口道："闻宫保已拟北上，祺瑞特来恭送，并乞指教。"袁钦差道："革命风潮，闹得这么样大，看来是不易收拾。中外人心，又倾向革命，冯军一入汉口，稍行杀掠，各领事已有烦言，你想现在的事情，还好任情办去么？"祺瑞道："京中资政院，已奏请惩办前敌将帅，闻已交宫保查办，不知宫保究如何作复？"袁钦差微哂道："一班老朽，晓得什么军情，华甫也太属辣手，我已向他交代过了。"冯国璋字华甫。老袁袒护袁国璋，已见言外。祺瑞道："可笑这吴禄贞，是革命党中健将，朝廷不知为何令抚山西，他带了山西革命军，还到石家庄，把京中输运的军火子弹，多半截留，反说是仰体朝廷德意，消弭战祸，保全和平，并请诛纵兵烧杀的将帅，以谢天下，这真是出人意料的事情。现闻已在途被刺，连首级都无从着落呢。"吴禄贞被刺事，亦从老段口中带出。袁钦差不待说毕，便道："这等人物，少一个，好一个，横直是乱世魔星，不足评论。"祺瑞听他言中有意，便不再说下去。袁氏何意？看官试猜。但听袁钦差又与语道："芝泉，祺瑞字。你是我的故交，我此次被逼出山，又要赴京，你须要助我一臂哩。"祺瑞拱手道："敢不惟命是听。"种种后文，均伏于此语中。袁钦差道："如此最好，我已要起程了。"当下与祺瑞携手出辕，上舆告别。祺瑞仍在后送行，一直到了车站，俟袁钦差舍舆登车，一去一留，方才分手。

看官听着！小子前著《清史演义》，于吴禄贞事未曾详叙，此书既从段祺瑞口中叙出，应该将吴事表明，补我从前缺略，且与袁项城亦隐有关系，更不能不特别从详。本书于各省革命，俱从略笔，独详吴事者以此。吴禄贞，字绶卿，湖北云梦县人，曾在湖北武备学堂肄业，由官费派学东洋。庚子拳乱，革命党人唐才常，发难汉口，禄贞方在日本学习士官，潜身归来，据住大通，为唐声援。唐败被杀，禄贞仍遁入日本，后投效东三省，大著才名，得操兵柄。寻为延吉厅边务大臣，与日本办理间岛交涉，精干明敏，日人不能逞，以功浯升副都统，未几任第六镇统制。他本蓄志革命，欲借着兵力，乘机举事，会鄂军起义，遂自请率军赴敌。清廷颇怀疑忌，令荫昌南下，许荫昌便宜行事，如果察有异图，立杀无赦。禄贞以荫昌偕行，料知所愿难遂，乃托疾不往，嗣因滦州军威逼立宪，有旨令禄贞往抚，禄贞到了滦州，却在军前演说，大致谓："革命利益，满、汉均露。"说得汉人非常赞成，就是军伍中有几个满人，也不觉被他感化，当下集众定议，入驻丰台，拟逼清帝逊位。不意清廷已有所闻，调集京奉路线列车，留京待命，一面令禄贞移剿山西。禄贞因计不得行，乃率部众赴石家庄，自己轻车简从，径入山西省城，与山西民军会商，拟纠合燕晋诸军，协图北京，且截取清军南下的辎重，做为自己的军需。匆匆返石家庄，偕詹随员在车中拟稿，只说是山西就抚，电达清廷。甫到车站，突有兵士上车，向禄贞屈膝道贺。禄贞见兵士肩章，书第十二协字样，坦然不疑；正欲启问，那兵士从靴内拔出匕首，向前直刺。禄贞忙离座格拒，詹又大呼乞救，不防兵士愈来愈众，各持枪攒击禄贞，禄贞虽然骁勇，究竟敌不住多人；况且枪弹无情，扑通扑通的数声，已将一位革命的英雄，送入鬼门关去，头颅都不知下落。詹随员逃避不及，也吃了好几个卫生丸，与吴统制同登冥箓。生死相随，可谓至友。看官！这第十二协军队，系何人统辖？原来就是吴禄贞部下的军队，协统叫作周符麟，与禄贞含有宿嫌，禄贞本奏请黜周，公牍上陈，偏遭部驳，周仍虚与委蛇，至是竟遣旗兵刺死禄贞。或谓："由清军咨使良弼，遗周二万金，令他把禄贞刺死，免滋后患。"或谓："为袁钦差所忌，恐他先入京师，独操胜算，转令自己反落人后，无从做一番事业，所以密嗾周符麟，除去一个好敌手。"后人编著《民国春秋》，尝于辛亥年九月十六日，大书特书道："袁世凯使人暗杀吴禄贞于石家庄。"《民国春秋》曾载入《大同报》。小子也不暇深考。但有一诗吊吴军统云：

拼将铁血造中原，勇士何妨竟丧元？

但若暴徒非虏使，石家庄上太含冤。

吴军统已死，袁钦差即启程北上，京内的王公大臣，都额手称庆，差不多似救命王到来。欲知后事，试看下回。

冯、段二人，是项城心腹，故本书开始，即将二人特别提出。微冯、段，项城固无自逞志也。若与黎都督议和，项城不过暂时敷衍，并非当时要着，但黎督复书，实已如见项城肺腑，推项城之意，亦必谓黄陂实获我心，特未尝明言耳。刘书毫无精采，不过与黎书互有关系，故特附录，明眼人自能知之。至吴禄贞之被刺，是否由项城主使，至今尚无实证，惟《大同报》所载之《民国春秋》，已归咎袁氏，想彼或有所见，并非曲意深文。吴谋若行，则北京早下，清帝亦早逊位，何待项城上台，今日之民国，或较为振刷，亦未可知，是著书人之特载吴禄贞，固具有微意，不第补前著《清史演义》之阙已也。

# 第三回

## 奉密令冯国璋逞威　举总统孙中山就职

却说京内官民，闻袁钦差到京，欢跃得什么相似，多半到车站欢迎。袁钦差徐步下车，乘舆入正阳门，当由老庆老徐等，极诚迎接，寒暄数语，即偕至摄政王私邸，摄政王载沣，也只好蠲除宿嫌，殷勤款待。请他来实行革命，安得不格外殷勤？老袁确是深沉，并没有什么怨色，但只一味谦逊，说了许多才薄难胜等语。语带双敲。急得摄政王冷汗直流，几欲跪将下去，求他出力。老庆老徐等，又从旁怂恿，袁乃直任不辞，即日进谒隆裕后，也奉了诚诚恳恳的面谕，托他斡旋。袁始就内阁总理的职任，动手组织内阁，选用梁敦彦、赵秉钧、严修、唐景崇、王士珍、萨镇冰、沈家本、张謇、唐绍怡、达寿等，分任阁员，并简放各省宣慰使，拣出几个老成重望，要他充选。看官！你想当四面楚歌的时代，哪个肯来冒险冲锋，担此重任？除在京几个人员无法推诿外，简直是有官无人。而且海军舰队，及长江水师，又陆续归附民军，听他调用，那时大河南北，只有直隶、河南两省，还算是没有变动。大江南北，四川又继起独立，完全为民军所有。只南京总督张人骏，将军铁良，提督张勋，尚服从清命，孤守危城。江苏都督程德全，浙江都督汤寿潜，又组织联军，进攻南京。上海都督陈其美，且号召兵民，一面援应江、浙联军，一面组合男女军事团，倡义援鄂。枕戈待旦，健男儿有志复仇，市鞍从军，弱女子亦思偕作。彼谈兵，此驰檄，一片詾噪声，遥达北京，已吓得满奴倒躲，虏气不扬。语有分寸，阅者自知。

袁总理迭接警耗，前称袁钦差，此称袁总理，虽是就官言官，寓意却也不浅。默想民军方面，嚣张得很，若非稍加惩创，民军目中，还瞧得起我么？我要大大的做番事业，必须北制满人，南制民军，双方归我掌握，才能任我所为。隐揣老袁心理，确中肯綮。计划既定，便与老庆商议，令他索取内帑，把慈禧太后遗下的私积，向隆裕后逼出，隆裕后无法可施，落了无数泪珠儿，方将内帑交给出来，袁总理立饬干员，运银至鄂，奖励冯国璋军，并函饬国璋力攻汉阳。国璋得了袁总理命令，胜过皇帝诏旨，遂慷慨誓师，用全力去争汉阳。汉阳民军总司令黄兴，系湖南长沙县人，向来主张革命，屡仆屡起，百折不挠。黎都督元洪，与他素未识面，及武汉鏖兵，他遂往见黎督，慨愿前驱，赴汉杀虏。是夕，即渡江抵汉阳，汉阳民军，与清军酣战，已有多日，免不得临阵伤亡，队伍缺额，就令新募兵充数。新兵未受军事教育，初次交锋，毫无经验，一味乱击，幸清军统冯国璋，守着老袁训诫，未敢妄动，所以相持不决。至袁令一下，他即率军猛进，围攻龟山。民军总司令黄兴，督师抵敌，连战两昼夜，未分胜负。不意冯军改装夜渡，潜逾汉江，用着机关大炮，突攻汉阳城外民军。民军猝不及防，纷纷倒退。黄兴闻汉阳紧急，慌忙回援，见汉阳城外的要害，已被清军占住，料知汉阳难守，竟一溜烟的逃入武昌。下一逃字，罪有攸归。龟山所有炮队，失去了总司令，未免脚忙手乱，一时措手不迭，便被冯军夺去。汉阳城内，随即溃散，眼见得城池失守，又归残清。

等到武昌发兵往援，已是不及，黎都督不免懊悔，但事已如此，无可奈何，只得收集汉阳溃军，加派武昌生力军，沿江分驻，固守武昌。黄兴见了黎督，痛哭移时，拟只身东行，借兵援鄂，黎督也随口照允，听他自去。黄兴实非将才。

　　这时候的冯国璋，已告捷清廷，清廷封国璋二等男，国璋颇也欣慰，便拟乘胜再下武昌，博得一个封侯拜相的机会。当下派重兵据住龟山，架起机关大炮，轰击武昌。武昌与汉阳，只隔一江，炮力亦弹射得着，幸亏武昌兵民，日夕严防，就是有流弹抛入，尚不过稍受损伤，无关紧要；沿江上下七十余里，又统有民军守着，老冯不能飞渡。只汉阳难民，渡江南奔，船至中流，往往被炮弹击沉，可怜这穷苦百姓，断股绝臂，飘荡江流；还有一班妇女儿童，披发溺水，宛转呼号，无从乞救，一个一个的沉落波心，葬入鱼鳖腹中。马二先生，何其忍心。各国驻汉领事，见了这般惨状，也代为不平，遂推英领事出为介绍，劝令双方停战。自残同类，转令外人出为缓颊，然是可叹。国璋哪肯罢休，只说须请命清廷，方可定夺，一面仍饬兵开炮，蓬蓬勃勃的，放了三日三夜，还想发兵渡江，偏偏接到袁总理命令，嘱他停战，冯国璋一团高兴，不知不觉的，销磨了四五分，乃照会英领事，开列停战条件，尚称："民军为匪党。"并有"匪党须退出武昌城十五里，及匪党军舰的炮闩，须一概卸下，交与介绍人英领事收存"等语。英领事转达黎督，黎督复交各省代表会公决。

　　原来独立各省，已各举代表，齐集湖北，拟组织临时政府，以便对内对外，本意是择地武昌，因武昌方在被兵，不得安居，暂借汉口租界顺昌洋行，为各省代表会会所。各省代表，见了冯国璋停战条款，统是愤懑交加，不愿答复。嗣恐英领事面子过不下去，乃想出一个用矛制盾的法儿，写了几条，作为复词。内开虏军须退出汉口十五里以外，及虏军所据的火车，应由介绍人英领事签字封闭。极好的滑稽答复。这种绝对不合的条款，怎能磋磨就绪？惟老冯也不好再战，暂行停炮勿攻，待有后命，再定计议。乐得逍遥。忽接到江南急电，江督张人骏将军铁良提督张勋等，统弃城出走，南京被民军占去。接连又奉袁总理电命，停战十五日。于是按兵不动，彼此夹江自守，暂息烽烟。

　　小子且将南京战事，续叙下去。江督张人骏，本也是个模棱人物，只因铁良是满人，始终辅清，张勋虽是汉族，却因受清厚恩，不敢背德，定欲保全江宁，对敌民军，所以各省纷纷独立，惟南京服从清室，毫无变志。江南第九镇统制徐绍桢，时已反抗清廷，任为宁军总司令，发兵攻击南京，初战不利，退回镇江，旋经浙军司令朱瑞，苏军司令刘之洁，镇军司令林述庆，沪军司令洪承点，济军司令黎天才，齐集镇江，与宁军一同出发，再捣南京，张勋却也能耐，带着十八营防军，与联军交战数次，互有杀伤。嗣因联军分头进攻，一个效忠清室的张大帅，顾东失西，好似一个磨盘心，终日在南京城下，指麾往来，闹得人困马乏，急忙电达袁总理，请他速发援兵。谁知这袁总理并无复音，再四呼吁，终不见报。袁总理已叫你揖让，你何苦硬要支持？未几，济军占领乌龙山、幕府山，浙军亦占领马群孝陵卫一带，又未几，浙军复进夺紫金山，会同镇军沪军，攻克天保城。张勋屡战不利，反丧了统领王有宏，没奈何退入朝阳门，专令城内狮子山守兵，开炮击射联军。哪知狮子山上的兵士，已有变志，所发诸炮，都是向空乱击，毫无效力，城外最要紧的雨花台，又被苏军夺去。张勋力竭计穷，先嘱爱妾小毛子，收拾细软，由部众拥护出城，自己亦率了残兵二千人，与张人骏、铁良等开了汉西门，乘夜走脱，联军遂拥入南京城，欢呼不已。南京踞长江下游，倚山濒水，向称为龙盘虎踞的雄都，民军席卷长江，必须攻克南京，才得作为根本重地。适值汉阳为清军所得，两方面胜负相同，各得对等资格，那时和议问题，方好就此着手了。实皆不能出老袁意中。

袁总理世凯，与清摄政王载沣，面和心不和，便乘此下手，欲逼载沣退归藩邸，但形式上不便强逼，只把重大的问题，推到载沣身上去，自己不肯作主。载沣实担架不起，情愿辞职归藩。庆亲王奕劻，虽已罢去总理，遇着紧要会议，总要召他与闻，他便在隆裕后面前，力保袁总理能当重任，休令他人掣肘。隆裕后究是女流，到了没奈何时候，明知袁总理未必可靠，也只好求他设法，索性退去摄政王，把清廷一切全权，托付袁总理。全权付与，还有什么清室江山。袁总理遂命尚书唐绍怡，做了议和代表，且与唐密商了一夜，方令启程南下。一夜密商，包括后来无数情事。各省代表会，闻北代表南来，公推伍廷芳为民军代表，酌定上海地点，与北代表会议。两下里只约停战，未及言和。那革命党大首领孙文，已从海外回国，来任临时总统，开创一个中华民国出来。笔大如椽。

孙文字逸仙，号中山，广东香山县人，少时入教会学堂读书，吸受欧化，目击清政日非，遂倡言革命；嗣复往来东西洋，结合中国游学生，组织同盟会，一心与满清为难，好几次运动革命，统归失败。俱见《清史演义》。至是民军起义，把中国二十二省的舆图，得了三分之二，不禁宿愿俱慰，奋袂回国。看官试想！中国革命，全是他一人发起的效力，此番功成回来，宁有不受人欢迎么？

先是黄兴到沪，拟召江、浙军援鄂，会因鄂军与清军议和，彼此停战，乃将援鄂事暂行搁起。至南京已下，各省代表，均自汉口移至南京，道出沪上，拟选举正副元帅，为他日正副总统根本。当下开会公举，黄兴得票最多，当选为大元帅，黎元洪得票，居次多数，当选为副元帅。哪知江、浙联军，啧有烦言，多半谓汉阳败将，怎能当大元帅的职任？况黎都督是革命功首，反令他屈居副座，如何服人？遂纷纷电达沪渎，不认黄兴为大元帅。此即为军人干涉立法权之始。但各代表推选不慎，也是难免指摘。各省代表，束手无策，只好再行酌议，拟将黎、黄两人，易一位置。黄兴闻联军不服，即日离沪，只致书各省代表，力辞大元帅当选，并推举黎元洪为大元帅。各代表得了此书，乐得顺风使帆，以大元帅属黎，副元帅属黄，惟会议时有一转文，黎大元帅暂驻武昌，可由副元帅代行大元帅职权，组织临时政府。公决后，即由各代表派遣专足，欢迎副元帅移节江宁，一面与行政机关接洽，在江宁预设元帅府，专待黄副元帅到来。不意黄副元帅竟尔固辞，至再三敦促，仍然未至。有几个革命党人，与黄兴素来莫逆，竟跑入代表会所，狂呼乱叫，拍案痛詈，略称："举定的正副元帅，如何易置？显是看轻我会中好友，你等名为代表，试为设身处地，一位大元帅，骤然降职，尚有面目来宁，组织临时政府么？"此是政党纷争之始，愈见选举不慎之弊。说得各代表俯首无言，待他舌干口渴，方设词劝慰，将他请出。党人恨恨而去。

各代表忍气吞声，面面相觑，忽闻孙中山航海到来，已抵吴淞口，亏得他来解围。

大众方转忧为喜，即开了一个欢迎会，去迓中山——中山于十一月初六日到沪；遂把大元帅副元帅的问题，搁过一边，一心一意的，推举孙中山为临时大总统。初十日开会投票，每省代表，一票为限。奉天代表吴景濂，直隶代表谷钟秀、张铭勋，河南代表李擎，山东代表谢鸿焘，山西代表景耀月、李素、刘懋赏，陕西代表张蔚森、马步云，江苏代表袁希洛、陈陶怡，安徽代表许冠尧、王竹怀、赵斌，江西代表林子超、赵士壮、王有兰、俞应麓、汤漪，浙江代表汤尔和、黄群、陈时夏、陈毅、屈映光，福建代表潘祖彝，广东代表王宠惠、邓宪甫，广西代表马君武、章勤士，湖南代表谭人凤、邹代藩、廖名搢，湖北代表马伯援、王正廷、杨时杰、胡瑛、居正，四川代表萧湘、周代本，云南代表吕志伊、张一鹏、段宇清，联翩到会，依法投票。全是表面文章。开箱检视，总数只有十七票，倒有十六票中，端端正正的，写着孙文二字，大众欢呼中华共和万岁三声，自是中华民国临时总统，产生大陆，成为开辟以来第一次创局。大书特书。孙文辞无可辞，勉允就职，当准于辛亥年十一月十三日，即阳历新正月一日，为临时总统莅任，中华民国纪元的吉期。先是鄂军起义，用黄帝纪元，因黄帝为汉族远祖，兴汉排满，不得不溯源黄帝，所以檄文起首，称为黄帝纪元四千六百零九年；至造成民国，拟联合汉、满、蒙、回、藏五族，成一大中华，不应再存种族的形迹，乃改用民国纪元。且因世界各国，多用阳历，也只好随众变通，藉便交际；可巧总统选出，又适当阳历残年，为此种种理由，才有此特别更改。话休烦叙。并非烦文，实为通俗教育起见。

　　且说中华民国元年元月元日，当选临时大总统孙文，由沪上乘着专车，赴宁受职，火车上面，遍悬五色旗，随风送迎。这五色旗寓着五族共和的意义，系江、浙联军光复南京后，由都督程德全，及湖南志士宋教仁等，创造出来，后来遂定为国徽。武昌起义，用铁血旗，即十八星旗。滇、黔、粤、桂独立，袭用同盟会之青天白日旗。各省独立，统用白旗。故本书特揭五色旗之缘起。是日午前，车抵南京，政学军商各界，统到车站欢迎，驻宁各国领事，亦到来迎接。各炮台，各军舰，各鸣炮二十一门，表示欢忱。孙文下车，便改乘马车至临时总统府，即日行就职礼。各省代表暨海陆军代表齐集，军乐声与欢呼声、舞蹈声，和成一片。待众声少止，乃由孙文宣读誓词，词曰：

　　　　倾覆满洲专制政府，巩固中华民国，图谋民生幸福。此国民之公意，文实遵之，以忠于国。至专制政府既倒，国内无变乱，民国卓立于世界，为列邦公认，文当解临时大总统之职，谨以此誓于国民。数语已载《清史演义》，因所关重大，用特复录。

　　各省代表，因他宣誓已终，遂捧授大总统印信，由孙文接受加仪，那时宁军总司令徐绍桢，又由各代表公推，令进箴颂，乃琳琳琅琅的宣读起来。正是：

　　　　元首退居公仆列，国民进作主人翁。

　　欲知所读何词，且至下回续叙。

　　本回所叙各事，多载入《清史演义》，而此复复述者，以事关重大，《清史演义》

中不可无是文，《民国演义》中，尤不可无是文也。妙在事实从同，运笔不同，两两对勘，不嫌重复，反增趣味，且有彼详此略、彼略此详诸异点，置诸《清史演义》宜如彼，置诸《民国演义》宜如此，此妙手之所以不涉拘墟也，阅者鉴之，应不河汉余言。

第三回

奉密令冯国璋逞威　举总统孙中山就职

# 第四回

## 复民权南京开幕　抗和议北伐兴师

却说宁军司令徐绍桢，因临时大总统孙文就职，遂由各省代表委托，转达民意，朗读颂词道：

维汉曾孙失政，东胡内侵，淫虐猾夏，帝制自为者垂三百年，我皇汉慈孙，呻吟深热，慕法兰西、美利坚人平等之制，用是群视众策，仰视俯画，思所以倾覆虐政，恢复人权，乃断头搭胸，群起号召，流血建义，续法、美人共和之战史。今三分天下，克复有二，用是建立民国，期成政府，拣选民主，推置总统。金意能尊重共和，宣达民意，惟公贤；廓清专制，巩卫自由，惟公贤；光复禹域，克定河朔，举汉、满、蒙、回、藏群伦，共覆于平等之政，亦惟公贤。用是投匦度情，征压纽之信，众意所属，群谋金同。既协众符，欢欣拥戴。要知我国民久困钤制，疾首蹙额，望民主若岁，今当公轩车莅任，苍白扶杖，子女加额，焚香拥彗，感激涕零者何也？忭舞自由，敦重民权也，用是不吝付四百兆国民之太阿，寄二亿里山河之大命，国民之委托于公者，亦已重哉。继自今惟公翼翼，毋违宪法，毋拂舆意，毋任威福，毋崇专断，毋昵非德，毋任非才，凡我共和国民，有不矢忠矢信，至诚爱戴，轩辕、金天，列祖列宗，七十二代之君，实闻斯言。代表等受国民委托之重，敢不尽意，谨致大总统玺绶，俾公发号施令，崇为符信，钦念哉！

读毕，由孙大总统答词，略谓："当竭尽心力，勉副国民公意。"各代表及海陆军代表，又欢呼中华民国万岁，中华民国共和万岁，中华民国四万万同胞万岁。两阶军乐，又鞺鞺的奏了一回，然后大众鞠躬别去。过了三天，再选举副总统，黎都督元洪当选；复着手组织内阁，暂仿美国成制，不设总理，先集各代表议定法度，分作九部，每部设总长一人，次长一人，由孙总统提出望重名高的人物，请代表团投票取决，得多数同意，乃经总统委任。此次是中华民国第一次组织内阁，当任黄兴为陆军总长，蒋作宾为次长，黄钟瑛为海军总长，汤芗铭为次长，伍廷芳为司法总长，吕志伊为次长，陈锦涛为财政总长，王鸿猷为次长，王宠惠为外交总长，魏宸组为次长，程德全为内务总长，居正为次长，蔡元培为教育总长，景耀月为次长，张謇为实业总长，马和为次长，汤寿潜为交通总长，于右任为次长。政府的行政机关，已经组成，乃由各代表组织参议院，每省中选出三人，公议法律，作为中华民国的立法机关。政法两项，并行不悖，先择民国最要紧的条件，提出施行。第一件是外交，由临时大总统咨照各国，凡革命以前，清政府所欠外债，归民国承认偿还，从前中外约款，仍然履行，各国侨民，一体保护，信教悉许自由，外人得此照会，却也悦服。第二件是内治，下剪辫令，改拜跪礼，所有从前大人老爷的称呼，以及山、陕教坊乐籍，与浙绍惰民丐籍及浙、闽棚民，广东蜑户等，一体革除，实行共和制度，撤销阶级。至若刑法一端，虽已设司法部，一时未及编制，且因军务未竣，暂行军律，由陆军总长颁布临时军律十二条，凡任意掳掠、强奸妇女、焚杀平民，及未奉长官命令，擅封民房财产、硬夺良民财物等五条，最为大罪，犯即枪毙。勒索强买，与私斗伤人，这二条论情抵罪。还有五条，是私入良民家宅、行窃赌博、纵酒行凶，及各种滋扰情形，均酌量罚办。此外一切政策，由各部总长颁布意见，逐渐进行。惟教育一项，至应改良，所有大小所堂，改名学校，各种教科书，饬各书局及各校教员，酌量编辑，小学校中准男女同学，期合共和宗旨。其余各节，亦略有变通，小子也不及细述了。此系民国创造的政治，不能不揭要叙明。

惟是满清政府，尚兀立北京，直隶、河南，未曾独立；山东旧抚孙宝琦，忽附和民军，忽服从清室，仿佛有两张面孔，两副心肠；还有辽东三省，也是首鼠两端；西域的新疆省，及内外蒙古、青海、西藏三部，路途遥远，声息未通；就是一早光复的山、陕两省也被清军袭击，屡电达南京政府，火速乞援。临时大总统孙文，及九部阁员，不得不亟筹统一的办法。

时清议和代表唐绍怡，与民军代表伍廷芳，已会议了好几次，伍代表先提出和议大纲，约有四条：一是废除满清政府；二是建立共和政府；三是优给清帝岁俸；四是满人除在新政府效力外，凡年老穷苦的人，均优给赡养。这数条说将出来，与唐代表意不相合。唐代表受着清廷命令，南下议和，就是有志共和，一时也不便推倒满清，遂与伍代表辩驳数次，仍主张君主立宪。伍代表当然不允，嗣经彼此磋磨，定了一个通融的法儿，拟立时召集国会，将君主民主问题，付诸公决，当由双方签字。再议国会办法，及开会地点，伍主上海，唐主北京；伍主每省选派代表三人，唐初意未协，旋亦照允，惟地点尚未议定，电达袁总理定夺。袁总理复电，不特反对上海开会，并云："各省代表，只有三人，不足取信大众。唐使不候电商，径行允协，未免越权，本总理碍难承认"云云。无非为一己计。看官试想！唐使南来，明明是袁总理的全权代表，当两代表相见时，已经换验文凭，确有全权字样。乃因这国会人数，由唐签定，竟遭袁总理驳斥，还有什么全权可言？唐代表即日辞职，由袁总理致电伍廷芳，直接议和。正在辩论的时候，忽闻南京已组织新政府，选孙文为临时大总统，黎元洪为临时副总统，不由的惊动了老袁，正副总统，都被他人取去，安得不惊。立即电达南方，诘问伍代表。略云：

国体问题，由国会解决，现正商议正当办法，自应以全国人民公决之政体为断。乃闻南京忽已组织新政府，并孙文受任总统之日，宣示驱逐满清政府，是显与前议国会解决问题相背，特诘问此次选举总统，是何用意？设国会议决为君主立宪，该政府暨总统，是否立即取消？务希电复！

伍代表接到此电，亦拟就复稿，拍致袁总理道：

现在民军，光复十七省，不能无统一之机关，在国民会议未议决以前，民国组织临时政府，选举临时大总统，此是民国内部组织之事，为政治上之通例。若以此相诘，请还问清政府，国民会议未决以前，何以不即行消灭，何以尚派委大小官员？又前与唐使订定，谓国民会议，取决多数，议决之后，两方均须依从。来电所诘问者，请还以相诘，设国会议决为共和立宪，清帝是否立即退位？亦希答复为盼！

袁总理瞧这电文，免不得气愤起来，当下四处拍电，饬新授山西巡抚张锡銮，速带三镇全军，往攻娘子关，进窥太原；故陕督升允，由甘肃募军，由平凉窥陕西乾州；再调河南清军，西薄陕西潼关；皖北清藩倪嗣冲，进驻颍亳；南京败逃的提督张勋，由徐州招集散军，攻入宿州，随处牵制民军，大有以力服人的威势。暗中却仍令唐绍怡，寓居沪上，作局外的调停，仍与伍代表密商，不使南北决裂。一面硬逼，一面软做，老袁确有手段。南京政府，颇有些为难起来，各省代表团，恐临时政府为和议所误，行文严诘，日促进兵。山西都督阎锡山，又飞书求救，接连是娘子关失守，太原失守，数次警电，络绎传来。陕西潼关民军，始挫终胜，虽幸得击退清军，究竟还是危险，也屡电告急，皖、徐一带，又有不安的消息，于是南京政府，揭示进兵的方法，派鄂、湘民军，为第一军，向京汉铁路前进；宁、皖民军为第二军，向河南前进，与第一军约会开封、郑州间；淮阳民军为第三军，烟台民军为第四军，向山东前进，约会济南；秦皇岛合关外各民军为第五军，山、陕民军为第六军，向北京前进，若第一二三四军，进行顺手，即与第五六军会合，共捣虏廷。再由临时大总统孙文，檄告北方将士，其文云：

> 民国光复，十有七省，义旗虽举，政体未立，凡对内对外诸问题，举非有统一之机关，无以达革新之目的，此临时政府，所以不得不亟为组织者也。文以薄德，谬承公选，效忠服务，义不容辞，用是不揣绵薄，暂就临时之任，藉维秩序而图进行，一俟国民会议举行之后，政体解决，大局略定，敬当逊位，以待贤明。区区此心，天日共鉴。凡我同胞，备闻此言。惟是和平虽有可望，战局尚未终结，凡我籍隶北军诸同胞，同是汉族，同为军人，举足重轻，动关大局，窃以为有不可不注意者数事，敢就鄙意，为我诸同胞正告之：此次战事迁延，亦既数月，涂炭之惨，延亘各地，以满人窃位之私心，开汉族仇杀之惨祸，操戈同室，贻笑外人，我诸同胞不可不注意者此其一；古语云："民之所欲，天必从之"，是知民心之所趋即国体之所由定也，今禹域三分光复逾二，虽有孙、吴之智，贲、育之勇，亦讵能为满廷挽既倒之狂澜乎？我诸同胞不可不注意者此其二；民国新成，时方多事，执干戈以卫社稷，正有志者建功树业之时，我同胞如不明烛几先，即时反正，他日者，大功既定，效用无门，岂不可惜？我诸同胞不可不注意者此其三。要之义师之起，应天顺人，扫专制之余威，登国民于衽席，此功此责，乃文与诸同胞共之者也。如其洞观大势，消释嫌疑，同举义旗，言归于好，行见南北无冲突之忧，国民蒙共和之福；国基一定，选贤任能，一秉至公，南北军人，同为民国干城，决无歧视。我诸同胞当审斯义，早定方针，无再观望，以贻后日之悔，敢布腹心，惟图利之！

为这一篇宣告书，北方将士，亦蠢蠢欲动，南方各省都督，更跃跃欲战，军书旁午，战电纷驰，北伐北伐的声音，喧腾大陆，且把袁世凯骂得一文不值，不是说他满奴，就是詈他汉贼；肄业学校的学生，也情愿抛书辍学，倡合一个北伐团；醉心文明的女子，又情愿浣粉洗脂，组成一党北伐队；还有学生卫兵，女子精武军，及男女赤十字会，名目繁多，数不胜数。就是梨园名角，楚馆歌娟，也想卸下这优孟衣冠，跳脱那平康贱里，投入什么北伐团、北伐队，去当一回北伐英雄、北伐英雌。端的是乘盾为荣，执桴而起，班超投笔，大丈夫安用毛锥？木兰从征，新国民休轻巾帼。仿佛一个大舞台。

似乎直捣黄龙，指顾间事。各国侨商，见时势危迫，恐碍商务，大众联名发电，直致清廷，要求他早改国体，安定大局。偏清亲贵载涛、载洵、载泽、溥伟、善耆，与良弼、铁良等，结成一个宗社党，极端反对民军，一意主战，且有宁赠友邦，不给汉人的呆话。宗社党自此出现。当下开了几次会议，把变更国体的问题，誓不愿行，任他如何请求，如何决裂，只有背城借一，与国存亡。恐怕是大言不作。良弼尤为激烈，力请隆裕太后，易和为战，并斥袁总理负国不忠，立应罢斥。隆裕后踌躇未决，袁总理已得着信息，即奏请辞职退居。复旨尚未下来，甘肃、新疆，已递到警报，甘肃总督长庚，新疆将军志锐，均被革命军杀死，接连是蒙古活佛、西藏喇嘛，也宣布独立，把清廷简放的驻守大臣，一律驱逐出境。看官！你想隆裕太后，生平虽几经患难，要没有这般危急，当此一夕数惊，哪得不令她吓煞？左思右想，无可奈何，只好去请老庆商量。老庆心目中，只有一个袁世凯，仍是坚持原议，并把曾国藩封侯故事，引述一番。世凯是姓袁，并不姓曾。隆裕后以满清宗室，总要算老庆阅历最深，比不得一班粗莽少年，空说大话，毫无实用。少年原不足恃，老朽亦属无用。当下令老庆往留老袁，且封袁一等侯爵。袁总理不愿就封，并整顿行装，似乎要归去的模样，急得老庆苦口挽留，才得他勉强应允，惟侯爵决不肯受。想做总统，想做皇帝，岂侯爵所能羁留？侯老庆别后，沉吟了好半晌，乃自拟密电，飞寄唐绍仪，唐接电后，往谒伍代表，谈及老袁密电中事。伍代表复转电孙总统，孙总统微微一笑，遂命秘书拟好电文，即致袁总理道：

北京袁总理鉴：文前日抵沪，诸同志属组临时政府，文义不容辞，只得暂时担任。公方以旋乾转坤自任，即知亿兆属望，惟目前地位，尚不能不引嫌自避，故文暂时承乏，而虚位以待之心，终可大白于将来。望早定大计，以慰四万万人之渴望。

原来袁总理的密电中，是要孙中山让位与他，他才肯赞成共和，推翻清室，做一出民国开幕的新戏。孙中山顾全大局，竟坦白无私，甘心让位。于是这位袁总理，遂放胆做去，演出许多把戏来。曾记得古诗一首，很好移赠老袁，诗句便是：

周公恐惧流言日，王莽谦恭下士时。
若是当年身便死，一生真伪有谁知？

毕竟袁总理如何处置，且待下回表明。

南北议和，而孙中山航海来华，即组织临时政府，似乎行之太急，然非有此仓促之组织，则选议员、开国会，待诸何时？延长一日，则中国即不安一日，且若国会果成，南北必大肆运动，不免有道旁筑室之嫌，此组织南京政府，不可谓非南方党人之捷足也。唐代表议和被斥，即行辞职，看似袁、唐暗中冲突，实仍一致进行。袁总理心中，本挟一惟我独尊之见，意欲借共和捷径，为皇帝之过渡，既避篡逆之恶名，复得中外之美誉，种种作用，无非期达目的，唐代表辈，实为所利用耳。北伐一段，写得如火如荼，初不值老袁一哂。孙中山之甘心让位，亦知南北之未必相敌，经著书人一一叙来，不但事实了然，即如各人心理，亦跃然纸上。

# 第五回

## 彭家珍狙击宗社党　段祺瑞倡率请愿团

却说临时大总统孙文，致电袁世凯，有虚位以待等语。袁总理才放下了心，只表面上不便遽认，当复致一电道：

> 孙逸仙君鉴：电悉。君主共和问题，现方付国民公决，无从预揣。临时政府之说，未敢预闻。谬承奖诱，愧不克当。惟希谅鉴为幸！

这电文到了南京，孙总统又有复电云：

> 电悉。文不忍南北战争，生灵涂炭，故于议和之举，并不反对。虽君主民主，不待再计，而君之苦心，自有人谅之。倘由君之力，不劳战争，达国民之志愿，保民族之调和，清室亦得安乐，一举数善，推功让能，自有公论。文承各省推举，誓词俱在，区区此心，天日鉴之。若以文为诱致之意，则误会矣。

袁总理既得此电，料知孙文决意让位，并非虚言，遂至庆亲王私邸，密商多时。略谓："全国大势，倾向共和，民军势力，日甚一日，又值孙文来沪，挈带巨资，并偕同西洋水陆兵官数十员，声势越盛。现在南京政府，已经组织完备，连外人统已赞成。多半是乌有情事，老袁岂真相信？无非是恫吓老庆。试思战祸再延，度支如何？军械如何？统是没有把握。前数日议借外款，外人又无一答应，倘或兵临城下，君位贵族，也怕不能保全，徒闹得落花流水，不可收拾。若果到了这个地步，上如何对皇太后？下如何对国民？这正是没法可施哩。"老庆闻此言，也是皱眉搓手，毫无主意；随后又问到救命的方法。袁总理即提出"优待皇室"四字，谓："皇太后果俯顺舆情，许改国体，那革命军也有天良，岂竟不知感激？就是百世以后，也说皇太后皇上为国为民，不私天下。似王爷等赞成让德，当亦传颂古今，还希王爷明鉴，特达官廷。"前恫吓，后趋承，老庆辈安得不入毂中？老庆踌躇一会，方道："事已至此，也没有别的法子，且待我去奏闻太后，再行定夺。"袁总理乃告别出邸。

过了一日，即由隆裕太后宣召袁总理入朝。袁总理奉命即往，谒见太后，仍把变更国体的好处，说了一番，太后泪落不止。袁总理带吓带劝，絮奏了好多时，最后闻得太后呜咽道："我母子二人，悬诸卿手，卿须好好办理，总教我母子得全，皇族无恙，我也不能顾及列祖列宗了。"凄惨语，不忍卒读。袁总理乃退了出来，时已晌午，乘舆出东华门，卫队前拥后护，警备甚严；两旁站着兵警，持枪鹄立，一些儿不敢出声。至行到丁字街地方，忽从路旁茶楼上面，抛下一物，约离袁总理乘车数尺，一声爆响，火星直进，晦气了一个卫队长，一个巡警，两匹坐马，轰毙地上。还有兵士十二人，行路三人，也触着烟焰，几乎死去。无妄之灾。袁总理的马车，幸尚不损分毫，他坐在马车上面，虽亦觉得惊骇，面目上却很镇静，只喝令快拿匪徒。卫队不敢少慢，即似狼似虎的，跑入茶楼，当场拿往三人，移交军警衙门，即日审讯，一叫杨禹昌，一叫张先培，一叫黄之萌，直供是抛掷炸弹，要击死袁总理。待问他何人主使，他却不发一语，随即正法了案。阅者细思此三人，果属何党？或谓由宗社党主使，或谓由革命党主使。迄今尚属存疑。

袁总理始终不挠，遂拟定优待皇室等条件，一份内呈，一份外达。隆裕太后再开皇族会议，老庆等已无异辞。独良弼愤愤不从，定要主战。那时袁总理得了此信，颇费踌躇，暗忖了半天，不由的自慰道："如此如此，管教他死心塌地。"遂暗暗的设法布置，内外兼施。过了数天，忽由民政大臣赵秉钧，趋入通报道："军咨使良弼，已被人击伤了。"袁总理道："已死么？"开口即问他死否，其情可见。秉钧道："现尚未死，闻已轰去一足，料也性命难保了。"袁总理又道："敢是革命党所为么？"秉钧道："大约总是他们党人。"袁又问曾否捉住？秉钧又道："良弼未死，抛掷炸弹的人，却已死了。"袁总理叹道："暗杀党煞是厉害，但良弼顽固异常，若非被人击死，事体也终办不了。"言下明明有喜慰意。秉钧道："此人一死，国体好共和了。"袁总理又道："你道中国的国体，究竟是专制的好，共和的好？"秉钧道："中国人民，只配专制，但目下情势，不得不改从共和，若仍用专制政体，必须仍然君主。清帝退位，何人承接？就是有承接的人也离不了莽、操的名目。依愚见想来，只好顺水推舟，到后再说。"袁总理不禁点首，又与秉钧略谈数语，彼此握手告别。赵秉钧系袁氏心腹，故特从此处插入。

看官！你道这清宗室良弼，究系何人所击？相传是民党彭家珍。家珍四川人，曾在本省武备学堂毕业，转学东洋，归充四川、云南、奉天各省军官，久已有志革命，至武昌起义，他复奔走南北，鼓吹军士。既而潜入京师，赁居内城，购药自制炸弹，为暗杀计。适良弼统领禁卫军，锐意主战，乃决计往击良弼。自写绝命书一函，留存案上，然后改服新军标统衣饰，徐步出门，遥看天色将晚，径往投金台旅馆，佯称自奉天进京，有要公进内城，命速代雇马车，赴良弼家，投刺求见。阍人见名刺上面，写着"崇恭"两字，旁注"奉天标统"四字，当将名刺收下，只复称："大人方入宫议事，俟明晨来见便了。"家珍道："我有要事，不能少待，奈何？"一面说着，一面见阍人不去理保，复跃上马车，至东华门外静待。约过半小时，见良弼乘车出来，两旁护着卫队，无从下手，乃让良弼车先行，自驱车紧随后面，直至良弼门首，见弼已下车，慌忙跃下，取出"崇恭"名片抢步求见。良弼诧异道："什么要公，黄夜到此？明日叙谈罢。"说时迟，那时快，良弼正要进门，猛听得一声怪响，不禁却顾，可巧弹落脚旁，把左足轰得乌焦巴弓，呼痛未终，已是晕倒。只有这些本领，何苦硬要主战。卫士方拟抢护，又是豁喇一声，这弹被石反激，转向后炸，火光乱进，轰倒卫士数名，连家珍也不及逃避，霎时殒命。良弼得救始醒，奈足上流血不止，急延西医施救，用刀断足，血益狂涌，翌日亦死。死后无嗣，惟遗女子三人。且家乏遗赀，萧条得很。度支部虽奉旨优恤，赙金尚未颁发，清帝即已退位，案成悬宕，良女未得分文，后由故太守廉泉夫人吴芝瑛，为良女慰男情愫。呈词中哀楚异常，才博得数金赡养。良弼虽反抗共和，然究是清室忠臣，且廉洁可敬，故特笔表明。这且搁下不提。

且说良弼被炸，满廷亲贵，闻风胆落，躲的躲，逃的逃，多半走离北京，至天津、青岛、大连湾，托庇外人租界，苟延生命；所有家资，统储存外国银行，经有心人确实调查，总数得四千万左右。不肯饷军，专务私蓄，仿佛明亡时形状。大家逍遥海上，单剩了一个隆裕太后，及七岁的小皇帝，居住深宫，危急万状。小皇帝终日嬉戏，尚没有什么忧愁。独隆裕后日夕焦烦，再召皇族会议，竟不见人到来。接连又来了一道催命符，由内阁呈入，慌忙一瞥，但见纸上写着：

内阁军咨陆军并各王大臣钧鉴：为痛陈利害，恳请立定共和政体，以巩皇位而奠大局，谨请代奏事。窃维停战以来，议和两月，传闻宫廷俯鉴舆情，已定议立改共和政体，其皇室尊荣及满、蒙、回、藏生计权限各条件，曰大清皇帝永传不废；曰优定大清皇帝岁俸，不得少于四百万两；曰筹定八旗生计，蠲除满、蒙、回、藏一切限制；曰满、蒙、回、藏，与汉人一律平等；曰王公世爵，概仍其旧；曰保护一切私产，民军代表伍廷芳承认，列于正式公文，交万国平和会立案云云。电驰报纸，海宇闻风，率土臣民，罔不额手称庆，以为事机至顺，皇位从此永保，结果之良，轶越古今，真国家无疆之休也。想望懿旨，不遑朝夜，乃闻为辅国公载泽，恭亲王溥伟等，一二亲贵所尼，事遂中沮，政体仍待国会公决，祺瑞自应力修战备，静候新政之成。惟念事变以来，累次懿旨，莫不轸念民依，惟国利民福是求，惟涂炭生灵是惧；既颁十九信条，誓之太庙，又允召集国会，政体付之公决；又见民为国本，宫廷洞鉴，具征民视民听之所在，决不难降心相从。兹既一再停战，民军仍坚持不下，恐决难待国会之集，姑无论牵延数月，有兵溃民乱、盗贼蜂起之忧，寰宇糜烂，必无完土。瓜分惨祸，迫在目前。即此停战两月间，民军筹饷增兵，布满各境，我军皆无后援，力太单弱，加以兼顾数路，势益孤危。彼则到处勾结土匪，勒捐助饷，四出煽扰，散布诱惑。且于山东之烟台，安徽之颖、寿境界，江北之徐州以南，河南之光山、商城、固始，湖北之宜城、襄、樊、枣阳等处，均已分兵前逼。而我皆困守一隅，寸筹莫展，彼进一步，则我之东皖、豫即不自保。虽祺瑞等公贞自励，死生敢保无他，而饷源告匮，兵气动摇，大势所趋，将心不固，一旦决裂，何所恃以为战？深恐丧师之后，宗社随倾，彼时皇室尊荣，宗藩生计，必均难求满志。即拟南北分立，勉强支持，而以人心论，则西北骚动，形既内溃；以地理论，则江海尽失，势成坐亡。祺瑞等治军无状，一死何惜，特捐躯自效，徒殉愚忠，而君国永沦，追悔何及？甚非所以报知遇之恩也。况召集国会之后，所公决者尚不知为何项政体？而默察人心趋向，恐仍不免出于共和之一途，彼时万难反汗，是徒以数月水火之患，贻害民生，何如预行裁定，示天下以至公？使食毛践土之伦，歌舞圣明，零涕感激，咸谓唐虞至治，今古同揆，不亦伟哉！祺瑞受国厚恩，何敢不以大局为念？故敢比较利害，冒死陈言，恳请涣汗大号，明降谕旨，宣示中外，立定共和政体，以现在内阁及国务大臣等，暂时代表政府，担任条约国债及交涉未完各事项，再行召集国会，组织共和政府，俾中外人民，咸与维新，以期妥奠群生，速复地方秩序，然后振刷民气，力图自强，中国前途，实维幸甚，不胜激切待命之至，谨请代奏！

隆裕太后一面览毕，已不知落了多少珠泪，及看到后面署名，第一个便是第一军总统官段祺瑞，随后依次署列，乃是尚书衔古北口提督毅军总统姜桂题，护理两江提督张勋，察哈尔都统陆军统制官何宗莲，副都统段芝贵，河南布政使帮办军务倪嗣冲，陆军统制王占元、曹锟、陈光远、吴鼎元、李纯、潘矩楹、孟恩远，河北镇总兵马金叙，南阳镇总兵谢宝胜，第二军总参议官靳云鹏、吴光新、曾毓隽、陶云鹤，总参谋官徐树铮，炮台协领官蒋廷梓，陆军统领官朱泮藻、王金镜、鲍贵卿、卢永祥、陈文运、李厚基、何丰林、张树元、马继增、周符麟、萧广传、聂汝清、张锡元，营务处张士钰、袁乃宽，巡防统领王汝贤、洪自成、高文贵、刘金标、赵倜、仇俊恺、周德启、刘洪顺、柴得贵，陆军统带官施从滨、萧安国一古脑儿有四五十人。到了结末几个姓名，已被泪珠儿湿透，连笔迹都模糊起来。隆裕后约略看毕，便把这来折掷在案上，竟返入寝宫，痛声大哭。一班宫娥侍女，都为惨然。又经窗外的朔风，猎猎狂号，差不多为清室将亡，呈一惨状。帝王末路，历代皆然，如清室之亡，尚是一个好局面。自是隆裕太后忧郁成疾，食不甘，寝不安，镇日里以泪洗面，把改革国体问题，无心提起。一夕，正假寐几上，忽由太保世续，踉跄趋入，报称："太后，不好了，段祺瑞等要进京来了。"隆裕太后不觉惊醒，忙问道："段祺瑞么？他来京何事？"世续道："他有一本奏折，请太后明鉴。"隆裕后未曾瞧着，眼眶中已含了多少泪儿，及瞧完来奏，险些儿晕厥过去。看官！你道他是什么奏辞？待小子录述出来，奏云：

共和国体，原以致君于尧、舜，拯民于水火，乃因二三王公，迭次阻挠，以至恩旨不颁，万民受困。现在全局危迫，四面楚歌，颍州则沦陷于革军，徐州则小胜而大败，革舰由奉天中立地登岸，日人则许之，登州、黄县独立之影响，蔓延于全鲁，而且京、津两地，暗杀之党林立，稍疏防范，祸变即生。是陷九庙两宫于危险之地，此皆二三王公之咎也。三年以来，皇族之败坏大局，罪难发数，事至今日，乃并皇太后皇上欲求一安富尊荣之典，四万万人欲求一生活之路，而不见允，祖宗有知，能不恫乎？盖国体一日不决，则百姓之困兵燹冻饿，死于非命者，日何啻数万。瑞等不忍宇内有此败类也，岂敢坐视乘舆之危而不救乎？谨率全军将士入京，与王公痛陈利害，祖宗神明，实式凭之。挥泪登车，昧死上达。请代奏！

最后署名，除段祺瑞外，无非是王占元、何丰林、李纯、王金镜、鲍贵卿、李厚基、马继增、周符麟等一班人物，隆裕后也不及细阅，只觉身子寒战起来，昏昏沉沉，过了半晌，方对世续道："这，怎么好？怎么好？"世续支吾道："国势如此，人心如此，看来非改革政体，不能解决了。"隆裕后道："古语说得好，'养兵千日，用兵一时。'不料我国家费了若干金银，养了这班虎狼似的人物，偏来反噬，你想可痛不可痛呢？"并非将士之过，隆裕后也未免迁人。世续道："太后须保重玉体，勿过伤心！"隆裕后流泪道："我悔不随先帝早死，免遭这般惨局。"说至此，又把银牙一咬，便道："罢，罢！你去宣召袁世凯进来。"世续奉命去讫，约半日，即见心广体胖的袁总理，随世续入宫。心广体胖四字，形容得妙。这一来有分教：

一代皇图成过去，万年创局见今朝。

欲知袁总理入宫后事，且看下回再表。

统观本回各情事，无一非袁世凯所为，袁世凯之被炸，当时群料为良弼所使，吾谓实袁氏自使之耳。良弼之被炸，则谓由民党彭家珍，吾谓亦袁氏实使之。不然，何以袁氏遇炸而不死，良弼一炸而即死乎？或谓杨禹昌、黄之萌、张先培三人被逮以后，并未供言袁氏指使，岂死在目前，尚无实供求生之理？不知此正见袁氏之手段。袁氏后日，杀人多矣，即受袁氏之指使，而被人杀者亦多矣。问谁曾实供袁氏乎？闻袁氏平生举动，得达目的，不靳金钱，然则买人生命，以金为鸩，贪夫殉财，何所惮而不为也？若段祺瑞之领衔请愿，不待究诘，已共知为受命老袁，书中内外兼施四字，已将全情表明，寡言胜于多言，益令人玩味无穷云。

# 第六回

## 许优待全院集议　允退位民国造成

却说清太保世续，召袁总理世凯入宫，当由隆裕后问及优待条件，曾否寄往南方？袁总理答云："未曾。"明明是欺弄孤儿寡妇，安有外人尽知，尚说未曾往耶？隆裕后凄然道："这个局面，看来是难免了，烦你寄去交议罢。"袁总理道："事关重大，且再商诸近支王公，再行定夺。"何必做作。隆裕后道："近支王公，多半远扬，还有什么可议？"说罢，掩面悲啼，袁总理也顾不得什么，竟大踏步出宫，电致南方伍代表去了。已达目的，乐得趾高气扬。

是时南京各省代表团，已依临时政府组织大纲，召集参议员，于民国元年正月廿八日开参议院正式成立大会。开会前一日，适有数大问题发生，足为中华民国前途之障力。先是各省代表集会汉口，已有未曾独立的省分，如直隶、奉天等代表，有无表决权，应付讨论。卒因群议纷纭，仓促不及表决，所以组织临时政府，选举正副总统，无论该省是否独立，既称代表，皆得投票，初无歧视，及参议院将要开会，议员中有提出原议，略言："直隶、奉天等议员，不得有表决权。"直隶议员谷钟秀，奉天议员吴景濂等，抗论不服，相继辞职，旋经各省议员调停，方彼此一律，权限从同。南北议和，已将就绪，不日即可统一，还要彼此龃龉，自生恶感，真正令人不解。次日开会，各省议员，联袂偕来，虽未满额，已过半数，临时大总统孙文，亦曾莅会，国旗招飐，军乐悠扬，大众欢欣鼓舞，俨然有一种共和的气象。嗣是逐日会议，倏逾兼旬，忽闻新政府未经院议，擅将汉冶萍煤矿公司，抵质借款，全院议员大哗，严辞责问。原来临时政府成立，命将各省赋税暂行豁免，一些儿没有进款，那出款却格外浩繁。陆军财政两部，拟发军需八厘公债票，经参议院通过施行，未见成效。嗣商诸大公司内管理人，暂借国民名义，将私产抵押外国款项，转贷政府，于是苏路公司，及招商局，先后抵质，为短期借款的抵押品。参议院也无异议，惟新政府尚嫌未足，复将汉冶萍煤矿公司，抵借日本款五百万元，这汉冶萍公司的资本，是清邮传部大臣盛宣怀，要占大半，盛氏以铁路国有政策，激起民变，致兴革命军，详见《清史演义》。清廷已将他罢职，民军又拟将他资产籍没，急得老盛没法，竟去投效日本，愿与日人合办，想仗这日本商标，保护私产，复讨好临时政府，愿将该公司抵款五百万元，救济新政府的眉急。陆军总长黄兴，以军饷急需，不暇交参议院公决，只与临时大总统孙文商妥，径由大总统及陆军总长秘密签字，连财政总长陈锦涛，也未得与闻。此举未免违法。后被参议院察悉，立刻咨照政府，诘他："抵押借债，何故不付参议院议决，擅自签字"等语。政府答称："由私人押借，与国家无涉。且款项亦未缴齐。"潦潦草草的说了数语，参议院议员，竟责政府遁辞，愈觉不平，再请政府切实答复。政府复答称："汉冶萍公司，系由私人资格，与日本商订合办，尚赤通过股东会，先由该公司借日款五百万元，转借与临时政府，请求批准。现只交到二百万元，本总统正恐外人合股，不无流弊，正拟取消这事，所以未经交议"等因。湖北参议员刘成禹、张伯烈、时功玖等，攘臂起诟，极言政府擅断擅行，愤极辞职，立回湖北原籍，运动本省临时省议会，另行组织临时国会，与南京临时参议院抗衡。临时参议院成立，未及一月，即成决裂，此即中华民国不祥之兆。政府乃将汉冶萍公司罢押。临时参议院亦驳斥湖北省议会，为法外举动，当然无效。特举此数事，见得中国共和之难成。正在喧闹的时候，伍代表已交到优待清室等件，立待议妥，大众乃将余事搁起，专心致志的公议要项。但见第一行写着道：

（甲）关于大清皇帝优礼之条件。

大众瞧这十余字，各哗声道："清帝退位，清室已亡，还有什么大不大。说得有理。就是优礼的礼字，亦属不合。"一议员道："竟改作'清帝退位后优待之条件'便好了。"又有一议员道："退字不如逊字，俾他留点面目，何如？"当下大众赞成，遂由主稿员另纸写出，系（甲）关于清帝逊位后优待之条件，写毕，再将原稿看了下去，系是：

第一款，大清皇帝尊号，相承不替，国民对于大清皇帝，各致其尊崇之敬礼，与各国君主相等。

大众复道："不妥不妥。清帝已经退位，我辈国民，还要去尊崇他做什么？"乃经大众悉心参酌，改为："清帝逊位之后，尊号仍存不废，以待外国君主之礼相待。"再看第二款云：

第二款，大清皇帝岁用，每岁至少不得短于四百万两，永不得减额。如有特别大典，经费由民国担任。

大众磋议，改四百万两为四百万元，特别大典二语删去，乃复由主稿员写下道："清帝逊位之后，每岁用四百万元，由中华民国给付。"再看第三款列着：

第三款，大内宫殿或颐和园，由大清皇帝随意居住，宫内侍卫护军官兵，照常留用。

大众又道："清帝既已退位，大内宫殿，不应久居。"一议员应声道："何不叫他还居颐和园？"旁又有一议员道："颐和园规模弘敞，殿阁巍峨，令他居住，还是便宜了他。"连颐和园都不肯与居，清室末路，也属可怜。大众道："既议优待，就留些余地便是。"乃改为："清宽逊位之后，暂居宫禁，日后移居颐和园，侍卫照常留用。"至第四款是：

第四款，宗庙陵寝，永远奉祀，由民国妥慎保护，负其责任，并设守卫官兵，如遇大清皇帝恭谒陵寝，沿途所需费用，由民国担任。

大众道："清帝谒陵的费用，如何要民国担任？倘他借谒陵为名，日日嬉游，我民国当得起这许多供奉吗？此款前半截尚可通融，下三语尽可删却。"乃改定："清室逊位后，其宗庙陵寝，由民国妥慎保护。"复看第五款云：

第五款，德宗崇陵未完工程，如制敬谨妥修，其奉安典礼，仍如旧制，所有经费，均由民国担任。

这一款却没人反对，只酌改数字，作为："清德宗崇陵未完工程，如制妥修。其奉安典礼，仍如旧制，所有实用经费，均由中华民国支出。"至第六款云：

第六款，宫内所用各项执事人员，均由大清皇帝留用。

大众道："清宫旧用阉人，我民国尊重民权，当然不准有这腐竖，须要载明方好。"即改为："宫内所用各项执事人员，得照常留用，惟以后不得再招阉人。"再看下去：

第七款，凡属大清皇帝原有之私产，特别保护。

此款也没甚异议，不过窜易字句，变为："清帝逊位之后，其原有私产，由中华民国特别保护。"及看到第八款，没有一人赞成，议决作废。看官！你道原稿第八款，是写着什么？乃是：

第八款，大清皇帝有大典礼，国民得以称庆。

依情理上论来，清帝已经退位，中国人民，不服清帝管辖，所有清室典礼，与国民何涉？应该将此款删去。到了第九款，大众又抗论起来，但见原稿上写着：

第九款，禁卫军名额俸饷，仍如其旧。

原来禁卫军是保护清宫，因有此制。清帝退位后，须移居颐和园，禁卫军理应裁去。但从前这班军人，靠着军饷过活，此时遽议裁汰，恐他游骑无归，转成寇盗。当经各议员裁酌，改为："原有之禁卫军，归中华民国陆军部编制，其额数俸饷，仍如其旧。"统计甲种九款，改为八款，下文是：

（乙）关于皇族待遇之条件。

第一款，王公世爵，概仍其旧，并得传袭。其袭封时，仍用大清皇帝册宝，凡大清皇帝赠封爵位，亦用大清皇帝册宝。

大众议决，皇族的皇字，改作"清"字。条文中只用首二语，以下尽行删去。第二款云：

第二款，皇族对于国家之公权，与国民同等。

这条经大众增改，定为："清皇族对于中华民国国家之公权及其私权，与国民同等。"再看下文第三四款。

第三款，皇族私产，一体保护。

第四款，皇族免兵役之义务。

这两条不加删改，惟于皇族上各加一"清"字。统计乙种共四款，下文为丙种条件，共计七款，原文云：

（丙）关于满、蒙、回、藏各族待遇之条件。

（一）与汉人平等；（二）保护其原有之私产；（三）王公世袭，概存其旧；（四）王公中有生计过艰者，应设法拨给官产，作为世业，以资补助；（五）先筹八旗生计，于未筹定之前，八旗官兵俸饷，仍旧支放；（六）从前营业居住等限制，一律蠲除，各州县听其自由入籍；（七）满、蒙、回、藏原有之宗教，听其信仰自由。

七款均不必更改，但就第四款中删一"应"字，第五款中，改"官兵"为"官弁"。条件已终，全体议决，再由主稿员依次誊正。惟末文尚有结尾数语，又由各议员修正通过，原文为："以上条件，列于正式公文，照会各国，或电达驻荷华使，知会海牙万国平和会存案。"改正为："以上条件，除丙款各条另行宣布外，余均列于正式公文，由中华民国政府，照会各国驻北京公使。"全文俱已缮清，即咨照临时政府，转交伍代表电达北京。袁总理瞧阅一周，便呈入隆裕太后。隆裕后又召见各近支王公及各国务大臣，咨询优待条件事宜。应召的人，很是寥寥，惟醇王载沣等到来。会议多时，或谓："皇室经费，必须四百万两，分文不能短少。"这是夺利。或谓："皇帝尊号相承不替数字，定须增入。"这是争名。或谓："各种条件，统应增损。"恼动了隆裕太后，不觉唏嘘道："大事已去，只争了一些小节，亦属无益。咳！我列祖列宗创造经营，得了中国一统江山，煞是艰苦，不意传到我辈子孙，无材无力，轻轻的让与别人，教我如何对得住先人呢？"说毕，哽咽不已，载沣等亦愧悔交集，各带惨容。始终以一哭了之。隆裕后又道："庆亲王到哪里去了？为何此时尚不见来？"正忆念间，忽见老庆伛偻趋入，脸上尚带烟容。想是大吸阿芙蓉膏，因此来迟。当由隆裕后与他商议，老庆细阅优待条件，亦没甚异议，不过于相承不替一语，亦主张加入。隆裕后乃转嘱袁总理，令他致电南京政府，争此四字。怎奈南方回电，坚不承认。袁总理入宫面复，请太后自行定夺。隆裕后道："为这四字，决裂和议，倘或宗庙震惊，生灵涂炭，不更令我增罪吗？依他便了。"这却是仁人之言。袁总理道："且再与近支王公熟商。"隆裕后不待说毕，便道："他们多半不在京师，就是留着，也是不中用的人物，你不妨作主办理，日后必无异言。"袁总理唯唯退出，即欲拟旨，只因逊位的"逊"字，有碍清帝体面，且会议时候，皇族中亦有异论，乃酌改一"辞"字，与南方电议允洽。敦请老袁出山，总算争得此一字。便草定懿旨三道，呈入宫中，请隆裕太后及宣统帝盖用御宝。宣统帝不识不知，当然由太后作主，含泪钤印，统共盖讫，就于清宣统三年十二月二十五日，即中华民国元年二月十二日，颁布天下。谕云：

朕钦奉隆裕太后懿旨，前因民军起事，各省响应，九夏沸腾，生灵涂炭，特命袁世凯遣员，与民军代表，讨论大局，议开国会，公决政体。两月以来，尚无确当办法。南北暌隔，彼此相持，商辍于途，士露于野，徒以国体一日不决，故民生一日不安。今全国人民心理，多倾向共和，南中各省，既倡议于前，北方各将，亦主张于后，人心所向，天命可知，予亦何忍以一姓之尊荣，拂兆民之好恶，是用外观大势，内审舆情，特率皇帝将统治权归诸全国，定为共和立宪国体，近慰海内厌乱望治之心，远协古圣天下为公之义。袁世凯前经资政院选举，为总理大臣，当兹新旧代谢之际，宜有南北统一之方，即由袁世凯组织临时政府，与民军协商统一办法，总期人民安堵，海内乂安，仍合汉、满、蒙、回、藏五族完全领土，为一大中华民国，予与皇帝得以退处宽闲，优游岁月，长受国民之优礼，亲见郅治之告成，岂不懿欤？钦此！

还有两道谕旨，一道是颁布优待条件，一道是饬文武官吏，各循职守，毋生异论。是日北京遍悬五色旗，民国南北统一，二百六十八年的清室，已成过去的历史。临时大总统孙文，复提出最后的协议五条，交伍代表转达北京，条款列着：

（一）清帝退位，由袁同时咨照驻京各国公使，请转知民国政府，现在清帝已经退位，或转饬旅沪领事转达亦可。

（二）同时袁须宣布政见，绝对赞同共和主义。

（三）文接到外交团或领事团通知清帝布告后，即行辞职。

（四）由参议院举袁为临时总统。

（五）袁被举为临时总统后，誓守参议院所定之宪法，乃能授受事权。

伍代表即日发电，由袁世凯接着，已是满意，自然没有意外的争执了。小子有诗咏道：

帝运告终清祚覆，中华一统共和成。

如何尚逐中原鹿，攫得全权始撤兵？

欲知老袁答复的电文，且从下回接阅。

此回为化板为活文字，优待清室等条件，已见《清史演义》，而此书亦万不能不录。经作者一番熔化，觉得各条文字，煞费磋磨；且于清室提出原稿，亦曾载及，愈见当时改正，不可谓非参议员之功。至叙及临时政府，与参议院之关系，是为南京组织政府三月内之举动，亦可留作一段话柄，固非漫无抉择，随笔铺叙已也。后文述及隆裕后盖印，以及孙总统提出协议，无非为老袁属笔，总结一诗，具见大意。皮里阳秋，可于此书证之。

# 第七回

## 请瓜代再开选举会　迓专使特辟正阳门

却说清内阁总理袁世凯，已奉隆裕太后懿旨，令他组织临时政府。上加清内阁总理五字，义微而显。后由南京临时总统孙文，交伍代表电达老袁，老袁心满意足，即日复电云：

南京孙大总统黎副总统各部总长参议院同鉴：共和为最良国体，世界所公认，今由帝政一跃而跻及之，实诸公累年之心血，亦民国无穷之幸福。大清皇帝既明诏辞位，业经世凯署名，则宣布之日，为帝政之终局，即民国之始基，从此努力进行，务令达到圆满地位，永不使君主政体，再行于中国。大众听着。现在统一组织，至重且繁，世凯极愿南行，畅聆大教，共谋进行之法。只因北方秩序，不易维持，军旅如林，须加部署，而东北人心，未尽一致，稍有动摇，牵涉全国。诸君皆洞鉴时局，必能谅此苦衷。至共和建设重要问题，诸君研究有素，成竹在胸，应如何协商统一组织之法，尚希迅速见教！

临时总统孙文，既接此电，当向参议院提出辞职书，其文云：

中华民国临时大总统孙咨：前后和议情形，前已咨交贵院在案，昨日伍代表得北京电云云，又接北京电云云。两电见前，均从略。本总统以为我国民之志，在建设共和，倾覆专制，义师大起，全国景从。清帝鉴于大势，知保全君位，必然无效，遂有退位之议。今既宣布退位，赞成共和，承认中华民国，从此帝制永不留存于中国之内，民国目的，亦已达到。当缔造民国之始，本总统被选为公仆，宣布誓书，以倾复专制巩固民国图谋幸福为任。誓至专制政府既倒，国内无变乱，国民卓立于世界，为列邦公认，本总统即行辞职。现在清帝退位，专制已除，南北一心，更无变乱，民国为各国承认，旦夕可期。本总统当践誓言，辞职引退，为此咨告贵院，应代表国民之公意，速举贤能，来南京接事，以便解职。附办法条件如下。

临时政府地点，设于南京，为各省代表所议定，不能更改。辞职后，俟参议院举定新总统，亲到南京受任之时，大总统及国务各员，乃行解职。临时政府约法，为参议院所制定，新总统必须遵守颁布之一切法律章程。此咨。

又有荐贤自代咨文，词云：

今日本总统提出辞表，要求改选贤能。选举之事，原国民公权，本总统原无容喙之地。惟前使伍代表电北京，有约以清帝实行退位，袁世凯君宣布政见，赞成共和，即当提议推让。想贵院亦表同情。此次清帝逊位，南北统一，袁君之力实多，其发表政见，更为绝对赞同共和。举为总统，必能尽忠民国。且袁君富于经验，民国统一，赖有建设之才。故敢以私见贡荐于贵院，请为民国前途熟计，无失当选之人，大局幸甚！此咨。

这两篇咨文，到了参议院，各议员一律可决，定于二月十五日，开临时大总统选举会。届期这一日，孙总统率各部总长，及各将校，共谒孝陵。孝陵即明太祖墓，在南京朝阳门外，当钟山南麓，由孙总统主祭，宣告汉族光复，民国统一。司祝官读罢祭文，两旁奏起军乐。悠扬中节，遐迩传声，军士数万，无不腾欢，各国领事，携手临观，亦啧啧称赏。祭礼已毕，再返临时总统府，行庆贺南北统一共和成立礼，先由军士开炮，鸣了一十七响，乃由孙大总统就位，依次奏乐唱歌，各部总次长，随班就列，向孙总统鞠躬表敬，孙总统亦答礼如仪，随即向大众演说道："清帝退位，南北统一，这皆由无数志士，无数义师，用无数热肠铁血，掉换出来。但北京一方面，全赖袁公慰庭，惨淡经营，方得成功，是袁公实我民国至友，民国成立以后，不应将他忘怀。今日参议院选举总统，若果袁公当选，想必能巩固民国。况前日得他复电，曾有永不使君主政体再现中国之语，他是当代英雄，日后宜不食言。不要相信他，恐怕有些靠不住。惟临时政府地点，仍须设立南京。南京是民国开基，长此建都，好作永久纪念，不似北京地方，受历代君主的压力，害得毫无生气，此后革故鼎新，当有一番佳境。我虽解任，总是国民一份子，仍愿竭尽绵薄，为新政府效力，耿耿此心，还祈公鉴！"演说毕，但听得一片拍掌声，震动耳鼓。复奏军乐数通，益觉洋洋沨沨，响彻云霄。礼成，全体三呼民国万岁，方才散去。

下午参议院开会，选举总统，共得十七省议员，各投一票，计十七票，投票结果，统是"袁世凯"三字，全场一致，当选袁世凯为民国第二任临时大总统，随即电达北京，请袁来宁就职。孙总统亦以个人名义，电达北京，略谓："临时政府，已报告参议院，提出辞职书，并推荐袁为总统，惟袁公必须先至共和政府任职，不能由清帝委任组织。若虑北方骚扰，无人维持现状，尽可先举人才，电告临时政府，即当使为镇抚北方的委员"云云。看官！你想老袁的势力，全在北方，若要他南来就职，明明是翦他羽翼，他本机变如神，岂肯孤身南下，来做临时政府的傀儡么？语语见血。当下来一复电，由孙总统译阅云：

清帝辞位，自应速谋统一，以定危局，此时间不容发，实为惟一要图，民国存亡，胥赖于是。顷接孙大总统电开提出辞表，推荐鄙人，属速来宁，并举人电知临时政府，畀以镇安北方全权各等因。世凯德薄能鲜，何敢肩此重任？太属客气。南行之愿，前电业已声明，然暂时羁绊在此，实为北方危机隐伏，全国半数之生命财产，万难想置，并非因清帝委任也。孙大总统来电所论共和政府，不能由清帝委任组织，极为正当，现在北方各省军队，暨全蒙代表，皆以函电推举为临时大总统，清帝委任一层，无足再论。此语隐隐自命。然总未遽组织者，特虑南北意见，因此而生，统一愈难，实非国家之福。若专为个人责任计，舍北而南，则实有无穷窒碍。北方军民意见，尚多纷歧，隐患实繁。皇族受外人愚弄，根株潜长，北京外交团，向以凯离此为虑，屡经言及。又举外人，抵抗南京。奉、江两省，时有动摇，外蒙各盟，迭来警告，内讧外患，递引互牵。若因凯一去，变端立见，殊非爱国救世之素志。若举人自代，实无措置各方面合宜之人。明明谓舍我其谁。然长此不能统一，外人无可承认，险象环集，大局益危，反复思维，与其孙大总统辞职，不如世凯退居。盖就民设之政府，民举之总统，而谋统一，其事较便。今日之计，惟有南京政府，将北方各省及各军队妥筹接收以后，世凯立即退归田里，为共和之国民。当未接收以前，仍当竭智尽能，以维秩序。总之共和既定之后，当以爱国为前提，决不欲以大总统问题，酿成南北分歧之局，致资渔人分裂之祸，恐怕言不顾行，奈何。已请唐君绍仪，代达此意，赴宁协商。绍仪即绍怡。前避宣统帝溥仪名，因改仪为怡，此次清帝退位，仍复原名。特以区区之怀，电达聪听，惟亮察之为幸！

孙总统接电后，再赴参议院核定可否，全院委员长李肇甫，及直隶议员谷钟秀等，以"临时政府地点，不如改设北京，意谓临时政府，为全国视听所关，必须所在地势，可以统驭全国，方能使全国完固，且足维系四万万人心，我民国五大民族，从此联合，作为一个大中华民国。前由各省代表，指定临时政府地点，设在南京，系因当时大江以北，尚属清军范围，不能不将就办理；目今情异势殊，自应相时制宜，移都北方为要。"言亦有理。有几个议员与他反对，仍然主张南京，当用投票表决法，解此问题。投票后，主张北京的有二十票，主张南京的只有八票，乃从多数取决，复咨孙总统。无如孙总统的意见，总以南京为是，援临时政府组织条例，再交参议院复议。原来临时政府大纲中，曾有临时大总统，对于参议院议决事件，如未以为然，得于具报后十日内，声明理由，交会复议。组织临时政府大纲，前因暂行制，故特从略，此次为交议事件，因特别提出。参议院接收后，再开会议，除李肇甫、谷钟秀数人外，忽自翻前议，赞成南京，不赞成北京，彼此争论起来，很是激烈。旋经中立党调和两造，再行投票解决，结果是七票主张北京，十九票主张南京，似此重大问题，只隔一宿，偏已换了花样，朝三暮四，令人莫测。中国人心之不可恃，一至于此。孙总统既接到复议决文，自然再电北京，请袁世凯即日南来，并言当特派专使，北上欢迎。袁乃复电云：

昨电计达。嗣奉尊电，惭悚万状。现在国体初定，隐患方多，凡在国民，均应共效绵薄。惟揣才力，实难胜此重大之责任。兹乃辱荷参议院正式选举，窃思公以伟略创始于前，而凯乃以轻材承乏于后，实深愧汗。凯之私愿，始终以国利民福为归，当兹危急存亡之际，国民既以公义相责难，凯敢不勉尽公仆义务？惟前陈为难各节，均系实在情形，素承厚爱，谨披沥详陈，务希涵亮！俟专使到京，再行函商一切。专使何人？并何日启程？乞先电示为盼。肃复。

又致参议院电文云：

昨因孙大总统电知辞职，同时推荐世凯，当经复电力辞，并切盼贵院另举贤能，又将北方危险情形，暨南去为难各节，详细电达，想蒙鉴及。兹奉惠电，惶悚万分，现大局初定，头绪纷繁，如凯衰庸，岂能肩此巨任？乃承贵院全体一致，正式选举，凯之私愿，始终以国利民福为归。当此危急存亡之际，国民既以公义相责难，凯何敢以一己之意见，辜全国之厚期？惟为难各节，均系实在情形，知诸公推诚相与，不敢不披沥详陈，务希涵亮！统候南京专使到京，商议办法，再行电闻。略去电而详复电，为下文伏笔。

当袁世凯电辞总统，又电受总统的时候，临时副总统黎元洪，也有辞职电文，拍致南京参议院。二月二十日，参议院又开临时副总统选举会，投票公决，仍举黎当选，全院一致。黎以大众决议，不便力辞，也即承认。袁、黎心术之分，可见一斑。于是南京临时政府，遂派遣教育总长蔡元培为专使，副以汪兆铭、宋教仁等。适唐绍仪来宁，知已无可协商，亦愿同专使北行。启程时，先电告北京，遥与接洽。自二月二十一日，使节出发，至二十七日，到了北京。但见正阳门外，已高搭彩棚，用了经冬不凋的翠柏，扎出两个斗方的大字，做为匾额。这两大字不必细猜，一眼望去，便见左首是"欢"字，右首是"迎"字。欢迎两字旁，竖着两面大旗，分着红黄蓝白黑五色，隐寓五族共和的意思。彩棚前面，左右站着军队，立枪致敬，又有老袁特派的专员，出城迎迓，城门大启，军乐齐喧，一面鸣炮十余下，作欢迎南使的先声。极力摹写，都为下文作势。蔡专使带同汪、宋各员，与唐绍仪下舆径入，即由迎宾使向他行礼。两下里免冠鞠躬，至相偕入城，早有宾馆预备，也铺排得精洁雅致，几净窗明，馆中物件，色色俱备，伺役亦个个周到。外面更环卫禁军，特别保护。蔡专使等既入客馆，与迎宾使坐谈数语，迎宾使交代清楚，当即告别，唐绍仪也自去复命了。

　　是晚即由京中人士，多来谒候。寒暄已过，便说及老袁南下的利害，一方面为迎袁而来，所说大略，无非是南方人民，渴望袁公，袁能早一日南下，即早一日慰望等语。一方面是有所承受，特来探试，统说北京人心，定要袁公留住，组织临时政府，若袁公一去，北方无所依托，未免生变。且元、明、清三朝，均以北京为国都，一朝迁移，无论事实上多感不便，就是辽东三省，与内外蒙古，亦未便驾驭，鞭长莫及，在在可忧，理应思患预防，变通办理为是。双方俱借口人心，其实人民全不与闻，统是孙、袁两人意见。彼此谈了一会，未得解决，不觉夜色已阑，主宾俱有倦容，当即告别。蔡专使均入室安寝。翌晨起床，大家振刷精神，要去见那当选的袁大总统了。正是：

　　　　专使徒凭三寸舌，乃公宁易一生心。

　　毕竟袁世凯允否南行，且至下回再表。

　　孙中山遵誓辞职，不贪权利之心，可以概见，而必请老袁南下，来宁就职者，其意非他，盖恐袁之挟势自尊，始虽承认共和，日后未免变计耳。然袁岂甘为人下者？下乔入谷，愚者亦知其非，况机变如老袁者乎？蔡专使等之北上，已堕入老袁计中，老袁阳表欢迎，阴怀谲计，观其迭发数电，固已情见乎词，而南方诸人，始终未悟，尚欲迎之南来，吾料老袁此时，方为窃笑不置也。袁氏固一世之雄哉！

# 第八回

## 变生不测蔡使遭惊　喜如所期袁公就任

却说蔡专使元培，与汪兆铭、宋教仁二人，借谒袁世凯，名刺一入，老袁当即迎见。双方行过了礼，分宾主坐定，略略叙谈。当由蔡专使起立，交过孙中山书函，及参议院公文，袁世凯亦起身接受，彼此还座。经老袁披阅毕，便皱着眉头道："我日思南来，与诸君共谋统一，怎奈北方局面，未曾安静，还须设法维持，方可脱身。但我年将六十，自问才力，不足当总统的重任，但求共和成立，做一个太平百姓，为愿已足，不识南中诸君，何故选及老朽？并何故定催南下？难道莽莽中原，竟无一人似世凯么？"听他口气，已是目无余子。蔡专使道："先生老成重望，海内久仰，此次当选，正为民国前途庆贺得人，何必过谦？惟江南军民，极思一睹颜色，快聆高谈，若非先生南下，恐南方人士，还疑先生别存意见，反多烦言呢。"老袁又道："北方要我留着，南方又要我前去，苦我没有分身法儿，可以彼此兼顾。但若论及国都问题，愚见恰主张北方哩。"这是老袁的定盘星。

宋教仁年少气盛，竟有些忍耐不住，便朗声语袁道："袁老先生的主张，愚意却以为未可。此次民军起义，自武昌起手，至南京告成，南京已设临时政府，及参议院，因孙总统辞职，特举老先生继任，先生受国民重托，理当以民意为依归，何必恋恋这北京呢？"老袁掀髯微哂道："南京仅据偏隅，从前六朝及南宋，偏安江左，卒不能统驭中原，何若北京为历代都会，元、明、清三朝，均以此为根据地，今乃舍此适彼，安土重迁，不特北人未服，就是外国各使馆，也未必肯就徙哩。"宋教仁道："天下事不能执一而论。明太祖建都金陵，不尝统一北方么？如虑及外人争执，我国并非被保护国，主权应操诸我手，我欲南迁，他也不能拒我。况自庚子拳乱，东交民巷，已成外使的势力圈，储械积粟，驻兵设防，北京稍有变动，他已足制我死命。我若与他交涉，他是执住原约，断然不能变更。目今民国新造，正好借此南迁，摆脱羁绊，即如为先生计，亦非南迁不可，若是仍都北京，几似受清帝的委任，他日民国史上，且疑先生为刘裕、萧道成流亚，谅先生亦不值受此污名呢。"语亦厉害。老袁听到此言，颇有些愤闷的样子，正拟与他答辩，忽见外面有人进来，笑对宋教仁道："渔父君！你又来发生议论了。"教仁急视之，乃是唐绍仪，也起答道："少川先生，不闻孔子当日，在宗庙朝廷，便便言么？此处虽非宗庙朝廷，然事关重大，怎得无言？"原来宋教仁号渔父，唐绍仪号少川，所以问答间称号不称名。蔡专使等均起立相迎。绍仪让座毕，便语道："国都问题，他日何妨召集国会，共同表决。今日公等到此，无非是邀请袁公，南下一行，何必多费唇舌？袁公亦须念他远来，诚意相迓，若可拨冗启程，免得辜负盛意。"倒是一个鲁仲连。袁世凯乃起座道："少川责我甚当，我应敬谢诸公，并谢孙总统及参议员推举的隆情，既承大义相勉，敢不竭尽心力，为国图利，为民造福，略俟三五天，如果北方沉静，谨当南行便了。"说毕，即令设席接风，盛筵相待，推蔡专使为首座，汪、宋等依次坐下，唐绍仪做了主中宾，世凯自坐主席，自不消说。席间所谈，多系南北过去的事情，转瞬间已是日昃，彼此统含三分酒意，当即散席，订了后会，仍由老袁饬吏送蔡专使等返至客馆。

汪兆铭语蔡专使道："鹤卿先生，你看老袁的意思，究竟如何？"蔡字鹤卿，号子民，为人忠厚和平，徐徐的答道："这也未可逆料。"宋教仁道："精卫君！你看老袁的行动，便知他是一步十计，今日如此，明日便未必如此了。"见识甚明，故为老袁所忌。蔡专使道："他用诈，我用诚，他或负我，我不负他，便算于心无愧了。"纯是忠厚人口吻。宋教仁复道："精卫君！蔡先生的道德，确是无愧，但老袁狡狯得狠，恐此番跋涉，未免徒劳呢。"汪兆铭亦一笑而罢。兆铭别号精卫，故宋呼汪为精卫君。各人别字，陆续点明，又是另一样文法。等到夜膳以后，闲谈片刻，各自安睡。正在黑甜乡中，寻那共和好梦，忽外面人声马嘶，震响不已，接连又有枪声弹声，屋瓦爆裂声，墙壁坍塌声，顿时将蔡专使等惊醒，慌忙披衣起床，开窗一看，但见火光熊熊，连室内一切什物，统已照得透亮。正在惊诧的时候，突闻哗啦啦的一响，一粒流弹，飞入窗中，把室内腰壁击成一洞，那弹子复从洞中钻出，穿入对面的围墙，抛出外面去了。蔡专使不禁着急道："好厉害的弹子，幸亏我等未被击着，否则要洞胸绝命了。"汪兆铭道："敢是兵变吗？"宋教仁道："这是老袁的手段。"一针见血。正说着，但听外面有人呼喝道："这里是南使所在，兄弟们不要啰唣。"又听得众声杂沓道："什么南使不南使！越是南使，我等越要击他。"一宽一紧，写得逼肖。又有人问着道："为什么呢？"众声齐应道："袁大人要南去了。北京里面，横直是没人主持，我等乐得闹一场罢。"蔡专使捏了一把冷汗，便道："外面的人声，竟要同我等作对，我等难道白白的送了性命吗？"宋教仁道："我等只有数人，无拳无勇，倘他们捣将进来，如何对待？不如就此逃生罢。"言未已，大门外已接连声响，门上已凿破几个窟窿，蔡、汪、宋三使，顾命要紧，忙将要紧的物件，取入怀中，一起儿从后逃避，幸后面有一短墙，拟令役夫取过桌椅，以便接脚，谁知叫了数声，没有一个人影儿。分明是内外勾通。可巧墙角旁有破条凳两张，即由汪、宋两人，携在手中，向壁直捣，京内的墙壁，多是泥土叠成，本来是没甚坚固，更且汪、宋等逃命心急，用着全力去捣这墙，自然应手而碎，复迭捣数下，泥土纷纷下坠成了一个大窦，三人急不暇择，从窦中鱼贯而出，外面正是一条逼狭的胡同，还静悄悄的没人阻住。分明是畀他去路，否则还有何幸。

蔡专使道："侥幸侥幸！但我等要避到哪里去？"宋教仁道："此地近着老袁寓宅，我等不如径往他处，他就使有心侮我，总不能抹脸对人。"汪兆铭道："是极！"当下转弯落角，专从僻处静走。汪、蔡二人，本是熟路，一口气赶到袁第，幸喜没人盘诘，只老袁寓居的门外，已有无数兵士站着，见他三人到来，几欲举枪相对。宋教仁忙道："我是南来的专使，快快报知袁公。"一面说着，一面向蔡专使索取名刺，蔡专使道："阿哟！我的名片包儿，不知曾否带着？"急急向袋中摸取，竟没有名片，急得蔡专使徬徨失措，后来摸到袋角，还有几张旧存的名片，亟取出交付道："就是这名片，携去罢。"当由兵士转交阍人，待了半晌，方见阍人出来，说了一个"请"字。三人才放下了心，联步而入，但见阶上已有人相迎，从灯光下望将过去，不是别人，正是候补总统袁世凯。三人抢步上阶，老袁亦走近数步，开口道："诸公受惊了。"他却是步武安详呢。宋教仁即接口道："外面闹得不成样子，究系匪徒，抑系乱军？"老袁忙道："我正着人调查呢。诸公快请进厅室，天气尚冷得紧哩。"蔡专使等方行入客厅，老袁亦随了进来。客厅里面，正有役夫炽炭煨炉，见有客到来，便入侧室取茗进献。老袁送茗毕，从容坐下道："不料今夜间有这变乱，累得诸公受惊，很是抱歉。"宋教仁先答道：又是他先开口。"北方将士，所赖惟公，为什么有此奇变呢？"老袁正要回答，厅外来了一人，报称："东安门外，及前门外一带，哗扰不堪，到处纵火，尚未曾罢手呢。"老袁道："究竟是土匪，还是乱兵？为什么没人弹压？"来人道："弹压的官员，并非没有，怎奈起事的便是军士，附和的乃是土匪，兵匪夹杂，一时无可措手了。"老袁道："这班混账的东西，清帝退位，还有我在，难道好无法无天么？"宋教仁又插嘴道："袁老先生，你为何不令人弹压呢？"老袁答道："我已派人弹压去了，惟我正就寝，仓促闻警，调派已迟，所以一时办不了呢。"蔡专使方语道："京都重地，乃有此变，如何了得，我看火光烛天，枪声遍地，今夜的百姓，不知受了多少灾难，先生应急切救平，方为百姓造福。"始终是忠厚之谈。老袁顿足道："正为此事，颇费踌躇。"言未已，又有人入报道："禁兵闻大人南下，以致激变，竟欲甘心南使……"说至"使"字，被老袁呵叱道："休得乱报！"来人道："乱兵统这般说。"老袁又道："为什么纵火殃民？"来人又道："兵士变起，匪徒自然乘隙了。"老袁遂向蔡专使道："我兄弟未曾南下，他们已瞎闹起来，若我已动身，不知要闹到什么了结。我曾料到此着，所以孙总统一再敦促，我不得不审慎办理。昨日宋先生说我恋恋北京，我有什么舍不掉，定要居住这京城哩？"言毕，哈哈大笑。计划已成，安得不笑。宋教仁面带愠色，又想发言，由蔡专使以目示意，令他止住。老袁似已觉着，便道："我与诸公长谈，几忘时计，现在夜色已深，恐诸公未免腹饥，不如卜饮数杯，聊且充腹。"说至此，便向门外，呼了一声"来"字，即有差役入内伺候。老袁道："厨下有酒肴，快去拿来！"差役唯唯而退。不一时，就将酒肴搬入，由老袁招呼蔡专使等入座饮酒。蔡专使等腹中已如辘轳，不及推辞，随便饮了数杯，偶听鸡声报晓，已觉得天色将明。外面有人入报："乱兵已散，大势平静了。"老袁道："知道了，"显是皇帝口吻。差役又入呈细点，由宾主随意取食，自不消说。老袁又请蔡专使等，入室休息，蔡专使也即应允，由差役导入客寝去了。

次日辰牌，蔡专使等起床，盥洗已毕，用过早点，即见老袁踉跄趋入，递交蔡专使一纸，便道："蔡先生请看。天津、保定也有兵变的消息，这真是可虑呢。"蔡专使接过一瞧乃是已经译出的电报，大致与袁语相似，不由的蹙动两眉。老袁又道："这处兵变，尚未了清，昨夜商民被劫，差不多有几千人家，今天津、保定，又有这般警变，教我如何动身呢？"蔡专使沉吟半晌道："且再计议。"老袁随即退出。自是蔡专使等，便留住袁宅，一连两日，并未会见老袁，只由老袁着人递入警信，一是日本拟派兵入京，保卫公使，一是各国公使馆，也有增兵音信。蔡专使未免愁烦，便与汪、宋二人商议道："北京如此多事，也不便强袁离京。"宋教仁道："这都是他的妙计。"蔡专使道："无论他曾否用计，据现在情势上看来，总只好令他上台，他定要在北京建设政府，我也不能不迁就的，果能中国统一，还有何求？"和平处事，是蔡使本旨。汪兆铭道："鹤卿先生的高见，也很不错呢。"是夕，老袁也来熟商，无非是南下为难的意旨，且言"保定、天津的变乱比北京还要厉害，现已派官往理，文牍往来，朝夕不辍，因此无暇叙谈，统祈诸公原谅，且代达南方为幸"。蔡专使已不欲辩驳，便即照允，竟拟就电稿，发往南京，略叙北京经过情形，并言："为今日计，应速建统一政府，余尽可迁就，以定大局"云云。已堕老袁计中，然亦无可奈何。孙中山接到此电，先与各部长商议，有的说是袁不能来，不如请黎副总统来宁，代行宣誓礼；有的说是南京政府，或移设武昌，武昌据全国中枢，袁可来即来，否则由黎就近代誓。两议交参议院议决，各议员一律反对，直至三月六日，始由参议员议决办法六条，由南京临时政府，转达北方，条件列下：

（一）参议院电知袁大总统，允其在北京就职。（二）袁大总统接电后，即电参议院宣誓。（三）参议院接到宣誓之电后，即复电认为受职，并通告全国。（四）袁大总统受职后，即将拟派国务总理及国务员姓名，电知参议院，求其同意。（五）国务总理及各国务员任定后，即在南京接收临时政府交代事宜。（六）孙大总统于交代之日，始行解职。

六条款项，电发到京，老袁瞧了第一条，已是心满意足，余五条迎刃而解，没一项不承诺了。三月初十日，老袁遂遵照参议院议决办法，欢欢喜喜的在北京就临时大总统职。是日，在京旧官僚，都跄跄济济，排班谒贺。蔡专使及汪、宋二员，也不得不随班就列。鸣炮奏乐，众口欢呼，无容琐述。

礼成后，由老袁宣誓道：

民国建设造端，百凡待治，世凯深愿竭其能力，发扬共和之精神，涤荡专制之瑕秽，谨守宪法，依国民之愿望，达国家于安全完固之域，俾五大民族同臻乐利。凡此志愿，率履勿渝。俟召集国会，选定第一期大总统，世凯即行辞职，谨掬诚悃，誓告同胞！

宣誓已终，又将誓词电达参议院，参议院援照故例，免不得遥致颂词，并寓箴规的意思。小子有诗咏道：

几经瘖口又哓音，属望深时再进箴。

可惜肥人言惯食，盟言未必果盟心。

毕竟参议院如何致词，且从下回续叙。

北京兵变，延及天津、保定，分明是老袁指使，彼无词拒绝南使，只得阴嗾兵变，以便借口。不然，何以南使甫至，兵变即起，不先不后，有此险象乎？迨观于帝制发生，国民数斥袁罪，谓老袁用杨度计，煽动兵变，焚劫三日，益信指使之说之不诬也。本回演述兵变，及袁、蔡等问答辞，虽未必语语是真，而描摹逼肖，深得各人口吻，殆犹苏长公所谓想当然耳。至袁计得行，南京临时政府及参议院议员，不能不尽如袁旨，老袁固踌躇满志矣。然一经后人揭出，如见肺肝，后之视袁者，亦何乐为此伎俩乎？

# 第九回

## 袁总统宣布约法　唐首辅组织阁员

却说南京参议院，既得袁世凯电誓，遂公认他为大总统，又循例致词道：

共和肇端，群治待理，仰公才望，畀以太阿。筚路蓝缕，孙公既开其先；发扬光大，我公宜善其后。四百兆同胞公意之所托，二亿里山河大命之所寄，苟有陨越，沦胥随之。况军兴以来，四民辍业，满目疮痍，六师暴露，九府匮竭，转危为安，劳公敷施。本院代表国民，尤不得不拳拳敦勉者，《临时约法》七章五十六条，伦比宪法，其守之维谨！勿逆舆情，勿邻专断，勿狎非德，勿登非才。凡我共和国五大民族，有不至诚爱戴，皇天后土，实式凭之。谨致大总统玺绶。俾公令出惟行，崇为符信，钦念哉！

先是各省代表会，组织临时政府，曾议组织法大纲，共四章二十一条，此次军事告竣，应酌量修改，较前详备。向来中国史上，并没有民主政体，可以仿行，一旦创造起来，毫无依据，只好查照外洋的共和国，做了蓝本，参互考订。目下外国共和，要算法、美两国，制度最良。法的法制，内阁分设各部，推老成硕望的人物，做内阁总理，负全国行政上的责任，总统是没有大责任的，政法家称他为内阁制。美国的法制，内阁也由各部组成，只是没有总理，要总统自担行政上的责任，政法家称他为总统制。为一般国民输进普通法律知识。南京临时政府组织大纲，是采用美国制度，因为鄂军起义，各省联络，与美利坚十三州联合抗英，是差不多的形势，所以南京临时政府，不设内阁总理，专归总统担负责任。到了南北统一，须建为单纯的国家，美制殊不相合，乃改采法国的内阁制度，一来好集权中央，二来好翼赞元首，实欲箝制老袁，所以利用法制。大家视为良法，所以前次电约六款，已有拟派国务总理的条件。连前回条件中文亦补释明白，义不渗漏。且因袁总统就职在即，各议员协力修改，斟酌了二三十日，经两三次属草，方将全案修成，共得七章五十六条，函达老袁，老袁并无异言，此时只好承认。即于就职第二日，宣布出来。全文如下：

**中华民国临时约法**

**第一章　总纲**

第一条，中华民国，由中华人民组织之。　第二条，中华民国之主权，属于国民全体。　第三条，中华民国领土，为二十二行省、内外蒙古、西藏、青海。第四条，中华民国，以参议院、临时大总统、国务员、法院行使其统治权。

**第二章　人民**

第五条，中华民国人民，一律平等，无种族阶级宗教之区别。　第六条，人民得享有下列各项之自由权：（一）人民之身体，非依法律，不得逮捕拘禁，审问处罚；（二）人民之家宅，非依法律，不得侵入或搜索；（三）人民有保有财产及营业之自由；（四）人民有言论著作刊行，及集会结社之自由；（五）人民有书信秘密之自由；（六）人民有居住迁徙之自由；（七）人民有信教之自由。第七条，人民有请愿于议会之权。　第八条，人民有陈诉于行政官署之权。　第九条，人民有诉讼于法院，受其审判之权。　第十条，人民对于官吏违法损害权利之行为，有陈诉于平政院之权。　第十一条，人民有应任官考试之权。　第十二条，人民有选举及被选举之权。　第十三条，人民依法律有纳税之义务。第十四条，人民依法律有服兵之义务。　第十五条，本章所载人民之权利，有认为增进公益，维持治安，或非常紧急必要时，得依法律限制之。

### 第三章　参议院

　　第十六条，中华民国之立法权以参议院行之。　第十七条，参议院以第十八条所定各地方选派之参议员组织之。　第十八条，参议员，每行省、内蒙古、外蒙古、西藏各选派五人，青海选派一人，其选派方法由各地方自定之。参议院会议时每参议员有一表决权。　第十九条，参议院之职权如下：（一）议决一切法律案；（二）议决临时政府之预算决算；（三）议决全国之税法币制及度量衡之准则；（四）议决公债之募集及国库有负担之契约；（五）承诺第三十四条、三十五条、四十条事件；（六）答复临时政府咨询事件；（七）受理人民之请愿；（八）得以关于法律及其他事件之意见建议于政府；（九）得提出质问书于国务员并要求其出席答复；（十）得咨请临时政府查办官吏纳贿违法事件；（十一）参议院对于临时大总统，认为有谋叛行为时，得以总员五分之四以上之出席，出席员四分三以上之可决弹劾之；（十二）参议院对于国务员认为失职或违法时，得以总员四分三以上之出席，出席员三分二以上之可决弹劾之。　第二十条，参议院得自行集会开会闭会。　第二十一条，参议院之会议，须公开之，但有国务员之要求，或出席参议院过半数之可决者，得秘密之。　第二十二条，参议院议决事件，咨由临时大总统公布施行。　第二十三条，临时大总统对于参议院议决事件，如否认时，得于咨达后十日内声明理由，咨院复议。但参议院对于复议事件，如有到会参议员三分之二以上，仍执前议时，仍照第二十二条办理。　第二十四条，参议院议长，由参议员用记名投票法互选之，以得票满投票总数之半者为当选。第二十五条，参议院参议员，于院内之言论及表决，对于院外，不负责任。　第二十六条，参议院参议员，除现行犯及关于内乱外患之犯罪外，会期中非得本院许可，不得逮捕。　第二十七条，参议院法，由参议院自定之。　第二十八条，参议院以国会成立之日解散，其职权由国会行之。

### 第四章　临时大总统副总统

　　第二十九条，临时大总统副总统，由参议院选举之，以总员四分之三以上出席；得票满投票总数三分之二以上者，为当选。　第三十条，临时大总统，代表临时政府，总揽政务，公布法律。　第三十一条，临时大总统，为执行法律，或基于法律之委任，得发布命令，并得使发布之。　第三十二条，临时大总统，统率全国陆海军队。　第三十三条，临时大总统，得制定官制官规，但须提交参议院议决。　第三十四条，临时大总统，任命文武职员，但任命国务员及外交大使公使，须得参议院之同意。　第三十五条，临时大总统，经参议院之同意，得宣战媾和，及缔结条约。　第三十六条，临时大总统，得依法律宣告戒严。　第三十七条，临时大总统，代表全国，接受外国之大使公使。　第三十八条，临时大总统，得提出法律案于参议院。　第三十九条，临时大总统，得颁给勋章，并其他荣典。第四十条，临时大总统，得宣告大赦特赦，减刑复权，但大赦须经参议院之同意。第四十一条，临时大总统，受参议院弹劾后，由最高法院全院审判官互选九人，组织特别法庭审判之。　第四十二条，临时副总统，于临时大总统因故去职，或不能视事时，得代行其职权。

## 第五章　国务员

第四十三条，国务总理及各部总长，均称为国务员。　第四十四条，国务员辅佐临时大总统，负其责任。　第四十五条，国务员于临时大总统提出法律案，公布法律，及发布命令时，须副署之。　第四十六条，国务员及其委员，得于参议院出席及发言。　第四十七条，国务员受参议院弹劾后，临时大总统应免其职，但得交参议院复议一次。

## 第六章　法院

第四十八条，法院以临时大总统及司法总长分别任命之法官组织之。法院之编制，及法官之资格，以法律定之。　第四十九条，法院依法律审判民事诉讼及刑事诉讼，但关于行政诉讼，及其他特别诉讼，别以法律定之。　第五十条，法院之审判，须公开之。但有认为妨害安宁秩序者，得秘密之。　第五十一条，法官独立审判，不受上级官厅之干涉。　第五十二条，法官在任中不得减俸或转职，非依法律受刑罚宣告，或应免职之惩戒处分，不得解职。惩戒条规，以法律定之。

## 第七章　附则

第五十三条，本约法施行后，限十个月内，由临时大总统召集国会。其国会之组织及选举法，由参议院定之。　第五十四条，中华民国之宪法，由国会制定，宪法未施行以前，本约法之效力，与宪法等。　第五十五条，本约法由参议院参议员三分之二以上，或临时大总统之提议，经参议员五分之四以上之出席，出席员四分之三之可决，得增修之。　第五十六条，本约法自公布之日施行。

约法颁布，临时政府组织大纲，当然废止。袁总统遂依约法第四十三条，任命国务总理，组织新内阁。当下留意选择，拟将国务总理一职，任用唐绍仪，可见唐是老袁心腹。惟临时约法第三十四条，总统任命国务员，须得参议院同意，袁总统不便违法，遂电致参议院议决。参议员闻任唐绍仪，多半赞成，当即通过，电复袁总统。袁即任唐为国务总理。唐亦直任不辞，当奉袁总统命令，由北京至南京，组织国务院。唐忽提出修改官制，拟易九部为十二部，除外交、内务、财政、陆军、海军、司法、教育七部，仍然照旧外，独分实业为三部，一是工业，一是商业，一是农林，交通却分作两部，一是交通，一是邮电。邮电即交通之二大部分，如何分析。两部分做五部，本来是没甚理由，不过南北统一，两方统有要人，各思垄断部职，仍然不脱升官发财的思想，如何改良政体？唐绍仪身为总理，不能单顾一方，反弄得左右为难。他于没法中想了一法，便拟添置几个部缺，位置南北人员。况提出官制，必须经过参议院议决，倘或议员反对，当然不能成立，自己亦可援为口实，免多怨望，这也是唐总理取巧的方法。开手便想取巧，如何办得美善。果然参议院不能通过，只准分实业为两部，一部是工商，一部是农林，邮电仍并入交通部，不必分离。自是九部改作十部，三月二十九日，唐绍仪莅参议院，宣布政见，并提出各部总长名单，请求同意。各议员取单公阅，但见上面开着：

| | | | |
|---|---|---|---|
| 外交总长 | 陆征祥 | 内务总长 | 赵秉钧 |
| 财政总长 | 熊希龄 | 陆军总长 | 段祺瑞 |
| 海军总长 | 刘冠雄 | 司法总长 | 王宠惠 |
| 教育总长 | 蔡元培 | 农林总长 | 宋教仁 |
| 工商总长 | 陈其美 | 交通总长 | 梁如浩 |

这十部总长名单内，只有蔡长教育与前相同，王宠惠尚是旧阁人物，惟改外交为司法，其余一律易人。段祺瑞、刘冠雄、赵秉钧，纯是袁系人物，当然是老袁授意。陆征祥素无党派，熊希龄属新组的统一党，详见下文。宋教仁、陈其美两人与蔡、王向系同志，均入同盟会。唐绍仪本属旧官僚派，因思想颇趋文明，前次南下讲和，与同盟会中人，颇相融洽，至组织内阁时期，又新加入同盟会，时人遂称他为同盟会内阁。重要位置，俱属袁系，称为同盟会内阁，实不副名。嗣经参议院投票表决，只有梁如浩未得同意，余均多数赞同。唐遂退出参议院，即日驰电北达。次日，即由袁总统正式任命。各部俱已得人，交通总长一缺，尚属虚位，暂命唐总理兼署。唐内阁算完全成立了。那时第一次临时总统孙文，应该践约辞职，便于四月初一日，亲至参议院，行解职礼，自然又有一番宣言。小子有诗赞孙中山云：

> 功成身退不贪荣，让位非徒践凤盟。
>
> 细数年来诸巨子，如公才算是真诚。

欲知孙中山如何宣言，容俟下回续录。

《临时约法》，为中华民国宪法之嚆矢，其间虽经袁氏废弃，然帝制隳，袁氏毙，而约法复活。是民国之尚得保存，全赖约法之力，故本书不能不备录全文，所以存国典也。唐绍仪奉袁氏命，组织新内阁，观其提出阁员名单，如内务，如陆海军，实握全国枢纽，而皆为袁氏心腹，教育司法农林工商四部，为袁氏所轻视，则属诸同盟会中。是唐氏固受袁指使，明明一袁系人物，谓为袁系内阁也可，谓为同盟会内阁，固不可也。老袁一登台，便已隐植势力，唐氏反为其鹰犬，我为唐氏计，殊不值得云。

# 第十回

## 践夙约一方解职　借外债四国违言

却说孙中山在南京，闻袁氏受职，唐阁组成，遂莅参议院辞职；又把生平积悃，及所有政见，宣布出来，作为临别赠言的表意。各议员分列座席，屏息敛容，各聆绪论，并令书记员出席登录，随听随抄，将白话译作文言道：

本大总统于中华民国正月一日，来南京受职，今日为四月一日，至贵院宣布解职，为期适三个月。此三月中，均为中华民国草创之时代。当中华民国成立以前，纯然为革命时代，中国何为发起革命？实以联合四万万人，推倒恶劣政府为宗旨。自革命初起，南北界限，尚未化除，不得已而有用兵之事。三月以来，南北统一，战事告终，造成完全无缺之中华民国，此皆全国国民，及全国军人之力所致。在本总统受职之初，不料有如此之好结果，亦不料以极短之时期，能建立如此之大业。本总统于一个月前，已提出辞职书于贵院，当时因统一政府未成，故虽已辞职，仍执行总统事务。今国务总理唐绍仪，组织内阁已成立，本总统自当解职，今日特莅贵院宣布。但趁此时间，本总统尚有数语，以陈述于贵院之前。中华民国成立之后，凡为中华民国国民，均有国民之天职。何谓天职？即促进世界的和平是也。此促进世界的和平，即为中华民国前途之目的。依此目的而行，即可以巩固中华民国之基础，盖中国人民，居世界人民四分之一，中国人民，若能为长足之进步，则多数共跻于文明，自不难结世界和平之局。况中国人种，以好和平著闻于世，于数千年前，已知和平为世界之真理。中华民国有此民习，登世界舞台之上，与各国交际，促进和平，即是中华民国国民之天职。本总统与全国国民，同此心理，务将人民之智识习俗，及一切事业，切实进行，力谋善果。本总统解职之后，即为中华民国之一国民，政府不过一极小之机关，其力量不过国民极小之一部分，大部分之力量，仍全在吾国民，本总统今日解职，并非功成身退，实欲以中华民国国民之地位，与四万万国民，协力造成中华民国之巩固基础，以冀世界之和平。望贵院与将来政府，勉励人民，同尽天职。从今而后，使中华民国，得为文明之进步，使世界舞台，得享和平之幸福，固不第一人之宏愿已也。

词毕，大众相率拍手，毋容絮述。孙中山遂缴出临时大总统印，交还参议院，参议院议长林森，副议长王正廷，即令全院委员长李肇甫，接受大总统印信，一面由林议长做了全院代表，答复孙中山，大约亦有数百言，小子又录出如下：

中华建国四千余年，专制虐焰，炽于秦政，历朝接踵，燎原之势，极及末流，百度隳坏。虽拥有二亿里大陆，率有四百兆众庶，外患乘之，殆如摧枯拉朽，而不绝如缕者，仅气息之奄奄。中山先生，发宏愿救国，首建共和之纛，奔走呼号于专制淫威之下，濒于殆者屡矣，而毅然不稍辍，二十年如一日。武汉起义，未一月而响应者，三分天下有其二，固亡清无道所致，抑亦先生宣导鼓吹之力实多也。当时民国尚未统一，国人急谋建设临时政府于南京，适先生归国，遂由各省代表，公举为临时大总统。受职才四十日，即以和平措置，使清帝退位，统一底定，迄未忍生灵涂炭，遽诉之于兵戎。虽柄国不满百日，而吾五大民族所受赐者，已靡有涯涘；固不独成功不居，其高尚纯洁之风，为斯世矜式已也。今当先生解临时大总统职任之日，本院代表全国，有不能已于言者。民国之成立也，先生实抚育之；民国之发扬光大也，尤赖先生牖启而振迅之。苟有利于民国者，无间在朝在野，其责任一也。卢斯福解职总统后，周游演述，未尝一日不拳拳于阿美利加合众国，愿先生为卢斯福，国人馨香祝之矣。

孙中山欢谢议员，鞠躬告退。各议员再表决临时政府地点，准将南京临时政府，移往北京，南京仍为普通都会。由袁总统任命前陆军总长黄兴，为南京留守，控制南方军队，一面召唐绍仪回京。唐以交通一席，不便兼理，复提出施肇基总长交通，交参议院议决，得多数同意，乃电请袁总统任命。十部总长已完全无缺，唐总理遂邀同王宠惠等，启程北行。惟陈其美曾为沪军都督，自请后行，闻他醉心杨梅，所以长愿南居。唐不能相强，即日北去。参议院各议员，亦于四月二十九日，联翩赴都。副总统黎元洪，亦请解大元帅职，另由袁总统改任，属领参谋总长事。所有前清总督巡抚各名目，一律改为都督。内而政府，外而各省，总算粗粗就绪。

惟蒙、藏两部一时尚不暇办理，但由袁总统派员赍书，劝令取消独立，拥护中央。是时英、俄两国，方眈眈逐逐，谋取蒙、藏为囊中物。活佛喇嘛毫无见识，一任外人播弄，徒凭袁总统一纸空文，岂即肯拱手听命，就此安静么？都为后文埋线。袁总统也明知无益，不得已敷衍表面，暗中却用着全力，注意内部的运用。第一着是裁兵，第二着是借债，这两策又是连带的关系。看官试想，各省的革命军，东也招募，西也招集，差不多有数十百万，此时中央政府，完全成立，南北已和平了事，还要这冗兵何用？况袁总统心中，日日防着南军，早一日裁去，便早一日安枕。裁兵原是要策，但老袁是从片面着想，仍未免借公济私。但是着手裁兵，先需银钱要紧，南京临时政府，已单靠借债度日，苏路借款，招商局借款，汉冶萍公司借款，共得五六百万，到手辄尽；又发军需八厘公债票一万万元，陆续凑集，还嫌不敷。唐绍仪南下组阁，南京政府已承认撤销，惟所有一切欠款，须归北京政府负担，南京要二三百万，上海要五十万，还有武昌一方面，也要一百五十万，都向唐总理支取，说是历欠军饷，万难迁延。唐总理即致电北京，嗣得老袁复电，并不多言，只令他便宜行事。无非要他借外债。急时抱佛脚，不得不向外国银行，低头乞贷，于是四国银行团，遂仗着多财善贾的势力，来作出借巨款的主人翁。什么叫作四国银行团呢？原来清宣统二年，清政府欲改良币制，及振兴东三省实业，拟借外款一千万镑。英国汇丰银行，法兰西银行，德华银行，美国资本团，合资应募，彼此订约，称为四国银行团。嗣经日、俄两国出头抗议，交涉尚未办妥，武昌又陡起革命军，四国银行，中途缩手，只交过垫款四十万镑，余外停付。至民国统一，袁世凯出任临时总统，他本是借债能手，料知上台办事，非钱不行，正欲向银行团商借。

巧值四国公使，应银行团请求，函致老袁，愿输资中国，借助建设，惟要求借款优先权。老袁自然乐从，复函慨许，且乞先垫款四十万镑，以应急需，过后另议。银行团即如数交来，会唐绍仪以南方要求，无术应付，也只好电商四国银行团，再乞垫款，数约一千五百万两，南方需求总数，不过五六百万两，乃乞借须加二倍，可见民国伟人，多是乱借乱用。银行团却也乐允，惟所开条件，既要担保，又要监督，还要将如何用法，一一录示。唐绍仪以条件太苛，不便迁就，遂另向华比银行，商借垫款一百万镑。比利时本是西洋小国，商民亦没甚权力，不过艳羡借款的利息，有意投资，遂向俄国银行，及未曾列入团体的英法银行，互相牵合，出认借款，议定七九折付，利息五厘，以京张铁路余利，作为抵押。唐绍仪接收此款，遂付南京用费二百三十万两，武昌一百五十万两，上海五十万两，其余统携至北京。不消几日，就用得滑塌精光，又要去仰求外人了。*如此过去，何以为国。*

哪知四国公使，已来了一个照会，略言："唐总理擅借比款，与前时袁总统复函，许给借款优先权，显然违背，即希明白答复"等语。袁总统心中一想，这是外人理长，自己理短，说不出什么理由，只得用了一个救急的法儿，独求美公使缓颊，并代向英、德、法三国调停。美公使还算有情，邀了唐总理，同去拜会三国公使。唐总理此时，也顾不得面子，平心息气的，向各使道歉，且婉言相告道："此次借用比款，实因南方急需，不得不然。若贵国银行团等，果肯借我巨资，移偿比款，比约当可取消。惟当时未及关照，似属冒昧，还求贵公使原谅。"英、德、法三使，还睁着碧眼，竖着黄须，有意与唐为难，美公使忙叽哩咕噜的说了数语，大约是替唐洗刷，各使才有霁容，惟提出要求三事：一是另订日期，向四国银行团道歉；二是财政预算案，须送各国备阅；三是不得另向别国，秘密借款。唐总理一一承认，各公使最后要求，是退还比款，取消比约二语，也由唐总理允诺，才算双方解决，尽欢而散。

袁总统兀坐府中，正待唐总理返报，可巧唐总理回来，述及各使会议情形，袁总统道："还好还好，但欲取消比约，却也有些为难哩。"唐总理道："一个比国银行，想总不及四大银行的声势，我总教退还借款，原约当可取消。"袁总统点头道："劳你去办就是了。"唐总理退出，即电致华比银行，欲取消借款原约。比国商民，哪里肯半途而废？自然反唇相讥。*唐总理出尔反尔，安得不免人讥骂？*唐氏无可奈何，只得仍托美公使居间，代为和解，美使与英、德、法三国，本是一鼻孔出气，不过性情和平，较肯转圜。*并非格外和平，实是外交家手段。*他既受唐氏属托，遂与英、法两使商议，浼他阻止与比联合的银行，绝他来源，一面与比使谈判，逼他停止华比银行的借款。比公使人微言轻，自知螳臂当车，倔强无益，乐得买动美使欢心，转嘱比商取消借约。比商虽不甘心，怎奈合股的英法银行，已经退出，上头又受公使压力，不得已自允取消，但索还垫款一百万镑。唐总理乃与银行团接续会议，请他就六星期内，先贷给三千五百万两，以后每月付一千万两，自民国元年六月起，至十月止，共需七千五百万两，俟大借款成立，尽许扣还。不意银行团狡猾得很，答称前时需款，只一千五百万两，此番忽要加添数倍，究属何用？遂各举代表出来，竟至唐总理府中，与唐面谈。唐总理当即接见，各代表开口启问，便是借款的用途。唐总理不暇思索，信口答道："无非为遣散军队，发给恩饷哩。"各代表又问及实需几何？唐复答道："非三千万两不可。"各代表又问道："为何要这么样多？"唐总理道："军队林立，需款浩繁，若要一一裁并，三千万尚是少数，倘或随时酌裁，照目前所需，得了三五百万，也可将就敷衍哩。"这数语是随便应酬的口吻，偏各银团代表，疑他忽增忽减，多寡悬殊，*中国之受侮外人，往往为口头禅所误。*不禁笑问道："总理前日曾借过比款一百万镑，向何处用去？"唐将付给南京、上海、汉口等款额一一说明，并言除南方支付外，尽由北京用去。各代表又道："贵国用款，这般冒滥，敝银行团虽有多款，亦不便草率轻借，须知有借期，必有还期，贵国难道可有借无还吗？"*应该责问。*唐总理被他一诘，几乎说不出话来。德华银行代表，即起身离座道："用款如此模糊，若非另商办法，如何借得？"唐总理也即起立道："办法如何？还请明示。"德代表冷笑道："欲要借款，必须由敝国监督用途，无论是否裁兵，不由我国监督，总归没效。"唐总理迟疑半晌道："这却恐不便呢。"各代表都起身道："贵总理既云不便，敝银行团亦并非定要出借。"*一着凶一着，一步紧一步。*言毕，悻悻欲行，唐总理复道："且再容磋商便了。"各代表一面退出，一面说着道："此后借款事项，也不必与我等商量，请径向敝国公使，妥议便了。"数语说完，已至门外，各有意无意的鞠了一躬，扬长竟去。*借人款项，如此费力，何不自行撙节？*唐总理非常失望，只好转达袁总统，袁总统默默筹划，又想了一计出来。看官道是何计？他想四国银行团，既这般厉害，我何不转向别国银行暂去乞贷呢？*此老专用此法。*计划已定，便暗着人四处运动，日本正金银行、俄国道胜银行，居然仗义责言，出来辩难。他说："四国银行团，既承政府许可，愿出借款，帮助中国，亦应迁就一点，为何率尔破裂？此举太不近人情了。"这语一倡，英、美两公使不免恐慌。暗想日、俄两国从中作梗，定是不怀好意，倘他承认借款，被占先着，又要费无数唇舌。只此借款一项，外人已各自属目，况比借款事，较为重大呢。当下照会临时政府，愿再出调停，袁总统也觉快意，只自己不便出面，仍委唐总理协议。唐总理惩前毖后，实不欲再当此任，只是需款甚急，又不好不硬着头皮，出去商办，正在彷徨的时候，凑巧有一替身到来，便乘此卸了肩仔，把一个奇难的题目，交给了他，由他施行。*系何人？系何人？*正是：

　　会议不堪重倒脸，当冲幸有后来人。

欲知来者为谁，且至下回说明。

　　孙中山遵约辞职，不可谓非信义士，与老袁之处心积虑，全然不同，是固革命史中之翘楚也。或谓中山为游说家，非政治家，自问才力不逮老袁，因此让位，是说亦未必尽然。顾即如其言以论中山，中山亦可谓自知甚明，能度德，能量力，不肯丧万姓之生命，争一己之权位，亦一仁且智也。吾重其仁，吾尤爱其智。以千头万绪棼如乱丝之中国，欲廓清而平定之，谈何容易？况财政奇窘，已达极点，各省方自顾不遑，中央则全无收入，即此一端，已是穷于应付，试观袁、唐两人之借债，多少困难，外国银行团之要挟，又多少严苛，袁又自称快意，在局外人目之，实乏趣味，甫经上台，全国债务，已集一身，与其为避债之周赧，何若为辟谷之张良，故人谓中山之智，不若老袁，吾谓袁实愚者也，而中山真智士矣。

# 第十一回

## 商垫款熊秉三受谤　拒副署唐少川失踪

却说国务总理唐绍仪，正因借款交涉，受了银行团代表的闷气，心中非常懊恼，凑巧来了一个阁员，看官道是何人？便是新任财政总长熊希龄。希龄字秉三，湖南凤凰厅人，素有才名，时人呼为熊凤凰，此时来京任职，当由唐总理与他叙谈，把借款的事件，委他办理。熊亦明知是个难题，但既做了财政总长，应该办理这种事情，诿无可诿，当即允诺。唐总理遂函告银行团，略说："借款办法，应归财政总长一手经理。"银行团复词照允，于是与熊总长开始谈判。熊总长颇有口才，凭着这三寸不烂的慧舌，说明将来财政计划，及大宗用途与偿还方法，统是娓娓动人。银行团代表，允先付垫款若干，再议大借款问题，惟遣散军队时，仍须选派外国军官，共同监督。说来说去，仍是咬定监督二字，外人之不肯少让，可见一斑。经熊总长再三辩论，再四磋商，方议定中外两造，各派核计员，每次开支，须由财政部先备清单，送交核计员查核，核计员查对无误，双方签押，始得向银行开支。惟银行团只允先付三百万两，分作南北暂时垫款，支放军饷，但亦须由洋关税司，间接监视，以昭信实。至大借款问题，须俟伦敦会议后解决，看官！你想这三百万两小借款，既须由核计员查对，又须由税务司监视，核计员与税务司，统是洋人参入，显见得洋人有权，中国无权。临时政府，两手空空，也顾不得什么利害，只好饮鸩止渴，聊救目前。借债者其听之！当下由熊总长至参议院，与各议员开谈话会，讲论此事。议员聚讼纷纭，未曾表决。熊总长返至内阁，即受总统总理密嘱，与银行团草定垫款合同共七章，嗣为参议院闻知，即提出质问。唐总理与熊总长，不得不据情答复。略云：

> 垫款为借款之一部分，拨付垫款三百万，又为垫款中之一部分，既非正式借款，即不应有此条件。无如该团以拨付垫款，既已逼迫，伦敦会议，又未解决，深恐我得款后，或有翻悔，故于我急于拨款之际，要求载入七条于信函之后，当因南北筹饷，势等燃眉，本总理总长迫于时势，不得不循照旧例，两方先用信函签字拨款，所拨之三百万两，不过垫款之一部分，为暂时之腾挪，且信函草章，并无镑价折扣利息抵押之规定，不能即谓为合同，故于签字以前，未及提出交议，还希原谅！此复。

参议员接此复文，仍有违言，大致以此项条件，虽系草章，就是将来商订正式合同的根据，若非预先研究，终成后患；乃复提出请愿书，要求总统提出草合同，正式交议。袁总统允准，遂将草合同赍交参议院，咨请议决。议员会议三日，各怀党见，没甚结果。唐总理熊总长再出席宣言，略谓："垫款条件，参议院未曾通过，伦敦会议，亦无复信，虽尚有磋商的机会，惟外人能否让步，实无把握。贵院能先对大纲，表示同意，再行指出应改条文，本总理等必当尽力磋商，务期有济。"各议员一律拍掌，表示赞成。于是共同讨论，絮议了好多时，方由议长宣布意见，谓："垫款一节，既属目前要需，不能不表示同意。但所开草合同七条，如所订核计员查对，及税务司监视，有损国权，应由政府与银行团，再行磋商，挽回一分是一分，不必拘定某条某句，使政府有伸缩余地，当不致万分为难了。"唐、熊两人，巴不得参议院中，有此一语，遂将彼此为国的套语，敷衍数句，即行去讫。

过了数天，由江南一方面，来了两角文书，一角是达总统府，一角是交参议院，内称："垫款章程，不但监督财政，直是监督军队，万不可行，应即责令熊总长取消草约，一面发行不兑换券，权救眉急，并实行国民捐，组织国民银行，作为后盾"等语。书末署名，乃是南京留守黄兴。接连是江西、四川等省，均通申反对。袁总统置诸度外，参议院也作旁观，只有这位熊凤凰，刚刚凑着这个时候，不是被人咒骂，就是惹人讥评。做财政总长的趣味，应该尝些。他愤无可泄，也拟了一个电稿，拍致各省道：

希龄受职，正值借款谈判激烈，外人要求请派外国武官监督撤兵，会同华官点名发饷，并于财政部内选派核算员，监督财政，改良收支，两次争论，几致决裂，经屡次驳议，武官一节，乃作罢论，然支发款项，各银行尚须信证，议由中政府委派税司经理。至核算员，则议于部外设一经理垫款核算处，财政部与该国各派一人，并声明只能及于垫款所指之用途，至十月垫款支尽后，即将核算处裁撤，此等勉强办法，实出于万不得已，今虽拨款三百万两，稍救燃眉，然所约七款大纲，并非正式合同，公等如能于数月内设法筹足，或以省款接济，或以国民捐担任，以为后盾，使每月七百万之军饷，有恃无恐，即可将银行团垫款借款，一概谢绝，是正希龄之所日夕期之也。希即答复！

各省长官，接到熊总长这般电话，都变作反舌无声，就是大名鼎鼎的黄留守，也变不出这么多银子，前时所拟方法，统能说不能行，要他从实际上做来，简直是毫无效果，因此也无可答复，同做了仗马寒蝉。近时人物，大都如此，所以无一足恃。熊总长复上书辞职，经袁总统竭力慰留，始不果行。再与银行团磋议，商请取消核计员，及税司监视权，银行团代表，以垫款期限，只有数月，且俟伦敦会议后，如何解决，再行酌改云云。看官听着！这伦敦会议的缘起，系是四国银行团，借英京伦敦为会议场，研究中国大借款办法，及日、俄加入问题，小子于前回中，曾说日俄银行，出来调解，他的本旨，并非是惠爱我国，但因地球上面，第一等强国，要算英、法、俄、美、日、德六大邦，英、法、美、德既集银行团，日、俄不应落后，所以与四国团交涉，也要一并加入。强中更有强中手。四国团不便力阻，只得函中政府，愿否日、俄加入。中政府有何能力，敢阻日、俄，况是请他来的帮手，当然是答一"可"字。哪知俄人别有用意，以为此项借款，不能在蒙古、满洲使用，自己方可加入。明明视满、蒙为外府。日本亦欲除开满洲，与俄人异意同词。各存私意。四国团当然不允，且声言："此次借款，发行公债，应由本国银行承当，英为汇丰银行，法为汇理银行，德为德华银行，美为花旗银行，此外的四国银行，及四国以外的银行，均不得干预。"这项提议，与日、俄大有妨碍，日、俄虽加入银行团，发行债票，仍须借重四国指定的银行，与未加入何异，因此拒绝不允，会议几要决裂了。法国代表，从中调停，要想做和事佬，怂恿五国银行团代表，由伦敦移至巴黎，巴黎为法国京都，当由法代表主席。法代表亦自张势力。磋商月余，俄国公债票得在俄比银行发行，日本公债票得在日法银行发行。至日、俄提出的满、蒙问题，虽未公认，却另有一种条件订就，系是六国银行团中，有一国提出异议，即可止款不借，此条明明为日、俄留一余地，若对于中国，须受六银行监督，须用盐税抵押。

彼此议定，正要照会中国，适中政府致书银行团，再请垫款三百万两，否则势不及待，另筹他款，幸勿见怪。银行团见此公文，大家疑为强硬，恐有他国运动，即忙复书承认，即日支给。也受了中国的赚，但得握债权，总占便宜。中政府复得垫款。及挨过了好几天，六国银行团，遂相约至外交部，与外交总长陆征祥晤谈，报告银行团成立。越日，又与陆、熊两总长开议借款情形。陆总长已探悉巴黎会议，所定条件，厉害得很，遂与熊总长密商，只愿小借款，不愿大借款，熊总长很是赞成，当下见了银行团代表，便慨然道："承贵银行团厚意，愿借巨款，助我建设，但敝国政府，因债款已多，不敢再借巨项，但愿仿照现在垫款办法，每月垫付六百万两，自六月起，至十月止，仍照前约办理便了。"看官！你想六国银行团，为了中国大借款，费尽唇舌，无数周折，才得议妥，谁料中国竟这般拒绝，反白费了两月心思，这班碧眼虬髯的大人物，哪肯从此罢休，便齐声答道："贵政府既不愿再借巨项，索性连垫款也不必了。索性连六百万垫款，也还了我罢。"陆、熊两总长也自以为妙计，那外人的手段，却来得更辣。陆总长忙答辩道："并非敝国定不愿借，但贵银行团所定条件，敝国的人民，决不承认，国民不承认，我辈也无可如何，只好请求垫款，另作计划罢了。"银行团代表，见语不投机，各负气而去。陆、熊两总长以交涉无效，拟与唐总理商议一切。唐总理已因病请假，好几日未得会叙，两人遂各乘马车，径至唐总理寓所。名刺方入，那阍人竟出来挡驾，且道："总理往天津养病去了。"去得突兀。两人不禁诧异，便问道："何日动身，为何并不见公文？"阍人只答称去了两日，余事一概未知，两人方怏怏回来。

看官！你道这唐总理如何赴津，当时京中人士，统说是总理失踪，究竟他是因病赴津呢？还是另有他事？小子得诸传闻，唐总理的病，乃是心病，并不是什么寒热，什么虚痨。原来唐总理的本旨，以中国既行内阁制，所有国家重政，应归国务员担负责任，因此遇着大事，必邀同国务员议定，称为国务会议。偏偏各部总长意见不同，从唐总理就职后，开了好几次国务会议，内务总长赵秉钧，未见到会，就是陆海军总长，虽然列席，也与唐总理未合，只有教育总长蔡元培、司法总长王宠惠、农林总长宋教仁，与唐总理俱列同盟会，意气还算相投。又有工商次长王正廷，因陈其美未肯到京，署理总长，也与唐不相反对。交通总长施肇基，与唐有姻戚关系，自然是水乳交融。此外如外交总长陆征祥，是一个超然派，无论如何，总是中立。财政总长熊希龄是别一党派，异视同盟会，为了借款问题，亦尝与唐总理龃龉，恐非全为党议。唐总理已是不安，而且总统府中的秘书员、顾问员，每有议论，经总统承认后，又必须由总理承认，方得施行，否则无效，那时这班秘书老爷，顾问先生，都说总统无用，全然是唐总理的傀儡。看官！试想这野心勃勃的袁项城，岂肯长此忍耐，受制于人？况前此总理一职，有意属唐，无非因唐为老友，足资臂助，乃既为总理，偏以背道分驰，与自己不相联属，遂疑他为倾心革党，阴怀猜忌。其实唐本袁系，不过为责任内阁起见，未肯阿谀从事，有时与老袁叙谈，辄抗争座上，不为少屈。老袁左右，每见唐至，往往私相告语道："今日唐总理，又来欺侮我总统么？"后来断送老袁的生命，也是若辈酿成。

一夕，唐谒老袁，两下里争论起来，老袁不觉勃然道："我已老了，少川，你来做总统，可好么？"唐本粤人，字少川，老袁以小字呼唐，虽系老友习惯，然此时已皆以总统总理相呼，骤呼唐字，明明是满腹怒意，借此少泄，语意尤不堪入耳，气得唐总理瞠目结舌，踉跄趋出，乘车回寓。冤冤相凑，距总统府约数百步，忽遇卫队数十人，拥护一高车驷马的大员，吆喝而来。唐车趋避稍迟，那卫队已怒目扬威，举枪大呼道："快走！快走！不要恼了老子。"唐不待说毕，忙呼车夫让避。至大员已过，便问车夫道："他是何人？"车夫道："他是大总统的拱卫军总司令段大人。"唐总理笑道："是段芝贵么？我还道是前清的摄政王。"牢骚之至。既而回至寓中，不由的自叹道："一个军司令，有这么威风，我等身为文吏，尚想与统率海陆军的大总统，计较长短，正是不知分量了。我明日即行辞职，还是归老田间罢。"乐得见几。继又暗忖道："我友王芝祥，将要到京，来做直隶都督，他一到任，我的心事已了，便决计走罢。"

原来北通州人王芝祥，曾为广西藩司，广西独立，芝祥为桂军总司令，率兵北伐。及到南京，南北已经统一，唐绍仪南下组阁，旧友重逢，欢然道故，自不消说。直隶代表谷钟秀等，时在南京，愿举芝祥为本省都督，浼唐入白袁总统。唐返京，即与老袁谈及，袁已面许，乃电促芝祥入京。唐总理正待他到来，所以有此转念。过了数日，芝祥已在江南，遣还桂军，入京候命。唐总理与王见面，自然入询老袁，请即任王督直，发表命令。哪知袁总统递示电文，乃是直隶五路军界，反对王芝祥，不令督直。又是老袁作怪。唐总理微哂道："总统意下如何？"袁总统皱眉道："军界反对，如何是好；我拟另行委任便了。"唐总理道："军人干涉政治，非民国幸福。"老袁默然不答。唐总理立即辞出，到了次日，即由总统府发出委任状，要唐总理副署盖印。唐总理取过一瞧，系命王芝祥仍返南京，遣散各路军队，不由的愤愤道："老袁欺人太甚，既召他进京，又令他南返，不但失信芝祥，并且失信直人，这等乱命，我尚可副署么？"言已，即将委任状却还，不肯副署。嗣闻老袁竟直交王芝祥，芝祥即往示唐总理。唐总理益愤懑道："君主立宪国，所发命令，尚须内阁副署，我国号称共和，仍可由总统自主么？我既不配副署，我在此做什么？"芝祥去后，即匆匆收拾行囊，待至黎明，竟出乘京津火车，径赴津门去了。小子有诗咏唐总理道：

辞官容易做官难，失职何如谢职安。

双足脱开名利锁，津门且任我盘桓。

唐总理赴津后，如何结果，且看下回说明。

本回叙述垫款，为下文善后大借款张本。外款非不可借，但今日借债，明日借债，徒为一班武夫所垄断，满贮囊橐，逍遥自在，铁血之光，化作金钱之气，徒令全国人民，迭增担负。读史至此，转叹革命伟人，日言造福，不意其造祸至于如此也。袁总统心目中，且以依赖外债为得计，意谓外债一成，众难悉解，受谤者他人，而受益者一己，方将尽以英镑、美元、马克、佛郎为资料，买收式夫欢心，拥护个人权力，亦知上下争利，不夺不餍乎？唐总理就职，未及百日，即与老袁未协，飘然径去，唐犹可为自好士，然一番奔走，徒为袁总统作一傀儡，唐其未免自悔欤？

第十一回

商垫款熊秉三受谤
拒副署唐少川失踪

# 第十二回

## 组政党笑评新总理　唳军人胁迫众议员

却说唐绍仪既赴天津，方具呈辞职，呈文中亦不说什么，但说："因感风寒，牵动旧疾，所以赴津调治，请即开职另任"云云。袁总统当发电慰留，并给假休养，暂命外交总长陆征祥代任总理，一面遣秘书长梁士诒，赴津劝驾。唐决意辞职，再具呈文，托梁带回。袁已与唐有嫌，还愿他做什么总理，不过表面上似难决绝，因做了一番挽留的虚文，敷衍门面。唐已窥袁肺腑，怎肯再来任事？老袁以为情义兼尽，由他自去，随即批准呈文，改任总理。

相传唐驻津门数月，乘舟南归，途中遇刺客黄祯祥，为唐察破，幸得免刺。唐问系何人所使？祯祥爽然道："我与君并无夙仇，今日奉极峰命，来此行刺，但看君来去坦白，我亦不忍下手，否则已早行事，恐君亦未能免祸呢。"此人尚有天良。唐乃答道："你既存心良善，我也不必深究，只烦你寄语极峰，休要行此鬼蜮伎俩。他欲杀人，人亦将杀他，冤冤相报，莫谓天道无知呢。"老袁果闻言改过，当不至有后日事。祯祥唯唯自去，唐始安然南下，语且休表。

且说国务总理一职，因唐已辞去，当然需人接任，袁总统属意陆征祥，仍援《临时约法》第三十四条，提出参议院，求议员同意。陆字子欣，江苏上海人，曾为广方言馆毕业生，嗣奉调出洋，才气飙发，为历任公使所倚重，不数年洊升参赞，继充荷兰公使，又继任海牙平和会专使。至民国第一次组阁，因他是外交熟手，遂召他回国，令为外交总长。陆性和平，且无一定的党派，因此老袁欲令他继任。这时候的参议院中，议长林森回籍，副议长王正廷，署理工商次长，两人统已出院，乃改举奉天吴景濂为议长，湖北汤化龙为副议长，议员约数十人，却分作好几党。据政治家研究，以为外洋立宪国，没一国不有政党，没一国不有数政党，因为国家的政要，容易为一偏所误，所以政治家各张一帜，号召徒党，研究时政，彼有一是非，此亦有一是非，从两方面剖辩起来，显出一个真正的是非，方可切实履行，故外人有愈竞愈进的恒言。从前满清预备立宪，我国人已模仿外洋，集会结社，成一政党的雏形，什么宪友会，什么宪政实进会，已是风行一时。到了民国初造，最彰明较著的党员，就是革命党，革命党的起手，便是同盟会。同盟会中的重要人物，第一个是孙文，称作总理，第二个是黄兴，称作协理，其次即为宋教仁、汪兆铭等，统是会中的干事员。自革命告成，会中人变为政党，宣布党纲，共有九条：（一）是完成行政统一，促进地方自治；（二）是实行种族同化；（三）是采用国家社会政策；（四）是普及义务教育；（五）是主张男女平权；（六）是励行征兵制度；（七）是整理财政，厘定税则；（八）是力谋国际平等；（九）是注重移民开垦事业。依这九大党纲看来，俨然有促进大同的气象。

其后有浙人章炳麟、苏人张謇发起的统一党，还有宪友会化身的国民协进会，以及湖北人主动的民社，共计三部分，或是前清的硕学通儒，或是前清的旧官故吏，起初是各行各志，后来并合为共和党，也有一种党义，略分三则：（一）是保持全国统一，取国家主义；（二）是以国家权力，扶持国民进步；（三）是应世界大势，以平和实利立国。这三条党义，隐隐与同盟会反对，时人称同盟会为民权主义，共和党为国权主义。未几，又有统一共和党出现，即由滇人蔡锷、直人王芝祥等组织而成，他有十余条党纲：（一）是划定行政区域，实谋中央统一；（二）是厘定税则，务期负担公平；（三）是注重民生，采用社会政策；（四）是发达国民经济，采用保护贸易政策；（五）是画一币制，采用金本位制；（六）是整顿金融机关，采用国家银行制度；（七）是振兴交通，速设铁道干线；（八）是实行军国民教育，促进专门学术；（九）是振刷海陆军备，采用征兵制度；（十）是保护海外移民，励行实边开垦；（十一）是普及文化，融合国内民族；（十二）是注重外交，保持国家对等权利。统观这十二条党纲，是国权与民权俱重，介在同盟会共和党的中间，仿佛是折衷主义，但总与两党若合若离。

参议院中的议员，就是由这三党中，选举出来。当时参议院内，除西藏议员尚未选派外，共一百二十一席，同盟会共和党，各得四十余席，统一共和党，也得三四十人。一百二十一席中，分了三个党派，若四万万人，不知要多少党派。此次由袁总统提出陆总理，同盟会中极端反对，自在意中，惟共和党人，已受袁总统笼络，愿表同意，且代为运动，把统一共和党员，也联为一致，因此全院投票，只同盟会议员否决，余皆投同意票。陆总理得多数赞成，当即通过。隔了一宿，即有大总统命令发出，特任陆征祥为国务总理。唐内阁变为陆内阁，所有从前的国务员，因与唐氏有连带关系，提出辞职。交通总长施肇基，第一个上辞职书，是唐氏戚属的关系。袁总统立即批准，教育总长蔡元培、司法总长王宠惠、农林总长宋教仁、未到任的工商总长陈其美，及署长王正廷，依次辞职。是唐氏同党的关系。袁总统概不慰留，一律准请，财政总长熊希龄，见阁员多半辞去，也不好恋栈，照例递呈辞职，偏亦邀老袁批准，只得卸职退闲。熊虽与唐氏绝无关系，但亦非袁系人物，故准他辞职。独内务及陆海军三部总长，依然就任，寂无变动。个中情由，不言而喻。

袁总统乃另索夹袋中人物，提交参议院议决，财政总长，拟任周自齐；司法总长，拟任章宗祥；教育总长，拟任孙毓筠；农林总长，拟任王人文；工商总长，拟任沈秉坤；交通总长，拟任胡维德，先将名单发交陆总理，令至参议院宣布，征求同意。陆总理不置可否，惟命是从，唐组织阁员，半由唐氏自己主张，至陆氏组阁，已全属老袁授意。当即乘了马车，至参议院。全院议员，共表欢迎，总道他是历任外交，必多经验，且才名卓越，应有特别政见，因此大家起敬。待陆登演说坛时，拍手声与爆竹相似，劈劈拍拍的有好几千声，到了声浪渐息，大家都凝神注意，侧着耳朵儿，恭聆伟论。形容尽致。哪知陆总理是善英语，不擅长国语，数典忘祖，中国的西学家，每蹈此弊。开口时已支支格格，说不出什么话儿，至表述阁员的时候，他却发出大声道："有了国务总理，断不可无国务员，若国务员没有才望，单靠着一个总理，是断断不能成事的。鄙人忝任总理，自愧无才，全仗国务员选得能干，方可共同办事，不致溺职，现已拟有数人，望诸君秉公解决。譬如人家做生日，也须先开菜单，拣择可口的菜蔬，况是重大的国务员呢。"说至此，全院并没有拍掌声，只听有人嬉笑道："总理迭使外洋，惯吃西餐，自然留意菜单，我等都从乡里中来，连鱼翅海参，都是未曾尝过，晓得什么大菜。"这边的笑语未绝，那边的笑语又起，复说道："想是总理的生辰，就在这数日内，我等却要登堂祝寿，叨光一餐。想总理府中的菜单，总是预先拣择，格外精美哩。"挖苦太甚。陆总理并非痴聋，听到这等讥评，不觉面红耳赤，暗想："外人何等厉害，却没有这般嘲笑，今到此地，偏受他们奚落，这真是出人意外呢。"事非经过不知难。当下无意演说，竟自下台，勉强把名单取出，交给议长，自己垂头丧气，踱出院门，乘舆竟去。总算跳出是非门。各议员由他自行，并没有一人欢送，反大家指手划脚，说短论长，统说："民国初立，草昧经营，全靠有才干的总理，才能兴利除弊，今来了这等人物，要做总理，此外还有何望？"同盟会员，格外愤激，便道："我等原是不赞成的，不知同院诸君，何多投同意票，莫非已受他买嘱么？"共和党及统一共和党，听了买嘱二字，自然禁受不起，便与同盟会员争闹起来，霎时间全院鼎沸，几成一个械斗场。好一班大议员。议长吴景濂，见秩序已乱，慌忙出来禁止，并摇铃散会，大众方一哄而散。

次日，复开会表决国务员，仍用投票的老法儿，取决可否。及开箧审视，纯是不同意票。同盟会员又出席道："今日同院诸君，完全投不同意票，显见得人心未泯，公论难逃。但总理已经任命，就是易人提出，恐仍是这等腐败人物，果欲改弦易辙，必须釜底抽薪，劾去老陆方好哩。"

大众颇也赞成，遂提出弹劾总理案，公拟一篇咨文，送入总统府，老袁置诸高阁，陆征祥过意不去，呈请辞职。老袁不许，只另拟了几个人物，再交参议院议决，财政总长，改拟周学熙；司法总长，改拟许世英；教育总长，改拟范源濂；农林总长，改拟陈振先；工商总长，改拟蒋作宾；交通总长，改拟朱启钤；因恐参议院仍未通过，先遣人讽示议员。果然各议员不肯赞同，仍然拒绝，老袁智虑深沉，并没有一点仓皇，暗地里却布置妥当。不到一日，军警两界，遍布传单，大约说是："内阁中断，急切需人，参议院有意为难，反令我辈铁血铸成的民国，害得没政府一般，若长此阻碍政治，我等只有武力对待的一法。"这数语一经传布，都城里面，又恐似前次的变乱，吓得心胆俱裂。就是参议院中，也递入好几张传单，竟要请一百多个议员，统吃卫生丸。这议员是血肉身躯，哪一个不怕弹丸？镇日里缩做一团，杜着门，裹着足，连都市上也不敢出头。只有这些肝胆，何如不做议员。

老袁暗暗欢慰，一面办好十多桌盛席，邀参议员入府宴会。始用硬力，继用软工，真好手段。各议员不好坚拒，又不敢径去。大众密议多时，方公决了一个"谢"字。袁总统料他胆怯，遂遣秘书长梁士诒往邀，各议员见梁到来，才敢应允。出院时由梁前导，大家鱼贯后随，一同到总统府。此时的梁财神，好似护法韦驮。袁总统也出来周旋，殷勤款待，到了就席的时候，却令梁秘书长等相陪，自己踱了进去。酒过数巡，由梁秘书长略略叙谈，表明总统微意，各议员哪敢再拒？自然唯唯连声，到了酒酣席散，又见袁总统出谈，说了几句费心的套话，各议员很是谦恭，并表明谢忱，乃一齐告别。徒令老袁暗笑。越宿，复投票表决阁员，除蒋作宾一人外，得多数同意。嗣又由总统府提出刘揆一，充任工商总长，又经参议院通过，遂俱正式任命，陆内阁乃完全成立了。惟陆征祥以日前被嘲，未免惭忿，因托病请假，自入医院，不理政务。自此国家重事，均由总统府取决，从前的国务会议，竟移至总统府去了。总统权力，日以加长。同盟会员，为军人所逼，不得已通过总理及阁员，但心中总是不服，未免发生政论，谓军警不应干预政治，且遍咨各省都督，浼他进陈利弊。袁总统乃颁发通令二道，一是劝诫政党，一是谕禁军警，本旨在注重前令。由小子次第录出。其劝诫政党云：

> 民国肇造，政党勃兴，我国民政治之思想发达，已有明征，较诸从前帝政时代，人民不知参政权之宝贵者，何止一日千里。环球各国，皆恃政党，与政府相须为用，但党派虽多，莫不以爱国为前提，而非参以各人之意见。我国政党，方在萌芽，其发起之领袖，亦皆一时人杰，抱高尚之理想，本无丝毫利己之心，政见容有参差，心地皆类纯洁。惟徒党既盛，统系或歧，两党相持，言论不无激烈，深恐迁流所及，因个人之利害，忘国事之艰难。方今民国初兴，尚未巩固，倘有动摇，则国之不存，党将焉附？无论何种政党，均宜蠲除成见，专趋于国利民福之一途。若乃怀挟阴私，激成意气，习非胜是，飞短流长，藐法令若弁髦，以国家为孤注，将使灭亡之祸，于共和时代而发生。揆诸经营缔造之初心，其将何以自解？兴言及此，忧从中来。凡我国民，务念阋墙御侮之忠言，懔同室操戈之大戒，折衷真理，互相提携，忍此小嫌，同扶大局，本大总统有厚望焉！此令。

又谕禁军警云：

> 军人不准干预政治，迭经下令禁止在案，凡我军人，自应确遵明令，以肃军律。闻近日军界警界，仍有干涉政治之行为，殊属非是。须知军人为国干城，整军经武，目不暇给，岂可旷弃天职，越俎代庖，若挟持武力，率意径行，万一激成风潮，国家前途，曷胜危险？至警界职在维持治安，尤不应随声附和，致酿衅端。除令陆军内务两部传谕禁止外，特再申告诫，其各守法奉公，以完我军警高尚之人格！此令。

看官阅此两令，当时总以为言言金玉，字字珠玑，哪知袁总统的本意，却自有一番作用，小子也到民国五年，才知老袁命令，隐寓轻重呢。正是：

掩耳盗铃成惯技，盲人瞎马陷深池。

袁总统已胁服议员，又有一番手段，遣散各方军队，巩固中央政权，欲知详情，再阅下回。

政党二字，利害参半，若为智识单简，血气未定之人物，一经结党，必予智自雄，利未获而害先见。故政党之名，行于文化优美之国，或可收竞争竞进之效，否则难矣。我国人民，罕受教育，道德学问，多半短浅。致以政党之名，反为枭雄所利用，其反对者适受其侮弄而已。若夫内阁改组，易唐为陆，尚为老袁之过渡人物，袁之进步在此，政党之退步亦在此，逐回细阅，耐人寻味不少云。

# 第十三回
## 统中华厘订法规　证西藏欣闻捷报

却说民国初造的时候，独立各省，军队林立，一省的都督，差不多有三五人，江南越加纷扰。苏州都督程德全，是官僚革命，总算从前清蜕化而来；还有上海都督陈其美，镇江都督林述庆，清江都督蒋雁行，扬州都督徐宝山，统是独张一帜，好似多头政治一般。至南北统一，南京临时政府，已移往北京，南方的军队，应归裁并。袁总统即命前陆军总长黄兴，留守南京，办理撤兵事宜；且派遣王芝祥，助黄为理。于是各镇都督，次第撤销，黄留守也办理就绪，当即电请销职。袁总统却复令缓撤，并派陆军次长蒋作宾驰往商办。先遣王芝祥，继遣蒋作宾，纯是老袁的做作。嗣因黄去志甚坚，再电解职，乃派江苏都督程德全，到宁接收；并令黄留守计日来京，商议政要；且因孙中山游历各省，到处演说，鼓吹民生主义，也未免有些尴尬，遂亦致电相邀，令他入都备询。一面正式任命各省都督，兹将民国元年七月以后的都督姓名，列表如下：

| | | | |
|---|---|---|---|
| 直隶都督 | 冯国璋 | 奉天都督 | 赵尔巽 |
| 吉林都督 | 陈昭常 | 江苏都督 | 程德全 |
| 江西都督 | 李烈钧 | 福建都督 | 孙道仁 |
| 湖南都督 | 谭延闿 | 河南都督 | 张镇芳 |
| 陕西都督 | 张凤翙 | 新疆都督 | 杨增新 |
| 广东都督 | 胡汉民 | 云南都督 | 蔡锷 |
| 黑龙江都 | 督宋小濂 | 安徽都督 | 柏文蔚 |
| 浙江都督 | 朱瑞 | 湖北都督 | 黎元洪兼领 |
| 山东都督 | 周自齐 | 山西都督 | 阎锡山 |
| 甘肃都督 | 赵惟熙署 | 四川都督 | 尹昌衡 |
| 广西都督 | 陆荣廷 | 贵州都督 | 唐继尧署 |

这二十二省的都督，有易任的，有仍旧的，有几个是革命前的老官僚，有几个是革命后的新统领，这也不必细表。

袁总统又规定任官等级，援例公布，凡最高职员，如国务总理，暨各部总长，及各省都督等，均称特任。特任以下，分作九等，一二等为简任官，三四五等为荐任官，六七八九等为委任官。又制定勋章等级，大勋章为总统佩带，上刻日月星辰山龙华虫宗彝藻火粉米黼黻十二章，其下亦分作九等，均刻嘉禾，第以绶色为别。陆海军勋章，独用白鹰文虎两种，亦分作九等，视绶色为等差。勋章以外，又有勋位，大勋位为首，依次至勋五位为止。余如国务院官制，及各部官制，一一酌定，次第颁行。所有国徽，除以五色旗为国旗外，海军仍用青天白日旗，陆军曾用十八星旗，至此加列一星，变作十九星旗，商旗适用国旗，就是五色旗。所有礼节，男子礼为脱帽鞠躬，大礼三鞠躬，常礼一鞠躬，寻常相见，只用脱帽礼。女子礼大致相同，惟不脱帽，专行鞠躬礼。另订衣冠仪式，绘图晓示，惟军人警察，另有特别礼仪，不在此限。陆军官制分三等九级，上等称将官，中等称校官，初等称尉官，各分上中少三级，军士分上士中士下士，兵卒分上等兵一等兵二等兵，军队编制，每步兵十四人为一棚，三棚为一排，三排为一连，四连为一营，三营为一团，二团为一旅，二旅为一师，把前清镇协标队的名目，一律改称。师即镇，旅即协，团即标，营即队。海军官制，略有同异，如军医军需造械造舰等官，有总监主监上监中监少监等名目，与陆军不同。编制法以舰为别，亦与陆军异制。他如学校系统，分作四级，首大学，次中学，又次为高等小学，最下为小学。后改称国民学校。小学校四年毕业，高等小学校，三年毕业，中学校四年毕业，大学本科，三年或四年毕业，预科三年。旁系为师范学校，及实业学校，专门学校，大致为四年或三年毕业。至若法院规则，分作四级三审，大理院为法院最高机关，下为高等审判厅、地方审判厅、初级审判厅，是为四级，由初级审判厅起诉，不服判决，得控诉地方厅，地方厅的判决，再或不服，得上告高等厅；高等厅判决，已成定案，不得再诉大理院。惟自地方厅起诉，不服判决，得经高等厅至大理院，是为三审。所应由初等厅起诉，或由地方厅起诉，法律上另有规定，不暇絮述。但诉讼条规，有刑事民事二种，刑事条件，是被告应该惩罚，不得不求国家惩罚，所以亦称为公诉。民事条件，是被告未必犯罪，但侵害个人利益，请求司法官代判赔偿，所以又称为私诉。刑法分主刑及从刑，主刑分五等，死刑最重，次为无期徒刑，又次为有期徒刑，又次为拘役为罚金。从刑分二等，（一）是褫夺公权，（二）是没收。这种制度，统是行政上司法上的关系，一般人民，应该晓得大略，小子不能不粗举大纲。是谓通俗教育。

　　还有立法机关，是共和国中最要的根本，从前由代表会组织参议院，是创始的暂行规模，此时国家统一，应由参议院改为国会，且《临时约法》中第五十三条，曾有限十个月内，召集国会的明文，袁总统不能违约，参议院也不能缓议，因此逐日开会，议决国会组织法及参议院众议院议员选举法。国会组织法共二十二条，大要用两院制，便是参议院及众议院。参议院议员，由各省省议会选出，每省十名。蒙古选举会，得选出二十七名，西藏选举会，得选出十名，青海选出三名，中央学会，也得选出八名，华侨得选出六名，共二百九十四人。众议院议员，由各地人民选举，每人口满八十万，得选一议员，人口多寡不一，议员也多寡不等，拟定直隶省四十六名，奉天省十六名，吉林省十名，黑龙江省十名，江苏省四十名，安徽省二十九名，江西省三十五名，浙江省三十八名，福建省二十四名，湖北省二十六名，湖南省二十七名，山东省三十三名，河南省三十二名，山西省二十四名，陕西省二十一名，甘肃省十四名，新疆省十名，四川省三十五名，广东省三十名，广西省十九名，云南省二十二名，贵州省十三名，蒙古二十七名，西藏十名，青海三名，共五百九十五人。参议员任期六年，每二年改选三分之一，众议员任斯三年。两院议员的职权，（一）是建议，（二）是质问，（三）是查办官吏纳贿违法的请求，（四）是政府咨询的答复，（五）是人民请愿的受理，（六）是议员逮捕的许可，（七）是院内法规的制定。至若预算决算，及议定宪法，概由两院合办。两院议员，须各有过半数出席，方得开议，议案须得过半数同意，方得决定，可否同数，由议长取决。每岁会期，计四个月，若大事不及裁决，得以展期，这是国会组织法的大略。

惟两院议员的选举，统用单记名投票法，从多数取决。参议员由省议会选举会选出，毋庸细表，众议员由人民公选，分选举及被选举两种资格，选举人专属民国国籍的男子，年满二十一岁以上，备有四项资格的一项，才有选举权。看官道是哪四项资格呢？（一）是年纳直接税二元以上；（二）是值五百元以上的不动产；蒙、藏、青海得以动产计算；（三）是在小学校以上毕业；（四）是与小学校以上毕业的资格。被选举人亦属民国国籍的男子，惟年龄须满二十五岁以上。蒙、藏、青海更须通晓汉语。若适罹刑法褫夺公权，及宣告破产，并有精神病，吸鸦片烟，与不识文字，均不得有选举权及被选举权。现在陆海军充役的军人，与在征调期间的续备军人，现任行政司法及巡警，或僧道及其他宗教师，均停止选举权及被选举权。蒙、藏、青海惟军人停止选举权及被选举权，余项不用此例。小学校教员，各学校肄业生，停止被选举权。办理选举人员，于选举区内，亦停止被选举权。又分初选复选两项手续，初选以县为选举区，当选人名额，定为议员名额的五十倍，复选合若干初选区为选举区，即以初选的当选人为选举人，被选人却不以初选当选人为限。每届选举，无论初选复选，各设监督员。初选监督以各该区的行政长官充任，复选监督以全省的行政长官充任。蒙、藏、青海，只一次选举，不分初选复选。这是两院议员选举法的大略。还有省议会议员选举法，大致与众议院议员选举法略同。

各项选举法，经参议员议决，咨送袁总统，袁总统当即公布，且由内务部规定选举区，一一颁示，正在筹备进行，非常忙碌的时候，忽由四川都督尹昌衡，连电报称西藏乱耗，影响全局，自请督师西征。袁总统准如所请，命他出征西藏，所有川督印信，暂交胡景伊护理。尹督遂率二千五百人，向西出发，浩荡前进。想步年龚尧后尘。先是清光绪末年，西藏教主达赖喇嘛，曾入京觐见，受封为西天大善自在佛，并加诚顺赞化名号。会值光绪帝与慈禧太后，先后逝世，达赖讽经超荐，效劳了好几日。两宫安葬，达赖回藏，为俄人所诱，有意生乱，清廷将他削去封号，用兵撵逐，并命驻藏大臣，另立达赖喇嘛。这事尚未就绪，中国已起革命军。退位的达赖，手下有一参谋，系俄国人，素得达赖信任，前曾为达赖所遣，往俄京圣彼得堡，传递密约事件，此次闻内地各省，大半独立，遂极力为达赖谋覆西藏。达赖乃回入藏境，逐去清廷简放的官吏，也居然独立起来，且欲尽杀驻藏的汉人。亏得陆军统领钟颖，率兵至拉萨，竭力保护，镇压藏番，达赖始不敢妄动。川督尹昌衡，从权委任，令钟颖为西藏行政使。后来华兵与藏人，屡生冲突，英兵以保护侨商为名，进兵藏边，尹督遂电告北京，请任钟颖为办事长官，俾专责成。袁总统即如言任命。但藏番总歧视华人，随你钟长官威权并用，始终不肯就范。华兵在拉萨开会，登场演说，不知如何得罪了藏人，竟致两造决裂，激动兵戈。藏人各处响应，把华兵困住拉萨，一面分道扬镳，西侵后藏，东寇里塘。后藏的江亚，竟被陷没。里塘在打箭炉西，虽为驻藏大臣往来驿道，奈与四川省会，相距遥远，守兵寥寥无几，猝遇藏人到来，慌忙敛兵固守，飞书乞援，谁知远水难救近火，镇日里待援未至，只好弃了里塘，奔还内地。藏人既将里塘占去，复乘势欲夺巴塘，川边大震。尹都督乃自请出师，奉命允准，并加授镇抚使。

尹遂率军西征，途次接巴塘捷报，心下稍慰。又行了两三日，克复里塘的喜信，也由探马报到。原来边军统领顾占文，因里塘失守，加意防备，四处派遣心腹，暗探藏人消息。到了七月初旬，探得藏人出攻巴塘，分两路进兵，一队从大路攻击，扬旗呐喊，堂堂皇皇，一队从小路潜行，越山过岭，似偷鸡吊狗一般。藏人颇也知兵。那时顾统领察破诡谋，当即将计就计，阳遣兵截住大路，自己却带着精锐，至小路旁看定要隘，分兵四伏。藏人哪里防着，只从崇山峻岭中，绕越而来。大众争先恐后，毫无纪律，那边有几十人，这边也有几十人，但凭着两只脚，随路乱走，将到大朔山侧，天色将晚，遥望前面，只有参天的古木，遍地的蔓草，隐隐衔着一个夕阳，掩映满山秋色。烘染语亦不可少。此时也无暇流览，但蓄着一股锐气，急行上前，暗想越过了山，便是巴塘，好在沿途平稳，并没有华兵拦阻，此去出其不意，攻其无备，眼见得巴塘要隘，唾手可得。正在趾高气扬的时候，猛听得一声号炮，震得山谷俱鸣，木叶乱下，大众齐声叫道："不好了！不好了！"言未毕，已见华兵四处杀来，枪声劈拍不绝，无从躲避。大众顾命要紧，觅路四窜。巴塘也不要了。不意窜到东边，竟遇着一阵枪弹，晕倒了好多人，折回西边，又碰着一队华兵，恶狠狠的过来，好像饿鹰逐鸡，猛虎噬羊，稍稍失手，便被他打倒地上，生擒活缚的拖了过去。有几个仗着蛮力，拼命突围，总算死了一半，逃了一半。顾统领乘胜追赶，顺着路竟到里塘，里塘已虚若无人，当由顾军端入，立将里塘收复。正拟出击大路上的藏兵，可巧藏人已闻小路败报，跟跄逃还。顾统领麾军杀出，吓得藏人没路乱跑，大路上的官军，又同时赶到，一场合剿，杀死藏人数百名，只有命不该绝的藏人，才得逃脱。顾统领即遣人告捷，当由尹都督接着，非常欣慰，遂至打箭炉驻节。打箭炉系四川西徼，为川藏往来孔道，清季已改为康定府治，藩汉杂居，相安成俗。尹都督就此驻扎，免不得游览风景，极目遐天；偶然见了许多蛮女，丑的丑，妍的妍，两两相较，有几个姿色秀媚的蛮姝，越觉得天然丰韵，面不粉而白，口不脂而红，眉不黛而翠，更有一种苗条态度，楚楚可人，或在藤峡棘穴旁，招集三数姊妹花，着吉莫小靴，低唱蛮歌，高扬巾帕，飘飘乎若神仙中人。看官！你想这豪宕不羁的尹都督，哪能不牵入情丝，触生美感，当下搜采数姝，令充下陈，几乎把这蚕丛路，变作了鸾栖林。乐不思蜀。小子有诗咏道：

犵花喻草也风流，别有柔情足解忧。
自古英雄多好色，小蛮尚在且勾留。

藏事未了，鄂中又出有异国。待小子下回续叙。

民国初年，为厘定法规时代，公布各法，自有专书，非本书所应殚述。但本书亦寓通俗教育，所有普通各法规，为一般人民所应晓者，固不得不粗举一斑，揭而出之，俾阅者得助见闻，正灌输知识之嚆矢也。国会组织法，及各议员选举法，不略蒙藏，政府固为统一藩部起见，而著书人即随笔叙下，写入藏事，此又为文字中绾合之法。尹都督自请征藏，俨然有终军请缨气象，而一逢蛮女，即取充下陈，虽著情场花月，无玷英雄，而于军纪上不无妨害，寓讥于褒，作者其固有隐旨乎！

# 第十四回

## 张振武赴京伏法　黎宋卿通电辨诬

却说各省的军队，自经袁总统通电裁并，给饷遣散，往往游骑无归，所在谋变。有几处尚未裁遣，即已秘密开会，再图革命，如南京驻扎的赣军，苏州的先锋三营，滦州的淮军马队，山条省城的防兵，奉天大北关外的旧混成协第三标，安徽北门外的先锋队第一营，芜湖屯驻的卢军，滁州第一团七八两连兵士，陆续哗变，幸经各处长官，立时剿抚，均归平定。

惟湖北为革命军发起地，余风未泯，喜动恶静，不但乱兵生事，甚至司令军官等，亦屡思自逞，尝谋独立。兵犹火也，不戢自焚，古人之所以三致意者在此。襄阳府司令张国荃，不服省垣编制，擅杀调查专员周警亚，拥兵为乱，经黎都督元洪派兵兜剿，国荃方自知不敌，窜向郧阳，沿途劫掠，蹂躏了好几处；复由官兵追剿，方才散逸。既而军官祝制六、江光国、滕亚纲等人又煽惑军界，托词改革政治，谋推翻军政民政二府，破坏各司，幸被黎都督察觉，即调集近卫军及警察分头缉捕，将祝、江、滕三人拿获，并搜出檄文布告、文书名册、徽章令旗、传单愿书等项，证据昭然，三犯无可抵赖，遂申行军律，一概枪毙。越日，复在汉口法租界搜获乱党多名，黎都督不欲深究，惟出示剀切劝告，并将搜出名册，立即销毁，免得株连。未几，又报省城兵变，第一镇二协三标军士，因刘协统勒令退伍，遂致大哗，统至军械房抢夺子弹，且击毙军官二名。楚望台军械所守兵，亦闻声响应，持械出所，拦守通湘、起义二城门。黎都督闻警，亟饬各军飞往弹压，把乱兵尽行围住，一面派唐、黄两参谋，偕同黎统制，步入围中，剀切劝导，嘱将首犯指出，余均免罪，并允将刘协统撤换。乱兵方唯唯应命，当场指出首犯陈兆鳌，由黎统制饬兵缚住，讯实正法。

黎都督经此数变，自然格外小心，日夕侦察，旋闻军务司副司长张振武，及将校团团长方维，潜蓄异志，煽乱各军，前次祝制六、滕亚纲的变乱，亦由张、方二人主动，遂不动声色，宣召二人入署，嘱他调查边务。二人当面不好违慢，只得惟命是从。黎都督送客出厅即密电到京，拍致袁总统。袁总统亦即复电，任张振武为蒙古调查员，张、方是心腹至交，当密商了两三次，初意欲逗留鄂中，嗣因黎都督再三促行，虽明知他是调虎离山的计策，也一时不敢发难，便向督署辞行。不怕他不入死路。黎都督当命方维随往，适合张振武本意，遂邀同方维启程北上。

嗣复潜自回鄂，更邀将校十三人，一同到京，仍与方维聚会，就京城前门外西河沿旅馆寓宿。甫隔一宵，方维等在寓安居，张振武却入城游览。不意时方晌午，突有军警百余人，闯入旅馆，径至方维寓室，辟门竟入，方维惊问何事？一语未终，已是铁链上头，将他锁住。将校等各思抗拒，当由来兵与语道："君等无罪，罪止张、方。但奉命邀君同往，一经质证，保可无事，若君等定要反抗，莫怪枪弹无情。"语至此，各拔出手枪，向将校对着，作欲击状。将校等莫不畏死，忙说是情愿同行。方维还要喧嚷，军警等毫不理睬，但将他牵入内城，拘禁军政总执法处。其余将校分别解交外城军政执法两局。张振武尚在未知，正思回寓午餐，徐步从前门出来，刚刚望着城闉，不图兜头来了军官，猝然问道："你是张振武么？"振武方应声称"是。"那军官已将他扭住，更有兵弁过来，把他两手反缚，他连声诘问情由，军官答称："奉令前来，拿你到总执法处，你到后自有分晓。"振武无法可施，只好由他牵往。及至军政总执法处，见方维也被拘禁，越觉惊慌，正思详问颠末，那执法官已传令上堂。振武且走且呼，口中连称冤枉，但见执法官高坐堂上，拍案喝道："休要瞎闹！你自己犯法，尚称冤枉么？"振武道："我等所犯何罪？"执法官道："有黎都督电文到来，我读与你听，你且仔细听着！"黎电从此处叙出，前文妙有含蓄。语毕，即朗读黎电道：

> 张振武以小学教员，赞成革命，起义以后，充当军务司副司长，虽为有功，乃怙权结党，桀骜自恣，赴沪购枪，吞蚀巨款。当武昌二次蠢动之时，人心惶惶，振武暗中煽惑将校团，乘机思逞，幸该团员深明大义，不为所惑。元洪念其前劳，屡与优容，终不悛改，因劝以调查边务，规划远谟，于是大总统有蒙古调查员之命。振武抵京后，复要求发巨款设专局，一言未遂潜行返鄂。观此数语，见得京、鄂两处已密布侦探，将张、方二人行踪，探得明明白白，张、方自己尚如睡在梦中。本书前文亦未尽说明，至此方才揭出。飞扬跋扈，可见一斑。近更蛊惑军士，勾结土匪，破坏共和，倡谋不轨，狼子野心，愈接愈厉，假政党之名义，以遂其影射之谋，借报馆之揄扬，以掩其凶顽之迹，排解之使，困于道途，防御之士，疲于昼夜。风声鹤唳，一夕数惊。赖将士忠诚，侦探敏捷，机关悉破，泯祸无形，吾鄂人民，胥拜天使，然余孽虽歼，元憝未殄，当国害未定之秋，固不堪种瓜再摘；以枭獍习成之性，又岂能迁地为良？元洪爱既不能，忍又不可，回腹荡气，仁智俱穷，伏乞将张振武立予正法，其随行方维，系属同恶相济，并乞一律处决，以昭炯戒。此外随行诸人，有勇知方，素为元洪所深信，如愿归籍者，请就近酌给川资，俾归乡里，用示劝善罚恶之意。惟振武虽伏国典，前功固不可没，所部概属无辜，元洪当经纪其丧，抚恤其家，安置其徒众，决不敢株累一人。皇天后土，实闻此言。元洪藐然一身，托于诸将士之手，阘茸尸位，抚驭无才，致令起义健儿，夷为罪首，言之赧颜，思之雪涕，独行踽踽，此恨绵绵。更乞予以处分，以谢张振武九泉之灵，尤为感祷。临颖悲痛，不尽欲言。

读毕，又宣布袁大总统命令，略云：

> 查张振武既经立功于前，自应始终策励，以成全人。乃披阅黎副总统电陈各节，竟渝初心，反对建设，破坏共和，以及方维同恶相济。本总统一再思维，诚如副总统所谓爱既不能，忍又不可，若事姑容，何以慰烈士之英魂？不得已即着步军统领军政执法处总长，遵照办理。此令。

命令宣毕，吓得张、方两人，面如土色，没奈何哀求道："这是黎副总统冤诬我的，还求总长呈明总统，乞赐矜全。"执法官微笑道："令出如山，还有什么挽回，想你两人总有异谋，所以黎副总统，电请大总统正法的。"言罢，即将两人捹出，同时枪毙。尚有将校十三人，一律释出，给发川资，仍令回鄂。十三人得了性命，即日离京南下，自不消说。惟张、方系革命党人，党员闻他正法，不免兔死狐悲，遂相率哗噪，声言："张振武功大罪轻，就使逆谋昭着，亦当就地处决，何必诱他入京，立置死地，这明是内外暗合，有意苛求。"当时有杀非其道，杀非其时，杀非其地，共计三大诘难，电达全国。黎副总统几成怨府，也令秘书员撰成通电数篇，陆续发布。最后这一篇，洋洋洒洒，约有千余言，小子不忍割爱，录述如下。其文云：

连日函电纷驰，诘难群起，前电仓促，尚未详尽。报告政府书，复未赍到，诚恐远道不察，真相愈湮，敢重述梗概，为诸公告。张振武初充军务司副长。汉阳失败，托词购枪，留函径去。当命参议丁复生，追至上海，配定式样，只限购银二十万两，乃擅拨买铜元银四十万，仅购废枪四千枝，子弹四百万，机关枪三十六枝，子弹二百万，枪械腐窳，机件残缺，有物可查，设有战事，贻害何堪设想？且除买械二十六万余外，另滥用浮报三十二万，无账二万，尚借谭君人凤五万，陈督复来电索款，均系不明用途，有帐可稽，罪一；南北统一，战事告终，振武由沪返鄂，私立将校团，遣方维往各营勾串，募集六百余人，每名二十元，鄂军屡次改编，该团始终不受编制，兵站总监兵六大队，已预备退伍，伊复私收为护卫队，拥兵自卫，罪二；二月二十七日，串谋煽乱，军务部全行推倒，伊复独任方维，要挟留任，复谋杀新举正长曾广大，经元洪访查得实，始将三司长悉改顾问，罪三；冒充军统，黉夜横行，护卫队常在百人以外，沿途放枪，居民惶恐。每至都督府，枪皆实弹。罪四；护卫队屡遭解散，抗不遵命，复擅抢兵站枪枝粮饷，藐无法纪，罪五；强调铁路立中小火轮，勾串军队，黉夜来往，罪六；暗煽义勇团长梅占鳌，增加营数，诱命石龙岩往联领事团，许事成任为外交司长，该员等不为所动，谋遂无成，罪七；革命后广纳良女为姬妾，内嬖如夫人者，将及十人，叶某及鲁某，皆女学生，复伙串某报鼓吹，颠倒黑白，破坏共和，罪八；民国公校开校，当众演说，革命非数次不成，流血非万万人不止，摇动国本，骇人听闻，罪九；亲率佩枪军队，逼迫教育司，勒索学款，挟之以兵，罪十；令逆党方维，勾串已革管带李忠义，及军界祝制六、滕亚纲、姜国光、谢玉山、刘起沛、朱振鹏、江有贵、黄耀生，暨汉口土匪头目王金标，分设机关，密谋起事，并另举标统八人，伊为原动，大众皆知，虽名册已焚，祝、滕正法，刘、朱尚寄监可质，罪十一；机关破露，移恨孙武，复密遣四十人，分途暗杀，罪十二；前次所购机关枪弹，除湖北实收外，近证之蓝都督报告，接济之账，尚匿交机关枪多枝，子弹三万粒，私藏利械，图谋不轨，罪十三；此次电促赴京，实望革心向善，乃叠据侦探报告，伊以委命未下，复图归鄂，密遣党羽，预归布置，复查悉函阻将校团，不得退伍，武汉一隅，关系全局，三摘已稀，岂堪四摘！罪十四；此外索款巨万，密济党援，朘削公家，扰乱秩序，种种不法，不胜枚举。元洪荐充大总统高等军事顾问，并有蒙古调查员之命，无非追录前功，冀挽将来，犹复要索巨款，议设专局，又在上海私文屯垦事务所，月索千余元，凡此诸端，或档案具在，或实地可查，揭其本末罪状，实属无可宽容。诸公老成谋国，保卫治安，素为元洪所钦佩，倘使元洪留此大憝，贻害地方，致翻全局，诸公纵不见责，如苍生何？

顾或有谓杀非其地，杀非其时，杀非其道者，责以法理，夫复何辞？然此中委曲，尚有万不获已之衷，为诸公未悉者。武昌当革命之余，丁裁兵之会，地势冲繁，军心浮动，振武暗握重兵，潜伏租界，一经逮捕，立召干戈，既祸生灵，更酿交涉，操切偾事，谁尸其咎？况北京为民国首都，万流仰镜，初非邻省，更异敌邦，明正典刑，昭示天下，揆诸名义，似尚无妨，此不获已者一；振武席军务长之余焰，凭将校团之淫威，取精用宏，根深柢固，投鼠忌器，人莫敢撄，卷土重来，拥兵如故，狼子野心，更无纪极，前此以往，杀既不敢，后此以往，杀更不能，千里毫厘，稍纵即逝，先此不谋，噬脐何及？况谋叛民国之犯，果有确据，随时皆可掩捕，此不获已者二；振武分遣党羽，密布机关，奸谋败露，应命赴京，更怀疑惧，居则佩刀盈室，出则荷枪载途，京鄂之使，不绝于道，心机叵测，消息灵通，一电遥飞，全国窥变，联电请求，举兵要挟，虽有国典，亦无所施，况振武现参军政，遥领兵权，绳以军法，洵为允当，且北京军事裁判，尚未完全，南中军法会议，已非一次，询谋金同，始敢出此，此不获已者三。

元洪数月以来，踌躇再四，爰功忧乱，五内交萦，回肠九转，忧心百结，宁我负振武，无振武负湖北，宁取负振武罪，无取负天下罪，刲臂疗身，决踵卫命，冒刑除患，实所甘心。夫汉高、明太，皆以自图帝业，屠戮功臣，越践、吴差，皆以误信谗言，戕害善类，藏弓烹狗，有识同悲。至若怀光就戮，史不论其寡恩，君集被擒，书不原其战绩，矧共和之国，同属编氓，但当为民国固金瓯，不当为个人保铁券。元洪念彼前劳，未忍悉行诛罚，安此反侧，复未稍事牵连，遂致日前两电，词多含蓄，迹似虚诬，又何怪诸公义愤之填胸，而责言之交耳也？伏思元洪素乏丰功，忝窃高位，爱民心切，驭将才疏，武汉蠢动，全楚骚然，商民流离，市廛雕散，损失财产，几逾巨万，养痈成患，责在葑菲，亡羊补牢，泣将何及？洪罪一也；洪与振武，相从患难，共守孤城，推食解衣，情同骨肉，乃恩深法弛，背道寒盟，瘏口闳闻，剖心难谅，首义之士，忍为罪魁，同室弯弓，几酿巨祸。洪实凉德，于武何尤？追念前功，能无陨涕，洪罪二也；国基初定，法权未张，凡属国民，应同维护，乃险象环生，祸机迫切，因养指失肩之惧，为枉寻直尺之谋，安一方黎庶之心，解天下动庸之体，反经行政，贻人口实，洪罪三也。有此三罪，十死难辞，纵诸公揆诸事实，鉴此苦衷，曲事优容，不加谴责，犹当跼天蹐地，愧悔难容；况区区此心，不为诸公所谅乎？溯自起义以来，戎马仓皇，军书旁午，忘餐废寝，忽忽半年，南北争议，亲历危机，蒙藏凶顽，频惊罢耗；重以骄兵四起，伏莽潜滋，内谨防闲，外图排解；戒严之令，至再至三，朽索奔驹，幸逾绝险。积劳成疾，咯血盈升，俯仰世间，了无生趣。秋荼尚甘，冻雀犹乐，顾瞻前路，如蹈深渊，自时厥后，定当退避贤路，伫待严谴，倘有矜其微劳，保此迟暮，穷山绝海，尚可栖迟，汉水不波，方城如故，虽死之日，犹生之年。世有鬼神，或容依庇，百世之下，庶知此心。至张振武罪名虽得，劳勚未彰，除优加抚恤，赡其母使终年，养其子使成立外，特派专员，迎柩归籍，乞饬沿途善为照料，俟灵柩到鄂，元洪当躬自奠祭，开会哀悼，以慰幽魂。并拟将该员事略，荟萃成书，

张振武赴京伏法　黎宋卿通电辨诬

请大总统宣示天下，俾晓然于功罪之不掩，赏罚之有公，斗室之内，稍免疚心。泉台之下，或当瞑目。临风悲结，不暇择言，瞻望公门，尚垂明教！

这电发出，张振武罪状确凿，就是他的同党，也不能替他强辨，渐渐的群喙屏息了。小子有诗叹道：

> 有功宜赏罪宜诛，不杀奸人曷伏辜？
> 试看鄂中传电后，胪陈劣迹岂全诬？

谣言既靖，京鄂无惊，前总统孙中山，由沪赴京，又有一番热闹的情形，且至下回再叙。

张振武首犯也，方维从犯也，张、方二人之被杀，后人多归狱袁、黎，亦以袁为主动，黎为被动。然观黎督通电，则张振武之劣迹昭彰，固有应杀之罪。方维虽附和党同，宜从末减，然除恶未尽，适为后患，杀之亦是也。他人徒阿徇所好，必以袁好杀，黎滥杀，目为寻仇诬隙，顾何以黎电传布，历述振武十四罪状，而他人不能为之一一辩驳乎？周公杀管、蔡，且无损元圣之名，于袁、黎乎何尤焉？故本回全录黎电，以见张、方之当诛，不得以此强诬袁、黎，论人必公，吾于此书见之。

# 第十五回
## 孙黄并至协定政纲　陆赵递更又易总理

却说孙文卸职后，历游沿江各省，到处欢迎，颇也逍遥自在。嗣接袁总统电文，一再相招，词意诚恳，乃乘车北上，甫到都门，但见车站两旁，已是人山人海，拥挤不堪。几乎把这孙中山吓了一惊。嗣由各界代表，投刺表敬，方知数千人士，都为欢迎而来。他不及接谈，只对了各界团体，左右鞠躬，便已表明谢忱。那袁总统早派委员，在车站伺候，既与孙文相见，即代达老袁诚意，并已备好马车，请他上舆。孙文略略应酬，便登舆入城。城中亦预备客馆，作为孙文行辕。孙文住了一宿，即往总统府拜会。袁总统当即出迎，携手入厅。彼此叙谈，各倾积愫。一个是遨游海外的雄辩家，满望袁项城就此倾诚，好共建共和政体，一个是牢笼海内的机谋家，也愿孙中山为所利用，好共商专制行为，两人意见，实是反对，所以终难融洽。因此竭力交欢，几乎管、鲍同心，雷、陈相契，谈论了好多时，孙文才起身告别。次日，袁总统亲自回谒，也商议了两三点钟，方才回府。嗣是总统府中，屡请孙中山赴饮，觥筹交错，主客尽欢，差不多是五日一大宴，三日一小宴的模样。好一比拟，就老袁一方面，尤为切贴。席间所谈，无非是将来的政策。

老袁欲任孙为高等顾问官，孙文慨然道："公系我国的政治家，一切设施，比文等总要高出一筹，文亦不必参议。但文却有一私见，政治属公，实业属文，若使公任总统十年，得练兵百万，文得经营铁路，延长二十万里，那时我中华民国，难道还富强不成吗？"孙中山亦未免自夸。袁总统掀髯微笑道："君可谓善颂善祷。但练兵百万，亦非容易，筑造铁路二十万里，尤属难事，试思练兵需饷，筑路需款，现在财政问题，非常困难，专靠借债度日，似这般穷政府，穷百姓，哪里能偿你我的志愿呢？"孙文亦饶酒意，便道："天下事只怕无志，有了志向，总可逐渐办去。我想天下世间，古今中外，都被那银钱二字，困缚住了。但银钱也不过一代价，饥不可食，寒不可衣，不知如何有此魔力？假使舍去银钱，令全国统用钞票，总教有了信用，钞票就是银钱，政府不至竭蹶，百姓不至困苦，外人亦无从难我，练兵兵集，筑路路成，岂不是一大快事么？"袁总统徐徐答道："可是么？"

孙文再欲有言，忽有人入报道："前南京黄留守，自天津来电，今夕要抵都门了。"袁总统欣然道："克强也来，可称盛会了。"克强系黄兴别号，与孙文是第一知交，孙文闻他将到，当然要去会他，便辍酒辞席，匆匆去讫。袁总统又另派专员，去迓黄兴。至黄兴到京，也与孙中山入都差不多的景象，且与孙同馆寓居，更偕孙同谒老袁，老袁也一般优待，毋庸絮述。惟孙、黄性情颇不相同，孙是全然豪放，胸无城府，黄较沉毅，为袁总统所注目，初次招宴，袁即赞他几经革命，百折不回，确是一位杰出的人物。袁之忌黄，亦本于此。黄兴却淡淡的答道："推翻满清，乃我辈应尽的天职，何足言功？惟此后民国，须要秉公建设方好哩。"袁又问他所定的宗旨，黄兴又答道："我国既称为民主立宪国，应该速定宪法，同心遵守，兴只知服从法律，若系法律外的行为，兴的行止，惟有取决民意罢了。"后来老袁欲帝，屡称民意，恐尚是受教克强。老袁默然不答。黄兴窥破老袁意旨，也不便再说下去。

到了席散回寓，便与孙文密议道："我看项城为人，始终难恃，日后恐多变动，如欲预为防范，总须厚植我党势力，作为抵制。自唐内阁倒后，政府中已没有我党人员，所恃参议院中，还有一小半会中人，现闻与统一共和党，双方联络，得占多数，我意拟改称国民党，与袁政府相持。袁政府若不违法，不必说了，倘或不然，参议院中得以质问，得以弹劾，他亦恐无可奈何了。"黄兴却亦善防，哪知老袁更比他厉害。孙文绝对赞成。当由黄兴邀集参议员，除共和党外，统与他暗暗接洽。于是同盟会议员，及统一共和党议员，两相合并，共改名国民党。一面且到处号召，无论在朝在野，多半邀他入党。

袁总统正怀猜忌，极思把功名富贵笼络孙、黄两人，先时已授黄兴为陆军上将，与黎元洪、段祺瑞两人，同日任命，且因孙文有志筑路，更与商议一妥当办法，孙意在建设大公司，借外债六十万万，分四十年清还。袁总统面上很是赞成，居然下令，特授孙文筹划全国铁路全权，一切借款招股事宜，尽听首先酌夺，然后交议院议决、政府批准等情。嗣复与孙、黄屡次筹商，协定内政大纲八条，并电询黎副总统，得了赞同的复词，乃由总统府秘书厅通电宣布。其文云：

民国统一，寒暑一更，庶政进行，每多濡缓，欲为根本之解决，必先有确定之方针。本大总统劳心焦思，几废寝食，久欲联合各政党魁杰，捐除人我之见，商榷救济之方。适孙中山、黄克强两先生先后莅京，过从欢洽，从容讨论，殆无虚日，因协定内政大纲；质诸国院诸公，亦翕然无间。乃以电询武昌黎副总统，征其同意，旋得复电，深表赞成。其大纲八条如下：

（一）立国取统一制度。（二）主持是非善恶之真公道，以正民俗。（三）暂时收束武备，先储备海陆军人才。（四）开放门户，输入外资，兴办铁路矿山，建置钢铁工厂，以厚民生。（五）提倡资助国民实业，先着手于农林工商。（六）军事外交财政司法交通，皆取中央集权主义；其余斟酌各省情形，兼采地方分权主义。（七）迅速整理财政。（八）竭力调和党见，维持秩序，为承认之根本。此八条者，作为共和、国民两党首领与总揽政务之大总统之协定政策可也。各国元首，与各政党首领，互相提携，商定政见，本有先例。

从此进行标准，如车有辙，如舟有舵，无旁挠，无中专，以阻趋于国利民福之一途，中华民国，庶有豸乎！此令。

政纲既布，孙文以国是已定，即欲离京，便向袁总统辞行，启程南下。独黄兴尚有一大要事，不能脱身，因复勾留都门，稽延了好几日。看官！道是何事？原来陆总理征祥，屡次请假，不愿到任，袁总统以总理一职，关系重大，未便长此虚悬，遂与黄兴谈及，拟任沈秉坤为国务总理，否则或用赵秉钧。注意在赵。沈曾为国民党参议，黄兴因他同志，颇示赞成。旋与各党员商议，各党员言："沈初入党，感情未深，且系过渡内阁，总理虽是换过，阁员仍是照旧，若为政党内阁起见，须要全数改易，方可达到目的，若只得一孤立无助的总理，济什么事？"黄兴听到这番言语，很觉有理，遂搁过沈秉坤，提及赵秉钧。赵是个极机警的朋友，当唐绍仪组阁时，他一面巴结袁总统，一面复讨好唐总理，竟投入同盟会中，做一会员。有此机变，所出后成宋案。黄兴明知他是个骑墙人物，但颇想因这骑墙二字，令他两面调停，免生冲突，所以也有意肎他上台。中了人家的诡计。各党员恰表赞同，乃共同议决，由黄兴转告老袁，袁得此信息，暗暗心喜，遂将赵秉钧的大名，开列单中，赍交参议院，表决国务总理的位置。院中议员，国民党已占了大半，还有一小半共和党，就使反对赵秉钧，也何苦投不同意票，硬做对头，因此投票结果，统是同意二字，只有两票不同意。这两票可谓独立。总理决议复咨袁总统，袁总统即正式任命，所有阁员，毫不变动。惟外交总长，初拟陆总理自兼，至此陆已解职，另选一个梁如浩，也得由参议院通过，令他任职。

　　黄兴乘势遍说各国务员，邀入国民党。司法总长许世英，农林总长陈振先，工商总长刘揆一，交通总长朱启钤，均填写入国民党愿书。教育总长范源濂，本隶共和党，至是闻黄兴言，左右为难，乃脱离共和党籍，声明不党主义。财政总长周学熙，亦赞成国民党党纲，惟一时未写愿书。黄兴又进告袁总统，劝他做国民党领袖。看官！你想这老袁心中，本与国民党有隙，令他入党，分明是一桩难事，但又不好当面决绝，左思右想，得了一个法儿，先遣顾问官杨度入党，阴觇虚实。

　　那杨度别号晳子，籍隶湖南，是个有名的智多星。他在前清时代，戊戌变法，常随了康有为、梁启超等，日谈新政，康、梁失败，亡命外洋，他也逃了出去，与康、梁等聚作一堆，开会结社，鼓吹保皇。到了辛亥革命，乘机回国，得人介绍，充总统府的顾问。特别表明，为后文筹安会张本。他仗着一张利口，半寸机心，在总统府中厮混半年，大受老袁赏识。就是从前蔡使到京，猝遭兵变，也是杨晳子暗中主谋，省得老袁为难。此番又受了老袁密嘱，令入国民党，他比老袁还要聪明，先与国民党中人，往来交际，讨论党纲。国民党员，抱定一个政党内阁主义，杨度矍然道："诸君的党纲，鄙人也是佩服，但必谓各国务员，必须同党，鄙意殊可不必。试想一国之间，政客甚多，有了甲党，必有乙党，或且有丙党丁党，独中央政府，只一内阁，如必任用同党人物，必难久长。用了甲党，乙党反对，用了乙党，甲党反对，还有丙党丁党，也是不服。胶胶扰扰，争讼不休。政策无从进行，机关必然迟滞，实是有弊少利，还须改变方针为是。"国民党员，不以为然。杨度又道："诸君倘可通融，鄙人很愿入党，若必固执成见，鄙人也不便加入呢。"国民党员不为所动，竟以"任从尊便"四字相答。杨度乃返报袁总统，袁总统道："且罢，他有他的党见，我有我的法门，你也不必去入他党了。"用软不用硬。黄兴闻老袁不肯入党，却也没法，只在各种会所，连日演说，提倡民智。袁总统尝密遣心腹，伪作来宾，入旁听席，凡黄兴所说各词，统被铅笔记录，呈报老袁。老袁是阳托共和，阴图专制，见了各种报告，很觉得不耐烦，嗣后见了黄兴，晤谈间略加讥刺。就是赵内阁及各国务员，形式上虽同入国民党，心目中恰只知袁总统，总统叫他怎么行，便怎么行，总统叫他不得行，就不得行，所以总统府中的国务会议，全然是有名无实。后来各部复派遣参事司长等，入值国务院，组织一委员会。凡国务院所有事务，都先下委员会议，于是国务总理及国务员，上承总统指挥，下受委员成议，镇日间无所事事，反像似赘瘤一般。想是乐得快活。时人谓政党内阁，不过尔尔。黄兴也自悔一场忙碌，毫无实效，空费了一两月精神，遂向各机关告辞，出都南下。及抵沪，沪上各同志联袂相迎，问及都中情形，兴慨然道："老袁阴险狠鸷，他日必叛民国，万不料十多年来，我同胞志士，抛掷无数头颅，无数颈血，只换了一个假共和，恐怕中华民国从此多事，再经两三次革命，还不得了呢。"黄克强生平行事，未必全惬舆情，但逆料老袁，确有特识。各同志有相信的，有不甚相信的，黄兴也不暇多谈，即返长沙县省亲。湘中人士，拟将长沙小南门，改名黄兴门。黄兴笑道："此番革命，事起鄂中，黎黄坡系是首功，何故鄂中公民，未闻易汉阳门为元洪门呢？"辩驳甚当，且足解颐。湘人无词可答。不料过了两日，黄兴门三字，居然出现，兴越叹为多事。会值国庆日届，袁总统援议院议决案，举行典礼，颁令酬勋。孙文得授大勋位，黄兴得授勋一位，嗣复命兴督办全国矿务，兴又私语同志道："他又来笼络我呢。"正是：

> 雄主有心施驾驭，逸材未肯就牢笼。

黄兴事且慢表，下回叙国庆典礼，乃是民国周年第一次盛事，请看官再阅后文。

孙、黄入京，为袁总统延揽党魁之策，袁意在笼络孙、黄，孙、黄若入彀中，余党自随风而靡，可以任所欲为，不知孙、黄亦欲利用老袁，互相联络，实互相猜疑。子舆氏有言："至诚而不动者，未之有也，不诚而能动者，亦未之有也。"袁与孙、黄，彼此皆以私意交欢，未尝推诚相待，安能双方感动乎？黄克强推任赵内阁，尤堕老袁计中，赵之入国民党，实为侦探党见而来，各国务员亦如之，黄乃欲其离袁就我，误矣。总之朝野同心，国必治，朝野离心，国必乱，阅此回可恍然于民国治乱之征矣。

# 第十六回

## 祝国庆全体胪欢　窃帝号外蒙抗命

却说武昌起义的时期，为阴历辛亥年八月十九日，就是阳历十月十日，民国既改用阳历，应以十月十日为纪念日。袁总统当将是案咨询参议院，经各议员议决，以阳历十月十日，为国庆日。南京政府成立，系阳历正月一日，北京宣布共和，系阳历二月十二日，两日为纪念日，均举行庆典。每岁届国庆日，即双十节。应举行各事如下：

（一）放假休息。（二）悬旗结彩。（三）大阅。（四）追祭。（五）赏功。（六）停刑。（七）恤贫。（八）宴会。

民国元年十月十日，国庆期届，即举行庆祝礼，是日改大清门为中华门，门外高搭彩楼一座，内悬清隆裕太后退位诏旨，赵总理秉钧派内外两厅丞，作为代表，行中华门开幕礼。各署各团体代表，均到场庆祝，兴高采烈，旗鼓扬休。一面在祈年殿建设祭坛，追祭革命诸先烈，由赵总理代表总统，临坛主祭。祭仪概照新制，祭文仍仿古体，其文云：

维民国元年十月十日，临时大总统袁世凯，谨遣代表赵秉钧，具牺牲酒醴，致祭于革命诸先烈曰："荆高之殁，我武不扬，沉沉千载，大陆无光。时会既开，国风丕变，帝制告终，民豪丰见，神皋万里，禹迹所区，谁无血气，忍此濡需？矫首仰天，龙飞海啸，雷震电激，日月清照。蹉跎不遂，委骨荒垆，壮心未已，毅魄长留，嗟我新民，毋忘前烈！煜煜国徽，自由之血。革故既终，鼎新伊始，灵爽既昭，勖哉君子！尚飨。"

祭毕退班，再由袁大总统，亲行阅兵礼。兵队共到一万二千名，拱卫军六千，禁卫军三千，游缉队一千，补充队一千，就总统府门外设台。袁总统戎服佩刀，登台兀立，所有陆军总长以下，统在台下站定。各军士由东辕进，从西辕出，行列井井，毫不凌乱。历一时许，各队俱已过去，袁总统方才下台，入府休息。各员均退至国务院，国务院中设茶话会，就厅前搭一彩棚，饰以松柏，下列几案数十，茶点齐备。参议院议员、各行政机关上级官吏、各省代表、中外新闻记者及京城著名绅董等，均就席与会。就是各国公使及外宾，亦乘兴参观。还有内蒙古活佛章嘉，及甘珠尔瓦两呼图克图，呼图克图为大喇嘛名号，亦作胡克图，蒙、藏、青海皆有之。时适来京谒见总统，因亦得列入会中。可巧天朗气清，日高秋爽，宾僚联翩庋止，端的是国门集祜，全体胪欢。既而日光晌午，客兴犹浓，院中备有午席，便请大众同餐，饮的是旨酒，吃的是佳肴，虽称是寻常筵席，计算代价，差不多要费千金。里面虽是奇穷，外面总要阔绰。午后席散，宾僚陆续回去，那军警两界，却来继续宴会，夜餐又有数十席，统吃得醉饱欢呼，无情不惬。

前门外的琉璃厂工艺局一带地方，独辟一个共和纪念会场，乃是革命党人发起，会场左右门及正门，均扎松花牌楼，场内亦有彩棚数处，内设陈列馆、运动场、演剧场等。陈列馆内的物品，系革命时的图印旗帜，衣服关防文件，及诸烈士生前死后的照像。

运动场内，施演竞走诸技。演剧场内，所演皆革命新剧。场中并设祭坛，供祀诸先烈牌位。最精雅的，是用五彩扎成，叠起一座黄鹤楼，高接云表，蔚为大观。无非皮相。除初十日正式会外，复继续开会两日。十一日章嘉活佛到会，令随从喇嘛讽经，追荐先烈。夜间有会员组织提灯会，备办各种花灯，募集青年童子，提灯出游，前导军乐，后护马队。先至中华门行鞠躬礼，嗣由大街直赴天坛，适四川公会，亦制成方式白灯，上书川省诸先烈姓名，同时并至。双方至天坛会齐，大放烟火。霎时间烟焰冲霄，就火光里面，现出各种革命战剧，仿佛枪林弹雨，依稀楚界汉河。大众见所未见，诧为奇逢，无论男女老幼，一时麋集，几乎满城不夜，举国若狂，小子也说不胜说。

惟袁总统以民国创造，煞费经营，除追祭先烈外，所有留在的伟人，理应旌赏，特授前总统孙文，副总统黎元洪大勋位，唐绍仪、伍廷芳、黄兴、程德全、段祺瑞、冯国璋，均勋一位，孙武勋二位，给国务总理一等嘉禾章，各部总长二等嘉禾章。外如各省都督民政长及民国有功人士，都酌给勋章，或陆军衔秩有差。只闻赏功，未闻恤贫，总是百姓吃亏。且以武昌为起义地，特派代表朱庆澜，先日赴鄂，致祭先烈。参议院代表汤化龙，与朱同行。

既到武昌，巧值各省都督，也有代表派来，就前清万寿宫，改设会场，踵事增华，不亚首都。但见场中陈设，光怪陆离，彩楼广筑，四围组不老之松，巨额高悬，数字织长青之柏，还有五色电灯，五彩花朵，掩映增光，排叠成锦，中供诸烈士牌位，由各代表排班致祭。黎副总统，早派代表蔡济民，主持一切，祭礼告备，先后宣读祭辞，全场行三鞠躬礼。至奏过军乐，才行散班，统赴宴会场就宴。还有一种特别的纪念，系是从前受伤的军士，尚在病院养疴，至是令各穿军服，佩挂黄绫，标明姓氏，及某战受伤，伤在某处等字样，异以彩扎椅轿，导以军乐，游行全城，俾士民参观，感念不忘。黎副总统，又有一篇演说辞，浼蔡济民在场宣读，大致是："共和未奠，责在后死。"说得非常痛切，小子因纸短言长，不遑殚述，看官如欲览全文，请向黎副总统文牍中，随时披阅，好在坊间都有专书出售，不烦小子费手了。可略即略，免惹人厌。

武昌以外，要算上海，此外各省，亦无不同时庆祝，随处悬着五色旗，各地挂着五彩灯，都道是五族一家，普天同庆。极盛难继，为之奈何？哪知西藏的独立，并未取消，外蒙古的独立，非但不肯取消，且居然在库伦地方，设立政府，推哲布尊丹巴为帝，改元共戴，立起一个蒙古帝国来。蒙古立国，成吉思汗有灵，恰也心慰，可惜国不成国，几同瞎闹。这哲布尊丹巴，系是何人？就是外蒙教主，居住库伦，向来扬名中外的活佛。活佛本没有什么枭雄，而且双目失明，差不多是个无知动物，不是活佛，直是死佛。惟他的妻室扣肯儿，具有三分姿色，心中又是多生一窍，格外比蒙人聪明。就中有个亲王杭达多尔济，素出入活佛帐中，与佛妻扣肯儿，很是莫逆。大约是结欢喜缘。扣肯儿哄动活佛，把政权委任杭达，杭达得了重权，遂主张联络俄人，反抗中国。俄政府正窥伺蒙古，得了这个消息，格外心欢，当将国中土产，遗赠活佛及杭达，连扣肯儿处，也特地进送一份。活佛等自然惬意，便遣杭达至俄京，道达谢忱。俄政府又甚表欢迎，至杭达返至库伦，巧值武汉革命，当即怂恿活佛，宣布独立，并逐去清办事大臣三多。辛亥年十一月十日，活佛哲布尊丹巴，在库伦举行正式即位礼，自称皇帝，建元共戴，比袁皇帝着了先鞭。也仿袭前清官制，分设各都，并置内阁总理。总理一缺，本拟任杭达亲王，因杭达通晓外事，改任外部，别用松彦可汗为总理。松彦可汗本名海珊，系东蒙喀尔沁旗人，曾犯案奔俄，熟习俄语，嗣至库伦，为杭达所引用，又令陶什陶总统军事。陶什陶系东三省著名胡匪，东省悬赏缉捕，他遁入俄境，辗转至库伦，杭达闻他善战，因荐握军权。此外还有图什公、崔大喇嘛、达赖贝子、那木萨赖公等，分掌部务。统是一班好脚色。并聘俄员里斯克拂为军事顾问官，寻复延俄人马司哥顿为财政顾问官，一切措置，惟俄是从。一面派人游说各旗，劝令附和外蒙，喀尔喀四部，本归活佛管辖，当然服从。惟内蒙、东蒙、西蒙诸王公，与中国感情较密，尚未肯尽附外蒙。

杭达亲王，闻中国革命，将还罢手。南北有议和消息，恐和议成后，必加诘责，不如预先布置，结俄为援，当下呈明活佛，自充正使，另派奚林丹定亲王为副，带了贡献物品，起程赴俄。俄政府闻他到来，格外厚待，特派外部人员萨沙诺夫，殷情招接，并导他谒见俄皇。俄皇下座慰劳，握手言欢。*好买卖来了！* 杭达即敬献金佛一尊，名马十头，作为贽仪。*蒙古地图，何不尽行献出？* 俄皇收受后，再命外交大臣，陪他筵宴。席间谈及外蒙独立情形，当由杭达当面请求，一是要俄国接济军械，二是要俄国借给款项。萨沙诺夫一一承认，且愿为代致中国，通告北京政府，提出蒙古独立，不准中国干涉。杭达喜欢的了不得，恨不得在萨沙诺夫前拜跪下去，磕着几个响头，*还是向扣肯儿前磕头，却赠你特别禁商。若对俄外部磕头，简直是要你的命。* 于是谢了又谢。萨沙诺夫果有信实，一俟杭达等离俄，即电致驻华俄使，转达北京政府，提出三大要求，列款如下：

（一）中国许蒙古完全行政主权。（二）蒙古地方，中国不得驻兵设官及开垦。（三）抚慰此次服兵之华人。

这时候的中华民国，方在草创，南北尚未统一，自然无暇答复。至袁世凯就任总统，杭达已回库伦，当由蒙古国内阁大臣名义，电达北京，布告正式独立，并贺袁总统就任。袁总统得电后，两复活佛，劝令取消。活佛也两复发总统，一说是业经自主，如何取消？二说是请商诸邻邦，杜绝异议。袁总统以邻邦二字，分明是指俄罗斯，拟俟内事粗定，再与俄人协商。哪知活佛一方面，竟煽动西蒙各旗，攻占科尔多，复嗾使东蒙各旗，攻占呼伦城，且勾通科尔沁右翼前旗札萨克郡王乌泰，称兵内犯，侵扰洮南府。袁总统乃飞饬东三省各都督，派兵出剿。一场鏖战，始将乌泰逐窜索伦山，随即下令革去乌泰世爵，另任镇国公衔鹏束克，署理札萨克。

惟对于内外蒙古，仍用羁縻手段。国庆期内，内蒙活佛章嘉，与甘珠尔瓦呼图克图，翊赞共和，入京觐见；袁总统特别优待，即加封章嘉徽号，用"宏济光明"四字，且准他沿用前辈所得黄轿九龙座褥，并赏穿带膆貂褂，特给银一万元。甘珠尔瓦呼图克图，也得邀封"圆通善慧"名号，赏穿带膆貂褂，赏银与章嘉活佛同例。内蒙各旗，总算被袁总统笼络住了。*老袁无非此术。* 袁总统又令蒙藏事务局总裁贡桑诺尔布，致书内外蒙古，及前后西藏，劝他归附民国，同造共和。前藏达赖喇嘛，恰也乖巧，暗思尹昌衡驻扎川边，巴塘、里塘等处得而复失，不如暂行答复，阳奉阴违为是，当下复函通款，声言内附。当经袁总统还给封号，仍封为诚顺赞化西天大善自在佛。接连是东蒙古十旗王公，也函复政府，愿发起蒙旗会议，解释共和真理，藉泯猜嫌。袁总统闻报，特派蒙古科尔沁亲王，兼任参议员阿穆尔灵圭，及吉林都督陈昭常，东三省宣抚使张锡銮，相偕赴会，会所在长春道署，各旗王公陆续到来，统共得四十人。会议了三四天，当由政府三委员，提出意见如下：

（一）请各王公赴各本旗劝慰，力陈五族共和之利益。（二）请内外蒙务即取消独立。（三）如能效忠民国，或从事宣慰，蒙古早日取消独立者，由政府格外奖叙。（四）请各王公宣告民国对于蒙古固有权利，概不剥夺。（五）凡蒙古所借外债，均归民国担保归还。

五条以外，还有议案十条，亦开列下方：

（甲）蒙边要隘地点，许政府派兵镇驻。（乙）蒙王无论向何国借款，非经中央政府允准，不得实行。（丙）取消独立后，请大总统颁发特别优待蒙人条件。（丁）蒙人不准私将产业抵押外人，以保领土。（戊）蒙人举办新政，准由政府许可。（己）创办华蒙联合会，以敦感情。（庚）组织蒙文报，以开民智。（辛）蒙人改用五色国旗，以符国体。（壬）蒙人应遵民国法律。（癸）蒙人练兵所需枪械，概由各省都督代购，不准私运。

各旗王公，均表同情。政府三委员，返报袁总统，满望从此进行，得将蒙、藏两大部收归宇下，实践五族一家的本旨。不意十一月九日，竟由驻京俄使，来了一个照会，说是正式通告。外交部接着，慌忙展阅，不瞧犹可，瞧着这照会中的全文，几把那外交总长梁如浩，吓得瞠目伸舌，险些儿成了痴呆病。小子有诗叹道：

　　莫言世界尽强权，胜负只争一着先。
　　试忆中西交涉事，昧机多半是迁延。

毕竟照会中有何紧要，且至下回交代。

民国第一届国庆日，举行祝典，号称极盛，自是而后，逐年减色，至民国四年双十节，袁氏欲行帝制，竟停止庆祝宴会。外人谓吾中国人，只有五分钟热诚。即以逐年之国庆日观之，已可觇华人程度。彼美利坚之七月四日，法兰西之七月十四日，全国庆祝，迄今犹昔，何吾国人之有初鲜终，一至于此乎？若夫蒙、藏两区为英、俄二国所播弄，向背靡常，反复不一，而袁氏且只事羁縻，仍袭用前清迁延政策。迨至一纸飞来，全国惊诧，始悔前此因循之失计，不亦晚乎？特揭之以儆将来。

# 第十七回

## 示协约惊走梁如浩　议外交忙煞陆子欣

却说驻京俄使，致照会与外交部，看官！道是何等公文？乃是数条俄蒙协约。其文云：

前因蒙人全体宣告，决意欲保存其国于历史上原有之治体，故华官华军，被迫退出蒙古境外，哲布尊丹巴被推为蒙古人之君主。前此之中蒙关系，于是断绝。现在怀念以上所述之事，并念俄、蒙人民，历年彼此和好之睦谊，且鉴于正确指定俄、蒙通商之必要，兹由全权俄使廓索维慈，与各全权蒙使，订定下开各款：

（一）俄政府愿帮助蒙古，俾得保存其所设之自治制度，与主有蒙古人军队之权利，及不许华兵入其领土，华人殖居其地之权利。

（二）蒙古君主与蒙古政府，仍往日之旧愿，于其主有之境内，准俄民与俄国商务，享附约内开之各种权利利益，又允此后他国人民之在蒙古者，如给以权利，不得多过俄民所享有者。

（三）倘蒙古政府，鉴于有与中国及其他别国，订立条件之必要，此项新约，无论若何，不得侵犯本约及附约内开各款，非有俄政府之允许，亦不得修正之。

（四）本协约自画押日起，发生效力。

据这四条约文，简直是将蒙古地方，完全为俄人势力圈，并与中华民国绝对脱离关系，还有附约十七条，更将蒙古种种利益，统为俄人所享有，小子本不愿再录，因关系国际上的大交涉，并以后迭经磋议，俄人终未肯取消协约，以致外蒙问题，始终未有结果，这是我中华民国的国耻，不能不录述全文。我国民听者！附约云：

第一条，俄人在所有蒙古各地，得自由居住移动，并经理商务制作及其他各事项。且得与各个人各货行及俄国、蒙古、中国暨其他各国之公私处所往来，协定办理各事。

第二条，俄人无论何时，将俄国、蒙古、中国暨其他各国出产制作各货运出运入，免纳出入口各税，并自由贸易。无论何项税课捐，概免交纳。

第三条，俄国银行，得在蒙古开设分行，与各个人各处所各公司会社，办理各种款目事项。

第四条，俄人可用现钱买卖货物，或互换货物，并可商明赊欠。惟蒙古各王旗，及蒙古官帑，不能担负私人借款。

第五条，蒙古政府不得阻止蒙人、华人与俄人往来，约定办理各种商业；并不得阻止其在俄人处服役。又蒙古域内，无论何种公私公司会社，或各处所，各个人，皆不得有商务制作专卖权。惟未定此约以前，已得蒙古政府许可，于定限未满前，仍得保存其权利。

第六条，俄人得在蒙古境内，约定期限，租买地段，建造商务制作局厂，或修筑房屋铺户货栈，并租用闲地开垦耕种，惟不得以之作谋利之举。即买而转卖，所谓投机事业者是。此种地段，必须按照蒙古现有规例，与蒙古政府妥商拨给。其教务牧场地段，不在此例。

第七条，俄人得与蒙古政府协商，关于享用矿产森林渔业，及其他各事业。

第八条，俄国政府，得与蒙古政府协商，向须设领事之处，派设领事。

第九条，凡有俄国领事之处，及有关俄国商务之地，均可由俄国领事，与蒙古政府协商，设立贸易圈，以便俄人营业居住，且专归领事管辖。无领事之处，归俄国各商务公司会社之领袖管辖。

第十条，俄人得自行出款，于蒙古各地，及自蒙古各地至俄国边各地，设立邮政，运送邮件货物。此事与蒙古政府协商办理，如须在各地设立邮站，以及别项需用房屋，均须遵照此约第六条定章办理。

第十一条，俄国驻蒙古各领事，如须转递公件，遣派信差，或别项公事需用时，可用蒙古台站，惟一月所用马匹，不过百只，骆驼不过三十只，可勿给费。俄领事及他办公员，亦可由蒙古台站行走，偿给费用。其办理私事之俄人，亦得享此利益，惟应偿费用，须与蒙古政府商定。

第十二条，凡自蒙古域内，流至俄国境内各河，及此诸河所受之河流，均准俄人航行，与沿岸居民贸易。俄政府且帮助蒙古政府，整理各河航路，设置各项需用标识等事。蒙古政府，当遵照此约定章，于此河沿岸，拨给停船需用地段，以为建筑码头货栈，及预备柴木之用。

第十三条，俄人于运送货物，驱送牲只，得由水陆各路行走，并可商允蒙古政府，由俄人自行出款，建筑桥梁渡口，且准其向经过桥梁渡口之人，索取费用。

第十四条，俄人牲只，于行路时，得停息喂养，如停留多日，地方官并须于牲只经过路程，及有关牲只买卖地点，拨给足用地段，以作牧场。如用牧场过三月之久，即须偿费。

第十五条，俄国沿界居民，向在蒙古地方，割草渔猎，业经相沿成习。嗣后仍照旧办理，不得稍有变更。

第十六条，俄人与蒙人、华人往来，约定办理之事可用口定，或立字据，其立约之人，应将契约送至地方官查验，地方官见有窒碍，当从速通知俄领事，互商公判。总之关于不动产事件，务当成立约据，送往蒙古该管官吏，及俄国领事处，虽验批准，始生效力。如遇有争议，先由两造推举中人，和平解决，否则由会审委员会判决。会审委员会，分常设临时两项，常设会审委员会，于俄领事驻在地设置之，以领事或领事代表及外蒙古政府之代表，有相当阶级者组织之。临时会审委员会，于未设领事之处，酌量事件之紧要，始暂开之。以俄领事代表，及被告居留或所属蒙旗之蒙古代表组织之。会审委员会可招致蒙人、华人、俄人为会审委员会之鉴定人。会审委员会之判决，如关于俄人者即由俄领事执行，其关于蒙人、华人者，由被告所属或所居留之蒙王执行之。

第十七条，本约自盖印日起，即发生效力，约章用俄、蒙两文作成二份，互行盖印，在库伦互行交换。

外交总长梁如浩，模模糊糊的看了一会，也无暇一一研究，只觉得满纸俄人，不但中国不在话下，就是外蒙古人，也一些儿没有主权，不禁呆呆的发了一回怔。继思如此大事，不先不后，偏在自己任内，闹出了这等案件，教我如何办理？当下搔头挖耳的想了多时，竟转忧为喜道："有了！有了！"外部人员，起初见他毫无主意，嗣闻得"有了！"两字，想他总有一番大经济、大政策，是以君子之腹，度小人心。只是不好动问，背地里瞧他行动。他却不慌不忙，取了俄使的通告，径向总统府中去了。已经成见在胸，自可不必着忙。

过了两天，都门里面，并不见梁总长的踪迹，旁人还猜他在总统府中，密商对俄方法，谁知他已托病出都，竟另寻一安乐窝，闭户自居。那总统府中，只有一纸辞职书，说是："偶抱采薪，不能任事，请改命妥员继任"等语。亏他想了此计。袁总统付诸一笑，遂另简相当人物，百忙中觅不出人才，惟前任国务总理陆征祥，是个外交熟手，还好要他暂时当冲，因再令赵总理秉钧，提交参议院表决。各议员闻俄、蒙交涉正在紧迫，也一时不便否认，况除陆征祥外，并没有专对能员，不得已表示同意。前此否认国务总理，今此承认外交总长，彼议员自问，恐亦当失笑也。于是陆征祥复受任为外交总长办理俄、蒙交涉。方拟好对俄照会，不承认俄蒙协约，遣人递往俄国公使馆，忽接到热河都统昆源急电，开鲁县被蒙匪攻入，全城失守了。原来开鲁县在热河北境，旧系内蒙古阿鲁、科尔沁、东西札鲁特三旗地，自清光绪季年，收入版图，改为直隶属县，此次东札鲁特协理官保扎布，受外蒙古煽惑，勾结东西札鲁特、科尔沁各旗，攻占开鲁，驱逐汉民，且纵兵焚杀，惨无人道。热河都统昆源，飞电乞援，袁总统即派姜桂题率领毅军十四营，驰往援剿，一面令外交总长陆征祥，速与俄使交涉。看官！你想俄政府方怂恿外蒙，出兵内犯，怎肯出尔反尔，取消俄蒙协约，把外蒙送还中华呢？俗语所谓猫口里挖鳅？他自与外蒙活佛订约后，外蒙的军队，要依官教练，外蒙的国交，要俄官主持，外蒙的土地，作为借款的抵押，外蒙矿产，归俄公司开采，外蒙兵饷，归俄银行发放；还要设统监，逐华侨，割让乌梁海一带，种种要索，得步进步。哲布尊丹巴帝号自娱，毫无知识，所任用的杭达多尔济，甘心卖国，把俄人要约各条，有允诺的，有不允诺的，始终是恳俄人援助，且派陶什陶简率精锐，充作先驱，并拟定四路进兵，一路沿科布多阿尔泰山，直犯新疆，一路由东蒙廓尔罗斯，直犯吉、黑，一路向绥远、归化，直犯山西，一路向热河直冲北京，四路中以吉黑热河为主队，蒙兵不足，借用俄兵。螳螂捕蝉，不知黄雀之乘其后。开鲁失守，便是进兵热河的嚆矢。袁总统既派毅军北征，复命参谋陆军两部筹划防守事宜，并饬东三省边防及西域边防，与东蒙、西蒙、中蒙各处边防，一律戒严。此时奉天都督赵尔巽，已辞职回京，想亦与梁如浩同意。当命宣抚使张锡銮续任，会同吉、黑两督整备军队，俟春暖冰融，酌量进行。嗣因内蒙古乌兰察布盟，偶有烦言，乃再由国务院申喻蒙旗道：

现在五族联合组织新邦，务在体贴民情，敷宣德化，使我五族共享共和之福。前据绥远城将军张绍曾电呈乌兰察布盟扎萨克等来文，以共和为扰害蒙古，抛弃佛教，破坏游牧，请民国内务部嗣后关于饬令遵行新政怪异各事件，暂行停止等语。查优待蒙回藏民族条件第七条，蒙、回、藏原有之宗教，听其信仰，是宗教申明信仰，何有抛弃之事？第二条保护原有私产，是产业申明保护，何有破坏游牧之事？又参议院议决公布待遇蒙古条例第一条，中央对于蒙古行政机关，不用殖民等字样，第二条各蒙古王公原有之管辖治理权一律照旧，是皆重在维持蒙古原有权利，何有扰害之事！又原电该盟呈内指除藩属名称为混乱蒙人种族一节，查宣布共和，迭经申明联合汉、满、蒙、回、蒙五大族为中华民国，名为蒙族何有诬为混乱？至不用理藩字样者，所以进为平等，免致待遇偏畸，中央刻又复封达赖，振兴黄教，各呼图克图来京及助顺者均加进封号，优予礼赉，蒙、回王公之赞同共和者亦并优进爵秩，民国优待蒙、回、藏各族，崇重宗教，实有确征，无非欲同我太平，安生乐业。惟该盟原呈，既多有误会，自应赶为宣播，以释群疑，即由国务院将优待蒙、回、藏各族条件，待遇蒙古条例，及复封达赖扎赉各呼图克图优进各王公爵秩等公布命令，译成各体合璧文字，刊刻颁发各旗各城，榜示晓谕，俾众周知。

岁月磋跎，年关将届，中央政府，为了俄蒙问题，尚忙碌不了，叠开总统府会议，国务院会议，自袁大总统以下，及所有国务员，谈论了好几天，筹划不出什么妙计。最苦恼的是外交总长陆子欣，他既要想出议案，复要对付外使，焦思竭虑，痦口哓音。小子当日，曾闻陆总长提议方法，共分甲乙两项如下：

**（甲）对于俄蒙协约之交涉，共分四条：**

（一）蒙古为中国领土，无与外国缔结条约之权。（二）库伦为外蒙之一部分，不能代表全蒙。（三）活佛专掌宗教，无与外人交涉之权。（四）取消俄蒙协约，另订中俄条约。

**（乙）对于中俄交涉之提议，共分八条：**

（一）蒙古之领土权，完全属于中华民国。（二）除前清时代已有之大员三人外，民国不再添派官吏。（三）民国得屯兵若干，保护该处官吏。（四）民国为保护侨居该处华人起见，得酌置警察队于该处。（五）将蒙古各官有之牧场，分赠蒙古王公，以示优待之意。（六）各国人不得在蒙古驻屯各种团体，且不得移民。（七）蒙古若未经民国许可，不得自由开垦开矿筑路。（八）蒙古与他国所订协约，一概作为无效，此后蒙古若未得民国政府同意，所缔之约，亦皆不能发生效力。

陆总长提议后，大众相率赞成，正拟往会俄使，开始谈判，不意驻京英使，复递照会至外交部，催复日前要求条件。怪不得梁如浩逃走。正是：

　　朔漠方愁尘雾黯，欧风又卷海涛来。

毕竟英使照会，为着何事，待至下回表明。

本回详录俄蒙协约，为国际上交涉之要案，即为国耻中重大之问题。相传俄、蒙交涉酝酿已久，民国元年九月间，我国政府中，已有主张提出抗议者，外交总长梁如浩，方才就任，托言事未确实，延不果行，迨协约发表，乃潜身出走，上书辞职，身任外交者果如是乎？既而俄、库相联发兵东犯，袁总统虽遣师防剿，而仍抱定一羁縻政策，名为慎重，实亦迁延。外交以兵力为后盾，徒恃一总长陆子欣，其果能折冲樽俎乎？民国初造，已泄沓如此，可为一叹！

第十七回

示协约惊走梁如浩　议外交怅然陆子欣

# 第十八回

## 忧中忧英使索复文　病上病清后归冥篆

却说俄蒙交涉，尚无头绪，英公使又来一照会，催索要求条件。看官不必细猜，便可知是西藏交涉了。先是英国驻京公使，曾奉到英政府训令，向中政府提出抗议书，外交总长梁如浩，得过且过，并没有放在心里，因此未曾答复。至此英使又来催逼，<small>俄要规取蒙古，英自然觊觎西藏。</small>乃由外交部检出原书，内开五大条件云：

（一）中国不得干涉西藏之行政，并不得于西藏改设行省。（二）中国政府，不得派无制限之兵队，驻扎西藏各处。（三）英国现已认定中国对于西藏有宗主权，应要求中国改订新约。（四）英政府前曾遵据条约，特设通信机关，后经中国军队擅行截断，以杜绝印藏之交通。（五）如中国政府，不承认以上各条件，英国政府，亦绝不承认中华民国之新共和政府。

陆征祥览毕全文，暗想五条件中，只第三四条，尚可答辩，此外三条，关系甚是重大，虽比俄蒙协约，稍为简单，但欲争回西藏领土权，亦很费事。况中俄交涉，正当紧急，专顾一面，尚恐不及，偏又来了这道催命符，这正所谓祸不单至呢。当下皱着双眉，踌躇了好一会，才到总统府中，呈明袁总统。袁总统方阅外电；面上恰含有三分喜容，一见陆征祥入内，便起身邀坐，征祥行礼毕，尚未开口，袁总统已笑语道："日前科布多全境，已报克复，今又得热河来电，开鲁县也克复了。"说毕，即将电文递视。陆征祥接过一瞧，无非是各军会攻，毙匪颇众，余匪败走，复将开鲁克复等情。<small>随笔带过蒙事，是省文之法。</small>因将电文复缴案上，随答袁总统道："东西蒙尚称得手，外蒙或容易办理，但英使又来要求藏事，为之奈何？"袁总统道："日前有抗议书到来，我已与英使朱尔典说明，俟俄、蒙交涉就绪即当酌商，难道今又来催逼么？"<small>袁与英使朱尔典氏交好颇密，故借口中叙出。</small>陆征祥闻言，便即取出照会，呈与袁总统详阅。袁总统阅毕，便道："他既如此催逼，我不能不答复了。明日开国务会议，酌定复词，可好么？"征祥唯唯而出。次日复至总统府，各国务员也陆续到来，会议半日，方裁决答复各词，大致如下：

（一）中国按照一千九百零六年之中英西藏条约，除中国外，其他国皆无干涉西藏内政之权，今谓中国无干涉西藏内政之权，理由甚无根据。至于改设行省一事，为民国必要之政务，各国既承认中华民国，即不能不承认中国改西藏为行省。况中国对于西藏，并无即时改设行省之意，此中颇有误会。惟现在中国认定不许其他一切外国，干涉西藏之领土权及其内政。

（二）查中国并无派遣无制限军队驻扎西藏之事。惟按照一千九百零八年之通商条约，英国以市场之警察权及保护印、藏交通委任于中国，故中国于西藏紧要各处，当然派遣军队。

（三）中英关于西藏之交涉，已经两次订立条约，一切皆已规定明确，今日并无改订新约之必要。

（四）中国政府从前并无有意断阻英、藏交通之事，以后更当加意保护，断不阻碍英、藏交通。

（五）承认中华民国是另一问题，不能与西藏问题，并为一谈，深望英国先各国而承认中华民国。

复书发出，交付英使馆，英使朱尔典氏，当去呈报英政府，一时未有复文。中国政府，乐得眼前清净。嗣由川边镇抚使尹昌衡来电，报称：川边肃清。政府诸公，越觉心慰。袁总统也放下了心，好安稳过年了。怎奈蒙、藏两区，风潮暗紧，哲布尊丹巴原顽抗如故，就是达赖喇嘛，已复原封，心下尚是未足，也想与库伦活佛，同做皇帝。皇帝是人人要做，怪不得汉高有言，今而知皇帝之贵。外蒙得此消息，乘机遣使，到了西藏，先拟迎达赖至库，共商独立事情。达赖不肯应允，乃协议彼此联络，双方称帝。当订定蒙藏协约九条，其文云：

（一）西藏国皇帝达赖喇嘛，承认蒙古构成独立国，且将一千九百十一年十一月九日所宣言之黄教首领哲布尊丹巴喇嘛，认为蒙古国皇帝。

（二）蒙古皇帝哲布尊丹巴喇嘛，承认西藏构成独立国，且承认达赖喇嘛为西藏国皇帝。

（三）蒙、藏两国和衷共济，互行咨询，以讲求黄教繁荣之方法。

（四）蒙、藏两国将来若有内忧外患时，互相援助，永矢不渝。

（五）两国政府，对于游历领土之公私人，互相设法保护。

（六）两国政府，自由贸易产物及家畜，从新设立商业机关。

（七）所有商业上债权，以政府及商业机关所承认者，定为有效。若未经允许而争讼者，两国政府，决不考察。但缔结本条约以前之买卖，暨因本条约第七条结果被损害者，按照政府所规定，可以要求代偿。

（八）若将本条约再行修订时，由两国简派代表，预先规定日期及地点，以便协商。

（九）本条约自签约之日起，发生效力。

下文署明年月日，一是西藏子岁十二月四日，一是蒙古共戴二年十二月四日。原来西藏仍沿用阴历，民国元年，岁次壬子，所以西藏称为子岁。外蒙古已建年号，所以直书共戴二年。外国新闻纸上，已刊录全文，明明白白，中国政府，尚谓未得确实报告，且过了新年，再作区处。于是全国舆论，多抱不平，有几省激烈的将士，也欲投袂请缨，通电全国，主张武力解决；今日说要征蒙，明日说要征藏，甚至招兵募饷，枕戈待命，那袁总统却从容镇静，不肯轻动；且令国务院电饬各省将吏，严戒躁率。又抬出总统名义，申令各都督，教他防范军人，毋惑浮言。当时热心边事的人物，统说袁总统专务羁縻，太属畏葸，其实老袁方面，也自有一种难处。自从六国银行团，与熊总长等会议借款，始终无效，连每月垫款数百万两，也未肯照允，借款谈判，竟至中止。应十一回。熊希龄旋即辞职，应十二回。袁总统虽已照准，乃命经理借款事宜，与继任总长周学熙等，向六国团声明别借，另外设法，暗托顾问洋员莫理逊，赴英运动，借到伦敦债款一千万镑，议定本年交三百万镑，明年交七百万镑。以盐课作押，利息五厘，因此政府用款，才有来源，勉强度日。补出此条，才得归束第十一回文字，否则民国下半年如何过日，连我也生疑问了。惟借款陆续到手，即陆续用去，一些儿没有余积，哪里来的闲款，可拨付军饷征剿蒙、藏？这是袁总统自知为难，也似哑子吃黄连，说不出的苦衷，看官也须原谅三分呢。

熊希龄既办到借款，尚是留住都门，待至年暮，袁总统因热河紧急，恐昆源无能，办不下去，当将昆源召还，改任熊为热河都统，熊即告辞去讫。转瞬间已是民国二年，元旦这一日，系南京临时政府成立的纪念日，各处机关，统行休假，除悬旗结彩外，却也没有什么大典。南京成立政府，与北京却是无涉。过了数日，惟将各海关监督，各省司长，及司法筹备处长，任用了许多人员。又改府州厅为县，划一各省行政官厅、警察官厅，以及文官任免法、文官考试法与惩戒甄别各法，并外交官服制、陆海军服制，蒙、回、藏王公爵章等件，公布了许多规则，小子也不胜记忆，但略述数项名目，算作随录，挂一漏万，看官休笑。本书以演述大事为主，各种法规自有专书可稽，阅者应知分晓。惟山西观察使张士秀及旅长李鸣凤，盘踞河东，居然拥兵自卫，潜谋独立，经都督阎锡山委任南桂馨为河东筹饷局长，并令解散该处军队，劝导张、李二人。张、李不肯从命，反将南桂馨拘住严行拷掠。阎督闻报，即电报中央，经袁总统派委第一旅长孔繁蔚前往接管军队。张、李复抗不承认，竟将孔旅长逐出。张士秀自为民政长，李鸣凤自为都督，于年内宣言独立。袁总统乃饬参谋、陆军两部派兵往剿，正月初旬，由陆军部派驻保定第六旅长鲍贵卿，及驻潼关统领赵倜，各率所部军前往河东。看官！试想这河东一隅能有多大凭借？张、李二人，能有多大本领？螳臂当车，自不量力。后来赵军一到，张、李知不能抗，束手归命，被赵统领拘禁起来押解进京，褫职治罪，便算了案。河东事关系稍大，所以随事插入。就是蒙古问题，经陆总长提出议案，与俄使商榷一番，并无效果。不过双方议定，各不进兵，再期磋商就范，免至决裂。

一天过一天，已到二月十二日了，这日为北京政府成立期，也曾由参议院议决，作为纪念日。应十六回。各衙署放假休息，自不消说，惟袁总统纪念旧勋，特授梁士诒、胡惟德、姜桂题、段芝贵等，均勋二位；谭学衡、熙彦、王占元、曹锟、陈光远、李纯、倪嗣冲等，均勋三位；吴景濂、汤化龙等，一第嘉禾章；那彦图、张勋等，亦一等嘉禾章；杨度、阮忠枢、叶恭绰等，二等嘉禾章。无非因声北统一，著有勋绩，所以酌量酬庸。何不于元旦赏功，必待至二月十二日耶？

又越三日，系阴历正月十日，为清隆裕太后万寿节，袁总统特遣梁士诒为道贺专使，赍送藏佛一尊，及联额数幅，并总统放大相片一座，相片上署"袁世凯敬赠"五字。这是何意？前用军役导着，后由梁士诒乘着黄舆，昂然前进，直至乾清门前，方才下舆，徐步入内，至上书房。清总管内务府大臣世续，出来迎接，导入乾清宫正门，殿宇依然，朝仪已改。梁财神至此，未知有今昔之感否？隆裕太后端坐殿上，两旁虽有侍女护着，并清室近支王公，两旁站立，怎奈望将过去，只觉得一片萧飒气象，更兼隆裕后形容憔悴，带着好几分病容，见了梁士诒，尤不禁触目心伤，几乎忍不住两行珠泪。梁士诒却从容不迫，行了三鞠躬礼，又呈递国书，内称："大中华民国大总统，谨致书大清隆裕太后陛下，愿太后万寿无疆。"前见某报中，载着慈禧太后万寿时，把无疆之疆字，训作疆土之疆，不料至此，竟成实践。隆裕太后答词，由世续代诵，略称："万寿庆辰，承大总统专使致贺，感谢实深"云云。

世续念一句，隆裕太后泪下一行，等到世续念毕，隆裕太后的面上，已不啻泪人儿一般。梁士诒亦看不过去，当即退出。嗣闻隆裕太后，瞧着袁世凯相片，益觉怨恨交集，恸哭了一昼夜。次日即卧床不起。原来隆裕太后，自诏令退位后，心中悒悒不欢，尝谓："孤儿寡妇，千古伤心，每睹宫宇荒凉，不知魂归何所"等语。袁总统曾否闻知？以此积成肝郁，尝患呕逆。至民国二年正月中，胸腹更隆然高起，日渐肿胀，经御医佟质夫、张午樵二人诊治，稍觉轻减。二月十五日御殿受贺，起初却还有些兴致，嗣见梁使到来，用着外国使臣觐见礼节，免不得悲从中来。且宗室王公大臣，多半避匿，不肯入贺，既无赏赐，又无优差，贺他做什么？殿中不过寥寥数人。看官！你想人非木石，到这地步，能不格外伤心么？古人说得好："忧劳所以致疾"，况隆裕太后已有旧恙，自然愁上加愁，病中增病。或谓："万寿节内，天气晴暖，宫中所用薰炉，热气太高，感受炭气，因致病剧。"其实隆裕后致死原因，并不是伤热症，却是袁总统送她归阴的。直言不讳。

徐世昌尚为清室太保，因监督崇陵工程，崇陵即清德宗陵。久在京外，此次闻故后病笃，乃入宫谒见，且力辞太保职务。隆裕后再三慰留，甚至哽咽不能成声了。徐亦陪了三四点老泪，至退出后，即往谒袁总统，备陈清后病重形状。袁总统再属徐为代表，入宫慰问，隆裕后闻了袁总统三字，几似勾命的无常，阿哟一声，昏晕过去。好容易叫她醒来，尚是喘个不住。徐世昌瞧这情形反一时不能脱身，只好与世续、绍英提议隆裕后身后处置，一面叫入宣统帝，令他侍立床侧。二月二十一日，隆裕后已是弥留，到了夜间，回光返照，开眼瞧见宣统帝在侧，不觉呜咽道："汝生帝王家，一事未喻，国已亡了，母又将死，汝尚茫然，奈何奈何？"说至此，喉间又哽咽起来，好一歇复发最后的凄声道："我与汝要永诀了。沟渎道涂，听你自为，我不能再顾你了。"言讫，已不能言。世续入省数次，但见隆裕后双目直视，口中很想说话，偏被痰塞住喉中，只用手指着宣统帝，眼眶间尚含泪莹莹，霎时间阴风惨栗，烛焰昏沉，有清末代的隆裕太后，竟两眼一翻，撒手归天去了。陆续写来，不忍卒读。小子有诗叹隆裕太后道：

孤儿寡妇总心伤，到死犹留泪两行。
让国终存亡国恨，徒劳后史费评章。

清后已逝，一切丧葬事宜，待小子下回再表。

蒙事方迫，藏事随之，一波未平，一波又起，难以袁总统之雄鸷，陆总长之才辩，卒不能屈服英、俄，弱国无外交，良可痛慨。若隆裕太后之病逝，实为袁总统一人逼死。

石勒谓大丈夫行事当磊磊落落，不宜效曹孟德、司马仲达，欺人孤儿寡妇，狐媚以取天下，袁总统其有愧斯言乎？总之对内勇，对外怯，为中国人之陋习。阅蒙、藏诸要约而不变色者，凉血动物是也。阅隆裕太后之病逝，而不伤心者，吾谓与凉血动物，相去亦无几耳。

# 第十九回

## 竞选举党人滋闹　斥时政演说招尤

却说清隆裕太后病逝，乾清宫内当然料理丧仪，大殓后停柩体元殿。清宫内瑾、瑜、珣、瑨四妃于前晚闻信，均欲进宫询问，因神武门已闭，竟不得入。翌晨方得进宫，见故后遗骸已在体元殿停灵，并不哭泣，且指遗骸道："你也有今日么？"无非妇女心肠。言讫后，向世续等问话，多方诘责，百般挑剔。世续等莫名其妙，徒嗟叹了好几声。还有一班小太监，乘着丧乱机会，纷纷搬运珍宝物件，连夜不绝。世续也弹压不住，穷极计生，便声言道："袁总统已派段芝贵入宫，他系军人，看你等这般纷扰，将要军律从事呢。"宫监们听到此语，方渐平静，但检点宫中失物，约已值价洋十万元。世续一面治丧，一面请袁总统派员入宫，帮同料理。袁总统乃派荫昌、段芝贵、孙宝琦、江朝宗、言敦源、荣勋等数人，前往帮办，并命国务院发出通告二则，依次录述如下：

> 据清室内务府总管报称，二月二十二日丑时，隆裕皇太后仙驭升遐等语，当经派员查检，医官曹元森张仲元等所开脉方，俱称虚阳上升，症势丛杂，气壅痰塞，至二十二日丑时，痰壅薨逝。敬维大清隆裕皇太后，外观大势，内审舆情，以大公无我之心，成亘古共和之局，方冀宽闲退处，优礼长膺，岂图调摄无灵，宫车宴驾。此四语好似挽联。追思至德，莫可名言。凡我国民，同深痛悼。除遵照优待条件，另行订议礼节外，特此通告！

> 兹值大清隆裕皇太后之丧，遵照优待条件，以外国君主最优礼待遇，议定各官署，一律下半旗二十七日，左腕围黑纱。即民国制定丧礼。自二月二十二日始，至三月二十日止，以志哀悼，特此通告！

此外派员致祭，复令各部院长官，亦亲往祭奠，并开国务院特别会议，查照优待清室条例，所有崇陵未完工程，应如制妥修，需用经费，均由中华民国支出。隆裕后祔葬崇陵，更兼赞助共和，有功民国，一切丧葬礼节，务须从优，费用归民国担任。会议已定，提交参议院，当然通过。自是清宣统帝归瑾、瑜两太妃抚育，后事如何，后文再行记录，暂且慢表。隆裕后赞成共和，不忍以养人者害人，可算聪明妇女，故于病逝时，特别加详。

且说国会组织法，及各议员选举法，已公布多日，元年残腊，袁总统发布正式召集国会令，令曰：

> 正式国会召集之期，依照约法，以十个月为限。民国元年八月，业将国会组织法，暨参议院众议院议员选举各法，公布施行在案。民国正式国会，为共和建设所关，本大总统躬承我国民付托之重，迭经饬由国务总理内务总长督令筹备国会事务局，及各该参议院议员选举监督，众议院议员选举总监督，选举监督等，分别妥速筹备。并先后制定参议院众议院各选举日期令，俾各依限进行。自约法施行以来，现已十个月届满，据国务总理内务总长呈具筹备国会事务局呈称："众

议院议员复选举，除据报延期各省分外，余均于民国二年一月十日遵令举行，其参议院议员选举，亦将次第遵令举行"等语，本大总统深维我中华民国缔造之艰难，夙夜兢兢，未敢以临时期内，稍涉暇逸。兹幸国会议员已如法选出，亟应依照约法，下令召集。自民国二年一月十日正式开会召集令发布之日起，限于民国二年三月以内，所有当选之参议院议员，及众议院议员，均须一律齐集北京，俟两院各到有总议员过半数后，即行同时开会。至关于国会开会之筹备事项，应由国务总理内务总长督饬筹备国会事务局，速为筹备完全。共和政治之良否，政府固有完全之责任，而尤以正式国会为枢纽。一德一心，共图盛业，斯则本大总统代表我汉、满、蒙、回、藏五大民族，所馨香祷祝以求之者也。此令！

又令各省行政长官，定期召集省议会议员，其文云：

各省省议会议员选举法，业经本大总统于民国元年九月公布施行，嗣复制定省议会议员第一届选举日期令，迭饬各该选举总监督，依限办理在案。现在各省省议会议员复选举，除据报延期各省份外，余均遵令举行，自应饬由各省行政长官，分别召集，为此通令各该省行政长官，自令到之日起，即先行发布省议会议员召集令，凡复选未经据报延期各省份，限于民国二年二月十日以前召集。其已经据报延期各省份，限于该省省议会议员复选举行后，由该省行政长官，酌定日期召集，各该省议会议员，均一律依令齐集省城，俟该省议会到有总议员三分之二以上时，即行开会。开会之翌日，即先举行参议员选举，以重要政。此令！

这两令公布后，各省办理选举事宜，有几区已了手续，有几区尚在未了，惟因党派不同，竞争甚烈，或用强力胁迫，或用金钱买嘱，或用情面恳托，选举人受这三种运动，不管他是什么党派，只好依着投票，有时强力相等，金钱相等，情面相等，反使选举人左右为难，往往因投了甲票，未投乙票，投了丙票，未投丁票，甲丙果然被选，乙丁竟致向隅，于是乙丁不肯罢休，当场哗扰，甚且强夺投票匦，或捣毁投票所，搅得他秩序紊乱，票纸散失，令他再行选举，非运动到手，总不甘心。当议决选举法时，亦曾料到此着，将选举诉讼事件，及选举犯罪条例，尽行规定，预为防范；偏中国是个章程国，形式上很觉严密，实际上绝少遵行，以致选举风潮，屡见叠出。中国人之无公德心，于此可见。说将起来，令人可叹。

看官试想！选举法为什么设立？原是国成民主，应归人民立法，但人民很多，不是个个能立法的，又不是个个好去立法的，由是令选举代表，拣出几个熟习政治、晓得利弊的人物，使他当选，作为全国或全省的立法员，凡是众望所归，定然有些才识，这是外洋立宪国的良法，偏被我中国仿行，第一届选举，便生出无数情弊。袁政府得此报告，因严命遵守法律，且令初复选监督，摘录刑律第八章，关于妨害选举之罪各条，揭示投票所，又就投票所周围，临时增派警兵，保持秩序，后来举正式总统，便用军警强迫，虽是老袁专制手段，也是各议员自己所致。各选举区，才得稍稍平静，只暗地里仍然运动，各立党帜，各争党权。

其时国民党最占多数，次为共和党，另外又有两党出现，一叫作民主党，一叫作统一党。俗语说得好："寡不敌众"，民主统一两党，新近组织，人数尚少，敌不过国民党，就是共和党人，也不及国民党的多数，因此国会议员，至总选举后，多半是国民党当选。袁总统最忌国民党，探得参众两院中，国民党议员，占得十分的六七，逆料将来必受牵制，遂想出密谋，将国民党中的翘楚，赏他一颗卫生丸，免得他来作怪，这真古人所谓釜底抽薪的计策。痛乎言之！

　　看官你道何事？待小子续叙出来。前任农林总长宋教仁，卸职后，为国民党理事，主持党务，他本是湖南桃源人，字遯初，亦作钝初。别号桃源渔父。十二岁丧父，家甚贫窭，因有志向学，肄业武昌文普通学堂。在校时已蓄革命思想，联结同志，嗣被校长察觉，把他斥退，他遂筹借银钱，游学东洋。适值孙文、黄兴等组织同盟会，遂乘势入为会员，襄办民报，鼓吹革命。后与黄兴等潜入中国，一再举事，均遭失败，乃定议在湖北发难，运动军队，计日大举。武昌起义，实受革命党鼓吹，他便是党中健将，奔走往来，不辞劳苦，卒告成功。至孙文回国，设立南京政府后，曾受任为法制院院长，凡临时政府法令多是他一手编成。继念南北未和，终难统一，乃偕蔡元培、汪兆铭等同赴北京，迎袁南下。会值京津兵变，袁不果行，仍就职北京。唐绍仪出组内阁，邀他为农林总长，经参议院通过，就职不过两月，唐内阁猝倒，遂连带辞职。他经此阅历，已窥透老袁心肠，决意从政党入手，四处联络，把共和统一党员，引入同盟会中，携手联盟，同组为国民党，当由党员共举为党中理事。既而回籍省母，意欲退隐林泉，事亲终老，偏偏党员屡函敦劝，促他再往北京，维持党务。他本是个年少英雄，含着一腔热血，叠接同党来函，又不禁意气飙发，跃跃欲动；况自二次组阁，新人物多半退闲，满清官僚，死灰复燃，袁总统的野心，已渐渐发现出来，所有政府中一切行动，统不能慰他心愿。看官！你想这牢骚抑郁的宋先生，尚肯忍与终古么？略述宋渔父历史，笔下亦隐含愤慨。正拟别母启程，江南国民党支部，因南方当选国会议员，将启程北上，电请他到宁一行，筹商善后意见，他即匆匆摒挡行车，别了母妻，抽身而去。从此与家长诀。道出沪上，闻教育总长范源濂，辞职回杭，他欲探悉政府详情，即由沪至杭，与范相晤，范约略与谈，已不胜感愤。嗣范约与作十日游，遂出钱塘门，涉西湖，登南高峰，东望海门，适见海潮汹涌，澎湃而来，即口占五绝二首道：

　　　　日出雪磴滑，山枯林叶空。徐寻届曲径，竟上最高峰。

　　　　村市沉云底，江帆走树中。海门潮正涌，我欲挽强弓。

　　　　此诗大有寓意。

　　游杭数日，余兴未尽，催电交来，乃别范返沪，由沪至江宁。时民国二年三月九日，江南国民党支部，开会欢迎。借浙江会馆为会场，会员共到三千余人。都督程德全，到会为主席，程因口疾未愈，托人代为报告。略谓："宋君从事革命，已有多年，所著事迹，谅诸君应已洞鉴。此次宋君到此，本党特开会欢迎，请宋君发表政见，与诸君共同研究"云云。报告已毕，即由宋登台演说，大众除拍掌欢迎外，统静心听着，并由记录员一一笔述。宋所说的是俗语，记录员所述的是文言，小子将文言照录如下：

　　　　民国建设以来，已有二载，其进步与否，改良与否，以良心上判断，必曰不然。当革命之时，我同盟诸同志，所竭尽心力，为国家破坏者，希望建设之改良也。今建设如是，其责不在政府而在国民。我同盟会所改组之国民党，尤为抱极重之责任，断无破坏之后，即放任而不过问之理。现在政府外交，果能如民意乎？果能较之前清有进步乎？吾欲为诸君决断曰："不如民意之政府，退步之政府。"今次在浙江杭州，晤前教育总长范源濂君，范云："蒙事问题，尚未解决，政府每日会议，所有磋商蒙事者云，与俄开议乎，与俄不开议乎二语。"夫俄蒙协约，万无听其迁延之理，尚何开议不开议之足云？由此可见，政府迄今并未尝与俄开谈判也。各报所载，皆粉饰语耳。如此政府，是善良乎？余断言中华民国之基础，极为摇动，皆现在之恶政府所造成者也。今试述蒙事之历史：当民国未统一时，革命摇乱，各国皆无举动，盖庚子前，各强皆主分割，庚子后，各强皆主保守，即门户开放、机会均等、领土保全之主义。此外交方针，各强靡不一致，此证之英日同盟、日美公文、日俄、日清、英俄等协约，可明证也。故民国扰攘间，各强并无举动，时吾在北京，见四国银行团代表，伊等极愿贷款与中国，且已垫款数百万镑，其条件亦极轻，不意后有北京兵变之事，四国团即取销前约，要求另议。自后内阁常倒，兵变迭起，而外人遂生觊觎之心矣。去年俄人致公文于外交部，谓："库伦独立，有害俄人生命财产，请与贵国协商库事。"外交部置之不答，而俄与库自行交涉，遂成协约。至英之与西藏，亦发生干涉事件，现袁总统方以与英使朱尔典有私交，欲解决之，此万无效也。盖蒙事为藏事之先决问题，蒙事能决，则藏事将随之能决。若当俄人致公文与外交部时，即与之磋商，必不致协约发现也。此后之外交，宜以机会均等为机栝，而加以诚意，庶可生好结果。内政方面，尤不堪问。前清之道府制，竟然发现；至财政问题，关于民国基础，当岁原议一万万镑，合六万万两，以一万万两，支持临时政府，及善后诸费。余五万万两，充作改良币制，清理交通，扩充中央银行，处理盐政，皆属于生利之事业。及内阁两次改组后，而忽变为二千五百万镑，主其议者，盖纯以为行政经费，其条件尤为酷虐。一盐政当用外人管理，到期不还，盐政即归外人经管，如海关例，盐债为惟一之担保品，今欲订为外人管理，则不能再作他次抵押，将来之借款，更陷困难。且用途尽为不生利之事业，幸而未成，万一竟至成立，则国家之根本财政，全为所破坏矣。现正式国会将成立，所最纷争之要点，为总统问题，宪法问题，地方问题。总统当为不负责任，由国务员负责，内阁制之精神，实为共和国之良好制也。国务员宜以完全政党组织之。混合超然诸内阁之弊，既已发露，无庸赘述。唐内阁为混合内阁，陆内阁为超然内阁。宪法问题，当然属于国会自订，无庸纷扰。地方问题，则分其权之种类，而为中央地方之区别，如外交、军政、司法、国家财政、国家产业及工程，自为中央集权，若教育、路政、卫生、地方之财政、工程产业等，自属于地方分权，若警政等，自属于国家委任地方之权。凡此大纲既定，地方问题，自迎刃而解。惟道府制，即观察使等官制，实为最腐败官制，万不能听其存在。现在国家全体及国民自身，皆有一牢不可破之政见，曰维持现状，此语不通已极，譬如一病人已将危急，医者不进以疗病药，而仅以停留现在病状之药，可谓医生之责任已尽乎？且自维持现状之说兴，而前清之腐败官制、荒谬人物，皆一一出现。故维持现状，不啻停止血脉之谓，吾人宜力促改良进步，方为正当之政见也。余如各项实业交通农林诸政，不遑枚举，聊举一愚之词，贡诸同志。

总计演说时间，约二小时，每到言语精当处，拍手声传达户外。及宋已下坛，又有会中人物，亦登坛演说数语，无非说是："宋君政见，确切不移。"转瞬日暮，当即散会。驻宁数日，又复莅沪，随处演说，多半指斥时政，滔滔数万言。致死之由。北京即有匿名书，驳他演说各词。复有北京救国团出现，亦通电各省，斥他荒谬。统是袁政府主使。他又一一辩答，登报答复。未几来了袁总统急电，邀他即日赴京，商决要政。时人还道老袁省悟，将召宋入京，置诸首揆。就是他自己思想，亦以为此次北行，定要组成政党内阁，不负初衷，乃拟定三月二十日，由沪上启行，乘车北上。是时国会议员，次第赴京，沪宁车站中，已设有议员接待室。宋启行时，适在晚间十时许，沪上各同志，相偕送行。就是前南京留守黄兴，亦送至车站，先至议员接待室中，小憩片时。至十时四十分，火车已呜呜乱鸣，招客登车，宋出接待室，与黄兴等并行至月台，向车站出口处进行。甫至剪票处，猛闻豁拉一声，骨溜溜的一粒弹子，从宋教仁背后飞来，不偏不倚，穿入胸中。正是：

> 讵意沪滨遭毒手，哪堪湘水赋招魂。

未知宋教仁性命如何，且至下回续叙。

乡举里选，昉自古制，而后世不行，良由古时选举，已多流弊，后人不得不量为变通，非好事蔑古也。至近十余年间，因各国选举法之盛行，遂欲则而傲之，岂今人之道德，远胜古昔耶？观民国第一届选举，已是弊端百出，各党中人，往往号召同志，竞争选举，实则良莠不齐，多半口与心违。揣其愿望，除三数志士外，无非欲扩张势力、把持权利而已。宋教仁为国民党翘楚，观其行迹，颇热心政治，不同贪鄙者之所为。江宁演说，语多精到，然锋芒太露，英气未敛，言出而众怨随之，卒受刺于暴徒之手。读是回，乃叹先圣讷言之训，其垂戒固深且远也。

# 第二十回

## 宋教仁中弹捐躯　　应桂馨泄谋拘案

却说宋教仁由沪启行，至沪宁铁路车站，方拟登车，行到剪票处门口，忽背后来了一弹，穿入胸中，直达腰部。宋忍痛不住，即退靠铁栅，凄声语道："我中枪了。"正说着，又闻枪声两响，有二粒弹子，左右抛掷，幸未伤人。站中行客，顿时大乱。黄兴等也惊愕异常，慌忙扶住宋教仁，回出月台，急呼车站中巡警，速拿凶手。哪知四面一望，并没有一个巡士，句中有眼。但见外面有汽车一乘，也不及问明何人，立即扶宋上车，嘱令车夫放足了汽，送至沪宁铁路医院。至站外的巡警到来，宋车已去，凶手早不知去向了。当时送行的人，多留住站中，还望约同巡士，缉获凶手；一面电致各处机关，托即侦缉。只国民党干事于右任，送宋至医院中。时将夜半，医生均未在院，乃暂在别室少待，宋已面如白纸，用手抚着伤处，呻吟不已。于俯首视他伤痕，宋不欲令视，但推着于首，流泪与语道："我痛极了，恐将不起，为人总有一死，死亦何惜，只有三事奉告：（一）是所有南北两京及日本东京寄存的书籍，统捐入南京图书馆。（二）是我家本来寒苦，老母尚在，请克强与君，及诸故人替我照料。（三）是诸君仍当努力进行，幸勿以我遭不测，致生退缩，放弃国民的责任。我欲调和南北，费尽苦心，不意暴徒不谅，误会我意，置我死地，我受痛苦，也是我自作自受呢。"直言遭难，古今同慨。于右任自然允诺，且勉强劝慰数语。未几医生到来，检视伤处，不禁伸舌，原来宋身受伤，正在右腰骨稍偏处，与心脏相近。医生谓伤势沉重，生死难卜，惟弹已入内，总须取出弹子，再行医治。当经于右任承认，即由院中看护士，舁宋上楼，至第三层医室，解开血衣，敷了药水，用刀割开伤痕，好容易取出弹子，弹形尖小，似系新式手枪所用。宋呼痛不止，再由医生注射止痛药水，望他安睡。他仍宛转呻吟，不能安枕，勉强挨到黎明，黄兴等统至病室探问，宋教仁唏嘘道："我要死了。但我死后，诸公总要往前做去。"热诚耿耿。黄兴向他点头，宋复令黄报告中央，略述己意。由黄代拟电文，语云：

北京袁大总统鉴：仁本夜乘沪宁车赴京，敬谒钧座，十时四十五分，在车站突被奸人自背后施枪，弹由腰上部入腹下部，势必至死。窃思仁自受教以来，即束身自爱，虽寡过之未获，从未结怨于私人。清政不良，起任改革，亦重人道，守公理，不敢有一毫权利之见存。今国基未固，民福不增，遽尔撒手，死有余恨。伏冀大总统开诚心，布公道，竭力保障民权，俾国家得确定不拔之宪法，则虽死之日，犹生之年，临死哀言，尚祈鉴纳！

稿已拟定，黄兴即出病室，着人发电去了。嗣是沪上各同志，陆续至病院探望，宋皱眉与语道："我不怕死，但苦痛哩。出生入死，我几成为习惯，若医生能止我痛苦，我就死罢。"各同志再三劝慰，宋复瞑目道："罢了罢了，可惜凶手在逃，不晓得什么人，与我挟着这等深仇？"是极痛语。各人闻言，统觉得酸楚不堪，遂与医士熟商，请多延良医，共同研究。于是用电话徧召，来了西医三四人，相与考验，共言肠已受伤，必须剖验补修，或可望生。于右任乃语同人道："宋君病已至此，与其不剖而死，徒增后悔，何如从医剖治罢。"各人踌躇一番，多主开割，于是再舁宋至第二层割诊室，集医生五人，共施手术。医生只许于右任一人临视，先用迷药扑面，继乃用刀解剖，取出大肠，细视有血块瘀积，当场洗去，再看肠上已有小穴，急忙用药线缝补，安放原处，然后将创口兜合，一律缝固，复将迷药解去。宋徐徐醒来，仍是号痛，医生屡用吗啡针注射，冀令神经略静，终归乏效，且大小便流血不止，又经医生检视，查得内肾亦已受伤，防有他变；延至夜间，果然病势加重，两手热度渐低，两目辄向上视。黄兴、于右任等均已到来，问宋痛楚，宋转答言不痛，旋复语同人道："我所欲言，已尽与于君说过，诸公可问明于君。"语至此，气喘交作，几不成声。继而两手作合十形，似与同人作诀别状；忽又回抱胸际，似有说不尽的苦况。黄兴用手抚摩，手足已冰，按脉亦已沉伏，问诸医生，统云无救，惟顾宋面目，尚有依依不舍的状态。<small>极力描写死状。</small>黄兴乃附宋耳与语道："遁初遁初，你放心去罢，后事总归我等担任。"宋乃长叹一声，气绝而逝，年仅三十二岁。惟两目尚直视未瞑，双拳又紧握不开。

一班送死的友人，相向恸哭。前沪军都督陈其美，亦在座送终，带哭带语道："这事真不甘心，这事真不甘心！"大家闻了此语，益觉悲从中来，泣不可抑。待至哭止，彼此坐待天明，共商殡殓事宜，且议定摄一遗影，留作纪念。未几鸡声报晓，晨光熹微，当即饬人至照相馆，邀两伙到来，由黄兴提议先裸尸骸上身，露着伤痕，拍一照片。至穿衣后，再拍一照，方才大殓。此时党员毕集，有男有女，还有几个日本朋友，也同来送殓。衣衾棺椁，统用旧式。越日，自医院移棺，往殡湖南会馆。来宾及商团军队，共到医院门首，拥挤异常。时至午后，灵柩发引，一切仪仗，无非是花亭花圈等类，却也不必细述。惟送丧执绋，及护丧导灵，人数约至二三千名，素车白马，同遵范式之盟，湘水吴江，共洒灵均之泪。会值潇潇春雨，凛凛悲风，天亦同哀，人应齐哭，这也不在话下。

惟自凶耗传布，远近各来函电，共达沪上国民党交通部，大致在注意缉凶，兼及慰唁。袁总统亦叠发两电，第一电文云：

上海宋钝初先生鉴：阅路透电，惊闻执事为暴徒所伤，正深骇绝。顷接皙电，<small>皙字是韵母，为简文计，即以韵母某数，作日子算。</small>方得其详。民国建设，人才至难，执事学识冠时，为世推重，凡稍有知识者，无不加以爱护，岂意众目昭彰之地，竟有凶人，敢行暗杀，人心险恶，法纪何存？惟祈天相吉人，调治平复，幸勿作衰败之语，徒长悲观。除电饬江苏都督、民政长、上海交涉使、县知事、沪宁铁路总办，重悬赏格，限期缉获凶犯外，合先慰问。

越日致第二电，系由上海交涉使陈贻范，已电达宋耗，乃复致唁词云：

宋君竟尔溘逝，曷胜浩叹！目前紧要关键，惟有重悬赏格，迅缉真凶，彻底根究。宋君才识卓越，服务民国，功绩尤多，知与不知，皆为悲痛。所有身后事宜，望即会同钟文耀<small>即沪宁铁路总办。</small>妥为料理。其治丧费用，应即作正开销，以彰崇报。

<small>连录二电，亦具微意。</small>

　　自是江苏都督程德全，民政长应德闳，通电地方官一体协拿，限期缉获。上海县知事，及地方检察厅，统悬赏缉捕。黄兴、陈其美等，又函致公共租界总巡卜罗斯，英国人。托他密拿，如得破案，准给酬劳费一万元。沪宁铁路局亦出赏格五千元。沪上一班巡警，及所有中外包探，哪个不想发些小财？遂全体注意，昼夜侦缉。天下无难事，总教有心人，渐渐的探出踪迹来了。先是宋教仁在病院时，沪宁铁路医院，忽得一奇怪邮信，自上海本部寄发，信外署名系铁民自本支部发八字，信内纯是讥嘲语。略云：

　　　　钝初先生足下：鄙人自湘而汉而沪，一路欢送某君，赴黄泉国大统领任。昨夜正欲与某君晤别，赠以卫生丸数粒，以作纪念，不意误赠与君，实在对不起了。虽然，君从此亦得享千古之幸福了。因某君尚未赴新任，本会同人，昨夜曾以钜金运动选举，选举结果，则君最占优胜，每票全额五千元，故同人等请君先行代理黄泉国大统领，俟某君到任后，自当推举你任总理。肃此恭祝荣禧，并颂千古！救国协会代表铁民启。

　　看这函中文字，已见得此案凶犯，不止一人，且仍匿迹租界中。函内误赠二字，实系乱人耳目。所云某君，亦并非有特别指定，意在恫吓国民党中要人，令勿再为政党竞争。或谓国民党首领就是孙、黄二人，是时孙文正往游日本，只黄兴留沪，函中所云某君，分明是暗指黄兴，也未可知。此数语为补叙孙文行踪，所以带及。总之，此案为政治关系，无与私怨，当日的明眼人，已窥测得十分之五了。故作疑案。

　　二十三日晚间，上海租界中，正在热闹的时候，灯光荧荧，车声辘辘，除行人旅客外，所有阔大少红倌人等，正在此大出风头，往来不绝，清和坊、迎春坊一带尤觉得车马盈途，众声聒耳。这一家是名娼接客，卖笑逞娇，那一家是狎客登堂，腾欢喝彩。还有几家是贵人早降，绮席已开，不是猜拳喝酒，就是弹唱侑宾，管弦杂沓，履舄纷纭。突来了红头巡捕数名，把迎春坊三四弄口，统行堵住。旋见总巡卜罗斯，与西探总目安姆斯脱郎，带着巡士等步入弄中，到了李桂玉妓馆门首，一齐站住。又有一个西装人物，径入妓馆，朗声呼问。当由龟奴接着，但听得"夔丞兄"三字。龟奴道："莫非来看应大老么？"那人向他点头，龟奴又道："应老爷在楼上饮酒。"那人不待说毕，便大踏步上楼，连声道："应夔丞君！楼下有人，请你谈话。"座上即有一人起立，年约四十余岁，面带酒容，隐含杀气，便答言："何人看我？"那人道："请君下楼，自知分晓。"于是联步下楼，甫至门首，即由卜总巡启口道："你是应夔丞么？去！去！去！"旁边走过巡士，即将应夔丞牵扯出来，一同至总巡房去了。这一段文字，写得异样精采。

　　这应夔丞究是何人？叙起履历，却也是上海滩上，大名鼎鼎的脚色。他名叫桂馨，却有两个头衔，一是中华民国共进会会长，一是江苏驻沪巡查长，家住新北门外文元坊，平素很是阔绰，至此何故被捕？原来就是宋案牵连的教唆犯。画龙点睛。宋案未发生以前，曾有一专售古玩的贩客，姓王名阿法，尝在应宅交易，与应熟识有年。一日，复至应家，应取出照片一张，令他审视，王与照片中人，绝不相识，顿时莫名其妙。应复言："欲办此人，如能办到，酬洋千元。"王阿法是一个捐客，并不是暗杀党，哪里能做这般事？当即将照片交还，惟心中颇艳羡千金，出至某客栈，巧遇一友人邓某，谈及应事。邓系辽东马贼出身，颇有膂力，初意颇愿充此役，继思无故杀人，徒自增罪，因力却所请。两下里密语多时，偏被栈主张某所闻，张与国民党员，素有几个认识，遂一一报知。国民党员，乃诘邓及王，王无可隐讳，乃说明原委，且言自己复绝，并未与闻。当由国民党员，嘱他报明总巡，一俟破案，且有重赏。这王阿法又起了发财的念头，遂径至卜总巡处报告。卜总巡即饬包探侦察，返报应在迎春坊三弄李桂玉家，挟妓饮酒。总巡乃亲自出门，领着西探总目等，往迎春坊，果然手到擒来，毫不费力。应桂馨到了此时，任他如何倔强，只好随同前往。到了捕房内，冷清清的坐了一夜。回忆灯红酒绿时，状味如何？

翌日天明，由卜总巡押着应桂馨，会同法捕房总巡，共至应家，门上悬着金漆招牌，镂刻煌煌大字，便是江苏巡查长公署，及共进会机关部字样。巡查长三字，是人人能解，共进会名目，就是哥老会改设。哥老会系逋逃薮，中外闻名，应在会中做了会长，显见得是个不安分的人物。卜总巡到了门前，分派巡捕多人，先行把守，入室检查，搜出公文信件甚多，一时不及细阅，统搬入箧内，由法总巡亲手加封，移解捕房。一面查验应宅住人，除该家眷属外，恰有来客数名，有一个是身穿男装的少妇，有一个是身着新衣，口操晋音的外乡人，不伦不类，同在应家，未免形迹可疑，索性将所有男客，尽行带至法捕房，所有女眷，无论主客，一概驱至楼上小房间中，软禁起来，派安南巡捕看守。原来上海新北门外，系是法国租界，所有犯案等人，应归法巡捕房理值，所以英总巡往搜应家，必须会同法总巡。英人所用的巡役，是印度国人，法人所用的巡役，是安南国人。解释语亦不可少。至应宅男客，到捕房后，即派人至沪宁车站，觅得当时服役的西崽，据言："曾见过凶手面目，约略可忆。"即邀他同入捕房，将所拘人犯，逐一细认，看至身着新服口操晋音的外乡人，不禁惊喜交集，说出两语道："就是他！就是他！"吓得那人面如土色，忙把头低了下去。小子有诗叹道：

昂藏七尺好身躯，胡竟甘心作暴徒？
到底杀人终有报，恶魔毒物总遭诛。

毕竟此人为谁，容至下回交代。

宋教仁为国民党翘楚，学问品行，均卓绝一时，只以年少气盛，好讥议人长短，遂深触当道之忌，遽以一弹了之，吾为宋惜，吾尤为国民党惜。曷为惜宋？以宋负如许之不羁才，乃不少晦其锋芒，储为国用，而竟遭奸人之暗杀也。曷为惜国民党？以党中骤失一柱石，而余子之学识道德，无一足与宋比，卒自此失败而不克再振也。若应夔丞者，一儇薄小人耳，为鬼为蜮，跕跰犹耻之，彼与宋无睚眦之嫌，徒为使贪使诈者所利用，甘心戕宋，卒之阴狡之谋，漏泄于一贩客之口，吾谓宋死于应，为不值，应败于贩夫，亦不值也。然于此见民国前途，殊乏宁日矣。

# 第二十一回

## 讯凶犯直言对簿　延津师辩论盈庭

却说沪宁车站的西崽，审视捕房人犯，指出凶手面目。那人不禁大骇，把头垂下，只口中还是抵赖，自言："姓武名士英，籍隶山西，曾在云南充当七十四标二营管带。现因军伍被裁，来沪一游，因与应桂馨素来认识，特地探望，并没有暗杀等情。"法总巡哪里肯信，自然把他拘住。但武士英既是凶手，何故未曾逃匿，却在应宅安居呢？说将起来，也是宋灵未泯，阴教他自投网中，一命来抵一命。*可为杀人者鉴。*

原来武士英为应所使，击死宋教仁，仍然逃还应家。应桂馨非常赞赏，即于二十三日晚间，邀他至李桂玉家，畅饮花酒。此外还有座客数名，彼此各招名妓侍宴。有一李姓客人，招到妓女胡翡云。胡妓甫到，才行坐定，即有中西探到来，将应桂馨拘去。座客闻到此信，统吃了一大惊；内有武士英及胡翡云，越加慌张。武士英是恐防破案，理应贼胆心虚，那胡翡云是个妓女，难道也助应逞凶么？小子闻得胡应交情，却另有一番缘故。应素嗜鸦片，尝至胡妓家吸食。他本是个阔绰朋友，缠头费很不吝惜，胡妓得他好处，差不多有万金左右，因此亲密异常，仿佛是外家夫妇。此日胡妓应召，虽是李客所征，也由应桂馨代为介绍。李客闻应被拘，遂语胡妓道："应君被拘，不知何事？卿与他素有感情，请至西门一行，寄语伊家，可好么？"*李客不去，想亦防有祸来。*胡妓自然照允。武士英亦插嘴道："我与她同去罢。"*自去寻死。*于是一男一女，起身告辞，即下楼出弄，坐了应桂馨原乘的马车，由龟奴跨辕，一同到了应宅。方才叩门进去，那法租界中西探二十余名，已由法总巡电话传达，说是由英总巡转委，令他们至应宅看管。他们乘着开门机会，一拥而入，竟将前后门把守，不准出入。胡翡云头戴瓜皮帽儿，梳着油松大辫，身穿羔皮长袍，西缎马褂，仿效男子装束，前回所说的男装女子，就是该妓。*解明前回疑团。*她与武士英同入应宅，报明桂馨被拘，应家女眷，还道是因她惹祸，且问明武士英，知她是平康里中人，越加不去睬她。她大是扫兴，回出门房，欲呼龟奴同去，偏为西探所阻，不令出门，她只得兀坐门房，也是冷清清的一夜。*总算是遥陪应桂馨。*次日，英法两总巡俱到，见门房内坐着少妇，不管她是客是主，竟驱她同上楼房，一室圈禁。胡翡云叫苦不迭，没奈何捱刻算刻；就是饮食起居，也只与应宅媪婢，聚在一处。真叫作平地风波，无辜受苦哩。*受了应桂馨许多金银，也应该吃苦几日。*

又过了一天，法总巡带了西探三名，华捕四名，并国民党员一人，又到应宅搜查，抄得极要证物一件，看官道是何物？乃是五响手枪一柄，枪内尚存子弹二枚，未曾放出，拆验枪弹，与宋教仁腰间挖出的弹子样式相同，可见得宋案主凶，已经坐实，无从抵赖了。*主凶还不是应桂馨，请看下文便知。*是日下午，即由法国李副领事、聂谳员，与英租界会审员关炯之，及城内审判厅王庆愉，列坐会审。凶犯武士英上堂，起初不肯供认，嗣经问官婉言诱供，乃自言本姓本名，实叫作吴福铭，山西人氏，曾在贵州某学堂读书，后投云南军伍，被裁来沪，偶至茶馆饮茶，遇着一陈姓朋友，邀我入共进会。晚上，同陈友到六野旅馆寓宿，陈言应会长欲办一人。我问他有何仇隙？陈言："这人是无政府党，我等将替四万万同胞除害，故欲除灭那厮，并非有什么冤仇。"我尚迟疑不决。次日，至应宅会见应会长，由应面托，说能击死该人，名利双收，我才答应了去。到行刺这一日，陈邀我至三马路半斋夜餐，彼此酒意醺醺，陈方告诉我道："那人姓宋，今晚就要上火车，事不宜迟，去收拾他方好哩。"说毕，即潜给我五响手枪一柄。陈付了酒钞，又另招两人，同叫车子到火车站，买月台票三张。一人不买票，令在外面看风。票才买好，宋已到来，姓陈的就指我说："这就是宋某。"后来等宋从招待室出来，走至半途，我即开枪打了一下，往后就逃。至门口见有人至，恐被拘拿，又从朝天放了两枪，飞奔出站，一溜风回到应家，进门后，陈已先至，尚对我说道："如今好了，已替四万万同胞除害了。"应会长亦甚赞我能干，且说："将来必定设法，令我出洋游学。"我当将手枪缴还陈友，所供是实。问官又道："你行刺后，曾许有酬劳否？"武言："没有。"问官哼了一声，武又道："当时曾许我一千块洋钱，但我只拿过三十元。"问官复道："姓陈的哪里去了？叫什么名字？"武答道："名字已失记了。他的下落，亦未曾知道。"问官命带回捕房，俟后再讯。所获嫌疑犯十六人，又一一研讯，内有十一人略有干连，未便轻纵，余五人交保释出，还有车夫三人，也无干开释。

法总巡复带同探捕等复搜应宅，抄出外国箱及中国箱各一只，内均要件，亦饬带回捕房。越宿，再行复讯。又问及陈姓名字，武士英记忆一番，方说出"玉生"两字，余供与昨日未符，但说："与应桂馨仅见一面，刺宋一节，统是陈玉生教导，与应无涉等情。"这明是受应料托。问官料他狡展，仍令还押。胡翡云圈住应宅，足足三日三夜，亏得平时恩客，记念前情，替她向法捕房投保，才得释放。翡云到处哭诉，说是三日内损失不少，应大老曾许我同往北京，他做官，我做他家小，好安稳过日，哪知出此巨案，我的命是真苦了。这且搁过不提。

且说应桂馨被押英捕房，当下卜总巡禀请英副领事，会同谳员聂榕卿，开特别公堂审问，且令王阿法与应对质，应一味狡赖。英副领事乃将应还押，俟传齐见证，再行复讯。王阿法着交保候质。是时江苏都督程德全，以案关重大，竟亲行至沪，与黄兴等商量办法。孙文亦自日本闻警，航归沪渎，大家注意此案，各在黄公馆中，日夕研究。陈其美亦曾到座，问程督道："应桂馨自称江苏巡查长，曾否由贵督委任？"程德全道："这是有的。"黄兴插口道："程都督何故委他？"程德全半晌道："唉！这是内务部洪荫芝，就是洪述祖所保荐的。"黄兴点头道："洪述祖么？他现为内务部秘书，与袁总统有瓜葛关系，<small>洪为老袁第六妾之兄，故黄言如此，详情悉见后文。</small>我知道了。这案的主因，尚不止一应桂馨呢。"程德全道："我当彻底清查，免使宋君含冤。"黄兴道："但望都督能如此秉公，休使元凶漏网，我当为宋渔父拜谢哩。"说着，即起向程鞠躬。程督慌忙答礼，彼此复细谈多时，决定由交涉使陈贻范函致各国总领事，及英法领事，略言："此案发生地点，在沪宁火车站，地属华界，所获教唆犯及实行犯，均系华籍，应由华官提讯办理，请指定日期，将所有人犯，及各项证据解交"

等情。陈函交去，英领事也有意承认，惟因目前尚搜集证据，羽党尚未尽获，且俟办有眉目，转送中国法庭办理，当将此意答复。陈交涉使也无可如何，只好耐心等着。法领事以应居文元坊，属法租界管辖，当提应至法廨会审。英领事不允，谓获应地点，在英租界中，须归英廨审讯，万不得已，亦宜英法会同办理。华人犯法，应归华官办理；且原告亦为华人，案情发生又系华地，而反令英法领事，互夺裁判权，令人感喟无穷。法领事乃允将凶犯武士英，转解至公共租界会审公堂，听候对质。当由法捕房派西捕五人，押着武士英，共登汽车，送至公廨。

武身穿玄色花缎对襟马褂，及灰色羊皮袍，头戴狐皮小帽，由两西探用左右手铐，携下汽车，入廨登楼，静候传讯。武并无惧色，反自鸣得意道："我生平未曾坐过汽车，此次为犯案，却由会审公堂，特用汽车迎我，也可算得一乐了。"送你归天，乐且无穷。那应桂馨愈觉从容，仗着外面的爪牙，设法运动，且延请著名律师，替他辩护。于是原告工部局代表，有律师名叫侃克，中政府代表，由程都督延聘到堂，亦有律师，名叫德雷斯，被告代表，且有律师三人，一名爱理司坦文，一名沃克，一名罗礼士。这许多律师，没一个不是西洋人。临审时，应武两犯，虽曾到庭，问官却不及讯问，先由两造律师，互相辩驳，你一句，我一语，争论多时，自午后开审，到了上灯，律师尚辩不清楚，还有什么工夫问及应武两犯，只好展期再讯。武仍还押法捕房，应亦还押英捕房。至第二次开审，宋教仁的胞叔宋宗润，自湘到沪，为侄伸冤，也延了两个律师，一名佑尼干，一名梅吉益，也统是西人，律师越请越多了。无非界西人赚钱。

嗣是审讯一堂，辩诘一堂，原告只想赶紧，被告只想延宕，就是应武二犯，今朝这么说，明朝那么说，也没有一定的口供，应且百计托人，往法捕房买嘱武士英，叫他认定自己起意，断不致死，并以某庄存银，允作事后奉赠。武遂翻去前供，只说杀宋教仁乃我一人主见，并没有第二人，且与应并未相识，日前到了应家，亦只与陈姓会面。陈名易山，并非玉生。及问官取出被抄的手枪，令武认明，武亦答云："不是，我的手枪，曾有七响，已抛弃在车站旁草场上面。"至问他何故杀宋？他又说："宋自尊自大，要想做国务总理，甚且想做总统，若不除他，定要二次革命，扰乱秩序，我为四万万同胞除害，所以把他击死。他舍去一命，我也舍去一命，保全百姓，却不少哩。"只此数语供词，已见得是政府主使。问官见他如此狡辩，转诘应桂馨。应是越加荒诞，将宋案关系，推得干干净净。那时未得实供，如何定案？程德全、孙文、黄兴等，乃决拟搜集书证，向法捕房中，索取应宅被搜文件。法捕房尚未肯交出，忽国务院来一通电，内述应桂馨曾函告政府，说是近日发现一种印刷品，有监督议院政府，特立神圣裁判机关的宣告文，词云：

呜呼！今日民国，固已至危险存亡之秋，方若婴孩，正当维护哺养，岂容更触外邪？本机关为神圣不可侵犯之监督议院政府之特别法庭，凡不正当之议员政党，必以四万万同胞公意，为求共和幸福，以光明公道之裁判，执行严厉正当之刑法，使我天赋之福权，奠定我庄严之民国。今查有宋教仁莠言乱政，图窃权位，梁启超利禄薰心，罔知廉耻，孙中山纯盗虚声，欺世误国，袁世凯独揽大权，有违约法，黎元洪群小用事，擅作威福，赵秉钧不知政治，罔顾责任，黄克强大言惑世，屡误大局；其余汪荣宝、李烈钧、李介人辈，均为民国神奸巨蠹。内则动摇国本，贻害同胞，外则激起外交，几肇瓜分。若不加惩创，恐祸乱立至，兹特于三月二十日下午十时四十分，将宋教仁一名，按照特别法庭，于三月初九日，第一次公开审判，由陪审员蒋圣渡等九员，一致赞同，请求代理法官叶义衡君判决死刑。先生即时执行，所有罪状，另行宣布，分登各报，以为同一之宋教仁徼，以上开列各人，但各自悛悔，化除私见，共谋国是而裕民生，则法庭必赦其既往，其各猛省凛遵！切切此谕。

这电文传到沪上，杯影蛇弓，愈滋疑议。无非是乱人耳目。既而国民党交通部，又接得匿名信件，约有数通，多半措词荒谬，不值一笑。内有一函略通文墨，节录如下：

敬告国民党诸君子！自内阁一翻，尔党形势，亦甚支绌矣。讵图不自销匿，犹生觊觎，教仁樗材，引类招朋，冀张其政党内阁之说，吾甚惑焉。夫吾人所欲甘心于尔党者，承宗指孙。与道周指黄。二人。一濂乌足？指宋。然非先诛濂，恐无以徼余子，爰遣奇士试其锋，设诸子悔祸有心，幡然改计，吾又何求？倘其坚抱政党内阁之旨，谬倡平民政治之说，则炸弹手枪，行将遍及。水陆江海，坑尔多人，人纵不恤其私，犹不思既称巨子，当建伟业，苟留此身，终有树立。管夷吾不羞小节，曷不师之？至侈言议员多出尔党，南方不少民军，试问军警干涉之单朝传，参议员夕皆反舌，汉阳师徒之锋少挫，黄司令已遁春申。此四语全是老袁得意事，已不啻自供招状。凡此秽迹，独非尔党往日之事乎？总之殷鉴未遥，前车宜鉴，此时苟避匿以让贤，他日或循序而见举。诸子方在青年，顾不必叹河清也。吾人素乐金革，死且不厌，非欲效孔璋之檄，暴人罪状，乃姑说生公之法，冀感顽石。久闻尔党济济，当有达材，试念忠告，勿作金夫！

统观全书，无非是设词吓迫的手段，蛛丝马迹，隐隐可寻，大家揣测起来，已知戕宋一案，与袁政府大有关系。并由法捕房传出消息，所抄应宅文件，内与洪述祖往来信札，恰是很多。又经程都督邀同应民政长，共至沪上调查，电报局中取应犯送达北京电稿，一一校译，不但与洪述祖通同一气，就是国务总理赵秉钧，也与应时常通信，电文多从密码，且有含糊影响等词。程应两人，又会同地方检察厅长陈英，仔细研求，展细寻译，那密码中的语意，已十得七八，乃电致内务部，请将洪述祖拘留，事关嫌疑，须押至备质等语。谁知洪述祖已闻风飏去，部复到沪，又由程督电呈袁总统，请他饬令严拿。袁总统也居然下令，略言："内务部秘书洪述祖，携带女眷一人，乘津浦车至济南，由济南至浦口。此人面有红斑黑须，务饬地方官一体严拿！"其实是一纸空文，徒掩耳目，那阴谋诡计的洪杀胚，早已跑到青岛，托庇德胶州总督字下，安心享福去了。谁令飏去，隐情可知。

此外有自北京来沪的人物，什么侦探长，什么勤务督察长，统说是考查宋案而来，亦未尝为宋尽力。恐是为应尽力。最注目的，是总统府秘书长梁士诒，及工商总长刘揆一，匆匆南下，又匆匆北去。刘与孙黄见了一面，返至天津，称疾辞职。或谓刘已洞悉宋案真相，不愿在恶政府中，再行干事，以此托故求退。彼此聚讼，疑是疑非，且不必说。惟程应孙黄等人，屡与领事团交涉，要求交出凶犯及一切证据。北京的内务部司法部，也电饬陈交涉使，嘱："援洋泾浜租界权限章程，凡中国内地发生事件，犯人或逃至租界，捕房应一体协缉，所获人犯，仍由中国官厅理处等情。照此交涉，定可将此案交归华官，依法办理"云云。陈贻范接到此文，自然与英法领事，严重交涉。英法两领事，却也无从推诿，只好将全案人犯及证件，移解华官。当由上海检察厅接收，把凶犯严密看管。才过数天，即由看守所长呈报，凶手武士英即吴福铭，竟在押所暴死了。正是：

> 为恐实供先灭口，只因贪利便亡身。

欲知武士英身死情形，待至下回分解。

武士英一傀儡耳，应桂馨亦一傀儡也，两傀儡演剧沪滨，而主使者自有人在。武固愚矣，应焉得为智乎？不惟应武皆愚，即如洪述祖赵秉钧辈，亦不得为智者。仁者不枉杀，智者不为人利用而枉杀人。何物枭雄，乃欲掩尽天下耳目，嗾獒噬人耶？应犯所陈神圣裁判机关宣告文，夹入袁黎诸人，显是欺人之计。至若匿名揭帖之发现，借刺宋以儆孙黄，同是一手所出，故为此以使人疑，一经明眼人窥透，盖已洞若观火矣。故本回叙述，虽似五花八门，要无非一傀儡戏而已。傀儡傀儡，吾嫉之，吾且惜之！

# 第二十二回

## 案情毕现几达千言　宿将暴亡又弱一个

却说凶手武士英，自从西捕房移交后，未经华官审讯，遽尔身死，这是何故？相传武士英羁押捕房，自服磷寸，即自来火柴头。因致毒发身亡，当由程都督应民政长等，派遣西医，会同检察厅所派西医，共计四人，剖验尸身，确系服毒自尽。看官试想！这武士英是听人主唆，妄想千金，岂肯自己寻死？这服毒的情弊，显系受人欺骗，或遭人胁迫，不得已致死呢。但是他前押捕房，并未身死，一经移交，便遭毒手，可见中国监狱，不及西捕房的严密，徒令西人观笑，这正是令人可叹了。闲文少叙。

且说程德全、应德闳等，与检察厅长陈英，连日检查应犯文件，除无关宋案外，一律检出，共同盖印，并拍成影片，当下电请政府，拟组织特别法庭，审讯案犯，当经司法部驳还。孙文、黄兴等闻得此信，便请程应两长官，将应犯函件中最关紧要，载入呈文，电陈政府。程应不能推辞，即一一列入，电达中央道：

前农林总长宋教仁被刺身故一案，经上海租界会审公堂，暨法租界会审公堂，分别预审暗杀明确，于本月十六十七两日，先后将凶犯武士英即吴福铭，应桂馨即应夔丞，解交前来，又于十八日由公共租界会审公堂，呈送在应犯家内，由英法总巡等搜获之凶器，五响手枪一枚，内有枪弹两个，外枪弹壳两个，密电本三本，封固函电证据两包，皮箱一个，另由公共租界捕房总巡，当堂移交在应犯家内搜获函电之证据五包，并据上海地方检察厅长陈英，将法捕房在应犯家内搜获之函电证据一大木箱，手皮包一个，送交汇检。当经分别接收，将凶犯严密看管后，又将前于三月二十九日，在电报沪局查阅洪应两犯最近往来电底，调取校译，连日由德全、德闳，会同地方检察厅长陈英等，在驻沪交涉员署内，执行检查手续。德全、德闳，均为地方长官，按照公堂法律，本有执行检查事务之职权，加以三月二十二日，奉大总统令，自应将此案证据逐细检查，以期穷究主名，务得确情，所有关系本案紧要各证据，共同盖印，并拍印照灯，除将一切证据，妥慎保存外，兹特撮要报告。查应犯往来电报，多用应川两密本。本年一月十四日，赵总理致应犯函："密码送请检收，以后有电，直寄国务院可也"等语。外附密码一本，上注"国务院，应密，民国二年一月十四日"字样。应犯于一月二十六日，寄赵总理，应密，径电，有"国会盲争，真相已得，洪回面详"等语。二月一日，应犯寄赵总理，应密，东电，有"宪法起草，以文字鼓吹，主张两纲，一除总理外，不投票，一解散国会。此外何海鸣、戴天仇等，已另筹对待"等语。二月二日，应犯寄程济世转赵总理，应密，冬四电，有"孙、黄、黎、宋，运动极烈，民党忽主宋任总理，已由日本购孙黄宋劣史，警厅供钞，宋犯骗案，刑事提票，用照辑印十万册，拟从横滨发行"等语。又查洪述祖来沪，有张绍曾介绍一函，洪应往来案件甚多，紧要各件撮如下：二月一日，洪述祖致应犯函，有"大题目总以做一篇激烈文章，乃有价值"等语。二月二日，洪致应犯函，有"紧要文章，已略露一句，说必有激烈举动，弟须于题前径密寄老赵，索一数目"等语。二月四日，洪致应犯函，有"冬电到赵处，即交兄手，面呈总统，阅后色颇喜，说弟颇有本事，既有把握，即望进行等语，兄又略提款事，渠说将宋骗案及照出之提票式寄来，以为征信。弟以后用川密与兄"等语。二月八日，洪致应犯函，有"宋辈有无觅处，中央对此，似颇注意"等语。（辈字又似案字。）二十一日，洪致应犯函，有"宋件到手，即来索款"等语。二月二十二日，洪致应犯函，有"来函已面呈总统总理阅过，以后勿通电国务院，因智赵字智庵。已将应密电本交来，恐程君不机密，纯令归兄一手经理。请款务要在物件到后，为数不可过三十万"等语。应犯致洪述祖："川密，蒸电有八厘公债，在上海指定银行，交足六六二折，买三百五十万，请转呈，当日复"等语。三月十三日，应犯致洪函，有"民立报馆名，系国民党所设。记邋初在宁之说词，读之即知其近来之势力及趋向所在矣。事关大计，欲为釜底抽薪法，若不去宋，非特生出无穷是非，恐大局必为扰乱"等语。三月十三日，洪述祖致应犯："川密，蒸电已交财政总长核办，偿止六厘，恐折扣大，通不过，毁宋酬勋位，相度机宜，妥筹办理"等语。三月十四日，应犯致洪述祖："应密，寒电有梁山匪魁，四处扰乱，危险实甚，已发紧急命令设法剿捕之，转呈候示"等语。三月十七日，洪述祖致应犯："应密，铣电有寒电到，债票特别准何日缴现领票，另电润我若干，今日复"等语。三月十八日，又致应犯：川密，寒电应即照办"等语。三月十九日，又致应犯电，有"事速照行"一语。三月二十日，半夜两点钟，即宋前总长被害之日，应犯致洪述祖："川密，号电有二十四分钟所发急令，已达到，请先呈报"等语。三月二十一日，又致洪："川密，个电有号电谅悉，匪魁已灭，我军无一伤亡，堪慰，望转呈"等语。三月二十三日，洪述祖致应犯函，有"号个两电均悉，不再另复，鄙人于四月七号到沪"等语。此函系快信，于应犯被捕后，始由邮局递到。津局曾电沪局退回，当时沪局已将此送交涉员署转送到德全处。（各函洪称应为弟，自称兄。）又查应犯家内证据中，有赵总理致洪述祖数函，当系洪述祖将原函寄交应犯者，内赵总理致洪函，有"应君领纸，不甚接头，仍请一手经理，与总统说定方行"等语。又查应自造监督议院政府神圣裁判机关简明宣告文，誊写本共四十二通，均候分寄各处报馆，已贴邮票，尚未发表，即国务院宥日据以通电各省之件，其余各件，容另文呈报，前奉电令，穷究主名，必须彻底讯究，以期水落石出，似此案情重大，自应先行撮要，据实电陈。除武士英一犯，业经在狱身故，由德全等派西医会同检察厅所派西医四人剖验，另行电陈，应桂馨一犯，迭经电请组织特别法庭，一俟奉准，即行开审外，余电闻。

这电去后，袁总统并未复电，连国务总理赵秉钧，也不闻答辩一辞。总统总理，俱已高枕卧着，还要答复什么？于是上海审判厅开庭，传讯应犯，应犯仍一味狡赖。是时两造仍请律师，改延华人，原告律师金泯澜，到庭要求，必须洪述祖、赵秉钧两人，来案对簿，方得水落石出，洞悉确情。乃由检察厅特发传票，令洪、赵两人来沪质审。

看官！你想洪述祖已安居青岛，哪肯自来投网？至若堂堂总理赵秉钧，更加不必说了。惟各处追悼宋教仁，如挽词演说等类，多半指斥政府，就是沪上各报纸，也连日讥弹洪赵，并及袁总统。赵秉钧自觉不安，呈请辞职，奉令慰留，宋案遂致悬宕，应犯仍羁狱中，惟所有株连的人物，讯系无辜，酌量取保开释。

国民党中，以老袁袒护洪赵，想从根本上解决，不单就宋案进行，正在大家筹议，忽北京又来一凶讣，前镇军统领加授陆军上将衔林述庆，又暴卒于京都山本医院中。**国民党又弱一个。**林述庆表字颂亭，福建人，曾在陆军学堂毕业，清季任南京三十六标第一营管带，有志革命，入为同盟会会员。辛亥夏，调驻镇江，武昌起义，上海光复，他亦率军响应，为上海声援，嗣被举为镇军都督，创立军政府，招集长江清舰队十余艘，助攻江宁，直扑天保城，猛攻七昼夜，身先士卒，亲冒矢石，卒将岩城据住。至江宁城破，又首先入城，各军共服他勇敢，推为南京都督，严饬军纪，不准滋扰。既而总司令徐绍桢入城，即固辞督篆，让位畀徐。自统军出驻临淮关，预备北伐，日夕绸缪。南京临时政府，任他为总制北伐各军。未几南北统一，决意归田，居闽数月，由袁总统策令，授陆军中将，旋加上将衔，召他进京，充总统府高等军事顾问。他已怀着功成身退的念头，复电告辞，嗣复得黎副总统来电，劝他北上，且说："国家多难，蒙事日亟，壮年浩志，幸勿销沉，请再为国立功，俟内外乂安，方可息肩"等语。**数语也不啻催命符。**这电一来，顿令血战英雄，跃然复起；遂摒挡行李，登程北上。既见袁总统，谈及蒙古问题，决意主战。在老袁的意思，无非是笼络人才，欲使天下英雄，尽入彀中，可以任所欲为，并不是决意征蒙，特地起用，故将委他重权。所以前席陈词，反多逆耳，表面上虽支吾过去，心理上却妒忌起来。他见老袁不甚合意，遂辞出总统府，本思即日南旋，因念外蒙风云，日迫一日，既已跋涉至京，应该做些事业，立些功名，当下奔走都门，号召同志，组织征蒙团及军事研究社，一面再上呈文，自请征蒙，袁总统束诸高阁，并不批答。同志举他为筹边会副会长，他暂住数日，旋即去职，另与王芝祥、孙毓筠等，建设国事维持会，把一种忧国的思想，随时流露，无论诗酒游宴，及到会演说，统是慷慨激昂，饶有贾长沙、陈同甫的态度，**又蹈宋渔父覆辙。**怎奈袁总统是最忌名豪，遇着关心政治，痛论时弊的人物，第一着是设法笼络，第二着是用计歼灭，宋教仁已催归冥箓，还有宋教仁第二，哪里肯听他自由呢？

四月初八日，林允梁士诒邀请，赴将校俱乐部会宴；酒酣耳热，畅谈衷曲，免不得醉后忘情，论及时事。**今夕止可谈风月，谁教你论及时事？**及至兴尽归来，便觉畏寒，次日加剧，即至山本医院调治，将过一星期，忽满身统起红泡，泡破即流血不止，四肢都是奇痛，次日病势尤笃，延请中外名医，入院诊视，大都束手无策。勉强捱延了一天，红泡变成紫色，未几又转成黑色，小便溺血，霎时弥留。孙毓筠适在侧探病，林握孙手，太息道："国势危险，一至于此，本想与诸共同心协力，保持国家，怎奈二竖为灾，竟致不起。"言至此，不禁涕泪满颐。孙尚再三劝慰，林又呜咽道："甫逾壮年，即要去世，我不过做了半个人，徒呼负负，君须为我遍告同志，努力支持为要。"孙又问及家事，他竟不能再言，奄然而逝。死后七窍流血，浑身皆黑，仿佛是中毒情形，享年亦只三十二岁。与宋渔父年龄适符，真是无独有偶。当由国事维持会员，替他成殓，讣告全国。其文云：

> 北京国事维持会本部孙毓筠、王芝祥、杨曾蔚、温寿泉，致黎副总统各都督并各师长旅长，各党本部，国事维持会支部，及孙中山、黄克强两先生各报馆电。本会理事林君述庆，体质坚强，志愿弘毅，比来尽瘁国事，未尝告劳，忽于本月初十日，感患痘症，即入山本医院诊治，病势险恶，药石无灵，竟于十五夜子刻长逝。林君十年前，在江南军界，提倡革命，备历艰险，百折不挠；前年九月，在镇江举义，联合各军，光复金陵，厥功最伟。南北统一后，自请解职，高风亮节，海内同钦。乃天不佑善人，竟罹暴疾，赍志以终。当此国基未固，人才消乏之秋，逝者如斯，将谁与支撑危局？泰山梁木，同人等悲不自胜，现定于二十六日，在湖厂会馆开追悼大会，特通电告哀。凡我同志，谅无不失声一恸，但林君身后萧条，经毓筠等为之料理成殓，灵柩暂厝城外广慧寮中，如蒙赐赙，请寄东安门外本会本部事务代收，并以奉闻。

林去世后，时人多疑他中毒，特至山本医院，访问病状。据医生言："林自十三日入院，十五夜逝世，病名叫作天然痘。"访员又谓："死后惨状，究是何因？"医言："病菌有强弱，林君所染，系最强的病菌，冲裂血管，因致七窍流血，至若遍身皆黑，是染疫致死的常例，不足为奇。"访员又道："照此说来，林君的病症，果非中毒吗？"医生微笑道："林死后，来院访问，不止一人，统疑林是中毒。林症甚凶，种种谣言，原是难免，惟确系痘症，并无他项可疑的事情。即如陆军部方君，乃自美国归来的中医，多人诊断，统无异词，是已无可疑余地了。"小子以为死无对证，究竟中毒与否，也不敢妄断。以不断断之。惟稽勋局长冯自由，呈请政府，说他"勋劳卓着，现在京病故，请即照本局规则，优给恤金年金，并请将事迹宣付史馆立传"，总算邀老袁批准照行。小子有诗叹道：

> 赏功罚恶本常经，谁料无辜受暗刑？
> 自古人生谁不死，狂遭毒手目难瞑。

宋林相继逝世，京中正齐集议员，行国会开幕礼，一切详情，容后再表。

据程督应民政长电文，是戕宋一案，实由政府造意，已无疑义。即是以推，是林之暴亡，不为无因。刺死一宋，又毒死一林，亦何其辣手耶？或谓汉高、明太，得国以后，皆屠戮功臣，欲为子孙除害，不得尔尔。讵知此系专制时代之君主，容或有是惨剧，业已承认共和，国成民主，正当推诚布公，与天下以更新之机，何苦为此鬼蜮情形，草菅人命乎？否则不愿民主，竟作君主，长枪大戟与反对者相角逐，成即帝王，败为寇贼，亦英雄豪杰之所为。且糜烂一时，治平百载，亿兆人或当忍此巨痛，交换太平。宁必不可，而竟出此下策，以求逞于一朝，卒之亦同归于尽，人谓其智，吾笑其愚！

# 第二十三回

## 开国会举行盛典　违约法擅签合同

却说中华民国的国会，自元年冬季，由袁总统颁布正式召集令，至是国会议员，统已选出，会集京都，准于二年四月八日，行国会第一次开会礼。参议院本有房屋，仍在原所设立，众议院乃是新筑，规模颇觉宏敞，足容千人。因此参议院议员，统至新筑的众议院中，静待开会。当由筹备国会事务局员，先行报告国会成立，参议员报到，共一百七十七人，众议员报到，共五百人，虽尚未达全数，已有大半到场，应如期行开会礼。当下高悬国旗，盛列军乐，自国务总理以下，凡所有国务员，尽行莅会。还有政府特派员，亦来襄礼。各人统至国旗下面，向国徽行三鞠躬礼。当推议员中年齿最长的杨琼，为临时主席，宣读开会词。词云：

> 维中华民国二年四月八日，为我正式国会第一次开院之辰。参议院众议院各议员，集礼堂，举盛典，谨为词以致其忱曰：视听自天，默定下民，亿兆有与于天下，权舆不自于今人。帝制久斁，拂于民意，付托之重，乃及多士。众好众恶，多士赴之；众志众口，多士表之。张弛敛纵，为天下控；缓急疾徐，为天下枢。兴欤废欤，安欤危欤，祸福是共，功罪之尸，能无惧哉？呜呼！多难兴邦，惕厉蒙瑕，当兹缔造，敢伸吾吁。愿我一国，制其中权，愿我五族，正其党偏。大穰旸雨，农首稷先。士乐其业，贾安其廛，无政不举，无隐不宣。章皇发越，吾言洋洋。遐听远慕，四邻我臧。旧邦新命，悠久无疆。凡百君子，孰敢怠荒？

宣读已竟，应由袁总统宣告颂词，偏这一日，袁总统说有要务，无暇到会，只遣秘书长梁士诒，来作代表，赍致颂词。第一届国会开幕，老袁即告回避，其厌弃国会之心，已属了然。梁乃宣读颂词道：

> 中华民国二年四月八日，我中华民国第一次国会，正式成立，此实四千余年历史上莫大之光荣，四万万人亿万年之幸福。世凯亦国民一分子，当与诸君子同深庆幸，念我共和民国，由于四万万人民之心理所缔造，正式国会，亦本于四万万人民心理所结合。则国家主权，当然归之国民全体。但自民国成立，迄今一年，所谓国民直接委任之机关，事实上尚未完备。今日国会诸议员，系由国民直接选举，即系国民直接委任，从此共和国之实体，借以表现，统治权之运用，亦赖以圆满进行。诸君子皆识时俊杰，必能各抒谠论，为国忠谋，从此中华民国之邦基，益加巩固，五大族人民之幸福，日见增进。同心协力，以造成至强大之民国，使五色国旗，常照耀于神州大陆，是固世凯与诸君子所私心企祷者也。谨致颂曰："中华民国万岁！民国国会万岁！"

颂词读毕，大礼告成，国务总理国务员，及政府特派员，统行辞去，各议员亦出了会场。依据《临时约法》第二十八条，将前时参议院解散，因即至参议院中，行解散礼。是日美利加洲的巴西国，电达国务院，承认中华民国，都下人士，欢欣鼓舞，统说是："民国创造，立法机关，至此成立，巴西承认民国，又适当国会成立的日期，为列强公认的先声，真是内治外交，渐臻完善，我中华民国的声威，将从此照耀神州，应了袁大总统的颂词呢。"人心无不望治，独有三数强有力者，尚在思乱，真是没法。两院议员，兴高采烈，统要选举正副议长，作为全院的主席。无如议员共分四党，一是国民党，一是共和党，一是民主党，一是统一党，各党员都想争长，哪一党肯落人后？国民党人数最多，几有压倒两院的气势，余三党不肯降服，势必与国民党为仇。民主党为前清时代老人物，如各省咨议局及联合会人员，统共凑集，多是有些闻望，含有民党性质，与政府不相为谋。

统一党是最近组织，就是袁政府手下健将，实不啻一政府党。至若共和党缘起，小子已于一三回中表过，他本抱定国权主义，与国民党人，向居反对地位。第十九回中，已将数党宗旨提明，惟各党宗旨，未曾悉叙，故再行表出。三党宗旨，虽是不同，但仇视国民党的心理，却是一致，因此互相联结，渐渐的合并拢来，加以统一党帮助政府，隐受袁氏密嘱，吸合余党，张大势力，得与国民党相抗，甚且欲推倒国民党。国民党昂然自大，哪知暗地密谋？开会这一日，统一党议员，尚不过二三十人，过了数天，议员陆续到来，补足全额，问将起来，多是统一党人员，几增至一百有余。自是众议院内，三党合并，与国民党声势相等。惟参议院中，还是国民党员占着多数。为了两院议长问题，运动至二十日，选举至两三次，方将议长选出。参议院的议长，是直隶人张继，本属国民党，众议院的议长，是湖北人汤化龙，本属民主党，国民党一胜一败。副议长一席，参议院中选定王正廷，众议院中选定陈国祥，倒也不在话下。

惟两院竞选议长的时候，袁总统趁他无暇，竟做了一种专制的事件，未经交议，骤行签字，于是两院议员，发生异议，议员与政府反对，议员又与议员反对，胶胶扰扰，几闹得一塌糊涂。看官道是何事？原来就是银行团的大借款。特别注重。承接十一回及十八回中文字。自伦敦借款贷入后，六国银行团啧有烦言，以盐课已抵还前清庚子年赔款，不应再抵与伦敦新借款，嗣经外交部答复，略言："前清所抵赔款的盐税，彼时每年所收，只一千二百万两，现已增至四千七百五十万两，是除一千二百万两外，羡余甚多。前为旧额，今为新增，两无妨碍。"六国银行团，乃再拟磋商，袁总统正苦无钱，巴不得借款到来，可济眉急。运动正式总统，原是要紧。因嘱财政总长周学熙，申议借款事宜，拟将原议六万万两，减作二万万。银行团复要求四事：（一）是从前垫款，暨现今大借款，应将中国全国盐务抵押，聘用洋人管理，除还本付利外，倘有余款，仍听中国自由支用。（二）中政府应请借款银团指定洋员，在财政商办处，期限五年，凡关财务岁入等事，须备政府顾问。（三）中政府应自行聘用洋人，与财务商办处代表洋人，于取银票面签字，随时取用借款，并聘用稽核专门洋人若干，稽核借款帐目，分别公布中外，又借款兴办实业，应用银团所认为适当专门洋人，监理事业。（四）银行既代中国出售巨款债票，若票卖完，中政府不得另借他款，以致市面牵动。这四条要请前来，周学熙因他条件过严，特开国务院会议，自拟借款大纲五条，提交参议院议决。大纲五条列下：

**第一条** 中国自行整顿盐务，惟制造盐厂及经收盐税之处，中国可酌量自聘洋人，帮同华人办理。所收盐税，可交存于最妥实之银行，以备抵还借款之本息。

**第二条** 借款用途，以经参议院议决之款目为准则，其表面之签字，应由财政总长自委一中国人，与六国团代表一人，会同签字。

**第三条** 稽核帐目之事，归入中国审计院办理。中国对于借款一部分之用帐，可兼备华洋文册据，华洋员同押。

**第四条** 中国以后兴办实业，如需借款，只可商聘洋技师，按照普通合同办理。

**第五条** 此项借款债票，未售完之前，倘中国续借款项，如六国团条款与别家相同，可先尽六国团承办。但在本合同以前所订之借款合同条件，仍得继续进行，不受本条件拘束。

参议院议员，看到这种条件，共说此是政府报告文，并非特别提案，有什么紧要，定需会议？嗣因周总长一再催迫，乃将五条大纲，逐一研究。尚可照此进行，无大损害，遂一律认可了事。谁知已堕入计中。周学熙复与银行团会议数次，始终无效。幸伦敦借款，逐月得数十万镑，还可勉强支持，所以挨延过去。哪知英使竟来一照会，声言如民国元年终日，中国不将从前赔款借款，一概解清，决将作抵的厘税厘金等，实行收没。好借人债者其听之！俄使亦主张同意，幸法使康悌，及日本银行代表小田切转圜，与中政府重开谈判。当由英使代表银行团，向赵总理周总长提出数条：（一）要委定办理借款的专员；（二）要取消伦敦新借款的优先权。新借款条约中，载有中政府如需借款，本银行团与别团所开之条件相同，应得有优先权。赵周两人，转报老袁，袁总统即委周为办理借款专员，一面与伦敦新银行团，取消优先权成约。伦敦新银行团，怎肯应允，周却想出妙法，要求伦敦新银行团，于元年期内，再借一千万镑，还要将明年应付的七百万镑，并在年内拨付，才好偿还一切欠款，无庸与六国商借。且债票宜速即销完，免与他团借债有碍，否则请将明年二月应付的二百万镑，尽年内付讫，其余五百万作罢，打销前约，并取销优先权，由中国予以赔偿。

看官！你想这种论调，明明是强人所难，伦敦新银行团，一时交不出这么巨款，又经英政府与他反对，处处掣肘，只得承认后一层办法。周总长乃与他磋商赔款的数目，无非界他续给二百万镑中，多了一个折扣。总是中国吃亏。一面与六国银行团，正式开议，自元年十一月二十七日起，至十二月下旬，大致就绪，借额本定二千万镑，因伦敦新借款中，减去五百万镑，须转向六国银行团添借，乃拟定为二千五百万镑，共计二十一款。最紧要的，是第二款第五款第六款第十四款第十七款五条。第二款是指定用途；第五款是声明盐务稽核处办法；第六款是盐款未足以前，应加入他项，为暂时抵押品；第十四款是支款时，应照新定审计处规则办理；第十七款是续借或另借的限制。此外都是普通条件，大约是利息折扣等类。当由国务总理赵秉钧，运动参议院议员，商定秘密会议，借人款项，何须秘密。再令财政总长周学熙，到院报告，但将紧要条件交议，余只以普通二字含混过去，并无原文。议员已心心相印，还有什么反对。惟第五款须用华洋稽核员，汪议员荣宝提议，谓："本款可无删改，最为上策，否则作为附件；万一银行团不肯照允，亦只可随便将就罢了。至如普通条件，亦未尝详诘全文，但把无庸表决四字，作为全院通过的议案。"无论要件与非要件，总教随便通过，民国何必需此参议员。

周总长即报告袁总统，老袁自然惬望，将要与银行团订约签字。忽银行团以欧洲金融，偶遭紧急，须要加添利息，原议五厘，现要再加半厘。袁总统以吃亏太甚，又暂从迁延；另咨各国公使，要求赔款欠款等，一概展期，约有三种办法，或展期一年，或将积欠数目，作为短期公债，分五年清还，或俟大借款成立后，才行清偿。照会交去，俄公使首先拒绝，简直是无一承认。法使与俄使，本是一鼻孔出气，当然不从。独英使朱尔典氏，赞成末项，愿归入大借款下划付，各公使俱挟私见，并非英使爱我，不然，何以前日要悉数归还耶？并代为疏通俄法二使，决从此议。俄法二使已无违言，英使又函致中政府，先须聘定洋员，充任稽核，由六国公使通告六国团，然后借款合同，方可签押。于是由周总长出面，聘定洋员三名，一系意人，一系德人，一系丹麦人。法使又出来作梗，谓："意大利丹麦两国，并未列入银行团，在银行团中洋员，只一德人，既已拟聘非银行团的洋员，何为延及德人？若延及德人，何以不聘我法人？且未聘及英俄美日人？"中政府又是一个漏洞，多被法使指摘。这数语照会政府，政府又撞了一鼻子灰，只好另提出再借问题，申告银行团。嗣美公使复出来调停，谓："中国只聘一人为会办，由银行团推举，另用各国洋员为顾问，毋庸列入合同。既免纷竞，又易办到。"周总长很表赞成，奈五国公使不肯允诺，须各国各用一人，美使调停无效，竟电达本国，欲退出银行团，美总统威尔逊氏，竟如美使意见，宣布远近。略云：

美国资本团，曾应政府之请，加入中国借款，今复询问本政府，如仍愿该团加入，须明白申请，始允遵行。本政府以该借款条件，近于干涉中国行政之独立，且其中之抵押品及办法，陈废苛重，若本政府从而怂恿，则负责无有已时，实有背吾美立国主义。本政府不愿负此责任，决议不再提出申请，惟愿以合于中国自由进化，不背吾美素行主义之方法，扶助中华民国，凡可以裨益寓华美民之法制，本政府当竭力赞助也。特此宣言！

自此书宣布后，五国银行团，经一极大的打击，共疑美国脱离团体，必为单独行动起见，将来中国利益，恐被美国占尽，不由的惊上加惊，忧上加忧，甚至自相疑忌，竟欲解散。各公使顾全利益，亟命银行团自相联合，将承借股份，重行支配，且把要求条件，稍示让步。袁政府待款甚殷，也顾不得什么主权，除聘定德人为国债局员外，改聘英人为盐务稽核员；并用法人俄人为审计顾问官。双方会议，渐得允洽，利息仍照前五厘，债票价格，拟定百分之九十，由银行团扣去六成，付与中国净额，实得百分之八十四。利息在二分以上，较诸民间进出，还要加倍。期限定四十七年，还本由第十一年起，每年递还总额，至第四十七年偿清，合同上仍二十一款。条文琐碎，不及细载。袁总统不再交议院议决，即令国务总理赵秉钧，外交总长陆征祥，财政总长周学熙，于四月二十四日，在草合同上签字。越二日，在正合同上签字，又因急急需用，不及待各国发售债票，先向银行团商明，垫款二百万镑，另订垫款合同，利息七厘，即在大借款项下，尽先拨还。千波万折的大借款，至此成立，共计二千五百万镑，约合华币二万五千万元。小子有诗叹道：

不为埃及即波斯，监督重重后悔迟。

何故枭雄专借债？甘将国柄付人持。

借款已定，两议院俱未接洽，忽由袁总统发一咨文，传达议院，各议员共同瞧着，免不得惊诧起来。究竟咨文如何说法，且待下回表明。

国会初次成立，各议员即互生党见，至如举一议长，且需二三十日，倘政府中有重大议案，试问将议至何日，方可表决乎？议员如此倾轧，实为老袁所窃笑，而大借款即自此进行，未经议院表决，骤行签字，袁已目无国会矣。然袁之玩弄议员，固不啻掌中小儿，而对诸外人，则亦未免为所玩弄。且以此款巨息重之款项，经千波万折而成，乃由彼任意挥霍，毫不顾惜，一人之耗用无穷，四万万人之负担亦无穷，言念及此，窃不禁痛恨交并矣。

第二十三回

开国会举行盛典　违约法擅签合同

# 第二十四回

## 争借款挑是翻非　请改制弄巧成拙

却说袁总统既得大借款，所有订约签字诸手续，已经告竣，乃咨参众两议院，请他备案，国会是议案处，如何变作备案处。其文云：

临时大总统咨：本年四月二十六日，据国务总理赵秉钧、外交总长陆征祥、财政总长周学熙呈称：窃维六国银行团借款，先后磋商，已逾一年，上年九月间，曾经国务会议，拟定借款大纲，于十六十七两日，赴参议院研究同意，以为进行标准，唇焦舌敝，往复磋磨。直至岁杪，合同条议，大致就绪，当于十二月二十七日，出席参议院，先将特别条件，逐条表决，复将普通条件，全体表决，经均通过，正拟定期签字，该团忽以原议五厘利息，借口巴尔干战事，欧洲市场，银根奇紧，要求增加半厘，只得暂行停议。惟是赔洋各款，积欠累累，一再愆期，层次商展，追呼之迫，等于燃眉，百计筹维，无可应付。数月来他项借款，悉成画饼，美国既已出团，而其余五国，仍未变易方针，大局岌岌，朝不保夕，既无束手待毙之理，复鲜移缓就急之方。近接各省都督来电相迫，如江苏程都督电，毋局于一时之毁誉，转为万世之罪人，安徽柏都督电，借款监督，欠款亦监督，毋宁忍痛须臾，尚可死中求活等语，尤为痛切。迫不得已，而赓续磋商，尚幸稍有进步，利息一节，该银行团允仍照改为五厘，其他案件，亦悉如十二月二十七日通过参议院之原议。事机万变，稍纵即逝，四月二十二日，奉大总统命令，五国银行团借款合同，任命赵秉钧、陆征祥、周学熙，全权会同签字，此令。等因，遵于二十四日，与该银行团双方签订草合同，复于二十六日，签订正合同，彼此分执存照，以免复生枝节。理合将华洋文合同各照备二份，并附用途单二份，呈请大总统鉴核，俯赐咨交议院查照备案，以昭信守等情。查此项借款条件，业于上年十二月二十七日，由国务总理暨财政总长，赴前参议院出席报告，均经表决通过，并载明参议院议事录内，自系当然有效，相应咨明贵院查明备案可也。此咨。

两院议员，看到这项咨文，都生惊异。参议院中是国民党声势最盛，专防袁政府违法擅行，此次遇着此案，不待再议，即复咨政府，谓："大借款合同，未经临时参议院议决，违法签字，当然无效。"众议院于五月五日开会，质问政府，请他解释理由。是时国务总理赵秉钧，以宋案既犯嫌疑，大借款又同签字，万不能免国会的攻击，即于五月一日，决然辞职，径赴天津。袁总统也知他微意，给他假期，暂令段祺瑞代理。

段任陆军总长，本与外交财政，不相干涉，至如签字命令，更觉是没有关系，不过已代任国务总理，无从趋避，只好出席答复。众议员当面责问，段言："财政奇绌，无法可施，不得已变通办理，还请诸君原谅！"各议员哗然道："我等并非反对借款，实反对政府违法签约，政府果可擅行，何需议院！何需我等！"原是无需你等。段亦不便强辩，只淡淡的答道："论起交议的手续，原是未完，论起财政的情形，实是困极，鄙人于借款问题，前不与闻，诸君不要怪我；如可通融办理，也是诸君的美意，余无他说了。"还是忠厚人口吻。言毕自去。众议员聚议纷纭，或说应退还咨文，或说应弹劾政府，有一小半是拥护政府，不发一言，当由议长汤化龙，提出承认不承认两条，付各议员投票表决，结果是不承认票，有二百十九张，承认票只五十三张。想总是统一党人所投。因即决议，不承认这大借款，拟将咨文退还。惟统一党系政府私人，暗替政府设法，与共和党民主党密商数次，劝他承认。两党尚觉为难，袁总统默揣人情，多半拜金主义，遂阴嘱统一党员，用了阿堵物，买通两党。果然钱可通灵，两党得了若干好处，遂箝住口舌，不生异议，且与统一党合并为一，统名进步党。想是富贵的进步，不是政治的进步。只国民党议员，始终不受笼络，再三争执。进步党由他喧哗，索性游行都市，流连花酒，把国事撇诸脑后。得了贿赂，乐得使用。

国会中出席人数，屡不过半，只好关门回寓，好几日停辍议事。国民党忍无可忍，乃通电各省都督民政长，请他主持公论，勿承认政府借款。进步党也电致各省，说是："政府借款，万不得已，议院中反抗政府，不过一部分私见，未足生效。"就是财政总长周学熙，又电告全国，声明大借款理由，略言："政府借款，实履行前参议院议决的案件，未尝违背约法。"于是循环相攻，争论不已。各省都督民政长，有袒护政府的，有诋斥政府的，惟浙江都督朱瑞，有一通电，颇中情理。小子浙人，尚记在脑中，请录与看官一阅。电词云：

窃维共和国家，主权在民，国会受人民之委托，为人民之代表，畀以立法之权，使其监督政府。其责至重，其位弥尊。吾国肇建以后，几历艰难，始克睹正式国会之成立，国内人民，罔不喁望。盖以议院为一国大政所自出，凡政府之措施，必依院议为证据，两院幸已告成，则凡关于国家存亡荣悴诸大问题，皆可由院一一解决，以副吾民之意。自开会以来，所议者为借款一事，轩然大波，迄今未已。夫借用外债，关系国家之财政，国民之负担，其为重要，何俟申论？国会诸君，注意于兹，卓识可佩。惟是国基未固，时艰日亟，借款以外之重要事项，尚不一而足，有等于此者，且有远甚于此者，例如选举总统，制定宪法诸事，皆急待讨论，未可搁延，今以借款一案，争论不休，致使尺寸之时光，骎骎坐逝，揆诸时势，似有未宜。且借款一事，据院内宣言，并不反对，所研究者惟在此次政府之签约，是否适法。夫欲知政府之签约，是否适法，但须详查前参议院之议事录，并证诸前参议院当事之议员，自可立为解决，无待烦言。此数语亦袒护政府。乃各持所见，异说蜂起，甲派以之为违法，乙派则以之为适法，迷离惝恍，闻者惊疑。且丙党议员通电，谓："政府违法签约，已经多数表决，勿予承认"，而丁党议员来电，则谓："不承认政府签约之议，并未经多数通过，不能生效。"于是此方朝飞一电，谓彼党故事推翻，而彼方复夕出一文，谓此党横加诬罪。一室自起干戈，同舍俨同敌国，非仅骇域中之观听，亦虑贻非笑于外人。以国会居民具尔瞻神圣庄严之地，而言词之杂出如此，其何以慰人民属望之殷耶？尤有不能已于言者，院内之事件，须于院内解决之，不特法理之当然，亦为各国之通例。若夫院内之事，而求解决于院外，瑞诚不敏，未之前闻。应该驳斥。今两院议员诸君，以借款一事，纷纷电告各省都督民政长，意将诉诸公论，待决国人，在诸君各有苦衷，当为举世所谅，第各都督民政长，或总师干，或司民政，与国会权责各殊，不容干越，虽敬爱议院诸君，而欲稍稍助力，法律具在，其道无由。窃以院内各党，对于国家大事，允宜力持大体，取协商之主义，若惟绝对立于相反地位，则不能解决之事件，将继此而日出不穷。今日之事，特其嚆矢耳。夫院内之问题，而院内不能解决之，虽微两院诸君之诉告，窃虑将有院外之势力，起而解决之者。以院内之事，而以院外势力解决之，法宪荡然，国何以淑？循是以往，则国内之事，行见为国外势力所主宰矣。诚然，诚然。神州倘遂沦胥，政党于何托足？皮之不存，毛将安附？以我两院诸君之英贤明达，爱国如身，讵忍出此乎？窃愿两院诸君，念人民付托之殷挚，民国缔造之艰难，国会地位之尊崇，讨议大事，悉以爱国为前提，手段力取平和，出言务求慎重，各捐客气，开布公心。庶几国本不摇，国命有托，内无阋墙之举，外免豆剖之忧，则我全国父老子弟，拜赐无既矣。瑞身膺疆寄，职有专司，对于国会事件，本应自安缄默，第既辱两院诸君雅意相告，瑞赋性戆直，情切危亡，用敢以国民资格，谨附友朋忠告之谊，略贡愚者一得之言。修词不周，尚希亮察！

这道通电，虽是骑墙派的论调，但议案是立法根本，本与行政官无涉，如何要都督民政长，出去抗议，这正是多此一举呢。各都督中，惟江西都督李烈钧、安徽都督柏文蔚、广东都督胡汉民，索隶国民党籍，闻政府违法借款，极力指斥。为后文伏案。国民党议员，仗着三督声威，纷争益盛，不但驳政府违法，并摘列合同内容严酷的条件，谓为亡国厉阶，决不承认。无如政府既联络进步党，与国民党抗衡，众议院连日闭会，反致另外议案，层叠稽压。各省拥护政府的都督，又电告议院，斥他负职，国民党自觉乏味，乃与进步党协商，但教政府交议，表面上不侵害国会职权，实际上亦未始不可委曲求全，否则全院议员，俱蒙耻辱等语。进步党员，独谓借款签字，已成事实，即使交议，亦是万难变更，不如姑予承认，另行弹劾政府，方为正当，国民党也无可奈何，只好模棱过去，承认了案。惟参议院强硬到底，终不肯承认借款，袁政府竟不去睬他，一味的独行独断，随时取到借款，即随时支付出去，乐得眼前受用，不管日后为难。

当时有一个湖北商民，名叫裴平治，他于宋案及大借款期内，默窥袁总统行为，无非是帝王思想，若乘此拍马吹牛，去上一道劝进表，得蒙老袁青眼，便是个定策功臣，从此做官，从此发财，管教一生吃着不尽。见地甚高，可惜还早一些。计划已定，只苦自己未曾通文，所有呈文上的说法，如何下笔，想了一会，竟一语也写不出，猛然想到有个知己朋友，是个冬烘先生，平日谈论起来，尝说要真命天子出现，方可太平，他既怀抱这种经济，定能做这种绝好文字，当下就去拜访，果然一说就成。那冬烘先生，颇知通变达权，却把皇帝两字，不肯直说，只把暂改帝国立宪，缓图共和政体两语，装在呈文上面，以下便说总统尊严，不若君主，长官命令，等于弁髦，本图共和幸福，反不如亡国奴隶，曷若酌量改制等语。却是一个老作手。最后署名，除裴平治外，又捏造几个假名假姓，随列后面。这便叫作民意。裴得了呈文，忙跑至邮政局中，费了双挂号的信资，寄达北京。自此日夕探望，眼巴巴的盼着好音，就是夜间做梦，俨然接到总统府征车，来请他作顾问员。挖苦得妙。

一日早晨，尚在半榻间沉沉睡着，忽有一人叫着道："裘君！裘先生！不好了，袁总统要来拿你了。"裘平治被他唤醒，才答道："袁总统来请我么？"还是未醒。那人道："放屁！是要拿你，哪个来请你？"裘平治道："我不犯什么罪，如何要来拿我？敢是你听错不成？"那人道："你有无呈文到京？"裘平治道："有的。"那人便从袋中取出新闻纸，掷向床上道："你瞧！"裘乃披衣起床，擦着两眼，看那新闻纸，颠倒翻阅，一时尚寻不着，经来人检出指示，乃随瞧随读道：

> 共和为最良之政体，治平之极轨，中国共和学说，酝酿于数千年前，只以压伏于专制之威，未能显着。近数十年来，志士奔呼，灌输全国，故义师一举，遂收响应之功，洵为历史上之光荣，环球所敬叹。本大总统受国民付托之重，就职宣誓。深愿竭其能力，发扬共和之精神，涤荡专制之瑕秽，永不使帝制再见于中国，皇天后土，实闻此言。仿佛是猪八戒罚咒。乃竟有湖北商民裘平治等，呈称："总统尊严，不若君主，长官命令，等于弁髦，国会成立在即，正式选举，关系匪轻，万一不慎，全国糜烂，共和幸福，不如亡国奴隶，曷若暂改帝国立宪，缓图共和"等语。谬妄至此，阅之骇然。本大总统受任以来，自维德薄能鲜，夙夜兢兢，所以为国民策治安求幸福者，心余力绌，深为愧疚。而凡所设施，要以国家为前提，合共和之原则，当为全国人民所共信。不意化日光天之下，竟有此等鬼蜮行为，若非丧心病狂，意存尝试，即是受人指令，志在煽惑。如务为宽大，置不深究，恐邪说流传，混淆观听，极其流毒，足以破坏共和，谋叛民国，何以对起义之诸人，死事之先烈？何以告退位之清室，赞成之友邦？兴言及此，忧愤填膺，所有裘呈内列名之裘平治等，着湖北民政长严行查拿，按律惩治，以为猖狂恣肆，干冒不韪者戒。此令！

裘平治一气读下，多半是解非解，至读到严行查拿一语，不由的心惊胆战，连身子都战栗起来，便道："这……怎么好？怎么好？"末数语也未及看完，便把新闻纸掷下，复卧倒床上，杀鸡似的乱抖。谁叫你想做官发财？还是来人从旁劝道："三十六着，走为上着，袁总统既要拿你，你不如急行走避，或到亲友家躲匿数天，看本省民政长曾否严拿，再作计较。"裘平治闻言，才把来人仔细一望，乃是一个经商老友，才嘘了一口气道："承兄指教，感念不浅，但外面的风声，全仗你留意密探，我的家事，亦望老友照顾，后有出头日子，当重重拜谢呢。"那人满口应允，裘平治忙略略收拾，一溜烟的逃去了。后来湖北省中，饬县查拿，亦无非虚循故事，到了裘家数次，觅不着裘平治；但费了几回酒饭费，却也罢了。这是善体上意。小子有诗叹道：

> 一介商民敢上呈，妄图富贵反遭惊。
> 从知祸福由人召，何苦营营逐利名。

裘平治终未缉获，袁总统亦无后命，那参议院中，又提出一种弹劾案来。毕竟弹劾何人，容至下回分解。

违法签约，司马昭之心，路人皆知。为国会议员计，力争无效，不如归休，微特进步党趋炎附热，为识者所不齿，即如国民党员，叫嚣会场，无人理睬，天下事可想而知，尚何必溷迹都门，甘作厌物耶？朱督一电，未必无私，而指摘议员，实有独到处，特录之以示后世，著书人之寓意深矣。裘平治请改政体，实存一希倖之心而来，经作者描摹尽致，几将肺肝揭出，袁总统通令严拿，原不过欺人耳目，然裘商已几被吓死矣。是可为热中者戒！

# 第二十五回

## 烟沉黑幕空具弹章　变起白狼构成巨祸

却说河南地方，是袁总统的珂里，袁为项城县人氏，项城县隶河南省，从前鄂军起义，各省响应，独河南巡抚宝棻，是个满洲人，始终效顺清廷，不肯独立，学界中有几个志士，如张钟瑞、王天杰、张照发、刘凤楼、周维屏、张得成、冯广才、徐洪禄、王盘铭等，极思运动军警，光复中州。嗣被宝棻侦悉，密遣防营统领柴得贵，带着营兵，把所有志士，一律拘获，陆续枪毙。外县虽几次发难，亦遭失败。惟嵩县人王天纵，素性不羁，喜习拳棒，尝游日本横滨，遇一女学生毛奎英，为湖南世家子，一见倾心，愿附姻好，结婚后，携归砀山，共图革命，叙及王天纵，不没毛奎英，是寓男女平权之意。乃招集徒党，日加训练，每遇贪官污吏，常乘他不备，斫去几个好头颅，里人称为侠士，清廷目为盗魁。宣统三年七月，曾有南北镇会剿的命令，统领谢宝胜，亲率大兵，与王天纵鏖战数次，终不能越砀山一步。既而武昌事起，黎都督派人至砀山，约为声援。豫省诸志士，又奔走号呼，举他为大将军，他即整旅出山，往洛阳进发。沿途招降兵士数千人，声势大振。

嗣接陕西都督急电，以潼关失守，邀他往援，他又转辖西上，夺还潼关，再回军进河南界，拔阌乡，下灵宝、陕州，直达渑池，适清军云集，众寡悬殊，两下里血战六昼夜，不分胜负。忽得南北议和消息，有志士刘粹轩、姬宗义、刘建中，及护兵徐兴汉等，愿冒险赴敌，劝导清军反正，谁知一去不还，徒成碧血。清军复巧施诡计，竟臂缠白布，手执白旗，托词投诚，驰入王军营内，捣乱起来。王猝不及防，慌忙退兵，已被杀死二千多人，几至一蹶不振。幸退屯龙驹寨，重行招募，再图规复，方誓众东下，逾内乡、镇平各县，得抵南阳，闻清帝退位确信，乃按兵不动。寻因宛城一带，兵匪麇集，随处劫掠，复出为荡平，暂驻宛城。未几，袁总统已就职北京，饬各省裁汰军队，就是王天纵一军，亦只准编巡防两营，余均遣散。王乃酌量裁遣，退宛驻浙。插此一段，实为王天纵着笔。

惟河南巡抚宝棻，不安于位，当然卸职归田，继任的便是都督张镇芳。镇芳是老袁中表亲，向属兄弟称呼，袁既做了大总统，应该将河南都督一缺，留赠表弟兄，也是他不忘亲旧的好意。语中有刺。怎奈张镇芳倚势作威，专务朘削，不恤民生，渐致盗贼蜂起，白日行劫，所有掳掠奸淫等情事，每月间不下数十起，报达省中。那老张全不过问，但在卧榻里面，吞云吐雾，按日里与妻妾们练习那小洋枪，水洋炮的手段。也算是留心军政。全省人民，怨声载道，无从呼吁。长江水上警察第一厅厅长彭超衡，目睹时艰，心怀不忍，乃邀集军警学各界，列名请愿，胪陈张镇芳六大罪案，请参议员提前弹劾。请愿书云：

为请愿事：河南都督张镇芳到任经年，凡百废弛，其种种劣迹，不胜枚举，特揭其最确凿者六大罪状，为贵院缕陈之：（一）摧残舆论。河南处华夏之中心点，腹地深居，省称光大，正赖舆论提倡，增进人民知识，而张镇芳妄调军队，逮捕自由报主笔贾英夫，出版自由，言论自由，皆约法所保障，该督竟敢破坏约法，其罪一。（二）甘犯烟禁。洋烟流毒，同胞沉沦，民国成立，首悬厉禁，皖之焚土，湘之枪毙，鄂之游街，普通人民，均受制裁，而镇芳横陈一榻，吞吐自如，不念英人要挟，交涉棘手，倚仗威势，醉傲烟霞，其罪二。（三）纵军养匪。河南土匪蜂起，民不堪命，镇芳手握重兵，不能克期肃清，亦属养匪殃民，况复纵抚标亲军在许、襄骚扰，巡防第一第八两营，在汝、川、襄、叶等处，私卖军火，与匪通气，兵耶匪耶，同一病民，其罪三。（四）任用私人。李时灿侵蚀学款，反对共和，人咸目为大怪物，迭经各界攻击，而镇芳初任之为秘书，继荐之长教育，恐学界有限脂膏，难填无穷欲壑；且反对共和之贼，厕身教育，不过教人为奴隶，为牛马，仕林前途，无一线光明，其罪四。（五）蔑视法权。镇芳有保护私宅卫队百名，系伊甥带领，倚乃舅威势，因向项城县知事关说私情，未准其请，胆敢带领卫队，捣毁官署，殴辱知事。夫知事一县之如官，行政之代表，伊甥竟以野蛮对待，而镇芳纵容不究，弁髦法令，其罪五。（六）草菅人命。袁寨炮队曾拿获行迹可疑之人七名，送项城县讯问，供系谢保胜溃军，并无他供。迨后病毙一名，逃脱二名。所有樊学才四名，仍然在押。朱春芳硬指为伊子朱树藩枪毙案中要犯，串通议员夏五云，贿赂张镇芳，竟下训令，饬项城知事，不问口供，枪毙樊学才四名，军民冤之。夫专制时代无确实口供，尚不轻斩决，而镇芳惟利是图，竟以三字冤狱，枉毙人命，其罪六。综以上六罪，皆代表等或出之目睹，或调查有据者也。素仰贵院代表全国，力主公论，不侵强权，是以代表羁住他乡，不忍乡里长此蹂躏，为三千万人民呼吁请命，伏祈贵院提前弹劾，张贼早去一日，则人民早出水火一日，不胜迫切待命之至。须至请愿者。

参议员览到此书，未免动了公愤，河南议员孙钟等，遂提出查办案，当由大众通过，寻查得六大罪案，凿凿有据，乃实行弹劾，咨交政府依罪处罚。看官！你想张都督是总统表亲，无论如何弹劾，也未能动他分毫；又兼袁总统是痛恨议员，随你如何说法，只有"置不答复"四字，作为一定的秘诀。张镇芳安然如故，河南的土匪，却是日甚一日，愈加横行。鲁山、宝丰、郏县间，统是盗贼巢穴，最著名的头目，叫作秦椒红、宋老年、张继贤、杜其宾，及张三红、李鸿宾等，统是杀人不眨眼的魔王。就中有个白狼，也与各党勾连，横行中州。闻说白狼系宝丰县人，本名阆斋，曾在吴禄贞部下，做过军官。吴被刺死，心中很是不平，即日返里，号召党羽，拟揭竿独立。会因南北统一，所谋未遂，乃想学王天纵的行为，劫富济贫，自张一帜。无如党羽中良莠不齐，能有几个天良未昧，就绿林行径中，做点善事；况是啸聚成群，既没有什么法律，又没有什么阶级，不过形式上面，推白为魁，就使他存心公道，也未能一一羁勒，令就约束，所以东抄西掠，南骤北突，免不得相聚为非，成了一种流寇性质。可见大盗本心，并非欲蹂躏乡间，其所由终受恶名者，实亦为党羽所误耳。于是白阆斋的威名，渐渐减色，大众目为巨匪，号他白狼。大约说他与豺狼相似，不分善恶，任情乱噬罢了。

白狼有个好友，叫作季雨霖，曾为湖北第八师师长，前曾佐黎都督革命，得了功绩，加授陆军中将，赏给勋三位。

民国二年三月初旬，湖北军界中，倡立改进团名目，分设机关，私举文武各官，遍送传单证据，希图起事，推翻政府，嗣由侦探查悉，报知黎都督，由黎派队严拿，先后破获机关数处，拘住乱党多名，当下审讯起来，据供是由季雨霖主谋。黎即饬令拘季，哪知季已闻风远飏，急切无从缉获，由黎电请袁总统，将季先行褫职，并夺去勋位，随时侦缉，归案讯办。袁总统自然照准，季雨霖便做为逃犯了。当时改进团中，尚有熊炳坤、曾尚武、刘耀青、黄裔、吕丹书、许镜明、黄俊等，皆在逃未获，余外一班无名小卒，统自鄂入汴，投入白狼麾下。

白狼党羽愈多，气焰越盛，所有秦椒红、宋老年、李鸿宾等人，均与他往来通好，联络一气。会闻舞阳王店地方，货物山积，财产丰饶，遂会集各部，统同进发。镇勇只有百余名，寡不敌众，顿时溃散。各部匪遂大肆焚掠，全镇为墟，复乘夜入象河关，进掠春水镇。镇中有一个大富户姓王名沧海，积赀百余万，性极悭吝，平居于公益事，不肯割舍分文，但高筑大厦，厚葺墙垣，自以为坚固无比，可无他虑。这叫作守财奴。贫民恨王刺骨，呼他为王不仁，秦宋诸盗，冲入镇中，镇民四散奔匿，各盗也不遑四掠，竟向王不仁家围住。王宅阖门固守，却也有些能耐，一时攻不进去。秦椒红想了一策，暗向墙外埋好火药，用线燃着，片刻间天崩地塌，瓦石纷飞，王氏家人，多被轰毙。群盗遂攻入内室，任情虏掠，猛见室中有闺女五人，缩做一团，杀鸡似的乱抖。秦椒红、李鸿宾等，哪里肯放，亲自过去，将五女拉扯出来，仔细端详，个个是弱不胜娇，柔若无力，不禁大声笑道："我们正少个压寨夫人，这五女姿色可人，正是天生佳偶呢。"语未毕，但听后面有人叫道："动不得！动不得！"秦李二人急忙回顾，来者非谁，就是绿林好友白狼。秦椒红便问道："为什么动不得？"白狼道："他家虽是不良，闺女有何大罪？楚楚弱质，怎忍淫污，不如另行处置罢。"强盗尚发善心。李鸿宾道："白大哥太迂腐了。我等若见财不取，见色不纳，何必做此买卖？既已做了此事，还要顾忌什么？"说至此，便抢了一个最绝色的佳人，搂抱而去，这女子乃是沧海侄女，叫作九姑娘。秦椒红也拣选一女，拖了就走，宋老年随后趋至，大声道："留一个与我罢。"全是盗贼思想。白狼道："你又来了，我辈初次起事，全靠着纪律精严，方可与官军对垒，若见了妇女，便一味淫掠，我为头目的，先自淫乱，哪里能约束徒党呢？"又易一说，想是因前说无效之故，但语皆近理，确不愧为盗魁。宋老年道："据你说来，要我舍掉这美人儿么？"白狼道："我入室后，寻不着这王不仁，想是漏脱了去，我想将这数女掳去为质，要他出金取赎，我得了赎金，或移购兵械，或输作军饷，岂不是有一桩大出息？将来击退官军，得一根据，要掳几个美人儿，作为妾媵，也很容易呢。"无非掳人勒赎，较诸秦李二盗，相去亦属无几。宋老年徐徐点首道："这也是一种妙策，我便听你处置，将来得了赎金，须要均分呢。"白狼道："这个自然，何待嘱咐。"说毕，便令党羽将三女牵出，自己押在后面，不准党羽调戏，宋老年也随出来。那时秦李两部，早已抢了个饱，出镇去了。

白狼偕宋老年，遂向独树镇进攻。途次适与秦李二盗相遇，乃复会合拢来，分占独树北面的小顶山及小关口，谋攻独树镇。时南阳镇守使马继增，闻王店春水镇，相继被掠，急忙率队往援，已是不及，复拟进蹑群盗，适接第六师师长李纯军报，调赴信阳，乃将镇守使印信，交与营务处田作霖，令他护理，自赴信阳去讫。田闻独树有警，星夜往援，分攻小顶山小关口，一阵猛击，杀得群盗七零八落。白狼、李鸿宾先遁，宋老年随奔，秦椒红袒背跳骂，猛来了一粒弹子，不偏不倚，正中头部，自知支持不住，急令部匪挟着王氏女，滚山北走。官军奋勇力追，毙匪甚众。秦椒红虽得幸免，怎奈身已受伤，不堪再出，便改服农装，潜返本籍养病。不意被乡人所见，密报防营，当由防兵拿住送县，立处死刑。难为了王氏女。独白狼匿入母猪峡，与李鸿宾招集散匪，再图出掠，且掣着王氏三女，勒赎巨金。王氏父女情深，既知消息，不得已出金取赎。**悖入悖出，已见天道好还，且尚有一女一侄女，陷入盗中，不仁之报，何其酷耶？** 白狼既得厚资，复出峡东窜，击破第三营营长苏得胜，径趋铜山沟。团长张敬尧，奉李纯命，往截白狼，不意为白狼所乘，打了一个大败仗，失去野炮二尊，快枪百余枝，饷银六千元，过山炮机关枪弹子，半为狼有。于是狼势大炽，左冲右突，几不可当，附近一带防军，望风生惧，没人敢与接仗，甚且与他勾通，转好坐地分赃，只苦了数十百万人民，流离颠沛，逃避一空。小子有诗叹道：

> 茫茫大泽伏萑苻，万姓何堪受毒痡。
> 谁总师干驻河上，忍看一幅难民图。

张督闻报，才拟调兵会剿，哪知东南一带，又起兵戈，第六师反奉调南下。究竟防剿何处，待至下回再详。

王天纵与白阆斋，两两相对。一则化盗为侠，一则化侠为盗，时机有先后，行动有得失，非尽关于心术也。即以心术论，王思革命，白亦思革命，同一革命健儿，而若则以侠著，若则以盗终，天下事固在人为，但亦视运会之为何如耳。虽有智慧，不如乘势，诚哉是言也。惟都督张镇芳，尸位汴梁，一任盗贼蜂起，不筹剿抚之方，军警学各界，请愿参议院，参议院提出弹劾案，而袁总统绝不之问，私而忘公，坐听故乡之糜烂，是张之咎已无可辞，袁之咎更无可讳矣。于白狼乎何尤？

# 第二十六回

## 暗杀党骈诛湖北　讨袁军坚帜江西

却说国会成立以后，就是大借款案、张镇芳案接连发生，并不见政府有何答复，少慰人意；他如戕宋一案，亦延宕过去，要犯赵秉钧、洪述祖等，逍遥法外，都未曾到案听审。京内外的国民党，统是愤不可遏，跃跃欲动，恨不得将袁政府，即日推倒。奈袁政府坚固得很，任他如何作梗，全然不睬；并且随地严防，密布罗网，专等国民党投入，就好一鼓尽歼。为后文伏笔。相传赵秉钧为了宋案，到总统府中面辞总理，袁总统温言劝慰道："梁山渠魁，得君除去，实是第一件大功。还有天罡地煞等类，若必欲为宋报仇，管教他噍无遗种呢，你尽管安心办事，怕他什么？"处心积虑，成于杀也。赵秉钧经此慰藉，也觉放下了心，但总未免有些抱歉，所以托病赴津。那国民党不肯干休，明知由老袁暗地保护，格外与袁有隙，两下里仇恨愈深。忽京中来了女学生，竟向政府声明，自言姓周名予儆，系受黄兴指使，结连党人，潜进京师，意欲施放炸弹，击死政府诸公；转念同族相残，设计太毒，因此到京以后，特来自首；并报告运来炸弹地雷硫黄若干，现藏某处。政府闻报，立派军警往查，果然搜出若干军火，并获乱党数名，当命监禁待质；一面由北京地方检察厅，转饬沪上法官，传黄兴来京对质，命令非常严厉，一些儿不留余地。这也是可疑案件，黄兴欲击毙当道，何故遣一女学生，令人不可思议。黄兴自然不肯赴京。南方传讯赵秉钧，北方传讯黄兴，先后巧对，何事迹相类若此。

既而上海制造局，发一警电，说道五月二十九日夜间，忽来匪徒百余人，闯入局中，图劫军械，幸局中防备颇严，立召夫役，奋力抵敌，当场击败匪徒，擒住匪官一名，自供叫作徐企文。看官记着！这夜风雨晦冥，四无人迹，徐企文既欲掩他不备，抢劫军火，也应多集数百名，为什么寥寥百人，便想行险侥幸呢？想是熟读《三国演义》，要想学东吴甘兴霸百骑劫曹营故事。况且百余个匪徒，尽行逃去，单有首领徐企文却被擒住，这等没用的人物，要想劫什么制造局。灯蛾扑火，自取灾殃，难道世上果有此愚人么？离离奇奇，越发令人难测。政府闻这警耗，竟派遣北军千名，乘轮来沪，并由海军部特拨兵舰，装载海军卫队多名，陆续到了沪滨，所有水陆人士，统是雄纠纠的身材，气昂昂的面目，又有特简的总执事官，系是袁总统得力干员，曾授海军中将，叫作郑汝成。大名鼎鼎。下有陆军团长臧致平，海军第一营营长魏清和，第二营营长周孝骞，第三营营长高全忠等，均归郑中将节制，仿佛是大敌当前，即日就要开仗的情形。都是徐企文催逼出来。

过了数天，袁总统又下命令，着将江西都督李烈钧，安徽都督柏文蔚，广东都督胡汉民，一体免职，另任孙多森为安徽民政长，兼署都督事，陈炯明为广东都督，江西与湖北毗连，令副总统黎元洪兼辖。这道命令，颁发出来，明明是宣示威灵，把国民党内的三大员，一律摔去，省得他多来歪缠，屡致掣肘。应二四回。当时海内人士，已防他变，统说三督是国民党健将，未必肯服从命令，甘心去位，倘或联合一气，反抗政府，岂不是一大变局？偏偏三督寂然不动，遵令解职，江西、安徽、广东三省，平静如常。

惟湖北境内，屡查出私藏军械等件，并有讨贼团、诛奸团、铁血团、血光团等名籍，及票布旗帜，陆续搜出。起初获住数犯，统是被诱愚民，及小小头目，后来始捕获一大起，内有要犯数名，就是刘耀青、黄裔、曾尚武、吕丹书、许镜明、黄俊等人，讯明后，尽行枪毙。未几，在武昌城内，亦发现血光团机关，派兵往捕，该犯不肯束手，齐放手枪炸弹，黑烟滚滚，绕做一团，官兵猝不及防，却被他击死二人，伤了一人。嗣经士兵愤怒，一齐开枪抵敌，方杀入秘室，枪毙几个党犯，有五犯升屋欲逃，又由兵士穷追，打死一名，捉住三名。当下在室内搜出文件关防，及所储枪弹等类，共计四箱，一并押至督署，由黎亲讯，立将犯人斩首。及检阅箱内文据，多半与武汉国民党交通部勾连，就是在京的众议员刘英，及省议员赵鹏飞等，亦有文札往来，隐相联络。黎副总统，遂派兵监守国民党两交通部，凡遇出入人员，与往来信件，均须盘诘检查，两部办事人，已逃去一空，几乎门可罗雀了。

既而襄河一带，如沙场、张家湾、潜江县、天门县、岳口、仙桃镇等处，次第生变，次第扑灭。某日，黎督署中，有一妙年女子，入门投刺，口称报告机密。稽查人员，见她头梳高髻，体着时装，足跌革鞋，手携皮夹，仿佛似女学生一般，因在戒严期内，格外注意，遂先行盘诘一番，由女子对答数语，免不得有支吾情形。稽查员暗地生疑，遂唤出府中仆妇，当场搜检，那女子似觉失色，只因孤掌难鸣，不得不由他按搁。好一歇，已将浑身搜过；并无犯禁物件，惟两股间尚未搜及，她却紧紧拿住，岂保护禁商耶？经稽查员嘱告仆妇，摸索裤裆，偏有沉沉二物，藏着在内。女子越发慌张，仆妇越要检验，一番扭扯，忽从裤脚中漏出两铁丸，形状椭圆，幸未破裂。看官不必细询，便可知是炸弹了。诡情已着，当然受捕，由军法科讯鞫，那女子却直供不讳，自称："姓苏名舜华，年二十二，曾为暗杀铁血团副头目，此次来署，实欲击杀老黎，既已被获，由你处治，何必多问。"倒也爽快。当下押往法场，立即处决，一道灵魂，归天姥峰去了。

嗣又陆续获到女犯两名，一叫周文英，拟劫狱反牢，救出死党，一叫陈舜英，为党人钟仲衡妻室，钟被获受诛，她拟为夫报仇，投入女子暗杀团，来刺黎督，事机不密，统被侦悉，眼见得俯首受缚，同死军辕。实是不值。嗣复闻汉口租界，设有党人机关，即由黎副总统再行遣兵往拿，一面照会各领事，协派西捕，共同查缉，当拘住宁调元、熊越山、曾毅、杨瑞鹿、成希禹、周览等，囚禁德法各捕房，并搜出名册布告等件，内列诸人，或是议员，或是军警，就是从前逃犯季雨霖，亦一并在内，只"雨霖"二字，却改作"良轩"，待由各犯供明，方才知晓。黎副总统乃电告政府，请下令通缉，归案讯办。曾记袁政府即日颁令道：

据兼领湖北江西都督黎元洪电陈乱党扰鄂情形，并请通缉各要犯归案讯办等语。此次该乱党由沪携带巨资，先后赴鄂，武汉等处，机关四布，勾煽军队，招集无赖，约期放火，劫狱攻城扑署，甚至时在汉阳下游一带挖掘盘塘堤，淹灌黄、广等七县，不惜拼掷千百万生命财产，以逞乱谋，虽使异种相残，无此酷毒。经该管都督派员，在汉口协同西捕，破获机关，搜出帐簿名册旗帜布告等件，并取具各犯供词，证据确凿，无可掩饰。查该叛党屡在鄂省谋乱，无不先时侦获，上次改进团之变，未戮一人，原冀其革面洗心，迷途思返，乃竟鬼蜮为谋，豺狼成性，以国家为孤注，以人命为牺牲，颠覆邦基，灭绝人道，实属神人所共愤，国法所不容。本大总统忝受付托之重，不获为生灵谋幸福，为寰宇策安全，竟使若辈不逞之徒，屡谋肇乱，致人民无安居之日，商廛无乐业之期，兴念及此，深用引疚，万一该乱党乘隙思逞，戒备偶疏，小之遭荼毒之惨，大之酿分割之祸，将使庄严灿烂之民国，变为匪类充斥之乱邦，谁为致之？执令听之。本大总统及我文武同僚，将同为万古罪人，此心其何以自白？夷考共和政体，由多数国民代表，议定法律，由行政官吏依法执行，行不合法，国民代表，得而监督之，不患政治之不良。现国会既已成立，法律正待进行，或仍借口于政治改良，不待国会议定，不由国会监督，簧鼓邪词，背驰正轨，惟务扰乱大局，以遂其攘夺之谋，阳托改革之名，其实绝无爱国与政治思想。种种暴乱，无非破坏共和，凡民国之义，人人均为分子，即人人应爱国家，似此乱党，实为全国人民公敌。默念同舟覆溺之祸，缅维新邦缔造之艰，若再曲予优容，姑息适以养奸，宽忍反以长乱，势不至酿成无政府之惨剧不止。所有案内各犯，除宁调元、熊越山、曾毅、杨瑞鹿、成希禹、周览，已在汉口租界德法各捕房拘留，另由外交部办理外，其在逃之夏述堂、王之光、季良轩即季雨霖、钟勖庄、温楚珩、杨子邕即杨王鹏、赵鹏飞、彭养光、詹大悲、邹永成、岳泉源、张秉文、彭临九、张南星、刘仲州等犯，着该都督民政长将军都统护军使，一体悬赏饬属严拿，务获解究，以彰国法而杜乱萌。此令！

此令一下，湖北各军界，格外严防，按日里探查秘密，昼夜不懈，黎副总统亦深居简出，非遇知交到来，概不接见，府中又宿卫森严，暗杀党无从施技。只民政长夏寿康，及军法处长程汉卿两署内，迭遇炸弹，幸未伤人。还有高等密探张耀青，为党人所切齿，伺他出门，放一炸弹，几成齑粉；又有密探周九璋，奉差赴京，家中母妻子女，都被杀死，只剩一妹逸出窗外，报告军警，到家查捕，已无一人，但有尸骸数堆，流血盈地。自是防备愈密，查办益严，所有讨贼诛奸铁血血光各团，无从托足，遂纷纷窜入江西。

江西都督一缺，自归黎元洪兼任后，黎因不便离鄂，特荐欧阳武为护军使，贺国昌护民政长，往驻江西。除照例办事外，遇有要公，均电鄂商办。嗣由党人日集，谣言日多，江西省议会及总商会，恐变生不测，屡电到鄂，请黎莅任。这时候的黎兼督，不能离武昌一步，哪里好允从所请，舍鄂就赣呢？会九江要塞司令陈廷训，连电黎副总统，极言："九江为长江要冲，匪党往来如织，近闻挟持巨金，来此运动，克期起事，恳近速派军队，及兵轮到来，藉资镇慑"等语。黎副总统，亟遣第六师师长李纯，率师东下，一面密报中央，请再增兵江西，藉备不虞。袁总统即命李纯为九江镇守使，并陆续调遣北军，分日南下。那知护军使欧阳武，偏电达武昌，声言："赣地各处，一律安靖，何用重兵镇慑？现在北军，分据赛湖、青山、瓜子湖一带，严密布置，断绝交通，商民异常恐慌，请即日撤回防兵，且乞转达中央，务期休兵息民"云云。黎得此电，不禁疑虑交并。这种把戏，一时却看他不懂。只好复慰欧阳，说明陈司令告急，因派李司令到浔，既据称赣省无事，当调李回防，但船只未到，军队未回以前，仍希转饬浔军，并地方商民，毋徒轻信谣言，致生误会为要。这电文甫经发出，不意陈廷训又来急电，说："由湖口炮台报告，前督李烈钧带同外人四名，于七月八日晚间，乘小轮到湖口，会同九十两团，调去工程辎重两营，勒令各台交出，归他占据，并用十营扼住湖口，分兵进逼金鸡炮台，且有德安混成旅旅长林虎等，亦向沙河镇北进，闻为李烈钧后援。事机万急，火速添兵。"看这数语，与欧阳武所报情形，迥然不同，弄得黎副座莫名其妙。又电诘欧阳武，等他复电，竟有一两日不来。独镇守使李纯，却有急电请示，据言："李烈钧已占住湖口炮台，宣告独立。前代理镇守使俞毅及旅长方声涛，团长周璧阶等，俱潜往湖口，与李联兵，驻扎德安的林虎，小前应李众，乱机已发，未敢骤退，请训示遵行。"那时江西兼督黎副总统，已经瞧破情形，飞电令李纯留驻九江，毋即回军，复电致政府，详报护军镇守两使情状。政府即严诘欧阳武，欧阳武复电到来，略言："李烈钧确到湖口，九十两团，虽为所用，幸两团以外，各处军队，未经全变。现已连日调集南昌，并开两团往湖口，竭力支持，荷蒙知遇，当誓死图报"云云。政府复据情电鄂，黎兼督又是动疑，忽传到讨袁军檄文，为首署名，就是总司令李烈钧，接连列名的，乃是都督欧阳武，民政长贺国昌，兵站总监俞应鸿等，所说大旨，无非是痛詈老袁。黎亦瞧不胜瞧，但就紧要数语，仔细一阅，略云：

> 民国肇造以来，凡我国民，莫不欲达真正目的。袁世凯乘时窃柄，帝制自为；灭绝人道，而暗杀元勋，弁髦约法，而擅借巨款。金钱有灵，即舆论公道可收买，禄位无限，任腹心爪牙之把持。近复盛暑兴师，蹂躏赣省，以兵威劫天下，视吾民若寇仇，实属有负国民之委托，我国民宜亟起自卫，与天下共击之！

黎阅至此处，将来文掷置案上，暗暗叹道："老袁却也专制，应该被他讥评，但他们恰也性急。前年革命，生民涂炭，南北统一，仅隔一年，今又构怨弄兵，无论袁政府根地牢固，一时推他不倒，就是推倒了他，未必后起有人，果能安定全国，徒令百姓遭殃，外人干涉。唉！这也是何苦生事呢！我只知保全秩序，不要卷入漩涡，省得自讨苦吃罢。"好算明见。正筹念间，李烈钧又有私函到来，接连是黄兴、柏文蔚等，也有电文达鄂。黎俱置诸不理，未几，得九江镇守副使刘世钧要电，请催李纯速攻湖口，又未几，得欧阳武通电，说："由省议会公举，权任都督，且指北军为袁军，说他无故到赣，三道进兵，具何阴谋？赣人愤激得很，武为维持大局计，不得不暂从所请"云云。又未几，得李纯急电，已与林虎军开战了。正是：

> 帷幕不堪长黑暗，萧墙又复起干戈。

欲知李林两军胜负，容待下回表明。

是回为二次革命之发端，见得正副两总统，内外通筹，联为一体，专防国民党起事。周予儆之自首，得票传黄兴到京，所以抗宋案也，徐企文之攻制造局，得输运陆海军至沪，所以争先着也。赣皖粤三都督，尽令免官，所以报争款之怨，而弱党人之势也。一步紧一步，一着紧一着，此是袁总统无上兵略，而黎副总统即默承之，党人不察，徒号召党羽，散布鄂省，令几个好男女头颅，无端轻送。至图鄂不成，转而图赣，曾亦闻李纯已至，北军南来，要险之区，俱已扼守，尚有何隙可乘耶？或谓三督在位，尚有兵权，何不乘免官令下之时，联合反抗，宣告独立，乃迟至卸职以后，再行发难，毋乃太愚。是不然。袁政府既能撤除三督，宁不能防备三督？三督正因老袁之注意，姑为此寂然不动，遵令解职，待事过境迁，乃跃然而起，掩其不备。彼以为老袁已弛戒心，而谁料老袁之防，转因此而益切。十面埋伏，专待项王。袁之计何其巧乎？故予谓周予儆、徐企文辈，实皆受袁之指使，试悉心钩考之，当知予言之非诬矣。

第二十六回

暗杀党骈诛湖北　讨袁军竖帜江西

# 第二十七回

## 战湖口李司令得胜　弃江宁程都督逃生

却说旅长林虎，本与李烈钧同党，李至湖口，早已暗招林虎，令率军前来援助。林即率众北行，逾沙河镇，直赴湖口，偏被九江镇守使李纯，派兵堵住。至此见李纯一军，实是要着。李烈钧明知李纯前来，是个劲敌，早运动欧阳武，迫他撤回。李纯不肯回师，更兼北京政府，及武昌黎兼督，都饬他留驻防变，所以养兵蓄锐，专待林虎到来，与他角斗。林虎既到湖口，怎肯罢休，便直逼李纯军营，开枪示威，李纯手下的兵弁，已是持枪整弹，静候厮杀，猛闻枪声隆隆，即开营出击。两下交战多时，不分胜负，各自收兵回营，相持不退。当由李纯分电告警，越日，即电传袁总统命令云：

前据兼领湖北江西都督事黎元洪，先后电称："据九江要塞司令陈廷训电，因近日乱党挟带巨资，前来九江湖口，运动煽惑，约期举事，恳请就近酌派军队，赴浔镇慑，即经派兵前往；嗣据江西护军使欧阳武电阻，已谕令前往军队预备撤回各营等语；兹又据黎兼督暨镇守使李纯，先后电陈，李烈钧带同外国人四名，于本月八号晚乘小轮到湖口，约会九十两团团长。调去辎重工程两营，勒令各台交出，归其占领，以各营扼扎湖口，遍布要隘，分兵进逼金鸡炮台。德安之混成旅，并向沙河镇进驻。该镇南之赣军队，突于十二日上午八点钟开枪向我军进攻，且以湖口地方，宣布独立等情"，阅之殊深骇异。李烈钧前在江西，拥兵跋扈，物议沸腾，各界纷纷吁诉，甚谓李烈钧一日不去，赣民一日不安。本大总统酌予免官，调京任用，所以曲为保全者，不为不至。且为赣省计、深恐兴师问罪，惊扰良民，故中央宁受姑息之名，地方冀获救安之庆。不意逆谋巨测，复潜至湖口，占据炮台，称兵构乱，谓非背叛民国，破坏共和，何说之辞？可见陈廷训电称运动煽惑，约期举事，言皆有据。似此不爱国家，不爱乡土，不爱身家名誉，甘心畔逆，为虎作伥，不独主持人道者所不忍言，实为五大民族所共弃。值此边方多故，应付困难，虽全国协力同心，犹恐弗及，而乃幸灾乐祸，倾覆国家，稍有天良，宁不痛愤？李烈钧应即褫去陆军中将并上将衔，着欧阳护军使及李镇守使设法拿办，其胁从之徒，自愿解散，概不深究，如或抗拒，则是有心从逆，定当痛予诛锄。并着各省都督民政长，剀切晓谕军民，共维秩序，严加防范。本大总统既负捍卫国民之职任，断不容肇乱之辈，亡我神州。凡我军民，同有拯溺救灾之责，其敬听之！此令。

李纯阅罢，当将命令宣示军士，军士愈加愤激，即于是日夜间，磨拳擦掌，预备出战。到了天晓，一声令发，千军齐出，好似排山倒海一般，迫入林军军前。林虎亦麾军出迎，你枪我弹，轰击不休，自朝至午，尚是死力相搏，两边共死亡多人，林军伤毙尤众。看看日将西昃，李军枪声益紧，林军子弹垂尽，任你著名闽中的林虎，也不能赤手空拳，亲当弹雨，只好下令退兵。这令一下，部众慌忙回走，遂致秩序散乱，东奔西散，好似风卷残云，顷刻而尽。李纯督军追了一程，方才回营，当即露布告捷，时袁总统已任段芝贵为第一军军长，整队南下，来助李纯，归黎副总统节制，并命为宣抚使，与欧阳武等妥筹善后事宜。欧阳武已自做都督，岂老袁尚在未知？黎闻此令，当将欧阳武情状，据实电达中央，袁总统又下通令道：

共和国民，以人民为主体，而人民代表，以国会为机关。政治不善，国会有监督之责，政府不良，国会有弹劾之例。大总统由国会选举，与君主时代子孙帝王万世之业，迥不相同。今国会早开，人民代表，咸集都下，宪法未定，约法尚存，非经国会，无自发生监督之权，更无擅自立法之理，岂少数人所能自由起灭？亦岂能因少数人权利之争，掩尽天下人民代表之耳目？此次派兵赴浔，迭经本大总统及副总统一再宣布，本末了然。何得信口雌黄，藉为煽乱营私之具？今阅欧阳武通电，竟指国军为袁军，全无国家观念，纯乎部落思想，又称蹂躏淫戮，庐墓为墟等情，九江为中外杂居之地，万目睽睽，视察之使，络绎于途，何至无所闻见？陈廷训之告急，黎兼督之派兵，各行其职，堂堂正正，何谓阴谋？孤军救援，何谓三道进兵？即欧阳武蒸日通电，亦云李烈钧到湖口，武开两团往攻等语，安有叛徒进踞要塞，而中央政府，该管都督，撤兵藉寇之理？岂陈廷训、刘世均，近在九江之电不足凭，而独以欧阳武远在南昌之电为足信？岂赣省三千万之财产，独非中华民国之人民？李纯所率之两团，独非江西兼督之防军？欧阳武以护军使不足，而自为都督，并称经省会公举，约法具在，无此明条；此似谬妄，欺三尺童子不足，而欲欺天下人民，谁其信之？且与本大总统防乱安民之宗旨，与迭次之命令，全不相符。捏词诬蔑，称兵犯顺，视政府如仇敌，视国会若土苴，推翻共和，破坏民国，全国公敌，万世罪人，独我无辜之良民，则奔走流离，不知所届，本大总统心实痛之。若非看到后来，则此等命令，真若语语爱民。本大总统年逾五十，衰病侵寻，以四百兆人民之付托，茹苦年余，无非欲黎民子孙，免为牛马奴隶。此种破坏举动，本大总统在任一日，即当牺牲一切，救国救民，现在正式选举，瞬将举行，虽甚不肖，断不至以兵力攘权利。总统已是囊中物，安得不争？况艰辛困苦，尤无权利之可言。由总统过渡，即成皇帝，安得谓无权利？副总统兼圻重任，经本大总统委托讨逆，责有攸归，或乃视为鄂赣之争，尤非事实。仍应责成该兼督速平内乱，拯民水火，各省都督等同心匡助，毋视中华民国为一人一家之事，毋视人民代表为可有可无之人。你不如此，谁敢如此？我五大族之生灵，或不致断送于乱徒之手。查欧阳武前日电文，词意诚恳，与此电判若两人，难保非金壬挟持，假借民意，俟派员查明，再行核办。此令！

令甲迭下，战衅已开，林虎军已经败走，李烈钧尚据湖口。段芝贵率兵南下，会同李纯军，一同进攻。黎副总统又拨楚豫、楚谦、楚同各兵舰，共赴九江，且委曹副官进解机关炮八尊，快枪五十支，子弹十万粒，径达军前，接济军需。看官！你想湖口一区，并非天险，李烈钧孤军占据，随在可危，怎禁得袁黎交好，用了全力搏狮的手段，与他对待呢。李烈钧自取败征。黄兴、柏文蔚、陈其美等，急欲援应李烈钧，分头起事，黄图江宁，柏图安徽，陈图上海。为牵制袁军计，当湖口交战这一日，黄兴已自上海到浦口，运动江宁第八师，闯入督署，胁迫程德全，即日独立，手中各执后膛枪，矗立如林，声势汹汹，嚣张的了不得。程德全未免心慌，但又无从趋避，只好按定心神，慢腾腾的走将出来问明何事。军士举了代表，抗言袁违约法，迹同叛国，应请都督急速讨袁，驱除叛逆等语。程德全迟疑半晌，方道："诸君意思，亦是可嘉，但也须计出万全，方好起事，目下尚宜静待哩。"言未已，蓦见有一革命大伟人，踉跄趋入，竟至程都督前，跪将下去，程都督猝不及防，还疑是一时看错，仔细一瞧，确是不谬，当即折腰答礼。看官道来人为谁？就是前南京留守黄兴。突如其来。两人礼毕起来，方由程督问明来意。黄兴一面答话，一面流泪，无非是决计讨袁的事情。欲为伟人，必须具一副急泪。程督暗想，我今日遇着难题了，不允不能，欲允又不可，看来不如暂时让他，待我避至沪上，再作区处。计划已就，便对黄兴道："克强先生，有此大志，不愧英雄。但兄弟自惭老朽，眼前且有小恙，不能督师，这次起事，还是先生在此主持，我情愿退位让贤，赴沪养病哩。"黄兴闻了此言，恰也心喜，假意的谦逊一回，至程德全决意退让，便直任不辞。程遂返入内室，略略摒挡行李，带了卫队数名，眷属数名，竟与黄兴作别，飘然而去。跳出是非门，最算聪明。黄兴便占据督署，总揽大权，除宣布独立外，凡都督应行事件，均由黄一手办理。陈其美、柏文蔚等，闻兴已经得手，随即独立。陈在上海设立司令部，悬帜讨袁，柏由上海至临淮关，亦张起讨袁旗来。又是两路。又有长江巡阅使谭人凤，及徐州第三师师长冷遹，均有独立消息，警报与雪片相似，纷达北京。袁总统即任张勋为江北镇守使，倪嗣冲为皖北镇守使，并特派直隶都督冯国璋为第二军军长，兼江淮宣抚使，指日南行。又恐两议院国民党员，导入党人，扰及都门，因特召卸任总理赵秉钧，命为北京警备地域司令官，陆建章为副，防护京师。前情后案，一笔勾销，赵秉钧又可出头。适程德全到沪，电达京师，报称江宁被逼情形。袁总统即指令程德全道：

据国务院转呈江苏都督程德全十七日电称："十五日驻宁第八师等各军官，要求宣布独立，德全旧病剧发，刻难撑拄，本日来沪调治。"又应德闳电称："率同各师长移交都督府"等语。该都督有治军守土之责，似此称病弃职，何以对江苏人民？姑念该都督从前保全地方，舆情尚多感戴，此次虽未力拒逆匪，而事起仓促，与甘心附逆者，迥不相侔。应德闳因事先期在沪，情亦可原。该逆匪等破坏性成，人民切齿，现在江西、山东两路攻剿，擒斩叛徒甚多，湖口指日荡平。张勋前队已抵徐州，着程德全、应德闳，即在就近地方，暂组军政民政各机关行署；并着程德全督饬师长章驾时等，选择得力军警，严守要隘，迅图恢复。一面分饬各属军警，暨商团民团，防范土匪，保护良民。该都督民政长职守攸关，务当维系人心，毋负本大总统除暴安良之本旨。一俟大兵云集，即当救民水火，统一国家。该都督民政长，尚有天良，其各体念时艰，勉期晚盖！此令。

程应两人，接到此令，就在上海租界中，暂设一个临时机关，办理事件。越宿即有江宁传来急报，南京四路要塞总司令吴绍璘、讲武堂副长蒲鑑、要塞掩护第二团教练官程凤章等，统被黄兴杀死。程应复联衔电达，袁总统即命将黄兴所受职位，一概褫去，连柏文蔚、陈其美二人，亦照例褫夺。并饬冯国璋、张勋两军，赶即赴剿，又有通令一道云：

前南京留守黄兴，自辞卸汉粤川路督办后，回沪就医，本月十二日，忽赴南京第八师部，煽惑军队，迫胁江苏都督程德全，同谋作乱。程德全离宁赴沪，黄兴捏用江苏都督名义，出示叛立，自称讨袁军总司令，其与湖口李逆烈钧电，有"江苏宣布独立，足为公处声援"之语。又迭派叛军攻击韩庄防营，遣其死党柏文蔚，盗兵临淮，陈其美图占上海，唆使吴淞叛兵，炮击飞鹰兵舰，在宁戕杀要塞总司令吴绍璘，讲武堂副长蒲监，要塞掩护团教练官程凤章等多人，并在沪声言外人干涉，亦所不恤，必欲破坏民国，糜烂生民而后快。逆迹昭著，豺虎之所不食，有昊之所不容。查黄兴亡命鼓吹，本以改良政治为名，乃凶狡性成，竟于已经统一之国家，甘心分裂，自南京留守取消以后，屡遣叛徒，至武汉起事不成；又遣暗杀党至京行刺被获，侵蚀南京政府公款，以纠合暴徒，私匿公债票数百万，派人运动各省军队，政府虽查获证据，未经宣布，冀其良心未死，或有悔悟迁善之一日，乃政府徒蒙容忍之名，地方已遭蹂躏之祸，该黄兴、陈其美、柏文蔚等，明目张胆，倒行逆施，各处商民，怨恨切骨，函电纷纷，要求讨贼。比闻金陵城内，焚戮无辜，又霸占交通机关，敲诈商人财物，草菅人命。因一己之权利，毒无限之生灵，播徙流离，本大总统恻然心痛，凡我军民怒目裂眦，着冯国璋、张勋迅行剿办叛兵，一面悬赏缉拿逆首。其胁从之徒，有擒斩黄兴以自赎者，亦予赏金。自拔来归者，勿究前罪。本大总统但问顺逆，不问党类，布告远迩，咸使闻知。

是时冯国璋、张勋等，奉令登程，先后南下。张勋越加奋勇，星夜向徐州进发，他因辛亥一役，被南军驱出南京，时时怀恨，此次公报私仇，恨不得插翅南飞，把一座金陵城，立刻占住。一到韩庄，正与黄兴派来的宁军，当头遇着，他即麾令全军，一齐猛击，宁军也不肯退让，枪炮互施。两军酣战一昼夜，杀伤相当，恼动了张勋使，<small>张勋已加勋位，故称勋使。</small>怒马出陈，自携新式快枪，连环齐放，麾下见主将当先，哪一个还敢落后？顿时冲动宁军，奋杀过去。宁军气力渐疲，不防张军如此咆哮，竟有些遮拦不住，渐渐的退倒下来。阵势一动，旗靡辙乱，眼见得无法支持，纷纷败走。张勋追至利国驿，忽接到邮信一函，展开一阅，内云：

张军统鉴：江苏、江西，相率独立，皆由袁世凯自开衅端，过为已甚。三都督既已去职，南方又无事变，调兵南来，是何用意？俄助蒙古，南逼张家口，外患方亟，彼不加防，乃割让土地与俄，而以重兵蹂躏腹地，丧乱国民，破坏共和，至于此极，谁复能堪？九江首抗袁军，义愤可敬，一隅发难，全国同声。公外察大势，内顾宗邦，必将深寄同情，克期起义。呜呼！世凯本清室权奸，异常险诈，每得权势，即作好慝。戊戌之变，尤为寒心。前岁光复之役，复愚弄旧朝，盗窃权位，继以寡妇可欺，孤儿可侮，既假其名义以御民军，终乃取而代之。自入民国，世凯更无忌惮，阴谋满腹，贼及太后之身；贿赂塞途，转吝皇室之费。世凯不仅民国之大憝，且为清室之贼臣，无论何人，皆得申讨。公久绾军符，威重宇内，现冷军已在徐州方面，堵住袁军，公苟率一旅之众，直捣济南，则袁军丧胆，大局随定，国家再造，即由我公矣。更有陈者：兴此次兴师，惟以倒袁为目的，民贼既去，即便归田。凡附袁者，悉不究问。军国大事，均让贤能。兴为此语，天日鉴之，临颖神驰，伫望明教。江苏讨袁总司令黄兴叩。

张勋阅毕，把来书扯得粉碎，勃然道："我前只知有清朝，今只知有袁总统，什么黄兴，敢来进言？混帐王八！我老张岂为你诱惑么？"确肖口吻。遂命兵士暂憩一宵，明日下令出战。到了晚间，忽由侦卒走报，徐州第三师冷通，来接应叛军了。张勋道："正好，正好，我正要去杀他，他却自来寻死了。"小子有诗咏张勋道：

> 奉令南行仗节旄，乃公胆略本粗豪。
> 从前宿怨凭今泄，快我恩仇在此遭。

欲知此后交战情形，且至下回续叙。

李烈钧发难江西，已落人后，黄兴、柏文蔚、陈其美等，更出后着，如弈棋然，彼已布局停当，而我方图进攻，适为彼所控制耳。袁恐九江之乱，先遣李纯以镇之，防上海之变；更派郑汝成以堵之，张勋扼江北，倪嗣冲守皖北，已足制党人之死命；加以段芝贵、冯国璋之南下，为夹击计，前可战，后可守，区区内讧，何足惧耶？且所遣诸人，无一非心腹爪牙，而又挟共和之假招牌，保民之口头禅，笼络军民，安有不为所欺者？彼李烈钧、黄兴、柏文蔚、陈其美等，威德未孚，布置未善，乃欲奋起讨袁，为第二次之革命，适足以取败耳。惟程德全之弃江宁，尚为袁所不料，袁于此亦少下一着，袁殆尚有悔心乎？

# 第二十八回

## 劝退位孙袁交恶　告独立皖粤联镳

却说徐州第三师师长冷遹，闻宁军败退利国驿，忙调兵赴援，凑巧与张勋相遇。当下交战一场，还没有什么损失，不意总兵田中玉，引济南军来助张勋，两路夹攻，杀得冷军左支右绌，只好弃甲曳兵，败阵下去。张田合兵追赶，正值徐州运到兵车，在利国驿车站下车，来援冷遹，冷遹回兵复战，又酣斗多时，才将张、田两军击退。张军田军，分营驿北，冷遹收驻驿南。次日张勋军中，运到野炮四门，即由张勋下令，向冷军注射，这炮力非常猛烈，扑通扑通的几声，已将冷营一方面，弹得七零八落，冷遹还想抵敌，偏值一弹飞来，不偏不倚，正中胁前，那时闪避不及，弹已穿入胁内，不由的大叫一声，晕倒地上；经冷军舁了就逃，立即四散。张勋见冷营已破，方令停炮，所有驿南一带，已经成为焦土，连车站都被毁去。当由张军乘胜直进，竟达徐州，徐城内外，已无敌踪，一任老张占住。辫帅大出风头。

这时候的九江口，北兵大集，宣抚使段芝贵，与李司令纯会商，用四面合攻计策，包围湖口，一面出示招抚，劝令叛军归诚，不念既往。李烈钧孤军驻着，几似身入瓮中，非常危险，好几次出兵进击，统被北军杀败，团长周璧阶，见势已危急，竟向北军投诚，烈军愈加惶迫，飞向各处乞援。宁沪一带讨袁军，方公举岑春煊为大元帅，欲借岑老三宿望，号召各省，从速响应，岑模棱两可，起初欲由沪赴宁，嗣闻徐浔两处，均已失败，也弄得进退两难。多入漩涡。国民党首领孙文，恐党人一败，无从托足，亦思借前此重名，怂恿各省独立，当有通电拍发道：

北京参议院众议院国务院各省都督民政长各军师旅长鉴：江西事起，南京各处，以次响应，一致以讨袁为标帜，非对于国家而脱离关系，亦非对于北方而睽异感情，仅欲袁氏一人，辞大总统之职，并不惜牺牲其生命以求达之。大势至此，全国流血之祸，系于袁氏之一身。闻袁决以兵力对待，是无论胜败，而生民涂炭，必不可免，夫使袁氏而未违法，东南此举，谁为左袒？今袁氏种种违法，天下所知，东南人民，迫不得已，以武力济法律之穷，非惟其情可哀，其义亦至正。且即使袁氏于所谓违法，有以自解，亦决不至人民反对，遍六七省；人民心理之表见，既已如是，为公仆者，即使自问无愧，亦当谢职以平众怒，微论共和政体，即君宪国之大臣，亦不得不以人民好恶为进退。有如去年日本桂太郎公爵，以国家柱石，军人领袖，重出而组织内阁，只以民党有所不满，即翛然引去，以明心迹。大臣风度，固宜如是，何况于共和国之人民公仆，为人民荷戈以逐，而顾欲流天下之血，以保一己之位置哉！使袁氏而果出此，非惟贻民国之祸，亦且腾各国之笑。回忆辛亥光复，清帝举二百余年之君位，为民国而牺牲，当时袁氏实主其谋，亦以顾念大局，不忍生灵久罹兵革，安有知为人谋而不知自谋者？更忆当时，文受十七省人民之付托，承乏临时大总统，闻北军于赞成共和之际，欲举袁氏以谋自安，文即辞职，向参议院推荐袁氏，当时固有责文徇国民之意，而不顾十七省人民付托之重者。然文之用心，不欲于全国共和之时，尚有南北对峙之象，是以推让袁氏，俾国民早得统一。由是以观，袁不宜借口于部下之拥戴，而拒东南人民之要求，可断言矣。诸公维持民国，为人民所攸赖，当此存亡绝续之际，望以民命为重，以国危为急，同向袁氏劝以早日辞职，以息战祸，使袁氏执拗不听，必欲牺牲国家人民，以成一己之业，想诸公亦必不容此祸魁。文于此时，亦惟有从国民之后，义不返顾。临电无任迫切之至！孙文叩。

又电致袁总统云：

北京袁大总统鉴：文于去年北上，与公握手言欢，闻公谆谆以国家与人民为念，以一日在职为苦。文谓国民属望于公，不仅在临时政府而已，十年以内，大总统非公莫属，此言非第对公言之，且对国民言之。自是以来，虽激昂之士，于公时有责言，文之初衷，未尝少易。何图宋案发生，证据宣布，愕然出诸意外，不料公言与行违，至于如此。既愤且懑。而公更违法借款，以作战费，无故调兵，以速战祸，异己既去，兵衅仍挑，以致东南军民，荷戈而起，众口一词，集于公之一身。意公此时，必以平乱为言，姑无论东南军民，未叛国家，未扰秩序，不得云乱，即使云乱，而酿乱者谁？公于天下后世，亦无以自解。公之左右，陷公于不义，致有今日，此时必且劝公，乘此一逞树威雪愤。此但自为计，固未为国民计，为公计也。清帝辞位，公举其谋，清帝不忍人民之涂炭，公宁忍之？公果欲一战成事，宜用于效忠清帝之时，不宜用于此时也。说者谓公虽欲引退，而部下牵掣，终不能决。然人各有所难，文当日辞职，推荐公于国民，固有人责言，谓文知徇北军之意，而不知顾十七省人民之付托。文于此时，迄不为动，人之进退，绰有余裕，若谓为人牵掣，不能自由，苟非托词，即为自表无能，公必不尔也。为公仆者，受国民反对，犹当引退，况于国民以死相拼？杀一不辜，以得天下，犹不可为，况流天下之血，以从一己之欲？公今日舍辞职外，决无他策。昔日为任天下之重而来，今日为息天下之祸而去，出处光明，于公何憾？公能行此，文必力劝东南军民，易恶感为善意，不使公怀骑虎之虑。若公必欲残民以逞，善言不入，文不忍东南人民久困兵革，必以前此反对君主专制之决心，反对公之一人，义无反顾，谨为最后之忠告，惟裁鉴之！孙文叩。

看官！试想这袁总统世凯，是想把中华民国，据为一人的私产，子孙万代，世世传将下去，岂肯中道退位，听那孙文的言语。况且赣徐告捷，民党失败，正好乘此机会，将这等反对人物，一古脑儿驱杀出去，他好威福自专，造成一个大袁氏帝国，孙文、黄兴等人无权无势，硬想与他作对，转弄成螳斧当车，不自量力，区区几百个电文，济什么事？反足令老袁暗笑呢。果然电文一达，威令重来，撤销孙文筹办铁路全权，此外不置一词。好似不值答复。还有蔡元培、汪兆铭、唐绍仪等，冒冒失失，也电请老袁退位，袁总统乃答辩数语，略言："按照约法，及所宣誓言，须待正式总统选定，始能退位，不能照三数人私见，冒昧行事。"旋复下一通令，洋洋洒洒，约一二千言，小子因他言不由衷，不愿详录。但记得文中要语，很有几句好笔仗，大致谓："受事之日，父老既以此完全统一国家，托诸藐躬，受代之时，藐躬当以此完全统一国家，还诸父老，是用雪涕誓师，哀矜执讯，岂用黩武？实以完责。一俟凶慝荡平，国基奠定，行将自劾以谢天下"等语。大众见此通令，总道他语语真诚，言言痛切。而且正式总统，未知谁人？民国初造，元气未复，孙黄等无端发难，酿成南北战争，甘为戎首，真是何苦？所以一般人士都望这次乱事，迅速荡平，各省都督，也多詈孙、黄为乱党，李烈钧、柏文蔚等为国贼，情愿荷戈前驱，为袁效力，比那辛亥革命，直不啻天渊远隔呢。大家都睡在鼓中。

惟安徽署督孙多森，接到江宁独立消息，颇为骇异。寻复得下关来电，谓："宁已独立，公自忖无军事学识，可将都督一席，仍让柏公。公如无反对意思，尚可公认为省长"云云。当下密电江宁，探问虚实。嗣得电复，果属确凿，并劝令即日独立。乃请省议会议长，及各军官到公署集议。大众以宁皖相连，宁既生变，皖先当灾，不如随声附和，维持现状是为。孙本袁总统心腹，到了这个地步，亦拿不住一定主意，只好说是未曾统军，不便督师，众议推师长胡万泰为都督，孙仍任民政长，宣布独立，并任宪兵营长祁耿寰，为讨袁总司令，芜湖旅长龚振鹏，且先日揭独立旗，脱离中央关系，龚本瞧不起孙胡，所以省城尚未独立，他先独立起来。但皖省财政奇绌，饷项无着，芜湖独立，名义上虽是讨袁，心目中却是要钱。兵老爷致治不足，扰乱有余，吾为民国一叹。探得大通督销局，所存盐款，不下数十万金，便乘着黑夜，拔营尽起，齐向大通进发。督销局中的办事人员，已都到黑甜乡里，去做好梦，一声炮响，局门洞开，芜兵明火执仗，一拥而入，吓得全局司事，从睡梦中惊醒，只在被窝里乱抖，不知是什么盗贼。那芜兵却不要人物，专要金银，四处寻觅，得了一个铁箱，立即打开，里面藏着，却有一大束钞票，几十包银元，喜得芜兵眼笑眉开，你抢我夺，不到几分钟，已是搬得精光，呼啸一声，陆续出局。到了局外，忽有营兵前来拦截，差不多有二三百名。芜兵钱财到手，兴致勃然，当下勇气百倍，把手中所携的快枪，一齐放出，击死来兵一大半。有几个脚长手长的，急奔了去。芜兵方扬长回营。原来大通督销局附近，本有一营兵防守，骤闻局中有变，急来救护，哪知吃了一场大亏，冤冤枉枉的丧了若干性命，只剩了几十人，逃回省中，报明孙胡两人。省城兵备本虚，骤闻此警，惶急万分，孙又不愿独立，自思身入阱中，性命难保，不如赶紧逃避，乃薙发易服，步行出城，想是从曹阿瞒处学来。竟乘兵舰下驶去了。胡万泰闻孙失踪，也是立脚不牢，索性也背人私逃。省城无主，越加扰乱，经军商学各界会议，暂推祁耿寰护理都督，兼民政长。祁恐人心不服，遍贴通告，只说是奉柏总司令所委，暂行代理。甫经接印视事，已有旅长柴宝山出来反抗。祁知不为众所容，也即逃去。

柴宝山等，正议改推都督，忽报柏文蔚到来。胡万泰亦随柏回省，乃出城欢迎，导柏入城。柏本在临淮关，自闻省城鼎沸，乘势南下，途次适遇胡万泰，遂相偕同行。一入省城，遂自任都督，兼掌民政长，调集军队，抵抗北军。孙多森逃至上海，电告北京。略称："被逼离皖，恳即另任都督，讨平乱党。"袁总统即将讨皖事务，责成倪嗣冲。倪是老袁旧部，自然奋力报效，督兵进攻去了。

安徽以外，又有粤东都督陈炯明，亦响应宁、皖、赣各军，宣告独立。陈炯明本与孙黄同党，闻黄兴已实行讨袁，即亲赴议会，演说袁总统罪状，拟即日出师北伐等语。议会中尚依违两可，不甚赞同。陈炯明勃然大怒，竟拔佩刀出鞘，掷置案上，声言不肯用命，立杀无赦。议员等被他一吓，那个敢轻试刀锋，只好唯唯从命。炯明回署，即自称粤总司令，派兵往宁、赣等处，援助黄兴、柏文蔚等。但因兵饷缺乏，迫令远近商人助饷，各商锱铢必较，怎肯无故出钱，畀他弄兵逞志？遂陆续电达政府，请速发兵南征，保救商民。袁总统遂命龙济光为广东镇抚使，乃弟龙觐光为副，两龙本驻扎粤边，就近派剿，较为便捷；一面下一通令道：

　　迭据新加坡槟榔屿侨商，广州总商会，香港澳门各政党各行业商民人等，屡电称："本月十八日，都督陈炯明在议会拔刀，威逼议员，宣告独立，乞派兵挽救，速讨逆贼"等语。情形迫切，众口一词。广东经兵燹之后，疮痍未复，迭饬各师旅长等，严守秩序，保卫地方。不意陈炯明狼子野心，背国叛立，粤人水深火热，泣血椎心，披阅电文，不忍卒读。各该商民深明大义，任侠可风。陈炯明祸国祸乡，竟敢通电各省，措词狂悖，罪不容诛，应即褫去广东都督职官，并撤销陆军中将暨上将衔，着龙济光饬各师旅长，派兵声讨，悬赏拿办。其被胁之徒，但能立功自拔，概勿深究！此令。

此外还有湖南、福建二省亦相继独立。湖南都督谭延闿，福建都督孙道仁，本持中立态度无意决裂，怎奈军界欲起应孙、黄，同时胁迫。湖南举师长蒋翊武为总司令，福建举师长许崇智为总司令，害得谭孙两督，无法可施，只好暂时从众，也张起讨袁旗来。最后是重庆师长熊克武，亦宣示独立。正是：

　　彼让此争徒自扰，南征北讨几时休。

以上所述，独立的省份，计不下五六省，袁政府遣兵派将，日夕不遑，倒也忙碌得很。欲知成败，且看下回。

　　语有云："不可与言而与之言，失言。"孙文之劝袁退位，毋乃贻失言之讥乎？袁氏野心勃勃，宁肯退位？彼方为一网打尽之谋，而孙实堕其术，徒令撤销全权，目为乱党。假使袁氏后日，效曹操之欲为周文王，不思南面称帝，则假面目终未揭破，孙、黄遁逃海外，终为民国罪人，几何而不为天下笑也。柏文蔚、陈炯明辈，亦未免躁率取殃，意气之不可用事也如此。前车覆，后车鉴，愿执此书以告来者。

# 第二十九回

## 郑汝成力守制造局　陈其美战败春申江

却说袁政府派兵南下，首先注意是宁、赣两路。李烈钧已入围中，虽有欧阳武等遥应南昌，已被北军遮断，宣抚使段芝贵，及总司令李纯，步步进逼，还有陆军中将王占元，及海军次长汤芗铭，会同水陆各军，同时进攻。旅长马继增、鲍贵卿等，奉段芝贵等派遣，分道攻击。马军从新港一带，率兵猛进，连夺要隘，占领灰山。湖口西炮台，忙开炮轰击马军，马军仗着锐气，直薄炮台，前仆后继，冒烟冲突，又有外面军舰，连放巨炮，终将炮台轰破，守台各兵，除倒毙外，尽行逃去，马军遂占住西炮台。鲍军由海军掩护，从官牌夹渡，至湖口东岸，与李烈钧部众激战，大获胜仗，乘势进据钟山，扑攻东炮台。可巧西炮台攻毁，东炮台知不可守，立即溃散。李烈钧势穷力蹙，遂弃了湖口，乘舟逸去。总计李烈钧起事，偶得偶失，先后不过十多日，湖口一带，已完全归入北军了。袁总统闻捷大喜，即发犒赏银十万元，赍交段芝贵量功颁赏；并称："天不佑逆，人皆由命，得此骤胜。**恐是天夺之鉴，并非助彼除敌。**并饬悬赏缉获李烈钧，所有商民，应责成段芝贵设法安抚，以副救民水火的本旨。**满口仁慈。**又因陆军少将余大鸿，参谋汤则贤，前时奉公至赣，道经湖口，为李烈钧部将何子奇所拘，一并杀害，投尸江流，应特别抚恤，并在受害地方，建祠旌忠"云云。段芝贵等自然照办，一面从湖口南下，往捣南昌去讫。

这时候的沪军总司令陈其美，已连攻制造局，三战三北，纷纷退至吴淞口。原来江宁独立，传檄各属，陈其美同时响应，已见上文。外如松江军队，蠢然思逞，即推钮永建为总司令，招添新军，挑选精壮，派统领沈葆义、田嘉禄等为师团各长，先行开往沪南，与北军决战。一到龙华，即在制造分厂门外，开了一阵排枪，先声示威，嗣即整齐军队，陆续进厂，厂中没人抗拒，当由松军检点火药子弹等箱，贴上封条，并在厂前高悬白旗，嘱令厂长等严加防守，即刻拔队赴沪。

制造局督理陈榥，与海军总司令李鼎新，正接黄兴急电，请调北军离局，免致开衅，当已据实电达北京，请示办理。忽闻龙华药厂，又被松军占领，顿露惊慌景象，所有全局办事员，及工匠役夫等，走避一空。陈督理与李总司令筹商，急切不得良法，可巧郑汝成到来，见这情形，遂向李鼎新道："此处警卫全军，大总统本责成海军总司令，完全节制，现在枪械均足，又有兵舰驻泊，足资防守，应该如何对付，当由总司令发布命令，未便一味游移。"李鼎新迟疑半晌，方道："昨已电达政府，请示办理了。"郑汝成又道："依愚见想来，政府命公留此，当然要公防护，就是汝成奉命前来，也应助公一臂，何必待着复电，再行筹备。明日有了复音，当不出我所料。"李鼎新复道："兵不敷用，奈何？"汝成道："不瞒公说，我已有电到京，请速派兵到此，尽可无虑。"李鼎新尚是愁容满面，只恐缓不济急。汝成又道："昨日沪上领事团，已有正式通告，无论两方面如何决裂，不能先行动手，否则外人生命财产，应归先行开战一方面，担任保险。我处有此咨照，那边应亦照行，想一时不致打仗，不过有备无患，免得临时为难。"李鼎新尚是踌躇，汝成不觉急躁道："汝成今日与公定约，公守军舰，我守此局，若乱党来攻，我处对敌，公须开炮相助。成败得失，虽难逆料，但能水陆同心，未必不操胜着呢。"历叙郑汝成谋划，确是有些智略，故二次革命之平定，当以江西李纯、上海郑汝成为首领。但为袁尽力，还是有掩盛名。李鼎新方才欣允，彼此约定，李即到海筹军舰中，自行筹备，这且慢表。

且说陈其美树帜讨袁，就在上海南市，设一总司令部办事机关，所有旧部人员，次第到来，分任职务。且四处发出通告，遍贴街衢，大旨以起兵讨袁，义不得已，在沪商民，一应保护，并饬各营约束军队，严查匪类，另颁六言告诫，申定斩首等律，揭示军民人等，一体知悉。华界人民，多数搬入外国租界，期避兵锋。吴淞炮台官姜文舟，也受陈怂恿，宣布独立，划定战线，照会外国领事，一切军舰商舶，不得在战线内下椗，无论何人，亦不得入战线以内。战祸将开，风声日紧。至松军一到，自龙华药厂起，至日晖桥止，悉数布置，遍地皆兵。陈其美复商同商会董事李平书，令为保安团长，以王一亭为副，管理民政，保卫自安。上海城内各公署，无兵无饷，怎敢反抗陈其美，只好随声附和，独有郑汝成驻守制造局，及海军各舰，不受陈其美运动。北军逐日南来，统在局内屯驻，听郑汝成节制，局中原有的巡警卫队，俱被汝成遣出，免得生变。陈其美闻这消息，料他是个好手，不便轻敌，即与李平书、王一亭熟商，拟出三万金赆送北军，教他让给制造局。李平书本与郑汝成相识，便把这副担子，挑在自己身上，邀同王一亭往制造局，入见郑汝成，略说："北军兵单孤立，南军四路合围，眼见这制造局，要被南军夺去。平书为息战安民起见，已与陈其美商洽，愿馈北军三万金，统为赆仪，劝他北返。"说至此，猛听得一声呵叱道："我郑汝成奉大总统命令，来守此局，你奉何人命令，敢来逐我出境？我若不念旧交，先将你的头颅，枭示局门，为叛党鉴。混帐糊涂，快与我滚出去罢！"李、王两人，碰了这个大钉子，不禁面目发赤，仓皇退出，返报陈其美。陈乃决意开战，调集南军，拟专攻制造局，可巧驻宁福字营司令刘福彪，将部众编作敢死队，带领至沪，与陈其美晤商，愿为攻击制造局的先锋。其美大喜，即令为冲锋队。还有镇江军、上海军，及驻防枫泾的浙江军，一古脑儿凑将拢来，约有三四千人。镇、沪两军，本无叛志，因黄兴借着程督名义，调拨该军，不得不奉命来前。浙江本未独立，所派枫泾防兵，实是防御沪党，不意为陈其美买通，也拨遣一队，助攻制造局。再加松江钮永建军；福字营的敢死队，共计得七千五百人，于七月二十二日夜间，由总司令陈其美发令，一律会齐，三路进攻，一攻东局门，一攻后局门，一攻西栅门。东局门最关紧要，即用敢死队猛扑过去。先放步枪一排，继以抛掷炸弹，蜂拥前进。局中早已预备，即开机关枪对敌，敢死队也用机关枪击射，相持不退。局内复续发步枪，继以巨炮，响震全沪，会西栅门外，又复起火，后局门外，亦起枪声，郑汝成分军堵御，连击不懈。正在两军开战的时候，海筹军舰的李司令，遵约开炮，向东西两面轰击，东轰镇军，西轰浙军，大半命中，镇、浙两军，本无斗志，立即溃散。只有松军沪军，及敢死队数百名，尚是死抗，未肯退回。转瞬间天已黎明，北军运机关炮过山炮等，一齐开放，松、沪军始不能支，逐渐退去。

北军出局追击，因敢死队乱掷炸弹，异常猛烈，才停住不追。敢死队却自死了多人，总计敢死队六百五十名，战了一夜，伤亡了一大半。刘福彪大呼晦气，闷闷不已。

到了晚间，由吴淞炮台官姜文舟，拨调协守炮台的镇江军一营，到了上海，又由陈其美下令，再攻制造局，各军仍然会集，依了老法儿，三路并进，连放排枪，北军并不还击，直待敌军逼近，方将枪炮尽行发出，打得南军落花流水，大败而逃。刘福彪气愤填胸，当下收集溃兵，休息数小时，至二十四日午后，运到枪关大炮，猛攻制造局。北军亦开炮还击，福彪冒险直进，不防空中落下一弹，穿入左臂，自觉忍痛不住，只好逃往医院，向医求治去了。部下的敢死队，只剩了一二百人，无人统辖，统窜至北门外。北门地近法界，安南巡捕，奉法总巡命令，严行防守，偶见败军窜入，即猛放排枪一阵，把他击回，转入城内，抢劫估衣等店数家，由南码头凫水逃生，慌忙逸去。敢死队变作敢生队。

是日，有海舰一艘入口，满载华人，仿佛似铁路工匠模样，及抵沪登岸，统入制造局，外人才知是北军假扮，混过吴淞。局中得此生力军，气势愈盛。惟松军司令钮永建，迭接败报，即亲率部众二千名，直至沪南。郑汝成闻有松军续到，索性先发制人，立派精锐五百名，出堵松军。两下相见，无非是枪炮相遗。奋斗多时，互有伤亡，惟北军系久练劲旅，枪无虚发，松军渐觉不支，向西退去。北军方拟追袭，忽由侦卒走报，后面又有叛党来攻，乃急急回军，退入西栅。松军返身转来，复向西栅攻击，北军严行拒守。既而后面又迭起炮声，有一千余人新到，夹攻制造局。看官道此军何来？乃是讨袁总司令陈其美，由苏调来的第三师步兵，他由闸北河道，坐驳船到沪，随带机关枪炮，却也不少，所以一到战地，即枪炮迭施，隆隆不绝。北军并不与敌，只有海军舰上，开炮相击，亦没有什么猛烈。苏军大胆前进，甫逼局门，不料背后猝闻巨响，回头一望，弹来如雨，不是击着面部，就是击着身上，接连有好几十人，中伤仆地。苏军料知中计，急忙退避。时已昏暮，月色无光，不觉仓皇失措，那局内又迭发巨炮，前后夹攻。大众逃命要紧，顿致自相践踏，纷纷乱窜。原来郑汝成闻苏军到来，即遣精兵百人，带着机关炮，埋伏局后，俟苏军逼近局门，伏兵即在苏军背后，开起炮来，局中亦应声出击，遂吓退苏军，狂跑而去。西栅门外的松江军，尚在猛扑，更有学生军六十名，力斗不疲，几把西栅攻入，凑巧军舰上开一大炮，正射着学生军，轰毙学生三四十人，余二十人不寒而栗。没奈何携枪败走，松军为之夺气。北军正击退苏军，并力与松军激战，松军死亡甚众，他只好觅路逃走；途次又被法兵拦住，令缴军械，始准放行。该军无法，乃将枪杆军装，一齐抛弃，才得走脱二十名。学生军逃至徐家汇土山湾，困乏不堪，为慈母院长顾某所见，心怀矜恻，各给洋五元，饬令速返故里。惟所携枪械，当令交下。学生称谢去讫。自二十二日晚间开战，至二十五日，南军进攻制造局，已经三战三北，死的死，伤的伤，逃的逃，不复成军。亏得红十字会，慈善为怀，除逃兵外，所有尸骸，代为收殓，所有伤兵，代为收治，总算死生得所，稍免残惨。但商民经此剧战，已是流离颠沛，魂上九霄了。

陈其美迭接败报，不得已招集散兵，令赴吴淞效力。惟前时临阵先溃，有逃兵二十四名，押往地方检察厅，此次散兵拟赴吴淞，即向检察厅索还被押兵士，以便偕行。

厅长也算见机，立命释出，不意散兵闯入厅署，持枪威吓，竟将所有讼案缴款，及存案物件，抢掠一空。该厅所属，有模范监狱，曾羁住宋案要犯应桂馨，至此也联络监犯，大起扰乱。狱官吴恪生力难镇慑，先偕应出狱，各犯亦乘势脱逃。城内秩序大乱，巡警亦无法拦阻。地方审判厅长，索性将看守所中，男女各犯，一齐释出，令他自去逃生。各犯都欢天喜地的携手同去。是时程都督德全，及民政长应德闳，驻沪已一星期，惊魂甫定，且闻党人多已失败，乃联名发电，作为通告。其文云：

德全德薄能鲜，奉职无状，光复以来，惟以地方秩序为主，以人民生命财产为重，保卫安宁，别无宗旨。不图诚信未孚，突有本月十五日宁军之变，维时事起仓促，诚虑省城顷刻糜烂，不得不忍一时之苦痛，别作后图。苦支两日，冒死离宁。十七日抵沪后，即密招苏属旧部水陆军警，筹商恢复。众情愤激，询谋金同，连日规划进行，布置均已就绪，兹于本月二十五日，即在苏州行署办事。近日沪上战事方剧，居民震骇，流亡在道，急宜首先安抚，次第善后，并在上海设立办事处，酌派人员就近办理。德闳遵奉中央命令，亦即在沪暂行组织行署，以便指挥各属，筹保卫而策进行。窃念统一政府，自成立以来，政治不良，固无可讳。惟监督之权，自有法定机关，讵容以少数之人，据一隅之地，诉诸武力，破坏治安？*看他语意，全是首鼠两端。* 德全与黄兴诸人，虽非凤契，亦托知交，每见辄谆谆以国家大局为忠告。*我未之闻。* 即党见之异同，个人之利害，亦皆苦口危言，无微不至。乃自赣军肇衅，金陵响应，致令德全两年辛苦艰难，经营积累，所得尺寸之数，隳于一旦。哀我父老，嗟我子弟，奔走呼号，流离琐尾，泣血椎心，无以自赎。德全等不知党派，不知南北，但有蹂躏我江苏尺土，扰乱我江苏一人，皆我江苏之同仇，即德全之公敌。区区之心，惟以地方秩序为主，以人民生命财产为重，始终不渝，天人共鉴。一俟乱事敉平，省治规复，即当解职待罪，以谢吾苏。敬掬愚诚，惟祈公鉴！程德全、应德闳叩。

自程督通电后，沪上绅商，已知陈其美不能成事，乃就南北两方面，竭力调停，要求罢战。且硬请陈司令部迁开南市，移至闸北。陈其美忿气满胸，声言欲我迁移，须将上海城内，一概焚毁，方如所请。红十字会长沈敦和，前清时为山西道员，曾婉却八国联军，一意保护商民，晋人称他为朔方生佛。至此访陈其美，再三磋商，陈乃勉强允诺。适江阴遣来援兵二千余名，为陈所用，陈又遣令攻城。并雇用沪上流氓，及东洋车夫，悉数助战。*流氓车夫，也出风头。* 偏局中无懈可击，更兼外面军舰，用了探海电灯，了照交战地点，测准炮线，猛击敌军。敌军冲突多时，一些儿没有便宜，反枉送了许多性命。自二十五日夜半，战至天明，一律遁去。陈其美方死心塌地，将总司令部机关，迁至闸北，只有钮永建倔强未服，尚欲誓死一战，到了二十八日，号召残军，且延聘日本炮兵，作最后的攻击。这次猛战，比前四次尤为剧烈，不但轰击制造局，并且轰击兵舰，炮弹所向，极有准则，竟把海筹巡洋舰，击一窟窿，就是守局的北军，也战死不少。北军未免着急，竟将八十磅的攻城大炮，接连开放，飞弹与飞蝗相似，打死钮军无数。流氓尽行溃散，钮军也立脚不住，仍一哄儿散去。沪局战事，方才告终。小子时寓沪上，曾口占七绝一首云：

风声鹤唳尽成兵，况复连宵枪炮声。

我愧无才空击楫，江流恨莫睹澄清。

郑汝成既战胜南军，连章报捷，北京袁政府，又有一番厚赍，容至下回表明。

上海宣告独立，除英美法租界外，只有一制造局，尚奉中央。孤危之势，可以想见，乃得郑汝成以守护之，卒能血战数日，战败敌军，是知用兵全在得人，得人则转危为安，不得人，虽兵多势盛无益也。犹忆前清拳匪之役，京中如载漪、董福祥等，用全力以攻使馆，不能损彼分毫，有识者知其必败。陈其美集数处之兵，攻一制造局，三战三北，甚至用流氓车夫为战士，欲以儿戏故技，恐吓北军，试思此时与袁军开仗，非清末可比，尚能以虚声吓退敌人乎？强弩之末，且不能穿鲁缟，况本非强弩，安能不折？是陈其美之弄兵，毋亦一董福祥之流亚欤？彼粗莽如刘福彪辈，徒有匹夫之勇，更不足道矣。

# 第三十回

## 占督署何海鸣弄兵　让炮台钮永建退走

却说袁总统闻沪上起衅，屡遣北兵至沪，助守制造局，且令郑中将汝成，及海军司令李鼎新，协力固守，如有将士应乱图变，立杀无赦等语。郑汝成本服从中央，立将此令宣布，又调开原有警卫军，专用北军堵御。果然内变不生，外患尽却，当即连章报捷。袁总统即任郑为上海镇守使，并加陆军上将衔，颁洋十万元，奖赏守局水陆兵士。两个十万元，压倒赣、沪军，其如债台增级何？郑汝成遵令任职，一面将赏洋分讫。嗣闻沪上败军，都逃至吴淞口，炮台官姜文舟，已经遁去，由要塞总司令居正管辖。居正与陈其美等，统同一气，自然收集败军，守住炮台。松军司令钮永建，与福字营司令刘福彪，先后奔到吴淞，与居正一同驻守。郑汝成、李鼎新等，因吴淞为江海要口，决意调遣水陆军队，往攻该处，嗣闻海军总长刘冠雄，由袁总统特遣，领兵南下，来攻吴淞炮台，于是待他到来，再议进取。暂作一结。

且说黄兴在宁，闻赣徐沪三路人马，屡战屡败，北军四路云集，大事已去，暗想此时不走，更待何时，当下号令军中，只说要亲往战地，自去督战，但却未曾明言何处。七月二十八日夜半，与代理都督事章梓，改服洋装，邀同日本人作伴，各手持电灯一盏，至车站登车，并拨兵队一连，护送出城，既到下关，赏给护送兵士洋二百元，兵士排队举枪，恭送黄兴等舍车登舟。俟他鼓轮下驶，才行回城。黄兴到了上海，拟与孙文、岑春煊等，商议行止。哪知上海领事团，已转饬会审公廨，总巡捕房，访拿乱党数人：第一名就是黄兴，余如李烈钧、柏文蔚、陈其美、钮永建、刘福彪、居正等，统列在内。还有工部局出示，驱逐孙文、岑春煊、李平书、王一亭等，不准逗留租界，害得黄兴无处栖身，转趋吴淞口，与钮永建、居正会晤，彼此流涕太息。当由钮永建叙及：孙文、岑春煊，俱已南走香港，陈其美亦不能驻沪，即日当迁避至此。黄兴道："全局失败，单靠这个吴淞炮台，尚站得住么？"钮永建道："在一日，尽一日的心，到了危险的时节，再作计较。"黄兴又未免嗟叹。在钮营内暂住一宵，辗转思维，这孤立的炮台，万不足恃，不如亡命海外，况随身尚带有外国钞票，值数万金，足敷川资，怕他什么。主见已定，安安稳稳的游历睡乡，至鸡声报晓，魂梦已醒，他即起身出营，也不及与钮永建告辞，竟携着皮包，趋登东洋商船，航海去了。

看官！这讨袁总司令黄兴，是与袁世凯有仇，并非与领事团有隙，为何上海租界中，也要拿他，他不得不航海出洋呢？原来旅京军界，恰有通电缉拿黄兴，袁总统愈觉有名，遂商准驻京各国公使，转令上海租界，一体协拿。小子曾记得军界通电云：

> 大总统副总统各省都督各使各军长旅长鉴：黄兴毫无学问，素不知兵，然屡自称总司令，俨然上级军官。凡为军人者，皆应有效死疆场之精神，而黄兴从前于安南边境，屡战屡逃，其后广州之役，汉阳之役，其同党多力战以死，而黄兴皆以总司令资格，闻炮先逃，其同党之恨之者，皆曰逃将军。其人怯懦畏死，可

想而知。其以他人性命为儿戏，又极可恨。此次乘兵谋叛，彼非不知兵力不足以敌中央，不过其胸中有一条三十六计走为上计之秘诀，一旦事机不妙，即办一条跑路，而其同谋作乱者，则任其诛锄杀戮，不稍顾恤，其不勇不仁，一至于此。苟非明正典刑，不足惩警凶逆。我军各处将领，于并力攻剿之外，并当严防黄兴逃走，多设侦探，密为防范，无使元凶逃逸，以贻他日生民之患。旅京各省军界人同叩。

黄兴去宁，南京无主，师长洪承点，亦已遁走，代理民政长蔡寅，亟请第八师长陈之骥，第一师长周应时，要塞司令马锦春，宪兵司令茅乃葑，警察厅长吴忠信及宁绅仇继恒等，集议维持秩序，当议决七事：（一）取消独立字样；（二）通告安民；（三）电请程都督回宁；（四）电请程都督电达中央各省，转饬各战地一律停战；（五）电请由沪筹措军饷来宁；（六）军马暂不准移动，城内不准移出城外，城外不准移入城内；（七）军警民团责成分巡保卫城厢内外。七事一律宣布，人心稍定。当派参谋盛南笤，军务课长王楚二人，往迎程督。地方团体，亦举仇继恒代表迎程。哪知程督不肯回宁，且因第一师长洪承点，已经出走，特派杜淮川继任。其时宁人已公举旅长周应时，接统第一师，当有电知照程督。程不但不肯下委，反将周应时的旅长，亦一并取消。于是军民不服，复怀变志。

及杜淮川到任，正值张勋、冯国璋二军，由徐州而来，杜即往固镇欢迎。忽有沪上民权报主笔何海鸣，带领徒党百余人，闯入南京，竟占据都督署，宣布程德全、应德阖罪状，出示晓谕，恢复独立，只百余人，便可入城胡行，江宁城中的军吏，管什么事？自称为讨袁总司令。黄兴之后，不意又有此人。正在组织司令部，第八师长陈之骥，方才到署，何海鸣降阶迎接。陈之骥笑语道：“何先生！有几多饷银带来？”目的全在饷银，无怪扰乱不已。何答道：“造币厂中，取用不尽。”之骥又道：“有兵若干？”所恃惟兵，所畏亦惟兵。何复道：“都督的兵，就是我的兵。”之骥便回顾左右道：“这厮乱党，真是胆大妄为，快与我捆起来。”你前时何亦欢迎黄兴？左右闻命，立将何海鸣拿下，又将何党数十人，亦一并拘住。之骥复指何海鸣道：“此时暂不杀你，候程都督示谕，再行定夺。”于是将何海鸣等，羁禁狱中，再出示取消独立，全城复安。

既而南京地方维持会，向闻张辫帅大名，恐他军队到来，入城蹂躏，乃与商会妥议，公举代表，渡江谒冯军使，求保宁人生命财产，不必再用武力；且请转商张军，幸毋入城。冯军使国璋，任职宣抚，却也顾名思义，准如代表所请，一一允诺。代表即日回宁，转告陈之骥，之骥亦亲往谒冯，接洽一切。不意第一师闻之骥出城，竟去抢劫第八师司令部，与第八师交哄起来。第八师仓促遇变，敌不住第一师，一拥而出。第一师放出何海鸣，引至督署，复宣告独立起来。第一师如此行为，定是受何党运动。城内商民，又吓得魂飞天外，大家闭市，连城门也通日阖住。何遂设立卫戍司令，并委任参谋各职，及旅团军官，又是一番糊糊涂涂新局面。仿佛戏场。阖城绅商，急得没法，只好邀集军人会议。怎奈军人纷纷索饷，声言有钱到手，便可罢休。是时宁城已罗掘一空，急切不得巨款，没奈何任他所为。何海鸣却用使贪使诈的手段，哄诱第一第八两师，扼守要害，有将来安乐与共等语。两师被他所惑，愿遵号令，只第八师的三十团，不肯附和，由何勒令缴械，资遣回籍。自是南京又抵抗北军，冯、张两使，率军到宁，免不得又启战争了。这皆是程督所赐。

　　且说海军总长刘冠雄督领水师南下，因吴淞口被阻，绕道浦东川沙东滩登陆，迂道至沪，暂驻制造局，会晤郑汝成、李鼎新等，修舰整队，决意进攻吴淞炮台。当于八月一日，密令海筹、海圻各军舰，驶抵吴淞，距炮台九英里许，开炮轰击，炮台亦开炮相答。居正亲自在台督战，约一小时，未分胜负，两下停炮，越二日又有小战，由海圻兵舰，连开数炮，炮台亦还击多门，寻即罢战。又越三日，复由海圻、海容、海琛三舰，齐击炮台，有数弹击中台内土墙，泥土及黑烟飞腾空中。台上稍受损伤，连放巨炮相答，三舰又复驶回。原来刘总长因吴淞一带，留有居民，如用猛烈炮火，不免毁伤住宅，且探悉炮台守兵，饷需缺乏，军无斗志，不如静待敌变，然后一举可下，所以数次攻击，无非鸣炮示威，并未尝实行猛扑；一面转致程督德全，速劝吴淞炮台居正等，反正效力。居正、钮永建，未肯听从，独刘福彪颇有异图，拟将炮台奉献，如何作敢死队头目？事被居正察悉，遽开炮轰击刘军，刘福彪仓皇溃遁，转投程督，情愿效劳。刘总长冠雄，得悉情形，遂调齐海陆大军，合作围攻计划。口外海军，由刘自为总司令，口内舰队，由李鼎新为总司令，江湾张华浜方面，派遣陆军进攻，由郑汝成为总司令，三路驰击，大有灭此朝食的形势。远近居民，逃避一空，就是沪渎一方面，距吴淞口四十余里，也觉岌岌可危，惊惶不已。红十字会长沈敦和，特挽西医柯某，乘红十字会小轮，驰赴战地，拟劝钮永建等罢兵息争。适钮永建据住宝山城，暂设司令部机关，居正因钮知兵，已让与全权，钮遂为吴淞总司令。柯医借收护伤兵为名，竟冒险入宝山城，投刺司令部，进见钮永建。钮问及伤兵若干？柯叹道："尸骸遍地，疮痍满目，商业凋敝，人民流离，几至暗无天日，公系淞人，独不为家乡计么？"钮亦太息道："事已至此，弄得骑虎难下，就是有心桑梓，奈爱莫能助，如何是好？"柯遂进言道："公非自命为讨袁司令么？袁未遇讨，故乡的父老子弟，已被公讨尽了。公试自问，于心安否？"单刀直入。钮不禁失声道："然则君今到此，将何以教我？"柯答道："现赣、宁、湘、皖诸省，都被北军占了胜着，近日四路集沪，来攻吴淞，将军虽勇，究竟寡不敌众，难道能持久不败么？从前百战百胜的项霸王，犹且垓下遇围，不能自脱，今日的吴淞，差不多与垓下相似，今为公计，毋效项王轻生，不如全师而退，明哲保身。并且淞、沪生灵亦免涂炭，一举两得，想尊意当亦赞成。"语语中人心坎，哪得不令人服从？钮闻言心动，徐徐答道："君言甚是。北军如能不杀我部下，我岂竟无人心，忍使江东父老，为我遭劫么？"柯即答道："公何不开一条件，交给与我，我当往谒刘总长，冒险投递，就使赴汤蹈火，亦所不辞。"钮乃亲书条约，函封授柯，且语柯道："我与刘总长颇有交情，劳君为我介绍，致书刘公，别人处不必交他。"柯连声应诺，告辞出城，当下仍登小轮，驶赴海圻军舰。正值炮弹纷飞，两造酣战，柯即手执红十字旗，摇动起来，指示停战。两下炮声俱息，柯乃得登海圻舰中，与刘总长协商。刘总长颇觉心许，遂将舰队驶回，复与李、郑两司令，商议了两小时，彼此允洽。柯遂返报沈敦和，一面驰书宝山，请钮践言。钮复称如约，柯即于八月十三日，率救护队入宝山城，四面察看，已无兵士。及至司令部中，钮已他去，只留职员四人，与柯交接，并出钮所留手书，由柯展阅，书云：

> 永建无状，负桑梓父老兄弟，罪大恶极，百身莫赎。前席呈词，畅闻明训，甘践信约，不俟驾临，率卫队三百人，退三十英里。炮台已饬竖海军旗，以坚北军之信。钮永建临行走笔。

柯医阅罢，即返身至吴淞口，张着红十字旗，至炮台前，所有军官兵士等，除居正远飏外，已尽遵钮永建密令，归服北军，遂一齐欢迎柯医，且将炮闩脱卸，炮门向内，枪枝尽释。柯复为奖劝数语，大家悦服。柯乃亲登炮台，竖起红十字旗，旋见海圻各舰，率鱼雷艇入口，派五十人登台。外如海筹各舰，亦陆续驶来，共计八艘，悉数停泊炮台前。原守各军，擎枪示敬。刘总长立即传令，每门派水兵四人把门，余扎重兵分道防守。原有守将守兵，仍准协同守护，候大总统命令，再行核办。乃将红十字旗卸下，易用海军旗，当易旗时，全体军队，均向红十字旗，行三呼礼道谢。柯医与救护员等，及水陆军合拍一照，留作弭兵的纪念，然后分途散去。柯医不愧鲁仲连

刘总长即电告吴淞恢复情形，适值长江查办使雷震春，及陆军二十师师长潘矩楹，奉中央命令，带兵到沪，由郑镇守使接着，详述吴淞规复，雷、潘等自然欣慰。惟雷、潘两人南下，本拟助攻吴淞炮台，及闻炮台已复，乃电呈袁总统，候令遵行。嗣得复电，命刘冠雄兼南洋巡阅使，雷震春为巡阅副使，所有潘矩楹部下全师，仍令归雷节制，出发江宁助剿。雷乃带领潘军，乘轮上驶去了。郑汝成送别雷、潘后，复接袁总统电令，严拿陈其美、钮永建、居正、何嘉禄等人，郑乃复分饬侦探，密查钮等踪迹，期无漏网。那时陈、居等或匿或逃，无从缉获，只钮永建卖让炮台，由宝山退据嘉定，尚拟募兵防守。为久占计，当由海军司令李鼎新，及旅长李厚基，两路进击，钮永建始出走太仓，自知事不可为，竟乘美国公司轮船，飘然出洋。陈其美、居正等，也陆续航海，统到外洋避难。既而李烈钧自南昌出走，柏文蔚自安庆出走，辗转出没，结果是亡命外洋。就是欧阳武、陈炯明等，亦皆因政府悬赏缉拿，狼狈遁去。小子有诗咏道：

> 倏成倏败太无常，直把江淮作戏场。
> 毕竟谁非与谁是，好教柱史自评量。

欲知各党人出走详情，待至下回续叙。

徒以成败论人，原为一孔之见，不足共信，但如黄兴之所为，有奋迅心，无坚忍力。若程督德全，毋乃类是。至钮永建攻制造局不下，退据吴淞，犹能固守十余日，其毅力实可钦敬。独惜袁氏早存排除异己之见，在浔事未发之前，于沪、宁方面，已预为设防，致令未克成功，良可慨已！

# 第三十一回

## 逐党人各省廓清　下围城三日大掠

却说段芝贵、李纯等，既夺还湖口，即乘胜直捣南昌。适李烈钧收集败军，退守吴城，吴城系新建县乡镇，距南昌省城一百八十里，烈钧到此，即遣党人魏斯昊、曾经等，赴省城勒逼民财，输作军饷。省中商民，怨苦得了不得，统詈欧阳武勾引乱党，扰乱南昌，且因北京已传达命令，撤销欧阳武护军使，归段宣抚使李镇守使严行拿办。欧阳武不能安居，方拟出走，又值李烈钧的败信，陆续报到，他即收拾细软，一溜烟的遁去。哪知去了一个新都督，又来了一个老都督，老都督为谁？看官不必细问，就可晓得是李烈钧。李烈钧节节败退，竟至南昌，甫到城外，即令城外居民，立即迁移，意欲坚壁清野，实行扼守。南昌商民，越加惊慌，统说是李军入城，抗拒官军，势必全城糜烂，玉石俱焚，不得已浼商会总董，速派代表，往说李军，情愿集洋三十万元，为李军寿，请他不要入城。当由烈钧允诺，收了银元，移师万家浦，驻扎候战。李纯率同水陆各军，踊跃前来，烈钧下令迎击，免不得枪弹互施，无如兵已屡败，不能再振，一经战斗，好似秋风陨箨，旭日凌霜，烈钧支持不住，索性向南远窜。余众或逃或降，弄得干干净净。收束赣乱，且为前回补笔。李纯乃收军进城，出示安民，当下通电北京及各省道：

> 本月十八日，我军水陆进攻南昌，于聂家窑、罗口、高桥，与匪激烈战斗，其水道一股，击沉匪船七只，毙匪四百余人，俘获二十余人，陆路一股，毙匪六七百人，招降四营。余夺获小火轮三只，步枪五千余枝，山炮六尊。我军两路，共阵亡官兵数名，受伤一百余名，于是日晚完全占领南昌。我军入城，各界极表欢迎，现在一面安抚商民，一面分队追击溃匪，俾早全赣肃清，以安大局而慰廑系。特闻！李纯叩。

南昌既闻克复，安庆又报肃清。原来柏文蔚率同胡万泰，入据安庆，即在城外遍布兵队，严防倪军。寻闻倪嗣冲已攻克寿州，复下正阳关，直逼省城，胡万泰忽起变心，竟离了柏文蔚，自张一帜，且揭示柏文蔚五罪，函致议会商会，逐柏他去。统是一般墙头草。议会商会，乃公举代表数人，劝柏退让，柏已形神俱丧，没奈何应允出城，径趋芜湖。胡万泰即取销独立，并亲赴九江，往谒段芝贵。不谒倪而谒段，想是与段有交。段委他收复大通、芜湖等处，另派旅长鲍贵卿，往守安庆，段意亦不甚信胡。一面电告倪嗣冲。是时政府命令，已将安徽民政长兼署都督孙多森免官，特任倪嗣冲为安徽都督，兼民政长，催他晋省。倪乃电致胡万泰，说是不日就道，先派马统领联甲，率所部各营来省，一切军事计划，可与该统领商酌办理。胡即回省待马，并派旅长顾琢塘，带兵三营，往剿大通、芜湖等处，再与鲍贵卿商议，亦令他统率三营，前往接应。顾至大通，击逐乱兵，转攻芜湖，柏文蔚又自芜湖转赴南京，只留龚振鹏一军，夺力抗敌。顾琢塘、鲍贵卿等，先后到芜，相持未下。会马联甲已到安庆，复调旅长柴宝山，助攻芜湖，龚振鹏自知不敌，乃率众遁去。芜湖独立，亦从此消灭了。倪嗣冲安心至省，改任胡万泰为参谋长，把他师长一职取销，惟替他请命中央，给了二等文虎章，才算安了胡心。自此安徽平靖如常，不消细述。<u>收束皖乱，亦是补叙之笔。</u>福建都督孙道仁，闻赣、皖相继失败，马上转风，归罪许崇智，把他驱逐，即取消独立。当时袁总统已派员查办，既得取消独立的消息，便据实呈复，曾由袁总统下令道：

> 前据福建独立，当即饬员确切查明，兹据复称都督孙道仁，素明大义，倾向中央，惟师长许崇智，纠合乱党，冒孙道仁之名，妄称独立等情。查江宁乱党，冒程德全之名，安徽乱党，冒孙多森之名，均通称宣告独立。其实程德全、孙多森，并未与闻。闽省事同一辙，似此奸徒窃冒，眩惑观听，扰害治安，实属罪不容诛。着孙道仁督饬所部，迅平乱事，重悬赏格，将许崇智及其私党，严拿惩办，以伸法纪。仍责成该都督维持地方秩序，毋稍疏忽！此令。

孙道仁奉令后，益服从中央，解散讨袁同盟会，闽中也算无事。但闽、粤是毗连省份，闽省取消独立，粤东自受影响。第二师师长苏慎初，遂撵逐陈炯明，宣布取销独立。全城燃炮鸣贺，商会举苏为临时都督，方拟视事，忽军警不服，另举第一师长张我权为都督，苏即辞去。北京袁政府特任龙济光督粤，兼职民政长。龙遂督军东下，径赴省城。途次复接袁总统命令，以苏、张两师长各争权利，擅自督粤，着饬革军官军职，交龙济光认真查办，借儆效尤。当下传令至省，苏早远飏，张亦潜逃，军民等开城欢迎。龙即入城受任，粤东又安静了。<u>闽、粤事也依次结束。</u>

惟湖南军界，举蒋翊武为总司令，倡言北伐，首拟攻取荆、襄，开一出路，遂调动澧州、常德一带军队，进击荆属石首、公安二县。当由黎兼督元洪，檄令荆州镇守使丁槐，率兵抵御。湘军连战皆败，仍旧遁回。丁槐以职守所在，未便穷追，湖南独立如故。既而武昌城内的湖南旅馆，又隐设机关，暗图起事，复被侦探报告黎督，捕戮了好几十人，内多湖南派来的秘党，明枪暗箭，始终无效。黎兼督以湘、鄂相连，湘省多事，终为鄂患，乃致书湖南都督谭延闿，劝他撤销独立。谭复书极为圆滑，略言："独立并非本意，不过为军界所胁，暂借此名，保护治安。鄂、湘唇齿相依，决不自相残杀，现已竭力防乱，静图报命"等语。及赣事失败，北军将移师南向，蒋翊武自知惹祸，偕死党唐蟒等，微服潜逃。就是长江巡阅使谭人凤，也先机遁去，湖南又平。

于是长江上下游，除熊克武据重庆外，只有江南一区，尚由何海鸣占住，未肯罢手。<u>却似硬汉。</u>何委唐辰为省长，刘杰为警察厅长，唐、刘常语人道："做一刻算一刻，也管不到什么成败呢。"何海鸣也存此想，不过北军尚未合围，且乐得统领孤军，做了几日总司令，逞些威风，也不枉一生阅历。<u>苦我民耳！</u>况金陵虎踞龙蟠，素称险固，就使北军如何威武，也一时不能夺去，所以昂然自若，并不畏缩。冯、张二使，先派师长张文生、徐宝珍等，陆续进攻，鏖战数日，未能得手，反被狮子山上的大炮，击毙了好几百人。徐师长部下，如团长赵振东，连长黄得胜、王建德等，先后阵亡。连徐师长亦受微伤，抱病回扬。张勋闻报大愤，亲率全队渡江，且檄调沪上各兵舰，赴宁会攻。当下水陆夹击，得将紫金山占住，紫金山系江宁保障，既由张军占领，城中倒也恐慌起来。何海鸣只能笔战，不能兵战特商同兵队，另举张尧卿为都督，统兵扼守。

　　张勋饬军扑天保城，把守军驱散，完全占领；乘胜攻雨花台，并由张勋自开条款，劝何海鸣等速降。适值柏文蔚已到江宁，城中复得一助，应上文。暗遣宁军出城，抄出张军背后，掩袭天保城，击伤张军多名，复将天保城夺去。这事恼动了张辫帅，再催冯军渡江助战。徐宝珍病已痊愈，也即重临战地，续用巨炮烈弹，扑击天保城，由徐亲自督战，锐气无前，杀退宁军，又把天保城攻克。可巧冯军前队，亦渡江南来，齐集聚宝门外，拟攻雨花台。张、徐两军，亦进逼太平、朝阳两门。宁军更迭出战，都被击退。城外尸骸累累，不及掩埋，又经赤日薰蒸，臭烂扑鼻，真个是神人共恫，天地皆愁。张尧卿触目惊心，情愿卸职，将都督印信，让与柏文蔚。柏以兵单饷绌，不肯担任，经何海鸣从旁婉劝，勉强应允。但城中守兵，伤一个，少一个，城外的北军，却连日运至，昼夜围攻。紫金山及天保城的炮弹，纷纷向城内击射，似急风暴雨一般，猛不可当。城内兵民，一经触着，无不伤亡。何海鸣尚抖擞精神，镇日巡查，不敢少懈。怎奈军饷无着，按天向商会迫索。看官！你想此时北兵压境，商旅不通，还有什么现银，供他使用？只因被逼不过，今朝凑集千元，明朝掤挡百元，移解督署，终不敷用。柏文蔚睹这情形，已知朝不保暮，且登城四望，强敌如林，不觉唏嘘太息，忧惧交并，便下城语何海鸣道："北军大队已到，将次合围，炮火又烈，城中乏饷，兵不应命，这是必败的形景，看来此城是万不可守了。"何海鸣勃然道："海鸣愿誓死守此，城存与存，城亡与亡。"言未毕，旁立张尧卿亦插口道："万一此城被陷，张勋入城，尚可与他巷战，并有炸弹队，可制敌命，想不致一败涂地呢。"柏文蔚默然不答，但摇首示意。越宿，即带领随从军队，潜出南门遁去。临行时仅留一函界何海鸣道："金陵困守，终非久计，弟已出南门去了，君好自为之！"何海鸣见了此函，知他去意已坚，不再挽回，改推韩恢为都督，申誓死守。

　　既而冯国璋军，雷震春军，一齐到来，四面包围。雷军攻聚宝门，冯军攻水西门、旱西门，张军攻太平门，徐军攻仪凤门，还有下关停泊的兵舰，亦分两面助攻，枪声满地，炮火遮天，阖城绅商，统吓得魂不附体，只得仍举代表，劝何海鸣等让城，何及第八师兵士索银洋十万元，以八万助饷，二万作川资。可怜绅商已计穷力竭，一时筹不出十万金，再用全城公民名义，致书韩、何，略谓："若果筹款解散军队，自应陆续措交，或需补助军饷，亦应择地出城备战，不能闭城不出，使城内数十万生命，同归于尽。逐日搜括，人道何在？天理何存？"云云。何见书援笔批道："打一天要饷一天，打一年要饷一年，要活同活，要死同死，宁为共和死，不为专制活。"这批传出，大家又气又笑，顿时全城罢市，店门外面，多写着"本店收歇，人死财绝"八字。军士还疑他反抗，索性拣择殷实商民，斩门直入，抢掳一空。绅商急得没法，只好再浼商会代表，与何海鸣熟商，愿如前约筹赠十万元，令他退出江宁。何海鸣乃愿为担保，总教有了银钱，无论退让与否，决不骚扰居民，商会即次第挪集，次第缴入，果然钱可通灵，得免抢劫。

　　到了八月二十九日，北军攻城益急，张勋又开受抚条件，招降何海鸣，何仍置诸不理。张尧卿托词募兵，混出城外，韩恢亦避匿不见。海鸣见已垂危，只催令商会缴齐款项，以便出走。商会已缴过七万，尚缺三万金，实是急切难办，不得已宽约数天，何海鸣乃将所有兵队，移扎城南，专等解款到手，便好一鏖出城，避开死路。挨到九月一日，款项尚未缴齐，北军已经攻入，江宁城垣，被大炮轰开数丈，张、雷二军，首先拥进，分占富贵山、狮子山、北极阁及朝阳、太平各门。何海鸣尚率军来争，奈各无斗志，不过瞎闹片时，旋即溃遁。何亦驰出南门，飞窜而去，性命总算逃脱，后来也航海出洋，与一班亡人逋客，同作外国侨民去了。

张、雷二军，就在城上遍插红旗，他也无暇追敌，竟借了搜剿的名目，挨门逐户，任情突入，见有箱笼等物，用刀劈开，无论银饼纸币，及黄白钗钿，统是随手取来，塞入怀中。老实得很。就是裘衣缎服，也挑取几件，包裹了去。倘或有人出阻，不是一刀，就是一枪。最可恨的，是探室入幕，遍觅少年妇女，一被瞧着，随即搂抱过来，强解衣带，污辱一番。宁人只望北军入城，可以解厄，不意火上添油，比前此何军在日，还要加几层淫凶，尤其是蓝衣辫发的悍卒，更属无所不为，于是大家眷属，多逃至西人教堂内，求他保护，西人颇加怜惜，允为收留，当时青年闺秀，半老徐娘，也顾不得抛头露面，相率奔入教堂。可奈堂狭人多，容不住许多妇女，先到的还好促膝并坐，后到的只有挨肩立着。是时天气尚炎，满堂挤着红粉，有汗皆流，无喘不娇，还防辫兵闯入，敢行无礼，偏辫兵不惜同胞，只畏异族，但至教堂外面，遥望窃视，究不敢进尝一脔。为渊驱鱼，为丛驱爵。此外是要杀就杀，要夺就夺，要抢就抢，要奸就奸，初一日已是淫掠不堪，初二日尤为厉害，至初三日简直是明目张胆，把民家商店的箱箧，尽行搬掠，甚至幼辈老媪，也受他糟踏一顿，总算是一视同仁，嘉惠同胞的盛德。有几个受害捐生，有几个见机殉节，香消玉碎，尽化冤魂，叶败花残，无非惨状。想当初扬州十日，嘉定三屠，也不过这般血幕呢！小子有诗概道：

> 几经世变酿兵戈，猿鹤虫沙可奈何？
> 蒿目六朝金粉地，哪堪三日走淫魔。

张、雷二军，淫掠三日，方有飞骑入城，申明军律，严禁骚扰。这人奉谁命令，且看下回分解。

利不百，不变法，功不十，不易俗，以清季之政令不纲，激成革命，一时之意气用事者，均以革命为无上美名，趋之若鹜。洎乎清帝退位，成为民国，而人民所受之痛苦，较前尤甚。利不胜弊，功不补患，盖已皆视革命为畏途矣。李烈钧、柏文蔚、黄兴诸人，推倒满清，方期享革命之幸福。而偏为袁世凯之违法专权，于是重起革命，动兵十数万，兴师六七省，但未达数旬，即成瓦解。以视辛亥之役，适得其反。斯盖一由民心厌乱，不愿再遭惨剧，一由未能明察袁氏之真相，致彼为倡而此未和，党人反成孤立，俄顷即败耳。

# 第三十二回

## 尹昌衡回定打箭炉　张镇芳怯走驻马店

却说张、雷二军，入南京城，淫掠三日，方有军令到来，严禁骚扰，违令者斩。何不早下此令。初三日傍晚，雷副使进城。淫掠少减。又越日，迎入张大帅，兵士俱遵约束，不敢胡行。当时江宁人民，疑张暗示兵士，劫淫三日，其实张在城外，并非没有军令，不过所有部众，阳奉阴违。至抢劫两日后，外国医院内，有一个马林医生，伤心惨目，乃至城外报告张勋，劝令尊重人道，严申军诫。张尚谓属部不至如此，惟派兵官入城弹压，再颁禁令。这时全城居户，已经十室九空，所有妇女人等，或死或逃，掠无可掠，淫无可淫，自然应令即止了。诠释透辟。冯国璋亦率军进城，当即会同张勋、刘冠雄、雷震春等，联衔告捷，去电朝发，复电暮来。当奉袁总统命令云：

> 据江北镇抚使张勋，江淮宣抚使冯国璋，长江巡阅使刘冠雄，副使雷震春电陈攻克江宁情形，并督饬军队搜剿余匪等语。前因乱党黄兴等潜赴金陵，煽诱军队，迫胁独立。当饬张勋、冯国璋分路督兵南下，会合进攻，迨大军进克徐州，黄兴闻风潜逃，叛军反正，本大总统因不忍地方人民惨罹锋镝，特饬程德全从宽收抚，免烦兵力，贻祸生灵。旋据程德全电称："八月八日，乱党何海鸣赴宁，再谋独立，业经击退。乃第一八两师，复被煽惑，何海鸣为伪总司令。又因第三十一团不肯附逆，互相激战，秩序大乱，请饬张勋、冯国璋速进，并派兵舰赴宁"各等情。随饬张勋督率所部，会合第四师进讨。该叛兵凭险抵抗，复敢先开炮轰击，各军连日血战，紫金山、天保城诸要隘，次第占领。八月二十五日，攻入朝阳门，匪军囊沙叠垒，阻碍进行，相持数日，柏逆文蔚，复率大股匪军助守，随由冯国璋、刘冠雄督饬陆海军队，分头进攻，雷震春率兵援击。三十一日，各军约会前进。越日，张勋督队，首先架梯登城，会合第四师，分克朝阳、洪武、通济等门。第三师支队，由太平门攻入，进克狮子山，占领下关等处，第五师支队，攻克神策门。混成第二十九、二十团相继入城，分占富贵、骆驼等山，进据北极阁。雷震春会合第四师占领雨花台，由南门攻入，匪势不支，纷纷溃逃，擒斩无算。遂于九月一号，克复江宁。该使等调度有方，各将士踊跃用命，旬余之内，克拔坚城，良堪嘉奖。张勋晋授勋一位，冯国璋给予一等文虎章，刘冠雄特授以勋二位，雷震春特授以勋三位，用彰劳勤。其余出力人员，由该使查明请奖。伤亡官兵，分别优恤。被难商民，妥筹安抚，一面严捕乱党各首要，务获惩治，仍督饬各军队，查剿溃匪，肃清余孽，以靖地方。此令。

接连又有二电，一是程德全免去江苏都督官，一是任命张勋为江苏都督。张勋喜如所愿，甚为快慰。惟江宁百姓，受了张军的荼毒，无从控诉，只好向隅暗泣。偏有日本商人三名，也被杀害，且有被掠情事；日本岂肯干休，当向政府严重交涉，一要政府谢罪，二要严办凶犯及该管官，三要重金抚恤及悉数赔偿。袁总统忙令李盛铎南下，查明情形，酌量赏恤；并饬张勋速查凶手，从严治罪；其约束不严的军官，立即参办。一面向日使道歉，日使又谈及江宁惨状，<sub>百姓遭难，要外人代言，尚说是共和时代，适令人笑。</sub>袁总统乃复下令道：

> 自赣、宁倡乱以来，中央除暴救民，不得不派兵征讨。惟是行军首重纪律，所有各路军队，经过及驻扎处所，无论中外商民，生命财产，均须一律保护。其已被匪扰地方，目击疮痍，至可惨痛，尤应加意保卫，以重人道而肃军规。倘有残杀无辜，及肆意骚扰情事，不特败坏军人名誉，且大背本大总统救民水火之苦心。军律森严，断难宽贷。着各统兵大员，严申诚令，认真稽查！如敢违犯，立按军法从事，并将约束不严之该管官，分别参办，毋稍徇纵。此令。

这令一下，张勋也稍觉不安，且因冯军入城，秋毫无犯，宁人多慕冯怨张，免不得传入张勋耳中。于是张大帅也易威为爱，特派宣慰员十余人，挨门逐户，各去道歉，且出示晓谕军民，凡有收藏人民衣物等件，<sub>明明抢劫，如何说是收藏？</sub>限三日内缴至商会，逾限不缴，查出以军法从事。越日，即有衣物抛弃路隅，由团防界交商会。商会令失主认领，哪知所有各件，统是敝衣粗服，旧铜烂铁，不值多少钱文。小户人家，出去检认，还有几件寻着；富家大户，遣人往查，仍然一物没有，只好赤手空回。<sub>猫口里挖鳅，十得一二，已是幸事，还想什么完璧？</sub>冯国璋、刘冠雄两人，又奉命回任，雷震春代任巡阅使。江苏民政长，改任韩国钧，应德闳免官，并督办皖北、江北剿匪事宜，东南一带，暂时敉平。话分两头。

且说四川陆军第三师师长熊克武，响应东南，占据重庆，宣告独立，本拟顺流而下，联络湘军，进窥湖北，不意湘军已取消独立，湖北边防，亦很坚固，几乎无隙可乘，乃遣弟克刚，偕党徒多人，携款至鄂，运动宜昌、施南军队。行经巴东县，为驻防该处第十团二营军队所获。营长殷炯，即电达施、宜稽查使马骧云，又由马转报黎元洪。黎即复电，饬马讯实正法，于是克刚以下，统归冥府。<sub>未曾占一便宜，先把乃弟送终。</sub>是时袁总统闻熊克武已变，命黎调军西征，且会合滇、黔、湘三省，助剿重庆。川督胡景伊，又遣兵出击，区区一个熊克武，怎敌得住五省人马，只好电告川省，自请求和。川督勒令交出乱首，方准代为调停，克武不从，<sub>乱首就是自己，叫他交出什么？</sub>川军遂进逼重庆。黔督唐继尧亦派旅长黄毓成，率混成协一队援川。熊克武孤危得很，四处派人运动，终乏效果，只有川边经略使尹昌衡部下，充任军法局长张煦，被熊勾结，背尹起事。尹昌衡正出师驻边，留张煦驻丹巴县，照顾饷械。张煦竟鼓众应熊，自称川边大都督北伐司令，以第一团团长赵城为副都督，第二团团长王明德为招讨使，即将所部两营，及渝中党羽三千余众，编成混成旅，自丹巴兼程返泸，攻入观察使颜瓓署中，劫掠一空。颜瓓走免，尹昌衡的父母，及一妹一妾，尚留寓泸城，均被张煦软禁起来，一面致书昌衡，迫令反抗中央，声言如不见从，当将他全家屠戮。昌衡闻警，即率领数骑，驰回泸城，行近泸定桥，偏被张煦派兵截住，昌衡望将过去，该兵管带，系是周明镜，便大呼道："周管带，你如何反抗中央？"周明镜见是尹昌衡，却也不敢抗拒，便挺身上前，行过军礼，才答道："都督此来，莫非尚未闻独立么？"昌衡道："我正为独立而来，须知螳斧当车，不屈必折，试想东南数省，彼也讨袁，此也北伐，今闻已统归失败，难道我川省一隅，尚独立得住么？昌衡是本省人，做本省官，不忍我故乡父老，旧部弟兄，同归于尽，所以孤身来此，与诸君一白利害，听我今日，否亦今日，请你等自酌！"语颇动人。周明镜徐徐答道："都督嘱咐，敢不听从，请都督入营少憩。"昌衡便驰入军营，又谕兵士道："弟兄们来此当兵，在家的父母妻孥，都是期望得很，今朝望你做队长，明朝望你做团长，此后还望你连步升官，显扬门阀，岂可为了一时意气，自投死路，不顾家室。就是为义愤计，今日的事情，与前日亦大不相同，前日是满人为帝，始终专制，不得已起革命军；今日是共和时代，总统是要公举，做了总统，也是定有年限，任满便要卸职。况现在的袁总统，还是临时当选，不是正式就任，就是他违法行事，也不过几月而止，大家何苦发难，弄得身家两败。而且五省人马，相逼而来，眼见得众寡不敌，徒死无益，空落得父母悲号，妻孥痛泣呢。"说至此，几乎哽咽不能成声，泪亦为之随下。好一张口才，好一副容态。兵士闻言，不由的被他感激，统是垂头暗泣，莫能仰视。昌衡又朗声道："我言已尽于此，请弟兄们自行酌夺，从尹立左，从张立右。"居然欲摹效古人。大众都趋往左侧。昌衡即发令东进，并将所说的大意，录述成文，到处张贴。

行了五里，正到泸定桥，适值赵城、王明德率兵前来，扼住桥右。昌衡乃命周明镜出马晓谕，力陈利害。已有替身，不必再行冒险。赵城、王明德，不肯服从，即命部众开枪，哪知部众已经离心，多是面面相觑，不肯举手。至赵、王再行下令，部众竟驰过了桥，投入昌衡军中。昌衡饬令归伍，拟督领过桥，不意骤雨倾盆，天复昏黑，从众声嘈杂中，猛听得有特别怪响，好似天崩地塌一般，急忙饬前队探视，反报桥梁木板，已被敌人拆断了。是时急雨少霁，昌衡即饬兵众修搭桥梁，渡桥追敌，且分三路搜寻。到了翌晨，竟得拿住两个要犯，就是副都督赵城，招讨使王明德，昌衡本是熟识，也不暇细问，竟将他两人斩首，枭示军前。当下赴至炉城，那川边大都督北伐司令张煦，已是逃之夭夭，不知去向了。幸亏父母家属，不曾被害，总算骨肉团圆，阖家庆幸。昌衡复悬赏万金，饬拿张煦，张煦不杀昌衡家属，还是顾念旧情，胡必悬赏缉拿，不肯稍留余地。一面电达北京，详陈炉城肇乱及戡定情形。当由袁总统复电道：

前因川边炉城逆首张煦倡乱，业经饬令通缉，兹复据川边经略使尹昌衡电，续陈该逆详情，尤堪痛恨。该逆历受荐拔，充当要职，竟敢不顾大局，公然背叛，响应熊逆克武，捏令回炉，私称独立，攻扑观察使署，击散卫兵，劫质该经略父母家属，迫之为逆。抢劫商民，逼迫文武，带匪在泸定桥拦截攻击。使非该经略单骑驰入，劝导官兵，去逆效顺，则边局何堪设想。张煦应将所得陆军上校少将衔四等文虎章，一律褫革，各省务饬速缉，无论在何处拿获，即讯明就地惩办。该经略定乱俄顷，殊堪嘉尚，所请严议之处，仍予宽免。该处地方陡遭劫害，眷念商民，怒焉如捣，务望绥辑抚循，毋令失所，用副禁暴安民之意。此令。

张煦遁去，川边已靖，熊克武失了臂助，愈加惶恐。黔抚派遣的黄毓成，有意争功，不肯落后，遂步步进逼，转战直前，历拔綦江、熊家坪诸要隘，进捣重庆，川军亦自西向东，按程直达。黄毓成闻川军将到，昼夜攻扑，熊克武料难固守，竟夜开城门，潜自逃生。黔军一拥入城，除揭示安民外，立即电京报捷。袁总统自然心慰，免不得照例下令，令曰：

> 据贵州援川军混成旅旅长黄毓成电称，重庆克复等情，殊为嘉慰。此次熊逆克武倡乱，招诱匪徒，四出攻掠，蹂躏惨虐，殆无人理。该旅长督率所部，自入川境以来，与逆匪力战，先复綦江，进取熊家坪诸要隘，直抵重庆，匪徒惊溃，熊逆潜逃，地方收复，实属谋勇兼优，劳勚卓著。黄毓成应特授勋五位。此外出力员弁，一律从优奖叙，更令安抚商民，维持秩序，将地方善后事宜，商承四川都督胡景伊，妥为办理，期使兵燹遗黎，咸歌得所。师干所至，无犯秋毫，用副伐罪吊民之意。此令。前云救民水火，此又云伐罪吊民，老袁已自命为汤武矣，此即帝制发生之兆。

未几，又命黄毓成署四川重庆镇守使，川境亦一律肃清，这便叫作癸丑革命，不到两月，完全失败，所有革命人士，统被袁政府斥为乱党，下令通缉，其实都已远飏海外，借着扶桑三岛，作为逋逃渊薮去了。此外有河南新蔡县宣布独立，为首的叫作阎梦松，不到数日，即由省城派兵进攻，斗大孤城，支持不住，徒落得束手就擒，饮枪毙命。又有浙江省的宁波地方，由宁台镇守使顾乃斌，联络知事沈祖绵，及本地人前署浙江司法筹备处处长范贤方，倡言独立，响应民军，至赣、宁失败，顾等见风使帆，急将独立取消。时浙江都督朱瑞，与顾乃斌稔有感情，代顾呈请，顾竟得邀宽免。范、沈二人，归地方官严缉，幸早远飏，免及于祸，甬案也算了结。是时柳州巡防营统领刘古香，被帮统刘震寰胁迫独立，设立北伐司令，募军起事。经广西都督陆荣廷，飞调军队进剿，当有驻柳税务局长黄肇熙，团长沈鸿英，密约内应，俟各军进攻，即开城纳入，当场格杀刘古香，刘震寰遁去，先后不过五日，已雾尽烟消了。简而不漏，是叙事严密处。

独河南省内的白狼，本与党人不相联络，宗旨也是不同，只因黄兴据宁，却派人与他商议，约他一同讨袁，如得成事，即推他为河南都督，并给他军械，及现银二万两，白狼势力愈厚，更兼河南各军，纷纷迁调他处，防剿民党，他益发横行无忌。田统领作霖，献计张督，拟三路兜剿，张督不从，只信任旅长王毓秀，命为剿匪总司令，所有汝南一带防营，统归节制。王毓秀素不知兵，但知纵寇殃民，讳败为胜，因此白狼东驰西突，如入无人之境。还有什么会匪，什么捻股，什么叛兵，均纠合一气，专效那白狼行为，掳人勒赎，所掠男女，称为肉票，一票或值千金，或值万金，随家估值，贵贱不一，惟遇着娇娃，总须由盗目淫污过了，方准赎赎。璧已碎了，赎去何用？河南妇女，尚仍旧俗，多半缠足，一遇乱警，娇怯难行，可怜那良家淑女，显宦少艾，不知被群盗糟蹋了多少。缠足之害，可为殷鉴。而且到处焚烧，惨不忍睹。张督镇芳，还讳莫如深，经河南议员彭运斌等，质问政府，方由老袁电饬张督，勒限各军平匪。张镇芳无可推诿，没奈何出城誓师，拟向驻马店进发。

白狼闻张督亲自督师，急忙招集悍党，会议行止。党目宋老年主战，尹老婆主退，独谋士刘生，攘臂直前道："我等起事，已阅两年，名为劫富济贫，试问所济何人？徒令桑梓疾首，今惟速擒磔镇芳，谢我两河，然后南下皖、宁，联合民党，再图北伐，何必郁郁居此，苦我豫人。"此子颇具大志，可惜名字未传。白狼尚是迟疑，复由樊某卜易，南向西向俱吉，惟返里大凶。嗣后白狼之死，果蹈凶谶。狼意乃决，遂分悍党为三队，潜伏驻马店北面，专待张督到来。甫半日，果闻汽笛呜呜，轮机辘辘，有快车自南而至。前队的伏盗，望将过去，见车内统是官军，料知张督已至，一时急于争功，不待快车到站，便大放枪炮，遥击车头。那时烟霾蔽天，响声震地，吓得车内的张镇芳，魂不附体，幸亏卫队营长张砚田，急忙勒车倒退，疾驶如飞。群盗追了一程，那快车已去得远了，乃退还驻马店。白狼顿足叹道："为何这般性急，竟失去张镇芳？"言毕，尚懊恨不已，嗣是率众东行，越西平、汝南、确山，进陷潢川、光山等县，乘势驰入皖境，捣破六安，拟由庐和下江宁；旋闻民党皆溃，第二师师长王占元，且约皖军堵击，不由的太息道："我久闻黄兴大名，谁知他是百战百逃，不堪一试，直与妇人何异，能成什么大事呢？"乃返身东行，窜入湖北去了。张督镇芳，自被群盗吓退，一溜烟逃回省城，料知匪党难平，遂乞假进京。豫督一缺，改为田文烈署理。小子有诗咏张镇芳道：

> 管领中州已数春，况兼守土是乡亲。
>
> 如何坐纵潢池盗，全局罗殃反脱身？

白狼未平，袁总统也不遑顾及，惟一意的筹备私事，演出许多花把戏来，且看下回方知。

借尹昌衡口中，叙述二次革命之非计，盖斯时袁政府之真相未露，伪共和之局面犹存，徒欲以三数人之言论，鼓动亿兆人之耳目，谈何容易？尹昌衡片言而周明镜倒戈，黄毓成一至而熊克武出走，正如新蔡、宁波、柳州诸处，倏起倏灭，尤觉无谓，是岂不可以已乎？且白狼一匪徒耳，名为劫富济贫，而一无实践，扰攘二载，毒遍中州，黄兴急不暇择，且欲联络之，是尤计之失者也。

# 第三十三回

## 遭弹劾改任国务员　冒公民胁举大总统

却说赣、宁起事的时候，曾由袁总统运动国会，请他提出征伐叛党的议案。那时参议院院长张继，已受国民党连带的嫌疑辞职而去。此外国民党议员，因赣、宁起事，屡战屡败，害得大家没有面目，你也出京，我也回籍，于是国民党失势，进步党愈占胜着。袁政府本利用进步党，进步党也愿受指使，遂由汪荣宝、王敬芳两议员，提出议案，咨请政府。大致说是："临时政府，曾按照约法，组织正当机关，此外有潜窃土地，私立名号，与政府反抗，就是背叛民国，为四万万人公敌。政府为维持国家生存起见，应适用严厉方法，对待乱党。本议院代表民意，建议如右，相应咨大总统查照施行"云云。两个议员，即可代表民意，若一位大总统，应该作民意代表了。袁总统得此议案，越觉冠冕堂皇，竟饬北京检察厅，传讯国民党议员，谓："黄兴是否党魁？党中人如与联络，应由政府取缔，否则由党人自行宣布，立将黄兴除名。"国民党议员，无法可施，只好开会公决。有几个自愿脱党，有几个自愿去职，方在危疑交迫的时候，忽发现一种秘密条件，系是四月内的事情，至七月间才行宣露，为两院议员所得闻。

看官道是什么秘事？原来大借款未成立以前，政府却向奥国斯哥打军器公司，密借款项三千二百万镑，约合华币三千二百万元，实收额系是九二，担保品乃是契税，利息六厘。约中并附有特别条件，须以借款半数，由公司承购军械。赣军事未曾发生，已先借款购械，且严守秘密，老袁毕竟多智。双方早已签押，政府却讳莫如深，一些儿不露痕迹。等到百日以后，方由外人间接说起，传入议员耳内。议员闻这消息，无论是进步党，与非进步党，统说政府违法，不得不向政府质问。政府无词可辨，只有搁起不答的一法。偏议员不肯罢休，接连递交质问书，那时政府无可抵赖，不得已实行承认。议员不便弹劾袁总统，只好弹劾国务员。

是时国务总理，由陆军总长段祺瑞暂代，所有奥款交涉，尚在从前赵秉钧任内，与段无干；且因革命再起，军事彷徨，段任陆军总长，调遣兵将，日无暇晷，已由袁总统提出熊希龄，继任国务总理，咨交两院议决。熊隶进步党，当然经议院通过，遂正式下令，调熊入京，任为国务总理。熊亦直受不辞，竟卸了热河都统的职任，来京组阁，适值借款外露，质问以后，继以弹劾，国务员乘势辞职，袁总统亦乘势照准，于是外交总长陆征祥，财政总长周学熙，司法总长许世英，农林总长陈振先，交通总长朱启钤，均免去本官，教育总长范源濂，工商总长刘揆一，早已辞去，部务由次长代理，未曾特任。内务总长一缺，本由赵秉钧兼管，赵去职改官后，亦只由次长暂代。惟陆军总长段祺瑞，海军总长刘冠雄，专司军政，于借款上无甚关系，所以自问无愧，绝不告辞。梳栉明白。

熊凤凰既经上台，改组阁员，当下与袁总统商议，除陆海军两总长，一时不能易人，仍请段祺瑞、刘冠雄二人照旧连任外，外交拟任孙宝琦，内务拟任朱启钤，教育拟任汪大燮，司法拟任梁启超，农林拟任张謇，交通拟任周自齐，财政由熊自兼。即由袁总统提交议院，得多数同意，遂一一任命，只工商总长一缺，急切不能得人。特命张謇暂行兼任。张字季直，系南通州人，前清状元出身，向称实业大家，兼任工商，却也没人指摘，熊内阁便算成立了。

袁总统心中，以进步党本受笼络，偏亦因奥款发现，出来作梗，显见得两院议员，统是靠不住的人物，欲要自行威福，必撤销这等议院，方可任所欲为。洞见肺腑之谈。但此时不好双管齐下，只能一步一步的做去，先将国民党摒除，再图进步党未迟。乃通饬各省，如有国民党机关，尽行撤除；并因江西、广东、湖南三省议会，附和乱党，勒令解散，一面派遣侦骑，暗地探缉。适有众议院议员伍汉持，原籍广东，因受国民党嫌疑，愤然出京，行至天津，突被侦骑拿去，说他私通叛党，牵入军署，当即杀死。还有众议院议徐秀钧，已回江西原籍，也被军人拘住，无非是罪关党恶，处死了案。就是参议院院长张继，也有通令缉拿，亏得他先机远引，避难海外，才得保全生命，溷迹天涯。袁总统又借着湖南会匪为口实，限制各省人民集会结社，特下一通令道：

> 湘省会匪素多，自叛党谭人凤设立社团改进会，招集无赖，分布党羽，潜为谋乱机关，于是案集如鳞之巨匪，皆各明目张胆，借集会自由之名，行开堂放票之实，以致劫案迭出，民不聊生。贻害地方，何堪设想。其余并有自由党人道会、环球大同民党诸名目，同时发生，举动均多谬妄。着湖南都督一律查明，分别严禁解散，以保公安。至此等情形，尚不止湖南一处，并着各省都督民政长，一体查禁。须知人民集会结社，本有依法限制之条，如有勾结匪类，荡轶范围情事，尤为法律所不容，切勿姑息养奸，致贻隐患。此令。

看官至此，稍稍有眼光的，已知袁总统心肠，是要靠着战胜的机会，变共和为专制，所有反对人物，统把他做匪类对待。从此民党中人，销声匿迹，哪一个敢向老虎头上去搔痒呢？惟一班袁氏爪牙，统想趁此时机，攀龙附凤，恨不得将袁大总统，即日抬上御座，做个太平天子，自己也好做个佐命功臣。可奈老袁的总统位置，还是临时充选，不是正式就任，倘或骤然劝进，未免欲速不达，就是袁总统自己，也未便立刻照允呢。袁氏果欲为帝，吾谓不若早为，何必踌躇。于是大家议定，请国会先举正式总统，把袁氏当选，然后慢慢儿的尊他为帝。两院议员，已都怕惧袁政府声威，乐得敲起顺风锣，响应国门。只是大总统已须选出，大总统选举法，还未曾制定，这却不得不急事研究，先将选举法宣布，方好选举正式总统。先是国会开幕，曾有先举总统后定宪法的计划，但参考西洋各国，多半是宪法规定，才举大总统，若要倒果为因，理论上殊说不过去，因此拟先定宪法，后举总统。两院中的议员，便组织两个特别机关，一个是宪法起草委员会，一个是宪法会议，草创的草创，讨论的讨论，彼此各有专责，正在筹议进行。偏值赣、宁乱事，生一波折，好容易平定内讧，改造时势，议员为势所迫，幡然变计，遂于九月五日，由众议院开会投票，解决先举总统的问题。至开箧检视，赞成先举总统的，有二百十三票，不赞成的只有一百二十六票。再由参议院公决，也是赞成先举总统。是即上文所云敲顺风锣。乃复开两院联合会，商立大总统选举法。原来总统选举法，本属宪法中一部分，宪法未曾制定，先将选举法提出另订，又是一种困难问题，但既有意迎合，索性通融到底，便决定由宪法起草委员会，草成宪法一部分的总统选举法。旋经宪法会议，各无异言，遂于十月四日，将总统选举法全案，宣布出来。其文如下：

中华民国宪法会议，谨制定大总统选举法，并宣布之。

## 大总统选举法

第一条　中华民国人民，完全享有公权，年满四十岁以上，并住居国内满十年以上者，得被选举为大总统。

第二条　大总统由国会议员，组织总统选举会选举之。

前项选举，以选举人总数三分二以上之列席，

用无记名投票行之，得票满投票人数四分三者为当选。但两次投票，无人当选时，就第二次得票较多者二名决选之，以得票过投票人数之半者为当选。

第三条　大总统任期五年，如再被选，得连任一次。

大总统任满前三个月，国会议员，须自行集会，组织总统选举会，行次任大总统之选举。

第四条　大总统就职时，须为左列之宣誓。

余誓以至诚遵守宪法，执行大总统之职务，谨誓。

第五条　大总统缺位时，由副总统继任，至本任大总统任满之日止。

大总统因故不能执行职务时，以副总统代理之。

副总统同时缺位时，由国务院摄行其职务，同时国会议员，于三个月内，自行集会，组织总统选举会，行次任大总统之选举。

第六条　大总统应于任满之日解职，如届期，次任大总统尚未选出，或选出后，尚未就职，次任副总统，亦不能代理时，由国务院摄行其职务。

第七条　副总统之选举，依选举大总统之规定，与大总统之选举，同时行之。但副总统缺位时，应补选之。

### 附则

大总统之职权，当宪法未制定以前，暂适用临时约法关于临时大总统职权之规定。

总统选举法，既经宣布，即于十月六日，依选举法定例，组织总统选举会，借宪法会议议场，选举正式总统。第一次投票，袁世凯得票最多，只投票人数，不满四分之三，作为无效。第二次投票，仍不足法定人数，虽票上多书"袁世凯"三字，终归无效。参议院议长，已改选王家襄，因两次投票，徒费手续，乃邀集两院议员，密与语道："我看目下的时势，非举项城为总统，恐不得了。况项城左右，统思乘此立功，推他为帝，据我愚见，不如速举项城为正式总统，免得君权复活。诸君洞明时局，谅也不以为谬呢。"恐仍由袁氏授意。各议员随口应允，到了第三次投票，还是袁世凯、黎元洪二人，各占多数。再援照选举法第二条说明，行决选法。正拟写票投匦，忽有无数人士，拥入议场，服饰鲜明，形容威赫，差不多如军队一般。经会长问明来由，大众齐声道："我等统是公民团，来观盛举，今日推选正式大总统，关系重大，总统贤良，统是诸君所赐，若选出一个不满人望的总统，将来国家扰乱，全是诸君的罪过，哼哼！我公民团

是不应许的。与其后日遭灾，何如今日审慎。如或所举非人，诸君不得出议院一步，先此通告，休要见怪！"明明是袁氏团，竟自称为公民，无怪来强奸民意。数语说毕，遂轩眉抵掌的环绕拢来，竟把会场内议员，包围至数十匝。简直是十面埋伏。众议员睹这情形，已窥透政府作用，没奈何各握住了笔，草草书袁世凯三字，投入瓯中。待至检票唱名，自然票票是袁世凯，遂当场呼出，袁世凯当选为中华民国正式大总统。这十数字声浪，传将出来，便有好几万人的应声，回答转去，应声中恰是"大总统万岁"五字。看官不必细问，便可知是公民团的应声了。公民团欢呼以后，一齐退出，又仿佛是得胜班师的形景。能够强迫议员，应推莫大功劳。越日，选举副总统，一次投票，即举出黎元洪。得票满法定人数，也没有什么公民团，来院强迫了。选举告终，当由国务院即日通电，布告全国道：

> 武昌黎副总统、各省都督、民政长、将军、都统、副都统、办事长官、经略使、镇边使、宣抚使、镇守使、宣慰使鉴：本日国会组织总统选举会，依法选举，临时大总统袁公，当选为大总统，特此通告，希转知省议会，并通电所属各县，一体知照。国务院印。

又由外交部长孙宝琦，照会驻京各公使道：

> 为照会事：中华民国二年十月六日，经国民议会，依大总统选举法选举大总统，兹据议长报告，现任临时大总统袁世凯，当选为中华民国大总统，定于十月十日行就职礼。相应照会贵署理公使大臣、署理大臣查照，即希转达贵国政府可也。须至照会者。

这次袁总统正式莅任，一切礼节，已由国务院预先订定，预先二字，亦用得妙。格外隆备。正是：

> 政客低头甘听令，枭雄得志又登台。

欲知袁总统就职情形，且至下回再阅。

　　熊凤凰就任总理，当时有人才内阁之称，其实袁总统意中，第借熊为过渡人物，并非实行信任，熊氏亦何苦身当其冲乎？况解散议会，杀害议员，种种违法举动，已露端倪，而熊氏适丁其时，将来为袁氏受过，已可预料。凤兮凤兮，何见几之不早也？至选举正式总统，再三迎合，尚受军队胁迫，若有洁身自好之议员，应亦先机远引，而乃甘入漩涡，泲泲偒偒，为国民羞，毋亦自轻声价耶？总之人生行事，多为利禄所误，恋恋于利禄中，必有当断不断之忧，迫至后来结果，仍然身名两赜，悔不可追，嗟何及乎！

# 第三十四回

## 踵事增华正式受任　争权侵法越俎遣员

却说中华民国二年十月十日，正值国庆令节，全国行庆祝礼，又经袁总统正式莅任，越觉锦上添花，喜气洋溢。老袁强迫选举，正为此日。当由国务院通告礼节，定于十月十日上午十时，前称国庆为双十节，此次应改呼三十节。大总统正式就职于太和殿。这太和殿的规模，很是弘敞，从前清帝登基，以及元旦诞辰，受百官朝贺，统在这殿中行礼，袁总统就此受任，分明是代清受命的意思。一语道破。是日，殿中已洒扫清洁，布置整齐，陈设华丽，一班伺候人员，早已穿好大礼服，趋向殿前，按班鹄立。好容易待至十时，方见大礼官入殿，导着一位龙骧虎步的袁总统，徐步而来。两旁奏起国乐，锵铿杂沓，谐成一片；接连是殿门外面，远远的鸣炮宣威，共计一百另一响。袁总统步上礼台，中立南向。侍从各官，联步随登，站立左右，国乐暂止。侍从官捧进誓词，由袁总统宣读告终，即有庆祝官趋至北面，行谒见礼，向袁总统一鞠躬，袁总统倒也答礼。侍从官再进宣言书，袁总统又照书宣读。读毕，庆祝官再行庆祝礼，向袁总统三鞠躬。袁总统也答礼如仪，乐又再作。掌仪官引导庆祝官退就接待室，大礼官引导袁总统还休息室，乐复暂止。既而大礼官出殿，接引外宾入礼堂，序次排立，复请袁总统出莅礼堂，南向正立。乐奏三成，袁总统再就礼台，由外交总长孙宝琦，邀同各国公使，及参随各员，至礼台前，行鞠躬礼，袁总统也鞠躬相答。领衔公使代表外交团，宣读颂词，满口是爱皮西提，经翻译员译作华文，方可作为本书的词料。词云：

　　君现被举中华民国大总统，本领衔公使代表外交团，来述庆贺之忱。新政体建设以来，此为第一次集会于中国正式庆日，借此各国公使，请大总统深信所祝，于此选举君为正式大总统，能为中国开始一新幸福时代之先步，且恪守条约及各项成例，不但能维持中国之平和，保持民国政府之稳建，并能保国内富饶之发达。各国于此举亦利助成，依中国情形如是，定望各本国政府与贵国政府，所有今日幸结接洽，将必日益亲密，谅于此情。各国公使，必承大总统贵重协助，外交团于今日欣祝大总统政治丕益，大总统福躬康乐！

领衔公使读毕颂词，袁总统亦亲诵答词道：

　　今日贵公使以本大总统被选为中华民国大总统，代表各公使惠临称贺，并承贵公使以被选正式总统，为中国开始新幸福之先步，致词推许。本大总统感谢之忱，实为无量。本大总统深愿履行条约，循守成例。与友邦敦睦，为惟一之基础，前在临时政府期内，固已早有明证，此后尤当竭其绵力，俾本国政府，与贵各国政府联络之感情，恳笃之交谊，日益亲密，有加无已。本大总统以保持和平，秩序发达，经济信用，为作新宗旨，贵各国公使热诚赞助，乐观厥成。本大总统深信彼此睦谊，即为他日永久不渝之征也。顺祝贵各国暨贵公使绥福无疆！

袁总统读一句，翻译员亦译述一句，随读随译，一气读完。各公使均表满意，即率参随各员，复向袁总统鞠躬。袁总统答礼毕，各公使再行私觌礼，由大礼官依次引见，个个与袁总统握手，继以鞠躬。袁总统一一答礼，外交团退赴接待室。大礼官又导入清室代表世续，与袁总统相见，所有礼节，及彼颂此答，大致与各国公使相同。世续退后，大礼告成，伺候各官，循例三呼，国乐以外，杂以军乐，仿佛有凤凰来仪，百兽率舞景象，引用《虞书》，妙不可阶。袁总统缓步下台，退至休息室小憩。是时袁总统心中应该快乐，吾谓其尚未满意。约一小时，陆军总长段祺瑞，戎服趋进，请袁总统莅天安门阅兵；袁总统又嘱外交总长孙宝琦，邀请各国公使，及清室代表，同往校阅。各公使等自然乐从，于是袁总统前行，各公使等后随，还有一班伺候官员，鱼贯而出，统至天安门。门前早有座位设着，袁总统坐中，外宾坐左，陆军外交等坐右，一声令下，万卒齐来，先向上座参见，行过军礼，然后按着步伐，排齐行伍，把平时练习的技术，当场试演，俨然得心应手，纯熟无比。各公使却也称赏，袁总统格外嘉慰，越觉得笑容可掬，满面春风。骄态已露。至阅兵礼毕，座客尽散，袁总统即由天安门外，乘着礼车，返总统府去了。

到了下午，由总统府颁发命令，世续、徐世昌、赵秉钧，俱特授勋一位。世续系清室代表，如何也授勋一位。朱瑞、蔡锷、胡景伊、唐继尧、阎锡山、张凤翙，张锡鸾、倪嗣冲、张镇芳、周自齐、陈宧、汤芗铭，均授勋二位。蒋尊簋、孙毓筠、庄蕴宽，均授勋三位。张绍曾、陆建章，均授勋四位。屈映光授勋五位。王家襄、章宗祥，均给予一等嘉禾章。王家襄身为议员，得给嘉禾章，可见前回拟举袁氏，寓有隐衷。林长民、张国淦、施愚、王治馨、治格，均给予二等嘉禾章。顾鳌给予三等嘉禾章。廕昌给予一等文虎章。赵惟熙、陈昭常、宋小濂、张广建、唐在礼、张士钰、袁乃宽、李进才、江朝宗，均给予二等文虎章。总算赏赉优渥，内外蒙恩。还有一种可喜的事件，自美洲各国，承认中华民国后，欧洲诸国，尚是彷徨却顾，不肯遽认，至此闻正式总统，已经就任，于是俄、法、英、德、奥、意、日本，及比、丹、葡、荷、瑞、挪等国，各于袁总统莅位这一日，赍致外交部照会，承认中华民国，愿敦睦谊；且由内务部农林部工商部交通部，特颁通告，凡公共游玩等所，一律开放三日，任人游览，免收券费，大约是与民同乐的意思。应加断语，均为后文改图帝制伏笔。嗣是黎副总统及各省都督、民政长、将军、都统、副都统、办事长官、经略使、镇边使、宣抚使、镇守使、宣慰使等，无不上书肃贺，各表欢忱。又由国务院电达武昌，道贺黎副总统正式就职。各省官吏，亦通电致贺。是时黎元洪已辞去江西兼督，保荐李纯署任，惟督鄂如故。他本是随遇而安，无心营兢，正式副总统一职，得不足喜，失不足忧，所以人家贺他，他只淡淡的答谢数语，也并没有什么隆礼举行，只是吾行吾素罢了！黎之卒得保身，全亏是着。

且说大总统选举法，自宪法会议议决，即直接宣布，并未经过袁政府手中。当时袁总统未免懊恼，以为国会专制，连自己的公布权，都被夺去，将来制定宪法，均须由国会取决，事事不能自主，反做一个傀儡，如何了得。但因正式就职的期间，已预定在国庆日，倘或为此争议，势必选举延迟，辜负此良辰佳节，岂不可惜？自己尚未当选，已预定就职期间，真可谓满志踌躇。所以暂时容忍，就援照国会咨文，将总统选举法全案，刊登政府公报，即日宣布。至就任以后，遂咨照宪法会议，争回公布权，统共不下二千言，由小子节录如下：

为咨行事，查临时约法第十九条，内载参议院之职权，一，议决一切法律案；又第五十四条，内载中华民国之宪法，由国会制定；又第二十二条，内载参议院议决事件，咨由临时大总统公布施行，又第三十条，内载临时大总统公布法律各等语。凡此规定，均属前参议院在约法上议决法律，及制定宪法之职权范围。民国议会成立以来，依国会组织法第十四条之规定，民国宪法未定以前，临时约法所定参议院之职权，为民国议会之职权，则民国议会，无论系议决法律事件，抑系制定宪法事件，皆应以临时约法暨国会组织法所定程序为准，实无丝毫疑义。乃本年十月五日，准宪法会议咨开：大总统选举法案，业于十月四日，经本会议议决宣布，并公决送登政府公报，为此钞录全案，咨达大总统，即希查照饬登等因前来。本大总统当以民国议会，前经议决，先举总统，后定宪法，系为奠定民国国基起见。本月四日，宪法会议议决大总统选举法案，来咨虽仅止声明议决宣布，并公决送登政府公报等语，显与临时约法暨国会组织法规定不符。然以目前大局情形而论，内忧外患，纷至沓来，友邦承认问题，又率以正式总统之选举，能否举行为断，是以接准来咨，未便遽以临时约法及国会组织法相绳，因即查照来咨，命令国务院饬局照登。惟此项咨达饬登之办法，既与约法上之国家立法程序，大相违反。若长此缄默不言，不惟使民国议会，蒙破坏约法之嫌，抑恐令全国国民，启弁髦约法之渐。此则本大总统于宪法会议之来咨，认为于现行法律及立法先例，俱有未妥，不敢不掬诚以相告者也。查民国立法程序，约法暨国会组织法，定有明文，一为提案，二为议决，三为公布，断未有但经提案议决，而不经公布，可以成为法律者，大总统选举法案，若为法律之一种，则依据临时约法第二十二条第三十条之规定，当然应由大总统公布。若为宪法之一部，则依据临时约法第五十四条之规定，虽应由民国议会制定，然制定权行使之范围，仍应以国会组织法第二十条之起草权，第二十一条之议定权为标准，断不能侵及于临时约法第二十二及第三十条之公布权。宪法会议，以此项宣布权，乃竟贸然行使，其蔑视本大总统之职权，关系犹小，其故违民国根本之约法，影响实巨。本大总统此次饬局照登，设我国民起而责以放弃职权之咎，固属百喙莫辞，而我最高立法机关，乃置现行约法及国会组织法于不顾，竟使本大总统不得不出于放弃职权之一途，恐亦非代表国民公意者所应出此也。何不早说？岂至此方才省悟乎？况民国肇造，二年于兹，宪法未施行以前，约法之效力，与宪法等。民国元年，前参议院议决临时约法时，业于是年三月十一日，咨送临时大总统公布有案。而临时约法第五十六条，并定有本约法自公布之日施行各明文。夫与宪法效力相等之约法，既经前参议院议决咨送大总统公布于前，则依照民国立法之先例，无论此次议定之大总统选举法案，或将来议定之宪法案，注意在此条。断无不经大总统公布，而遽可以施行之理。总之民国会议，对于民国宪法案，只有起草权及议定权，实无所谓宣布权，此为国会组织法所规定，铁案如山，万难任意摇动。究竟本月五日

踵事增华正式受任　争权侵法越俎遣员

来咨所称饬登之大总统选举法案，是否即应依照约法公布施行之规定办理？将来民国会议制定宪法案，应否依照国会组织法第二十条第二十一条之规定，以起草议决为限。事关立法权限，亟应咨询国会，从速答复，相应咨行贵会查照，依法办理可也。此咨。

宪法会议中，接到此咨。统说是直接宣布，系各国通例，原无庸经过总统手续；且因宪法草案，正在裁酌，大家悉心斟酌，忙碌得很，也无暇特别开议，答复总统。老袁静待两日，并不见有复文，遂欲越俎代谋，特饬国务院派员干涉。适值宪法起草委员会，开宪法草案三读会，突有八人陆续趋入，据言奉大总统令，来会陈述意见，并赍达总统咨文，请宪法会议查照施行。看官你道这八人为谁？就是施愚、顾鳌、饶孟任、黎渊、方枢、程树德、孔昭焱、余棨昌八人。一面递交咨文，由会中人员公阅，其文云：

> 查国会组织法，载民国宪法案，由民国会议起草及议定，送经民国议会，组织民国宪法起草委员会，暨特开宪法会议。本大总统深惟我中华民国开创之苦，建设之难，对于关系国家根本组织之宪法案，甚望可以早日告成，以期共和政治之发达。惟查临时约法，载明大总统有提议增修约法之权，诚以宪法成立，执行之责，在大总统，宪法未制定以前，约法效力，原与宪法相等，其所以予大总统此项特权者，盖非是则国权运用，易涉偏倚。且国家之治乱兴亡，每与根本大法为消息，大总统既为代表政府总揽政务之国家元首，于关系治乱兴亡之大法，若不能有一定之意思表示，使议法者得所折衷，则由国家根本大法所发生之危险，势必酝酿于无形，甚或补救之无术，是岂国家制定根本大法之本意哉？本大总统前膺临时大总统之任，一年有余，行政甘苦，知之较悉，国民疾苦，察之较真。现在既居大总统之职，将来即负执行民国议会所拟宪法之责，苟见有执行困难，及影响于国家治乱兴亡之处，势未敢自己于言。况共和成立，本大总统幸得周旋其间，今既承国民推举，负此重任，而对于民国根本组织之宪法大典，设有所知而不言，或言之而不尽，殊非忠于民国之素志。兹本大总统谨以至诚对于民国宪法，有所陈述，特饬国务院派遣委员施愚、顾鳌、饶孟任、黎渊、方枢、程树德、孔昭焱、余棨昌前往，代达本大总统之意见：嗣后贵会开议时，或开宪法起草委员会，或开宪法审议会，均希先期知照国务院，以便该委员等随时出席陈述。相应咨明贵会，请烦查照可也。此咨。

会中人员阅毕，便语八委员道："民国立法，权在国会，不受行政部干涉。诸公来此，未免违法，还请转达总统，收回成命。"八委员齐声道："大总统尚有咨文在此，请诸君再阅，便可分晓。"言毕，又递交咨文一纸，由众议员续览一周，都不觉摇起头来。小子有诗咏袁总统道：

到底雄心未肯降，议围先遣五丁撞。

乃翁自命非凡品，国会从今莫语哤。

欲知咨文中如何说法，容待下回再详。

前半回叙袁氏正式就职，尽举当时礼节，揭出纸上，见得袁总统威仪烜赫，比前临时总统，已觉不同，即隐为后文帝制伏笔。后半回迭录两咨文，无非为推倒共和，改图专制张本。袁氏以国家宪法，定诸国会，一切不能自主，所以力争公布权，并遣八委员干涉立法，曾亦思今日之中华，固已为民主国体乎？既曰民主，则主权应操之于民，总统不过一公仆耳，乌得妄争主权耶？总之袁氏为帝之心，憧扰于中而不能自已，一经诸事顺手，便逐渐发现出来，作者不肯轻轻放过，故有闻必录，无隐不扬，若徒以抄胥目之，盖亦误矣。

# 第三十五回

## 拒委员触怒政府　借武力追索证书

却说众议员阅读袁总统咨文，又是长篇大论，洋洋洒洒的数千言，大致以《临时约法》，有好几条不便照行，须亟加修正。小子录不胜录，但记得当时有一清单，提出增修约法草案，就中有应修正者三条，应追加者二条，特照录如下：

**应修正者三条**

（一）《临时约法》第三十三条　临时大总统得制定官制官规，但须提交参议院议决。

（修正）大总统制定官制官规。

（二）《临时约法》第三十四条　临时大总统得任免文武职员，但任命国务员及外交大使，须得参议院议员同意。

（修正）大总统任免文武职员。

（三）《临时约法》第三十五条　临时大总统经参议院之同意，得宣战媾和及缔结条约。

（修正）大总统宣战媾和及缔结条约。

**应追加者二条**

（一）大总统为保持公安防御灾患，于国会闭会时，得制定与法律同效力之教令。

前项教令，至次期国会开会十日内，须提出两院，求其承认。

（二）大总统为保持公安防御灾患，有紧急之需用，而不及召集国会时，得以教令为临时财政处分。

前项处分，至次期国会开会十日内，须提出众议院，求其承诺。

是时宪法草案，已拟定十一章一百十三条，大旨已定，不便变更。况且袁总统提出各条件，全然是君主立宪国的法例，与民主立宪，毫不相容。看官！你想这宪法起草委员，及宪法会议中人，肯一一听命老袁，委曲迁就么？当下即向施愚、顾鳌等八人道："本会章程，宪法读草，只许国会议员列席旁听，此外无论何人，不得入席。今诸君来此，欲代大总统陈述意见，更与会章不符，本会但知遵章而行，请诸君自重。"施愚等再欲有言，那会员等已不去理睬，只管自己读法去了。施愚等奉命而来，趾高气扬，偏遭了这场白眼，扫尽面上光采，叫他如何不气？如何不恼？原是禁受不起。随即退出院中，回报袁总统，除陈述情形外，免不得添入数语，作为浸润。袁总统半晌道："我自有法，你等且退。"施愚等唯唯趋出，隔了一天，即由国务院发出袁总统电文，通告各省都督民政长，反对宪法草案，略云：

制定宪法，关系民国存亡，应如何审议精详，力求完善。乃国民党人，破坏者多，始则托名政党，为虎作伥，危害国家，颠覆政府，事实具在，无可讳言。

此次宪法起草委员会，该党议员居其多数，阅其所拟宪法草案，妨害国家者甚多。特举其最要者，先约略言之：立宪精神，以分权为原则，临时政府，一年以内，内阁三易，屡陷于无政府地位，皆误于议会之有国务员同意权，此必须废除者；今草案第十一条，国务总理之任命，须经众议院同意，第四十三条，众议院对于国务院，为不信任之决议时，须免其职，比较临时约法，弊害尤甚。各部总长，虽准自由任命，然弹劾之外，又有不信任投票一条，必使各部行政，事事仰承意旨。否则国务员即不违法，议员喜怒任意，可投不信任之票，众议员数五百九十六人，以过半数列席计之，但有二百九十九人表决，即应免职，是国务员随时可以推翻，行政权全在众议员少数人之手，直成为国会专制矣。自爱有为之士，其孰肯投身政界乎？各部各省，行政事务，范围甚广，行政实依其施行之法，均得有相当之处分，今草案第八十七条，法院依法律，受理民事刑事行政及其他一切诉讼云云，是不遵约法，另设平政院，乃使行政诉讼，亦隶法院，行政官无行政处分之权，法院得掣行政官之肘，立宪政体，固如是乎？国会闭会期间，设国会委员会，美国两院规则内有之，而宪法上并无明文；今草案第五条，规定国会委员会，由参众两院选出四十人，共同组织之，会议以委员三分二以上列席，三分二以上同意决之，而其规定之职权，一咨请开国会委员会，一闭会期内，国务总理出缺时，任命署理，须得委员会同意，一发布紧急命令，及财政紧急处分，均须经委员会议决。此不特侵夺政府应有之特权，而仅四十委员，但得二十余人之列席，与十八人之同意，便可操纵一切，试问能否代表两院意见，以少数人专制多数人，此尤侮蔑立法之甚者也。文武官吏，大总统有任命之权，今草案第一百八、九两条，审计员由参议院选举之，审计院长，因审计员互选之云云。审计员专以议员组织，则政府编制预算之权，亦同虚设，而审计又用事前监督，政府直无运用之余地。国家岁入岁出，对于国会，有预算之提交，决算之报告，既予以监督之权，岂宜干预用人，层层束缚，以掣政府之肘？综其流弊，将使行政一部，仅为国会附属品，直是消灭行政独立之权。近来各省省议会，掣肘行政，已成习惯，倘再令照国会专制办法，将尽天下文武官吏，皆附属于百十议员之下，是无政府也。值此建设时代，内乱外患，险象环生，各行政官力负责任，急起直追，犹虞不及，若反消灭行政一部独立之权，势非亡国灭种不止。推你为帝，想国必不亡，种必不灭。此种草案，既有人主持于前，自必有人构成于后，设非借此以遂其破坏倾覆之谋，何至于国势民情，梦梦若是，但你也未必昭昭，奈何？征诸人民心理，既不谓然，即各国法律家，亦都訾驳，本大总统忝受付托之重，坚持保国救民之宗旨，确见此等违背共和政体之宪法，影响于国家治乱兴亡者极大，何敢缄默不言？临时约法，临时大总统有提议修改约法之权，又美国议定宪法时，华盛顿充独立殖民地代表第二联合会议议长，虽寡所提议，而国民三十万人出众议员一人之规定，实华盛顿所主张。法国制定宪法时，马克马洪被选为正式大总统，命外务大臣布罗利，向国民会议提出宪法案，即为法国现行之原案。此法、美二国第一任大总统与闻宪法之事，具有先例可援。用特派员前赴国会陈述意见，以期尽我保国救民之微忱。草案内谬点甚多，一面已约集中外法家，共同讨论，仍当随时续告。各该文武长官，同为国民一分子，且各负保卫治安之责，对于国家根本大法，利害与共，亦未便知而不言。务望逐条研究，共抒谠论，于电到五日内，迅速条陈电复，以凭采择。

原来宪法草案的内容，袁总统已探听得明明白白，他因所定草案，仍然由《临时约法》脱胎，不过增修字句，较为详备，并没有特别通融，所以极力反对。各省都督民政长，本是行政人员，当然不能立法，老袁并非不晓，但既为民选的总统，未便悍然自恣，不得不借重官吏，要他出来作梗，反抗立法机关，庶几借口有资，得以压倒国会。借刀杀人，是他惯技。各省都督民政长，见老袁正在得势，哪个不想望颜色，凑便逢迎？于是你上一篇电陈，我达一篇电复，或说是应解散国民党，或说是应撤销国民党议员，或说是应撤销草案，及解散起草委员会。就中有几个袁氏心腹，简直是主张专制，说是："国会议员，与逆党通同一气，莠言煽乱，颠倒黑白，不如一律解散，正本清源"云云。贡媚献谀，无所不至。袁总统接到这等电文，喜得心花怒开，忙邀入国务总理熊希龄，及各部长等，商议撤销议员等事宜。熊总理等依违两可，乃由袁总统决定，分条进行，先命解散国民党，及撤销国民党议员，于十一月四日下令道：

据警备司令官汇呈查获乱党首魁李烈钧等，与乱党议员徐秀钧等，往来密电数十件，本大总统逐加披阅，震骇殊深。此次内乱，该国民党本部，与该国民党国会议员，潜相构煽，李烈钧、黄兴等，乃敢据地称兵，蹂躏及于东南各省，我国民身命财产，横遭屠掠，种种惨酷情事，事后追思，犹觉心悸，而推原祸始，实觉罪有所归。综核伊等往来密电，最为我国民所痛心疾首者，厥有数端：一该各电内称李逆烈钧为七省同盟之议，是显以民国政府为敌国；二中央派兵驻鄂，纯为保卫地方起见，乃该各电内称国民党本部，对于此举，极为注意，已派员与黄兴接洽，并电李烈钧速防要塞，以备对待，是显以民国国军为敌兵；三该各电既促李逆烈钧以先发制人，机不可失，并称黄联宁、皖，孙连桂、粤、宁为根据，速立政府，是显欲破坏民国之统一而不恤；四该各电既谓内讧迭起，外人出而调停，南北分据，指日可定，是显欲引起列强之干涉而后快。凡此乱谋，该逆电内，均有与该党本部接洽，及该党议员一致进行，并意见相同各等语，勾结既固，于是李逆烈钧，先后接济该党本部巨款，动辄数万，复特别津贴该党国会议员以厚资。是该党党员，及该党议员，但知构乱以便其私，早已置国家危亡，国民痛苦于度外，乱国残民，于斯为极。本大总统受国民付托之重，既据发现该国民党本部，与该党议员勾结为乱各重情，为挽救国家之危亡，减轻国民之痛苦计，已饬北京警备地域司令官，将该国民党京师本部，立予解散，仍通行各戒严地域司令官各都督民政长，转饬各该地方警察厅长，及该管地方官，凡国民党所设机关，不拘为支部分部交通部，及其他名称，凡现未解散者，限令到三日内，一律勒令解散。嗣后再有以国民党名义，发布印刷物品，公开演说，或秘密集会者，均属乱党，应即一体拿办，毋稍宽纵。至该国民党国会议员，既受李逆烈钧等，特别津贴之款，为数甚多，原电又有与李逆烈钧，一致进行之约，似此阳窃建设国家之高位，阴预倾覆国家之乱谋，实已自行取消其国会组织法上所称之议员资格，若听其长此假借名义，深恐生心好乱者，有触即发，共和前途之危险，宁可胜言？况若辈早不以法律上之合格议员自居，国家亦何能强以法律上之合格议员相待？应饬该警备司令官，督饬京师警察厅，查明自江西湖口地方倡乱之日起，凡国会议员之隶籍该国民党者，一律追缴议员证书徽章。一面由内务总长，从速行令各该选举总监督暨初选举监督，分别查取本届合法之参议院众议院议员候补当选人，如额递补，务使我庄严神圣之国会，不再为助长内乱者所挟持，以期巩固真正之共和，宣达真正之民意。该党以外之议员，热诚爱国者，殊不乏人，当知去害群即所以扶持正气，决不致怀疑误会，借端附和，以自蹈曲庇乱党之嫌。该国民党议员等回籍以后，但能湔除自新，不与乱党为缘，则参政之日月，仍属甚长，共和之幸福，不难共享也。除将据呈查获乱党各证据，另行布告外，仰该管各官吏，一体遵照。此令。

这令下后，不特国民党议员，惊愕异常，就是别党议员，也有兔死狐悲的感慨，拟援据议院法，凡议员除名，须经院议决定一条，与政府辩驳。还有新行组织的民宪党，系拥护宪法草案，抵制政府干涉，共说袁总统能战胜兵戎，不能战胜法律，誓共同心力，与宪法为存亡，彼此抖擞精神，要与袁政府辩论曲直。已经迟了。哪知迅雷不及掩耳，就是下令这一日，下午四时，军警依令执行，往来如梭，彻夜不绝。看官道是何因？乃是向国民党议员各寓中，追缴证书徽章。议员稍一迟疑，便经那班丘八老爷，拔出手枪，指示威吓。天下无论何人，没有不爱惜身命，欲要身命保全，不得不将证书徽章，缴出了事。到了夜半，已追索得三百五十多件，汇交政府。哪知老袁意尚未足，再令将湖口起事前，已经脱党人员，亦饬令勒缴证书徽章。军警们不敢少懈，只好再去挨户搜索，敲门打户，行凶逞威。直到天光破晓，红日高升，方一齐追毕，又得八十余件，乃回去销差。不意政府又复下令，叫他监守两院大门，依照追缴证书徽章的议员名单，盘查出入。凡一议员进院，必须经过查问手续，确是单内未列姓名，方准进去。看官！你想议院章程，必须议员有过半数列席，方得开议，起初追缴国民党议员证书徽章，尚止三百多件，计算起来，不过两院中的三分之一，及续行追缴八十余人，两院议员，已去了一半，照院章看来，已不足法定人数，如何开会议事？袁氏之所以必须续追，原来为此。因此立法部的机能，全然失去。就是命令中有递补议员一语，各省候补当选人，也相率视为畏途，不敢赴京。国会遂不能开会，徒成一风流云散的残局了。袁政府煞是厉害，见国民党议员，变不出什么法儿，索性饬令各省将省议会中的国民党议员亦一并取消，小子有诗叹道：

　　大权在手即横行，约法何能缚项城？
　　数百议员齐俯首，乃公原足使人惊。

欲知袁政府后事，且至下回续表。

八委员之被拒，为国会正当之举动，狡如老袁，岂见不到此？彼正欲借此八委员，

159

以尝试国会，无论被拒与否，总有决裂之一日，业已战胜敌党，宁不能战胜国会乎？追解散国民党，及追缴证书徽章，强权武力，陆续进行，于是拥护袁氏之进步党议员，亦抱兔死狐悲之感，欲起而反抗之，然已无及矣。观袁氏之令出如山，军警亦奉行惟谨。通宵追索，翌晨毕事，袁氏之威势，真炙手可热哉！然以力假仁，得霸而止，仁且未假，欲横行以逞己志，难矣。请看今日之域中，毕竟谁家之天下？

# 第三十六回

## 促就道副座入京　避要路兼督辞职

却说袁总统既削平异党，摧残议院，事事称心，般般顺手，当然有笼压全国，惟我独尊的气势。惟因云南都督蔡锷，于二次革命时，拟联合黔、桂等省，居间调停，主张两方罢兵，凭法理解决。事为袁氏所忌，遂召他入京，令黔督唐继尧兼署；还有湖南都督谭延闿，及福建都督孙道仁，曾附和独立，图抗中央，虽事后取消，归罪他人，也不过是掩耳盗铃的计策，瞒不住老袁心目，袁总统遂将他免职，把湖南都督一缺，特任了汤芗铭，福建都督一缺，令海军总长刘冠雄兼代，后来且将这缺裁去，只设一民政长罢了。三督既去，此外都俯首帖耳，不敢异词，只有国会中议员，还因法定人数，屡次缺席，未免啧有烦言。袁总统特创一新例，挑选了几个有名人物，组成议事机关，叫作政治会议，老袁既有言莫予违之意，何必设此机关，致多累赘。会长派任李经羲，又有梁敦彦、樊增祥、蔡锷、宝熙、马良、杨度、赵惟熙七人，同作襄议员，再由国务总理举派二人，每部总长举派一人，法官二人，蒙藏事务局，酌派数人，各省都督民政长，亦酌派数人，集中议政，算作国会的替身。一面授意各省长官，令他倡议遣散议员，取消国会，于是副总统兼领湖北都督事黎元洪，邀集各省都督民政长等，联名电致袁总统道：

大总统钧鉴：共和国家，以法治为归宿，当破坏之后，亟宜为建设之谋，所有应行法治，千端万绪，虽急起直追，犹恐不及。民国初创，以参议院为立法机关，而成立年余，制定法案，寥寥无几，惟以党争闻于天下，适为建设之障碍，决无进行之计划。中外士庶，乃移易其渴望之心，属诸国会，以为国会既成，必可将各项法制，依次制定。不意开会七阅月，糜帑数百万，而于立法一事，寂然无闻，欲仅如前参议院尚能立东鳞西爪之法，而亦不可得。民国前途，岂堪久待？盖因各议员被举之初，别有来由，多非人民公意之所推定，谓为代表，夫将谁欺？其有爱国思想者，固不乏人，而争权利，徇党见，置国家存亡人民死活于不顾者，反占优势。且人数过多，贤者自同寒蝉，不肖者如饮狂水，余旨盲从朋附，烟雾障天，虽有善者，或徒唤奈何，宁与同尽。上下两院，性质相同，无术调剂，因之立法成绩，毫无进步，中外援为诟病，国家日益阽危。上无道揆，下无法守。赖我大总统以救国为己任，毅然刚断，将乱党议员资格，一律取消，令候补当选人，以次挨补。顾候补人员，与前次人员，资格相同，无论一时断难如额，即使如额，而八百余人，筑室道谋，仍恐议论多而成功少。现在国本初定，重要法案，何止数百件？由今之道，以七阅月而未立一法，虽迟以百年，亦复何济？而强邻环伺，破产在即，岂从容高论之秋？我不自谋，必有起而代我者，欲不为人之牛马奴隶，何可得耶？元洪等行政人员，亦国民一分子，国苟不存，身于何有？苟利于国，遑论其他，用敢联名恳切大总统始终以救国为前提，万不可拘文牵义，以各国长治久安之成式，施诸水深火热之中华。历考中外改革初期，以时势造法律，不以法律造时势。美为共和模范，而开国之始，第一次宪法，即因束缚政府，不能有为，遂有费拉德费亚会议修正之举。是役也，全体会员，无不有政治之经验，其会议之所议决，多轶出原有宪法范围以外，而自操制定宪法之全权，论者不诋为违法，先例具在，可为明征。现在政治会议，已经召集，与美国往事由各州推举之例正同，请大总统饬下国务院，咨询各员以救国大计，若众意咸同，则共和政体之精神，即可因兹发轫。即例以南京政府以十四省行政官代表之参议院，其完缺大相悬殊，正与华盛顿修正宪法，若合一辙。元洪等承乏地方，深知民人心理，痛恶暴乱之议员；各国论调，亦极公允，我大总统何所顾忌而不为之所？文明国议员，无论何党，皆以扶持本国为宗旨，断无以破坏阻挠为能事者。现在国民党议员，悉经解散，其余稳健议员，素知自爱，闻已羞与哙伍，愤欲辞职。虽欲固结，已属无从。留此少数之人，既无成立之希望，应请大总统给资回籍，另候召集。各议员皆明达廉洁，决不恋恋于五千元之岁俸，而浮沉于不生不灭之间，以误国家大计。狂夫之言，圣人择焉，伏乞鉴核施行，民国幸甚！副总统兼领湖北都督事黎元洪，署湖北民政长吕调元，直隶都督冯国璋，直隶民政长刘若曾，奉天都督兼署吉林都督张锡銮，奉天民政长许世英，吉林民政长齐耀琳，吉林护军使孟恩远，黑龙江护军使兼署民政长朱庆澜，江苏都督张勋，江苏民政长韩国钧，江北护军使蒋雁行，安徽都督兼署民政长倪嗣冲，署江西都督李纯，江西民政长汪瑞闿，浙江都督朱瑞，署浙江民政长屈映光，福建民政长汪声玲，署湖南都督兼理民政长汤芗铭，署山东都督靳云鹏，署山东民政长田文烈，河南都督张镇芳，河南民政长张凤台，山西都督阎锡山，山西民政长陈钰，陕西都督张凤翔，署陕西民政长高增爵，护理甘肃都督兼护民政长张炳华，新疆都督兼署民政长杨增新，四川都督胡景伊，署四川民政长陈廷杰，护理川边经略使颜镡，广东都督龙济光，署广东民政长李开侁，广西都督陆荣廷，广西民政长张鸣岐，贵州都督兼署云南都督唐继尧，云南民政长李鸿祥，贵州民政长戴戡同叩。

看官阅此电文，已见得各省长官，统是仰承意旨，不消细述。惟黎元洪系起义首领，本意在推翻专制，建设共和，此次袁总统摧残国会，明明欲回复专制，如何也随声附和，反领衔电达呢？古语说得好，"识时务者为俊杰"，大众既赞成袁氏，他亦不便硬行出头，与袁反对，乐得同流合污，做一个与时浮沉的俊杰呢。句中有眼。不意通电未几，即来了参议院院长王家襄，口称奉总统密令，邀副总统入京，面商要略。黎元洪也不推辞，立将任中各项文书，委任民政长暂管，草草的收拾行装，随王北上，尚恐部下有变，佯言因公渡江，事毕返署，所以出城就道，行踪诡秘，连黎氏左右，也未尝预知情事。待至黎已到京，方闻袁总统下令，有云兼领湖北都督事黎元洪，因公来京，着段祺瑞暂代兼领湖北都督事。当时中外人士，莫名其妙，共疑政府有何大事，必须这黎副总统到京呢。嗣由小子底细调查，方知黎氏入京，段氏出镇，统含有特别关系，不是无故调动的。说来话长，待小子叙述出来。

原来袁氏倚黎、段为左右手，黎长参谋，段长陆军，遇事必内外筹商，谋定后动。黎、段亦矢忠矢慎，不敢有违，所以二次革命，黎为外护，段为中坚，终能指日荡平，肃清半壁。袁总统得此奇捷，未免顾盼自豪，尝语左右道："我略用武装，约叛党相见，不到两月，尽已平定，论起功力，不在拿翁下。拿翁即法国拿破仑。惟拿翁自恃武功，觊觎大宝，改变民主，再行帝政，我虽很加羡慕，但不欲轻效拿翁，致蹈覆辙呢。"自知甚明，何后来利令智昏？左右等唯唯如命，未敢妄赞一词，就中有一位跃跃欲逞的贵公子，听到此言，便迎机而入，婉进讽词，老袁掀髯笑道："汝欲我做皇帝么？但为事必三思后行，倘或骑梁不成，反输一跌，岂不是欲巧反拙么？"意在言外。于是这位贵公子，垂首告退。看官道此人为谁？说是袁总统的长公子克定。画龙点睛。袁总统有一妻十五妾，子十五，女十四，惟长子克定，为正室于氏所出，机警不亚乃父，幼时除读书外，辄好武事，及弱冠后出洋，赴德国留学，卒业陆军学校，至是归国已久，常思化家为国，一展所长。居然想做唐太宗。凑巧民国成立，乃父得为总统，他便想趁这机会，劝父为帝，好把一座锦绣江山，据为袁氏私产，偏乃父不肯遽为，日日延挨过去，自思光阴易过，何时得达目的？踌躇再四，无可为计，猛然想到故友阮忠枢，与段祺瑞向称莫逆，段握陆军重任，倘得他鼓吹帝制，号召军民，那时便容易成功了。当下着人去招阮忠枢，忠枢为袁氏门下士，素与克定往来，一闻传召，立刻驰至。两下相见，当由克定嘱托一番，他即转往国务院，见段在列，乘间密语。谁料段不待词毕，便厉声道："休得妄言！休得妄言！"阮撞了一鼻子灰，返报克定，克定暗暗怀恨。段又出语人道："项城屡次宣言，誓不为帝，克定痴心妄想，一味瞎闹，岂不可笑？"这数语传入克定耳中，愈令懊恼，遂与袁乃宽密谋，挤排段氏。乃宽与克定，同姓不宗，平时殷勤趋奉，颇得老袁欢心，遂认老袁为叔父行，小袁为兄弟行。这是姓袁的好处。老袁屡加拔擢，累任至陆军次长，凡段氏一切行为，乃宽无不洞悉，所以吹毛索瘢，得进谗言。老袁虽然聪明，怎奈一个令子，一个爱侄，日事絮聒，免不得将信将疑。段祺瑞素性坦率，未曾防着，只知效忠袁氏，有时袁总统与谈湖北军情，赞美黎元洪，祺瑞独说黎仁柔有余，刚断不足，袁亦叹为知言。黎氏生平颇合此八字品评。既而袁克定以段不助己，变计联黎，复遣人示意元洪，元洪不肯相从，所答论调，与段略同。克定乃密结爪牙，撺掇老袁，调黎入京，出段镇鄂，一是软禁元洪，缓缓的令他熔化，一是驱开祺瑞，急急的撤他兵权。然是好计。黎、段非无知识，但立人檐下只好低头奉令，一往一来，仆仆道途，同做个现成傀儡罢了。黎元洪倒也见机，一经入京，便上书辞职，袁总统即日照准，不过温语答覆，竭力敷衍。彼此情词斐亹，可歌可诵，小子不忍割爱，一并照录。曾记黎元洪的呈文道：

　　敬呈者：窃元洪屡觐钧颜，仰承优遇，恩逾于骨肉，礼渥于上宾。推心则山雪皆融，握手则池冰为泮。驰惶靡措，诚服无涯。伏念元洪忝列戎行，欣逢鼎运，属官吏播迁之众，承军民拥戴之殷。王陵之率义兵，坚辞未获，刘表之居重镇，勉负难胜。洎乎宣布共和，混一区夏，荷蒙大总统俯承旧贯，悉予真除。良以成规久圮，新制未颁，不得不沿袭名称，维持现状。元洪亦以神州多难，乱党环生，念瓜代之未来，顾豆分而不忍。思欲以一拳之石，暂砥狂澜，方寸之材，权搘圮厦，所幸仰承伟略，乞助雄师，风浪不惊，星河底定，获托威灵之庇，免贻陨越之羞。盖非常之变，非大力不能戡平，无妄之荣，实初心所不及料也。夫列侯据地，周室所以陵迟，诸镇拥兵，唐宗于焉鼐靡。六朝玉步，蜕于功人，五代干戈，贻自骄将。偶昧保身之哲，遂丛误国之愆。灾黎埴于壑而罔闻，敌国入于官而不恤，远稽往乘，近览横流，国体虽更，乱源则一，未尝不哀其顽梗，懔莫惩嗟。前者章水弄兵，钟山窃位，三边酬诸异族，六省讦为同盟，元洪当对垒之冲，亦尝尽同舟之谊。乃罪言弗纳，忠告罔闻，衷此苦心，竟逢战祸，久欲奉还职权，借资表率，只以兵端甫启，选典未行，暂忍负乘致寇之嫌，勉图扶杖观成之计。孤怀耿耿，不敢告人，前路茫茫，但蕲救国。今有列强承认，庶政更新，洗武库而偃兵，敞文园而弼教。处四海困穷之会，急起犹迟，念两年患难之场，回思尚悖。论全局则须第一统，论个人则愿乞余年，倘仍恃宠长留，更或陈情不获，中流重任，岂忍施于久乏之身？当日苦衷，亦难襮诸无稽之口，此尤元洪所冰渊自惧，寝馈难安者也。伏乞大总统矜其愚悃，假以闲时，将所领湖北都督一职，明令免去。元洪追随钧座，长听教言，汲湖水以澡心，撷山云而链性。幸得此身健在，皆出解衣推食之恩，倘使边事偶生，敢忘擐甲执兵之报。伏门待命，无任屏营！谨呈。
袁总统的覆书，也是俪黄妃紫，绮丽环生。词云：

来牍阅悉。成功不居，上德若谷，事符往籍，益叹渊衷。溯自清德既衰，皇纲解纽，武昌首义，薄海风从，国体既更，嘉言益著。调停之术，力竭再三，危苦之词，书陈累万。痛洪水猛兽之祸，为千钧一发之防，国纪民彝，赖以不坠。赣、宁之乱，坐镇上游，匕鬯不惊，指挥若定。吕梁既济，重思作楫之功，虞渊弗沉，追论挈戈之烈。凡所规划，动系安危，伟业丰功，彪炳寰宇。时局初定，得至京师，昕夕握谭，快倾心膈。襄、鄂英姿，获瞻便坐。逖、琨同志，永矢毕生。每念在莒之艰，辄有微管之叹，楚国宝善，遂见斯人。迭据面请，免去所领湖北都督一职，情词恳挚，出于至诚，未允施行，复有此牍。语长心重，虑远思深，志不可移，重违其意，虽元老壮猷，未尽南服经营之用，而贤者久役，亦非国民酬报之心，勉遂谦怀，姑如所请。国基初定，经纬万端，相与有成，期我益友，嗣后凡大计所关，务望遇事指陈，以匡不逮。昔张江陵尝言："吾神游九塞，一日二三。"每思兹语，辄为敬服。前型具在，愿共勉之！此复。
复词以外，即老老实实下一令道："兼领湖北都督事黎元洪呈请辞职，黎元洪准免本官。"正是：

功狗未噬先缚勒，飞禽已尽好藏弓。

鄂督已更，又免去张勋本官，改任为长江巡阅使，另调冯国璋都督江苏，赵秉钧都督直隶，是何用意，容待小子下回表明。

黎之于袁，可谓竭尽所事，始终不贰者矣。癸丑之役，微黎阴助北军，则安能顺流无阻，先发制人？甚至撤消国会之议，黎亦不恤曲徇袁意，领衔电请，黎之忠袁如是，而袁独潜图帝制，甘心舐犊，遣人南下，召黎入京，阳加优礼，阴即软禁，好猜至此，而欲望人心之不解体，其可得乎？虽然，黎欲见好于袁，而卒为袁所卖，假使袁得永年，黎岂终能免祸乎？吾阅此回，殊不禁为黎氏惜焉。

# 第三十七回

## 罢国会议员回籍　行婚礼上将续姻

却说张勋本党附袁氏，从前袁世凯任直督时，奉清廷命募练新军，所有冯、段一班人物，统是练军中的将弁，张勋亦尝与列，受袁节制。所以张勋平日，除清廷皇帝外，只服从一袁项城。辛亥革命，张勋退出南京，虽是孤城受困，敌不住江浙联军，但也由老袁授意，为此知难而退。癸丑革命，张又为袁尽力，督兵南下，战胜异党，攻入南京，老袁特任他为江苏都督，明明是报功的意思。补叙明白。但张勋为人，粗鲁中含着血性，他自念半生富贵，统由清朝恩典，不过因时势所趋，无法保全清朝，没奈何推戴老袁，老袁只做总统，不做皇帝，还是有话可说，并非篡逆一流，为此仍然效命，惟背后的辫发，始终不肯薙去，却是不忘清室的标示。弃旧事新，已成通习，张辫帅犹怀旧德，我说他是好人。但老袁却为此一着，有些疑忌张勋，预恐帝制一行，他来反对，所以将他撤去督篆，调任散职，特令冯出督江，赵出督直，作为南北洋的羽翼。自是京都内外，统已布置妥当，就好慢慢儿的变更政体，开拓皇图，偏这两院议员，尚是睡在梦中，迭据一张没用的临时约法，指摘政府，迭加质问。真是盲人。那国务院讨厌得很，索性简截了当的答复数语。看官道如何说法？他说："两院议员，既不足法定人数，当然停议，何能提出质问书？况大总统救焚拯溺，扶危定倾，确是当今第一位人杰，是非心迹，昭然天壤，更不便绳以常例"等语。简直视为汤、武。议员争他不过，只好将就过去。一日又一日，已是民国第三年元旦，总统府中，热闹异常，外宾内吏，均去觐贺，差不多有九天阊阖，万国衣冠的盛仪。袁总统又把五等勋位，及九等嘉禾文虎各章，给赏了若干功狗，算作良辰令节的点染品。受惠感德的人，讴歌不绝。独有人民向隅。转眼间过了十日，忽由袁总统颁下一令道：

　　本日政治会议，呈复救国大计咨询一案，据称：前兼领湖北都督黎元洪等原电，修正宪法一节，若指约法而言，应于咨询增修约法程序案内，另行议复，其对于国会现有议员，给资回籍，另候召集一节，应请宣布停止两院现有议员职务，并声明两院现有议员，既与现行国会组织法第十五条所载总议员过半数之规定不符，应毋庸再为现行国会组织法第二条暨第三条之组织。至如何给资之处，应由政府迅速筹划施行。是否回籍，可听其便，政府毋庸问及等语。本大总统详加披阅，该会议议复各节，与该前兼领都督黎元洪等，救国苦心，深相契合。原呈所陈大要，以为非速改良国会之组织，无以勉符尊重国会之公心，洵属度时审势，正当办法。查两院现有议员，既与现行国会组织法第十五条所载总议员过半数之规定不符，应即依照政治会议议决宣布停止议员职务，毋庸再为现行国会组织法第二条暨第三条之组织。所有民国议会，应候本大总统依照约法，另行召集，此次停止职务各议员，由国务总理财政总长，迅将如何给资之处，筹划施行，余如该会议所陈办理。至两院现有议员，自宣布停止职务之日起，既均毋庸再为国会组织法第二条暨第三条之组织，一应两院事务，应由内务总长督饬筹备国会事务局，分别妥筹办法，免滋贻误，以副本大总统尊重国会之初意。此令。

还有一篇布告，是详述黎元洪等电请原文，及政治会议中呈复，无非说是约法不良，议员未善，应全体撤换，改新国会等情。其实是骗人伎俩，借此取消立法机关，免得节外生枝，牵掣行政，哪里还肯再行召集呢？政治会议诸公，自李经羲以下，也有一两个明白事理，阴怀愤恨，但看到黎元洪等原电，及老袁交议情形，已知木已成舟，不如顺风使帆，博得个暂时安稳；只晦气了这班议员，平白地丢去岁俸五千元，徒领了几十元川资，出都回籍去了。双方挖苦。

是时袁大公子克定，默观乃父所为，明明是与自己的希望，一同进行，黎既软禁，段又外调，所有阻碍，已经摔去，但只少一个位高望重的帮手，终究是未能圆满。他又与段芝贵商议，想去笼络江苏都督冯国璋。冯国璋的势力，不亚段祺瑞，联段不可，转而联冯，也是一条无上的秘计。段芝贵的品行，清史上已经表见，他是揣摩迎合的圣手，敏达圆滑的智囊。既蒙袁公子垂询，便想了一条美人计来，与袁公子附耳数语。袁公子大喜过望，便托他竭力作成。看官试掩卷猜之，愈加趣味。段芝贵应命去讫。

原来袁总统府中，有一位女教授，姓周字道如，乃是江苏宜兴县人。她的父亲，曾做过前清的内阁学士。这女士随父居京，曾入天津女师范学校，学成毕业，雅擅文翰，喜读兵书，嗣因中途失怙，情愿事母终身，矢志不嫁。怎奈宦囊羞涩，糊口维艰，亲丁只有一弟，虽曾需次都门，也未能得一美缺，所以这位周小姐，不能不出充教席，博衣食资。袁总统闻她才学，特延入府中，充为女教员，不特十数掌珠，都奉赞执弟子礼，就是后房佳丽，亦多半向她问字，愿列门墙。袁三夫人闵氏，或云金氏，系高丽人，本末当详见后文。与周女士尤为投契，朝夕相处，俨同姊妹。书窗闲谈，偶及婚嫁事，三夫人笑语道："吾姊芳龄，虽已三十有余，但望去不过二十许人，摽梅迨吉，秾李余妍，奈何甘心辜负，落寞一生呢？"周女士年龄借此叙述。周女士道："前因老母尚存，有心终事，今母已弃养，我又将老，还想什么佳遇？"三夫人道："姊言未免失察了。男婚女嫁，自古皆然，况太夫人已经仙逝，剩姊一身，漂泊无依，算什么呢？"周女士丧母，亦随笔带过。这一席话，说得周女士芳心暗动，两颊绯红，不由的垂头叹息。三夫人又接着道："我两人分属师生，情同姊妹，姊有隐衷，尽可表白，当代为设法，玉成好事。"周女士方徐徐道："我的本意，不愿作孟德曜，但愿学梁夫人，无如时命不齐，年将就木，自知大福不再，只好待诸来生了。"三夫人道："哪里说来！当代觅蕲王，慰姊凤愿，何如？"周女士脉脉无言。

三夫人匆匆别去，即转告袁总统，袁亦愿作撮合山，但急切未得佳偶，因此权时搁起。可巧冯国璋在京，有时至总统府中，晤商要公，偶见一丰容盛鬋的周女士，不觉啧啧叹美，讶问何人？袁总统触起旧感，即语国璋道："这是宜兴周女士，现在我处充女教习，博通经史，兼识韬钤，闻汝丧耦有年，我当为汝作伐，聘她为继室，倒也是一场佳话呢。"好一个冰上人。国璋答道："总统盛意，很是感佩，但国璋正室虽丧，尚有姬妾数人，豚儿亦已长大，自问年将半百，恐难偶此佳丽，为之奈何？"口中虽这般说，心中却早默认。袁总统道："周女士的年龄，差不多要四十岁了，与汝相较，亦不过相距十岁，你既如此说法，我待商诸周女士，再行定议便了。"国璋称谢而退。

　　未几，国璋出督江宁，各大吏祖饯都门，恭送行旌，段芝贵时亦在座，席间谈及周女士事，国璋掀髯笑道："讲到容貌两字，亦未必赛过西子、王嫱，可是人家学问，实在高出我一个武夫，我年已及艾，还有什么不满意的事？不过这胡子还长得住否，实在是一个大问题。"*得意语*。言毕，鼓掌大笑，众亦随作笑声。段芝贵却从旁凑趣道："当日刘备娶孙夫人，洞房中环列刀枪，把刘备吓得倒退，冯公虽统兵有年，若好事果成，雌威不可不防哩。"国璋复笑道："言为心声，段君想是惧内，自己有了河东狮，尽管小心奉承，不要向他人代虑呢。"大家诙谐一番，兴阑席散。越宿，国璋即别友出都，自行赴任去了。段芝贵记在心里，适逢克定垂询，遂将现成的美人计，敬谨奉献。一日，至总统府，便乘间禀明袁总统，袁总统道："我亦早有此想哩，只因国事倥偬，竟致忘怀，但两造的意思，究未知是否赞同？"段芝贵道："得大总统与他撮合，哪有不情愿之哩？况两造感及玉成，将来总统有所指使，还怕他不内外效顺么？"袁总统频频点首。*明人不必细说*。一俟段芝贵退出，即嘱三夫人去作说客。三夫人笑着道："我已早代为说妥了。"袁总统即致函冯国璋，请践原约。国璋本已有心，自然返报如命，且择于民国三年一月十九日，行成婚礼。

　　到了一月十二日，袁总统即遣公子克定，及三夫人率领周家姻族，及主婚代表等，送周女士南下江宁。江宁铁路，特备花车欢迎，沿路排列兵队，气象巍然。下关、江口一带，热闹异常。轮渡码头，悬灯结彩，并有松柏牌楼一座，上悬匾额，署"大家风范"四大字。两旁分列楹联，左首八字，是"天上神仙，金相玉质。"右首八字，是"女中豪杰，说礼明诗。"待周女士等渡江而来，各乘大轿入江宁城，当以鼓楼前交涉局为坤宅，门前亦设着松枝牌楼，特用五色电灯，盘出"福共天来"四大字。宅中陈设一新，尤觉光怪陆离，色色齐备。室中环列武装兵队，层层拥护，又特置布篷岗位数十所，屯驻警察，刀枪森耀，与昼间日光，夜间灯影，掩映生辉。都督府中人员，又稔知新人尚武，多派军服侍者，窗前堵下，荷枪鹄立，端的是文经武纬，灿烂盈门。*极力描摹*。到了十八日下午二时，移置妆具，由坤宅启行至都督府，前导军乐，引以红绸彩门，横书四字为"山河委佗"，左右对联，上为"扫眉才子，名满天下"，下为"上头夫婿，功垂江南"，闻说为旅宁同乡所送。此外尚有直隶女师范学校，与高等女子小学教习学生，以及周女士闺友所赠诗章叙文颂词对联词曲，均用玻璃屏装饰，约计数十具。余如箱椟物件，却尚简朴，荆钗布裙，想见高风，不比那小家妇女，专从服饰上着想哩。*好女不穿嫁时衣，想周小姐深得此旨*。越日，即为婚期，坤宅因交涉局与都督府，相去太远，移驻都督府西首花园内，专候冯都督亲迎。时当午后，冯都督着上将礼服，佩挂勋章，乘舆出辕，由大总统代表人，介绍人，及司仪人，迎亲人等，拥着彩舆，并排着全副仪仗，偕冯都督同至坤宅。护兵杂沓，军乐喧阗，冯都督降舆入室，行过了亲迎礼，略用茶点，先行告别。过一小时，即由送亲人等，送彩舆至都督府，三星在户，百两迎门。司仪员先登礼堂，请冯都督出来，一面请新娘降车。舆门开处，但见一位华装炫饰，胡天胡帝的女娇娃，姗步下舆，身穿玄青色贡缎绣着八团五彩花的礼衣，下系绣金洒花的大红裙，宫额齐眉，遍悬珠勒，后面披着粉红纱，约长丈许，有侍女两人持着两端，随步而前。红纱上设一彩结，置于发顶，前悬两球，适垂前额，借以覆面。既入礼堂，与冯都督并肩立着，行文明结婚礼式，男女宾东西站立，先由大总统代表赍读颂词，新郎新娘，遣人代诵答词，继由男女宾分致颂词，新郎新娘，又遣人诵答如仪。司仪员乃唱新郎新娘行鞠躬礼，两下里对向鞠躬，至再至三，夫妇礼成。当由两新人对着代表介绍，鞠躬致谢。代表人、介绍人，依次答礼，然后男女亲族，各行相见礼，无非是按着尊卑，相向鞠躬。男女宾又各行贺礼，两新人亦依礼相答。笙簧并奏，鸾凤和鸣，两新人归入洞房，宾朋等俱退出礼堂，各至客厅中，欢宴喜酒去了。自此洞房叶好，合卺共牢，说不尽的枕席风光，描不完的伉俪恩爱。小子且作诗一首，作为本回的结束。诗云：

> 一番趣事话风流，尽有柔情笔底收。
> 为问江南新眷属，可将月老记心头？

袁克定等送亲毕事，相率返京，欲知后事，再阅下回。

立法机关，是民主国最要条件，此而可以停止，是已举民主政体，完全推翻，奚待筹安设会；洪宪纪元，方为鼓吹帝政乎？老袁行于上，小袁行于下，联黎联段，俱难生效，不得已转联老冯，周女士道如，守北宫婴儿之节，乃必为冯作伐，牵入政治漩涡中，枕席风光，虽饶趣味，然揆诸周女士之初志，毋乃未免渝节欤？一条美人计，究用得着否，试看后文便知。

# 第三十八回

## 让主权孙部长签约　失盛誉熊内阁下台

却说袁总统密图帝制，专从内政上着手，日事变更，亦无暇顾及外交，就中蒙、藏风云迄未解决，前藏达赖喇嘛，屡生异图，办事长官钟颖，亦连电乞援。袁总统饬令滇、蜀各军，相继进征，不防英兵亦陆续入藏，驻华英使，且向袁政府抗议，谓中国若增兵藏境，英政府非但不承认民国，且将派兵助藏，令他独立。全是强权。袁总统无法对待，只好停止滇、蜀各军，一面与达赖电商，撤还驻藏兵队，全藏应承认中国的宗主权。达赖总算照允。嗣是川、藏边境，暂息兵戈。尹昌衡亦奉召入京，撤去兵权。旋因尹擅纳蛮女，滋扰川边，竟加他罪名，拘禁起来，结果是褫职了案。总是一个刻薄手段。还有俄蒙协约，前经外交总长陆征祥，与俄使辩论数次，只争得一个领土权，另订中俄协约六条，并将俄蒙协约中所称附约十七条，作为中俄协约的附件，字句略加修改，所有外蒙古政府字样，均改为外蒙古地方官字样，算是保存国权的要点。当时政府曾提出国会，征求同意，众议院多进步党，赞助政府，权予通融；参议院多国民党，排斥政府，竟致否决。旋因赣、宁变起，不遑顾及此事。至民党失败，国会已成残局，俄使库朋斯齐，且提出协约四条，较原订六条，尤为严酷。库匪又连番南下，时来寻衅，防边各兵，屡与战争，互有胜负。会外交总长已改任孙宝琦，不得已与俄使交涉，另订协约五款，可巧国会停止，得由袁政府独断独行，款约如下：

（一）俄国承认中国在外蒙古之主权。

（二）中国承认外蒙古之自治权。

（三）中国承认外蒙古人享有自行办理自治外蒙古之内政，并整理本境一切工商事宜之专权。中国允许不干涉以上各节，是以不将兵队派驻外蒙古，及安置文武官员，且不办殖民之举。惟中国可任命大员，偕同应用属员，暨护卫队，驻扎库伦，此外中国政府，亦可酌派专员，驻扎外蒙古地方，保护中国人民利益，但地点应按照本文件第五款商订。俄国一方面，担任除各领事署拥卫队外，不于外蒙古驻扎兵队，不干涉此境内之各项内政，并不在该境有殖民之举动。

（四）中国声明承受俄国调处，按照以上各款大纲，以及一九一二年十月二十一日俄蒙商务专条，明定中国与外蒙古之关系。

（五）凡关于俄国及中国在外蒙古之利益，暨各该处因现势发生之各问题，均应另行商订。

此外又由外交总长孙宝琦，照会俄使，另加声明道：照得签定关于外蒙古问题之声明文件，本总长奉有本国委任，以政府名义，向贵公使声明各款如下：

（一）俄国承认外蒙古土地为中国领土之一部分。

（二）凡关于外蒙古政治土地交涉事宜，中国政府，允与俄国政府协商，外蒙古亦得参与其事。

（三）正文第五款所载随后商订事宜，当由三方面酌定地点，派委代表接洽。

（四）外蒙古自治区域，应以前清驻扎库伦办事大臣，乌里雅苏台将军，及科布多参赞大臣，所管辖之境为限。惟现在因无蒙古详细地图，而各处行政区域，又未划清界限，是以确定外蒙古疆域，及科布多、阿尔泰划界之处，应按照声明文件第五款所载，日后商定。

以上四款，相应照会贵公使查照，须至照会者。

照会去后，俄使也不复答复，是否承认，无从悬揣。不过外蒙古一部分，已不啻告朔饩羊，名存实亡了。回结前第十七回。老袁也没甚顾惜，但教皇帝做得成功，就是割去若干土地，亦所甘心，所以俄约告成，他尚喜慰，以为朔漠一带，免多顾虑，从此好一心一意的，改革内政，求吾大欲。当下令政治会议诸公，于立法机关以外，特设一造法机关，法可自造，何用机关。为增修约法，及各种法案的基础。议长李经羲以下，希旨承颜，即议定一约法组织条例，呈经袁总统裁夺，申令公布。凡约法会议的议员，仍参用选举方法，选举区划，取都会集中主义。选举资格，取人才标准主义。所以选举会只限都会。京师选举会，只准选出四人，选举监督，就是内务总长充任。各省选举会，每省只准选出二人，由各省民政长，充选举监督，蒙藏青海联合选举会，只准选出八人；由蒙藏事务局总裁，充选举监督。全国商会联合会选举会，只准选出四人，由农商总长，充选举监督。选举人及被选举人，资格很严。选举人分四等：（一）曾任或现任高等官吏，通达治术；（二）由举人以上出身，夙著闻望；（三）在高等专门学校三年以上毕业，研精科学；（四）有万元以上财产，热心公益。被选举人只分三等：（一）曾任或现任高等官吏，确有成绩；（二）在中外专门学校，习过法律政治学，三年以上毕业；或曾由举人以上出身，通晓法政，确有心得；（三）硕学通儒，著述宏富，确有实用。这三项人当选以后，还须经过中央审查会，查系合格，方得给予证书，实任约法会议议员，正副议长，由议员互选，各置一人。遇有议决事件，必咨请总统裁可，才得公布。政府且得派员出席，发表意见，惟以不得加入议决为限。这等条例，明明是限制民意，集权政府，一时不便擅作威福，就借这非驴非马的法子，掩饰过去。还是多事。

寻又修正法制局官制，订定法律编查会规则，统是责成官长，不采公议。未几，又取消地方自治制。曾记民国三年二月三日，有一通令云：

地方自治，所以辅佐官治，振兴公益，东西各国，市政愈昌明者，刚其地方亦愈蕃滋。吾国古来乡遂州党之制，啬夫乡老之称，聿启良规，允臻上理，要皆辨等位以进行，决非离官治而独立，为社会谋康宁，决非为私人攘权利。乃近来迭据湖北、河南、直隶、甘肃、安徽、山东、山西等省民政长电呈，金以各属自治会，良莠不齐，平时把持财政，抵抗税捐，干预词讼，妨碍行政，请取消改组等语，业经先后照准在案。兹又续据热河都统姜桂题，电称承德县头沟乡议事会，私设法庭，非刑拷讯。湖南都督汤芗铭，电称湘省各级自治机关，密布党徒，暗中勾结，当乱党叛变，各会职员，跳荡诪张，或污伪命，自任中坚。且平时弁髦法令，鱼肉乡民，无所不至，请即行解散，以清乱源。山东民政长田文烈等，电称栖霞县乡民，因上下两级自治会，平日私受诉讼，滥用刑罚，集怨酿变，聚众围城，业已派队弹压。吉林民政长齐耀琳，呈称长春县议事会议决，不按法定人数，违反省行政官命令，把持税务，非法苛捐，冒支兼薪，并对于外交重事，公然侮辱。贵州民政长戴戡，电称黔省自治机关，由多数暴民专制，动称民权，不知国法，非廓清更始，庶政终无清肃之时。浙江民政长屈映光，电称浙省自治会，侵权违法，屡形自扰，请停止进行，另订办法各等情，本大总统深维致治之道，贵在无扰，革命以来，吾民两丁困厄，满目疮痍，每一念及，怒焉如捣。似此蚍法乱纪之各自治机关，若再听其盘踞把持，滋生厉阶，吏治何由而饬？民生何由得安？着各省民政长通令各属，将各地方现设之各级自治会，立予停办，所有各该会经管财产文牍，及另设财务捐务公所等项，由各该知事接收保管。会员中如有侵蚀公款公物者，应彻底清查，按律惩办。其从前由各该会擅行苛派之琐细杂捐，诸凡不正当之收入，并着各该县知事，详晰查报内务部，酌量核定。至于自治不良，固由流品滥杂，亦由从前立法未善，级数太繁，区域太广，有以致之。着内务部迅将自治制度，从新厘订，务以养成自治人才，巩固市政基础，为根本之救治，庶符选贤与能之古旨，渐进民治大同之盛轨。其自治制未颁定以前，各该地方官，尤宜慎选公正士绅，委任助理，自治会员中，亦不乏贤达宿望，并宜虚衷延访，勤求民隐，不得误会操切，致违本大总统惩除豪暴，保良善之本意。此令。

地方自治，既已取消，各省都督民政长，又推赵秉钧领衔，呈请将各省议会议员，一律停止职务。恐仍由老肃授意。袁总统复有所借口，又续下一令道：

据署直隶都督赵秉钧署直隶民政长刘若曾等电称，各省议会成立，瞬及一年，于应议政事，不审事机之得失，不究义理之是非，不权利害之重轻，不顾公家之成败，惟知怀挟私意，一以党见为前提。甚且当湖口肇乱之际，创省会联合之名，以沪上为中心，作南风之导火，转相联络，胥动浮言。事实彰明，无可为讳。有识者洁身远去，谨愿者缄默相安。议论纷纭，物情骇诧，而一省之政治，半破坏于冥冥之中。推求其故，盖缘选举之初，国民党势力，实占优胜，他党与之角逐，一变而演成党派之竞争，于是博取选民资格者，遂皆出于党人，而不由于民选。虽其中富于学识，能持大体者，固不乏人，而以扩张党势，攘夺权利为宗旨，百计运动而成者，比比皆是。根本既误，结果不良。现自国民党议员奉令取消以来，去者得避害马败群之谤，留者仍蒙薰莸同器之嫌。议会之声誉一亏，万众之信仰全失。微论缺额省份，当选递补，调查备极繁难，即令本年常会期间，议席均能足额，而推测人民心理，利国福民之希冀，全堕空虚。一般舆论，金谓地方议会，非从根本解决，收效无期；与其敷衍目前，不如暂行解散，所有各省省议会议员，似应一律停止职务，一面迅将组织方法，详为厘定，以便另行召集，请将所陈各节，发交政治委员会议决等语。该都督所陈各节，自系实情，应如所请，交政治会议共同议决，呈候核夺施行。此令。

看官！你想政治会议诸公，都是一班明哲保身的人物，就时论势，已觉得各省议会，存立不住，索性撤掉了他，使老袁得称心如愿，因此呈复上去，只说各省电呈，实是不错。袁总统非常快活，遂名正言顺的将各省议会取消了。自是民意机关，摧残殆尽，就是司法一部分，也说因财政艰难，将初级审检厅，尽行裁去，并归县知事带管，于是行政权扩充极大，官僚派乘时得位，复借几种古圣先王的政治，缘饰成文，曲为迎合，如祭天祀孔制礼作乐等议论，盛倡一时。袁总统一一照准，说什么对越神明，说什么尊崇圣道。大祀典礼，概用拜跪，大有希踪虞夏，凌驾汉唐的规范。东施效颦，适形其丑。

惟内阁总理熊希龄，起初是一往无前，颇欲展施抱负，造成一法治国，所以一经就任，便草就大政方针宣言书，拟向国会宣布。偏偏国会停止，变为政治会议，熊复将大政方针，交政治会议审定。政治会议诸公，以内阁将要推倒，还有什么责任内阁政策，可以施行，随即当场揶揄，加以讥笑。京内外人士，又因袁总统种种命令，多半违法，熊总理不加可否，一一副署，既失去官守言责的义务，有何面目职掌首揆，侈谈政治？从此第一流内阁的名誉，又变作落花流水，荡灭无遗。熊亦心不自安，提出辞职呈文，极力请去。何不早去？迟了数日，反害得声名涂地。袁总统批示挽留，只准免兼财政，另调周自齐署财政总长，仍兼代陆军总长，所有交通总长一缺，命内务总长朱启钤兼理。熊希龄决计告退，再行力辞，袁总统乃准免本宫，令外交总长孙宝琦，兼代理国务总理。司法总长梁启超，教育总长汪大燮，因与熊氏有连带关系，依次辞职。袁复改任章宗祥为司法总长，蔡儒楷为教育总长，余部暂行照旧。小子有诗咏熊凤凰道：

> 不经飞倦不知还，凤鸟无灵误出山。
> 古谚有言须记取，上场容易下场难。

煎内阁既倒，熊希龄相率出都，忽有一急电到总统府，说有一现任都督，竟致暴毙了。究竟何人暴亡，俟下回再行揭载。

中国兵力，战强俄则不足，平库伦则有余，当库伦独立之日，正民国创造之时，设令乘南北统一，即日发兵，远征朔漠，内以掩活佛之不备，外以制俄焰之方张，则库伦不足平，而俄入自无由置喙矣。乃专为自谋，竟忘外患，因循久之，卒致俄人着着进行，不惜弃外蒙办瓯脱地，与彼定约。夫老袁既欲取威定霸，何对于外人，畏葸若此？而对内则又悍然不顾，肆行无忌，自国会停止后，而地方自治，而省议会，诸民意机关，如秋风之扫落叶，了无孑遗。然凤凰身为总理，不能出言匡正，且又恋栈不去，以视唐少川辈，有愧色矣。一失足成千古恨，熊亦自知愧悔否耶？

# 第三十九回

## 逞阴谋毒死赵智庵　改约法进相涂东海

却说暴病身亡的大员，并非别人，乃是现任直隶都督赵秉钧。秉钧本袁氏心腹，自袁氏出山后，一切规划，多仗秉钧参议，及晋任国务总理，第一大功，便是谋刺宋教仁一案，回应第二十回。他尝指示洪述祖，勾结应夔丞，实为宋案中的要犯。至赣、宁失败，民党中人，统已航海亡命，把这一桩天大的案件，无形打消，应夔丞也从上海监狱中，乘机脱逃。应在上海溷迹数月，不便出头，自思刺宋一案，有功袁氏，不如就此北上，谒见老袁，料老袁记念前功，定必给畀优差，还我富贵。但自己与老袁未曾相识，究不便直接往见，凑巧赵秉钧调任直隶总督，正好浼他介绍，作为进身地步。一函密达，旋得好音，赵秉钧已替他转达老袁，召使北上，于是这钻营奔走的应桂馨，遂放心安胆，整备行装，乘津浦火车北上。既至天津，与秉钧相见，秉钧很是优待，一住数日，宾主言欢，彼此莫逆。应欲进谒总统，当由赵用电话，先向总统府接洽，然后送应出署，且派卫队送至车站，待应上车北驶，卫队方回署消差。

不到半日，忽由京津路线的车站，传达紧急电话，到了直督署中，报称应夔丞被刺死了。赵秉钧得此消息，吃一大惊，急忙复电，问系何人大胆，敢尔行凶？现在曾否拿住凶手？不料回电又来，说系凶手势大，不便拿讯。赵秉钧闻到此语，已瞧料了十分之九，只因良心上忍不过去，乃复传电话至总统府，向袁总统直接问话。袁总统直捷答复，但有"总统杀他"四字。秉钧又向电话中传声道："自此以后，何人肯为总统府尽力。"连呼数声，简直是没人答应，秉钧亦只好掷下电筒，咨嗟不已。并非叹惜应夔丞，实是叹惜自己。原来袁总统惯使阴谋，仿佛当年曹阿瞒，有宁我负人，毋人负我的意思。他想应果来京，如何位置？不如杀死了他，既免为难，又可灭口，遂阴遣刺客王滋圃，乘了京津火车，直至津门，与应在车中相见，但说是奉总统命，特来欢迎。应夔丞快慰得很，哪里还去防备。不料到了中途，拍的一声，竟送应一颗卫生丸，结果了他的性命，车中人夫相率惊惶，王滋圃竟抬出"总统"二字，作为护盾。当时京畿一带，听得袁总统大名，仿佛与神圣一般，哪个敢去多嘴？惟应夔丞贪慕荣利，害得这般收场，徒落得横尸道上，贻臭人间。渔父有知，应在泉下自慰曰："应该如此。"赵秉钧自应被刺后，免不得暗暗悔恨，抑郁成疾，好几日不能视事，便电向总统府中，去请病假。袁总统自然照准，且饬遣一个名医，来津视疾。秉钧总道他奉命来前，定是高手，便令他悉心诊治，依方服药，谁知药才入口，便觉胸前胀闷；过了半时，药性发作，满身觉痛，腹中更觉难熬，好似绞肠痧染着，忽起忽仆，带哭带号，急思诘问来医，那医生已出署回京。秉钧自知中毒，不由的恨恨道："罢了罢了。"说到两个"罢"字，已是支持不住，两眼一翻，呜呼毙命。好至阎王殿前，与宋教仁、应夔丞、武士英等一同对簿。死后的情形，甚是可怕，四肢青黑，七孔流血，比上年林述庆死状，还要加重三分。当下电讣中央，袁总统谈笑自若，只形式上发了一道命令，说他如何忠勤，给金治丧，算作了事。看官不必细问，便可知秉钧中毒，仍与应夔丞被刺一样的遭人暗算，不过夔丞被刺，是完全为宋案关系，杀死灭口，秉钧中毒，一半是为着宋案，一半是为着帝制。先是秉钧在京，尝恨东南党人，迭加诘责，曾语袁总统道："名为元首，常受南人牵制，正足令人懊恨，不如前时统领北洋，尚得自由行动呢。"袁总统点首无言。袁大公子克定，疑他言外有意，隐讽老袁为帝，所以密谋禅袭，首先示意秉钧，不料秉钧竟不赞成。克定亦从此挟嫌，至夔丞刺死，遂向老袁前进谗，说他怨望。袁信以为真，适秉钧命数该绝，生起病来，遂暗嘱医生，赴津治病，投药一剂，即将秉钧活活治死，真个是杀人猛剂，赛过刀锯呢，话休烦叙。

且说约法会议，组织告成，于三月十八日开会，推孙毓筠为议长，施愚为副议长，把民国元年的《临时约法》，逐条修改，一意的尊重主权，划除民意，一面设平政院及肃政厅，规复前朝御史台规制，并组织海陆军大元帅统率办事处，将全国海陆兵柄，一古脑儿收集中央，于是召段祺瑞回京供职，另遣段芝贵署理湖北都督。是时白狼正驰突楚、豫，扰均州，窜淅川，勾结余党孙玉章、时家全、王成敬等，攻破荆紫关，意图西向。回顾第二十五回。袁总统既召祺瑞回京，复令他沿途缉匪，助剿白狼，这明是忌他督鄂，迫令交卸，又不愿他速回陆军本任，特令逗留京外，免来作梗。至护军使赵倜等，已将白狼逼入西北，阵毙悍匪千余人，白狼势焰已衰，然后段祺瑞返入京师，再任陆军总长。这时候的约法会议，已经修正约法，由袁总统核定，照例公布了。新约法共计十章，分列六十八条，就中所有文字，实是袁氏潜图帝制的先声，小子不能不录，约法如下：

### 第一章　国家

第一条　中华民国，由中华人民组织之。　第二条　中华民国之主权，本于国民之全体。　第三条　中华民国之领土，依从前帝国所有之疆域。

### 第二章　人民

第四条　中华民国人民，无种族阶级宗教之区别，法律上均为平等。　第五条　人民享有下列各款之自由权：（一）人民之身体，非依法律，不得逮捕拘禁审问处罚；（二）人民之住宅，非依法律，不得侵入或搜索；（三）人民于法律范围内，有保有财产及营业之自由；（四）人民于法律范围内，有言论著作刊行，及集会结社之自由；（五）人民于法律范围内，有居住迁徙之自由；（六）人民于法律范围内，有信教之自由。　第六条　人民依法律所定，有请愿于立法院之权。　第七条　人民依法律所定，有诉讼于法院之权。　第八条　人民依法律所定，有诉愿于行政官署，及陈诉于平政院之权。　第九条　人民依法律所定，有愿任官考试及从事公务之权。　第十条　人民依法律所定，有选举及被选举之权。第十一条　人民依法律所定，有纳税之义务。　第十二条　人民依法律所定，有服兵役之义务。　第十三条　本章之规定，与海陆军法令，及纪律不相抵触者，军人适用之。以上数条，多用法律二字，其时国会已废，即下文所定之立法院，后且未闻建设，徒以命令为法律，朝三暮四，民无适从，何民权之足言？

### 第三章　大总统　提大总统于立法院之前，见得行政势力，重于立法。

第十四条　大总统为国之元首，总揽统治权。　第十五条　大总统代表中华民国。　第十六条　大总统对国民之全体负责任。　第十七条　大总统召集立法院，宣告开会停会闭会。　第十八条　大总统提出法律案及预算案于立法院。第十九条　大总统为增进公益，或执行法律，或基于法律之委任，发布命令，并得使发布之。但不得以命令变更法律。　第二十条　大总统为维持公安，或防御非常灾害，事机紧急，不能召集立法院时，经参政院同意，得发布与法律有同等效力之教令，但须于次期立法开会之始，请求追认。若立法院否认时，即失其效力。第二十一条　大总统制定官制官规，并任免文武职官。　第二十二条　大总统宣告开战媾和。　第二十三条　大总统为陆海军大元帅，统率全国陆海军，并定陆海军之编制及兵额。　第二十四条　大总统接受外国大使公使。　第二十五条大总统缔结条约，但变更领土，或增加人民负担之条款，须经立法院同意。　第二十六条　大总统依法律宣告戒严。　第二十七条　大总统颁给爵位勋章，并其他荣典。　第二十八条　大总统宣告大赦特赦减刑复权，但大赦须经立法院同意。第二十九条　大总统因故去职，或不能视事时，副总统代行其职权。

### 第四章　立法

第三十条　立法以人民选举之议员组织立法院行之。（立法院之组织，及议员选举方法，由约法会议议决之。）　第三十一条　立法院之职权如下：（一）议决法律；（二）议决预算；（三）议决或承诺关于公债募集及国库负担之条件；（四）答复大总统咨询事件；（五）收受人民请愿事件；（六）提出法律案；（七）提出关于法律及其他事件之意见，建议于大总统；（八）提出关于政治上之疑义，要求大总统答复；但大总统认为须秘密者，得不答复之；（九）对于大总统有谋叛行为时，以总议员五分四以上之出席，出席议员四分三以上之可决，提起弹劾之诉讼于大理院。　第三十二条　立法院每年召集之会期，以四个月为限，但大总统认为必要时，得延长其会期，并得于闭会期内，召集临时会。　第三十三条　立法院之会议，须公开之，但经大总统之要求，或出席议员过半数之可决时，得秘密之。　第三十四条　立法院议决之法律案，由大总统公布施行。第三十五条　立法院议长副议长，由议员互选之，以得票过投票总数之半者为当选。　第三十六条　立法院议员于院内之言论及表决，对于院外不负责任。　第三十七条　立法院议员，除现行犯及关于内乱外患之犯罪外，会期中非经立法院许可，不得逮捕。　第三十八条　立法院法由立法院自定之。

### 第五章　行政

第三十九条　行政以大总统为首长，置国务卿一人赞襄之。　第四十条　行政事务，置外交、内务、财政、陆军、海军、司法、教育、农商、交通各部分掌之。第四十一条　各部总长，依法律命令，执行主管行政事务。　第四十二条　国务卿、各部总长及特派员，代表大总统出席立法院发言。　第四十三条　国务卿、各部总长，有违法行为时，受肃政厅之纠弹，及平政院之审理。

### 第六章　司法

第四十四条　司法以大总统任命之法官，组织法院行之。　第四十五条　法院依法律独立，审判民事诉讼，刑事诉讼，但关于行政诉讼，及其他特别诉讼，各依其本法之规定行之。　第四十六条　大理院对于第三十一条第九款之弹劾事件，其审判程序，别以法律定之。　第四十七条　法院之审判，须公开之，但认为有妨害安宁秩序，或善良风俗者，得秘密之。　第四十八条　法官在任中，不得减俸或转职，非依法律受刑罚之宣告，或应免职之惩戒处分，不得解职。

### 第七章　参政院

第四十九条　参政院应大总统之咨询审议重要政务。（参政院之组织，由约法会议议决之。）

### 第八章　会计

第五十条　新课租税，及变更税率，以法律定之。（现行租税，未经法律变更者，仍旧征收。）　第五十一条　国家岁出岁入，每年度依立法院所议决之预算案行之。第五十二条　因特别事件，得于预算内预定年限，设继续费。　第五十三条　为备预算不足，或于预算以外之支出，须于预算内设预备费。　第五十四条　下列各款之支出，非经大总统同意，不得废除或裁减之：（一）法律上属于国家之义务者；（二）法律之规定所必需者；（三）履行条约所必需者；（四）海陆军编制所必需者。　第五十五条　为国际战争或戡定内乱，及其他非常事变，不能召集立法院时，大总统经参政院之同意，得为紧急财政处分。但须于次期立法院开会之始，请求追认。　第五十六条　预算不成立时，执行前年度预算。会计年度既开始，预算尚未议定时亦同。　第五十七条　国家岁出岁入之预算，每年经审计院审定后，由大总统提出报告书于立法院，请求承诺。　第五十八条　审计院之编制，由约法会议议决之。

### 第九章　制定宪法程序

第五十九条　中华民国宪法案，由宪法起草委员会起草。（委员会以参政院所推举之委员组织之，人数以十名为限。）　第六十条　中华民国宪法案，由参政院审定之。　第六十一条　中华民国宪法案，经参政院审定后，由大总统提出于国民会议议决之。（国民会议之组织，由约法会议议决之。）　第六十二条国民会议，由大总统召集并解散之。　第六十三条　中华民国宪法，由大总统公布之。

### 第十章　附则

第六十四条　中华民国宪法未施行以前，本约法之效力，与宪法等。（约法施行前之现行法令，与本约法不相抵触者，保有其效力。）　第六十五条　中华民国元年所宣布之清帝辞位后优待条件，清皇族待遇条件，满蒙回藏各族待遇条件，永不变更其效力。　第六十六条　本约法由立法院议员三分二以上，或大总统提议增修，经立法院议员五分四以上之出席，出席议员三分二以上之可决时，由大总统召集约法会议增修之。　第六十七条　立法院未成立以前，以参政院代行其职权。　第六十八条　本约法自公布之日施行，民国元年三月十一日公布之临时约法，于本约法施行之日废止。

旧约法既废，新约法施行，便靠着三十九条新例，请出一位老朋友来，做了国务卿，看官道是谁人？就是清末的内阁协理徐世昌。抬出他的旧官衔，未免太刻。徐字菊人，东海人氏，世人叫他徐东海。他与袁总统系是故交，民国新造，他虽未曾登场，尚是留住都门，隐备老袁顾问，至此奉到袁总统命令，起初是上书告辞，只说是年衰力绌，难胜巨任，后经孙宝琦、段芝贵两人，替总统代为劝驾，备极殷勤，那时这位徐菊老，幡然心动，也不暇他顾，居然来做国务卿了。当下将国务院官制，一律取消，特就总统府设一政事堂，由国务卿赞襄政务，承大总统命令，监督政事堂事务，国务卿以下，分设左右两丞，左丞任了杨士琦，右丞任了钱能训，并设五局法制局，机要局，铨叙局，主计局，印铸局。一所，各置长官，又选入参议八员，与议政事，这明明是置相立辅，惟王建国的意思。正是：

　　　　浊世复逢新魏武，泥人又见老徐娘。

国务卿以外，还有各部总长，亦略有更动，容待下回叙明。

应夔丞之被刺，与赵秉钧之暴亡，虽系由老袁辣手，然亦未始非赵、应之自取。杀人，何事也？与人无雠，而甘受主使，致人于死，我杀人人亦杀我，人能使我杀人，安知不能使人杀我？相去不过一间，赵秉钧特未之思耳。若废止旧约法，施行新约法，实是借此过渡，接演帝制。徐东海阅世已久，应烛几先，何苦受袁氏羁縻，甘居肘下耶？我为徐东海语曰："太不值得。"

# 第四十回

## 返老巢白匪毙命　守中立青岛生风

却说各部总长，由袁总统酌量任命，外交仍孙宝琦，内务仍朱启钤，财政仍周自齐，陆军仍段祺瑞，海军仍刘冠雄，司法仍章宗祥，农商仍张謇，惟教育总长，改任了汤化龙，交通总长，改任了梁敦彦。大家俯首听命，毫无异言。袁总统又特下一令道：

> 现在约法业经公布施行，所有现行法令，及现行官制，有无与约法抵触之处，亟应克日清厘，着法制局迅行，按照约法之规定，将现行法令等项，汇案分别修正，呈候本大总统核办。在未经修正公布以前，凡关于呈报国务总理等字样，均应改为呈报大总统；关于各部总长会同国务总理呈请字样，均应改为由各部总长呈请；关于应以国务院令施行事件，均改为以大总统教令施行。余仍照旧办理。此令。

据这令看来，大总统已有无上威权，差不多似皇帝模样，就是特任的国务卿，也是无权无柄，只好服从总统，做一个政事堂的赘瘤，不过总统有令，要他副署罢了。令出必行，还要什么副署。嗣是一切制度，锐意变更，条例杂颁，机关分设，就中最注目的法令，除新约法中规定的审计院，参政院，次第组织外，还有什么省官制，什么道官制，什么县官制，每省原有的民政长，改称巡按使，得监督司法行政，署内设政务厅，置厅长一人，又分设总务、内务、教育、实业各科，由巡按使自委掾属佐理。道区域由政府划定，每道设一道尹，隶属巡按使，所有从前的观察使，一律改名；县置知事，为一县行政长官，须隶属道尹。且各县诉讼第一审，无论民事刑事，均归县知事审理。打消司法独立。至若各省都督，也一概换易名目，称为将军。都督与将军何异？无非因旧有名目，非经袁氏制定，所以有此更张。又另订文官官秩，分作九等：（一）上卿，（二）中卿，（三）少卿，（四）上大夫，（五）中大夫，（六）少大夫，（七）上士，（八）中士，（九）少士。不称下而称少，是何命意。此外又有同中卿，同上大夫，同少大夫，同中士，同少士等名称，秩同本官。少卿得以加秩，称为同中卿，故有同中卿之名。同上大夫以下，可以类推。他如各部官制，亦酌加修正，并将顺天府府尹，改称京兆尹。所有大总统公文程式，政事堂公文程式，及各官署公文程式，尽行改订。一面取消国家税地方税的名目。什么叫作国家税地方税？国家税是汇解政府，作为中央行政经费，地方税是截留本地，作为地方自治经费。此次袁氏大权独揽，已命将地方自治制，废撤无遗，当然取消地方税，把财政权收集中央，而且募兵自卫，加税助饷，新创一种验契条例，凡民间所有不动产契据，统要验过，照例收费；又颁三年国内公债条例，强迫人民出赀，贷与政府；还有印花税，烟酒税，盐税等，陆续增重，依次举行。民间担负，日甚一日，叫他向何处呼吁？徒落得自怨自苦罢了。

五月二十六日，参政院成立，停止政治会议，特任黎元洪为院长，汪大燮为副院长，所有参政人员，约选了七八十人，一大半是前朝耆旧，一小半是当代名流。袁总统且援照新约法，令参政院代行立法权，黎元洪明知此事违背共和，不应充当院长，但身入笼中，未便自由，只好勉勉强强的担个虚名儿，敷衍度日，院中也不愿进去，万不得已去了一回，也是装聋作哑，好像一位泥塑菩萨，静坐了几小时，便出院回寓去了。也亏他忍耐得住。袁总统不管是非，任情变法，今日改这件，明日改那件，头头是道，毫无阻碍，正在兴高采烈的时候，又接到河南军报，剧盗白狼，已经击毙，正是喜气重重，不胜庆幸，究竟白狼被何人击死？说来话长，待小子详叙出来：

白狼自击破紫荆关，西行入陕，所有悍党，多半随去，只李鸿宾眷恋王九姑娘，恋情欢乐，不愿同行，王成敬亦掠得王氏两女，此非王不仁女。左抱右拥，留寓宛东。当时白狼长驱入陕，连破龙驹寨、商县，进陷蓝田，绕长安而西，破鼗屋，复渡渭陷乾县，全陕大震。河南护军使赵倜，急由潼关入陕境，飞檄各军会剿，自率毅军八营，追击白狼。白狼侦得消息，复窜蹯郿县，大举入甘肃，甘省兵备空虚，突遭寇警，望风奔溃，秦州先被攻入，伏羌、宁远、醴县，相继沦陷，回匪会党，所在响应，啸聚至数万人。白狼竟露布讨袁，斥为神奸国贼，文辞工炼，相传为陈琳讨曹，不过尔尔。居然大出风头。嗣闻毅军追至，各党羽饱囊思归，各无斗志，连战皆败，返窜岷、洮。白狼乃集众会议，借某显宦宅为议场，狼党居中，南士居左，北士居右，其徒立门外。白狼首先发言道："我辈今日，势成骑虎，进退两途，愿就诸兄弟一决。有奇策，可径献。赞成者击掌，毋得妄哗！"当有马医徐居仁，曾为白狼童子师，即进言道："清端郡王载漪，发配在甘，可去觅了他来，奉立为主，或仍称宣统年号，借资号召。"此策最愚。言已，击掌声寥寥无几。白狼慨然道："满人为帝时，深仁如何，虐待如何？都与我无干。但他坐他的朝，我赶我的车，何必拉着皇帝叫姊夫，攀高接贵呢。"旁边走过一个独只眼，绰号白瞎子，也是著名悍目，大言道："还不如自称皇帝罢，就使不能为朱元璋，也做一个洪秀全。"此策却是爽快，然理势上却万不能行。狼党闻言，多半击掌。南士北士，无一相应。狼之谋士，且反对帝制。白狼笑道："白家坟头，也没有偌大气脉，我怎敢作此妄想？"颇还知足。谋士吴士仁、杨芳洲献议道："何不入蜀？蜀称天险，可以偏安，且前此得城即弃，实非良策，此后得破大城，即严行防守，士马也得安顿休息，养精蓄锐，静待时机，何必长此奔波呢？"为白狼计，要算上策。南士北士，全体击掌。惟狼党狼徒，相率寂然。芳洲又道："富贵归故乡，楚霸王终致自刎；且樊生占易，返里终凶，奈何忘着了？"白狼瞿然道："汝言极是，我愿照行。"语未毕，但听门外的狼徒，齐声哗噪道："就是到了四川，终究也要回来，不如就此回去罢。"士仁再欲发言，狼徒已竟拾砖石，纷纷投入，且哗然道："白头领如愿入川，尽请尊便，我等要回里去了。"恶贯已盈，不归何待？白狼连声呵止，没人肯听，乃恨恨道："都回去死罢。"乃径向东行。回匪会党，沿途散归，就是南北谋士，也知白狼不能成事，分头自去。狼众又各顾私囊，与白狼分道驰还。人心一散，便成瓦解。

白狼怏怏不乐，行至宁远、伏羌，遇着官军，再战再败，白瞎子等皆战死，惟白狼且战且走，驰入郿县，又被赵倜追至，杀毙无算；转向宝鸡，又遭张敬尧截击；遁至子午谷，复被秦军督办陆建章攻杀一阵，那时白狼收拾残众，硬着头皮，突出重围，走镇安，窜山阳。鄂督段芝贵，豫督田文烈，飞檄各军堵剿，部令且悬赏十万元，购拿白狼。白狼越山至富水关，倦极投宿，睡至夜半，忽闻枪声四起，慌忙起床，营外已尽是官军，眼见得抵敌不住，只好赤身突围，登山逃匿，官军乘势乱击，毙匪数百人。比明，天复大雾，经军官齐鸣号鼓，响震山谷，匪势愈乱，纷纷坠崖。

看官道这支官兵，是何人统带？原来就是巡防统领田作霖。作霖奉田督命令，调防富水，随带不过千余人，既抵富水关附近，距匪不过十余里，闻镇嵩军统领刘镇华，驻扎富水镇，乃重资募土人，令他致函与刘，约他来日夹攻，土人往返三次，均言为匪所阻，不便传达。作霖正在惊疑，忽有一老翁携榼而来，馈献田军，且语作霖道："从前僧亲王大破长发贼于此，此地有红灯沟、红龙沟两间道，可达匪营，若乘夜潜袭，定获全胜。"乡民苦盗久矣。作霖大喜，留老翁与餐，令为乡导。黄昏已过，即令老者前行，自率军随后潜进。老翁夜行如昼，此老殆一隐君子。及至狼营，即由作霖传令，分千人为左右翼，冲突进去。果然狼营立溃，大获胜仗。嗣因兵力单薄，不便穷追，俟至天明，令军士击鼓，作为疑兵。连长鞠长庚，率左翼抄出山北，巧遇镇嵩军到来，正要上山擒狼，哪知毅军尾至，错疑镇嵩军为匪，开炮轰击。镇嵩军急传口号，禁止毅军，毅军攻击如故，恼动了刘镇华，竟欲挥众返攻。白狼乘隙遁去。至田作霖驰至，互为解释，各军复归于好，那白狼已早远飏了。

但狼众经此一战，伤亡甚众，及遁至屈原冈，白狼检点党羽，不过三四千人，杨芳洲喟然道："初入甘省，三战三胜，一行思归，四战四败。昔楚怀王不用屈原，终为秦掳，目今我等亦将被掳了。"白狼亦长叹道："诸兄弟固强我归，使我违占愎谏，以至于此，尚有何言？"乃与宋老年等，再行东窜。赵倜、田作霖二军，昼夜穷追，迭毙狼众。至临汝南半闸街东沟，与白狼相遇，飞弹击中狼腰，狼负伤入搭脚山，手下只百余人，又被官军围攻，越山北遁，返至原籍大刘庄，伤剧而亡。狐死正首邱，岂狼死亦复如是？党夥七人，把尸首掩埋张庄，狼有叔弟二人，知尸所在，恐被株连，潜向镇嵩军呈报。民国四年八月五日，分统张治功，掘斩狼首。特载年月日，为了结白狼一案。只说是派人投匪，乘间刺毙。对镇华忙据词电陈，袁总统喜出望外，即下令嘉奖。哪知赵倜的呈文，又复到来，声称白狼毙命情形，实系因伤致死，并非张治功部下击毙，田作霖、张敬尧禀报从同，乃再下令责罚张治功，褫去新授的少将衔及三等文虎章。刘镇华代为谎报，亦撤销新授的中将衔及勋五位，以示薄惩。所有余匪，着各军即日肃清。究竟白狼如何致死，尚没有的确凭证，无非是彼此争功罢了。论断甚是。

这时候的王成敬、李鸿宾，已被防营拿住，一体正法。王氏二女得生还，王九姑娘，已生有子女各一人，也在匪穴中拔出，送还母家。王沧海扑杀九姑娘的子女，将她改嫁汝南某富翁，作为继室。王沧海毕竟不仁。某富翁甘娶盗妇，想也是登徒子一流。段青山、尹老婆、孙玉章等，统遭击毙。只张三红就抚陆军，宋老年流入陕境，往投旅长陈树藩，缴枪五十枝，得为营长。三年流寇，至是铲除，可怜秦、陇、楚、豫的百姓，已被他蹂躏不堪了。谁尸其咎。

袁总统以剧寇荡平，内政问题，又复顺手，越加痴心妄想，要立子孙帝王万世的基业。但默念东西各邦，只承认中华民国，不承认中华帝国，倘或反对起来，仍不得了，再四图维，想出一法，拟腾出巨款，延聘几个外人，充总统府顾问员，将来好教他运动本国，承认帝制。可惜款项无着，所有国家收入，专供行政使用，尚嫌不足，哪里能供给客卿？于是又从筹款上着想，弛广东赌禁，设鸦片专卖局，又创行有奖储蓄票洋一千万元，储蓄票本，当时允三年后偿还，至今分毫无着，各省援以为例，仿造各种奖券，散卖民间，祸尤甚于赌博鸦片。作法于凉，弊将若何？真足令人慨叹。一面向法国银行商量，乞借法币一万五千万佛郎，情愿加重利息，并让给钦渝铁路权。自广东钦州，至四川重庆。款既到手，乃聘用日本博士有贺长雄，及美国博士古德诺等，入为顾问，加礼优待，正思借他作为导线，不料欧洲一方面，起了一个大霹雳，竟闹出一场大战争来。这场大祸，本与中国没甚关系，不过五洲交通，此往彼来，总不免受些影响。从理论上说将起来，欧洲各国，注力战争，不遑顾及中华，我中华民国，若乘他多事的时候，发愤为雄，静图自强，岂不是一个绝好机会？偏这袁总统想做皇帝，一味的压制人民，变革政治，反弄得全国骚扰，内讧不休，这正是中华民国的气运，不该强盛呢！绝大议论，声如洪钟！

且说欧洲战争的原因，起自奥、塞两国的交涉，奥国便是奥地利，与匈牙利合为一国，地居欧洲东南部，塞国便是塞尔维亚，在匈牙利南面，为巴尔干半岛中一小国。奥、塞屡有龃龉，暗生嫌隙，会当西历一千九百十四年，即中华民国三年六月二十八日，奥国太子费狄南，至塞国斯拉夫境内，被塞人泼林氏刺死。泼林氏实为祸首。奥皇闻这消息，怎肯干休，当即严问塞国，要他赔偿生命，并有许多条件，迫塞承认，塞本弱小，不肯履行，奥遂向塞国致哀的美敦书，即战书。与他决裂。塞亦居然宣战，俄国亦下动员令，出来助塞。奥与德为联盟国，便请德帮助，抵制俄国。德皇维廉二世，夙具雄心，遂欲借此机会，战胜各国，雄长地球，当下出抗俄国，与俄宣战。法国与俄国，又夙缔同盟，当然助俄抗德，德复与法宣战，法、德两国的中间，夹一比利时国，向由列强公认，许他永久中立，此次德欲攻法，向比假道，比人不许，德军竟突入比境。英国仗义宣言，要求德皇尊重比利时中立，德皇全然不睬。那时英国亦欲罢不能，只好对德宣战。于是英、俄、法、塞四国，与奥、德两国，互动干戈，角逐海陆，争一个你死我活。日本与英联盟，也与德绝交。独美国宣告中立，其余各国，亦尚守中立态度，不愿偏袒。中国积弱已久，只好袖手旁观，严守局外中立，当由袁总统下令道：

我国与各国，均系友邦，不幸奥、塞失和，此外欧洲各国，亦多以兵戎相见，深为怅惜。本大总统因各交战国与我国缔约通商，和好无间，此次战事，于远东商务，关系至巨，且因我国人民，在欧洲各国境内，居住经商，及置有财产者，素受各国保护，并享有各种权利，故本大总统欲维持远东平和，与我国人民所享受之安宁幸福，对于此次欧洲各国战事，决意严守中立。用特宣布中立条规，凡我国人民，务当共体此意，按照本国所有现行法令条约，以及国际公法之大纲，恪守中立义务。各省将军巡按使，尤当督率所属，竭力奉行，遵从国际之条规，保守友邦之睦谊，本大总统有厚望焉。此令。

中立条规，共计二十四条，无非是对着交战国，各守领土领海界限，不相侵犯。所有彼此侨寓的兵民，不得与闻战事。各交战国的军队军械，及辎重品，不得运至中国境内，否则应卸除武装，扣留船员。这系各国中立的通例，中国亦不过模仿成文，无甚标异。造法机关，只能对内，不能对外。只中国山东省境内，有一青岛，素属胶州管辖。

光绪二十四年，因曹州教案，戕杀德国二教士，德国遂运入海军，突将青岛占去。嗣经清政府与他交涉，把青岛租借德国，定九十九年的租约，然后了案。此番德人与各国开战，日本与德绝交，遂乘机进攻青岛，谋为己有。看官！你想青岛是中国领土，德人只有租借权，德既无力兼顾，应该归我国接收，如何日人得越俎代谋呢？袁总统一心称帝，有意亲日，竟任他发兵东来，袖手作壁上观。日人遂破坏我国中立，从胶州湾两岸进兵。小子有诗叹道：

> 大好中原任手挥，如何对外昧先机。
>
> 分明别有私心在，坐使东邻炫国威。

日本恃强弄兵，袁总统挟权胁民，彼此各自进行，又惹出种种祸事。天未厌乱，事出愈奇，小子演述至此，禁不住伤心起来，暂时且一搁笔。后文许多事实，待至下回续述，看官少安毋躁；小子即日赓续，再行宣布。

吾尝谓权利二字，误人不浅。白狼之甘心为盗，扰攘至三载，蹂躏至四五省，卒至恶贯满盈，身首异处，谁误之？曰权利二字误之也。袁总统之热心帝制，不惮冒天下之不韪，举误国病民诸弊政，陆续施行，谁误之？曰权利二字误之也。即如欧洲之大战争，震动全球，牵率至十余国，鏖斗历四五年，肝脑涂地，财殚力痛，亦何莫非权利二字误之耶？呜呼权利！吾阅此，吾不忍言。

# 第四十一回

## 又谋世袭内府藏名　恋私财外交启衅

前回书中，叙到欧战发生，中国宣告中立，日本兴兵至胶州湾，攻打德国租占的青岛。青岛原有德兵驻扎，约不过一二千人，明知众寡不敌，守不住这个青岛，但若拱手让人，殊不甘心。胶州总督，系管辖青岛的德将，职守所在，当即下令拒敌。**德人虽败，勇力可嘉。** 日本兵舰，未能直入胶州湾，遂由龙口登岸，进兵潍县西境，抄入青岛背后，以便腹背夹攻。惟龙口、潍县等处，完全是中国领土，日兵进境，明是侵犯中立条规，袁政府与他交涉，他只自由行动，不肯撤回，但说是攻取青岛，仍为中国帮忙，俟得青岛后，当完全交还中国。看官！你想天下人有这等侠义么？同是中国人，尚且争权夺利，互阅不休，况中日不相联属，怎肯把处心积虑的青岛谋取到手，还要完璧归赵呢？**透彻之至。** 袁总统聪明过人，岂有不晓得的道理？惟势力既不及日本，更且想仰仗日人，赞助帝制，那时只好模糊过去，不过与日人划一战线，让他数十里中立地面，听令出入，战线以外，不得运兵。日人得了运兵路径，已是心满意足，当与袁政府约定，仗着一股锐气，夹攻青岛。德兵多方防守，相持至三月有余，两造伤亡，恰也不少。毕竟德人势孤力弱，弄得饷尽援绝，无法可施，不得已悬旗乞降，好好一个青岛，由德人经营十多年，建筑完固，至此国际纷争，竟被日人乘间占去了。**为好拓地者作一棒喝。**

袁总统也无心过问，按日里收揽大权，规复专制，所有新颁章程，又增添了若干条。就中有立法院组织法，及地方自治试行条例，名目上是改良旧制，维持共和，其实是徒有虚名，掩饰人目。当时有一个在京人员宋育仁，居然倡议复辟，欲请出宣统帝来，仍登大宝。**为文武二圣人先声。** 会被袁总统闻知，即下一申令，说他邪词惑众，紊乱国宪，着即驱逐回籍。就是王闿运、劳乃宣等，主张君主立宪，袁总统尚满口共和，自谓帝王总统，均非所愿。谁知他口是心非，暗地里却着着进行，到了三年十二月终旬，先改定大总统选举法，公布出来，录述如后：

**大总统选举法**

**第一条**　有中华民国国籍之男子，完全享有公权，年满四十岁以上，并居住国内满二十年以上者，有被选举为大总统资格。

**第二条**　大总统任期十年，得连任。

**第三条**　每届行大总统选举时，大总统代表民意，依第一条所定，敬谨推荐有被选举为大总统资格者三人。

前项被推荐者之姓名，由大总统先期敬谨亲书于嘉禾金简，钤盖国玺，密贮金匮于大总统府，特设尊藏金匮石室尊藏之。

前项金匮之管钥，大总统掌之。石室之管钥，大总统及参政院院长国务卿分掌之，非奉大总统之命令，不得开启。

**第四条** 大总统选举会，以下列各员组织之：

一、参政院参政　　互选五十人。

二、立法院议员　　互选五十人。

前项各款之互选，用记名连记投票法，以得票较多数者为当选，由内务总长监督之。

届组织大总统选举会，立法院在闭会期内时，以在京议员之名次在前者五十人，为大总统选举会会员。

**第五条** 大总统选举会，由大总统召集，于每届选举期前三日以内组织之。

**第六条** 大总统选举会，以参政院议场为会场，以参政院院长为会长。

参政院院长，如系副总统兼任，或有其他事故时，以立法院议长为会长。

**第七条** 选举大总统之日，大总统敬谨将所推荐有被选举为大总统资格者之姓名，宣布于大总统选举会。

**第八条** 大总统选举会，除就被推荐三人投票外，得对于现任大总统投票。

**第九条** 选举大总统，以会员四分之三以上到会，用记名单名投票法。得票满投票人总数三分之二以上者为当选。若皆不足当选票额时，就得票多数之二人行决选，以得票较多数者为当选。

**第十条** 每届应行选举大总统之年，参政院参政，认为政治上有必要时，得以三分之二以上之同意，为现任大总统连任之议决，由大总统公布之。

**第十一条** 大总统任期未满，因故去职时，应于三日内组织大总统临时选举会。

临时选举未举行前，大总统职权，由副总统依约法第二十九条之规定代行之。如副总统同时因故去职，或现不在京，及有其他事故，不能代行时，由国务卿摄行其职权。但第三条第一项第二项所规定之职权，不得代行或摄行。

**第十二条** 届行临时选举之日，由代行或摄行大总统之职权者，咨行大总统临时选举会会长，指任会员十人，监视开启尊藏金匮石室，恭领金匮到会，当众宣布。就被推荐三人中，依九条之规定，投票选举。

**第十三条** 现任大总统连任，或当选大总统继任，均应于就职时，为下列之宣誓。

余誓以至诚遵守宪法，执行大总统之职务，谨誓。

宪法未公布施行以前，前项誓词，须声明遵守约法。

**第十四条** 副总统之任期，与大总统同。任满时，由连任或继任之大总统推荐有第一条资格者三人，准用选举大总统之规定行之。

**第十五条** 本法自公布日施行。（本法施行之日，中华民国二年十月五日所宣布之大总统选举法废止之。）

依这选举法看来，是大总统一任十年，且得连任，或一次或两次三次，并未明定限制。试想做了大总统，已是年满四十，人生上寿，不过百年，若连任数次，便是终身为大总统了。释明上文第一，二，七，八，十三各条。后任的大总统，须由前任的大总统推荐三人，署名金简，密贮金匮，将来选举后任大总统时，除对于现任大总统，得票选举连任外，只有金简中所写的姓名，可以选举，此外不能羼入，照此制度，明明是总统得以世袭，如袁总统有子十余人，他若写着三个儿子的姓名，藏将起来，俟后任选举，总要把他三个儿子中，选出一人，否则惟有老袁永远活着，仍归他连任下去，别人是永世无望了。释明上文第三及十二各条。小子曾记前清雍正年间，雍正帝定立储法，默选储君，书名纳匣，藏在正大光明殿额的后面。袁总统做过前清大员，想是熟悉掌故，所以把雍正成制，抄袭了来。以袁总统比雍正帝，阴鸷相似，而胆略尚恐未逮。还有一篇告令，说明改正选举法，实为总统绝续时，预防争乱起见，小子也似信非信，只好付诸阙如。惟总统选举法，既已改定，袁总统应如法照行，他便就意中所爱的三人，书藏金匮，或说是黎元洪、徐世昌及袁大公子克定，或说是克定、克文、克良、克端等类，统是袁家公子。大约此说近是。但袁总统素好秘密，书藏时无人在旁，只由他一手做成，因此外人无从知晓，不过凭虚推测罢了。

　　隔了两天，复定出国玺条例。国玺分作三项，一为中华民国玺，凡遇国家大典礼大政事及国际交换国书等项，应用此玺；二为颁爵袭职，及封赠册轴等所用，叫作封策之玺；三为给予勋位勋章，及其他荣典文书等所用，叫作荣典之玺。此外加大总统印、陆海军大元帅印，一时不便称玺，仍然沿称为印，附入国玺条例中。改印为玺，非帝制而何？

　　光阴似驶，又是民国四年，元旦觐贺等礼仪，且不必说。惟袁总统把新颁官制，策令群僚，授徐世昌为上卿，杨士琦、钱能训为中卿，赵尔巽、李经羲加上卿衔，各部总长，除陆海军两部外，并授中卿，独章宗祥、汤化龙，资望稍轻，以少卿加中卿衔，梁士诒、周树模、汪大燮、贡桑诺尔布等，均授中卿，董康、庄蕴宽等，均授少卿。他如文官加给嘉禾章，武官加给文虎章，或酌授勋位，无非是施泽如春，有加无已的至意。语带双敲。一面令教育部整饬学校，提倡忠孝节义，所有小学校中，应读论、孟二书。列入科目，不得废经。一面颁附乱自首特赦令，凡在民国三年十二月前，所有附乱人等，或被胁，或盲从，均得向地方行政官署，悔罪自首，当由地方行政官呈请大总统特赦，给予免罪证书，回籍营业。总算皇恩浩荡。

　　是时白狼已平，余匪肃清，就是民党中人，亦无隙可乘，只有假借文字，诋毁老袁，也没有什么效力。欧洲各国，日务战争，旧有中外交涉，尽行搁置，无暇向中国寻隙，美国虽守中立，未曾与战，但距华较远，又素抱和平宗旨，与中国没甚龃龉。只有东邻日本，眈眈在侧，自攻取青岛后，屯兵不撤，日夕绸缪，不但青岛领土权，被他占去，就是青岛街市上，所有营业行政等权，亦归日人占领。袁总统得此消息，不由的吃了一惊。看官道是何故？原来青岛中有一德华银行，前由德人经理，老袁曾存着巨款，约计二千万马克，马克，德币名。预备将来恢复帝制，提出使用。此次闻日人干涉营业，恐他囫囵吞去，无从追索，岂不是白费金钱，破坏好事？领土权可以抛弃，私款是万难割舍的！当下情急智生，亟通牒英、德、日三国，宣告撤销山东战域，牒文内列着三种理由，一是青岛战事，现已完毕，二是胶、莱、龙口各处情形，已甚安靖，三是中国应设兵防海，阻禁匪徒，侵入胶、莱各处作乱，为此三大要件，不能不要求日本撤兵。哪知牒文才发，日本政府，却已有照会到来，他的照会中，却含混说着道：“君有大志，何必亲近德意志，难道我大日本帝国，就不能作一帮手么？”隐隐约约，确是妙文！袁总统接阅照会，巧巧碰入心坎，踌躇了好一会，便邀请顾问员有贺长雄、西坂大佐等，秘密商议一番，托他电达本国政府，极力赞助；一面电嘱驻日公使陆宗舆，疏通日本内阁。

那时日本内阁首相，名叫大隈重信，他本是个勋戚旧臣，外交能手，既得了这个消息，便视为奇货可居，当下提出元老院，议决二十一条件，向袁要索，作为日后的报酬。未曾出力帮助，先已要索酬金，求人者其鉴诸。看官曾否阅过清史？当中日战争以前，老袁曾任朝鲜公使，彼时屡与日本反对，遂酿成中日战事，害得丧师失律，割地赔款，才行了案。日人中岛端氏，且于民国二年冬季，著有《支那分割的命运》一书，日人称中国为支那。内述袁氏秘史，种种揶揄，几笑他一钱不值，难道老袁毫不记忆，毫无闻见，反欲向他求助么？若非利令智昏，何至于此？古语说得好："人必自侮，然后人侮。"袁氏为帝制起见，竟惹出二十一件大要挟来，小子有诗叹道：

> 欲成王道贵无私，知白何如守黑时。
> 只手难遮天下目，欺人反使别人欺。

毕竟二十一条件，说的什么？待小子下回表明。

总统与皇帝，原是不同，但据袁氏之总统选举法，是已得任终身总统，且为世袭总统矣，与皇帝几无区别，宁必称帝而后快乎？总之袁氏心目中，全然不脱俗念，念兹在兹，曰惟帝制，释兹在兹，亦曰惟帝制。夫既欲为帝，即自称为帝可也，何必鬼鬼祟祟，向人求助，反为东邻所轻视乎？呜呼袁氏！为了帝制二字，憧扰胸中，欲为帝则恐人反对，不为帝又难餍私心，人欲胜，天理泯，而心力为之交疲矣。人谓袁氏智，袁氏其果智乎哉！

# 第四十二回

## 廿一款特强索诺　十九省拒约联名

却说日本政府，议决二十一条件，电致驻华日使。日使叫作日置益，接奉政府文件，即于民国四年一月十八日，亲至总统府，谒见老袁，彼此行过了礼，略叙寒暄，日置益便从袖中取出文件，当面呈递。袁总统接阅一周，不禁皱起眉来，摇首数次，口中却支吾道："这……这等条件，未免太酷，教敝国如何承认？"日置益从旁冷笑道："敝国上下，素疑总统为排日派，今始知言不虚传了。"故意翻跌。袁总统忙答辩道："敝国与贵国，是最近邻邦，同种同文，理应格外亲善，况我自受任总统，更思借重邻谊，作一臂助，为什么说我排日呢？"情见乎词。日置益笑了又笑道："总统既有意结好，何不将敝国要求，完全承认，借明亲善的本心？"口中有力。袁总统皱着眉道："这事我不便作主，我是民国的总统，不是帝国的元首，可以随便签约的。"若为帝国元首，难道把中国领土，完全送日么？日置益复道："总统大志，敝国亦已深悉，倘或此次条约，总统不愿允从，非但有碍总统利益，就是为中国计，亦觉岌岌可危。即如中国乱党，多半寓居敝国，现正竭力进行，敝政府虽未表同情，但若总统不肯从敝国要求，敝国即不能限制乱党，后事如何，非敝政府所能悬揣。窃谓为总统利益计，为中政府利益计，总统必须允诺，否则敝国疑总统不肯顾全邦交，或更提出严厉条件，亦未可知，还请总统三思！"数语是暗攻袁氏阴私，纯用威吓手段。袁总统迟疑半晌，方道："且与外交总长商议，再行答复。"日置益方起身告别。

隔了两天，日置益又访会外交总长孙宝琦，仍提交要求条件，且语孙总长道："这事为两国利益起见，须守极端秘密，幸勿将条件内容，泄露别国。"孙总长问是何意？日置益正色道："敝国人民，多言贵国用远交近攻的政策，亲近英、美，排斥敝国，所以极力反对，敝政府为顾全邦交起见，不忍决裂，为此命本驻使特进忠告，慎守秘密，毋得漏言。"袁氏惯用秘密，日本即以秘密二字作为要求，夫是谓之自取。孙总长无词可驳，只得唯唯如命，惟答言所交条件，应俟与总统熟商，方可定夺。日置益订明后会，告辞而去。看官！试想日本既野心勃勃，要求至二十一条件，何妨明目张胆，为什么要守秘密呢？我亦要问。原来日本雄长亚东，屡思并吞中国，奈因列强互峙，致多牵掣，眼看这锦绣江山，不能由他吞去，此次趁着欧洲战争，及袁总统谋帝乞助的时候，正好暗渡陈仓，硬迫中国允约。等到他国闻知，生米已做成熟饭，干涉也来不及了，这正是倭人的妙计！

孙总长既接收条件，当向总统府请示。袁总统乃召集国务卿等，先开秘密会议，大家看到条件，统是面面相觑，不敢发言。独段祺瑞奋然道："这项条件，绝对是不能承认，不如却还了他，省却许多疑议。"是激烈派。袁总统嗫嚅道："我国积弱得很，倘若一条不依，定致邦交决裂，酿成战衅，这却如何是好？"徐世昌接口道："折冲樽俎，责在外交，应由孙总长往会日使，婉言解释，表明为难情形，要他改换条约，方便磋商。"是持重派。孙宝琦闻到此言，暗暗心急，忙向袁总统道："宝琦不才，恐难胜任，请大总统另简材能，宝琦情愿辞职。"这是无上的善策！袁总统顾宝琦道："你若解职，何人可代？"孙宝琦答道："不如陆子欣。"袁总统徐徐点首，并语徐世昌道："且叫陆子欣出去当冲，何如？"徐世昌随口赞成，因即散会。

越日，即调任孙宝琦为审计院长，改任陆征祥为外交总长。陆征祥也拟告辞，经袁总统召他入府，温言劝勉，并有许多密嘱，乃不得不勉为所难，即日就职，当下照会日使，约定二月二日，在外交部迎宾馆开非正式会议。外交总长陆征祥次长曹汝霖及翻译各官，先行守候。过了午牌，方见日本公使日置益，带着参赞书记官，到了迎宾馆，两下开议。陆征祥词甚简单，但请日置益转达日本政府，改换条文。日置益不肯照允。曹汝霖方插嘴道："贵公使洞明时势，晓达政体，应知中国已成民主国，政府是国民的公仆，若果遽允要求，必致激起国民反对的风潮，将来双方均有不便，还请审慎为是。"日置益微哂道："中外人士，哪个不晓得袁总统独揽大权？今日为了两国交涉，反把国民作为后盾，岂非可笑？"乐得奚落。曹汝霖被他一驳，几乎无可解嘲，还是陆征祥接口道："敝国若承认贵国条件，岂不要惹起他国交涉？但望贵国顾全友谊，休使敝国为难，敝国当深感厚情。"日置益又答道："陆总长对此谈判，是否担任全权？抑须请示总统？"陆总长道："今日与贵公使开谈，前已声明为非正式会议，不过先行讨论罢了。"日置益道："此项交涉，本驻使屡奉本国训令，要求贵国即予同意，今日既非正式会议，应请贵总长请命总统，速开正式谈判，以便早日解决，本驻使亦可复命销差了。"言至此，即起身离座道："明日再会。"随与参赞书记官等，扬长去了。

过了三日，日置益复至外交部，与陆总长谈判多时，毫无结果，日置益乃去。嗣是又隔十多天，彼此未曾晤谈。看官道是何因？原来英、法、俄各国，曾与日本订立协约，在欧战期内，日本不得独谋利益，此次日本与中国交涉，当然要据约质问。日政府答复各国，只开了十一条件，还有十条严重的条文，一律瞒住。日置益闻这消息，所以暂时搁着，不来催促，至日政府答复各国后，复至外交部反复劝诱，陆总长等仍不承认，到了三月三日会议，已是第六次了。日置益气焰汹汹，对着陆总长道："本驻使与贵总长磋商，已经数次，迁延至一月有余，仍然是茫无头绪，莫非轻视敝国不成？即如条文中第一款，就是山东方面的问题，请速承认原案，将历年中德条约范围以内的权利，一概转给敝国，另订中日山东条约，了结目前的要案。"陆征祥淡淡答道："山东问题，应俟欧战解决，再行提议，今尚不便。"说到"便"字，日置益已跃起道："这话未免欺人了！眼前要案，尚待迁延，岂他国理应尊重，我日本独可轻蔑么？"陆总长正思答辩，日置益掉头不顾，悻悻径去。强国公使，如是！如是！

次日，日本政府才将二十一条件，通告欧洲列强，大致说是："中日议约，中国全无诚意，因此追加条件，严重交涉"云云。自有此番通告，于是日本二十一条件，登在外国新闻纸上。我国辗转译出，才识条件内容的真相。事关国耻，特全录原文如下：至此才录原文，著述者岂亦代守秘密耶？

中华民国四年一月十八日，日本公使日置益提出条件原文：分五号二十一款。

（第一号）日本国政府及中国政府，互愿维持东亚全局之和平，并期将现在两国友好善邻之关系，益加巩固，兹议定条款如下：（一）中国政府，允诺日后日本国政府拟向德国政府协定之所有德国关于山东省所得各种权利利益让与等项，概行承认。（二）中国政府，允诺凡山东省内，并其沿海一带土地及岛屿，概不让与或租与他国。（三）中国政府，允准日本建造由烟台或龙口接连胶济路线之铁路。（四）中国政府，允诺为外国人居住贸易起见，从速自开山东省内各主要城市，作为商埠。其应开地方，另行协定。

（第二号）日本国政府及中国政府，因中国向认日本国在南满洲及东部内蒙古，享有优越地位，兹议定条件如下：（一）两订约国互相协定，将旅顺、大连租借期限，并南满洲及安奉两铁路期限，均展至九十九年为期。（二）日本国臣民，在南满洲东内蒙古，盖造商工业应用之房厂，或为耕作，可得其需要土地之租借权，或所有权。（三）日本国臣民，得在南满洲东内蒙古，任便居住往来，并经营商工业等各项生意。（四）中国政府，允将在南满洲及东内蒙古各矿开采权。至于拟开各矿，另行商订。（五）中国政府，允于下开各项，先经日本国政府同意，然后办理。（甲）在南满洲及东内蒙古，允准他国人建造铁路，或为建造铁路向他国借用款项之时。（乙）将南满洲及东内蒙古各项税课作抵，向他国借债之时。（六）中国政府，允诺如在南满洲及东内蒙古，聘用政治财政军事各顾问教习，必须先向日本国政府商议。（七）中国政府，允将吉长铁路办理经营事宜，委任日本国政府，其年限自本年画押日起，以九十九年为期。

（第三号）日本国政府及中国政府，因现在日本国资本家，与汉冶萍公司有密切关系，愿增进两国共同利益，兹议定条款如下：（一）两缔约国互相约定，俟将来相当机会，将汉冶萍公司作为两国合办事业，并允如未经日本国政府同意，所有属于该公司一切权利产业，中国政府，不得自行处分，亦不得使该公司任意处分。（二）中国政府允准，所有属于汉冶萍公司各矿之附近矿山，如未经该公司同意，一概不准该公司以外之人开采。并允此外有所措办，无论直接间接，对该公司恐有影响之举，必须先经该公司同意。

（第四号）日本国政府及中国政府，为切实保全中国领土之目的，兹订立专条如下：中国政府允准，所有中国沿岸港湾及岛屿，概不让与或租与他国。

（第五号）（一）在中国中央政府，须聘用有力之日本人，充为政治财政军事等各顾问。（二）所有在中国内地所设日本病院寺院学校等，概允其土地所有权。（三）向来中日两国，屡起警察案件，酿成争衅，故须将必要地之警察，作为中日合办，或在此等地方之警察官署，聘用多数日本人，筹划改良中国警察机关。（四）由日本采办一定数量之军械。（譬如在中国政府所需军械之半数以上。）或在中国设立中日合办之军械厂，聘用日本技师，并采买日本材料。（五）允将接连武昌，与九江、南昌路线之铁路，及南昌、杭州间与南昌、潮州间之铁路权，许与日本国。（六）在福建省内筹办铁路矿山及整顿海口（船厂在内），如需外国资本之时，先向日本国协议。（七）允认日本人在中国有布教之权。

如上所述，第一号分四款，是谋吞山东，第二号分七款，是谋占南满洲，及东部内蒙古，第三号分二款，是谋并汉冶萍公司，第四号专件，及第五号七款，简直是要将中国主权，让与日本，不啻是日本的保护国了。总括数语，以便国民记忆。中国人民，多至四百余兆，虽有一大半愚弱，究竟还有几个热心的志士，勇敢的国民，一经览到二十一条件，群以为亡国惨兆，就在目前，于是奔走呼号，力图挽救，有刺血上书的，有断指演说的，有情愿毁家纾难，储金救国的；什么抵制日货，什么组织民团，闹得全国不安，差不多有天翻地覆的景象。就是外国舆论，亦多诋斥日本，说他非理要求。独袁总统高坐中央，从容自若，今日授几个卿大夫，明日颁几条新法例，几似确有把握，毫不张皇。至三月五日以后，外交总长陆征祥等，邀日置益至署，开正式谈判。日置益咆哮如故，经陆总长等低首下心，愿将条款中第（一）（二）（三）号，酌量承认。日置益尚未肯干休。各省人民，热度愈高，每日驰电到京，争请拒约。袁总统尚电饬各省官吏，令他严加取缔，所有议约事件，誓当力争，不轻承认。外交部亦电达各省，略言：“日本条款，正在严重交涉，不肯放弃主权”等语。无如条约让步的消息，已约略传将出来，各省将军巡按使，亦有些忍耐不住，便由江苏将军冯国璋，联络十九省将军，一一具衔，电达中央。略云：

日款发生，亡国预兆。国家既处如此危险之地位，国璋等对于中华民国，同膺捍卫之责，义不容袖手旁观，一任神州之陆沉，且天下兴亡，匹夫有责，国璋等分属军人，必尽其军人救国之天职，凡欲破坏吾国领土之完全者，吾辈军人，必以死力拒之。诚能若此，何至亡国。中国虽弱，但其国民尚能投袂奋起，以身殉国，所望大总统与政府，群起严词峻拒，勿稍畏葸，我军民等当始终为后盾也。乞鉴察！

又电致外交部云：

中日交涉发生，各省人民，具爱国热心，纷纷电请拒绝，暨呈递条陈意见书者，计先后二百余起，不闻贵部一置可否于其间。在无知人民，议论纷纭，谓政府讳莫如深，甘心媚外。惟是外交公例，有应守秘密之义务，贵部核议之事件，固未便宣布国内，在贵部为国家代表，当交涉之冲，任涉大事，应如何上保主权，下顾舆情，折冲樽俎，化干戈为玉帛，以慰京外人民之希望。迭据贵部宣言，亦明明自命为鞠躬尽瘁，严重交涉，不肯放弃主权之利。国璋等闻言之下，钦佩莫名，乃何以按之事实，迥不相同？全案尚未了结，而权利之丧失，已复不少，下此更不忍言。且国际交涉，为何等事？此次要索条件，又为何等事？岂得轻图一时之省事，贻中国将来莫大之隐忧？如果丧失主权，则日后国家沦于附属，所以为民国前途危，为大部当局惜，而不能无疑焉。目前讨论条件，尚可以口舌力争，为杜弊防患之本，如使条约成立，则将来日人之照约行为，尚不知有何能力，足以制止？况在修正期限之时，岂容一味退让？想贵部办理交涉之初，具何等毅力苦心，以情理度之，必不出此。然责备贤者，春秋之义，以贵部之明，或不至堕日人术中，质其条约上之精神，以为我允其要求，彼当为我保全领土之完全。然以中国水陆之广大，纵有事故，日人有何兵力，足以保我而无失？现邦交素睦，尚为此极酷烈之要求，一有微劳，势必无以复加，而问罪立至。用敢不揣冒昧，备词质问，并联合各省，联络防务，为外交后盾，望勿畏强御，按以公法，权以公理，和平解决，是所厚望。至内容如何办法，仍乞秘密示知，不胜翘企之至！

此外如长江巡阅使张勋，及广东惠州镇守使龙觐光等，亦均通电政府，决请拒约。还有陆军总长段祺瑞，且因中央电达各省，愤然主战。正是：

强权世界无公理，民国干城有武夫。

欲知袁总统如何主张，且至下回续叙。

日本公使日置益，提出二十一条件，不交我国外交部，竟面递袁总统，是已可见日人之用心，为袁氏称帝之交换条件，故直接与老袁交涉，不必依国际公法，须与外交部磋议也。迨袁氏以条件严酷，乃执外交部三字以相饷，而日使至外交部，即有秘密之嘱告，秘密秘密，此二字中，非含有极大关系欤？且日使嘱守秘密，而老袁果惟命是从，双方会议数次，而全国人士，尚未知条件之内容，迨经外报宣布，舆论哗然，即官僚派人，亦多极力反对。试观十九省将军之联衔拒约，见得人心未死，公道犹存，为老袁计，不即当看风转舵，临崖勒马耶？乃及此而犹不悟，而袁氏真愚矣，而日人之威吓胁迫，乃因此而益甚矣。呜呼哀哉！是正民国之气数！

# 第四十三回

## 榻前会议忍辱陈词　最后通牒特威恫吓

却说十九省将军，及张巡阅使、龙镇守使等，联电中央，力请拒约。袁总统不得不答，当有复电宣布文：

电呈均悉。立国于此风云变态无常之世界，必具有一种自立不挫之精神，有自立不挫之精神，人虽谋我，焉能亡我？民国肇造，如初生之孩，资人扶助，庶无颠倒之患。各省将军受任以来，皆能以拥护共和为己任，热诚爱国为前提，洵民国之幸也。本大总统受国民之付托，惟有鞠躬尽瘁，死而后已，对于国家存亡重要之关系，讵敢忽略？仍是欺人语。日来中外对于中日交涉，尤多猜疑，忐忑不安，国民爱国之热诚，于此可见。惟天下自有公理，无论如何艰难解决之问题，持以公理，自能剖决。如金虽坚，炼之以火，未有不熔。但天下之大患，防不胜防，往往防之于此而漏之于彼，今日危难，不止一端，要惟同心相济，合力进行。而保护外人，尤宜谨慎，我尽东道之谊，斯无衅隙之生，误会消灭，国交巩固，各将军勿为疑似之言所动，是所至盼！

越数日，又有一告诫的电文云：

近来关于中日交涉，政府接到各省将军及师长等电报多起，均有所献替。此项电文，具征公忠。惟该将军既属军职，自应专致力于军事，越俎代谋，实非所宜。现在政府正殚精竭能，以解决此目前所遇之问题，虽不敢谓事事能取信于国民，但国家之利益，断无不保护惟谨。该将军等正宜尽心军事，不必兼顾外交。须可令尔秘密卖国！如有造谣生事者，仰该将军协同地方官禁止，至要勿误！

此外又有数电，无非说是："中日协商，渐就和平，可无他虞。各将军巡按使，总宜劝谕人民，持以镇静，一俟交涉解决，自当宣布内容"云云。就是外交部总次长，亦有公电传达，略称："前后会议，已历多次，现日使已允将条件寄回政府，请示修正，暂停谈判。昨至十三次会议，知全案确已修正，当即通融磋商，以期和平解决。京中报纸，及外间谣传，统属无凭，必待全案公布，是非乃定"等语。各省大吏，及全国志士，接阅此等电文，才把一种激昂愤勇的气概，稍稍恬退。究竟日本是否让步，政府能否力争，大家还是疑信参半。

嗣经交涉了结，才识当时会议的情形，由小子依次演述。自初次谈判以迄第七次谈判，彼此争辩，茫无头绪，上文已约略叙明。至第八次会议，乃是三月九日，谈判进行，逐条讨论。陆总长征祥，先提出第一号第一条，须俟至欧战平定，加入讲和大会，再行定议。且声言中国政府，如承认第一条，须以交还胶澳为对待条件。日使日置益道："我国用兵胶澳，损失颇多，理应如何解决？"陆征祥答道："自贵国用兵青岛，敝国人民，损失甚巨，应向贵国索偿，难道还转加敝国吗？且战事已平，所有税关邮电，应照向来办法办理，军用铁路电线，即行撤废，租界外军队，先行撤回。到胶济交还时，租界留兵，亦应尽行撤去。"日置益微笑道："有这许多条件么？现且暂从缓议。请问这第一号第二条，是否允诺呢？"议入第二条。陆征祥道："第二条么？敝国允自行声明，不将山东沿海及岛屿让与他国。"日置益道："第三条呢？"入第三条。陆征祥道："第三条所说烟、潍或龙潍铁路，倘德国允抛弃借款权利，当先向贵国资本家商借；就是第四条商埠问题，敝国允自行添开罢了。"第三、四条，接连表过。日置益道："第一号共计四款，据贵总长意见，当转达敝国政府，请示定夺。惟第二号的条件，须完全允诺为是。"陆总长道："旅顺、大连湾的租借期，及南满洲的铁路权，前清已有成约，当可商量。惟安奉铁路，与该数处情形不同，不能援以为例。"议及第二号第一条。日置益忿然道："旅顺、大连等处，不过连类带及，此条注意，实为安奉铁路，若安奉铁路的租借期，不肯允诺，何容向贵国要求？"陆总长再三辩论，日置益只是不从，嗣且攘臂起座道："此条不允，无须别论，当决诸兵力便了！"又肆恫喝。曹汝霖插口道："贵公使何必动怒，总可和平议决。"日置益道："这条不允，那条又不允，教我如何答复政府？且敝国上下，愤激得很，如不达目的，就使劳师费饷，亦所不惜。本驻使为全国代表，若事事通融，岂不要受全国唾骂么？"陆总长到了此时，只得答应下去。日置益方才复座，问及第二三条。陆总长道："南满洲可添开商埠，贵国人民，可与敝国合办农垦公司，若欲内地杂居，及土地所有权，是与我主权有碍，贵国政府，向来声言保全中国领土，此条件似违初意。"日置益道："我国并不要占你土地，不过令人民营业，较为便利罢了。"明是殖民，何得谓非占我领土？曹次长又应声道："如贵国人民，欲杂居内地，须归敝国管辖，贵国应撤回领事裁判权。"日置益又复摇首。陆征祥道："且先议下文各条。"搁过第二条，转入第四、五、六、七各条。第四条的开矿权，除已探勘及开采各区，准可通融，惟须按照中国矿业条例办理，第五条略加更改，如敝国需借款造路，或抵借外债，可先向贵国资本家商议。第六条南满洲的顾问，尽先聘用贵国人，东部内蒙古，殊不适用。第七条吉长铁路，应改为全路借款，重订合同。"日置益闻言，又勃然道："第二号的要点，实在二、三两条，余外尚是枝叶，贵政府不允照办，敝政府万难容忍。就是这第三号的汉冶萍公司问题，与敝国人民有密切关系，倘贵政府倡言充公，或提议国有，或借第三国为抵制，实与敝国投资家，生出无穷危险，贵国亦须绝对承认此约，方免后虑。"陆征祥道："敝国政府，当声明不充公，不国有，不借用第三国外资，可好么？"说明第三号第一条。日置益道："第二条应如何解决？"陆征祥道："这条是又碍领土权，不便承认。"日置益复道："第四号第五号呢？"陆征祥迟疑半晌道："均不便承认。"撇去第四、五两号。日置益向外一望，天色已暮，便道："贵国太无诚意，看来此事是难了呢。"言毕，即起身别去。

过了一两日，闻日政府调集海军，准备出发，一面借换防为名，增派陆兵至山东、奉天，大有跃跃欲试的形势。袁政府未免心慌，只得质问增兵理由，再请日置益商议，迭经三次，无非为南满洲、东内蒙及汉冶萍公司诸条件，双方仍然未决。日置益乘马驰回，马忽跃起，竟将日置益掀下地来。亏得马夫将马带住，日置益才保全性命，但左足已是受伤，由仆役舁入使馆，卧床呻吟去了。人不如马。袁总统闻日使受伤，当遣曹次长汝霖，向日本使署问疾，备极殷勤，日置益总算道谢，并言："日政府已停止派兵，只中政府须顾全邦交，毋再固执"等语。曹汝霖又道："贵公使近患足疾，且待痊后再商。"日置益道："敝国政府，日望贵国允诺，令我急速办了，我适患伤足，病不能行，还请贵政府原谅，会议地点，改至敝署方好哩。"曹汝霖道："且请示总统，再行报命。"于是珍重而别。

越二日，日置益请参赞小幡为代表，至外交部为非正式会议，且约至日使署续议期间。陆总长以为未便，小幡不从，乃订定三月二十三日，开第十三次会议。届期陆、曹二人，同往日本使馆。日置益尚高卧未起，两人忍气吞声，不得不至病榻前，与日置益晤商，世人称为榻前会议，便是此举。可耻！可叹！日置益坐在床上，向陆总长道："本驻使已奉政府训令，第一号准示通融，第二号应一律求允，但敝政府为友谊起见，亦格外让步。内地杂居的日人，可服从中国警章税课，惟须由敝国领事承认；若关于土地诉讼等项，可由两国派员会审；土地所有权，改为永租。这是已让到极点，不能再让了。"承情之至。陆征祥再请修正，日置益频频摇首，且要求三四五号允诺。陆征祥告辞道："且回去陈明总统，再议何如？"日置益点首示允。嗣后复在榻前会议两次，至日置益足疾渐愈，稍能起行，又在日使馆会议三次，都是因南满洲问题，中国允日人选采矿产九处，且开放满洲商埠，供日人贸易，并允杂居置地，惟关系诉讼案件，应归华官办理。日置益未肯允从。

转瞬间已是四月六日，日置益足疾全愈，乃重至外交部会议，所议仍为南满洲杂居问题，终未解决。越二日，又来会议，提出第五号问题。陆征祥因关系主权，婉词谢绝。又越二日，复开会议，仍要求解决第五号问题。陆征祥答言："贵国军械精良，不能受条约拘束，余难置议"云云。日置益终不肯稍让。至四月十三日及十五日，复要索东蒙问题，应由中国予以南满相同的利益。陆征祥初未肯允，嗣允在东蒙开辟数处，日置益终未满意。临行时，且谓："讨论已毕，不消再议，本驻使当详复政府，候令施行罢了。"这已是第二十四次会议，自散会后，停议了八九天，至二十六日下午，日置益复气宇轩昂，乘着马车，径至外交部，由陆总长等迎入。略写日使状态，已觉气焰逼人。日置益大言道："现奉本政府训令，将所有全案，已加修正，若贵国再不允从，也无庸多谈了。"说至此，即取出日本政府修正案，递交陆总长，当由陆总长接阅，但见纸上写着：

第一号（第一款）仍前。（第二款）改为换文。彼此互换，因称换文。中国政府声明凡在山东省内，并其沿海一带土地及各岛屿，无论何项名目，概不让与或租与他国。（第三款）修正。中国政府允准自行建造由烟台或龙口接连胶济路线之铁路，如德自愿抛弃烟潍铁路权之时，可向日本资本家商议借款。（第四款）修正。中国政府允诺为外国人居住贸易起见，从速自开山东省内合宜地方为商埠。（附属换文）所有应开地点及章程，由中国政府自拟，与日本公使预先决定。

第二号（第一款）仍前。惟附属换文，旅顺、大连租借期，至民国八十六年，即西历一千九百九十七年为满期。南满铁路交还期，至民国九十一年，即西历二千零二年为满期。其原合同第十二款所载开车之日起，三十六年后，中国政府可给价收回一节，毋庸置疑。安奉铁路期限，至民国九十六年，即西历二千零七年为满期。（第二款）修正。日本臣民在南满洲为盖造商工业应用之房厂，或为经营农业，可得租赁或购买其须用地亩。（第三款）仍前。惟附带声明。

前二款所载之日本国臣民，除须将照例所领护照向地方官注册外，应服从由日本国领事官承认警察法令及课税。至民刑诉讼，日本人为被告，归日本国领事官，中国人为被告，归中国官吏各审判。彼此均得派员到堂旁听。但关于土地之日本人与中国人民事诉讼，按照中国法律及地方习惯，由两国派员共同审判。俟将来该地方司法制度完全改良之时，如有关于日本国臣民之民刑一切诉讼，即完全由中国法庭审理。（第四款）改为换文。中国政府，允诺日本国臣民在南满洲左开各矿，除已探勘或开采各矿区外，速行调查选定，即准其探勘或开采。在矿业条例确定以前，仿照现行办法办理。（一）奉天省本溪县牛心台石炭矿，本溪县田什付沟石炭矿，海龙县杉松岗石炭矿，通化县铁厂石炭矿，锦县暖池塘石炭矿，辽阳县起至本溪县止，鞍山站一带铁矿。（二）吉林省南部，和龙县彩龙、岗石炭矿，吉林县缸窑石炭矿，桦甸县夹皮沟金矿。（第五款）第一项改为换文。中国政府声明，嗣后在东三省南部需造铁路，由中国自行筹款建造。如需外款，中国允诺先向日本国资本家商借。第二项改为换文。中国政府声明，嗣后将东三省南部之各种税课（除已由中央政府借款作押之关税及盐税等类）作抵，由外国借款之时，须先向日本资本家商借。（第六款）改为换文。中国政府声明，嗣后如在东三省南部聘用政治财政军事警察外国各顾问教官，尽先聘用日本人。（第七款）修正。中国政府，允诺以向来中国与外国资本家所订之铁路借款合同规定事项为标准，速从根本上改订吉长铁路借款合同。将来中央政府，关于铁路借款附于外国资本家，以致现在铁路借款合同事项为有利之条件时，依日本之希望，再行改订前项合同。（中国对案第七款）关于东三省中日现行各条约，除本协约另有规定外，一概仍旧实行。关于东部内蒙古事项：（一）中国政府，允诺嗣后在东部内蒙古之各种税课作抵，由外国借款之时，须先向日本国政府商议。（二）中国政府，允诺嗣后在东部内蒙古需造铁路，由中国自行筹款建造，如需外款，须先向日本国政府商议。（三）中国政府，允诺为外国人居住贸易起见，从速自开东部内蒙古合宜地方为商埠。其应开地点及章程，由中国自拟，与日本国公使商妥决定。（四）如有日本国人及中国人愿在东部内蒙古合办农业及附设工业时，中国政府应行允准。

第三号修正。日本国与汉冶萍公司之关系人，极为密切，如将来该公司关系人与日本资本家商定合办，中国政府，应即允准。又中国政府允诺，如未经日本资本家同意，将该公司不归国有，又不充公，又不准使该公司借用日本国以外之外国资本。

第四号修正。按左开要领，中国自行宣布，所有中国沿岸港湾及岛屿，概不让与或租与他国。换文。对于由武昌联络九江、南昌路线之铁路，又南昌至杭州及南昌至潮州之各铁路之借款权，如经明悉他国外国并无异议，应将此权许与日本国。（换文第二案）对于由武昌联络九江、南昌路线之铁路，又南昌至杭州及南昌至潮州之各铁路之借款权，由日本国与向有关系此项借款之他外国，直接商妥以前，中国政府应允将此权不许与他外国。换文。中国政府，允诺凡在福建省沿岸地方，无论何国，概不允建设造船厂军用蓄煤处海军根据地，又不准其他一切军务上施设；并允诺中国政府，不以外资自行建设，或设施上开各事。

第五号改为陆总长言明如下：（一）嗣后中国政府认为必要时，应聘请多数日人为顾问。（二）嗣后日本国臣民，愿在中国内地，为设立学校病院，租赁或购买地亩，中国政府应即允准。（三）中国政府，日后在适当机会，遣派陆军武官至日本，与日本军事当局，协商采办军械，或设立合办军械厂之事。日置益公使言明如下：关于布教权问题，日后应再行协议。

陆总长阅毕全文，便向日置益道："我看这修正案中，有几件还应酌商，最难承认的，是原文第五号，改为本总长言明。本总长前请撤销五号，不便开议，经贵公使要求说明理由，方由本总长约略说及，提出数条，声明不便允诺的情形。今贵政府修正案，断章取义，误为言明，本总长碍难承认。"日置益道："这已是敝国政府最后的修正，务请允诺。如果全体同意，敝政府即可交还胶济了。"仍是诱迫。陆总长道："这非本总长所能专擅。"日置益道："请即转达贵总统，指日答复为要。"陆总长点首示允，日置益起身去了。

是夕，即闻山东、奉天两方面，又有日本派兵到，且有日本军舰，游弋渤海口外，人心惶惑，谣言益盛。经袁总统与陆总长等会议，复再行让步，承认数条，拒绝数条，至第五号仍完全拒绝。当于五月一日提交日使，并说明无可再让的理由。日置益道："是否最后答复？"陆总长道："这已是最后答复了。"日置益狞笑道："照敝国的修正案，贵政府尚难承认，我国将行最后的手段了。请贵政府莫怪！"陆总长也无可置辞，彼此告别。不料日本果然厉害，竟提出最后通牒来了。这最后通牒，差不多是哀的美敦书。即战书译文。小子有诗叹道：

前车已覆后车师，来日大难只自知。

试看扶桑最后牒，挟强胁弱竟如斯。

欲知最后通牒的详情，请至下回再阅。

本回叙中日交涉之经过情形，历写口头辩论，及书面修正，简而能赅，不烦不漏，可为国民前车之鉴。且于外交总次长，忍辱状态，及日使日置益威吓手段，亦演写大略，跃然纸上。即如袁总统告诫电文，亦录叙篇首，中国不幸，遭此难题，极宜披示国民，共图抵制，而彼此鬼鬼祟祟，一私索，一私许，是何理由？岂民主国之政策，应如是乎？袁政府不足责，而吾国民之恇弱不振，或虚骄无能，亦当乘此反省，毋再蹈覆辙为也。

# 第四十四回

## 忍签约丧权辱国　倡改制立会筹安

却说日本政府，因中国未肯承认全案，竟用出最后手段，胁迫袁政府。自陆总长提交最后答复后，日本下动员令，宣言关东戒严。驻扎山东、奉天的日兵，预备开战，渤海口外的日舰，亦预备进行，各埠日商，纷纷回国，似乎即日决裂，各国公使，亦多至外交部署中，探听消息，劝政府和平解决，幸勿开战。强国总帮助强国。袁总统却也为难，惟面上犹持一种镇静态度。总教皇帝做得成，余事固无容过虑。五月六日，由日使派人到外交部，提出一种警告书，内言非完全承认日本修正案，决提交最后通牒。袁政府不能决答，当于是日夜间，遣曹次长汝霖，用个人名义，访会日使，商议交涉，又承认了好几款。日置益不允。俟曹汝霖回署后，即于次日下午，由日置益带同馆员，至外交部迎宾馆，晤见陆曹两人，亲递最后通牒。牒文写着：

今回帝国政府，与中国政府所以开始交涉之故，一则欲谋因日德战争所发生时局之善后办法，一则欲解决有害中日两国亲交原因之各种问题，冀巩固中日两国友好关系之基础，以确保东亚永远之和平起见，于本年一月向中国政府交出提案，开诚布公，与中国政府会议，至于今日，实有二十五回之多。其间帝国政府，始终以妥协之精神，解释日本提案之要旨，即中国政府之主张，亦不论巨细，倾听无遗。何时倾听，我未之见。其欲力图解决此提案于圆满和平之间，自信实无余蕴。自信已深，何肯退让？其交涉全部之讨论，于第二十四次会议，即上月十七日，已大致告竣。帝国政府统观交涉之全部，参酌中国政府议论之点，对于最初提出之原案，加以多大让步之修正，于同月二十六日，更提出修正案于中国政府，求其同意。同时且声明中国政府对于该案如表同意，日本政府即以因多大牺牲而得之胶州湾一带之地，于适当机会附以公正至当之条件，以交还于中国政府。五月一日，中国政府对于日本政府修正案之答复，实与帝国政府之预期全然相反。且中国政府对于该案，不但毫未加以诚意之研究，且将日本政府交还胶州湾之苦衷与好意，亦未尝一为顾及。查胶州湾为东亚商业上军事上之一要地，日本帝国，因取得该地，所费之血与财，自属不少。既为日本取得之后，毫无交还中国之义务。然为将来两国国交亲善起见，竟拟以之交还中国。何其客气？而中国政府不加考察，且不谅帝国政府之苦心，实属遗憾。中国政府，不但不顾帝国政府关于交还胶州湾之情谊，且对于帝国政府之修正案，于答复时要求将胶州湾无条件交还，并以日德战争之际，日本国于胶州湾用兵所生之结果，与不可避之各种损害，要求日本担任赔偿之责，其他关系于胶州湾地方，又提出数项要求，且声明有权加入日德讲和会议。明知如胶州湾无条件之交还，及日本担负因日德战争所生不可避之损害赔偿，均为日本所不能容忍之要求，而故为要求。且明言该案为中国政府最后之决答，因日本不能容认此等之要求，则关于其他各项，即使如何妥商协定，终亦不觉有何等之意味，其结果此次中国政府之答复，于全体全为空漠无意义。且查中国政府对于帝国政府修正案中，其他条项之回答，如南满洲及东部内蒙古，就地理上政治上商工利害上，皆与帝国有特别关系，为中外所共认。此种关系，因帝国政府经过前后二次之战争，更为深切。然中国政府，轻视此种事实，不尊重帝国在该地方之地位，即帝国政府，以互让精神，照中国政府代表所言明之事，而拟出之条项，中国政府之答复，又任意改窜，使代表者之陈述，成为一篇空言，或此方则许，而彼方则否，致不能认中国当局者之有信义与诚意。此段直是训令。至关于顾问之件，学校病院用地之件，兵器及兵器厂之件，与南方铁道之件，帝国政府之修正案，或以关系外国之同意为条件，或只以中国政府代表者之言明，存于记录，与中国主权与条约，并无何等之抵触。然中国政府之答复，惟以与主权条约有关系，而不应帝国政府之希望。帝国政府，因鉴于中国政府如此之态度，虽深惋惜，几再无继续协商之余地，然终眷眷于维持极东平和之帝国，务冀圆满了结此交涉，以避时局之纷纠，于无可忍之中，更酌量邻邦政府之情意，将帝国政府前次提出之修正案中之第五号各项，除关于福建互换公文一事，业经两国政府代表协定外，其他五项，可承认与此次交涉脱离，日后另行协商。因此中国政府，亦应谅帝国政府之谊，将其他各项，即第一号第二号第三号第四号之各项，及第五号中关于福建省公文互换之件，照四月二十六日提出之修正案所记载者，不加以何等之更改，速行应诺帝国政府。兹再重行劝告，对此劝告，期望中国政府至五月九日午后六时为止，为满足之答复，如到期不受到满足之答复，则帝国政府，将执认为必要之手段。合并声明。

陆曹两人，共同阅毕，不由的发了一怔，几乎目定口呆。怪他不得。还是曹汝霖口齿较利，便对日置益道："五号中所说五项，应即脱离，究竟是哪五项呢？"日置益道："就是聘用顾问，学校病院租用地，以及中国南方诸铁路，与兵器及兵器厂，暨日本人布教权。这五项允许脱离，容后协商便了。"容后协商四字，又是后来话柄。陆征祥道："敝国与贵国，素敦睦谊，难道竟无协商的余地么？"日置益道："通牒中已经说明，敝政府不能再让。就使本驻使有意修正，也是爱莫能助了。"乐得客气。说毕即行。曹汝霖随送道："贵驻使是全国代表，凡事尚求通融一点。"日置益稍稍点头。到了次日，又至外交部中，递交说明书，内开七款如下：

（一）除关于福建省交换公文一事之外，所谓五项，即指关于聘用顾问之件，关于学校用地之件，关于中国南方诸铁路之件，关于兵器及兵器厂之件，及关于布教权之件是也。

（二）关于福建省之件，或照四月二十六日日本提出之对案，均无不可。此次最后通牒，虽请中国对于四月二十六日日本所提出之修正案，不加改订，即行承诺，此系表示原则。至于本项及（四）（五）两项，皆为例外，应特注意。

（三）以此次最后之通牒要求之各项，中国政府倘能承认时，四月二十六日对于中国政府关于交还胶州湾之声明，依然有效。

（四）第二号第二条土地租赁或购买，改为暂租或永租，亦无不可。如能明白了解，可以长期年限。且无条件而续租之意，即用商租二字亦可。又第二号第四条，警察法令及课税承认之件，作为密约，亦无不可。

（五）东部内蒙古事项，中国于租税担保借款之件，及铁道借款之件，向日本政府商议一语，因其南满洲所定之关于同种之事项相同，皆可改为向日本资本家商议。又东部内蒙古事项中商埠一项，地点及章程之事，虽拟规定于条约，亦可仿照山东省所定之办法，用公文互换。

（六）日本最后修正案第三号中之该公司关系人，删除关系人三字，亦无不可。

（七）正约及其他一切之附属文书，以日本文为正，或可以中日两文皆为正文。

日置益递交此书，也不再置一词，匆匆去讫。袁总统即召集要人，连夜会议，未得要领。越日上午，续议一切，亦不能决定。至下午二时，又召集国务卿左右丞各部总长，及参政院长黎元洪，并参政熊希龄、赵尔巽、梁士诒、杨度、李盛铎等，开特别会议。由陆总长先行报告，然后袁总统出席开议。大众计无所出，惟陆海军总长，与参政中的激烈人物，尚主张拒绝，宁可决裂。袁总统只沉着脸，淡淡的答道："山东、奉天一带，已遍驻日兵，倘或交涉决裂，他即长驱直入，我将如何对待？实力未充，空谈何益？与其战败求和，不若目前忍痛，从前甲午的已事，非一般鉴么？"试问甲午之衅，谁实启之？今乃甘心屈辱，想是一年被蛇咬，三年怕烂稻索。徐世昌亦接着道："越能忍耻，才得沼吴，现在只可和平了事，得能借此交涉，返求自强，未始不可收效桑榆呢。"语虽近是，无如全国上下，未肯卧薪尝胆奈何？大众闻言，不敢主战，随即多数赞成，决定承认。当由袁总统饬令备文答复，复经再三讨论，方拟定复文，派外交部员施履本，赍交日使察阅。日置益尚要求第五项下，添入"日后协商"四字，且言万不能省。施履本不能与辩，带还原书，乃再行改正。其文云：

中国政府，为维持远东和平起见，允除第五项五款，应俟日后另议外，所有第一、二、三、四项各款，及第五项关于福建交换文书之件，照日本二十六日修正案，及通牒中附加七条件之解释，即日承诺，俾中日悬案，从此解决，两国亲善，益加巩固。中政府爰请日使择日惠临外交部，整理文字，以便早日签定。此复。

复文缮就，即于五月九日，由陆总长征祥，曹次长汝霖，赴日本使馆，当面送交。还要亲手送去，真正可怜。过了一天，日使日置益，赴外交部答谢。至十五日，日置益复至外交部迎宾馆，开条约会议，无非是照日本修正案，加入七条件解释，及各项来往照会，共同订定，作为中日合约。到了二十日，两边文书，统已办齐，乃商定二十五日，在外交部迎宾馆，彼此签字。约中署名，一面是大日本国大皇帝特命全权公使从四位勋二等日置益，一面是大中华民国任命中卿一等嘉禾勋章外交总长陆征祥，互相比较，荣辱何如？共计正文三份，换文十三件，换文即照会。小子前已叙录约文，看官即可复阅，毋庸一一重述了。应用简笔。袁总统恐丧失权利，或致众愤，除密电各省将军巡按使，劝令维持秩序，静图自强外，又下令约束军民云：

环球交通，凡统治一国者，莫不兢兢于本国之权利。其权利之损益，则视其国势之强弱以为衡。苟国内政治修明，力量充足，譬如人身血气壮硕，营卫调和，乃有以御寒暖燥湿之不时，而无所侵犯。故有国者诚求所以自强之道，一切疲玩

199

之惰气，与虚侨之客气，有邱山之损，而无丝毫之益，所宜引为大戒。我中国自甲午、庚子两启兵端，皆因不量己力，不审外情，上下嚣张，轻于发难，卒至赔偿巨款，各数万万，丧失国权，尤难枚举。当时深识之士，咨嗟太息于国之将亡，使其上下一心，痛自刻责，涤瑕荡垢，发愤为雄，犹足以为善国，乃事过境迁，恬嬉如故，厝火积薪之下，而寝处其上，酣歌恒舞，民怨沸腾，卒至鱼烂土崩，不可收拾。予以薄德，起自田间，大惧国势之已濒于危，而不忍生民永沦浩劫，寝兵主和，以固吾围。民国初建，生计凋残，含垢忍辱，与民休息，而好乱之辈，又各处滋扰，为虎作伥。予以保国卫民，引为责任，安良除暴，百计维持。不幸欧战发生，波及东亚，而中日交涉，随之以起。外交部与驻京日本公使，磋商累月，昨经签约，和平解决。所有经过困难情形，已由外交部详细宣告，双方和好，东亚之福，两祸取轻，当能共喻。虽胶州湾可望规复，主权亦勉得保全，然南满权利，损失已多，创巨痛深，引为惭憾。己则不竞，何尤于人？我之积弱召侮，事非旦夕，亦由予德薄能鲜，有以致之。顾谋国之道，当出万全，而不当掷孤注，贵蓄实力，而不贵骛虚声。近接各处函电，语多激烈，其出自公义者，固不乏人，亦有未悉实情，故为高论，置利害轻重于不顾，言虽未当，心尚可原。乃有倡乱之徒，早已甘心卖国，而于此次交涉之后，反借以为辞，纠合匪党，诪张为幻，或谓失领土，或谓丧主权，种种造谣，冀遂其煽乱之私。此辈平日行为，向以倾覆祖国为目的，而其巧为尝试，欲乘国民之愤慨，借簧鼓以开衅，极其居心，至为险狠。责人不责己，如公道何？若不严密防范，恐殃及良善，为患地方，尤恐扰害外人，牵动大局。着各省文武各官，认真查禁，勿得稍涉大意，致扰治安。倘各该地方，遇有乱徒借故暴动，以及散布传单，煽惑生事，立即严拿惩办，并随时晓谕商民，切勿受其愚惑。至于自强之道，求其在我，祸福无门，惟人自召。群策群力，庶有成功。仍望京外各官，痛定思痛，力除积习，奋发进行。我国民务扩新知，各尽义务，对于内则父诏兄勉，对于外则讲信修睦，但能惩前毖后，上下交儆，勿再因循，自可转弱为强，权利日臻巩固。切不可徒逞血气，任意浮嚣，甲午、庚子，覆辙不远，凡我国民，其共戒之！此令。

此外又有外交部通电，陈述交涉经过状况，及颁布条约全文，声言："征祥身任外交，奉职无状，一片爱国愚忠，未能表白于天下，特恳请大总统立予罢斥，另选贤能，以补前愆"云云。参政院长黎元洪，亦发一长电除自己引咎外，兼责典兵大吏，平日观望，且愿辞去参谋总长一职。还有陆军总长段祺瑞，复电言"始终主战，奈各部长及参政院诸公，多半主和，口众我寡，致蒙此耻，已呈请辞职避贤，免至积垢"等语。其他书函杂沓，不胜枚举，总之是民国以来第一种国耻，全体吏民，须时时记着，卧薪尝胆，发愤图存，我中华民国前途，或尚不至灭亡呢。大声疾呼，愿国民热度，勿再效五分钟！

自国家经此一蹶，总道袁总统惩前毖后，开诚布公，把一副鬼鬼祟祟的手段，尽行改变，一心一意的整顿起来。就是那当道诸公，也应激发天良，力图振刷，效那范蠡、文种的故事，生聚教训，徐图兴复。谁知总统府中，愈觉沉迷，京内外的文武官吏，依旧是攀龙附凤，颂德歌功，前时要求变政的人物，已尽作反舌鸟，呈请辞职的达官，又仍做寄生虫，转眼间桐枝叶落，桂树花荣，北京里面，竟倡出一个筹安会来。慨乎言之。这筹安会的宗旨，是主张变更国体，会中的发起人，乃是几个不新不旧、亦新亦旧的大名角，顿时惹起风潮，闹得四万万人民昏头磕脑，也不知怎样才好。小子有诗叹道：

　　　　亡羊思补已嫌迟，何事彼昏尚不知？
　　　　怪象日增名巧立，"筹安"二字向谁欺。

　　究竟这班大名角，是何等样人？待小子下回表明。

　　五九国耻之由来，孰使之？袁氏使之也。袁氏欲借日本以利己，日本即借袁氏以利国，出尔反尔，咎有攸归。观袁氏之约束军民，有云祸福无门，惟人自召。吾谓袁氏不必责人，第返而自责可耳。不然，约已成，权已丧，勉图补苴且不遑，尚欲潜图帝制为耶？观筹安会之发生，而袁氏之甘心媚外，其情弊愈不可掩矣。

第四十四回

忍签约丧权辱国　倡改制立会筹安

# 第四十五回

## 贺振雄首劾祸国贼　罗文干立辞检察厅

却说筹安会发起，共有六人，这六人为谁？第一个姓杨名度，第二个姓孙名毓筠，第三个姓严名复，第四个姓刘名师培，第五个姓李名燮和，第六个姓胡名瑛。杨度是前清保皇党中翘楚，与康有为、梁启超等向是好友，革命以后，复夹入民党里面，嗣复得老袁信任，充参政院的参政。孙毓筠是革命健儿，辛亥一役，曾在安徽地方，出过风头，癸丑后，组织政友会，与国民党脱离关系，也充参政院参政的头衔。严复是素通英文，兼长汉文，从前翻译西书，很有名望，因他是福建侯官县人，尝呼他为严侯官，此次袁总统创设参政院，采访通才，就把他网罗进去。刘师培前名光汉，博通说文经学，上海《国粹丛报》中，尝见他的著作，确是有些根底，袁总统也特地招徕，命他参政。李燮和乃陆军中将，革命时攻打南京，他曾与列。还有一个胡瑛，尝随宋教仁厮混几年，不知何故变志，也投入袁氏幕中。各叙履历，回应上文不新亦旧亦新亦旧二语。这六人结做寅僚，镇日里聚首一堂，不是谈风月，就是论时事。可巧总统府中，有一位外国顾问官，系是美国有名的博士，叫作古德诺，他倡出一篇大文，历言民主政体，不及君主政体。何不条陈本国，乃来倡导中国耶？杨度见了此文，得着依据，正好随声附和，借酬宠遇，当与孙毓筠、严复等五人，秘密商量，乘此出点风头，做一回掀天震地的事业。孙毓筠、严复等相率赞成，大家靠着十年芸窗的工夫，互凑几句强词夺理的文字，不到半日，已将宣言书及入会章程统行拟定，其词云：

我国辛亥革命之时，国中人民，激于情感，但除种族之障碍，未计政治之进行，仓促之中，创立共和国体，于国情之适否，不及三思。一议既倡，莫敢非难，深识之士，虽明知隐患方长，而不得委曲附从，以免一时危亡之祸，故清室逊位，民国创始，绝续之际，以至临时政府正式政府递嬗之交，国家所历之危险，人民所感之困苦，举国上下，皆能言之，长此不国，祸将无已。近者南美中美二洲共和各国，如巴西、阿根廷、秘鲁、智利、犹鲁卫、芬尼什拉等，莫不始于党争，终成战祸。葡萄牙近改共和，亦酿大乱，其最扰者，莫如墨西哥，自爹亚士逊位之后，干戈迄无宁岁，各党党魁，拥兵互竞，胜则据土，败则焚城，劫掠屠戮，无所不至，卒至五总统并立，陷国家于无政府之惨象。我国亦东方新造之共和国，以彼例我，岂非前车之鉴乎？美国者，世界共和之先达也，美人之大政治学者古德诺博士，即言世界国体，君主实较民主为优，而中国则尤不能不用君主国体，此义非独古博士言之也，各国明达之士，论者已多，而古博士以共和国民，而论共和政治之得失，自为深切明着，乃亦谓中美情殊，不可强为移植。彼外人轸念吾国者，且不惜大声疾呼，以为吾民忠告，而吾国人士，乃反委心任运，不思为根本解决之谋，甚或明知国势之危，而以一身毁誉利害所关，瞻顾徘徊，惮于发议，将爱国之谓何？国民义务之谓何？我等身为中国人，民国之存亡，即为身家之生死，岂忍苟安默视，坐待其亡？用特纠集同志，组成此会，以筹一国之治安。将于国势之前途，及共和之利害，各摅所见，以尽切磋之义，并以贡献于国民。国中远识之士，鉴其愚诚，惠然肯来，共相商榷，中国幸甚。发起人杨度、孙毓筠、严复、刘师培、李燮和、胡瑛。

**附筹安会章程**

**第一条**　本会以发挥学理，商榷政论，以供国民之研究为宗旨。

**第二条**　愿充本会会员者，须具入会愿书，由本会会员四人以上之介绍，理事长之认可。

**第三条**　本会置理事六人，由发起人暂任，并互推理事长一人，副理事长一人。

**第四条**　本会置名誉理事若干人，参议若干人，由理事长推任。

**第五条**　本会置干事若干人，由理事推任之，其事务之分配，随时酌定。

事务所暂设北京石驸马大街。

宣言书及章程，统已备齐，当即推杨度为理事长，孙毓筠为副，严复、刘师培、李燮和、胡瑛四人为理事，就在预定地点，设立事务所，新开场面，悬起一块招牌，就是"筹安会"三大字。京内人民，还是莫名其妙，看那筹安会招牌，只道国中果然出了伟人，能把这风雨飘摇的民国，筹划的安安稳稳，倒也是千载一时的盛遇。后来看到宣言书，才识会中宗旨，要想改革国体，把袁大总统舁上台去，做一个革命大皇帝，于是一传十，十传百，统说这个筹安会，是产出皇帝的私窠子，将来是凶是吉，尚难分晓。正在疑义未定的时候，那京中已是警吏如林，不准他街谈巷议，稍一漏言，便牵入警局，请他坐在拘留所中，多则几十天，少亦三五天，小百姓营业要紧，自然不敢多言，免滋祸祟。想袁氏应曰，余能弭谤矣，乃不敢言。有一班痴心妄想的人物，纷纷入会，都想做点投机事业，希图后来富贵。还有京内的新闻纸，什么《民视报》，什么《亚细亚报》，统为筹安会鼓吹，煌煌大字，逐日照登。隔了几日，忽由《顺天时报》中，载出一篇贺振雄上肃政厅呈文，略云：

为扰乱国政，亡灭中华，流毒苍生，贻祸元首，恳请肃政厅长代呈大总统，严拿正法，以救灭亡而谢天下事。窃闻天下兴亡，匹夫有责，奸奴误国，人得而诛，我古神州四千余载，君主相传，干戈扰攘，万民涂炭，四海疮痍，稽披历史，至为寒心。自唐、虞揖让，天下讴歌，暨汤、武征诛，人民杀伐，国无宁岁，民无安时。七雄相并，五霸竞争，秦吞六国，汉约三章，王莽出，光武兴，曹操称雄，司马逞智，南北六朝，梁、唐五代，陈后主，隋炀帝，武则天，安禄山，宋太祖，元世宗，明朱氏，清觉罗，各代君主，而今安在？惟留祸害，传染中华。自古愚人，相争相夺，称帝称王，因一时昏迷不悟，徒博眼前虚荣，而遗子孙实祸，诚可怜而可哀也。在昔闭关时代，相争相夺，犹是一家，今则环海交通，群雄眈视，一召灭亡，万劫难复。叔宝余无心肝，何至于此？吾民国共和创造，未及五载，而沙场血渍，腥臭犹闻，人民痛苦，呻吟未已，我大总统手创共和，力任艰巨，四年以来，宵衣旰食，剑寝履皇，维持国政，整理军务，削平内乱，亲睦外交，不知耗多少心血，费几许精神，始克臻此治理。现方筹备国会，规定法院，整饬吏治，澄肃官方，惟日孜孜，不遗余力，民生国计，渐有秩序，四年之间，国是已经大定。内外官吏，诚能以国家为前提，辅弼鸿猷，绥厥中土，国力日见其发展，国基日见其巩固。而谓吾中国不适于共和，不能不用君主政体，真狗彘不食之语也。吾敢一言以告我同胞曰：有吾神圣文武之袁大总统，首任一期，规模即已大备，若得连任，国政即可完全，不十年间，我中华民国共和程度，必能驾先进之欧美，称雄地球。况我大总统高瞻远瞩，硕划伟谋，既铲除四千余载专制之淫威，开创东亚共和之新国，不独人民颂祷馨香，铜像巍峨，即世界各国，亦莫不钦仰其威信。何物妖魔，竟敢于青天白日之下，露尾现形，利禄薰心，荧惑众听，尝试天下，贻笑友邦。窥若辈之倒行逆施，是直欲陷吾元首于不仁不义之中，非圣非贤之类，蹈拿破仑倾覆共和，追崇帝制之故辙，贻路易十六专制魔王流血国内之惨状，其用心之巧，藏毒之深，喻之卖国野贼，白狼枭匪，其计尤奸，其罪尤大。呜呼！国之将亡，必有妖孽，妖孽者谁？即发起筹安会之杨度、孙毓筠、严复、刘师培、李燮和、胡瑛诸贼也。振雄生长中华，伤心大局，明知若辈毒势弥漫，言出祸至，窃恐覆巢之下，终无完卵，与其为亡国之奴，曷若作共和之鬼，故敢以头颅相誓，脑血相溅，恳请肃政厅长，代呈我大总统，立饬军政执法处，严拿杨度一千祸国贼等，明正典刑，以正国是，以救灭亡，以谢天下人民，以释友邦疑义。元首幸甚！国民幸甚！谨上。

越宿，又有一篇李诲上检察厅呈文，亦登载《顺天时报》，但见上面录着：

为叛逆昭彰，摇动国本，恳准按法惩治，以弭大患事。窃维武汉首义，全国鼎沸，我大总统不忍生灵涂炭，出肩艰巨，不数月间，清室退位，以统治权授之我大总统，组织政府，定为共和国体。人心之倾向，于以大定，南北统一，当时我大总统就职宣言，曾经郑重声明，不使帝制复活。迨正式政府成立，世界友邦，遂次第承认。

民国三年五月公布中华民国约法，我大总统又谓谨当率我百职有司，恪守勿渝。三年十一月，宋育仁等倡为复辟之谬说，我大总统又经根据约法，严切申诫。国体奠定，既已炳若日星，薄海人民，方幸有所托命，虽内忧外患，尚未消弭，而我大总统雄才大略，硕划宏谋，期以十年，何患我国家不足比肩法、美？乃国贼孙毓筠、杨度、严复、刘师培、李燮和、胡瑛等，组织筹安会，其发词中，以共和国体，不适于吾国民情，历引中美南美诸邦，以共和酿乱之故，指为前鉴，主张变更国体，昌言无忌，似此谬种流传，乱党必将乘机煽动，势必危及国家，万一强邻伺隙，利用乱党之扰乱，坐收渔人之利，而祸何堪设想。当国体既定之后，忽倡此等狂瞽之说，是自求扰乱，与暴徒甘心破坏，结果无殊。虽自诩忠爱，实为倡乱之媒，其罪岂容轻恕？赣、宁之乱，虽为暴民专制之征，而我大总统命将出师，期月之内，一律肃清。迄今暴徒敛迹，政治悉循轨道，此岂中南美诸邦之所可企及？安得以此颠破共和。夫国体原无绝对的美恶，恒视时势为转移，吾国今后国体，果当何若，固不能谓其永无变更。但一日在共和国体之下，即应恪守约法，不能倡言君主，反对共和，以全国家之纲纪。且共和国家以多数之国民组织而成，即迫于时势之需要，有改弦更张之日，则国体之选择，当然由代表民意之机关，以大多数人民心理之所向决之。事势之所至，自然而然，决非少数妄人，所能轻议。今大总统德望冠于当世，内受国会之推戴，外受列强之承认，削平内乱，巩固国交，凡所以对内对外，不敢稍避险阻者，无非欲保全国家。今轻议变更国体，万一清室之中，或有一二无知之徒，内连乱党，外结强邻，乘机主张复辟，陷我大总统于至困难之地位，而国家亦将随之倾覆，该国贼等虽万死不足以蔽其辜。伏查三年十一月二十四日申令有云，"民主共和，载在约法，邪词惑众，厥有常刑。嗣后如有造作谰言，著书立说，及开会集议以紊乱国宪者，即照内乱罪从严惩办，以固国本而遏乱萌。"明令具在，凡行政司法各机关，允宜一体遵守。今杨度、孙毓筠等，倡导邪说，紊乱国宪，未经呈报内务部核准，公然在石驸马大街，设立筹安会事务所，传布种种印刷物，实属弁髦法纪，罪不容诛。检察厅代表国家，有拥护法权惩治奸邪之责，若竟置若罔闻，则法令等于虚设，法之不存，国何以立？诲凛匹夫有责之义，心所谓危，不敢安于缄默，用特据实告发，泣恳遵照民国三年十一月二十四日申令，立将杨度、孙毓筠等按照内乱罪，从严惩治，以弭大患。国民幸甚！民国幸甚！

看官，你道这贺振雄、李诲两人，是何等出身？原来两人都籍隶湖南，贺振雄曾加入革命，颇有文名，至是留寓都门，不得一官，因此郁愤得很，特借这筹安会，畅骂一番，借发牢骚。李诲是李燮和族弟，与燮和志趣，不甚相合，所以也上书弹劾，居然有大义灭亲的意思。两人先后进呈，眼巴巴的望着消息，且各抄录数份，分送各报馆。哪知《民视报》《亚细亚报》中，非但不登载原文，反各列一条时评，冷嘲热讽，讥诮他不识时务，迂谬可笑。确是迂儒，确是谬论。只有《顺天时报》，照文登录，一字不遗。想是挂外国招牌。过了一日，筹安会的门首，竟站着许多警兵，荷枪鹄立，盘查出入，似替那会中朋友，竭力保护。贺振雄无权无力，只好闷坐寓中，长吁短叹。独李诲是曾任湖南省议员，且因他族兄列居显要，平时与京中大老，颇相往来，于是复上书内务部道：

孙毓筠等倡导邪说，紊乱国宪，公然在石驸马大街，设立筹安会事务所，如其遵照集会结社律，已经呈报大部，似此显违约法，背叛民国之国体，贵部万无核准之理，如其未经呈报贵部核准，竟行设立，藐视法律，亦即藐视贵部，二者无论谁属，贵部均应立予封禁，交法庭惩治。顷过筹安会门首，见有警兵鹄立，盘查出入，以私人之会所，而有国家之公役，为之服务，亦属异闻。若云为稽察而设，则贵部既已明知，乃竟置若罔闻，实难辞无视法令之责。去岁宋育仁倡议复辟，经贵部递解回籍，交地方官察看。以此例彼，情罪更重，若故为宽纵，何以服人？何以为国？为此急不择言，冒昧上呈。

这呈文送入内务部，好几天不得音信，依然似石沉大海一般，惟闻总检察厅长罗文干，却挂冠去职，挈领眷属，出京回籍去了。洁身远引，吾爱之重之。原来罗文干身任厅长，平时颇守公奉法，备着廉勤，及闻筹安会设立，已骂杨度等为误国贼，有心讨发。可巧李诲的呈文，又复递入，他读一句，叹一语，至读完以后，竟愤激的了不得，到司法部中，去谒司法总长章宗祥，略叙数语，便将李诲原呈奉阅。章宗祥披览后，忽尔皱眉，忽尔摇首，到了看毕，向罗文干冷笑道："这等文字，睬他什么？"罗文干听了此语，不禁还问道："总长以筹安会为正当么？"章宗祥道："国家只恐不安，能筹安了，岂不是我辈幸福？"罗文干越忍耐不住，又道："他是鼓吹帝制的。"章宗祥道："我与你同任司法，老实对你说，你我只自尽职务罢了。昨日内务总长朱桂莘，朱启钤字桂莘。也曾说李诲多事，把他呈文撕毁。罗兄，你想这事可办么？"李诲呈内务部文，就章宗祥口中叙明。说得罗文干哑口无言，迟了半晌，方答出一个"是"字。随即告辞归寓，踌躇了一夜，竟于翌晨起床，缮就一封因病告假书，着人送至办公处，一面收拾行囊，整备启行。等到乞假邀准，遂带着眷属数人，冒夜出京，飘然自去。小子有诗赞道：

> 举世昏昏我独醒，出都从此避膻腥。
> 试看一棹南归日，犹见清风送客亭。

罗厅长去后，在京各官，有无变动情形，且至下回再叙。

读贺振雄呈文，令人一快，读李诲呈文，令人愉快。贺呈在指斥筹安会，骂得淋漓酣畅，令杨度等无以自容，足为趋炎附势者戒。李呈则引证袁氏申令，阳斥筹安会，隐攻袁总统，非特杨度等闻而知愧，即老袁闻之，亦当忆念前言，不敢自悖。然而杨度等之厚颜如故，袁总统之厚颜亦如故，即达官显宦，俱置若罔闻，几不识廉耻为何事。于此得一罗厅长，能翻然不浑，引身自去，较诸彭泽辞官，尤为高洁。斯世中有斯人，安得不极力表扬，为吾国民作一榜样耶？

# 第四十六回

## 情脉脉洪姨进甘言　语詹詹涂相陈苦口

却说罗文干辞职后，帝制风潮，愈演愈盛。筹安会兴高采烈，大出风头，都中人士，争称杨度等六人，为筹安六君子，他亦居然以君子自命，按日里放胆做去。看官！试想这六君子有何能力，敢把这创造艰难的民国，骤变为袁氏帝国？难道他不管好歹，不计成败，一味儿的鲁莽行事么？小子于前数十回中，早已叙明袁氏心肠，隐图帝制，还有袁公子克定，主动最力，想看官谅俱阅悉。此次杨度等创设筹安会，明明是袁氏父子，嗾使出来，所以有这般大胆，但就中还有一段隐情，亦须演述明白，可为袁氏秘史中添一轶闻。别开生面，令人刮目。

老袁一妻十五妾，正室于氏，即克定生母，性颇端谨，克定欲劝父为帝，曾禀白母前，请从旁怂恿，不意被母谯呵，且密戒老袁，休信儿言。老袁有此妇，小袁有此母，却也难得。急得克定没法，转去求那庶母洪姨。洪姨是老袁第六妾，貌极妍丽，性尤狡黠，最得老袁宠爱，看官若问她母家，乃是宋案正凶洪述祖的胞妹。洪述祖字荫芝，幼年失怙，家世维艰，幸戚友介绍，投身天津某洋行写字间，作练习生。他资质本来聪明，一经练习，便觉技艺过人，洋行大班，爱他敏慧，特擢充跑街一席。适老袁奉清帝旨，至小站督练新军，需办大批军装，述祖福至心灵，便设法运动，愿为承办。袁乃姑令小试，所办物品，悉称袁意，嗣是有所购置，尽委述祖。述祖遂得与袁相接，曲意承颜，无微不至。袁亦非洪不欢，竟命他襄办军务。既而述祖因发给军饷，触怒某标统，标统系老袁至亲，入诉老袁，极谈彼短，老袁未免动疑，欲将述祖撤差。述祖闻此音耗，几把魂灵儿吓去，后来想出一法，把同胞妹子，盛饰起来，送入袁第，只说是购诸民间，献侍巾栉。美人计最是上着。老袁本登徒后身，见了这个粉妆玉琢的美人儿，哪有不爱之理？到口馒头，拿来就吞，一宵枕席风光，占得人间乐趣。是时洪女年方十九，秀外慧中，能以目听，以眉视，一张樱桃小口，尤能粲吐莲花，每出一语，无不令人解颐。袁氏有时盛怒，但教洪女数言，当即破颜为笑，以故深得袁欢，擅专房宠。起初还讳言家世，后来竟自陈实情，老袁不但不恼，反称述祖爱己，愈垂青睐。爱屋及乌，理应如此。总计袁氏诸妾，各以入门先后为次序，洪女为袁簉室，已排在第六人，本应称她为六姨，老袁诚令婢仆，不准称六姨太，只准称洪姨太，婢仆等怎敢忤旨，不过戏洪为红，叫她作红姨太罢了。

洪姨亦知人戏己，阴慝老袁，袁即欲斥退婢仆，偏洪姨又出来解劝，令婢仆仍得留着，婢仆等转怨为德，易戏为敬，因此袁氏一门，由她操纵，无不如意。洪女确有权术，我亦非常佩服。克定知洪姨所言，父所乐从，遂入洪姨室，语洪姨道："母知我父将为皇帝么？"开口便呼姨为母，确是洪姨太。洪姨不禁避座道："公子如何呼妾为母，妾何人斯？敢当此称？"克定道："我父为帝，我当承统，将来当以母后事姨，何妨预称为母。"洪姨复逊谢道："妾为君家一姬人，已属如天之福，何敢再作非分想？公子此言，恐反折妾的寿数，妾哪里承当得起？"克定道："我果得志，决不食言。"说至此，即向洪姨跪下，行叩首礼。洪姨慌忙跪答，礼毕皆起。克定又道："我父素性多疑，若非从旁怂恿，尚未肯决行帝制，还请母为臂助，方得成功。"又是一个母字，我想洪姨心中，应比吃雪加凉。洪姨道："这事不应操切，既承公子嘱委，当相机进言，徐图报命。"克定大喜，又连呼几声母娘，方才退出。

这时候的洪姨太，已是喜出望外，便默默的想了一番，打定主意，以便说动老袁，每届老袁退休，絮絮与谈前史事，老袁笑道："你不要做女博士，研究什么史料？"洪姨装着一番媚容，低声语袁道："妾有所疑，故需研究。"老袁道："疑什么？"洪姨道："汉高祖，明太祖，非起自布衣么？"老袁应声道："是的。"洪姨微笑道："他两人起自布衣，犹得一跃为帝，似老爷勋望崇隆，权势无比，何不为子孙计，乃甘作一国公仆，任他举废么？"用旁敲侧击法，转到本题，确是一个女说客。老袁闻言，不由的心中一动，便道："我岂不作此想？但时机未至，不便骤行。"洪姨道："胜会难逢，流光易逝，老爷年近六十，尚欲有待，究竟待到何时？"老袁默然不答，只以一笑相还。是夜，便宿在洪姨寝室，喁喁密语，竟至夜半，方入睡乡。

翌日起床，出外办公，宣召杨度入对。杨度不知何事，急忙进谒，但见老袁揽镜捻须，一时不便惊动，静悄悄的立在门侧，至老袁已转眼相顾，方近前施礼。老袁命他旁坐，悄语道："共和二字，我实在不能维持，你何不召集数人，鼓吹改制？"杨度愕然，半晌才答道："恐怕时尚未至。"英雄所见略同。老袁又问道："为什么呢？"杨度道："现在欧战未了，日本第五项要求，虽暂撤回，仍旧伺机欲动，我国若有所变更，将惹起外人注目，倘日本复来作梗，为之奈何？"老袁捻须笑道："日本果欲要挟，何事不可为口实，你亦太多虑哩。"杨度又道："就使日本不来反对，也须预筹款项，才得行事。"老袁道："这个自然，你明日再进来罢。"杨度奉命而出。

老袁复踱入内室，见众妾在前，好似花枝招展，环绕拢来，不由的自言自语道："从前咸丰帝玩赏四春，我今日却有十数春哩。"满意语。众姨尚不知何解，独洪姨上前，竟跪称万岁。好做作。老袁一面扶起，一面大笑道："我未为帝，呼我万岁尚早呢！"洪姨道"势在必行，何必迟疑。"老袁又笑问道："你可说出充足的理由么？"洪姨道"理由是极充足了，万岁爷在前清时代，已位极人臣，今出为民国元首，威足服人，力足屈人，赣、宁一役，就是明证。今若上继清朝，立登大宝，哪个敢来反抗？这是从声势上解释，已无疑义，若讲到情理上去，也是正当。前日隆裕后使清帝退让政权，另组共和政体，到今已是三年，我国未尝盛强，且日多变乱，是共和政体，当然是不适用。万岁爷果熟察时变，默体舆情，实行君主立宪，料国民必全体赞成，且与隆裕后当日让位的初衷，亦未尝相忤，何必瞻前顾后，迟迟吾行呢？况现在欧战未定，各国方自顾未遑，日本交涉，又已办了，万岁爷乘此登基，正是应天顺人的时候，此机一失，后悔何追。"巧言如簧，委婉动人。老袁听她一番议论，煞是中意，又见她笑靥轻盈，娇喉宛转，越觉得无语不香，无情不到，恨不得拥她上膝，亲一回吻，叫她一声乖乖。只因碍着众人面目，但笑向洪姨道："算了，你真可谓女辩士了。"众妾见了此态，也乘风吹牛，叫着几声万岁，老袁还不屑理她，一心一意的爱那洪姨，是夜又在洪姨处留宿。想为她奏对称旨，颁赏特别雨露去了。妙语如珠。

且说杨度既奉密令，即于次日复入总统府，当由袁总统接见，面交发款凭条二纸，计数二十万两。杨度领纸出来，款项既有了着落，又得古德诺一篇文字，作为先导，便邀集孙毓筠、严复等人，开会定章，悬牌开市。贺振雄、李诲等，未识隐情，还要上呈文，劾六君子，真是瞎闹，反令杨度等暗中笑煞。嗣后闻贺振雄落魄无聊，反将他笼络进去，用了每月六十金薪水，雇他做筹安会办事员。英雄末路，急不暇择，也只好将就过去。但前日吠尧，此日颂舜，人心变幻，如此如此，这也是民国特色了。拜金主义，智士所为，休要笑他。惟世道人心，究未尽泯，有几个受他牢笼，有几个仍然反对，旧国会议员谷钟秀、徐傅霖等，在上海发起共和维持会，周震勋、邹稷光等在北京发起治安会，接连是古伯荃上《维持中华民国意见书》，梁觉、李彬、刘世骀诸人，又纷纷弹劾筹安会员，朝阳鸣凤，相续不休。

还有参政严修，系老袁数十年患难至交，闻帝制议兴，不禁私叹道："我不料总统为人，竟尔如此。近来种种举动，令我越看越绝望了。"及筹安会发生，谒袁力阻，情词恳挚，几乎声泪俱下。老袁亦为动容，随即答道："究竟你是老朋友，他们实在胡闹，你去拟一道命令，明日即将他们解散便了。"严修唯唯而退，次日持稿请见，为总统府中司阍所阻。严修谓与总统有约，今日会谈，阍人大声道："今晨奉总统命，无论何人，概不传见，请明日进谒罢。"想又为洪姨所阻。严修恍然大悟，即日乞假去了。

又有机要局长张一麐，也是袁氏十余年心腹幕友，此次亦反对帝制，力为谏阻，谓帝制不可强行，必待天与人归。老袁不待说完，便问何谓天与？何谓人归？张一麐道："从前舜、禹受禅，由天下朝觐讼狱，统归向舜、禹所在处，舜、禹无可推辞，不得已入承大位，这是孟子曾说过的，就是'天与人归'一语，孟子亦曾解释明白，不待一麐赘陈。"老袁点首道："论起名誉及道德上的关系，我决不做皇帝，请你放心。"尚知有名誉道德，想是孟子所谓平旦之气。一麐接口道："如总统言，足见圣明，一麐今日，益信总统无私了。"言毕辞出，同僚等或来问话，一麐还为老袁力辩，且云："杨度等设立筹安会，无非是进一步做法，想是借此题目，组织一大权宪法，若疑总统有心为帝，实属非是，总统已与我言过了，决意不做皇帝呢。"哪知已被他骗了。

众人似信非信，又到徐相国府中，探问消息。凑巧肃政史庄蕴宽，从相国府中出来，与众人相遇，彼此问明来意。庄蕴宽皱着眉道："黑幕沉沉，我也是窥他不透，诸君也不必去问国务卿了。"大众齐声道："难道徐相国也赞成帝制么？"庄蕴宽道："我因李诲、梁觉等，屡进呈文，也激起一腔热诚，意欲立上弹章，但未知极峰意见，究竟如何，特来问明徐相国。偏他是吞吞吐吐，也不是赞成帝制，又不是不赞成帝制，令我愈加迷茫，无从摸他头脑。"大众道："我等且再去一问，如何？"庄蕴宽道："尽可不必。我临行时，已有言相逼，老徐已允我去问总统了。"大众听到此语，方才散归。

看官，你道这国务卿徐世昌，究竟向总统府去也不去？他与老袁系多年寅谊，平素至交，眼见得袁氏为帝，自己要俯伏称臣，面子上亦过不下去，况此次来做国务卿，也是朋情难却，勉强担任，若拥戴老袁，改革国体，非但对不住国民，更且对不住隆裕后、宣统帝。不过他是气宇深沉、手段圆滑的人物，对着属僚，未肯遽表己意，曲毁老袁，所以晤着庄蕴宽，只把浮词对付，一些儿不露痕迹，老官僚之惯技。待送庄氏出门，方说一句进谒总统的话头，略略表明意见。是日午后三下钟，即乘舆出门，往谒袁总统。既到总统府，下车径入。老袁闻他到来，当然接见。两下分宾主坐定，谈及许多政治，已消磨了好多时，渐渐说到筹安会，徐世昌即逼紧一句道："总统明见究竟是民主好么？君主好么？"老袁笑着道："你以为如何是好？"还问一句，确是狡狯。徐世昌道："无论什么政体，都可行得，但总须相时而动，方好哩。"老袁道："据你看来，目下是何等时候？"徐世昌道："以我国论，适用君主，不适用民主。但全国人心，犹倾向民主一边，因为民国创造，历时尚短，又经总统定变安民，只道是民主的好处，目下且暂仍旧贯，静观大局如何，再行定议。"语至此，望着老袁面色，尚不改容，他索性尽一忠告道："杨度等组织筹安会，惹起物议，也是因时候太早，有此反抗呢。"老袁不禁变色道："杨度开会的意思，无非是研究政体，并未实行，我想他没甚大碍，那反对筹安会的议论，实是无理取闹，且亦不过数人，岂就好算是公论吗？况我的本意，并不想做什么皇帝，就是这总统位置，也未尝恋恋，只因全国推戴，不能脱身，没奈何当此责任，否则我已五十七岁了，洹上秋水，随意消遣，可不好么？"还要骗人。徐世昌道："辱承总统推爱，结契多年，岂不识总统心意？但杨度等鼓吹帝制，外人未明原委，还道是总统主使，遂致以讹传讹，他人不必论，就是段芝泉等，随从总统多年，相知有素，今日亦未免生疑，这还求总统明白表示，才能安定人心。"这数语好算忠谏。老袁勃然道："芝泉么？他自中日交涉以来，时常与我反对，我亦不晓得他是什么用意。他若不愿做陆军总长，尽可与我商量，何必背后违言，你是我的老友，托你去劝他一番，大家吃碗太平饭，便好了。"言毕，便携去茶碗，请徐饮茶。前清老例，主人请客饮茗，便是叫客退出的意思，徐世昌居官最久，熟练得很，当即把茶一喝，起身告辞。为此一席晤谈，顿令这陆军总长段祺瑞，退职闲居，几做了一个嫌疑犯。小子有诗叹道：

> 多年友谊不相容，只为枭雄好面从。
> 尽说项城如莽操，谁知尚未逮谦恭。

欲知段总长退职情形，待至下回续表。

　　历朝以来诸元首，多自子女误之，而女嬖为尤甚。盖床第之官，最易动听。加以狐媚之工，莺簧之巧，其有不为所惑者几希？袁氏阴图帝制，已非一日，只以运动未成，惮于猝发，一经洪姨之怂恿，语语中入心坎，情不自已，计从此决，于是良友之言，无不逆耳，即视若腹心之徐相国，亦不得而谏止之。长舌妇真可畏哉！一经著书人描摹口吻，更觉甘言苦口，绝不相同，甘者易入，苦者难受，无怪老袁之终不悟也。

# 第四十七回

## 袁公子坚请故军统　梁财神发起请愿团

却说段祺瑞自督鄂还京，虽仍任陆军总长，兵权已被大元帅摘去，他已怏怏不乐，屡欲辞职，至中日交涉，又通电各省，屡次主战，袁总统已加猜忌，至是闻徐世昌言，决意去段，只一时想不出替身，犹在踌躇未决。忽见长子克定，自门外趋入，向他禀白道："筹安会中，已通电各省，现已得几处复电，很加赞成，想此后办事，当不致有意外呢。他的原电，交儿带来奉阅，爷可一瞧。"说着，便从袖中取出电稿，双手捧呈，但见起首列着，统是各省长官的头衔，接连是某某商会，某某教育会，某某联合会，以及蒙古、青海、西藏等处，极至华侨处，亦俱列着。入后方叙及正文，词云：插入筹安会通电，笔法一变。

本会宗旨，原以讨论君主民主，何者适于中国。近月以来，举国上下，议论风起。本会熟筹国势之安危，默察人心之向背，因于日昨投票议决，全体一致，主张君主立宪。盖以立国之道，不外二端，首曰拨乱，次曰求治，今请逆其次序，先论求治，次论拨乱。专制政体，不能立国于世界，为中外之公言；既不专制，则必立宪，然共和立宪，与君主立宪，其义大异。君主国之宪政程度，可随人民程度以为高下，故英、普、日本，各不相同。共和国则不然，主权全在人民，大权操于国会，乃为一定不移之义，法、美皆如是也。若人民智识，不及法、美，而亦握此无上之权，则必嚣乱纠纷，等于民国二年之国会，不能图治，反以滋乱，若矫而正之，又必悬共和之名，行专制之实，如我国现行之总统制，权力集于元首一人，斯责任亦集于元首一人。即令国会当前，亦不能因责任问题，弹劾元首，使之去位。一国中负责任者，为不可去位之人，欲其政治进步，乌可得也？故中国而行前日之真共和，不足以求治，中国而行今日之伪共和，更不足以求治。只此二语，颇中肯綮。惟穷乃变，惟变乃通，计惟有去伪共和，行真君宪，开议会，设内阁，准人民之程度，以定宪政，名实相符，表里如一，庶几人民有发育之望，国家有富强之机，此求治之说也。或曰："民权学说，不必太拘，即共和，亦可准人民程度，以定宪政，何必因此改为君主。"不知政党不问形式如何，但使大权不在国会，总谓之伪共和。因恋共和之虚名，不得已而出于伪，天下岂有以伪立国，而能图存之理？又况祸变之来，并此伪者亦必不能保存，何以故？君主国之元首，贵定于一，共和国之元首，贵不定于一，即不能禁人不争。曩者二次革命，即以竞争元首而成大乱，他日之事，何独不然？无强大之兵力者，不能一日安于元首之位，数年一选举，则数年一竞争，斯数年一战乱耳。彼时宪法之条文，议员之笔舌，枪炮一鸣，概归无效。所为民选，变为兵选，武力不能相下，斯决之于相争。墨西哥五总统并立之祸，必试演于东方。中原瓦解，外力纷乘，国运于兹，斩焉绝矣。未来之祸，言之痛心，即令今日定一适宜之宪政，纲举目张，百度俱理，他日一经战乱，势必扫荡无遗，国且不存，何云宪政？救亡之法，惟有废除共和，改立君主，屏选举之制，定世袭之规，使元首地位，绝对不可竞争，将不定于一者，使定于一。是则无穷隐祸，概可消除，此拨乱之说也。本会以为谋国之道，先拨乱而后求治，我国拨乱之法，莫如废民主而立君主，求治之法，莫如废民主专制，而行君主立宪，此本会讨论之结果也。谨以所得布告于军政学商各界，及全体国民。筹安会。

老袁阅罢，掷置案旁，且沉着脸道："这等书呆子，徒然咬文嚼字，有什么功效？你以为各省军官，复电赞成，还道是天大的喜事？哪知我的身旁，如统领陆军的段祺瑞，尚且不肯助我，你想此事可能成功么？"克定正恨着老段，便道："陆海军权，已归属大元帅，谅老段亦无能为力，摔去了他，便易成事。"老袁道："我正为此踌躇，因恐把段撤去，继任非人，岂不要酿成兵变？"克定道："何不邀王聘卿出来，聘卿资格，较段为优，得他任陆军总长，何患军人不服？"老袁道："你说固是，倘他不肯出来，奈何？"克定道："待儿子亲往一邀，定当劝他受任。"老袁道："很好，你且去走一遭罢。"

看官，你道王聘卿是何等人物？他名叫士珍，与段同为北洋武备学生，惟段籍安徽，王籍直隶，籍贯不同，派系遂因之互异。前清时，士珍官阶，高出段上，嗣与段先后任江北提督，有王龙段虎的名称。惟当小站练兵时，王、段两人同为老袁帮办，因此与袁氏亦有旧谊。至清帝退位后，士珍却无意为官，避居不出。既已高卧东山，不应再为冯妇。此次克定奉命，径乘了专车，至正定县中，向王宅投刺，执子侄礼，谒见士珍。士珍不意克定猝至，本拟挡驾，转思克定远道驰至，定有要公，不能不坦怀相见。克定抱膝请安，士珍殷勤答礼，彼此坐定，先叙寒暄，继及国事。寻由克定传述父命，请他即日至京，就任陆军总长。士珍忙谢道："芝泉任职有年，阅历已深，必能胜任。若鄙人自民国以来，四载家居，无心问世，且年力亦日就衰颓，不堪任事，还乞公子转达令尊，善为我辞。"克定道："芝泉先生，现因多病，日求退职，家父挽留不住，只得请公出代，为恐公不屑就，特命小侄来此劝驾，万望勿辞。"段未有疾，克定偏会说谎，想是从乃父处学来。士珍只是不从，克定再三劝迫，一请一拒，谈论多时。士珍复出酒肴相待，兴酣耳热，克定重申父命，定要士珍偕行。士珍道："非我敢违尊翁意，但自问老朽，不堪受职，与其日后旷官，辜负尊翁，何如今日却情，尚可藏拙。"克定喟然道："公今不肯枉驾，想是小侄来意不诚，此次回京，再由家父手书敦请便了。"未几席散，克定遂告别返都，归白老袁，又由老袁亲自作书，说得勤勤恳恳，务要他出来相助。克定休息一宵，次日早起，复赍了父书，再行就道，往至士珍家。士珍素尚和平，闻克定又复到来，不敢固拒，重复出见。克定施礼毕，即恭恭敬敬的呈上父书，由士珍展阅，阅毕后，仍语克定道："尊翁雅意，很是感激，我当作书答复，说明鄙意，免使公子为难。"克定不待说毕，即突然离座，竟向士珍跪下，前跪洪姨，此跪士珍，袁公子双膝，未免太忙。急得士珍慌忙搀扶，尚是扯他不起，便道："老朽不堪当此重礼，请公子快快起来！"克定佯作泣容道："家父有命，此番若不能劝驾，定要谴责小侄。况国事如麻，待治甚急，公即不为小侄计，不为家父计，亦当垂念民生，一为援手呢。"责以大义，可谓善于说辞。说着时，几乎要流下泪来。士珍见此情状，不好再执己意，只得婉言道："且请公子起来，再行商议。"克定道："老伯若再不承认，小侄情愿长跪阶前。"于是士珍方说一"诺"字，喜得克定舞蹈起来，忙即拜谢，起身后，士珍乃与订定行期，克定即回京复命。越日，即由老袁下令，免段祺瑞陆军总长职，以王士珍代任。士珍亦于此日到京，入见老袁，接篆履新了。<sub>千呼万唤始出来。</sub>

老袁既得了王士珍，军人一方面，自以为可免变动，从此无忧，独财政尚是困难，所有运动帝制，及组织帝制等事，在在需钱，非有大富翁担负经费，不能任所欲为。左思右想，尚在徘徊，凑巧有一位大财神登台，演一出升官发财的拿手戏，于是金钱也有了，袁老头儿也可以无恐了。惟这大财神何姓何名？看官可记得前文叙过的梁士诒么？<sub>如梁山泊点将，又是一个登台。</sub>梁本为总统府内秘书长，足智多才，能探袁氏私隐，先意承欢，所以老袁非常器重。他遂结识了几个要人，招集了若干党羽，更仗那神通机变的手段，把中央政府的财政权，一古脑儿收入掌握。历届财政总长，无论何人，总不能脱离梁系，都中人士，遂赠他一个绰号，叫作梁财神。但梁系粤人，附梁的叫作粤派，另有一派与他对峙，乃是皖派首领杨士琦。杨为政事堂左丞，势力颇大，联络多数旧官僚，与粤派分竖一帜，互相排挤。老袁素性好猜，忽而信梁，忽而信杨，杨既得志，梁渐失势，秘书长一职，竟至丢去。嗣又以搜括财政，不能无梁，复召为税务督办，梁仍靠着财力，到处张权。忽交通部中闹出一件大案来，牵连梁财神，梁正无法解免，常想寻个机会，迎合袁意，省得受罪，适闻老袁为财政问题，有所顾虑，他遂乘机而入，愿将帝制经费，一力承当。看官！你道梁士诒绰号财神，果有若干私财，肯倾囊取出，替袁氏运动帝制么？无非从百姓身上，想出间接搜括的手段，取作袁氏用费，就算是理财能手。<sub>财神亦徒有虚名，究不能点石成金。</sub>但袁氏生平挥霍，视金钱若泥沙，什么国民捐，什么救国储金，什么储蓄票价，还有种种苛税，种种借款，多被取用，消耗殆尽。此次梁财神出筹巨款，究从何处下手呢？原来京城里面，本有中国、交通两银行，归政府专办，平时信用，倒还不失，梁为罗括现款起见，竟令两银行滥发纸币，举所有准备金，多运入袁氏库中，供袁使用。老袁倒也不顾什么，但教有款可筹，便视为财政大家，佐命功臣，因此待遇梁士诒，比从前做秘书长时，还要优渥，所有参案的关系，早已无形消灭了。

梁士诒复进见老袁，献上一条妙计，乃是"民意"二字。老袁愕然道："你也来说民意么？糊涂似费树蔚，昨来见我，亦说是要顾全民意，究竟'民意'二字，是怎么解释？我驳斥了数语，他竟悻悻出去，弃职回籍，若非是克定的连襟，我简直是不肯恕他呢。"<sub>费树蔚辞职事，就从此销纳进去。</sub>士诒不慌不忙，从容说道："总统所说的费树蔚，是否任肃政史？"<sub>官衔亦随手叙明。</sub>老袁答了一个"是"字。士诒道："树蔚所说，是顾全民意，士诒所说，是利用民意，同是民意两字，用法却有不同呢。"老袁听了，不由的点首道："燕孙毕竟聪明，能言人所未言。"<sub>我说你也毕竟聪明，能识燕孙隐语。燕孙即士诒表字。</sub>士诒道："就借这'民意'二字，号召天下，不怕天下不从。"老袁道："谈何容易。"士诒道："据鄙意看来，亦没有什么难处。"老袁道："计将安出？"士诒道："总统今日，只管反对帝制，照常行事。士诒愿为总统效力，一面联络参政院，令作民意代表的上级机关，一面另设公民团，令作民意代表的下级机关，上下联合，民意便可造成。据士诒所料，不消数月，便可奏效。"老袁道："我也并不欲为帝，无非因时局艰难，稍有举动，即遭牵制，你前日做过秘书长，所有外来文件，想亦多半过目，能有几件事不被反对吗？我现在所居的地位，差不多是骑虎难下，做也不好，不做也不好呢。"士诒道："似总统英明圣武，何事不可为，要做就做，何必多疑。"一吹一唱，然是好看。老袁道："这便仗你帮忙呢。"士诒忙起身离座，应了几个"是"字，随即辞出，返至寓中，密请沈云霈、张镇芳、那彦图等到寓，会议了半日。沈云霈等统是赞成。

　　士诒又想了妙法，语沈云霈道："足下系参政的翘楚，参政院中，目下已代行立法院，便是一个完全的民意机关，得足下提倡起来，怕不是全体一致么？"联合沈云霈便是此意。沈云霈道："彼此都为公事，自当尽力。"公字应撇去右边。士诒又向张镇芳道："公系贵戚，应比鄙人格外热心，我想现在的事情，最好是组织公民请愿团，无论官学商工，及男女长幼，统好入会，京内作总机关，外省作分机关，越多越好，不怕帝制不成。"张镇芳道："闻筹安会中，现亦这般办法，向各省去立分会了。"士诒道："要做皇帝，就做皇帝，还要说什么筹安，空谈学理。俗语说得好，'秀才造反，一世不成。'这就是筹安会的定评。我等设立公民团，竟从请愿入手，岂不是直捷痛快么？"要想盖然筹安会，所以极力批驳。沈云霈等齐声道："梁公卓见，的是高人一着，我们就这么办去，只这会长须借重梁公。"士诒道："会长一席，我却不能承认，不瞒诸公说，我是要内外兼筹，未便专任一事，还请诸公原谅。"张镇芳道："照此说来，请何人做会长？"士诒道："沈公责无旁贷，副会长就请张、那二公担任，便好了。"沈云霈道："会长须由会员全体推举，兄弟亦不便私相承认。"士诒捻着几根胡髭微微笑道："不是士诒夸口，士诒要举老沈，会员敢另举他人么？"势焰可畏。云霈道："且待开会再议。"士诒道："明后日就可开会了。"言讫，数人复闲谈片时，一同散去。

　　过了两日，士诒已邀集若干会员，寻个公共处所，开起成立大会来。开会结果，举定沈云霈为会长，张镇芳、那彦图为副会长，文牍主任，举了谢桓武、梁鸿志、方表为副，会计主任，举了阮忠枢、蒋邦彦、夏仁虎为副，庶务主任，举了胡璧城、权量、乌泽声为副，交际主任，举了郑万瞻，袁振黄、康士铎为副。大家各认定职任，协力进行。当由文牍员拟定宣言书，由会长等鉴定。正要刊布，忽闻有一位御干儿，从湖北回京，也来协助帝制。正是：

　　　　到底义儿应尽义，且看功狗互争功。

　　欲知来者为谁，俟小子下回报名。

　　王聘卿退归原籍，家居不出，是民国中一个自爱人物，偏袁公子一再固请，至于情不能却，再出为陆军总长。似为友谊起见，不应加督，但泄柳闭门，干木踰垣，隐士风徽，何等高尚。若徒徇私谊，转违公理，毋乃所谓不揣其本而齐其末者？冯妇下车，难免士笑，王聘老殆有遗憾欤？梁财神之品格本出王氏下，而智谋则过之，以如此机变才，倘加以德行，何难立大业于生前，贻盛名于身后，乃热心富贵，不惜为袁氏作伥，身名两裂，何苦乃尔？总之利禄二字，最足误人。能打破此关，方不致与俗同污，王聘卿且如此，而梁财神无论矣。

# 第四十八回

## 义儿北上引侣呼朋　词客南来直声抗议

却说上回所叙的御干儿，看官道是何人？就是当时署理鄂督的段芝贵。又是一个大名鼎鼎的人物。芝贵履历，前文亦已见过，为何叫他作御干儿呢？说来又是话长。小子援有闻必录的老例，把大略演述出来：相传老袁当小站练兵时，芝贵官衔，尚不过一个候补同知。他在直隶听鼓，未得差遣，抑郁无聊，意欲投效老袁麾下，挽某当道替他吹嘘。老袁虽然收录，仍然置诸闲散，不给优差。适阮忠枢为袁幕僚，总司文案，芝贵遂与他结识，求为汲引。忠枢替他想一方法，教他秘密进行，定可得志。看官道是何事？原来天津地方平康里，蓄艳颇多，韩家班尤为著名，阮忠枢备员军署，每当文牍余暇，辄邀二三友人，往韩家班猎艳，曾与歌妓小金红，结不解缘。小金红有一姊妹行，叫作柳三儿，色艺冠时，高张艳帜。阮得瞻丰采，也暗暗称羡，会老袁招阮私宴，醉后忘形，偶询及平康人物，阮即以柳三儿对。袁颇欲一亲颜色，只以身作达官，不便访艳。前清时犹有此碍，以视今日何如？当下与阮密商，拟乘夜阑人静时，微服往游。阮愿作导线，即与袁约定时间，届期先往韩家班，与柳三儿接洽，待到夜半，果见老袁易服而来，由阮呼三儿出见，佳丽当前，令人刮目。经老袁仔细凝视，果然是当代尤物，风韵绝伦。三儿亦眉挑目逗，卖弄风骚。月上柳梢头，人约黄昏后，差不多似此情景。两下倾心，一见如故。既而华筵高张，欢宴终夕，比至天明，袁偕阮返，犹觉余情未忘。嗣是暇辄过从，倍加恩爱，本欲替她脱籍，因恐纳妓招谤，或干吏议，所以迟迟未决。阮忠枢窥透隐情，遂叫段芝贵代为赎身，间接献纳，不怕老袁不堕入彀中，格外青睐。芝贵得此教益，即依计而行，黄金朝去，红粉夕来，又有阮为绍介，潜送袁寓。柳三儿得为袁氏四姨太，段芝贵亦竟获优差，由袁下札，委任全军总提调，杨翠喜之献奉，想亦由此策脱胎。袁、段情谊，日久愈亲。每日早起，段又必诣袁问安，老袁戏语芝贵道："我闻人子事亲，每晨必趋寝门问安，汝非我子，何必如此。"芝贵道："父母生我，公栽培我，两两比较，恩谊相同，如蒙不弃，顾作义儿。"乐得攀援，莫谓小段无识。老袁听到此语，不免解颐一笑。芝贵只道袁已承认，竟拜倒膝前，呼袁为父。老袁推辞不及，口中虽说他多事，但已受了四拜，仿佛是认做干爷了。

后来老袁被谴，芝贵亦为杨翠喜事，挂名参案，革职回籍。见《清史》。至清室已覆，袁为总统，他自然重张旗鼓，又复上台，癸丑革命，平乱有功，旋即出督武昌，继段祺瑞后任。此次闻京中倡言帝制，就赶忙离了湖北，只说是入觐总统，拼命驰来。当下邀集朱启钤、周自齐、唐在礼、张士钰、雷震春、江朝宗、吴炳湘、袁乃宽、顾鳌等，密议鼓吹帝制，与筹安会分帜争功。可巧公民请愿团，已经发现，料知梁财神势力不小，只好合拢一起，较为妥当。梁财神闻芝贵进京，亦知他是有名的义子，将来要升做御干儿，不得不与他周旋，融成一片。两情不谋而合，况是彼此熟识，一经会面，臭味相投，当即互相借重，定名为请愿联合会。那时请愿团的宣言书，已经印就，由段芝贵等审视，见书面写着道：

民国肇建，于今四年，风雨飘摇，不可终日。父老子弟，苦共和而望君宪，非一日矣。自顷以来，二十二行省及特别行政区域，暨各团体，各推举尊宿，结合同人，为共同之呼吁，其书累数万言，其人以万千计，其所蕲向，则君宪二字是已。政府以兹事体大，亦尝特派大员，发表意见于立法院，凡合于巩固国基，振兴国势之请，代议机关，所以受理审查以及于报告者，亦既有合于吾民之公意，而无悖于政府之宣言，凡在含生负气之伦，宜有舍旧图新之望矣。惟是功亏一篑，则为山不成，锲而不舍，则金石可贯。同人不敏，以为吾父老子弟之请愿者，无所团结，则有如散沙在盘，无所榷商，则未必造车合辙。又况同此职志，同此目标，再接再厉之功，胥以能否联合进行为断。用是特开广座，毕集同人，发起全国请愿联合会，议定简章，凡若干条。此后同心急进，计日程功，作新邦家，慰我民意，斯则四万万人之福利光荣，非特区区本会之厚幸也。

末附有请愿联合会章程，共十一条，条文如下：

**第一条** 本会以一致进行，达到请愿目的为宗旨。

**第二条** 凡已署名请愿者，皆得为本会会员。

**第三条** 本会设职员如左：（一）会长一人，副会长二人，由会员中公举之。（二）理事若干人，由会员公推之。但各团体请愿领衔者，当然为本会理事。（三）参议若干人，由会长及全体职员会公推之。（四）干事分为文牍会计庶务交际四科，各科主任干事一人，余干事若干人，由会长副会长合议推任之。

**第四条** 会长代表本会，主持办理本会一切事务。

**第五条** 副会长辅助会长，办理本会一切事务。会长有事故，副会长得代理之。

**第六条** 理事随时会商会长，办理本会特别要务。

**第七条** 参议随时建议本会，赞理一切会务。

**第八条** 干事商承会长，分科执行本会一切事务，其各科办事细则另定之。

**第九条** 本会开会，分为两种：（一）职员会得由会长随时召集之；（二）全体大会，遇有特别事故时，由会长召集之。

**第十条** 本会设事务所于安福胡同。

**第十一条** 本会章程，如有认为不适当时，得开大会，以过半数之议决修改之。

段芝贵等阅毕，便道："正副会长，可曾举定么？"梁士诒即申述沈云霈为会长，张镇芳、那彦图为副会长，余如文牍会计庶务交际等员，亦一一说明。段芝贵道："甚好，就照此进行罢。我即拟返鄂，凡事应由诸公偏劳。"梁士诒道："这也不必过谦，但参议干事等员，尚须推选若干人。"段芝贵道："章程中应由会长等主持，但请沈会长与在会诸公推选便是。"沈云霈时亦在座，忙接口道："这也须大家斟酌。但会名既称为全国联合，应该将各省官民，招集拢来，愈多愈妙。此事颇要费时日呢。"段芝贵笑道："沈先生你真太拘泥了。各省官吏，哪一个不想上达？但用一个密电，管教他个个赞成。若是公民请愿，也很是容易，只叫各省官吏，用他本籍公民的名义，凑合几个有声望的绅士，联名请愿，便好算作民意代表了。老先生，你道真要令四万万人，悉数请愿么？"好简捷法子。梁士诒道："这话还是费事。依愚见想来，在京官僚，多是各省的阔老，若教他列名请愿，并把自己的亲戚朋友，添上几十百个名儿，便可算数。难道他们的亲友，因未曾通知，定要来上书摘释么？"说毕，哈哈大笑。梁财神的妙法，又进一层。段芝贵道："话虽如此，但各省长官的推戴书，却也万不可少。还有各处报纸，乃是鼓吹舆情的机关，先须打通方好哩。"梁士诒道："香岩兄，段芝贵字香岩。你是个长官巨擘，何妨作各省的领袖。"段芝贵忙回答道："兄弟已密电各省将军，联衔请愿，惟复电尚未到齐，一俟组合，自当恭达上峰，只办事须有次序，先请改行君宪，后乃上书推戴，方是有条不紊呢。"梁士诒道："这个自然。若讲到报纸一节，京报数家，已多半说通，只有上海一方面，略费手续，现极峰已派人往沪，买嘱各报，并拟向上海设一亚细亚分馆，专力提倡。天下无难事，总教现银子，还怕什么？"大家统鼓掌赞成。会议已毕，又由正副会长，推选参议干事数人。经彼此认定，方才散去。段芝贵入觐老袁，已不止一次，所有秘密商议，也不消细述，等到大致就绪，方出京还鄂去了。

嗣是以后，请愿书即联翩出现，都递入参政院。参政院中已由沈云霈运动成熟，自然陆续接收。参政院长黎元洪，本心是反对帝制，但自己已被软禁，不便挺身出抗，只好假痴假聋，随他胡乱。那时梁士诒、杨度等，已先后到总统府中，报告若干请愿书。老袁很是欣慰，意欲令黎院长汇书进呈，好做民意相同的话柄。当下嘱托梁士诒等，往说黎元洪。黎元洪不肯照允，且上书辞参政院长，及参谋总长兼职。经政事堂批示，不准告辞。是时武昌督军段芝贵已与各省将军联衔，电请变易国体，速改君主。这边方竭力请愿，那边忽现出一篇大文章，冷讽热刺，硬来作对。看官道是何人所作？乃是当代大文豪，即前任司法总长梁启超。梁司法总长卸任，又由老袁任他为币制总裁，继复令入参政院参政。他见老袁热心帝制，不愿附和，即辞职出京，到了上海，即撰成一篇煌煌的大文，题目叫作异哉所谓国体问题者，综计不下万言。小子录不胜录，曾记有一段紧要文字，脍炙人口，特断章节录如下：

盖君主之为物，原赖历史习俗上一种似魔非魔之观念，以保其尊严。此种尊严，自能于无形中发生一种效力，直接间接以镇福此国。君主之可贵，其必在此。虽然，尊严者，不可亵者也。一度亵焉，而遂将不复能维持。譬诸范雕土木偶，名之曰神，异诸闳殿，供诸华龛，群相礼拜，灵应如响，忽有狂生，拽倒而践踏之，投诸溷牏，经旬无朕，虽复异取以重入殿龛，而其灵则已渺矣。譬喻新颖。自古君主国体之国，其人民之对于君主，恒视为一种神圣，于其地位，不敢妄生言思拟议，若经一度共和之后，此种观念，遂如断者之不可复续。试观并世之共和国，其不患共和者有几？而遂无一国焉能有术以脱共和之轭，就中惟法国共和以后，帝政两见，王政一见，然皆不转瞬而覆也，则由共和复返于君主，其难可想也。我国共和之日，虽曰尚浅乎，然酝酿之则既十余年，实行之亦既四年。当其酝酿也，革命家丑诋君主，比诸恶魔，务以减杀人民之信仰，其尊严渐衰，然后革命之功，乃克集也。而当国体骤变之际，与既变之后，官府之文告，政党之宣言，报章之言论，街巷之谈说，道及君主，恒必以恶语冠之随之，盖尊严而入溷牏之日久矣。今微论规复之不易也，强为规复，欲求畴昔尊严之效，岂可更得？是故吾独居深念，亦私谓中国若能复返于帝政，庶易以图存而致强，而欲帝政之出现，惟有二途：其一则今大总统内治修明之后，百废俱兴，家给人足，整军经武，尝胆卧薪，遇有机缘，对外一战而霸，功德巍巍，亿兆敦迫，受兹大宝，传诸无穷；其二经第二次大乱之后，全国鼎沸，群雄割据，剪灭之余，乃定于一。夫使出于第二途耶，则吾侪何必作此祝祷？果其有此，中国之民，无孑遗矣，而戡定之者，是否为我族类，益不可知，是等于亡而已。独至第一途，则今正以大有为之宜，居可有为之势，稍假岁月，可冀旋至而立有效，中国前途一线之希望，岂不在是耶？故以为吾侪国民之在今日，最勿生事以重劳总统之廑虑，俾得专精一志，为国家谋大兴革，则吾侪最后最大之目的，庶几有实现之一日。今年何年耶？今日何日耶？大难甫平，喘息未定，强邻胁迫，吞声定盟，水旱疠蝗，灾区遍国，嗷鸿在泽，伏莽在林，在昔哲后，正宜撤悬避殿之时，今独何心？乃有上号劝进之举。夫果未熟而摘之，实伤其根，孕未满而催之，实戕其母，吾畴昔所言中国前途一线之希望，万一以非时之故，而从兹一蹶，则倡论之人，虽九死何以谢天下？愿公等慎思之！《诗》曰："民亦劳止，汔可小息。"自辛亥八月迄今，未盈四年，忽而满洲立宪，忽而五族共和，忽而临时总统，忽而正式总统，忽而制定约法，忽而修改约法，忽而召集国会，忽而解散国会，忽而内阁制，忽而总统制，忽而任期总统，忽而终身总统，忽而以约法暂代宪法，忽而催促制定宪法。大抵一制度之颁行，平均不盈半年，旋即有反对之新制度起而推翻之，使全国民彷徨迷惑，莫知适从，政府威信，扫地尽矣。今日对内对外之要图，其可以论列者，不知凡几，公等欲尽将顺匡救之职，何事不足以自效？何苦无风鼓浪，兴妖作怪，徒淆国民视听，而贻国家以无穷之戚也。

如上所述，十成中仅录一二，已说得淋漓爽快，惹起国民注目，老袁高坐深宫，或尚未曾闻知，那梁士诒、杨度等人，已见到梁任公启超号任公。这篇文字，关系甚大，虽欲设法驳斥，奈总未能自圆其说，足以压倒元、白。于是京城里面，也把梁任公大文，彼此传诵，视作圣经贤传一般，渐渐的吹入老袁耳中。老袁恨不得将梁启超当即捉来，赏他几粒卫生丸，只一时不好发作，意欲悬金为饵，遣人暗刺，又急切觅不到聂政、荆卿。黄金也有失色的时候，莫谓钱可通神。没奈何与梁士诒等商量，先令参政院汇呈请愿书。至请愿书已上，却派左丞杨士琦，到参政院宣言，发表政见，竟反对帝制起来。小子有诗叹道：

分明运动反推辞，作伪心劳只自知。

南让者三北让再，许多做作亦胡为？

毕竟杨士琦如何宣言，待至下回说明。

文字之感人大矣哉！然亦有一言而令人感者，有数百言而终不足令人感者，盖情理二字，为之关楗耳。试观上回所录之筹安会宣言书，与本回之请愿联合会宣言书，毫无精采，绝不足醒阅者之目。及梁任公所撰之文，仅录一斑，已觉夐夐生光，百读不厌，虽由文笔之明通，亦本理由之充足，故虽有御干儿之权力，及大财神之声势，反不敌一挂冠失职之文士。或谓任公之文，尚有保皇口吻，仍未脱前日私见，斯评亦似属允当。然观其譬喻之词，与推阐之语，实属颠扑不破，似此新旧互参之论说，无论何人，当莫不为之感动，是真一转移人情之妙笔也。惜乎言长纸短，犹未尽录原文耳。

第
四
十
八
回

义
儿
北
上
引
侣
呼
朋
　
词
客
南
来
直
声
抗
议

219

# 第四十九回

## 竞女权喜赶热闹场　证民意咨行组织法

却说杨士琦奉袁总统命，到了参政院，发表政见。参政院诸公，也未识他如何宣言，有几个包打听的人物，似已晓得士琦来意，是代袁总统宣言，不愿赞成帝制的。是日黎院长元洪，亦得此消息，特来列席。诸参政亦都依席就位，专待士琦上演说台，宣讲出来。士琦既上演台，各席拍掌欢迎，毋庸细表。但见士琦取出一纸，恭恭敬敬的捧读起来，应该如此。其辞道：

> 本大总统受国民之付托，居中华民国大总统之地位，四年于兹矣。忧患纷乘，战兢日深。自维衰朽，时虞陨越，深望接替有人，遂我初服。但既在现居之地位，即有救国救民之责，始终贯彻，无可委卸，而维持共和国体，尤为本大总统当尽之职分。近见各省国民，纷纷向代行立法院请愿，改革国体，于大总统现居之地位，似难相容。然本大总统现居之地位，本为国民所公举，自应仍听之国民。且代行立法院，为独立机关，向不受外界之牵掣，今大总统固不当向国民有所主张，亦不当向立法机关，有所表示。惟改革国体，于行政上有绝大之关系，本大总统为行政首领，亦何敢畏避嫌疑，缄默不言？以本大总统所见，改革国体，经纬万端，极应审慎，如急遽轻举，恐多窒碍。本大总统有保持大局之责，认为不合时宜。至国民请愿，不外乎巩固国基，振兴国势，如征求多数国民之公意，自必有妥善之上法。且民国宪法，正在起草，如衡量国情，详晰讨论，亦当有适用之良规，请贵代行立法院诸君子深注意焉。

杨士琦一气读完，当即退下演坛，仍归代表座席。黎元洪起向士琦道："大总统的宣言书，确有至理。"刚说到一"理"字，梁士诒已起立道："大总统的意思，无非以民意为从违，现在民意是趋向君宪，要大总统正位定分，所以纷纷请愿；本院主张，亦应当尊重民意呢。"说至此处，但听一片拍掌声，震响全院。黎元洪反说不下去，只好退还原座，默默无言。仍做泥菩萨。沈云霈接入道："大总统既有宣言书，本院自当宣布，倘国民仰体总统本意，不来请愿，也无庸说了，如或请愿书仍然不绝，还须想出一个另外法儿，作为最后的解决。否则群情纠纷，求安反危，如何是好？"梁士诒道："依愚见想来，不如速开国民会议，以便早日解决。"沈云霈道："国民会议，初选才毕，恐一时赶办不及呢。"仍是忠厚人口吻。士诒先向他递一眼色，然后申词解释道："事关重大，若非经国民会议，大总统亦不便轻易承认哩。"尚是伪言，休被瞒过。大众又多半拍掌，总算全院通过。杨士琦告辞而去，黎院长怏怏出门，乘车自回，余人陆续散归。

不到数天，请愿团又次第发生，除筹安会及公民请愿团外，还有商会请愿团，北京商会的发起人，叫作冯麟霈，上海商会发起人，叫作周晋镳。教育会请愿团，自北京梅宝玑、马为珑等发起，北京社政进行会，自恽毓鼎、李毓如发起，甚至北京人力车夫，及沿途乞丐，也居然举出代表，上书请愿，这真是想入非非，无奇不有。又有一个妇女请愿团，发起人乃是安女士静生。<sub>雌风又大振了。</sub>这安女士是何等名媛，也来赶热闹场？小子事后调查，她是个山东峄县人氏，表字叫作慈红，幼读诗书，粗通笔墨，及长，颇有志交游，不论巾帼须眉，统与她往来晋接。而且姿色秀媚，言态雍和，所有闻名慕色的人物，一通謦欬，无不倾倒，并替她极力揄扬，由是安名日噪。当民国创造时，她尝高谈革命，鼓吹共和，如平权自由等名词，都是她的口头禅。她又自言曾游历外洋，吸入新智识，将来女权发达，定当为国效劳，可惜今尚有待，无所展才云云。<sub>为全国女学生写影。</sub>旁人听到此言，愈觉惊羡。<sub>庸耳俗目，无怪其然。</sub>未几，北上到京，充任某女校校长，至帝制发生，她以为时机可乘，也拟邀合京中女学校学生，组织一妇女请愿团。有人诘她忽言民主，忽言君主，前后悬殊，不无可鄙。她却嫣然一笑道："我等身当新旧过渡时代，断不能与世界潮流，倒行逆施。我有时赞成民主，有时赞成君主，实是另具一番眼光。随时判断，能识时务，方为俊杰，迂儒晓得什么呢。"<sub>见风使帆，原是紧要。</sub>当下遂至交民巷中，觅了一间古屋，悬出一块木牌，上写中国妇女请愿会七字，并刊行一篇小启，颇说得娓娓可听。究竟是她手笔，抑不知是谁捉刀，小子也不必细查，但见她小启云：

> 吾侪女子，群居嗫嚅，未闻有一人奔走相随于诸君子之后者，而诸君子亦未有呼醒痴迷醉梦之妇女，以为请愿之分子者。岂妇女非中国之人民耶？抑变更国体，系重大问题，非吾侪妇女所可与闻耶？查《约法》向载中华民国主权在全国国民云云，既云全国国民，自合男女而言，同胞四万万中，女子占半数，使请愿仅男子而无女子，则此跛足不完之请愿，不几夺吾妇女之主权耶？女子不知，是谓无识，知而不起，是谓放弃。夫吾国妇女智识之浅薄，亦何可讳言？然避危求安，亦与男子同此心理，生命财产之关系，亦何可任其长此抛置，而不谋一处之保持也？静生等以纤弱之身，学识谫陋，痛时局之扰攘，嫠妇徒忧，幸蒙昧之复开，光华倍灿，聚流成海，撮土为山，女子既系国民，胡可不自猛觉耶？用是不揣微末，敢率我女界二万万同胞，以相随请愿于爱国诸君子之后，姊乎妹乎！盍兴乎来！发起人安静生启。

自这小启传布后，倒也有数十个女同志，联翩趋集，当拟定一篇请愿书，呈入参政院。惟妇女手续，未免少缓，因此请愿亦稍落人后了。接连又有妓女请愿团出现，为首的叫作花元春。<sub>好一个名目，应作花界领袖。</sub>花元春是京中阔妓，与袁大公子为啮臂交，大公子尝语元春道："他日我父践天子位，我当为东宫太子，将选汝入宫，充作贵人，比诸溷迹风尘，操这神女生涯，谅应好得多哩。"<sub>闭置宫中，有什么好处？</sub>元春微哂道："妾系路柳墙花，怎得当贵人重选？但大公子既为大阿哥，如蒙不弃贱陋，得充一个灶下婢，也光荣的多了。"大公子喜甚，自是鸨母鸨儿等，均呼他为大阿哥，大公子亦直受不辞。会各处请愿团，先后竞集，不下数十处，袁大公子遂嘱花元春，发起妓女请愿团，借备一格。花元春自命时髦，乐得借这名目，出点风头，当向大公子乞得缠头，浼人撰了一篇稿子，刊发出去，遍散勾栏中。各妓女都向元春问讯，元春道："车夫乞丐，也都集会请愿，我姊妹们虽陷入烟花，难道比车夫乞丐还不如么？况袁皇帝登极，记念我们亦有微劳，当亦特沛恩施，岂非一纸书可抵万金么？"众妓闻言，喜欢无似，且闻她结交大公子，应有好消息微示，这种机会，千载一时，如何不赞成呢？当即推元春领名，托平时相识的文士，著成一篇请愿书，也投入参政院去了。花花色色，无不完备。

参政院收集请愿书，又是数十件，重复开会，集众议事。黎院长告假不到，由副院长汪大燮主席。开议后，意见不一，有说的应提前召集国民会议，有说的应另筹征求民意妥善办法。两下里议论纷歧，当由汪大燮决定，将两说统行存录，咨送政府，请总统自择。大众倒也赞成，汪大燮即提出两种议案，备好咨文，赍递政府。越日得总统咨复，当提交国民会议，征求正确民意。这复文既到参政院，当有一个参政员顾鳌，出来反对道："我是主张另筹办法，不主张国民会议的，试思国民会议，是民国约法机关，不应解决国体。且国民会议，人数无多，也不得谓为多数真正民意，无论对内对外，均是不相宜的。"言毕趋出，即往访沈云霈，申述成见。云霈道："我原说过国民会议是不甚妥当的，燕孙主张此说，我亦只好依议。"如云霈言，足见财神势力。顾鳌道："我们同去见他，何如？"云霈应允，遂与偕行。既至梁士诒寓所，投刺入见。士诒迎入客厅，顾鳌即自述来意，士诒哈哈大笑道："我岂不知国民会议，是不能解决国体问题的？但总统既有命令，组织国民会议办法，应该将此层题目，先行做过，方不致自相矛盾。巨六兄，巨六即顾鳌字。你是个法律大家，谓国民会议，不宜解决国体，他人没有你的学问，总道是国体问题，当然属诸国民会议，否则设此何用。"一个乖过一个。子霈道："今总统已有咨复，说是要提交国民会议，你想国民会议的议员，尚需复选，辗转需时，恐今年尚不能到京开会呢。"梁士诒道："我有一个极妙的方法，现且不必发表，但教沈君就请愿联合会名义，要求参政院中，另订征求民意机关，且批驳国民会议为不合法，那时参政院总要续行开会，我好在会席间宣布意见。照我办法，今年内定可请极峰登位呢。"还想卖点秘诀，财神惯使机巧。沈云霈笑道："我却依你，看你有法无法。"梁士诒道："你且瞧着，决不欺你。"沈、顾二人，因即告别。

沈云霈即属文牍员，撰成最后请愿文，要求参政院另议办法，并说国民会议，未便解决国体。这篇文字，赍达参政院，院中又要开会议决，黎院长仍然告假，免不得耽延一天。哪知请愿书陆续递入，都主张另订办法，副院长汪大燮，本是个通变达权的智士，明知老袁意思，迫不及待，遂不俟黎院长销假，就召集诸人开会。梁士诒首先到院，沈云霈、顾鳌、杨度、孙毓筠等依次到来，当由汪大燮报告，说明接收请愿书件数，并言请愿书中，一致赞成另订征求民意办法。梁士诒起座道："最好是开国民大会，就把国民会议议员初选当选人，选出国民代表，决定国体，一则范围较广，二则手续不烦，岂非是一举两得么？"原来是这个秘计。杨度忙抢着道："梁参政所言甚是，不过由初选当选议员，选出国民代表，来京开议，仍需时日，这还该想一变通办法。"梁士诒道："何妨由各省当选人，在本籍自由投票，似此征求民意，既普及国民全体，且免得远道濡迟，这是最好没有的了。"确是妙法。大众齐拍掌道："好极，好极。"顾鳌道："这也应拟定一个组织法，由本院咨请施行。"法律家所言，处处不离一法字。梁士诒道："这个自然。"主席汪大燮亦插入道："这须先推起草委员，拟定国民代表组织法，方可咨送政府。"梁士诒道："这会名叫国民代表大会，会里的章程，就叫作国民代表大会组织法，可么？"大众又拍手赞成。当下由主席推定起草委员，共计八人，便是梁士诒、汪有龄、施愚、陈国祥、江瀚、王劭廉、王树枬、刘若曾八大参政。八人认定起草，便即散会。不到三天，梁士诒等即到参政院，递交国民代表大会组织法的稿子，共十七条，由主席宣读后，又经诸人审查，略行参改，把十七条减为十六条，条文列下：

**第一条**　关于全国国民之国体请愿事件，以国民代表大会，代表国民全体之公意决定之。

**第二条**　国民代表，以记名单名投票法选举之，以得票比较多数者为当选。

**第三条**　国民代表大会，以左列当选人组织之：（一）各省各特别区域之代表人数，以其所辖现设县治之数为额；（二）内外蒙古三十二人；（三）西藏十二人；（四）青海四人；（五）回部四人；（六）满、蒙、汉八旗二十四人；（七）全国商会及华侨六十人；（八）有勋劳于国家者三十人；（九）硕学通儒二人。

**第四条**　各省及各特别行政区域之国民代表，由国民会议各县选举会初选当选之复选选举人，及有复选被选资格者选举之。

**第五条**　蒙、藏、青海、回部之国民代表，由国民会议蒙、藏、青海联合选举会之单选选举人选举之。

**第六条**　满、蒙、汉八旗之国民代表，由国民会议中央特别选举会，八旗王公世爵世职之单选选举人选举之。

**第七条**　全国商会及华侨之国民代表，由国民会议中央特别选举会，有工商实业资本一万元以上，或华侨在国外，有商工实业资本三万元以上者之单选选举人选举之。

**第八条**　有勋劳于国家者之国民代表，由国民会议中央特别选举会，有勋劳于国家者之单选选举人选举之。

**第九条**　硕学通儒之国民代表，由国民会议中央特别选举会，硕学通儒，或高等专门以上学校三年以上毕业，或与高等专门以上学校毕业有相当资格者，或在高等专门以上学校，充教员二年以上者之单选选举人选举之。（第五条至本条第一项之单选选举人，以依法经由全国选举资格审查会审查合格者为限。）

**第十条**　国民代表选举监督，依左列之规定：（一）各省以各该最高级长官，会同监督；（二）各特别行政区域地方，以该最高级长官监督之；（三）第三条第二、三、四、五款，以蒙藏院总裁监督之；（四）第三条第六、七、八、九款，以内务总长监督之。

**第十一条**　选举国民代表场所设于监督所在地，届选举日期，就报到之选举人由监督召集之，举行选举。（各省各特别行政区域，遇有必要情形，该监督得以关于国民代表选举事项，委托各县知事行之。）

**第十二条**　选举国民代表日期，由各监督定之。

**第十三条**　国民代表决定本法第一条事件，以记名投票结果，由各该监督报告代行立法院，汇综票数，比较其决定意见，定为国民代表大会之总意见。（前项之票纸，应于开票报告后，封送代行立法院备案。）（决定国体投票日期，由各监督定之。）

**第十四条** 决定国体投票之标题，由代行立法院议决，咨行政府，转知各监督于投票日，宣示国民代表。

**第十五条** 依本法所定，关于选举投票之筹备事宜，由办理国民会议事务局办理。

**第十六条** 本法自公布日施行。

这便是国民代表大会组织法全案，经全院通过，即添入一篇咨文，送交政事堂去了。这一咨有分教：

假托民权更国体，揭开面具见雄心。

未知袁总统曾否照允，容至下回再详。

前半回写安静生，下半回写梁士诒，余人皆宾也。安静生发起妇女请愿团，谓能识时务，方为俊杰，梁士诒则秘密设法，务使帝制之底成，是殆皆希宠求荣，投机营利者。夫礼时为大，能乘时而奋发，未始非一智士；然一存私见，则虽有时可乘，亦无非为揣摩迎合之流，不足为豪杰士。况袁氏之潜图帝制，固知其不可而为之者耶？民国成立，迄今未安，甚且日濒危险，盖由权利思想，中入人心，无论男妇，统挟一干利之念以行事，而于是气节扫地，廉耻道丧，国事从此泯棼矣。可悲可叹！

# 第五十回

## 逼故宫劝除帝号　传密电强胁舆情

却说袁总统接到参政院咨文，好似一服清凉散，把这盼望帝制的热心，安慰了许多，当命秘书员草定命令，颁布出来。有云：

参政院代行立法院，咨称：本院前据各直省各特别行政区域，内外蒙古、青海、回部、前后藏、满洲八旗公民、王公，暨京外商会、学会、华侨联合会等，一再请愿改革国体，当经本会开会议决，将请愿书八十三件，咨送政府，并建议根本解决之法，或提前召集国民会议，或另筹征求民意妥善办法。叠准大总统咨复，以国民会议议员复选报竣为期，以征求正确民意为准，以从宪法上解决为范围，具见大猷制治，精一执中，曷胜钦佩。而自本院咨送八十三件请愿书以后，复有全国请愿联合代表沈云霈等，全国商民冯麟霈等，全国公民代表阿穆尔灵圭等，中国回教俱进会，回族联合请愿团，暨回疆八部代表王常等，哈密、吐鲁番回部代表马吉符等，锡林果勒盟代表程承铎等，云南迤西各土司总代表邓汇源等，新疆、蒙、回全体王公代表，暨宁夏驻防满蒙代表杨增炳等，北京二十区市民董文铨等，北京社政进行会恽毓鼎等，南京学界丁伟东等，贵州总商会徐治涛等，筹安会代表杨度等，暨全国商会联合会蔚丰厚各处票商等，前后请愿前来，咸以为中国二千余年，以君主制度立国，人民心理，久定一尊，辛亥以后，改用共和，实于国情不适，以致人无固志，国本不安，诚由共和制度，元首以时更替，国家不能保长久之经划，人民不能定专一之趋向。兼之人希非分，祸机四伏，或数年一致乱，或数十年一致乱，拨乱尚且不遑，政治何由可望？南美、中美十余国，坐此扰攘，几无宁岁，而墨西哥为尤甚。四稔纷竞，五年相残，人民失业，伤亡遍地，前车之覆，可为殷鉴。我国迭经变故，元气未复，国家政治，亟待进行，人民生计，亟待苏息，惟有速定君主立宪，以期长治久安，庶几法律与政治，互相维持，国基既以巩固，国势亦以振兴，全国人民，深思熟虑，无以易此。即外国之政治学问名家，亦多谓中国不适共和，惟宜君宪，足见人心所趋，即真理所在。全国人民，迫切呼吁，实见君主立宪，为救国良图，必宜从速解决，而国民会议，开会迟缓，且属决定宪法机关，国体未先决定，宪法何自发生？非迅速特立正大之机关，征求真确之民意，不足以定大计而立国本。再三陈请，众口一词。本院初以建议在前，复经大总统咨复，办法已定，不敢轻意变更。而舆论所归，呼吁相继，本院尊重民意，重付院议，佥谓兹事重大，自未便拘常法以求解决。国家者，国民全体之国家也，民心之向背，为国体取舍之根本。惟民意既求从速决定，自当设法提前开议，以顺民意，与本院前次建议，所谓另筹妥善办法，以昭郑重者，实属同符。即与我大总统咨复，所谓国家根本大计，不得不格外审慎者，尤相　合。谨按约法第一章第二条中华民国主权，本之国民全体，则国体之解决，实为最上之主权，即应

225

本之国民之全体，兹议定名为国民代表大会，即以国员会议初选当选人为基础，选出国民代表，决定国体。似此则凡直省及特别区域，满、蒙、回、藏均有代表之人。征求民意之法，普及国民全体，以之决大计而定国本，庶可谓正大机关。而真确之民意，可得而见，较之国民会议为尤进也。兹据《约法》第三十一条之规定，于十月六日开会，议决国民代表大会组织法，经三读通过。现在全国人民，亟望国体解决，有迫不及待之势，相应抄录全案，并各请愿书，咨请大总统迅予宣布施行等因。除将代行立法院议定之国民代表大会组织法公布外，特此布告，咸使闻知。此令。

又令云：

参政院代行立法院，议定国民代表大会组织法，特公布之，此令。

这令一下，老袁已心满意足，料得皇帝一席，稳稳到手，便将民国四年的双十节，停止国庆纪念庆祝宴会；一面召梁士诒、江朝宗二人，入总统府秘密会议室，嘱咐了许多言语，叫他作为专使，即日去走一遭。两人唯唯听命，就去照办。看官道是何事？乃是令两人去逼清宫，撤去清帝名号，来做那袁皇帝的臣仆。第一出逼宫，早已演过，此时要演第二出了。自隆裕皇太后病逝后，清宫里面，内事由瑾、瑜二太妃主持，外事由世续、奕劻、载澧等办理。宣统帝尚是幼年，除随着陆润庠、伊克坦等讲读汉、满文字外，无非踢皮球，滚铁圈，习那小孩子的顽意儿，晓得什么大事；不过表面上存着帝号，满族故旧尚称他一声万岁。其实是宫廷荒草，荆棘铜驼，回首当年，已不胜黍离之感。袁氏若果明睿，试看清室模样，应亦灰心帝制。幸亏皇室经费，还得随时领取，聊免饥寒。不意梁士诒、江朝宗两人，一文一武，奉着袁氏的命令，竟来胁迫清室，逼他撤消帝号。世续接着，与两人晤谈起来，世续依据优待条件，当然拒绝。恼动了江朝宗，竟用着威武手段，攘臂奋拳，似要赏他几个五分头，吓得世续倒退几步。还是梁士诒从旁解劝，教江朝宗不要莽撞，且请世续禀明两太妃，允否候复。财神脸总讨人欢。世续见梁士诒放宽一着，自然随声附和，说是禀过太妃，再行报命。两人方才回来，到总统府复旨。

老袁静待数日，不闻答复，正要遣原使催逼，忽见梁士诒报道："清庆王奕劻病殁了。"老袁道："何日逝世，我没有闻他生病，为何这般速死？"士诒道："闻他前日为废帝事件，入宫商议，大家哭做一团，想这老头儿伤心过甚，回家呕血，气竭身亡。"老袁道："莫非他拥护清室，不肯撤销帝号吗？"士诒道："他愿否撤销帝号，尚未曾探悉底细。"老袁道："我只教溥仪小子，撤销帝号，并不要抄他老头儿家产，伤心什么？"想是以己度人。士诒道："这也怪他不得。"老袁道："为什么呢？"士诒道："从前清帝退位，曾订有优待条件，说明清帝名号，仍不变更，今要他撤销帝号，未免有碍前约，帝号可废，将来各种条文，均恐无效，岂不要令他闷死吗。"老袁道："天无二日，民无二王，我若为帝，难道溥仪尚得称帝么？"士诒道："主子明鉴，天下事总须逐渐进行，现在令清室撤销帝号，不如令清室推戴主子，他既协同推戴，俟主子登了大宝，然后令他撤销帝号，那时名正言顺，还怕他反抗不成？"老袁闻言，不禁起座，抚士诒的右肩道："你真是个智囊，赛过当年诸葛了。"士诒慌忙谢奖，几乎要磕下头去。老袁把他扶住，又密与语道："这也要仗你去疏通呢。"

士诒道："敢不效力。"定策首功，要推此人。老袁又商及国民代表大会一事，士诒道："这可令办理国民会议事务局，密电各省，指示选举及投票方法，定可全体一致，毋须过虑。"老袁点首，士诒乃退。

这办理国民会议事务局长，就是顾鳌，闻着这个消息，忙与梁士诒拟定秘密办法，禀明老袁，依次发电，通告各省将军巡按使，最关紧要的，约有数电，小子特摘录如下：

各省将军巡按使鉴：（中略）查关于国民会议议员初选机宜，前经本局密电，申明办法，请转饬各初选监督照办在案，想各该初选监督，当能体会入微，善为运用。目下情势，较前尤为紧要，应请贵监督迅即密饬所属各初选监督，对于该县之初选当选人，应负完全责任，尽可于未举行初选之前，先将有被选资格之人，详加考察，择其性行纯和，宗旨一贯，能就范围者，预拟为初选当选人，再将选举人设法指挥，妥为支配，果有窒碍难通，亦不妨隐加以无形之强制，庶几投票结果，均能听我驰驱。且将来选举国民代表，及选举国民会议议员，自可水到渠成，不烦缕解，此事实为宣布选举之最要关键，务希飞电各初选监督，慎密照办，其无通电地方，应即迅用密饬，加急星夜飞递，以免贻误。如实有赶办不及之处，即将初选酌量延期数日，亦无不可。倘或敷衍竣事，致令桀黠滥竽，则重咎所归，实在各该初选监督。再查国民代表选举，在各省系以各该最高级长官，会同监督之，此后凡关于国民代表选举事宜，如系军政同城，希即妥协密商办理，并饬知各该初选监督，一体遵照为要。办理国民会议事务局印。

这道密电，已将选举方法，指示明白。还有将国民代表大组织法中，有关运用各条，分别密示。开列如下：

（一）本法第一条所称国体请愿事件，以国民代表大会决定之等语。查此次国体请愿，其请愿书不下百起，请愿人遍于全国，已足征国民心理之所同，故此次所谓以国民代表大会决定云者，不过取正式之赞同，更无研究之隙地。将来投票决定，必须使各地代表，共同一致，主张改为君宪国体，而非以共和君主两种主义，听国民选择自由。故于选举投票之前，应由贵监督暗中物色可以代表此种民意之人，先事预备，并多方设法，使于投票时，得以当选，庶将来决定投票，不致参差。

（二）本法第二条，国民代表，以记名单名投票法选举之，以得票比较多数者为当选等语。查此项代表，虽由各选举人选出，而实则先由贵监督认定。本条取记名单名主义，既以防选举人之支吾，且以重选举人之责任。惟既取多数当选主义，则必须先事筹维。贵监督应于投票之先，将所有选举人，就其所便，分为若干部分，随将预拟之被选举人，按各部分一一分配之，何部分选举何人，何人归何部分选举，均各于事前支配妥协，各专责成。更于投票时派员监视，更分别密列一单，密令照选，庶当选者，不致出我范围。

（三）本法第四条，各省各特别行政区域之代表，由国民会议各县选举会初选当选之复选选举人，及有复选被选资格者选举之等语。查本条所称复选选举人，与复选被选资格，实系两种资格，并非谓一人须兼有此两条件，本局曾于另电解释在案。本局之规定，其精神亦系为各监督留伸缩之微权。如果选举人报到甚少，不足以昭示大公，则由贵监督自行遴选合于复选被选资格之人，以充其数，庶决定投票日期，不致多所为难。

（四）本法第十一条，所称届选举日期，就报到之选举人，由监督召集之，举行选举等语。查本条之规定，系因此次决定国体，事关国家大计，初选举行以后，即不可过为迟延，故届选举日期，只就报到之选举人召集投票，而不及员额之限制。且各选举人人数过少，各监督尚可援本法第十条后段之规定，以增其额数。惟形式上必须力求普遍，庶于此次设立国民代表大会之真意相符。

（五）本法第十二条，选举国民代表日期，由各监督定之等语。查此项选举，必须运动成熟，而后可以举行，预定时期，反多窒碍，故由各监督自定，以期伸缩自如。惟此项选举，事关国本，不能不力取整齐。若各省日期，过于悬绝，不特将来代行立法院咨行投票，难于汇综，而全国各瓯，参差不齐，亦不足以聿新观听。应请贵监督将办理此事情形，随时电知本局，以便通盘筹酌，免误事机。特此电闻，即希查照。办理国民会议事务局印。

这时候的筹安会，联合请愿会，都已成为明日黄花，上下一心，专注意国民代表大会，就中最占势力的，要算梁财神。财神应到处欢迎。因联合请愿会，及国民代表大会，统由他一力造成，所以他的一言一动，差不多是老袁代表。即如沈云霈、张镇芳、那彦图等，无一非附骥成名，时人称为十三太保，就是小子四十八回中所述，两派凑合的首领十三人。惟筹安六君子，除杨度、孙毓筠，依附梁财神，尚有余焰外，余子已渐渐失势，就是筹安会门首，也没人过问，几可张罗。杨度看不过去，把筹安会三字的招牌，取消了他，换了一个宪政协进会的牌号，悬将出来。大众厌故喜新，还道杨皙子多才多艺，又有什么好法儿，免不得再去结好。后来探悉内容，仍是换汤不换药，自又掉转了头，从热闹中钻营去了。小子有诗叹道：

> 万恶都从无耻来，朝秦暮楚算多才。
> 如何鼎革维新后，尚集蝇蛆酿祸胎？

钻营自钻营，恬退自恬退，有好几个袁氏私交，不愿在帝制漩涡中，厮混过去，竟先后递呈辞职书。欲知姓甚名谁，俟至下回报闻。

国民代表大会，开手组织，即停止国庆日庆祝，并遣梁、江二人，至清宫迫除帝号，老袁岂自知死期将至，迫不及待，急欲窃帝号以自娱，如当日吴三桂之所为耶？庆亲王奕劻，为清室罪臣，即为袁氏功人，老袁闻其已死，绝不怜念，卖主者可援为殷鉴。本回虽随笔叙入，已可于言外见意。至梁财神之见识，尤高出老袁，袁不若新莽，而梁则过于刘歆，至若操纵选举，指示机宜，几欲令全国舆情，都入财神掌握。财神之才力，固可谓不弱矣，特无如天人之未与何也？

# 第五十一回

## 遇刺客险遭毒手　访名姝相见倾心

　　却说袁政府盛倡帝制，有几个老成练达的人物，料知帝制难成，先后递呈辞职书，出都自去。第一个便是李经羲，第二个便是赵尔巽，第三个便是张謇，这三位大老，统是袁氏老朋友，张謇与老袁，且有师弟关系，小子走笔至此，更不得不特别表明。**忘师蔑友，越见得利令智昏。**袁总统世凯，籍隶项城，系前清河道总督袁甲三侄孙，侍郎保恒侄儿，父名保庆，也曾为江南道员。世凯少时，尝应童子试于陈州，府试考列前十名，到了院试，督学为瞿鸿机，见他试文中不守绳墨，摈斥不录，世凯引为大恨。闻李鸿章总督直隶，即往投天津，执世家子礼，投刺进谒。李接见后，颇加赏识，给他差委。保恒得知消息，遂往见鸿章道："舍侄跅弛不羁，后恐败事，幸毋重用。"鸿章微哂道："尔何故轻觑尔侄？我看尔侄功名，将来定出尔我之上呢。"保恒乃退。**两人所见，俱有特识。**嗣是鸿章暗着世凯，奖励中兼寓劝勉，颇欲他陶冶成材，奈他是少年傲物，不肯就范。适吴军门长庆，驻师朝鲜，与袁氏向系世好，因此世凯复弃李投吴，吴又与语道："尔尚年少，应先读书，我幕府中多名士，尔可去问业，借聆教益。"世凯无奈，只好唯唯从命。看官！你道吴幕中是何等名流？一是海门周家禄，一就是通州张謇。周见世凯文字，颇多奖词，独张謇不稍假借，批示从严。世凯又郁郁不乐。后来入跻显要，竟任直督，尝延周入幕，与张竟不通闻问。至清廷创议变法，世凯力请立宪。张乃致书与论宪政，始通款好。至是世凯为民国总统，张入任农商总长，新例上似分主辅，旧谊上总属师生。**叙入袁张历史，具有关系。**自从帝制风潮，日益澎湃，张却怀着旧交，入内规谏。偏偏忠言逆耳，反碰了一鼻子灰，那时无可恋栈，不如掉转了头，你走你的阳关道，我走我的独木桥，就是李经羲、赵尔巽二人，也明知多言无益，索性归休。大家同一思想，遂密检行囊，混出京城，到了都门外面，方遣人赍送辞职书，婉言告别。只有国务卿徐世昌，一时不便脱身，权且捱延过去。

　　谁知都城里面的新闻，愈出愈奇，忽传段祺瑞有被刺情事，急遣人探听消息，回报段幸无恙，不过略受虚惊，所有刺客，也不知来历，无从究诘了。世昌暗暗点头，嗟叹不已。原来段祺瑞解职闲居，因恐为袁所忌，仍然留住都门，蛰伏不出。他素性向喜弈棋，除昼餐夜寝外，惟与一二知己，围棋消遣。某夕风雨凄清，旅居岑寂，他在书斋中兀坐，未免郁闷，随手就书架上，检出一本棋谱，借着灯光，留神展阅。约有一二小时，不觉疲倦起来，正思敛书就寝，忽听窗外的风声，愈加猛烈，灯焰也摇摇不定，几乎有吹灭形状，那门帘也无缘无故的揭起一角，仿佛有一条黑影，从隙窜入。说时迟，那时快，他身边正备着手枪，急忙取出，对着这条黑影儿，扑的一响，这黑影儿却闪过一边，接连又是一响，那黑影儿竟向床下进去了。**人耶？鬼耶？**他至此反觉惊疑，亟捻大灯光，从门外唤进仆役，入室搜寻，四觅无人。又由他自掌洋灯，从床下一照，不瞧犹可，瞧着后，不禁猛呼道："有贼在此！"仆役等便七手八脚，向床下牵扯，好容易拖了出来，却是一个热血模糊的死尸，大家统乱叫道："怪极！怪极！"
再从尸身上一搜，只有手枪一支，余无别物。祺瑞亦亲自过目，勉强按定了神，踌躇
半晌，才语仆役道："拖出去罢，明晨去掩埋便了。"仆役不知就里，各絮语道："这
个死尸，不是刺客，便是大盗，正宜报明军警，彻底查究为是。"祺瑞道："你们晓
得什么？现在的时势，多一事不如少一事，这死尸是为了金钱，甘心舍命，我今日还
算大幸，不遭毒手。明晨找口棺木，把他掩埋，自然没事，倘有人问及，但说我家死
了一仆，便好了结。大家各守秘密，格外加谨，此后有面生的人物，不许入门。如违
我命，立加惩处，莫谓我无主仆情。"办法很是。仆役等方将死尸拖出院中，祺瑞申嘱
仆役，不准多说，方携灯归寝去了。此夕想亦未必卧着。

翌日，仆役等奉命施行，舁出尸棺，就义冢旁掩埋了事。大家箝住了口，不敢多
嘴。但天下事总不免走漏风声，段寓内出了此案，不消两三日，已传遍都中，惟刺客
不知何人，从明眼人推测出来，已知他来历不小，暗地为段氏庆幸，且佩服段氏处置。
段祺瑞经了此险，越发杜门谢客，遵时养晦，连几个围棋好友，也不甚往来了。过了
数日，且托词养病，趋至西山，觅室静处，不闻朝事。老袁还阴怀猜忌，密嘱爪牙，
侦探他的行动。嗣闻他闭户独居，没甚变端，才稍稍放心。惟山东将军靳云鹏，素附
段氏，段既去职，靳失内援，遂南结江苏将军冯国璋，为自卫计。当时谣诼繁兴，竟
说靳为段氏替身，冯靳相结，不啻冯段相联，渐渐的传入老袁耳中，于是忌段忌靳，
并忌及冯。内饬长子袁克定，自练模范军，抵制段氏，外借换防为名，调陆军第四师
第十师屯驻上海，第五师中的一旅，驻扎苏州；安武军的第一路，倪嗣冲属部。驻扎南京，
无非是防冯为变，预加钤制的意思。防东不防西，仍是失着。还有一位铁中铮铮的大人物，
厕身参政，通变达权，惹起袁氏注目，日加疑忌，险些儿埋没英雄，坑死京中，这人
非别，就是前云南都督蔡锷。绣幡开遥见英雄俺。锷自云南卸任，奉召入京，应三十六回。
袁总统优礼有加，每日必召入府中，托言磋商要政，其实是防他为变，有意钤束。锷
亦恐遭袁忌，自敛锋芒，每与老袁晤谈伪作呆钝，且自谓年轻望浅，阅历未深，除军
学上略知一二外，余均茫昧，不识大体。老袁故意问难，锷亦假作失词，谁料老袁却
善窥人意，暗地笑着，尝语左右道："松坡蔡锷字。的用心，也觉太苦了。古人说得好：
'大智若愚，大巧若拙'，他想照此行事，自作愚拙，别人或被他瞒过，难道我亦受
他蒙蔽么？"既是解人，何不推诚相与？左右凑趣道："谁人不愿富贵，但教大总统
给他宠荣，哪一个不知恩报恩哩。"老袁点首无言，嗣是格外优待，迭予重职，初任
为高等军事顾问，又兼政治会议议员，及约法议员，更任将军府将军，继复为陆海军
统率处办事员，又充全国经界局督办，并选为参政院参政。满拟把各项荣名，各种要
任，笼络这滇南人杰。偏他是声色不动，随来随受，得了一官，也未尝加喜，添了一职，
也未尝推辞，弄得袁总统莫名其妙。

一日，复召锷入府，语及帝制，锷即避座起立道："锷初意是赞成共和，及见南
方二次革命，才知我国是不能无帝，当赣、宁平定后，锷已拟倡言君主，变更国体，
因鉴着宋育仁已事，不敢发言，今元首既有此志，那正是极好的了，锷当首表赞成。"
老袁听到此语，好似一服清凉散，吃得满身爽快，但转念蔡锷是革命要人，未必心口

如一，乃出言诘锷道："你的言语，果好作真么？如好作真，为什么赣、宁起事，你尚欲出作调人，替他排解呢？"这一问颇是厉害。锷随口答道："彼一时，此一时，那时锷僻处南方，离京很远，长江一带，多是民党势力范围，锷恐投鼠忌器，不得不尔，还乞元首原谅！"老袁听了，拈须微笑，随后与他说了数语，方才送客。这位聪明绝顶的蔡松坡，自经老袁一番诘问，也捏着一把冷汗，亏得随机答应，遮盖过去，免致临时为难。但羁身虎口，总未必安如泰山，归寓以后，满腹踌躇，自悔当时入京，未免鲁莽，几不啻自投罗网，窜入阱中。况随身又带着家眷，若要微服脱逃，家眷势必遭害，左思右想，无可奈何，忽自言自语道："呆了，呆了，孙膑遇着庞涓，足被刖了，还能脱身自由，我负着七尺壮躯，一些儿未曾亏缺，难道就不能避害么？"言毕，复想了一会，打定主意，方得安枕。

自此以后，遇着一班帝制派的人物，往往折节下交，起初与六君子十三太保等，统是落落难合，后来逐渐亲昵，反似彼此引为同调，连六君子十三太保，也觉是错怪好人，自释前嫌，遂组织一个消闲会，每当公务闲暇，即凑合拢来，饮酒谈心。某夕，酒后耳热，大家乘着余兴，复谈起帝制来，蔡锷便附和道："共和两字，并非不良，不过我国人情，却不合共和。"说至此，即有一人接口道："松坡兄！你今日方知共和二字的厉害么？"蔡锷闻声注视，并非别人，就是筹安会六君子的大头目，姓杨名度，表字皙子，再点姓名，令人记忆。当下应声道："俗语有云：'事非经过不知难'。蘧伯玉年至五十，才觉知非，似锷仅踚壮年，已知从前错误，自谓颇不弱古人，皙子兄何不见谅？"杨度又道："你是梁任公的高足，他近日已做成一篇大文，力驳帝制，你却来赞成皇帝，这岂不是背师么？"借杨度口中，回应四十八回，且插叙梁蔡师生旧谊。蔡锷又笑应道："师友是一样的人伦，从前皙子兄与梁先生，是保皇会同志，为什么他驳帝制，你偏筹安，今日反将我诘责，我先要诘问老兄，谁是谁非？"以矛刺盾，巧于词令。杨度还欲与辩，却经旁座诸友，替他两面解嘲，方彼此一笑而罢。

小子叙述至此，又不能不将梁、蔡两人，说明一段师生旧谊。原来蔡锷系湖南宝庆县人，原名艮寅，字松坡，髫年丧父，侍母苦读，十四入邑庠，施至省城时务学校肄业。这时务学校，便是新会人梁启超所创办，梁见他聪慧能文，很加器重，他复喜读兵书，有志军学，尝自谓当学万人敌，不应与毛锥中讨生活。以此梁愈称赏，目为高弟。至戊戌变政，时务学校辍业，锷复借资往沪，就业南洋公学，毕业后，回至湖南，适唐才常遥应孙文，举义汉口，他颇与唐同志，竟去入党。不幸事机被泄，唐被逮戮，没奈何遁迹海外，径往东瀛。巧值梁在日本主撰新民丛报，闻高弟到来，殷勤接待，并为筹集学费，令入日本陆军学校。校中多中国人，半系膏粱子弟，见他衣服陋劣，均嗤为寠人子，他亦不屑与较，惟一意求学。嗣是益通战术，到了卒业以后，复航海西归，闻前时唐氏案中，未被株连，遂放着胆趋至广西，投效戎行，得为下级军官，历著成绩。时李经羲正巡抚广西，调入抚署，一见倾心，即任为军事参谋，兼练军学堂总办。一切筹划，无不建功。嗣随李调任云南，就新军协统的职任。云南起义，因大众公推，进为都督，送李出省，临别依依。蔡松坡有再造共和之功，故补述履历，应亦从详。此次杨度诘问，尚是未释疑团，经他从容辩驳，反觉他理直气壮，无瑕可指。惟杨度尚是未服，慢慢的检出一张纸儿，递给蔡锷道："你既赞成帝制，应该向上头请愿，何不签个大名？"蔡锷接过一看，乃是一张请愿书，便道："我在总统面前，已是请愿过了，你要我签个名儿，有何不可？"遂趋至文案旁，提起湖南毛笔，信手一挥，写了蔡锷两字，又签好了押，还交杨度，大家见他这般直爽，争推他是识时俊杰，夸奖一番。是乃不入耳之谈。蔡锷复道："锷是一介武夫，素性粗鲁，做到哪里，便是哪里，不似诸君子思深虑远，一方面歌功颂德，一方面忧谗畏讥，反被人家笑作女儿腔，有些儿扭扭捏捏呢。"奚落得妙。杨度道："你何苦学那刘四，无故骂人，你既不喜这女儿腔，为何也眷恋着小凤仙呢？"点出小凤仙，叙笔不直。大众闻了小凤仙三字，多有些惊异起来，正欲转问杨度，但听蔡锷回应道："小凤仙么？我也不必讳言，现在京中的八大胡同，车马喧阗，昼夜不绝，无论名公巨卿，统借它为消遣地，就是今日在座诸公，恐也没一个不去过的。但我去赏识小凤仙，也是比众不同，小凤仙的脾气，人家说她不合时宜，其实她也是呆头呆脑，不惯作妓女腔，与人不合，与我却情性相投，所以我独爱她呢。"杨度笑着道："这叫作情人眼里出西施哩。"大众道："看不出这位松坡兄，也去管领花丛，领略那温柔滋味。"蔡锷也微笑道："人情毕竟相同，譬如诸公赞成帝制，我也自然从众。古圣有言：'好德如好色。'难道诸公好去猎艳，独不许我蔡锷结识一妓么？"对杨度言如彼，对大众言如此，绝妙口才。大众复道："准你，准你，但你既赏识名姝，应该作一东道主，公请一杯喜酒。"语未毕，杨度又接口道："应设两席，一是喜酒，一是罚酒。"蔡锷道："如何要罚？"杨度道："行动秘密，有碍大公，该罚不该罚？"蔡锷道："秘密二字，太言重了，难道我去挟妓，定要向尊处请训。况你已经得知，如何算得秘密？不如缓一两天，公请一席罢。"大众拍手赞成，是时酒兴已阑，杯盘狼藉，便陆续离席，次第散归。

看官！欲知小凤仙的情由，小子正好乘间一叙。小凤仙是浙江钱塘县人，流寓京师，堕入妓籍，隶属陕西巷云吉班，相貌不过中姿，性情却是孤傲，所过人一筹的本领，是粗通翰墨，喜缀歌词，尤生成一双慧眼，能辨别狎客才华，都中人士，或称她为侠妓。蔡锷软禁京都，正具醇酒妇人计策，破掉那袁政府的疑心，既闻小凤仙侠名，遂易服为商贾装，至云吉班探访。小凤仙出来相见，便识他为非常人，略略应酬，即询及职业。蔡锷诡言业商，小凤仙嫣然道："休得相欺，奴自坠入火坑，接客有年，未尝有丰采似君，令人钦仰，今日可谓仅见斯人了。"几不亚梁红玉。蔡锷道："都门繁盛，游客众多，王公大臣，不知凡几，公子王孙，不知凡几，名士才子，不知凡几，我贵不及他，美不及他，才不及他，怎得谓仅见斯人？"凤仙摇首道："如君所言，均非奴意。试思举国委靡，国将不国，贵乎何有？美乎何有？才乎何有？奴独重君，因君面目中有英雄气，不似那寻常人士，醉生梦死呢。"妓寮中有此特色，不愧仙名。蔡锷闻言，暗暗称奇，但恐为袁氏指使，未便实告，只好支吾对付。小凤仙竟叹息道："细观君态，外似欢娱，内怀郁结，奴虽女流，倘蒙不弃，或得为君解忧，休视奴为青楼贱物呢。"蔡锷非常激赏，但初次相见，究未敢表示真相，经小凤仙安排小酌，陪饮数觥，乃起座周行，但见妆台古雅，绮阁清华，湘帘縠几，天然美好，回睹红颜，虽未甚妖媚动人，却另具一种慧秀态度，会被小凤仙瞧着，迎眸一笑，蔡锷颇难以为情，掉转头来，旁顾箱箧上面，庋阁卷轴，堆积如山，信手展阅，多是文士赠联，乃指小凤仙道："联对如许，何联足当卿意？"小凤仙道："奴略谙文字，未通三昧。但觉赠联中多是泛词，不甚切合，君系当世英雄，不知肯赏我一联否？"蔡锷慨允不辞。当由小凤仙取出宣纸，磨墨濡毫，随即镇纸下笔，挥染云烟，须臾即写好一联，但见联语云：

不信美人终薄命，古来侠女出风尘。

小凤仙瞧这一联，很是喜慰，便连声赞好；且云美人侠女四字，未免过誉。蔡锷不与多说，随署上款，写了凤仙女史粲正六字，再署下款。凤仙忙摇手道："且慢！奴有话说。"蔡锷停住了笔，听她道来。究竟凤仙所说何词，且至下回分解。

段祺瑞为袁氏心腹，相知有年，徒以帝制之反抗，至欲置诸死地，刺客之遣，非袁氏使之，谁使之欤？本回所述，虽未明言主使，而寓意自在言中，段氏之不遭毒手，正老天之使袁自省耳。袁氏不悟，复忌及蔡锷，杀之不能，乃欲縻之，縻之不足，乃更宠之。曾亦思自古英雄，岂宠縻所得羁縻乎？徒见其心劳日拙而已。然如蔡锷之身处漩涡，不惜自污，以求有济，亦可谓苦心孤诣，而小凤仙之附名而显，尤足为红粉生色。巾帼中有是人，已为难得，妓寮中有是人，尤觉罕闻。据事并书，所以愧都下士云。

233

# 第五十二回

## 伪交欢挟妓侑宴 假反目遣眷还乡

却说蔡锷停住了笔，静听小凤仙的话儿。小凤仙却从容道："上款蒙署及贱名，下款须实署尊号。彼此溷迹都门，虽贵贱悬殊，究非朝廷钦犯，何必隐姓埋名，效那鬼蜮的行径。大丈夫行事当磊磊落落，若疑我有歹心，天日在上，应加诛殛。"袁皇帝专知罚咒，凤儿莫非学来。蔡锷乃署名松坡，掷笔案上。小凤仙用手支颐，想了一会，竟触悟道："公莫非蔡都督么？"蔡锷默然。小凤仙道："我的眸子，还算不弱，否则几为公所给。但都门系龌龊地方，公何为轻身到此？"蔡锷惊异道："这话错了，现在袁总统要做皇帝，哪一个不想攀龙附凤，图些功名？就是女界中也组织请愿团，什么安静生，什么花元春，统趁势出点风头，我为你计，也好附入请愿团，借沐光荣，为什么甘落人后呢？"小凤仙嗤的一笑，退至几旁，竟尔坐下。蔡锷又道："我说如何？"小凤仙却正色道："你们大人先生，应该攀龙附凤，似奴命薄，想什么意外光荣，公且休说，免得肉麻。"蔡锷又道："你难道不赞成帝制么？"小凤仙道："帝制不帝制，与奴无涉，但问公一言，三国时候的曹阿瞒，人品何如？"蔡锷道："也是个乱世英雄。"小凤仙瞅着一眼道："你去做那华歆、荀彧罢，我的妆阁中，不配你立足。"锦心绣口，令人拜倒。蔡锷道："你要下逐客令了，我便去休。"言毕，即挺身出外。小凤仙也不再挽留，任他自去。蔡锷返寓后，默思：烟花队中，却有这般解人，真足令人钦服；我此次入京，总算不虚行了。

过了两天，又乘着日昃时候，往访小凤仙，凤仙见了，却故作嗔容道："你何不去做华歆、荀彧，却又到这里来？"蔡锷道："华歆呢，荀彧呢，自有他人去做，恐尚轮我不着。"小凤仙又道："并不是轮你不着，只恐你不屑去做，你也不用瞒我呢。"可见上文所述，都是以假对假。蔡锷笑着道："我也曾请愿过了，恐你又要讥我为华歆、荀彧呢。"小凤仙道："英雄作事，令人难测，今日为华歆、荀彧，安知他日不为陈琳？"蔡锷一听，不由的发怔起来。小凤仙还他一笑道："奴性粗直，挺撞贵人，休得见怪。"蔡锷道："我不怪你，但怪老天既生了你，又生你这般慧眼，这般慧舌，这般慧心，为何坠入平康，做此卖笑生涯？"言至此，但见英字轩爽的女张仪，忽变了玉容寂寞的杨玉环，转瞬间垂眉低首，珠泪莹莹。蔡锷睹此情状，不禁嗟叹道："好个梁红玉，恨乏韩蕲王。"小凤仙哽噎道："蕲王尚有，恨奴不能及梁红玉。"说到"玉"字，已是泣不成声，竟用几作枕，呜呜咽咽的哭起来了。感激涕零，宜作松坡知己。蔡锷被她一哭，也觉得无限感喟，陪了几点英雄泪。凑巧鸨母捧茗进来，还疑是凤仙又发脾气，与客斗嘴，连忙放开笑脸，向锷说道："我家这凤儿，就是这副脾气不好，还望贵客包涵。"口里说着，那双白果眼睛，尽管骨碌碌的看那蔡锷上下不住。无非是要银钱。蔡锷窥透肺肝，便道："你不要来管我们。"一面说，一面已从袋中，取出一个皮夹，就皮夹内检出几张钞票，递给鸨母道："统共是一百元，今天费你的心，随便办几个小碟儿，搬将进来，我就在此夜餐，明天我要请客，你可替我办一盛席，这洋钱即可使用哩。"鸨母见了钞币，好似苍蝇叮血一般，况他初次出手，便是百元，正是一个极好的主顾，便接连道谢，欢天喜地的去了。

此时小凤仙已住了哭，把手帕儿揩干眼泪，且对着蔡锷道："你明日要请何人？"蔡锷约略说了几个，小凤仙道："好几个有名阔佬，可惜……可惜！"蔡锷道："可惜什么？"小凤仙道："可惜我不配做当家奴。"蔡锷道："我有我的用意，你若是我的知己，休要使着性子。"小凤仙不待说完，便道："这便是我们该死，无论何等样人，总要出去招接。"说至此，眼圈儿又是一红。蔡锷道："不必说了，我若得志，总当为你设法。"小凤仙又用帕拭泪道："不知能否有这一日？我只好日夜祷祝哩。"蔡锷正欲问她履历，适鸨母已搬进酒肴，很是丰盛，鸨母又随了进来，装着一副涎皮脸儿，来与蔡锷絮聒，一面且谆嘱凤仙道："你也有十六七岁了，怎么尽管似小孩子，忽笑忽哭，与人呕气。"小凤仙听到此语，就溜了蔡锷两眼。蔡锷便向鸨母道："你不要替她担愁，你有事尽管出去，不必在此费神。"鸨母恐蔡锷惹厌，乃不敢多嘴，转身自去。到了门外，尚遥语小凤仙道："你要殷勤些方好哩，休得慢客，若缺少什么菜蔬，只管招呼便是了。"无非是钞票的好处。

小凤仙应了数声。蔡锷待她去远，竟屏退侍儿，立起身来，把门阖住。小凤仙道："关了门儿，成什么样？"蔡锷随答道："闭门推出窗前月，吩咐梅花自主张。"于是两人对酌，小语喁喁，复由蔡锷问及小凤仙履历，凤仙自言本良家子，因父被仇人陷害，乃致倾家破产，鬻己为奴，辗转入勾栏。起初负着志气，不肯接客，经鸨母再三胁迫，方与鸨母订约，客由自择，每月以若干金奉母。鸨母拗她不过，乃任她所为。不过随时监督，偶或月金不足，才与她唠叨数语罢了。小凤仙述毕，又不知流了若干泪珠，后复转询蔡锷意旨。蔡锷道："来日方长，慢慢儿总好说明。"小凤仙懊恼起来，竟勃然变色道："公尚疑我么！"语甫毕，竟忍痛一咬，嚼舌出血，喷出席上道："奴若泄君秘密，有如此血。"仿佛《花月痕》中的秋痕。蔡锷道："这又是何苦呢。我已知卿的真诚了，但属垣有耳，容待后言。"小凤仙乃徐徐点首，待至酒兴已阑，方由小凤仙启门，叫进两碗稀饭，蔡锷喝了几口，即便放下，当由侍儿绞给手巾，揩了脸，随身掏出计时表仔细一阅道："时不早了，我要回寓哩。"小凤仙慨然道："儿女情肠，容易消磨壮志，我也不留你了。"至理名言，不意出于妓女。蔡锷道："明日复要相见哩。"小凤仙向他点头，锷即出门去了。

次日傍晚，又复到云吉班，由小凤仙接着，即问酒席有无备就？小凤仙道："已预备停当了，敢问贵客可邀齐否？"蔡锷道："即刻就来。"小凤仙即令鸨奴等整设桌椅，办齐杯箸，一刹那间，电灯放光，四壁荧荧，外面已有车马声蹴踏而来。蔡锷料知客至，正要出迎，但听得一人朗声道："松坡，你真是个诚实的君子，今宵践言设席哩。"蔡锷望将过去，乃是参政同僚顾鳌，便答道："巨六兄！你首先到来，也是全信，也好算一个诚实人哩。"语毕，便导引入室。小凤仙也出来应酬，顾鳌正要称赏，接连便是杨度、孙毓筠、胡瑛、阮忠枢、夏寿田等数人，陆续报到，由蔡锷一一导入。杨度见了小凤仙，眼睁睁的看了一会，小凤仙反不好意思起来，只望蔡锷身边，闪将过去。蔡锷也已觉着，笑语杨度道："你想是认错了，这是小凤仙，不是小赛花。"阮忠枢即插嘴道："人家已吃醋了，晳子还要眈眈似贼，作什么呢？"杨度方转向忠枢道："不信这个俏女郎，偏能笼络大蔡做一个臧文仲，真是匪夷所思。"蔡锷道："狗口里无象牙，你何为被小赛花所迷，演出一出《穆柯寨》？"插入谐语，随笔成趣。胡瑛道："我等是来吃喜酒，并不是来讨便宜，大家省说几句，还是事归正传为是。"于是相将入座。蔡锷随道："梁公为了何事，到此时还不见来？"杨度笑道："想是赴海龙王处借宝去了。"话未说完，外面已有人传入道，梁大人到了。财神爷到来，应另具一番笔墨。蔡锷忙自出迎。大家亦一律起座，但见硕大无朋的梁财神，大摇大摆的踱将进来，脸上已含着三分酒意，对着诸人道："我与敝友谈心，多饮几杯，累得诸君久待，抱歉异常。"大家都谦词相答。因台面已经摆齐，遂公推梁士诒坐了首席，财神居首，煞有寓意。余人依齿坐定，蔡锷乃坐了主席，招呼龟奴，呈上局票。各人都依着熟识的名妓，写入票中，独杨度握住了笔，想了一会，大家都道："晳子敢是怕羞，为何不写小赛花？"杨度不睬，随下笔写一"花"字，大众又道："写错了，写错了，'花'字在下，为何翻转头来？"正说着，杨度已接写"元春"二字。大众又道："这是袁大公子的禁脔，花界请愿团的首领，哪肯轻易到来？"杨度道："我去叫她，自然就来。"蔡锷亦凑趣道："元春不至，怎显得这位杨大人？"一是筹安会的领袖，一是请愿团的领袖，彼此同志，应当就征。待列坐写齐，方交与龟奴，随票征召去了。

小凤仙即携着酒壶，各斟一杯状元红。梁财神发言道："我等在此吃喜酒，恐蔡夫人又在寓吃冷醋，我却要请教松坡，如何调停？"暗映后文。杨度道："这又是松坡的故事了，我也微闻一二。"蔡锷道："男儿作事，宁畏妇人？"梁财神道："这也休说！对着外面如此硬朗，一入闺中，恐闻了狮吼，便弄得没主张，或转向床前作矮人呢。"蔡锷愤然道："梁公且看！我不是这般庸懦，已准备与她离婚。"顾鳌道："你是结发夫妻，为什么无缘无故，说起离婚两字来？若归我判断，简直不准。"胡瑛复插入道："列位同来贺喜，为何说这扫兴话？且蔡君新得美人，正是燕尔的时候，我们应猜拳吃酒，贺他数杯呢。"孙毓筠、夏寿田等齐声赞成，遂由胡瑛开手，与蔡锷猜了数拳。余人挨次轮流，互有输赢。刚刚轮完，只听门帘一响，走进了好几个粉头，各打扮得异样鲜妍，仿佛如花枝儿一般，钗光鬓影，脂馥粉香，正是目不胜接，鼻不胜闻。各粉头均依着相识，在后坐下，独杨度所叫的花元春，还是未到。蔡锷笑道："这花姑娘想又请愿去了，晳子今日恐要倒霉呢。"杨度道："想不至此。"胡瑛道："还不如再行猜拳，既贺了蔡松坡，也须续贺凤姑娘。况她的姊妹们，来此不少，何不叫她敬酒呢？"小凤仙连忙推辞，胡瑛不从，当更摆好台杯，令各粉头猜拳。顿时呼五喝六，一片清脆声，振彻耳鼓，钗钏亦激得铿锵可听。小凤仙输了几拳，饮得两颊生红，盈盈春色，蔡锷恐她不胜酒力，便语小凤仙道："你素不善饮，我与你代几杯罢。"梁财神接口道："不准，不准。"说着时，外面已报"花小姐到了。"足见声价。杨度喜慰非常，几欲出座欢迎，大众也注目门外，但见一个很时髦的丽姝，大踏步跨进门槛，见首席坐着梁财神，便先踱至梁座旁，略弯柳腰，微微一笑道："有事来迟，幸勿见罪。"不向杨座前道歉，独至梁座前告罪，写尽妓女势利。梁亦拈须一笑，她乃慢慢的走至杨度身旁，倚肩坐下。杨度笑问道："你有什么贵干？"元春即接口道："无非为着请愿事，与姊妹们续议进行，若非你来召我，我简直要告假呢。"杨度闻了此言，似觉得格外荣宠，连面上都奕奕有光。大家听了"请愿"二字，又讲到帝制上去，如何推戴，如何筹备，各谈得津津有味。蔡锷也附和了数语。孙毓筠向杨度道："我等拳已轮遍，只有花小姐未曾轮过了。"杨度道："阿哟，我几忘记了。"<u>一心佐命，怪不得他失记。</u>花元春却也见机，便伸出玉手，与全席猜了一个通关，复与小凤仙猜了数拳，略憩片刻，便起身告辞，竟自去了。梁财神目送道："怪不得她这样身价，将来要备选青宫。<u>应四十九回。</u>今日到此，想还是皙子乞求的。"杨度把脸一红，只托言酒已醉了。蔡锷随招呼进饭，一面令小凤仙斟酒一巡，算是最后的敬礼。大众饮干了酒，饭已搬入，彼此随意吃了半碗，当即散座。有洗脸的，有吸烟的，又混乱了一阵，各粉头陆续归去。自梁财神以下，也依次告归。蔡锷一一送出，仍返至小凤仙室中。小凤仙道："这等大人先生，有几个含着国家思想，令我也不胜杞忧哩。"蔡锷道："天下兴亡，匹夫有责，这为我辈男子说的，与汝等何干？"小凤仙正色道："我辈与汝辈何异？你莫非存着男女的界限，贵贱的等级么？但我闻现在世界，人人讲平等，说大同，既云平等，还有什么男女的界限？既云大同，还有什么贵贱的等级？你曾做过民国都督，岂尚未明此理？真正可笑。"蔡锷笑道："算我又说错了，又被你指斥哩。"言毕欲行，小凤仙道："夜已深了，不如在此权宿一宵。"蔡锷道："我不如回去的好。"正要出房，那鸨母已抢入道："我有眼无珠，不识这位蔡大人，现问明蔡大人的车夫，方才知晓，现已将车夫打发回去，定要蔡大人委屈一夜呢。"<u>应上文蔡锷乔装。</u>言至此，便将蔡锷苦苦拦住，锷乃返身入房，鸨母随入，向小凤仙道："你也瞒得我好，今日贵客到临，我才料这位大人，不在人下，亏得问明车夫，方知来历。凤仙，我今年正月中，与你算命，曾说你是有贵人值年，不意竟应着这位蔡大人身上呢。"蔡锷对她一笑，她复接连是大人长，大人短，说个不了，惹得蔡锷讨厌，便道："我就在此借宿，劳你费心一日，差不多到两句钟了，请去安睡罢！"鸨母乃去。未几，即令龟奴搬入点心数色，蔡锷复道："我已饱了，你们尽管去睡罢！"龟奴去后，小凤仙掩户整衾，不消细说，这一夜间，两人密叙志愿，共倾肺腑，锦帐绾同心之蒂，红绡证啮臂之盟，苏小小今遇知音，关盼盼甘殉志士，这真所谓佳话千秋了。

且说蔡锷自结识小凤仙，时常至云吉班戏游，连一切公务，都搁置起来。袁氏左右，免不得通报老袁，袁总统叹道："松坡果乐此不倦，我也可高枕无忧，但恐醉翁之意不在酒，只借此过渡，瞒人耳目呢。"适长子克定在侧，即向他嘱咐道："闻他与杨皙子等日事征逐，你等或遇着了他，不妨与他周旋，从旁窥察。此人智勇深沉，恐未必真为我用，我却很觉担忧呢。"<u>枭雄见识，确是高人一筹。</u>克定唯唯从命。老袁又密遣得力侦探，随着蔡锷，每日行止，必向总统府报告。蔡锷早已觉着，索性花天酒地，闹个不休。并且与梁士诒商量，拟购一大厦，为藏娇计。凑巧前清某侍郎，赋闲已久，将挈眷返里，愿将住屋出售，梁即代为介绍，由锷出资购就。侍郎已去，锷即庀工鸠材，从事修葺，并索梁第的花园格式，作为模范，日夜监工，孳孳不倦。梁士诒密告老袁，老袁尚疑信参半，防闲仍然未懈。蔡锷乃再设一法，与娘子军商议密谋。看官可记得上文离婚的说话么？蔡夫人吃醋一语，不过是梁士诒戏言，蔡锷竟直认不讳，且云已准备离婚。其实蔡夫人并非妒妇，不过因蔡锷溷迹勾栏，劝他保身要紧，不应征逐花丛。锷佯为不从，与妻反目，蔡夫人却也不解，还是再三规劝。锷越发负气，简直是要与决裂。蔡夫人不敢违抗，只好向隅暗泣，自嗟薄命。一夕，蔡锷归寓，已过夜半，仆役等统入睡乡。只有夫人候着，锷一进门，酒气醺醺，令人难受。他夫人忍耐不住，又婉语道："酒色二字，最足戕性，幸君留意，毋过沉溺。"蔡锷道："你又来絮聒了，我明日决与你离婚。"夫人涕泣道："君为何人？乃屡言离婚么？妾虽愚昧，颇明大义，岂不知嫁大随夫，从一而终？况君尚没有三妻四妾，妾亦何必怀妒，不过因君体欠强，当知为国自爱，大丈夫应建功立业，贻名后世，怎好到酒色场中，坐消壮志呢。"好夫人。蔡锷听了，不禁点首。随即出室四瞧，已是寂静得很，毫无声息，乃入室闭户，与夫人并坐，附耳密语，约莫有一两刻钟，夫人哑然失笑道："我不会唱新剧，奈何教我作伪腔？"蔡锷道："我知卿诚实，所以前次龃龉，不得不这般做作。现在事已急了，若非与卿明言，卿真要怪我薄幸。试想我蔡锷辛苦半生，赖卿内助，得有今日，岂肯平白地将你抛弃？不过卿一妇人，尚知为国，我难道转不如卿么？且醇酒妇人，无非为了此着，还乞卿卿原谅！"夫人道："至亲莫若夫妇，你至今日，才自表明，你亦未免太小心了。古人云：'出家从夫。'妾怎得不从君计？"不愧为蔡氏妇。蔡锷起座，向夫人作了一揖，夫人道："你又要做作了。"是夜枕席谈心，格外亲昵，彼此统嘱咐珍重，才入黑甜。

翌晨，蔡锷起来，盥洗已毕，即乘车赴经界局，召集属吏，议派员分至各省，调查界线，草议就绪，略进早膳，复赶车至总统府，投刺求见。侍官答言总统未起，锷故意作懊丧状，且语侍官道："我有要事面陈，倘总统起来，即烦禀报，请立传电话，召我到来。"传官应诺，锷乃自去。既而老袁起床，侍官自然照禀，老袁即命达电话，传至蔡寓。忽得回报云："蔡将军与夫人殴打，捣毁什物不少，一时不便进言，只好少缓须臾。"老袁闻这消息，正在怀疑，可巧王揖唐、朱启钤进谒，即与语道："松坡简直同小孩子一般，怎么同女眷屡次吵闹。汝两人可速往排解，问明情由。"王、朱二人奉命，径诣蔡宅，但见蔡锷正握拳舒爪，切齿痛骂。蔡夫人披发卧地，满面泪痕，室中所陈品物，均已掷毁地上，破碎不全。装得真像。他二人趋入，婉言劝解，蔡锷尚怒气未平，向着二人道："我家直闹得不象了，二公休要见笑！试想八大胡同中，名公巨卿，足迹盈途，我不过忙里偷闲，到云吉班中，去了几次，这个不贤的妇人，一天到晚，与我争论，今日更用起武来，敲桌打凳，毁坏物件，真正可恶得很，我定要收拾这婆娘，方泄此恨。"说至此，尚欲进殴夫人。王、朱二人，慌忙拦阻，且道："夫妻斗嘴，是寻常小事，为何斗成这种样儿？松坡！你也应忍耐些，就是尊夫人稍有烦言，好听则听，听不过去，便假作痴聋便了，如何与妇女同样见识？"随语蔡寓婢媪道："快扶起你太太来。"婢媪等方走近搀扶，蔡夫人勉强起来，带哭带语道："两位大人到此，与妾做一证人，妾随了他已一二十年，十分中总有几分不错，谁料他竟这般反脸无情？况妾并不要什么好吃，什么好穿，不过因他沉溺勾栏，略略劝诫，他竟宠爱几个粉头，要将妾活活打死，好教那恩爱佳人，进来享福！两公试想，他应该不应该呢？"两人口吻似绘，想都就床笫中预备了来。王揖唐忙摇手道："蔡夫人，你亦好少说两句罢。"蔡夫人道："我已被他尽情痛殴，身上已受巨创，看来我在此地，总要被他打死，不如令我回籍，放条生路。况他朝言离婚，暮言离婚，他是不顾脸面，我却还要几分廉耻，今日我便回去，免得做他眼中钉。"言已，呜咽不绝。王、朱两人，仔细审视，果见她面目青肿，且间有血痕，也代为叹息。一面令婢媪搀进蔡夫人，一面复劝解蔡锷。蔡锷只是摇头，朱启钤道："家庭琐事，我辈本不便与闻，但既目睹此状，也不应袖手旁观。松坡！你既与尊阃失和，暂时不便同居，不如令她回去。但结发夫妻，总要顾点旧情，赡养费是万不可少呢。"是教你说出此语。蔡锷方道："如公所言，怎敢不遵？这是便宜了这婆娘。"朱启钤还欲答言，只听里面复说着道："我今日就要回去哩。"蔡锷愤愤道："就是此刻，何如？"里面复答应道："此刻也是不难。"蔡锷即从怀中取出钞票数纸，交与一仆道："你就送这泼妇去罢！这钞票可作川资。"王揖唐道："女眷出门，应有一番收拾，不比我们要走便走，你且听她。总统召你进府，你快与我同去。"蔡锷又故作懊丧道："我为了这泼妇，竟失记此事了。"言毕，即偕二人出门，各自乘车，径至总统府去了。蔡夫人乘这时候，草草整装，带了仆妇数名，出都南下。小子有诗咏蔡锷的妙计道：

> 一枰下子且争先，况复机谋策万全。
> 身未离都家已徙，好教脱壳作金蝉。

蔡夫人既去，不必再表，下回且将蔡锷谒见老袁事，续叙出来。

本回全为蔡锷写照，即写小凤仙处，亦无非为蔡锷作衬。小凤仙一弱妓耳，宁真有如此慧眼，如此细心？况蔡锷怀着秘谋，对于一二十年之结发妇，尚且讳莫如深，直待遣归时始行吐露，岂仅晤二三次之小凤仙，反沥肝披胆，无隐不宣乎？著书人如此说法，实借小凤仙，以显蔡锷，且托小凤仙以讥劝进诸人，中间插入请客一段，并非无端烘染，至遣归蔡夫人一事，尤为真实不虚。文生情耶？情生文耶？阅至此，令人击节称赏。

# 第五十三回

## 五公使警告外交部　两刺客击毙镇守官

　　却说蔡锷至总统府，当由朱、王二人，先行入报，并谈及蔡寓情形。袁总统道："我道他有干练才，可与办国家大事，谁知他尚未能治家呢。"慢着，你也未必能治家。当下传见蔡锷，锷入谒后，老袁也不去问他家事，但云："早晨进来，我尚未起，究竟为什么事件，须待商议？"锷即以各省界画，亟待派员调查，应请大总统简派等情。老袁道："我道是何等重事，若为了经界事件，你不妨拟定数员，由我过印，便好派去。"锷乃应诺。老袁又顾及王、朱二人道："国民代表大会，究若何了？"朱启钤道："近接各省来电，筹备选举投票，已有端倪，不日当可蒇事了。"老袁又道："近省当容易了事，远省恐一时难了呢。"言已，向蔡锷注视半晌，王揖唐已从旁窥着，便道："省份最远，莫如滇南，松坡在滇有年，且与唐、任诸人，素称莫逆，何勿致书一催，叫他赶办呢。"蔡锷便接着道："正是，锷即去发一密电，催他便了。"老袁道："闻上海的亚细亚报馆，屡有人抛掷炸弹，馆中人役，有炸死的，有击伤的，分明是乱党横行，扰害治安，实在要严行缉办，尽力芟除方好哩。"杀不尽的乱党，为之奈何。王揖唐道："该报馆内总主笔薛子奇，曾有急电传来，该报于十月十日出版，次日晚间，即发生炸弹案，被炸毙命，共有三人，击伤约四五人，亏得没有重要人物。近日又发现二次炸弹，幸无伤害。该报馆日夕加防，中外巡捕，分站如林，想从此可免他虑呢。"亚细亚报馆炸弹案，借此略略叙过。老袁又道："上海各报，对着帝制问题，不知若何说法？"王揖唐道："闻各报也赞成帝制，并没有什么异论呢。"老袁捋着须道："人心如此，天命攸归，乱党其奈我何呢？"仿佛新莽。蔡锷听不下去，只托言出外发电，先行辞退。朱、王二人，又颂扬数语，随即告辞。

　　蔡锷既出总统府，忙到电局中发一密电，拍致云南将军唐继尧，及巡按任可澄两人，文中说是："帝制将成，速即筹备"八字。这八字所寓的意思，是叫唐、任筹备兵力，并不是筹备选举，看官不要误会。只当时蔡锷发电，是奉袁氏命令，侦吏自然不去检查，况只说"筹备"二字，语意含糊得很，就使被人察觉，也没甚妨碍，自密电发出后，匆匆归寓，特属妥人王伯群，密诣云南，叫他面达唐、任，速即备兵举义，自己当即日来滇，赞助独立等语。伯群去后，他稍稍放下了心，专意伺隙出都，事且慢表。

　　且说国务卿徐世昌，见袁总统一意为帝，始终不悟，意欲继李经羲、张謇诸人的后尘，洁身出京，免为世诟。但恐老袁猜忌太深，疑有他志，反为不妙，因此于无法中想了一法，借着老病二字，作为话柄，向袁请假。袁总统不得不准，且命他出赴天津，静养数天，俟旧病全愈，再行来京供职。这数语正中徐氏心怀，乐得脱离秽浊，去做几口闲散的人物。袁氏之命徐赴津，恐其联段为变，否则何必替他择地。这国务卿的职务，遂命陆征祥兼代。陆本是个好好先生，袁总统叫作什么，他也便做什么。过了两三天，又由总统府中，派委董康、蔡宝善、麦秩严、夏寅官、傅增湘等，稽查国民代表选举事务，一面催促各省，速定选举代表投票日期，及决定国体投票日期。当时函电纷驰，内出外入，无非是强奸民意的办法。董康、蔡宝善等，且因各省复报投票期间，迟速不一，复商令办理国民会议事务局，电咨各省，限定两次投票期间，自十月二十八日起，至十一月二十日止，不得延误。至最关紧要的又有两电，文字很多，小子但将最要数语，分录如下：

按参政院代行立法院原咨，内称：本月十九日开会讨论，佥以全国国民前后请愿，系请速定君主立宪，国民代表大会投票，应即以君主立宪为标题，票面应印刷君主立宪四字，投票者如赞成君主立宪，即写"赞成"二字，如反对君主立宪，即写"反对"二字。至票纸格式，应由办理国民会议事务局拟定，转知各监督办理。当经本院依法议决，相应咨请大总统查照施行等因，奉交到局。除咨行外，合亟遵照电行各监督查照，先期敬谨将君主立宪四字，标题印刷于投票纸，钤盖监督印信，并于决定国体投票日期，示国民代表一体遵行。

前电计达，兹由同人公拟投票后，应办事件如下：（一）投票决定国体后，须用国民代表大会名义，报告票数于元首及参政院。（二）国民代表大会推戴电中，须有恭戴今大总统袁世凯，为中华帝国皇帝字样。（三）委任参政院为国民代表大会总代表电，须用各省国民大会名义。此三项均当预拟电闻。投票毕，交各代表阅过签名，即日电达。至商军政各界推戴电，签者愈多愈妙。投票后，三日内必须电告中央。将来宣诏登极时，国民代表大会，及商军政各界庆祝书，亦请预拟备用，特此电闻。

各省将军巡按使，叠接各电，有几个敬谨从命，有几个未以为是，但也不敢抗议，乐得扯着顺风旗，备办起来。谁知国内尚未起风潮，国外已突来警耗，日、英、俄三国公使，先后到外交部，干涉政体，接连是法、意两国，亦加入警告，又惹起一场外交问题来了。天下本无事，庸人自扰之。相传五九条约，老袁违背民意，私允日本种种要索。应四十四回。他的意思，无非想日本帮忙，为实行帝制的护身符。所以帝制发现，日使日置益氏，动身归国，中外人士，多疑老袁授意日使，要他返商政府，表示赞同。但外交总长陆征祥，及次长曹汝霖，并未受过袁氏嘱托，与日使暗通关节，此次闻着谣言，曾在公会席间，当众宣言道："中日交涉方了，又倡出帝制问题，恐外人未必承认，这个难题目，我等却不能再做呢。"这一席话，分明是自释嫌疑，偏被袁氏闻知，即取出勋二三位的名目，分赏陆、曹，不值铜钱的勋位，乐得滥给。并宣召两人入内，密与语道："外交一面，我已办妥，你等可不必管了。"陆、曹二人，唯唯而出，总道是安排妥当，不劳费心，哪知十月二十八日午后一点钟，驻京日本代理公使，暨英、俄两公使，同至外交部，访会外交总长。陆征祥当然接见，彼此坐定，即由日本代理公使开口道："贵国近日，筹办帝制，真是忙碌得很，但里面反对的人，也很不少，倘或帝制实行，恐要发生事变。现在欧战未了，各国都静待和平，万一贵国有变乱情形，不但是贵国不幸，就是敝国亦很加忧虑。本代使接奉敝政府文件，劝告贵国，请贵政府注意。"言毕，即从袖中取出警告文来，当由陆总长接着，交与翻译员译作华文。英公使徐徐说道："日本代表的通告，本公使亦具同情。"俄公使也接入道："日

代表及英公使的说话，本公使也非常同意。"陈总长正要答话，翻译员已译完日文，
交给过来，但见纸上写着：

中国近时进行改变国体之计划，今似已猛进而趋入实现其目的之地步。目下
欧战尚无早了之气象，人心惶虑，当此之时，无论世界何处，苟有事态，足以伤
害和平安宁者，当竭力遏阻，借杜新纠纷之发现。中国组织帝制，虽外观似全国
无大反对，然根据日政府所得之报告，而详察中国之实状，觉此种外观，仅属皮
毛而非实际，此无可讳饰者也。反对风潮之烈，远出人意料之外，不靖之情，刻
方蔓延全国。观袁总统过去四年间之政绩，可见各省之纷扰情状，今已日渐平靖，
而国内秩序，亦渐恢复，如总统决计维持中国之政治现状，而不改其进行之方针，
则不久定有秩序全复，全国安宁之日。但若总统骤立帝制，则国人反对之气志，
将立即促起变乱，而中国将复陷于重大危险之境，此固意中事也。日政府值此时局，
鉴于利害关系之重大，故对于中国或将复生之危险状况，不能不深虑之。且若中
国发生乱事，不仅为中国之大不幸，且在中国有重大关系之各国，亦将受直接间
接不可计量之危害，而以与中国有特殊关系之日本为尤甚。且恐东亚之公共和平，
亦将陷于危境。日政府睹此事态，纯为预先防卫，以保全东方和平见，乃决计
以目下时局中大可忧虑之原因，通告中政府，并询问中政府能否自信可以安稳，
达到帝制之目的。日政以坦白友好之态度，披沥其观念，甚望中华民国大总统
听此忠告，顾念大局，而行此展缓改变国体之良计，以防不幸乱祸之发作，而巩
固远东之和平。日政府故已发给必要之训令，致驻北京代理公使。日政府行此举动，
纯为尽其友好邻邦责任之一念而起，并无干涉中国内政之意，并此声明。

陆总长览毕，竟发了一回怔，半晌才发言道："敝国政体，正待国民解决，并非
定要改变。就是我大总统，也始终谨慎，不致率行，请贵公使转达贵国政府，幸毋过
虑！"日代使哼了一声道："袁总统的思想，本代使也早洞悉了。中国要改行帝制，
与仍旧共和，都与敝国无涉，不过帝制实行，定生变乱，据我看来，还是劝袁总统打
消此念。贵总长兼握枢机，责任重大，难道可坐观成败么？"应被嘲笑。陆总长被他讥
讽，不由的脸上一红，英公使复接着道："总教贵政府即日答复，能担保全国太平，
各国自不来干涉了。"陆总长答声称"是。"日、英、俄公使，乃起座告辞。陆送别后，
返语曹汝霖道："总统曾说外交办妥，为何又出此大乱子？我正不解。"曹汝霖道："既
有三国警告，总须陈明总统，方可定夺。"陆征祥道："那个自然，我与你且去走一遭，
何如？"汝霖点首，遂相偕入总统府。

老袁正坐在怀仁堂，检阅各省电文，欢容满面，一闻陆、曹进谒，立即召见，便
道："各省决定君主立宪，已有五省电文到来了。"陆、曹两人，暗暗好笑，你觑我，
我觑你，简直是不好发言。还是老袁问及，才说明三国警告事，并将译文递陈。老袁
瞧了一遍，皱着眉道："日使日置益，已经承认了去，为什么又有变卦呢？"陆征祥道：
"他还要我即日答复哩。"老袁道："答复也没有难处，就照现在情形，据实措词便了。
且我也并非即欲为帝呢。"还要自讳。陆总长道："是否由外交部拟稿，呈明大总统裁
夺，以便答复？"老袁道："就是这样办法罢。"陆、曹二人退出，当命秘书草定复

稿，经两人略略修饰，复入呈老袁。老袁又叫他窜身数字，然后录入公牍，正式答复。其文云：

贵国警告，业经领会。此事完全系中国内政，然既承友谊劝告，因亦不能不以友谊关系，将详细情形答复。中国帝制之主张，历时已久。我国人民所以主张帝制者，其理由盖谓中国幅员广大，五族异俗，而人情浮动，教育浅薄。按共和国体，元首常易，必为绝大乱端，他国近事，可为殷鉴。不但本国人生命财产，颇多危险，即各友邦侨民事业，亦难稳固。我民国成立，已历四稔，而殷户巨商，不肯投资，人民营业，官吏行政，皆不能为长久计划。人心不定，治理困难，国民主张改革国体之理由，实因于此也。政府为维持国体起见，无不随时驳拒，乃近来国民主张之者，日见增加，国中有实力者，亦多数在内。风潮愈烈，结合愈众，如专力压制，不独违拂民意，诚恐于治安大有妨碍。政府不敢负此重责，惟有尊重民意，公布代行立法院通过之法案，组织国民代表大会，共同议决此根本问题而已。当各省人民，向立法院请愿改变国体时，大总统曾于九月六日，向立法院宣示意见，认为不合时宜。十月十日大总统申令，据蒙、回王公及文武官吏等呈请改定国体，又告以轻率更张，殊非所宜，并诫各选举监督，遵照法案，慎重将事。十月十二日，又电令各省选举监督，务遵法案，切实奉行，勿得急遽潦草各等因。足见政府本不赞成此举，更无急激谋变更国体之意也。本国约法主权，本于国民全体，国体问题，何等重大，政府自不得不听诸国民之公决。政府处此困难，多方调停，一为尊重法律，一为顺从民意，无非冀保全大局之和平也。大多数国民意愿，现既以共和为不适宜于中国，而问题又既付之国民代表之公决，此时国是，业经动摇，人心各生观望，政府即受影响，商务已形停滞，奸人又乘隙造谣，尤易惊扰人心。倘因国是迁延不决，酿成事端，本国人固不免受害，即各友邦侨民，亦难免恐慌。国体既付议决，一日不定，人心一日不安，即有一日之危险，此显而易见者也。当国体讨论正烈之际，政府深虑因此引起变作，一再电询各省文武官吏，能否确保地方秩序，该官吏等一再电复，佥谓国体问题，如从民意解决，则各省均可担任地方治安，未据有里面反对炽烈，情形可虑之报告，政府自应据为凭信。至本国少数好乱之徒，逋逃外国，或其他中国法权不到之处，无论共和君主，无论已往将来，纯抱破坏之暴信，无日不谋酿祸之行为。然只能造谣鼓煽，毫无何等实力。数年以来，时有小乱发现，均立时扑灭，于大局上未生影响。现在各省均加意防范，凡中国法权不到之处，尚望各友邦协力取缔，即该乱人等，亦必无发生乱事之余地矣。当贵国政府劝告之时，各省决定君主立宪者，已有五省，各省投票之期，亦均不远。总之在我国国民，则期望本国长治久安之乐利，在政府则并期望各友邦侨民，均得安心发达其事业，维持东亚之和平，正与各友邦政府之苦心，同此一辙也。以上各节，即希转达贵政府为荷。

越数日，日本代理公使，又到外交部，代表日本政府，声言中政府答复文，甚不明了，请再明白答复。当经陆总长面答道："目下国体投票，已有十多省依法办理，总之民意所趋，非政府所能左右，敝政府如可尽力，无不照办，借副友邦雅意"等语。欺内欺外，全是说谎。日代使乃去。嗣复接法、意两国警告文，大致与三国警告相同，又由外交部答复，只推到民意上去，且言："政府必慎重将事，定不致有意外变乱，万一乱党乘机起衅，我政府亦有完全对付的能力，请不必代虑"云云。于是各国公使，乃暂作壁上观，寂静了好几天。各省投票，亦依次举行，全是遵照政府所嘱，硬迫国民代表，赞成君主立宪。袁总统方觉得顺手，快慰异常。

到了十一月十日晚间，忽来了上海急电，镇守使郑汝成被刺殒命，风潮来了。老袁不禁大惊。看官阅过前文，应知郑汝成为袁氏爪牙，老袁正格外倚重，为何忽被刺死呢？小子就事论事，但知刺客为王明山、王晓峰二人。当民国四年十一月十日，系日本大正皇帝登极期间，郑汝成为上海长官，例应向驻沪日本领事馆，亲往庆贺。是日上午十时，郑汝成整衣出署，邀了一个副官，同坐汽车，向日本领事馆进发。路过外白渡桥，但听得扑的一声，黑烟迸裂，直向汝成面旁扑过，幸还没有击着，慌忙旁顾副官，那副官也还无恙，仍勉强的坐着，正要开口与语，哪知炸弹又复掷来，巧巧从头上擦过，汝成忙把头一缩，侥幸的不曾中弹，那粒炸弹却飞过汽车，向租界上滚过去了。两击不中，故作反笔。副官也还大胆，忽向怀中取出手枪，拟装弹还击，不防那抛掷炸弹的刺客，竟跃上汽车，一手扳着车栏，一手用枪乱击，接着数响，那副官已受了重伤，魂灵儿离开身子，向森罗殿上，实行报到；还有一个掌机的人员，也跟着副官，一同到冥府中去；只有郑汝成已中一弹，还未曾死，要想逃遁，千难万难，看那路上的行人，纷纷跑开，连中西巡捕，也不知去向，急切无从呼救，正在惊惶万分的时候，复见一刺客跃入车中，用着最新的手枪，扳机猛击，所射弹子，好似生着眼睛，颗颗向汝成身上，钻将进去。看官！试想一个血肉的身躯，怎经得如许弹子，不到几分钟工夫，已将赫赫威灵的镇守使，击得七洞八穿，死于非命。了结一员上将。那时两个刺客，已经得手，便跃下汽车，觅路乱跑，怎奈警笛呜呜，一班红头巡捕，及中国巡捕，已环绕拢来，将他围住。他两人手中，只各剩了空枪，还想装弹退敌，无如时已不及，那红头巡捕，统已伸着蒲扇般的黑掌，来拿两人，两人虽有四手，不敌那七手八脚的势力，霎时间被他捉住，牵往捕房，当由中西谳官，共同审讯。两人直认不讳，自言姓名，叫作王明山、王晓峰，且云："郑汝成趋奉老袁，残害好人，我两人久思击他，今日被我两人击死，志愿已遂，还有什么余恨？只管由你枪毙罢了。"谳官又问为何人主使，两人齐声道："是四万万人叫我来打死郑汝成的。"言已，即瞑目待死，任你谳官问长问短，只是一语不发。

当下由上海地方官等，飞电京都。老袁闻知，很是悲惜，即电饬上海地方官，照会捕房，引渡凶犯，一面优议抚恤，结果是王明山、王晓峰两犯，由捕房解交地方官问成极刑，枪决在上海高昌庙。郑汝成的优恤，是给费二万，赐田三千，又封他为一等侯爵。看官记着，这五等分封，便是郑汝成开始。小子有诗吊郑汝成道：

驻牙沪渎显威容，谁料雠人暗揕胸。
飞弹掷来遭殒命，可怜徒博一虚封。

郑汝成殒命后，隔了五六日，日本东京赤坂寓所，又有一个华人蒋士立，被击受伤。毕竟为着何事，且至下回表明。

五国警告，以帝制进行恐惹内乱为词，似为公义上起见，而倡议者偏为日本国。日使日置益氏，既与老袁订有密约，归国运动，何以日本政府，复命代理公使，严词警告耶？既而思之，各国之对于吾华，本挟一均势之见，袁氏独求日本为助，秘密进行，而英、俄已窃视其旁，默料日人之不怀好意，思有以破坏之，故必令日本之倡议警告，然后起而随之，此正各国外交之胜算也。袁政府方自信无患，而郑汝成之被刺，即接踵而来，刺客为王明山、王晓峰，虽未明言主使，度必为民党无疑。或谓由郑汝成之隐抗帝制，袁以十万金购得刺客，暗杀郑于上海，斯言恐属无稽。纣之不善，不如是甚，吾于袁氏亦云。而郑氏忠袁之结果，竟至于此，此良禽之所以择木而栖，贤臣之所以择主而事也。

第五十三回

五公使警告外交部　两刺客击毙镇守官

# 第五十四回

## 京邸被搜宵来虎吏　津门饯别夜赠骊歌

却说蒋士立被刺东京，也因鼓吹帝制的缘故。当筹安会发生以后，不特中国内地，分设支部，就在日本国中，亦派人往设分会。蒋士立即为东京支部的头目，信口鼓吹，张皇帝政。看官！你想日本里面，是民党聚集的地方，他们统反对袁氏，自然反对蒋士立，当下有民党少年，寻至蒋士立寓所，赠他两粒卫生丸，一丸及胸，一丸及腹。幸亏蒋士立躲闪得快，只伤皮肤，未中要害，还算保全性命。侥幸侥幸。袁总统闻汝成刺死，士立受伤，不禁恨恨道："一不做，二不休，我便实行了去，看他一班乱党，究竟如何对待？"恐未能支持到底。正说着，忽见袁乃宽进来，乃宽与老袁同姓，向以叔侄相称，至是遂悄声低语道："侄儿特来报告一件要事。"老袁听不清楚，便厉声道："说将响来，亦属何妨。"乃宽尚柔声道："各省筹办投票，已统有复电，惟命是从，独滇省没有确实复电，闻蔡锷与唐、任二人勾通，叫他反抗帝制，这事不可不防呢！"老袁道："你有什么真凭实据？"乃宽道："凭据尚没有查着。"老袁不禁失笑道："糊涂东西，你既未得凭据，说他什么！"乃宽嗫嚅道："他的寓所，应有证据藏着，何妨派人一搜哩。"老袁道："若搜不出来，该怎样处？"乃宽道："就是搜检无着，难道一个蔡松坡，便好向政府问罪吗？"老袁被他一激，便道："既如此，便着军警去走一遭罢。"当下令乃宽传达电话，向步军统领及警察总厅两处，令派得力军警，往蔡寓搜查密件。

步军统领江朝宗，及警察总厅长吴炳湘，哪敢违慢，即选派干练的弁目，会同两方军警，夤夜往搜。巧值蔡锷寄宿云吉班，蔡寓中只留着仆役，闻了敲门声响，还道是蔡锷回来，双扉一启，即有两个大头目，执着指挥刀，率众趋入，吓得仆役等缩做一团，不晓得他什么来历。但见大众入门，并不曾问及主人，大踏步走近室内，专就那桌屉箱橱中，任情翻弄。那军警执着火炬，照耀如同白昼，忽到这处，忽到那处，目光灼灼，东张西顾，最注意的是片纸只字，断简残篇，约有两三个小时，并不见有什么取出，只箱橱内有一小凤仙摄影，及桌屉内几张请客单，袖好了去，那时一哄而出。

仆役等才敢出头，大家哄议道："京都里面，大约没有强盗，也差不多。若是强盗到来，何故把值钱的什物，并未劫去？这究竟是何等样人？"有一个老家人道："你等瞎了眼珠，难道不看见来人衣服，上面都留着符号，一半是步军，一半是警察么？"大家又说道："我家大人，并没有什么犯罪，为何来此查抄？"老家人道："休得胡说，我去通报大人便了。"当下飞步出门，竟往云吉班。适值蔡锷将寝，由老家人闯将进去。报称祸事，蔡锷吃了一惊，亟跛履起床，问明情由。经老家人略略说明，才把那心神按定，想了片刻，方道："寓中有无东西，被他拿去？"老家人答言："没有，只有一张照相片，被他取去，想便是这里的凤"，说到"凤"字，已被蔡锷阻住道："我晓得了，你去罢，不必大惊小怪，我俟明天就来。"老家人退出，小凤仙忙问道："为着何事？”蔡锷微笑道："想是有人说我的坏话，所以派人往搜。"一猜就着。小凤仙急着道："你寓内有无违禁文件？"蔡锷道："你休耽忧！我寓中只有几张《亚细亚报》，余外是没有了。"单说《亚细亚报》，妙极。小凤仙道："朋友往来的书信，难道也没有么？"顾虑及此，也是解人。蔡锷低声道："都付丙了。"预防久了。小凤仙道："你的家人，曾说将照片取去，莫非就是我的摄影？"蔡锷道："恐不是呢，如果取了去，我倒为你贺喜，此番要选入皇宫，去做花元春第二呢。"诙谐得妙。小凤仙啐了一声，随即就寝，蔡锷也安睡了。

　　到了次日，起身回寓，看那桌屉箱橱中，都翻得不成样儿，仔细检点，除小凤仙的小影外，却没有另物失去。请客单原不在话下。他正想赴军警衙门，与他理论，巧值内务总长朱启钤，着人邀请，遂乘车直至内务部。朱启钤慌忙出迎，彼此同入内厅，寒暄数语，便说起昨夜搜检的事情，实系忙中弄错，现大总统已诘责江、吴二人，并央自己代为道歉。蔡锷冷笑道："难得大总统厚恩。惟锷性情粗莽，生平没有秘密举动，还乞诸公原谅！"朱启钤又劝慰了数语，并将小凤仙的照片，取还蔡锷，便道："这个姑娘儿，面目颇很秀雅，怪不得坡翁见赏。"蔡锷道："这乃是锷的坏处，不自检束，有玷官箴，应该受惩戒处分的。"朱启钤笑道："现在已成了习惯，若为了此事，应受惩戒，恐内外几千百个官吏，都应该惩戒哩。"官吏都是如此，所以国不成国。说毕，又闲谈了一会，蔡锷随即告辞。后来探听得搜检事情，实是袁乃宽进谗，并与小凤仙有些关系。原来小凤仙经蔡锷赏识，名盛一时，袁乃宽亦思染鼎，三往不见，遂愤愤道："这个婆娘，不中抬举，你道蔡松坡年少多才，哪知他是个乱党呢。"当下越想越气，竟至袁氏前攻讦，不意落了个空，反被老袁训斥一顿。上文特揭小凤仙照片，便寓此意，但色为祸媒，不可不戒。蔡锷自经此搜查，极思摆脱樊笼，遂往与小凤仙密商。小凤仙正坐在卧室，手中执着一书，静心阅着，俟蔡锷入房，才将书放下，立起身来，问及搜检事情。蔡锷略述一遍，随从案上取书一瞧，乃是一本《意大利建国三杰传》，便问小凤仙道："此书的内容，你道可好么？"小凤仙道："好得很，好得很，非是文不足传是人。"蔡锷道："作书的人，便是前司法总长梁任公。"小凤仙道："我也晓得他，可惜我不能一见。"蔡锷道："他是我的师长哩。"小凤仙不禁大喜道："他现在哪里？既与你是师生，求你介绍，俾我一见。"爱才如命。蔡锷道："我师前日，曾到天津，畀我一书，说我若往津门，应过去叙谈一切。"小凤仙道："那是好极的了，我明日便同你去。"蔡锷听了，想："与他说明行径，转恐漏泄机关，致碍行动，不如到了天津，再说未迟。"随即接入道："我就同你去罢！但我师正反对帝制，明日往访，却不宜外人知道呢。"小凤仙点首称是。是晚蔡锷回寓，略略收拾，也不与家人说明，仍往云吉班住宿。

　　次日午前，竟雇着一乘摩托车，先给车资，挈小凤仙上车同坐，招摇过市。故意令人共睹。行至前门外面，望见一所京菜馆，便与小凤仙下车，至馆中午餐。餐毕，两人出门，不再上摩托车，竟自向市中买些食物，缓步儿行至车站。可巧车站中正当卖票，蔡锷挨入人丛，买了两张票纸，偕小凤仙趋出月台，竟上京津火车。才经片刻，钲声一响，车轮齐动，飞似的去了。

京邸被搜宵来虎吏

津门饯别夜赠骊歌

那时虽有侦探在旁，但是奉令密查，不便出来拦阻，只好眼睁睁的由他自去，转身去报袁总统。老袁确是厉害，复遣密探到津，监伺蔡锷行动。蔡锷到津后，往访梁任公，已是南去，乃投宿某旅社，夜间与小凤仙说明行踪，拟即乘此南下。小凤仙对着蔡锷，沉沉的望了一会，不觉的情肠陡转，眼眶生红，半晌才说道："我与你拟同生死，你去，我便随你同行。"蔡锷道："我是要去督兵打仗的。"小凤仙忙接口道："你道我是个弱女儿，不能随你杀贼么？"事虽难行，语颇雄壮。蔡锷道："卿虽具有壮志，但此行颇险，若与卿同行，不但于卿无益，并且与我有害；不但与我有害，且阻碍共和前途，卿何必贪爱虚名，致受实祸。"小凤仙忍不住泪，带哭带语道："依这般说，简直是把我撇弃吗？"蔡锷道："卿何必自苦，他日战胜回来，聚首的日子正长哩。奈何作此失意语？"小凤仙才道："我虽是儿女子，也知爱国，怎忍令英雄志士，溺迹床帏？但此去须要保重，免我远念。想你即日就要动身，我便借此客馆中，备着小酌，与你饯别罢。"说着，即呼馆佣入内，令叫几样可口的菜蔬，及佳酿一壶，佣夫遵嘱去讫，须臾即送入酒肴，由两人对饮起来。絮絮言情，语长心重，到了酒酣耳热的时候，小凤仙复道："本拟为君唱歌饯行，但恐耳目甚近，不便明歌，你可有纸笔带来吗？"蔡锷说一个"有"字，即从袋中取出铅笔，及日记簿一本，递与小凤仙，小凤仙即舒开纤腕，握笔书词，词云：

（柳摇金）骊歌一曲开琼宴，且将之子饯。蔡郎呵！你倡义心坚，不辞冒险，浊着一杯劝，料着你食难下咽。蔡郎蔡郎！你莫认作离筵，是我两人大纪念。

（帝子花）燕婉情你休留恋！我这里百年预约来生券，你切莫一缕情丝两地牵。如果所谋未遂，或他日呵，化作地下并头莲，再了生前愿。

（学士巾）蔡郎呵！你须计出万全，力把渠魁殄。若推不倒老袁呵，休说你自愧生前，就是侬也羞见先生面，要相见，到黄泉。

小凤仙写着，蔡锷是目不转睛的，瞧她写下。口中接连赞美，看到末两阕，连自己也眼红起来。及至写完，纸上已湿透泪痕，小凤仙尚粉颈低垂，沉沉不语，好一歇方抬起头来，已似泪人儿一般，勉强说道："班门弄斧，幸勿见笑。"蔡锷此时，也不觉心如芒刺，一面携着手巾，替小凤仙拭泪，一面与语道："字字沉痛，语语回环，不意卿却具此捷才，真不枉我蔡松坡结识一场呢。"小凤仙恐未必能此，但今观近人著有《松坡轶事》，亦载入此词，想作者未忍割爱，故选录之。小凤仙道："我已早知有今日了。这数阕俚词，预备已久，将来赓续了去，为君谱一传奇，倒也是一番佳话。但自愧才疏，有志未逮，俟君成功后，同续何如？"蔡锷道："好极，但我意须较为雄壮，莫再颓唐。"小凤仙接着道："英雄语自然不同。我辈儿女子，笔底下要想沉壮，也觉为难呢。"蔡锷道："你第一阕也雄壮得很；第二三阕前半俱佳，后半结语，似嫌萧飒，难道你我竟无相见期么？"小凤仙道："功成名立，偕老林泉，这是我的夙愿，诚能得此，那是莫大的幸福了。"造物忌才，怎肯畀你如愿。说着时，外面的报时钟，已接连敲了三下。蔡锷惊道："夜已深了，快收拾睡罢。"将残肴冷酒，搬过一边，随即睡下。

越宿起来，盥洗才毕，但见窗棂外面，已有人前来探望。至开门出去，那探望的人，都扬长走了。蔡锷悄语小凤仙道："侦探又来了。"小凤仙道："这却如何是好？"

蔡锷道："不要紧的，我自有计。"当下吃过点心，就取出纸笔。挥就一篇因病请假的呈文，用函固封，竟向邮局寄往京城。索性明提。他本有失眠喉痛诸症，索性借此机会，就日本医院医治，除每日赴院一次外，仍挟小凤仙作汗漫游。各侦探往来暗伺，了无他异，惟尚监伺左右，不肯放松。蔡锷佯作不知，背地里却与凤仙谋定，实行那金蝉脱壳的妙计。一夕，与凤仙对坐，狂饮室中，议论风生，津津有味。俄而有拍案声，痛骂声，远达户外。各侦探忙去窃听，前一套说话，是评论花丛，后一套说话，是詈及正室。忽喜忽怒，仿佛是醉后胡言。未几竟叫作腹痛起来，连呼如厕。侦探疾忙避开，他即出室，令馆佣前导，一手抠衣，一手捧腹，向厕所去了。侦探未及尾随，并以厕所中无关机密，自然散去。

翌晨往视，还是户阒深扃，高卧未起，迟至午刻，方觉有人走动，重复窃窥，只见小凤仙起床，云鬟蓬松，尚未梳沐，待午餐已过，又约有一两小时，小凤仙整妆出门，携了皮夹，掩户自去。到了晚间，亦并未回来，次日也不见返寓。各侦探往问帐房，帐房亦没有知晓，大家动了疑心，启户入视，什物已空，只桌上留着一函，由司帐展开一阅，乃是钞票数张，并附有一条，谓作房饭代价，顿时面面相觑，莫名其妙。连我亦是不懂。司帐人虽然惊诧，但教钱财到手，倒也不遑细究。惟各侦探奉命前来，急得什么相似，忙至车站探问，好容易查得小凤仙消息，已于昨晚返京，独蔡锷不知去向。奇极妙极。

看官！你道这蔡松坡究竟到哪里去了？他知侦探随着，万难南行，计惟东渡扶桑，迂道至滇，方可脱身，当日探得日本邮船，名叫山东丸，乘夜出口，遂借着腹痛为名，就厕后复退馆佣，即觑人不备，逸出后门，孤身赴港，登舟买票，竟往日本，真个是人不知，鬼不觉，安安稳稳的到了东瀛。其身虽安，其心甚苦。复续上呈文，电达京中。那时前呈已邀批发，给假两月。至续呈到京，老袁未免一急，但表面上不好指斥，只好批令调治就愈，早日回国，用副倚任等语。过了数天，又接到蔡锷手书，略云：

趋侍钧座，阅年有余，荷蒙优待，铭感次骨。兹者帝制发生，某本拟涓埃图报，何期家庭变起，郁结忧虑，致有喉痛失眠之症。欲请假赴日就医，恐公不许我，故微行至津东渡。且某之此行，非仅为己病计，实亦为公之帝制前途，谋万全之策。盖全国士夫，翕然共和政体，不适用于今兹时代，固矣。惟海外侨民，不谙祖国国情，保无不挟反对之心，某今赴日，当为公设法而开导之，以执议公者之口。倘有所闻见，锷将申函钧座，敷陈一切，伏乞钧鉴！

老袁看毕，忍不住气愤道："瞒着了我，潜往东洋，还要来调侃我，真正可恨！我想你这竖子，原是刁狡极了，但要逃出老夫手中，恐还是不容易哩。"乃一面电给驻日公使陆宗舆，叫他就近稽查，随时报告，一面密派心腹爪牙，召入与语道："我看蔡锷东渡，托言赴日就医，其实将迂道赴滇，召集旧部，与我相抗，你等可潜往蒙自，留心邀截，他从海道到滇，非经蒙自不可，刺杀了他，免贻后患。"两路防闲，计密且毒，奈天不容汝何？遂厚给川资，遣他去讫。

是时杨度、阮忠枢等，闻小凤仙返京，即去探访详问蔡锷病况，及归国时期。小凤仙却淡淡答道："蔡老赴日养疴，早一日好，早一日归国，并没有一定期间。"阮忠枢道："闻你曾同赴天津，为何不偕往日本？"小凤仙道："他的结发夫妻，还要把他遣归，何况是我呢？"阮忠枢无词可答，遂与杨度同归，转报老袁，老袁道："同去不同来，分明是有别意，但我已摆布好了，由他去罢。"慢着！正是：

纵有阴谋如蝎毒，谁知捷足已鸿飞。

蔡锷已去，京中已产出一个短命皇帝来了。欲知详细，请看下回叙明。

蔡锷一行，为再造共和张本，故二十五回中，已全力写照，本回复将京寓被搜，及津门话别事，竟体演述，不肯少略。盖一以见蔡锷之智，一以见小凤仙之慧，英雄儿女，自有千秋，而三叠骊歌，并为后文伏笔。至潜身东渡时，尤写得惝恍迷离，非经揭破，几令人无从揣测。作者述小凤仙语，谓非是文不足传是人，吾还以赠诸作者。

# 第五十五回

## 胁代表迭上推戴书　颁申令接收皇帝位

却说民国四年十一月中，正各省将军巡按使，制造民意，纷纷投票的时候，结果是全国代表，选就了一千九百九十三人。至解决国体，却是全体一致，赞成君主立宪。当下由各省驰电到来，京中一班攀龙附凤的人物，统是欢喜不尽。*老袁此时不知喜欢的什么相似。*袁总统即命财政部连拨若干款项，寄交各省，作为各代表路费，即日到京，再由参政院中，举行全国国民代表大会，申决国体，及公上推戴书。那知朱启钤、周自齐等，已早有密电传达外省，叫他预备国民推戴书。*真会巴结。*电文云：

> 各省将军巡按使鉴：国体投票解决后，应用之国民推戴文内，有必须照叙字样，曰：国民代表等，谨以国民公意，恭戴今大总统袁世凯为中华帝国皇帝，并以国家最上完全主权，奉之于皇帝。承天建极，传之万世，此四十五字，万勿丝毫更改为要。再此种推戴书，在国体未解决之前，希万分秘密，并盼先复。至奏折一切格式，均照旧例，惟跪奏改为谨奏；其他仪式，俟拟定再行通告。启钤、自齐、士诒、镇芳、忠枢、在礼、乃宽、士钰、震春、炳湘印。

自各省接到此电，便把那依样葫芦，描画起来，当将电文中四十五字，列入推戴书中，一字不易，再添了几句起末文，拍电进去。还有直隶巡按使朱家宝，居然首先称臣，于十一月二十八日，为着地方政务，上了三折，统是改呈为奏，起首称臣朱家宝，末称伏乞皇帝陛下圣鉴等语。*未奉明令，即称帝称臣，可谓忠臣第一。*老袁并不指斥，已是实行承认。转眼间又过十天，各省国民代表，均领了公文路费，陆续到京，各路火车，统有招待的专使，酬应非常周到。京城里面的招待所，更布置得装潢灿烂，目眩神迷。这等国民代表，趋入所中，几疑身到华胥，仿佛别有天地。到了十二月十一日上午九时，参政院中，召集全国代表一千九百九十三人，申决国体投票。各参政员全体到齐，只有黎元洪请假未到，院外大排军警，看似欢迎代表，实是监督代表。那一千九百九十三人，晓得什么玄妙，一个个鱼贯而入。到了会场，但见中间拥着两个大瓯，左瓯上贴着君宪两字，右瓯上贴着共和两字，当有一班招待人员，与各代表附耳密谈。各代表均唯唯从命，大家领票照书，均向左瓯投入，至开瓯验票，左瓯中一纸不少，足足有一千九百九十三票，统是赞成君宪。右瓯中当然不必开验，便照例宣布：大众呼了三声"帝国万岁"。参政员杨度、孙毓筠，就乘此提议道："全国代表，既一致赞成君宪，应即奉当今袁大总统为皇帝。"大众拍手赞成。杨度、孙毓筠又道："本院由各省委托，为全国总代表，尤应用总代表名义，恭上推戴书。"大众又一齐拍手。于是推秘书员起草，那秘书员成竹在胸，才高倚马，立刻草成八九百字，即向大众朗读道：

> 奏为国体已定，天命攸归，全国商民，吁登大位，以定国基，合词仰乞圣鉴事。
> 窃据京兆，各直省，各特别行政区域，内外蒙古、西藏、青海、回疆、满蒙八旗，

全国商会，及华侨有勋劳于国家，硕学通儒各代表等，投票决定国体，全数主张君主立宪，业经代行立法院咨陈政府在案。同时据京兆，各直省，各特别行政区域，内外蒙古、西藏、青海、回疆、满蒙八旗，全国商会，及华侨有勋劳于国家，硕学通儒各代表等，各具推戴书，均据称："国民公意，恭戴今大总统袁公世凯为中华帝国皇帝，并以国家最上完全主权，奉之于皇帝，承天建极，传之万世"等因。兼由各国民大会委托代行立法院为总代表，以全国民意，吁请皇帝登极前来。窃维帝王受命，统一区夏，必以至仁复民而育物，又必以神武戡乱而定功。《书》云："一人有庆，兆民赖之。"《诗》曰："燕及皇天，克昌厥后。"盖惟应天以顺人，是以人归而天与也。溯自清帝失政，民罹水火，呼吁罔应，溃决势成，罪已而民不怀，命将而师不武。我圣主应运一出，薄海景从，逆者革心，顺者效命。岌然将倾之国家，我圣主实奠安之。斯时清帝不得已而逊位，皇天景命，始集于圣主，我圣主有而弗居也。南京仓促草创政府，党徒用事，举非其人，民心皇皇，无所托命，我圣主至德所复，迩安远怀，去暴归仁，若水之就下，孑然待尽之人民，惟我圣主实苏息之。斯时南京政府，不得已而解散，皇天景命，再集于我圣主，我圣主仍有而弗居也。民国告成，四方和惠，群丑窃柄，怙恶不悛，安忍阻兵，自逃复载。我圣主赫然震怒，临之以威，天讨所加，五旬底定，以至仁而伐不仁，盖有征而必无战。慕义向化者，先归而蒙福，迷复不远者，后至而洗心，皆我圣主实抚育而安全之。斯时大难既平，全国统一，皇天景命，三集于我圣主，我圣主固执谦德，又仍有而弗居也。夫惟煌煌帝谛，圣人无利天下之心，而天施地生，兆民必归一人之德。往者国家初建，参议院议员，推举临时大总统，斯时全国人心，咸归于我圣主，国运于以肇兴。继此国会成立，参议院众议员，推举大总统，全国人心，又咸归于我圣主，国基于以大定。然共和国体，不适国情，上无以建保世滋大之弘规，下无以谋长治久安之乐利，盖惟民心有所舍也，则必有所取，有所去也，则必有所归。今者天牖民衷，全国一心，以建立帝国，民归盛德，又全国一心以推戴皇帝。我中华文明礼义，为五千年帝制之古邦，我皇帝睿智圣武，为亿万姓归心之元首。伏维仰承帝眷，俯顺舆情，登大宝而司牧群生，履至尊而经纶六合。轩帝神明之胄，宜建极以承天，姒后继及之规，实抚民而长世。谨奏。

读毕，大众无不赞成，即刻通过，复齐呼"皇帝万岁"三声。自九点钟起，至十一点半钟，已经手续完备，大众当即散会，回寓午餐去了。下午一点钟，秘书员已缮好奏折，即刻进呈，哪知奏折才呈，申令即下，却教他另行推戴，把那推戴书发还。还要装腔。其文云：

（上略）查《约法》内载民国之主权，本于国民之全体。既经国民代表大会，全体表决，改用君主立宪，本大总统自无讨论之余地。惟推戴一举，无任惶骇。天生民而立之君，天命不易，惟有丰功盛德者，始足以居之。本大总统从政，垂三十年，迭经事变，初无建树，改造民国，已历四稔。忧患纷乘，愆尤丛集。救过不赡，图治未遑，岂有功业足以称述？前此隐迹洹上，本已无志问世，遭遇时变，谬为众论所推，不得不勉出维持，舍身救国。然辛亥之冬，曾居政要，上无裨于国计，下无济于民生，追怀故君，已多惭疚。今若骤跻大位，于心何安？此于道德不能无惭者也。致治保邦，首重大信，民国初建，本大总统曾向参议院宣誓，愿竭能力，发扬共和，今若帝制自为，则是背弃誓词，此于信义无可自解者也。本大总统于正式被举就职时，固尝掬诚宣誓，此心但知救国救民，成败利钝不敢知，劳逸毁誉不敢计，是本大总统既以救国救民为重，固不惜牺牲一切以赴之。但自问功业，既未足言，而关于道德信义诸大端，又何可付之不顾？在爱我之国民代表，当亦不忍强我以所难也。尚望国民代表大会总代表等，熟筹审虑，另行推戴，以固国基。本大总统处此时期，仍以原有之名义，及现行之各职权，维持全国之现状。除咨复代行立法院，并将国民代表大会，总代表推戴书，及各省区国民代表推戴书等件，送还代行立法院外，合行宣示俾众周知。此令。

杨度、孙毓筠二人，已预知申令即下，早已约定各省代表，再行到会，恭候圣旨。各代表似傀儡一般，随拨随动，到了傍晚，仍至参政院会齐。果然九天纶綍，宣布下来，大众恭读一遍，都有些疑惑不定。但听杨度宣言道："大总统盛德谦冲，所以有此申令，但全国民意，既趋一致，大总统亦未便过拂舆情，理应由本院再用总代表名义，呈递第二次推戴书。"大众复随声附和，仍推秘书起草。不料十五分钟的时候，便拟成二千六百多字的长文。圣主出世，应该有此奇才，曹子建且当拜倒。是时电灯四映，云集一堂，复由秘书朗声宣读，大众模模糊糊的听了一会，无非是什么功烈，什么德行，十成中只解一二，也都赞成了事，乃宣告散会，立即缮成第二次推戴书。次日即奉大总统申令云：

据全国总代表大会总代表代行立法院奏称 窃总代表前以众议佥同，合词劝进，吁请早登大宝，奉谕推戴一举，无任惶骇等因。仰见圣德渊衷，巍巍无与之至意，钦仰莫名。惟当此国情万急之秋，人民归向之诚，几已奫涌沸腾，不可抑遏。我皇帝倘仍固执谦退，辞而不居，全国生民，实有若坠深渊之惧。盖大位久悬，则万几丛脞。岂宜拘牵小节，致国本于阽危？且明谕以为天生民而立之君，惟有功德者足以居之，而谓功业道德信义诸端，皆有问心未安之处，此则我皇帝之虚怀若谷，而不自知其执冲逾量者也。总代表具有耳目，敢昧识知，请先就功烈言之：当有清末造，武备废弛，师徒屡熸，国威之不振久矣。我皇帝创练陆军，一授以文明国最精之兵法，铲除宿弊，壁垒一新。手订数条，洪纤毕备。募材选俊，纪律严明，魁奇杰特之才，多出于部下，不数年遂布满寰区，成效大彰，声威不著。当时外人之莅观者，莫不啧啧称叹，而全国陆军之制，由此权舆。厥后戡定四方，屡平大难，实利赖之，此功在经武者一也。及巡抚山东，拳匪煽乱，联军内侵，乘舆播迁，大局糜烂。惟我皇帝坐镇中原，屹若长城之独峙，匪乱为之慑服，客兵相戒不犯，东南半壁，赖以保障。以一省之治安，砥柱中流，故虽首都沦陷，海内骚然，卒得转危为安，金瓯无缺。当是时也，构难虽曰乱民，而纵恶实由亲贵，不惩祸始，无从媾和，强邻有压境之师，客军无返旆之日，瓜分豆剖，祸迫眉睫，而元恶当国，莫敢发言。我皇帝密上弹章，请诛首罪，顽凶伏法，中外翕然，和局始克告成，河山得免分裂，此功在匡国者二也。寻授北洋大臣，其时风鹤尤惊，人心未靖，乃扫荡会匪，萑苻绝迹，廓清积案，民教相安。收京津于浩劫之余，返銮舆于故宫之内，遂复高掌远跖，厉行文明诸新政，无不体大思精，兼营并举，规模式廓，气象万千。论者谓我皇帝为中国进化之先河，文明之渊海，洵符事实，非等虚词，此功在开化者三也。革命事起，风潮剧烈，不数月间，四方瓦解，皇室动摇，天意厌清，人心思乱。清孝定景皇后，知大势之已去，满族之孤危，痛哭临朝，几不知税驾之何所。斯时我皇帝改步，为应天顺人之举，躬自践阼以安四海，夫谁得而议之者！乃犹恪恭臣节，艰难支拄，委曲维持，以一身当大难之冲，几遭炸弹而不恤。孝定景皇后，乃举组织共和政府之全权，与夫保全皇室之微意，悉挈而付托我皇帝，始有南北议和，优待皇室之条件。人知清廷逊位之易，结局之良，而不知我皇帝之苦心调剂，固竭其旋转乾坤之力也。于是南北复归于统一，清室获保其安全，四万万之生灵，弗陷于涂炭，二万万之疆圉，得完其版图，于风雨飘摇之中，而镇慑奠安，卒成共和四年之政局。国家得与人民休养生息，不至沦胥以尽，此功在靖难者四也。民国初建，暴民殃徒，攘臂四出，叫嚣乎政党议会，厖突乎官署戎行，挑拨感情，牵掣行政。我皇帝海涵天覆，一以大度容之。彼辈野心弗戢，卒有赣宁之暴动，东南各省，再见沉沦，幸赖神算早操，三军致果，未及旬月，而逆氛尽扫，如拉枯朽，遂得正式礼成，大业克跻，列邦交庆。彼辈毒无可逞，犹复勾结狼匪，肆其跳梁，大兵一临，渠魁授首，神州重奠，戈甲载櫜，卒使闾阎安堵，区宇敉宁，以臻此雍洽和熙之治。盖自庚子拳匪之乱，辛亥革命之变，癸丑六省之扰，皆足以颠覆我中国，非我皇帝，孰能保持镇抚，使四千年神明之裔，食息兹土，不致沦亡？此则我皇帝之大有造于我中国，而我蒸黎子孙所共感而永矢勿谖也，此功在定乱者五也。不但此也，溯自通海以来，外交之失策，不可胜计，国际之声誉，几无可言。以积弱衰疲之国，孤立于群雄角逐之间，托势之危，莫此为甚。而意外变局，又往往无先例之可援，措置偶一失宜，后患不堪设想。惟我皇帝，睿智渊深，英谋霆奋，遇有困难之交涉，一运以精密之谟猷，靡不立解纠纷，排除障碍，卒得有从容转圜之余地。而远人之服膺威望，钦迟丰采者，亦莫不输诚结纳，帖然交欢。弭祸衅于樽俎之间，缔盟好于敦槃之际，此功在交际者六也。凡此六者，皆国家命脉之所存，万姓安危之所系；若乃其余政教之殷繁，悉由宵旰勤劳之指导，虽更仆数之，有不能尽，我皇帝之功烈，所以迈越百王也。请再就德行言之：我皇帝神功所推暨，何莫非盛德所滂流？荡荡巍巍，原无二致。至于一身行谊，则矩动天随，亦有非浅识所能测者。如今兹创业，踵迹先朝，不无更姓改物之嫌，似有新旧乘除之感。明谕引此以为惭德，尤见我皇帝慈祥忠厚之深衷，而不自觉其虑之过也。夫廿载以来，往事历历可征，我皇帝之尽瘁先朝，其于臣节，可谓至矣。无如清政不纲，晚季尤多瞀乱，庚子之难，一二童骏，召侮启戎，成千古未有之笑柄。覆宗灭祀，指顾可期，非赖我皇帝障蔽狂流，逆挽滔天之祸，则清社之屋，早在斯时。迨我皇帝位望益隆，所以为清室策治安者，益忠且挚。患满人之孱弱也，则首练旗兵；患贵胄之暗昧也，则请遣游历；患秕政之棼扰也，则厘定官制；患旧俗之锢蔽也，则订立宪章。凡兹空前之伟划，一皆谋国之前图。乃元辅见疏，忠谠不用，宗支干政，横揽大权，黩货玩戎，斲丧元气。自皇帝退休三载，而朝局益不可为矣。乃武昌难作，被命于仓皇之际，受任于危乱之秋，犹殷殷以扶持衰祚为念。讵意财力殚耗，叛乱纷乘，兵械两竭于供，海陆尽失其险。都城以外，烽燧时惊，蒙藏边藩，相继告警。而十九条宣誓之文，已自将君上之大权，尽行摧剥而不顾。谁实为之？固非我皇帝所及料也。后虽入居内阁，而祸深患迫，已有岌岌莫保之虞。老成忧国之衷，至于废寝忘餐，拊膺涕泣，然而战守俱困，险象环伏，卒苦于挽救之无术。向使冲人嗣统之初，不为诇言所入，举国政朝纲之大，一委元老之经营，将见纲举目张，百废俱举，治平有象，乱萌不生，又何至有辛亥之事哉？至万不得已，仅以特别条件，保其宗支陵寝于祚命已坠之余，此中盖有天命，非人力所能施。而我皇帝之极意绸缪者，其始终对于清廷，洵属仁至而义尽矣。夫历数迁移，非关人事，曩则清室鉴于大势，推其政权于国民，今则国民出于公意，戴我神圣之新君。时代两更，星霜四易，爱新觉罗之政权早失，自无故宫禾黍之悲。中华帝国之首出有人，庆睹汉官威仪之盛。废兴各有其运，绝续并不相蒙。况有虞宾恩礼之隆，弥见兴朝复育之量，千古鼎革之际，未有如是之光明正大者。而我皇帝尚兢兢以惭德为言，其实文王之三分事殷，亦无以加此，而成汤之恐贻口实，固远不逮兹。此我皇帝之德行，所为夐绝古今也。然则明谕所谓无功薄德云云，诚为谦抑之过言，而究未可以遏抑人民之殷望也。至于前此之宣誓，有发扬共和之愿言，此特民国元首循例之词，仅属当时就职仪文之一。盖当日之誓，根于元首之地位，而元首之地位，根于民国之国体，国体实定于国民之意向，元首当视民意为从违。民意共和，则誓词随国体为有效，民意君宪，则誓词亦随国体为变迁。今日者国民厌弃共和，趋向君宪，则是民意已改，国体已变，民国元首之地位，已不复保存，民国元首之誓词，当然消灭。凡此皆国民之所自为，固于皇帝渺不相涉者也。以上歌功颂德之词，尚可勉强敷衍，至把誓词抵赖，亏他说得出，亏他推得清。我皇帝惟知以国家为前提，以民意为准的，初无趋避之成见，有何嫌疑之可言？而奚必硁硁守仪文之信誓也哉？要之我皇帝功崇德茂，威信素孚，中国一人，责无旁贷。昊苍眷佑，亿兆归心，天命不可以久稽，人民不可以为主。伏冀拚冲勉抑，渊鉴早回，毋循礼让之虚仪，久旷上天之宝命。亟颁明诏，宣示天下，正位登极，以慰薄海臣民喁喁之渴望，以巩我中华帝国有道之鸿基。代表不胜欢欣鼓舞恳款迫切之至，除将明令发还，本国民代表大会总代表推戴书，及各省区国民代表推戴书等件，仍行赍呈外，谨具折上陈，伏乞睿鉴施行等情。据此，天下兴亡，匹夫有责，予之爱国，讵在人后？但亿兆推戴，责任重大，应如何厚利民生？应如何振兴国势？应如何刷新政治，跻进文明？种种措置，岂予薄德鲜能，所克负荷？前此掬诚陈述，本非故为谦让，实因惴惕交萦，有不能自已者也。乃国民责备愈严，期望愈切，竟使予无以自解，并无可诿避。第创造宏基，事体繁重，洵不可急遽举行，致涉疏率应饬各部院就本管事务，会同详细筹备，一俟筹备完竣，再行呈请施行。凡我国民，各宜安心营业，共谋利福，切勿再存疑虑，妨阻职务，各文武官吏，尤当靖共尔位，力保治安，以副本大总统轸念生民之至意。除将国民代表大会总代表推戴书，及各省区国民代表推戴书，发交政事堂，并咨复全国国民代表大会总代表代行立法院外，合行宣示，俾众周知。此令。

小子随读随录，录毕后，禁不住渐愤起来，乃口占一绝道：

　　揖让征诛是昔型，六朝篡窃亦彰明。

　　如何下效河间妇，狎客催妆甘背盟？

老袁既接收帝位，遂有好几种做作施行出来，看官请续阅下回，便有分晓。

　　两次推戴书：统计不下三千余字，乃不到半日，即草缮俱竣，是明明预先备办，第临时掩人耳目而已。且袁氏尚未承认帝制，而我圣主我皇帝之词，连篇累牍，不识若辈何心，乃竟厚颜若此？袁氏半推半就，真似倚门卖媚，装出许多丑态。吾谓欲做皇帝，简直就做，何必许多做作，愈形其丑耶？作伪心劳日拙，我为诸参政羞，我并为袁皇帝羞。

# 第五十六回

## 贿内廷承办大典　结宫眷入长女官

却说袁世凯既承认为帝，紫城里面，热闹得什么相似。当由总统府传出消息，称说袁皇帝登极期间，便是民国五年一月一日。那时一班趋炎附热的官儿，及鬻贱贩贵的商人，都伸着项颈，睁着眼珠，希望那升官发财，有名有利。还有一千九百九十三个国民代表，统以为此番进京，佐成帝业，就使不得封侯拜相，总有一官半职，赏给了他；或另有意外金钱，作为特赐，于是朝朝花酒，夜夜笙歌，镇日在八大胡同中，流连忘返。全国代表，如是如是，几令国民羞杀。哪知一声霹雳，震响天空，政府中颁发命令，叫他各归故里，仍安本业。新妇已经登堂，还要媒人何用。看官！你想各代表到了京都，已将半月，所得川资，统已向楚馆秦楼中，花费了去，而且还有酒债饭债，及各种什物债，满望将来名利双收，了清债务，偏偏要他回里，他们统变作妙手空空，连回去的盘费，统是无着，哪里还好偿债？大家才知道着了道儿，叫苦不迭，至此方知，真是笨伯。没奈何吁告同乡，替他设法。还是杨度、孙毓筠等，脚力稍大，向办理国民会议局中，支出二万元款子，分给代表，每人百元，才得草草摒挡，溜出京城，回乡过年去了。只所有欠项，始终未曾还清，仍是酒店饭店，及各什物店中的晦气，这且休表。

且说帝位已定，明令送颁，一面用压制法，一面用笼络法，计匝旬间，除无关帝制外，约有好几道命令，小子也不胜抄录。节述如下：

十二月十三日申令，此次改变国体，全出国民公意，如有好乱之徒，造谣煽惑，勾结为奸，当执法以绳，不少宽贷。

十五日策令，封黎元洪为武义亲王。黎固辞，申令不许。

十六日申令，清室优待条件，永不变更，将来制定宪法，继续有效。（因清室内务府咨照参政院，赞成袁氏称帝，乃有此令。）

同日申令，特任溥伦为参政院院长。（黎已封王，故改任清宗室溥伦以示羁縻。）

同日申令，关于立法院议员选举事宜，迅速筹办，准于来年以内召集。

同日教令，修正政事堂组织令，凡大总统发布之命令，由政事堂奉行，政事堂钤印，国务卿副署。（与清制内阁奉上谕同。）

同日批令，蒙古章嘉呼图克图等，奏请正位，实属倾诚爱国，深堪嘉尚，着交蒙藏院传奖。

十八日策令，特任冯国璋为参谋总长，未到任以前，着唐在礼代理，（因冯氏劝进较后，特欲调入京都，免生异志。）

同日申令，旧侣及耆硕数人，均勿称臣。

同日申令，满、蒙、回、藏待遇条件，继续有效。

十九日申令，着政事堂饬法制局将民国元年以来法令，分别存留废止，悉心修正，呈请施行。

同日批令，代理国务卿陆征祥等，奏请准设大典筹备处，已悉。

二十日申令，徐世昌、赵尔巽、李经羲、张謇为嵩山四友，颁给嵩山照影各一帧。

二十一日策令，特封龙济光、张勋、冯国璋、姜桂题、段芝贵、倪嗣冲为一等公，汤芗铭、李纯、朱瑞、陆荣廷、赵倜、陈宧、唐继尧、阎锡山、王占元为一等侯，张锡銮、朱家宝、张鸣岐、田文烈、靳云鹏、杨增新、陆建章、孟恩远、屈映光、齐耀琳、曹锟、杨善德为一等伯，朱庆澜、张广建、李厚基、刘显世为一等子，许世英、戚扬、吕调元、金永、蔡儒楷、段书云、任可澄、龙建章、王揖唐、沈金鉴、何宗莲、张怀芝、潘矩楹、龙觐光、陈炳焜、卢永祥为一等男，李兆珍、王祖同为二等男。

同日策令，特任陆征祥为国务卿，仍兼外交总长。

二十二日策令，追封赵秉钧为一等忠襄公，徐宝山为一等昭勇伯。

同日申令，永远革除太监等名目，内廷供役，改用女官。

二十三日策令，特封刘冠雄为二等公，雷震春为一等伯，陈光远、米振标、张文生、马继增、张敬尧为一等子，倪毓棻、张作霖、萧良臣为二等子，林葆怿、饶怀文、吴金标、王金镜、鲍贵卿、宝德全、马联甲、马安良、白宝山、昆源、施从滨、黎天才、杜锡钧、王廷桢、杨飞霞、江朝宗、徐邦杰、李进才、吕公望、马龙标、吴炳湘为一等男，吴俊升、王怀庆、吴庆桐、冯德麟、王纯良、李耀汉、马春发、胡令宣、莫荣新、谭浩明、周骏、刘存厚、叶颂清、张载阳、张子贞、刘祖武、石星川为二等男，石振声、何丰林、臧致平、吴鸿昌、王懋赏、唐国谟、方更生、张仁奎、陈德修、殷恭先、周金城、李绍臣、康永胜、常德盛、张殿如、马福祥、张树元、李长泰、许兰洲、朱熙、孔庚、方玉普、马龙潭、裴其勋、朱福全、隆世储、方有田、陈树藩、陆裕光、杨以德为三等男。（又予一二等轻车都尉世职，共七十余人，名不备录。）

这数令颁发出来，朝野注目，统说新天子登基在即，所以有此布置，就是老袁心中，也以为恩威并济，内外兼筹，布置得七平八稳，可以任所欲为了。惟筹备大典处，是筹备登极大典，相传于十一月初二日，即已密行设立，至十九日始见发表，尚是掩耳盗铃的计策。起初严守秘密，未敢动用国帑，左支右绌，办理为难。当有二姨太黄氏，与三姨太何氏，首先发起拟将家人私蓄拨出若干，作为筹备处的资本金。统计袁氏妻妾十六人，子十五人，女十四人，每人助一万元，可得四十五万元。他日皇帝登极，各得优先利益，仿佛如前清幕吏，先垫款项，称为带肚子一般。皇帝家中，亦沿此习，确是一段笑史。袁氏正室于夫人，与次子克文，三女淑顺，本未曾赞同帝制，且以为此等恶习，不应出自帝家，因此不愿入股。此外当一致赞成，当下凑集四十二万元，开手筹办，但须觅一亲信可靠的人物，充作处长，方免舞弊。女眷们的金钱，来处不易，所以格外审慎。这消息传达出去，即有人运动斯缺，情愿承认。看官道是何人，就是皇帝伯伯的爱侄儿，名叫乃宽。

他既与老袁认作叔侄，当然如骨肉至亲，无所嫌避，所以出入府中，无论袁氏姬妾，尽得相见。且因他语言柔媚，体态殷勤，容易得人欢心，往来无间，此次即至二姨太三姨太前，乞求推荐，愿先献番佛十万尊，作为孝敬。看官试想，两位姨太太，只携出了二万元，拼入优先股，今复得了十万元，除二万外，还有八万元好处，哪有不允之想？好一场赚钱生意。当下满口承认，即夕向老袁进言道："大典筹备处，已有四十余万元凑集，不日可开办了。但处长一席，总须择一心腹人，方可胜任。"老袁接口道："这个自然。"二姨太便道："据妾想来，莫如御侄乃宽。"三姨太又道："他本是同宗，办事又向来勤谨，真是所举得人了。"可见金钱之魔力。老袁笑道："卿等慧眼，想必不错，我便叫他任事罢。"次日，即召乃宽入内，令为大典筹备处处长。乃宽自然受命，拜谢鸿恩，一面复潜向两姨太处，申鸣谢悃。曾拜倒石榴裙下否？任事以后，第一件是筹办皇帝的龙袍，第二件是筹办后妃的象服；此时京城里面的绸缎绣货庄，要算是山东巨宦开设的瑞蚨祥。该肆闻信，料是一场大主题，忙到筹备处设法运动，兜揽生意。处长袁乃宽亲与商议，先将回扣议妥，这一着最是要紧。然后与议龙袍的做法。先是袁皇帝授意乃宽，服制尚红，大约是火德主政的意思。乃宽便仰承圣意，拟用着赤金线，盘织龙衮，且通体须缀饰明珠，嵌入金钢钻，还要一顶平天冠，四周垂旒，每旒约用东珠一串，冠檐须缀饰绝大珍珠，才见光彩夺目。这两种代价，由店主人估算起来，差不多要五六十万元。乃宽暗想，现在只有四十万元，连一件龙袍的价值，还是不敷，如何好再办别种服饰？眉头一皱，计上心来，当下与店主人商量，教他垫款包办，一俟皇帝发极，算清帐目。店主人乐得应允，便双方订约，再由店中恭绘衮冕格式，呈入御览。老袁很是合意，即嘱他照式织制。并限于阳历年终取用，该店奉旨承办，日夜赶制。

此外一切用品，但把要紧的物件，购办起来。不到数日，已将四十万元用罄。那时筹备处尚未正式批准，急得乃宽没法，只好再请教二姨太。二姨太究竟女流，一时想不出什么法儿，仍嘱乃宽代筹。乃宽道："非请财神爷上台，这事恐办不了。"二姨太笑着道："我知道了，你放心去罢。"财神大名，应该知道。乃宽退出后，不到两日，即由财神爷承认五百万元。既而筹备处正式成立，五百万果然拨到。袁皇帝又密与财神爷商妥，此后一切经费，归他筹拨，待登位后，愿把首揆一席，酬答丰功。财神拜相，恐非所长。财神爷颇也乐允。袁皇帝嘉慰非常，复命将前清三殿，募工修筑，也归袁乃宽一手承办。乃宽连得美差，感激无地，自不消说。

惟女官令下，一班妇女请愿团，也想去攀龙附凤，龙可攀，凤不许附，却也为难。显扬门楣，恐怕是要倒楣。但一时无门可入，未免望洋兴叹，空存这富贵的念头。独有安女士静生，本是请愿团的领袖，更兼腹中有点文墨，口才又很过得去，曾充某女校校长，资格完全，回应四十九回。闻到此令，不禁大喜道："佳运来了。新朝挑选女官长，舍我其谁？"于是淡扫蛾眉，往朝至尊，名刺上镌入妇女请愿团长，及某女校校长头衔，呈递进去。适袁皇帝办公无暇，令诸皇妃招待。那安女士不慌不忙，从容步入，见了各位皇妃，请安跪拜，无不如仪。诸皇妃虽备选六宫，究竟还是候补资格，未曾经过这般恭维，此时见安女士巧言令色，般般可人，遂格外谦恭，待以客礼。安女士固辞未获，勉强旁坐，彼问此答，真个舌上生莲，令人爱羡。渐渐说到女官一事，安女士据实禀陈，竟效毛遂自荐。诸皇妃道："这事须经过睿断，我等未敢作主，但得

259

宸衷首肯，似汝才调，当然可作女官长，何患不成？"安女士道："天下未必无才女，如臣妾的菲材，恐未必上邀睿赏哩。"诸皇妃道："且待禀明后，再行通报。"安女士拜谢而退。

次日又去进谒，诸皇妃欢迎如昨，且与语道："昨夜已替你禀陈，御意拟召你接谈，方可酌夺施行。"安女士道："何时得蒙召见？"诸皇妃道："便在今夕，我等当为介绍人，不过须略待时刻，请少安毋躁便了。"安女士重复拜谢。待至天晚，竟蒙诸皇妃赐给晚餐。可谓富贵逼人来。餐毕，又过了两句钟，老袁才入室休息，诸妃即带着女士晋谒老袁，安女士三跪九叩，从容尽礼。老袁问了数声，应对无不称旨，便面谕道："你可出外待命罢。"越日，即密令心腹，调查安女士履历，所有请愿团长及某校长的头衔，的确无讹，并且都中人士，有口皆碑，遂据实禀复。老袁尚在迟疑，无非怕她是革命党。又经诸姬妾从旁怂恿，乃特选入宫，命为侍从女官长。这安女士得充是选，即日入内，提起全副精神，趋承意旨。除袁皇帝外，无论皇后妃嫔，及皇子公主等，一入安女士眼中，便能识他心性，揣摩迎合，靡不中彀。因此入值府中，上和下睦，差不多如家人妇子一般。袁皇帝即命她招选女官，定额一百二十人。安女士仗着材能，即恭拟招选女官章程，进呈睿鉴，当蒙批准，因将章程宣布，胪分八条，胪列如右：

（一）须身家清白，及品谊纯正。（二）年龄在十四岁以上，二十五岁以下。（三）略具姿色，又体质健全，无其他暗疾者。（四）未出室及未受聘之闺女。（五）或孀妇而未经生育者。（六）无烟酒赌博诸嗜好。（七）三年后即开放出宫，其有愿留者听。（八）三年期满后，由女官长奏请皇上，择尤优奖。

这章程颁布后，女界争先恐后，群来报名。安女士又增订新例，凡欲应选诸妇女，当报名时，须预缴银币十元，如不合格，此款不得索还，能合格当选，还要各缴一百元，叫作入宫费，这乃是安女士理财的妙法，好坐取这一、二万元，饱入私囊。又订定每月俸给，女官长月俸，计洋四百元，还有公费百元；女官分一、二、三、四等阶级，一等月俸二百元，四等六十元。安女士又有特别好处，按照八五成发给，余银也自己享受了。至若女官的膳餐费，衣服妆饰费，统要女官长经理，每月开具细账，向庶务处支领，免不得要浮报若干。统计安女士进账，实属不少，不过每月孝敬皇妃，却也要耗去一半。各皇妃爱她敏慧，都向老袁处说项，老袁晓得什么，还是自诩知人。小子有诗咏安静生道：

> 几生修得到官廷，福至应教心独灵。
> 纵使皇纲悲短命，绣囊已贮万钱青。

岁月将阑，登极期日近一日，不料外面的鼙鼓声，竟动地而来。欲知何处兴兵，且至下回续叙。

本回专叙大典筹备处，及女官长二事，而于承认帝位后种种措置只汇叙一段，不复详说，阅者得毋嫌其太略乎？曰非略也。各种命令，具见明文，不特政府公报，记载特详，即如各处新闻纸，亦备列无遗，海内人士，无不闻知。独宫廷秘幕，非经揭述，鲜有识其隐者。观袁乃宽之谋得筹备处长，及安静生之乞得女官长，无在非打通内线，才得如愿。袁皇帝亦幸而短命耳？否则内嬖外宠，贻祸无穷，其不至覆国者几希。